Apollokalypse

Gerhard Falkner

Apollokalypse

Roman

Berlin Verlag

Mehr über unsere Autoren und Bücher:
www.berlinverlag.de

FSC
www.fsc.org
MIX
Papier aus verantwortungsvollen Quellen
FSC® C014496

ISBN 978-3-8270-1336-1

Umschlaggestaltung: ZERO Werbeagentur, München
Gesetzt aus der Minion Pro und der Magda von psb, Berlin
Druck und Bindung: GGP Media GmbH, Pößneck
Printed in Germany

Wahnsinn Tod und Zerstörung sind die Kräfte,
die uns begleiten, und je geschickter sie sich
verhüllen, umso rasender verrichten sie ihr Werk.

Im Seyn erzittert das Göttern
Martin Heidegger

Vorfeld

Wenn man verliebt ist und gut gefickt hat, verdoppelt die Welt ihre Anstrengung, in Erscheinung zu treten.

Das ist unglaublich aufregend, weil es die Bildung von Seele anregt, ohne dass der Verstand sich daran stößt, ihren Ort nicht bestimmen zu können.

Die Selbstverständlichkeit, hinter deren Schleier das Leben so gerne Schutz sucht, lichtet sich mit einem Male, und wir spüren, wie wir stärker, mutiger und geschickter den Dingen entgegentreten.

Die Körper werden klarer, die Sonnen lodern heller, die Städte gehen tiefer, die Augen strahlen, die Ohren klingen und es gelingt uns, wie Perikles fordert, das Schreckliche wie das Süße in voller Klarheit zu erfassen.

So, das war ein klassischer Anfang.

Für diese Geschichte müssen wir allerdings von der allgemeinen Auffassung abrücken, dass wir, wenn unser Leben in keiner vernünftigen Mitte sich abspielt, entweder glücklich sind oder verloren.

Nein. Wir sind in der Lage, beides so lange gleichzeitig zu sein, wie wir die Kraft haben, diesen gegensätzlichen Szenarios standzuhalten und aus der Spannung zwischen beiden eine aufregende Welt zu entwerfen.

Mit uns beiden war das jedenfalls so.

Wir waren so lange glücklich und verloren, bis irgendein unsympathisches Schicksal in irgendeiner Stunde X uns schließlich den Hahn abdrehte.

Nach der Schlacht

Es könnte Ende der siebziger, Anfang der achtziger Jahre einen Mann gegeben haben, der auf der Oranienstraße, zwischen Moritzplatz und Mariannenstraße, einem Frühlingstag ins Auge geblickt hat, an den er sich später nicht mehr erinnert. Es mag ein schwach von der Braunkohle gesüßter Frühlingstag gewesen sein, April oder Anfang Mai, wie er für SO 36, wo es noch unzählige Wohnungen mit Kaminfeuerung gab, typisch war. Vielleicht kam die Süße der Braunkohle auch aus dem Osten, der jenseits der Mauer darauf wartete, vom Westen verheizt zu werden. Nirgends war der Osten so nah wie in Kreuzberg. Das Frühlingslicht schien den lebhaft aufglühenden Fassaden einmassiert wie Sonnenöl den Rücken badender Frauen am Wannsee. Die Naunynstraße stand noch ganz in ihrer unrenovierten Strenge und Riehmers Hofgarten zeigte gelassen die abgetakelten Züge würdiger Verwitterung. Darüber hinaus brachten entweder die Türken Farbe rein mit ihren Obstkisten-Barrikaden vor den Geschäften oder die Autonomen mit auf Bettlaken gesprühten und aus den Fenstern gehängten Kampfparolen oder Hausbesetzersprüchen.

Ich lebe nun schon, solange ich denken kann, und es ist auch eine Menge in meinem Gedächtnis haften geblieben, aber an diesen besagten Tag konnte ich mich tatsächlich nicht mehr erinnern. Vielleicht, weil er den vielen anderen so ähnlich war, die sich, wenn man es denn genau nähme, alle nicht wirklich glichen. Aber in dieser Geschichte wird meinem Gedächtnis ja auf die Sprünge geholfen. Der Mann, von dem ich wahrheitsgemäß behauptet habe, nicht zu wissen, dass ich es selbst gewesen sein könnte, wird mit dem Orientexpress, wie die Linie 1 der Türken wegen genannt wurde, vom Nollendorfplatz gekommen und am Kottbusser Tor ausgestiegen sein. Durch das heillose Fiasko von Hunden, Punks, Türken, Trödlern, Freaks, Junkies und Müslis wird er hinübergegangen sein in die Oranienstraße, um dort, vielleicht in der O-Bar, in der ich in jenen Jahren tatsächlich verkehrte, einen Drink zu nehmen. Diese Bar war damals einer der ersten Orte im Land, der wirklich cool war. Und cool hieß: schwarz, stolz, stumm und grundlos selbstverliebt.

Kreuzberg kochte in diesen Tagen ein Süppchen, von dem sich heute weder der Kessel noch auch nur Spuren des Gebräus wiederfinden. Es war ein schwarzes Loch, über dem die bunteste aller möglichen Sonnen explodierte und in dem die Nacht sich durch die Straßen bewegte wie eine Künstlerin oder eine Kakerlake. Kreuzberg war Westberlins kritische Zustandsgröße, der Übergang von der festen in die, wie wir damals sagten, zweitfeste Wirklichkeit. Welche der allgemeinen geistigen Verfassung die zuträglichere war, darüber wurde gestritten. Warum jeder Dritte, den ich kannte – dies nur nebenbei bemerkt –, in der Wrangelstraße wohnte, so wie später, nach der Wende, jeder Dritte in der Dunckerstraße, ist mir schleierhaft.

Hätte er, oder ich in diesem Falle, sich erinnert, so, wie Henriette sich erinnert haben muss, würde er wissen, dass dieser Tag begann wie eine gewisse Erzählung Dostojewskis. Man erwartete zum Mittagessen wichtige Leute, auch wenn die Aufmachung dieser Leute von der gewöhnlichen Aufmachung wichtiger Leute, und erst recht von der Aufmachung wichtiger Leute heute, ziemlich abwich.

Das Treffen fand in der Wrangelstraße statt. Mit dem Rücken gegen das offene Fenster im vierten Stock gelehnt hätte ich, oder er, der nun ich gewesen sein soll, auf der gegenüberliegenden Hauswand die von einer Kalaschnikow durchbohrten Initialen *RAF* lesen können, während der Trupp wichtiger Leute, einschließlich Henriette, nachdem man schließlich vollzählig war, über einen durch einen Schrank verdeckten Mauerdurchbruch in die angrenzende Wohnung verschwand. Das Mittagessen wurde mit größter Wahrscheinlichkeit aus dem Papier eingenommen.

Trotz aller Stilbrüche hatte die Operation etwas Bestechendes. Vielleicht hatte ich das Ganze absichtlich vergessen, weil es mich gekränkt hatte, von diesen Desperados wie Luft behandelt zu werden. Man muss es mir angesehen haben, dass ich von einem anderen Stern kam.

Nach einer halben Ewigkeit war es dann endlich Nachmittag. Zwecklos, sich heute auf die genaue Uhrzeit besinnen zu wollen. Irgendwann um die Zeit, als er zu träumen begann, und zwar nicht wie die Mädchen, sondern wie die Tiere. Die Männer und Gudrun, neben Henriette die einzige Frau, waren durch das Wandloch zurückgekehrt, schoben den Schrank wieder davor, und weg waren sie. Ihre Stimmen hallten noch eine Weile durchs Treppenhaus. Dann erstarben sie, und nach dem Zufallen der Haustür schien die Straße plötzlich stummgeschaltet. Nach einer weiteren halben Ewigkeit trat Henriette mit einem schweren, blauen Handtuch umwickelt aus ihrem badewannenlosen Bad ohne Dusche.

Augenblicklich stellte ich mir vor, es sei Winter. Die milde Luft, die durch das Fenster hereinströmte, vermochte das nicht zu verhindern. Henriette wirkte auf mich mit dem polaren Weiß ihrer Haut wie die Abgeordnete einer eisigen Region, die mir die in blaue Baumwolle gewickelte Frühlingsbotschaft zu überbringen gedachte. Mein limbisches System nahm eine kleine körpereigene Dusche. Obwohl man damals immer in dem Gefühl lebte, mit allem rechnen zu müssen, erinnerte nichts in diesem Augenblick an die Möglichkeit, der Kommunismus könnte die Segel streichen oder das Leben könnte damit aufhören, einen verrückten Tag nach dem anderen zu spendieren.

Es war noch das Kreuzberg der auf dem Boden liegenden Matratzen, der gardinenlosen Fenster, selbstgebastelten Bücherregale und Chai Tees. Auch Momente des Glücks nahmen hier notfalls behelfsmäßig ihren Lauf. In eine dieser auf dem Boden liegenden Matratzen trieb nun, nachdem das blaue Handtuch kurzerhand zum offenen Fenster hinausgesegelt war, Henriette ihre schrillen, spitzen Seufzer wie Polsternägel, und die Kohlmeisen, die draußen monoton nach ihren Partnern bimmelten, stimmten ein. Wäre Henriette, die sich nie Rieke nennen lassen wollte und die auch nicht vorhatte, früh zu sterben, damals nicht mit jenem Mann zusammen gewesen, der vielleicht für beides verantwortlich war und der mit seinem runden, gedrungenen Kopf und seinem kleinen, wagemutigen Körper Alleinanspruch auf sie erhob, wäre ich, oder der, für den ich mich inzwischen wohl halten muss, wahrscheinlich gleich über Nacht bei ihr geblieben. So aber wurde jener kleine, wagemutige Körper, der nicht nur eine Strickmaske, sondern auch eine Waffe besaß und den besagte Abordnung um 18 Uhr in einer Kaschemme hinter dem Mariannenplatz treffen wollte, in Kürze erwartet, und ich hatte das Feld zu räumen.

Ich sollte ab Mitternacht in der Roten Harfe nach einem Lutzi fragen, der den Schlüssel zu einer Wohnung dabeihaben würde, in der ich übernachten konnte. Jene Nacht, jedenfalls knapp zwei Stunden davon, verbrachte ich, wie ich heute weiß, in der Eisenbahnstraße.

Ein ebenfalls kleiner Mann mit fanatischen Augen und einem Gipsfuß gab mir den Schlüssel, als ich kurz vor zwei in diesem überwiegend aus Zigarettenrauch bestehenden Laden eintraf. Teufel noch eins, dachte ich, hier mischen sich aber die Sphären. Alle Gesichter waren vom Qualm wie in Watte gepackt und viele Stühle und Stimmen waren umgeworfen vor lauter Lärm. Die Wohnung lag wie gewöhnlich im vierten Stock rechts. Egal, wo ich damals hinmusste, immer lagen die Wohnungen im vierten Stock rechts. Im Treppenhaus reichte der trübe Schimmer der Nacht, um das Schlüsselloch zu finden. In der Wohnung selbst aber gab es nicht einmal eine Ahnung von Licht. Sie musste durch Gummivorhänge oder dergleichen verdunkelt sein. Die Augen schienen wie zugenäht von der Schwärze. Egal, wie lange mein Arm mit wehenden Bewegungen die Wand abtastete, kein Schalter gab sein Versteck preis. Kein Laut, kein Licht, kein Drink, kein Blick, keine Unterlage – nichts.

Wie der blinde Seher, die Arme so vorgestreckt, dass die Finger auf Gott deuteten, durchwatete ich die Schwärze, bis mein Fuß gegen den federnden Widerstand einer Kreuzberger Bodenmatratze stieß, auf die ich hinabglitt. Die Art, wie diese Wohnung den Augen einfach keine Hoffnung versprach – und nicht einmal, wie noch die dunkelsten Kinos der Welt, nach einer Weile wenigstens Konturen preisgab –, ließ mich eine Weile steif und mit gerecktem Hals dasitzen, bis mir klar wurde, dass diese Finsternis durch keine lauernde Haltung je zu bezwingen war. Mein ganzer Körper wölbte sich wie ein Parabolspiegel, um entlang eines doch wohl ganz sicher irgendwo angehaltenen Atems endlich den Horizont eines heimlichen Luftschöpfens aufzufangen. Keine Chance. Dennoch schien es mir mit der Zeit, während ich dalag und kaum atmete, immer wahrscheinlicher, dass diese Wohnung in ihrer undurchdringlichen Finsternis mit einer weiblichen Person ausgerüstet war, einer Person, irgendwo zwischen Angst, Schlaf oder Betäubung. Entweder nur durch eine angelehnte Tür getrennt oder sogar direkt in diesem Raum, auf einer am anderen Ende liegenden Matratze. Eine Frau, die vielleicht nicht nackt dalag, nicht lustvoll geblendet von der Dunkelheit und begierig, von mir entdeckt zu werden, wie mir ein aberwitziger Gedanke weismachen wollte, je dichter sich mein Registrationsschirm mit Partikeln ihrer Existenz beschlug, sondern die in dieser Dunkelheit einfach untergebracht war. Versteckt. Vergraben. Eingemauert. Vielleicht auch gekocht oder zerstückelt. Was konnte ich schon wissen.

Das Spüren wurde so stark, dass meine Ohren dünn und hart wurden wie Glas, die das kleinste Hämmerchen eines Lauts hätte zerspringen lassen. Meine Finger spreizten sich im Gegenzug so nervös, als müssten sie totes Fleisch berühren, und sogar die Zähne, vom Schutz der Lippen durch die Anspannung teilweise entblößt und mit einem zweifelnden und zögernden Abstand zwischen ihren Reihen, schienen wie Spezialsonden dieses vermeintliche Gegenüber orten zu wollen. Lag hier vielleicht Henriette, gefesselt und betäubt von dem Kerl mit dem kleinen, wagemutigen Körper? Hatte nicht am Nachmittag eine jener wichtigen Personen bei der Rückkehr aus dem Wandloch gesagt: »Die Dinger liegen in der Eisenbahnstraße«? In dem Drange, irgendetwas zu unternehmen, was mir, wäre ich eingeschlafen, nicht im Traum eingefallen wäre, verließ ich die Wohnung wieder. Ich hatte so lange Schäfchen gezählt, bis ich Herzrasen bekam.

Der Tag war noch nicht angebrochen, als ich die Wrangelstraße erreichte und an der St.-Thomas-Kirche, die mich mit einem einzigen, ungeduldigen und frigiden Glockenschlag erschreckte, Richtung Spree abbog. Viertel nach vier.

Neben mir lief die Mauer. Neben der Mauer lief ich. Wir liefen quasi nebeneinanderher. Einer stummer als der andere. Sie schwieg aus politischem Trotz, ich aus innerer Anspannung. Der Sternenhimmel hatte sich um kaum zwei Stunden gedreht, seit ich das schwarze Loch verlassen hatte. Er hing schlapp über der Weite des Schienengeländes zwischen Warschauer Brücke und dem Hauptbahnhof der ehemaligen Reichsbahn. Über der Mauer stapelte sich wie Industrieschrott ein rostroter Nachthimmel, dahinter der gähnende Osten. Wie Perlenvorhänge wehten die zarten, pendelnden Triebe der Trauerweiden, als ich auf die Oberbaumbrücke zulief, die wie eine zerfallene Ritterburg aus dem Dunkel starrte. Die Turmhauben waren zerbrochen. Sie glichen den Zahnstümpfen zechender Bauern, wenn das Kerzenlicht der flämischen Meister sie beleuchtet. Vor der Brücke stand eine schwarze, hölzerne Tribüne, von der tagsüber ein Blick ins Reich des Bösen geworfen werden konnte. Oder auf seine ostdeutsche Vorhut. Sie stand da wie das hölzerne Gerüst vor Troja, welches die Griechen das Pferd nannten.

Ich widerstand der Anfechtung nicht, die eine leere Leiter in einsamer Nacht auf mich ausübt. Tribüne, Kanzel, Katheder – was für großartige Erfindungen. In der Mitte der Spree kreuzten Spanische Reiter ihre schwarzen Balken, und drüben auf der Eastside dröhnten die düsteren Speicher wie kolossale Bässe. Wo sich die Spree Richtung Osthafen breiter machte, erglänzten auf dem Wasser die ersten Perlmuttschimmer der Dämmerung. Mit einem würdigen »Salve!« grüßte ich die tuckernden Blässhühner und die Möwen, die wohl ebenfalls den Tagesanbruch schon im Visier hatten.

Schließlich kehrte ich um und folgte dem eleganten Schwung der Mauer entlang des Bethaniendamms. Als ich unten am Moritzplatz ankam, spendierte die Sonne bereits ihre ersten Strahlen. Kreuzberg fing an zu krachen. Ladengitter, die Heckverschläge von Lieferwagen, knallende Türen, Paletten, platzende Geräusche, grausam kopfüber gegen das Heck von Müllautos geschmetterte Abfalltonnen, Türkenmusik.

In einem Dönerimbiss trinke ich türkischen Tee. Das Glas ist klein und heiß, mit einer schmalen Hüfte für die Finger. Um zehn Uhr wird der kleine Mann mit dem wagemutigen Körper aus dem Haus sein. Henriette hat mir das versichert. Es gäbe ein Treffen im Uni-Center mit Leuten aus Libyen, sagte sie. Oder Jordanien? Hat sie das gesagt oder hat sie gesagt, dass er das gesagt hätte? Wer immer es gesagt hat, es musste gesagt worden sein. Egal von wem und zu wem.

Eine zur Sicherheit eingehaltene halbe Stunde später würde sie mir ihre aufwühlende Zunge in den Mund stecken, nachdem sie endlich mit einem weiß-der-Teufel-wie-farbenen Handtuch um ihr weißes Winterfleisch aus ihrem badewannenlosen Bad ohne Dusche getreten sein würde. Sie würde ihn, quasi noch bettwarm, mit mir betrügen, ihren kleinen, strammen Stadtguerilla. Beide würden wir versuchen, in diesem süßen struggle for life, jeder aus dem anderen so viel herauszukitzeln, als er unter Schreien und Flüstern bereit war (ohne Gefährdung der Lust, aber nicht ganz ohne Gefahr für die eigene Person), sich entlocken zu lassen. Wer wusste damals schon so genau, für wen er eigentlich arbeitet?

Während ich Tee trinke und an sie denke, schwillt mein Schwanz.

Im *Tagebuch des Verführers*, in dem ich am Nachmittag des Vortags immer wieder gelesen hatte, um mir die Zeit in der Wrangelstraße zu vertreiben, lässt Kierkegaard seinen Helden sagen: »Meine Cordelia, Du weißt, ich frage gern viel; man macht mir geradezu einen Vorwurf daraus. Das kommt daher, dass man nicht versteht, wonach ich frage; denn Du und Du allein verstehst, wonach ich frage … und Du und Du allein verstehst, eine gute Antwort zu geben.«

Das passt wirklich wie die Faust aufs Auge. Wäre aber auch egal, wenn du das nicht verstehst, dachte ich etwas zynisch. Dann machte ich mich auf den Weg.

Ich wollte eine gute Antwort. Die eine, die es herauszufinden galt, die andere, die ich wahrscheinlich zu hören kriegen würde, und jene dritte, für die ich sie stöhnen sehen wollte.

»So wie du aussiehst, arbeitest du bestimmt für den BND«, hatte sie das letzte Mal gesagt.

»Wie sehe ich denn aus?«

Ich schaue hin. Ich sehe uns auf der Matratze knien, das Andocken zweier Köpfe, die auf den Schultern sitzen wie Blumentöpfe und blühen, mit großen Schlitzen dazwischen für das Lachen, und schließlich, von unten herauftönend, jenes schmatzende Geräusch, wie es sich mit zwei schnellen Fingern in einem Töpfchen mit von der Hitze geschmolzener Nivea-Creme erzeugen lässt.

Um halb elf ging ich zurück in die Wrangelstraße und klopfte bei *Vogl*. Es war niemand da. Es war nie wieder jemand da …

Wie sollte ich so viele Jahre später darauf eine gute Antwort geben können?

Erinnerung eines Mannes ohne Erinnerung

Kurz zu mir. Mein Name ist Autenrieth. Georg Autenrieth. Ich wurde fünf Jahre nach Kriegsende, als die Kirschbäume bereits geleert waren, aus vermutlich niederen Beweggründen gezeugt. Noch heute büße ich für diesen Leichtsinn mit dem Leben. Zu meinen frühesten Erinnerungen gehören ein hölzernes, nach Teerfarbe duftendes Gartentor, durch das ein schwarz-weiß gescheckter Hund die Schnauze steckt. Dahinter eine imposante Reihe roter und strotzender Kaiserkronen (*Fritillaria imperialis*), die längs des Gartenwegs in die abgründige Welt meiner Großmutter Spalier standen, und die Ruinengrundstücke von Nürnberg, die ich vom schwankenden Ausguck der väterlichen Schultern mit vorsprachlicher Eindringlichkeit anstarrte.

Die Sturzmassen des rötlichen Buntsandsteins mit den zertrümmerten Beschriftungen in schwerer Schwabacher Fraktur wurden für mich zum Inbegriff eines Geländes, in dem ich vor dieser autoritären Geburt meine Vorgeschichte verbüßt haben musste. Der erste Ausdruck, den meine Mundwinkel zu bilden vermochten, war herablassender Trotz. Wenn mein Vater mir unter die Achseln griff, um mich über seinen Kopf zu heben und auf der Straße abzusetzen, rutschten meine kleinen, runden Schultern immer hoch bis über beide Ohren. Anschließend landete ich in der Tiefe. Aus dieser Tiefe sah ich meinen Vater in Lebensgröße. Er schnitt gar nicht schlecht ab im Vergleich zur Höhe der Gebäude.

Er trug einen deutschen Trenchcoat von englischem Schnitt, hatte den Kragen hochgestellt und auf dem Kopf jenen Hut, der in diese Lebensgröße inbegriffen war. Das gute Stück war von Mayser und trug innen ein gesticktes Wappen, das mit einer Folie gegen Schwitzflecken geschützt war. Wenn er bei Laune war, nannte er mich »Sir« und lächelte wie Frank Sinatra. Ich ahnte bereits damals, dass ich diese Lebensgröße nie erreichen würde. Es würde ausgehen wie der

Wettlauf des Achilles mit der Schildkröte, er würde immer einen Hut größer bleiben und mir damit um das Stück Männlichkeit voraus sein, das ich ihm damals von da unten aus zubilligte und später auch nie Anlass hatte zu bezweifeln.

Über meine darauffolgende Jugend ist mir wenig bekannt. Sie erschöpfte sich überwiegend in Ereignissen, die später vor unseren hochgestochenen Seelen keinen Bestand hatten: also Leidenschaften Menschen gegenüber, die man heute als Kinder bezeichnen würde, das erste Räuspern gegen den Gang der Dinge, hinter dem irgendwann die lange Hand des Weltgeistes erkennbar wurde, oder die sensationellen Augenblicke grundloser Selbstbewunderung, über die man nie Rechenschaft abzulegen hatte. Lediglich die ersten Reisen auf den Flügeln des jungen Wirtschaftswunders, jener Großangriff auf den Erdball, mit dem jeder sein Scherflein dazu beitrug, das Schöne und Fremde der Welt in die Fototapete zu verwandeln, mit der heute das Gehirn aller Touristen tapeziert ist, sind mir noch in Erinnerung.

In den fünfziger und sechziger Jahren war es in Deutschland noch sehr still. Mucksmäuschenstill. Die Knaben waren kurz, mit runden Knien und Seitenscheitel, die Straßen eng und gewunden, mit leichtem Buckel, damit der Regen nach beiden Seiten in die Straßengräben ablaufen konnte, und fast das ganze Jahr über arbeitete ein nützlicher Wind an den deutschen Wäscheleinen, die mit allem, was zu flattern bereit war, dem Dritten Reich hinterherwinkten. Die Sonntage hatten die umständliche Länge eines Gartenschlauchs und sprudelten fast unhörbar in der Sonne. Saba-, Grundig- und Loewe-Opta-Radios bohrten ihr magisches Auge tief ins Herz des abendlichen Kinderzimmers. Nach dem Ausschalten verglühte es so langsam, dass es den Schlaf hineinsaugte in die Tiefe des Röhrenverstärkers und den Abdruck eines Glühfadens auf den letzten Gedanken hinterließ. Der deutsche Schlager war gedämpft von der Schwelle der Zimmerlautstärke und drang nur so schwach ins Freie, dass die Stille fast noch mächtiger sich dem angestrengten Ohr entgegenwarf. In den Wohnzimmern mit Couchgarnitur und Tischläufer verbreiteten die nüchternen Nachrichtensprecher im Radio eine Ruhe, die wie das Rieseln von Korn auf einer hölzernen Tenne Anteile auf die Ewigkeit auszugeben schien. Die hochdeutschen Männer hatten noch eine leichte Heinz-Rühmann-Färbung im Ton, eine blecherne UFA-Schmissigkeit, die Dialekte dagegen waren wuchtig, fromm und schützend. Jedenfalls galt das für den Süden.

Die Stimme der Frauen ist ohne die eiserne Dauerwelle, mit der sie optisch verstärkt wurde, nur schwer wiederzugeben. Sie bestimmte diese so nachhaltig wie der fünfarmige Blumenständer neben dem Gummibaum den Eindruck der Fernsehecke oder den Eingangsbereich der Stadtsparkasse. Erst ganz langsam entspann sich, ausgehend von den Küchen, der Kampf gegen die Düsternis des deutschen Möbels. Die Buntheit des Internationalen Stils entpuppte sich zuerst in Tassen, die auf den Mädchennamen Melitta hörten, in Tütenlampen, bedruckten Vorhangstoffen aus Diolen oder Dralon und griff schließlich auf Lebensansichten über, die bunter, lustiger und zunehmend unsolider wurden. Die ersten Biedermeiermöbel aus edler Kirsche wichen dem gespreizten Ungeheuer der Musiktruhe und kurz darauf einem Fernsehmöbel, das man aufschlagen konnte wie einen Fensterladen, und Heinz Drache schaute ins Zimmer oder Gert Fröbe oder ein Durbridge verwüstete die Nerven einer noch in echtem Mitfiebern rückständig empfindenden Zuschauerschaft. *Das Halstuch* und *Das Fenster zum Hof* hatten auch mich zutiefst verstört. Eine Welt von Sport, Spiel und Spannung entstand so unmerklich, wie morgens ein Gänseblümchen sich öffnet, und die Einrichtung für diese Welt gab's in Resopal oder Schleiflack, mit Stragula, Linoleum und Eternit.

Draußen aber war noch alles still. Obwohl Adenauer bereits gesagt hatte, lieber das halbe Deutschland ganz als das ganze Deutschland halb, wollte das halbe Deutschland, das Adenauer vorgab, lieber zu haben, ganz offensichtlich doch lieber das ganze Deutschland. Deshalb standen vor vielen Ortschaften große Tafeln mit der Aufschrift: *Deutschland ist unteilbar*, wiewohl historisch gerade der Beweis des Gegenteils erbracht worden war. Weil aber in Deutschland noch alles still war, denn es gab einen ziemlich schwerwiegenden Grund, den Mund zu halten, blieb es, was die Deutschlandfrage angeht, bei einem leisen Grollen. Noch immer galt die Mahnung des letzten Kaisers: Ruhe ist die erste Bürgerpflicht.

Trotz aller Zerstörung war Deutschland aber noch die stille Schönheit seiner Landschaften erhalten geblieben, die der wirtschaftliche Aufbruch ein paar Jahre später der schwersten Belastungsprobe seit der Erschaffung der Welt aussetzte. Das Wunder der geschlossenen Ortschaft, das die Wende dem vor sich selbst davongedüsten Westdeutschen im zeitlich auf der Strecke gebliebenen Osten 1989 noch einmal kurz vor Augen führte, war allgegenwärtig. Die Dörfer lagen wie Streuobst in der Landschaft oder hingen an den Stielen ihrer Kirchtürme dachziegelrot am Himmel und rochen verstörend nach Milch und Kalk.

Falscher Bericht

Was meine Lage allerdings von Anfang an schwierig machte: Ich war der Sohn zweier sehr ungleicher Väter. Kein Wunder also, dass später, sozusagen unter der Schirmherrschaft nur eines einzigen Gehirns, nämlich des hier Auskunft gebenden, Gesichter verwechselt, Mäuler, die gefüttert werden mussten, vertauscht wurden. Der eine Vater stammt aus der *Blechtrommel*, der andere aus den *Buddenbrooks*. Dies natürlich nur im übertragenen Sinne, denn beides waren Männer, die ehrbaren Beschäftigungen nachgingen. Bei aller Grundverschiedenheit verfügten beide Väter über ein stark ausgeprägtes Realitätsprinzip.

Der eine, Johann Autenrieth, Jahrgang 1929, ist jener Herr unter mir, der mich von seinen Schultern aus gerade teilhaben lässt am Nürnberger Ruinenschauspiel. Er ist gerade mal zweiundzwanzig Jahre älter als ich. Vierundzwanzig damals. Pechschwarzes Haar. Liebt amerikanische Big Bands und Hemingway. Er ist mein Vater väterlicherseits. Am unteren Rand meines durch ihn ermöglichten Ausblicks über die alte Reichsstadt wuchern Kamille und Rainfarn am Fuße der Ruinenhalden. Kaskaden aus Buntsandstein, die an zerklüfteten Fassaden sich herabwälzen, versinken in Dornen und Gestrüpp. Der Duft der Pflanzen explodiert glücklich in meinem Gehirn. In der nördlichen Ecke eines Ruinengrundstücks, dem Hauptbahnhof gegenüber, dort, wo eine Brandmauer fast den ganzen Tag die Sonne abhält, wogt eine bläuliche Brennnesselsee.

Die Ruinen hatten nichts Beunruhigendes. Sie wirkten entsagungsvoll in ihrer Zerklüftetheit, ihrer Bruchstückhaftigkeit, den Zuteilungen des Himmels gleichgültig ergeben, egal ob seiner scherzhaften und fränkisch-verschrobenen Sonne oder seinem langsamen, langweiligen Regen. Erst recht bei Mondlicht. Was veranstaltet das Mondlicht nicht alles für einen Zirkus mit diesen Ruinen. Einmal kamen wir etwas später zurück aus einem Wirtshaus, das Wolfsschlucht hieß oder Roter Ochse, wo mein Vater zwei Märzen und zwei Kurze und ich ein Afri-Cola getrunken hatten. Auf dem Rückweg zum Bahnhof waren meine Augen immer wieder hängen geblieben an jenen aufgemalten schwarzen Balken, die jäh im rechten Winkel nach unten abknickten und mit der Pfeilspitze auf irgendein Kellerloch deuteten und neben denen die Buchstaben *LSR* standen. Die Abkürzung für Luftschutzraum, wie ich erst sehr viel später herausfand. Bis dahin besaßen diese schwarzen Haken, die förmlich nach meinen Augen angelten, die Magie eines Orakels. Ein Grabeshauch wehte aus den offenen Löchern, den Kellerschächten, und strich über meine nackten Beine wie eine kühlende Salbe. Schließlich erreichten wir jene Ruinengegend südlich des Hauptbahnhofs, in Szene gesetzt von einem verrückten Mond, der zwischen den wie Packeis ineinandergeschobenen Gebälken, Fassadenteilen und geborstenen Fensterfriesen eine süße Schauerlichkeit verbreitete. Beides, der Luftschutzraum und die Ruinen, begannen im kühlen Mondlicht so zu verschmelzen, wie ich es später auf Caspar David Friedrichs *Eismeer* wiederfand.

Mein anderer Vater, Jahrgang 1915, hieß Rolf. Er war der Sohn einer bourgeoisen Lawine, eines echten Gründerzeitlers. Fest verankert in den Grundsätzen deutscher Art führte der Weg der Familie aus den Gründerjahren schnurstracks in und durch das Dritte Reich. Dieser Firmengründer und Gründerzeit-Großvater stellte meinen Vater mütterlicherseits bereits in den Schatten, noch bevor der überhaupt die Gelegenheit hatte, das Licht der Welt zu erblicken. Meine Großmutter, Sophie Autenrieth, geborene Hechtel, nahm daran keinen Anstoß – im Gegenteil, sie setzte dem Ganzen noch eins drauf. Sie rüstete sich zur Geburt wie zu einer Verteidigung gegen die Türken. Sie verbarrikadierte das Büro der Firma, ihren Körper, und vor allem ihren Verstand. Mit einer stillen Entrüstung verfolgte diese hagere Dame das Anschwellen ihres Bauches, aber trotz all ihres Widerstands hatte mein anderer Vater nicht das Glück, noch einmal ungeboren davonzukommen. In ihrer Boshaftigkeit, ihrem Geiz und ihrem Hochmut aber bereitete sie sich da schon darauf vor, ihre ganze Familie zu überleben. Nachdem ihr dies nach dem gewissenhaften Ableben des Großvaters mit einundsiebzig und der tragischen Krankheit des Vaters gelungen war, drückte sie die Genugtuung über ihre sieghaft unter Beweis gestellte Unverwüstlichkeit darin aus, die gesamte Familie, von der nur noch ich, meine Mutter und ein paar Ableger zweiten oder dritten Grades übrig waren, zu enterben.

Meinem (anderen) Vater, ein blasser und nachdenklicher Mann, der in der Firma vom Alten zeitlebens wie ein Buchhalter herumkommandiert wurde, hatten die Ärzte gegen ein Hüftleiden Cortison verabreicht, als handle es sich um Brausepulver, bis er regelrecht in seinen Knochen zusammenbrach und starb. Noch am Tage seiner Beerdigung entledigte sich die alte Sophie Autenrieth ihrer Schwiegertochter. Sie gab ihr, meiner Mutter, zu verstehen, dass sie sie in ihrem Hause, womit sie sowohl ihr Haus als auch die Firma meinte, nicht mehr sehen wolle, weil sie, wie sie sagte, meinen Vater, also ihren Sohn, mit ihrer Renitenz und ihrer Vergnügungssucht ins Grab gebracht habe, womit sie ihr, ohne diese beiden unterstellten Todesursachen mit der medizinischen abzugleichen, fristlos die Prokura kündigte, die mein Großvater ihr bei der Heirat mit meinem Vater erteilt hatte, und stieß damit meine Mutter in den Haushalt und somit in meine unmittelbarste Umgebung zurück, worauf weder ich noch diese Umgebung gefasst waren. Das nicht unbeträchtliche Vermögen, so bestimmte sie, sollte nach ihrem Tode an einen Schwarm ihrer Jugendtage gehen. Er hatte sich in all den Jahren darin nützlich gemacht, sie in jeder Infamie zu bestärken. Der Mensch vereinigte die Qualitäten eines Idioten, eines Verbrechers und eines Steuerberaters zu gleichen Teilen.

Immerhin aber waren meine ersten Lebensjahre, bis ich diesen anderen Vater mit acht verlor, durchflutet von dem Licht der Beletage, der brokatartigen Ruhe bürgerlicher Zimmerfluchten und einem englisch-verwilderten Garten mit offenem hölzernem Pavillon, in dem es eine rundumlaufende, schwach nach Schnecken duftende Bank gab, auf der die Tochter der mit Mutter befreundeten

Schälmanns mir mit beiden Händen das erschreckende Fehlen ihres Penis zeigte. Damals war ich fünf. Ich wurde auf Knien ertappt und dafür bestraft, etwas gesehen zu haben, was gar nicht da war. Die Strafe wurde vollzogen mit einer hölzernen Reihenfolge aus Kochlöffel, Kleiderbügel und Teppichklopfer.

In der Firma meines Großvaters, des Honorarkonsuls Ignatz Autenrieth, gegründet im Jahre 1879 als die Autenriethschen Spulenwerke Fürth, abgekürzt ASF, wurden elektromagnetische Motoren für mittelschwere Maschinen hergestellt. Später erweiterte man die Produktion auf elektrische Klein- und Werkzeugmaschinen, die Jahr für Jahr ausgezeichnet wurden für wegweisendes industrielles Design. In den sechziger Jahren des zwanzigsten Jahrhunderts beschäftigte die Firma fast zweihundert Arbeiter. Das aus Backstein gemauerte Fabriktor, das an das berühmte, von den Architekten Reimer und Körte entworfene Tor der Berliner Borsigwerke erinnerte, durchschritt ich stets, als würde ich in Bethlehem einziehen. Die Gesichter der Proleten, die an den Maschinen standen, beeindruckten mich tief. Sie jagten meiner schreckhaften Intelligenz die Angst ein, niemals in ihre Reihen aufgenommen zu werden. Besonders ihre auf die weißen, engen, kurzärmeligen Unterhemden zugeschnittenen Oberkörper mit diesen keulenförmig in die Arme übergehenden Schultern waren Gegenstand meiner unersättlichen Bewunderung. Für die Büroangestellten, mit Ausnahme von Fräulein Weichsel, die mich mundartlich und mit ihrer überwältigenden Fürsorge eroberte, war ich blind. Die Arbeiter aber waren echte Kerle, die ständig vom Krieg redeten, den ich mir ähnlich wie die große Fabrikhalle vorzustellen begann mit ihren pfeifenden Treibriemen, ihren grausamen Metallfräsen, den Trichloridwannen, in die die schweren, ölverschmierten Werkzeuge einschlugen, und den ratternden Förderbändern. Die Fabrik war wie ein schwerer Panzer, dessen Geschütz direkt auf mein Gehirn gerichtet schien. Mein Großvater besaß damals in Fürth die halbe Hornschuchpromenade und dazu noch ein ganzes Straßenkarree in der Südstadt, und er fuhr den gleichen schwarzen Mercedes, den die deutsche Geschichte auch unter Hitlers Hintern gesehen hatte.

Selbsterhaltung

Die moderne Literatur hat uns gelehrt, dass wir keinen Anlass haben, einem günstigen Eindruck von uns Glauben zu schenken. In allen Büchern, die die Auszeichnung erfahren haben, dass die Dichter sie loben, finden sich unentwegt Beschreibungen, die wir aus den schlimmsten Vorwürfen gegen uns kennen. Wir müssen sie also ernst nehmen. Je erdrückender im Laufe der zivilisierten Jahrhunderte die dunkle Vergangenheit wurde, desto enger wurde es für die Menschen in ihrer Gegenwart, da von der anderen Seite mit entsprechender Kraft eine ungewisse Zukunft dagegendrückte. Mit dieser unglückseligen Entwicklung begann, was heute endgültig zu werden droht, die Verbannung ins Jetzt. Alles Titanische, welches die Kosmologien auf die Götter abwälzten, damit der Mensch es endlich von der Jacke hatte, musste, nachdem es im achtzehnten und neunzehnten Jahrhundert noch einmal kurz über den menschlichen Geist hereinbrach und zu den eindrucksvollsten Leistungen deutschen Geistes führte, mehr und mehr zurückweichen, um jenen Mikromenschen der Massenzeitalter Raum zu geben, aus deren innerer Verhältnismäßigkeit endlich der Antiheld hervorgehen konnte.

Heute bietet das Leben, aus der Sicht der Vorwürfe, die die Literatur gegen uns erhebt, höchstens noch eine günstige Gelegenheit, sich für jemand zu halten, der man mit ziemlicher Sicherheit nicht ist. In Wirklichkeit ist man nämlich der Verblendete, der unangenehme Zeitgenosse oder das Nervenbündel, als das man seinen Mitmenschen deutlich vor Augen steht. Dass man sich selbst für sympathisch, intelligent, gutaussehend und grundanständig hält, könnte im Grunde jedes Gruppen-, Vereins- und Familienfoto, jede Selbstbetrachtung oder Gegenüberstellung widerlegen. Dazu müsste man gar nicht auf die Psychoanalyse oder andere Techniken der menschlichen Entlarvung zurückgreifen. Trotzdem hält sich beim Individuum irgendwie die hartnäckige Überzeugung, etwas Besonderes und Gelungenes zu sein.

Nur die Literatur sieht das glücklicherweise anders. Bei dem einen Autor erwacht man als ungeheures Ungeziefer, als das man sich nicht einmal aus seinen schlimmsten Albträumen kennt, beim zweiten verführt man als Mann von Geist die minderjährige Stieftochter, beim dritten wird der alles beherrschende Stuhlgang des Vaters zum lebensbegleitenden Leid-Motiv und beim nächsten endet man, ein delirischer Normalfall, verheddert in einen lausigen Vierundzwanzigstundentag, in einer Prosa des Tourette-Syndroms, gekrönt von einem Schwall von Vaginamonologen. Je verpeilter man ist, desto würdiger wird man, so scheint es, einer Hauptrolle in der großen Literatur. Diejenigen, denen etwas von ihrer tatsächlichen Lage schwant, werden krank, wenn sie es nicht umgehend schaffen, diese Befürchtungen in Literatur umzusetzen oder aber auf der Stelle ihr Leben in Arbeit und Geschäftigkeit zu ertränken.

Dieses Welt- und Menschenbild vor Augen zog ich Ende der siebziger Jahre nach München und stellte mir die Frage, wo die eigene Vergangenheit beginnt: Mit der Geburt? Mit der Erinnerung? Oder mit der Erkenntnis?

Gute Frage. Triple choice. Ich fürchte heute, alle drei Möglichkeiten beantworten die Frage nur unbefriedigend. Aus allen möglichen Metropolen, die in dieser Zeit noch ziemlich krass zwischen wund und wild, hart und herrlich, fremd und frisch auseinanderklafften, war ich immer wieder ins Nürnberger Bermudadreieck zurückgekehrt. Nun hatte ich mich endlich entschlossen, meine kleine Selbstmörderwohnung nach außen hin aufzugeben und nur noch als geheimen, gelegentlichen Arbeits- und Zufluchtsort zu nutzen.

München lag, als ich mit Bücherkisten und ein paar wenigen Möbelstücken, also Schrank, Tisch, Bett und Stuhl, dort eintraf, in der Sonne und döste. Wie alle wussten, hieß es von dieser Stadt, dass man von da aus schnell in Italien sei, die Berge »vor der Haustür« habe und dass ein Schimmer italienischen Lebensgefühls über der bayerischen Hauptstadt schwebe. Wer auf dies alles nicht spekulierte, dem war nicht zu helfen. München galt als überschaubare Stadt, reich und introvertiert, grantig und kultiviert, und im Allgemeinen angenehm entspannt. Dies alles stimmte auch. Zwischen Olympiagelände und Englischem Garten glitzerten die Gitarrensoli von den Dire Straits oder Carlos Santana. Nicht, dass deren Musik mir besonders viel bedeutet hätte, die Doors oder andere Bands waren mir näher, aber es war eben dieser Sound, der in der weiß-blauen Atmosphäre über dem Monopteros-Tempelchen sich kräuselte.

Nach einigen Monaten in einem steifen und etwas unterkühlten Haus in der Herzogstraße, dessen Bohnerwachsgeruch am Freitagvormittag ich über alles liebte, zog ich nach Haidhausen. In die Milchstraße. Das Schild *Vorsicht, frisch gebohnert* verschwand seitdem aus meinem Leben. Es folgte ein Dasein zwischen Negerhallen und Nachtcafé, Glyptothek und Reitstall, Hofgarten und Alter Pinakothek, Ruffini und Aumeister, Ammersee und Herkulessaal, Staatsbibliothek, Basis-Buchhandlung und Schöttle, Milchstraße und Mondfinsternis, Arm und Reich, schön und tot, Prinzregentenstraße, Schönbrunn und Bahnhofsviertel, Sex und Sorge, Innenstadt und Außenwelt sowie Kirche, Staat und Gott. Dazwischen reiste ich nach New York, wo ich gerade eine Wohnung auf der Bleecker Street mit einem Miniapartment in der East 8th Street vertauscht hatte.

Ab etwa 1985 datiert mein Umgang mit Heinrich Büttner und kurze Zeit später auch mit Dirk Pruy. Büttner war Jahrgang 1961, ein Spitzenjahrgang, wie sich an der feinen Säure seiner Lebensgeister und am erlesenen Körper unschwer ablesen ließ – verwöhnt von den Vorzügen einer ausgesprochen günstigen Lage, nur leicht getrübt von allen Schwächen der im Zeichen der Waage Geborenen. Dirk Pruy zog zwei Jahre darauf auf Erden ein und schaffte es später sogar, den Vorsprung des Freundes durch längere Lebensdauer wettzumachen. Auch bei ihm handelte es sich dem Anschein nach um keine Geburt mit Blut und Wasser, Kreißsaal, Presswehen, Schweißperlen und dem finalen Mutterschrei. Man muss sich seine Ankunft auf Erden eher wie den Kennedy-Besuch in Berlin oder die ekstatisch zuckende

Spitze der Loveparade auf dem Weg zur Siegessäule vorstellen. Heute würde man sagen: ein Event. Zurück blieb eine tote Mutter, ob sie das nun wusste oder nicht. Pruy war Skorpion, mit deren berüchtigtem Hang zu Grausamkeit, Eifersucht und Unnachgiebigkeit. Er war hart gegen andere, aber auch hart gegen sich selbst, was ihn glücklicherweise daran hinderte, sich seiner angenehmeren Seite, seiner Gefühlsbetontheit nämlich, zu sehr zu überlassen und an ihr zugrunde zu gehen. »Ihre Intelligenz«, hat Balzac über einen typischen Skorpion gesagt, »kann sich durchaus auf einem Punkt der Kreislinie gut halten, ohne die Fähigkeit zu haben, deren Fläche zu umfassen.« Dies charakterisiert Pruys lebenslangen Momentanismus ziemlich gut. Er war immer dort, wo der Ort sich ihn leisten konnte, und zwar mit Haut und Haar, und ich war dies, wie sich später herausstellen sollte, eben gerade nicht. Dirks elegante und saubere Erscheinung verband sich mit einem wirkungsvollen Gesamteindruck von Sturheit und narzisstischer Energie.

Eine Zeitlang waren die beiden Freunde unzertrennlich, verbunden durch ihren Übermut, ihr hemmungsloses Vergeuden von Jugend, Zeit und Talent und ihre Nutzlosigkeit. Beide waren sie ganz und gar die Vertreter dieses neuen Typs junger Männer »Modell Bundesrepublik«. Mit Vorsprung auf die Welt gekommen. Söhne, Erben, Luxusausführungen mit Sonderausstattung.

Im Kern aber schlaff. Deswegen auch bei ihren Auftritten immer diese etwas aufgerafft wirkende Energie. Sprösslinge der neuen Herrenrasse, kaum dass die arische sich zerschlagen hatte. Wirtschaft und Technik hatten inzwischen, ohne den lästigen Umweg über Kultur oder Politik, die Adelung ihrer Parteigänger in Angriff genommen, und beide waren sie deren Hybride. Im Gegensatz zu ihren nützlichen Generationsgefährten auf den unsittlichen Wohlstand nicht durch eine entsprechende Erziehung vorbereitet und mit ganz verwilderten Vorstellungen eines Künstlerlebens.

In beiden steckte so viel James Dean und Marlon Brando, wie sie per Teleinfusion hatten aufsaugen können und ihre Umgebung in der Lage war, zu verkraften: Motorräder, Lederjacken, Frauen, wilde

Partys, harte Drinks und lange Nächte lautete die Mischung. Verzaubert von Koks und Artaud. Darüber hinaus waren sie schön wie die Engel, als diese noch männlichen Geschlechts und flammenden Eifers mit Schwertern auf Erden wandelten, ohne jegliche andere Bestimmung, als die Gnade Gottes zu verkörpern oder dessen Rache.

Der Radius unserer gemeinsamen Unternehmungen war um diese Zeit ziemlich groß. Wenn wir auch zu gar nichts taugten, so waren wir doch Vollstrecker einer erregend neuen, noch nie dagewesenen Mobilität. Zwar führte uns die gemeinsame Herkunft immer wieder nach Franken, aber die Fäden liefen von München nach Köln und Berlin, nach Amsterdam, London und Mailand und mehr und mehr schließlich nach New York. So gesehen war es verwunderlich, obwohl wir drei an den verschiedensten Orten der Welt uns schon x-mal über den Haufen geschossen und jede Bank geknackt hatten, in der es etwas zu lachen und zu rauchen gab, dass ich Isabel erst so spät kennenlernte.

Das Buch Isabel

Die Passauer Wucht

Isabel war Kunststudentin im dritten Semester. Ihre Haut war weiß und durchscheinend wie Teeporzellan und ihr Haar tiefschwarz, beides Natur. Wenn sie ihre aufgeworfenen Lippen mit dem Chanel-Stift ihrer Mutter rot anmalte, wirkte ihr Gesicht von weitem wie das Banner einer kleinen, exotischen Botschaft. Ihre Stimme hatte einen verwöhnten, leicht nörgelnden Tonfall, den man damals gerne als »ätzend« bezeichnete, und was sie sagte, war stets reichlich gesättigt mit dem sogenannten Szenesprachlichen. So nannte sie etwas, das ihr bei Ausstellungseröffnungen besonders gefiel, eine »voll geile Arbeit«, eine Beurteilung, unter der man nach einer Reihe von Anwendungen immerhin bereit war, einen Maßstab zu vermuten. Oder sie schilderte, wie eine Arbeit auf sie wirkte, sehr vereinfachend als: »echt krass«.

Mein Freund Heinrich Büttner hatte sie 1985 in Passau kennengelernt, als sie gerade die sechzehn überschritten hatte. Ein bemerkenswert sündhaftes Geschenk des Himmels dieser an sich heiligen Stadt. Sie war die einzige Tochter des Unternehmers Heribert Kauffmann und seiner Frau Gerlinde, geborene Überreuther. Bereits Anfang der achtziger Jahre verfügte die Familie über ein kleines Privatflugzeug, eine Cessna 210, die in Vilshofen stand, und man erfreute sich eines losen, der CSU verbundenen Umgangs mit der Familie Franz Josef Strauß. Seit der Zeit, in der ich gerade zum zweiten Mal für ein halbes Jahr nach Berlin gekommen war, diesmal nach Kreuzberg, war sie Büttners Geliebte.

Büttner war gerade zweiundzwanzig geworden und wegen eines Praktikums bei einem Kirchenrestaurator für sechs Monate nach Passau gekommen. Nach Abschluss desselben hatte er vor, sich an der Akademie der Künste in München zu bewerben. Er war eins zweiundachtzig groß, schlank bis knochig, hatte eine glasige, leicht gebeulte Stirn und ein bisschen die Bewegungen eines Popstars, etwa in der Art von David Byrne, den er in diesen Tagen gerade bewunderte. Er trug gerne vom Papa am West Broadway gekaufte Schlotterjacketts, geschneidert an der Westküste, wenn möglich leicht changierend oder aus weich fallendem Kammgarn mit diesen unglaublich mutigen Karos des American Dream. In jenem Vintage-Laden in SoHo traf man damals alle, die aus Deutschland kamen und mit Kunst zu tun hatten, plus die Leute vor Ort, die Tribeca people, die St. Mark's crowd, die PS 1'ler und die New Yorker Musikszene. Büttner war immer etwas hyped, im Deutschen würde man sagen, euphorisch, gerade an der Schwelle, die den Augen schon jenen Glanz verleiht, mit dem man Blicke auf sich zieht und beim Reden eine Forciertheit an den Tag legt, welche die Selbstbeglückung steigert und die Distanz vernichtet. Auf Frauen wirkte das, noch dazu bei seinem Aussehen, ziemlich aufregend.

Damals hätte ihm sein Körper ohne Zweifel noch alle Möglichkeiten geboten, klar Schiff mit seinen Nerven zu machen. Er wurde sich jedoch damals schon nicht mit ihm einig. Sein Körper verlangte nach den wollüstigen Auslastungen, die der athletische Großvater als genetische Erinnerung weitergereicht hatte, der es als Ringer immerhin zu olympischen Ehren gebracht hatte – oder zumindest nach der rastlosen Agilität des Vaters, während er, Büttner, sogar Nachdenklichkeit bereit war vorzuschützen, um in den Wonnen seiner Antriebsschwäche zu versinken. Büttners Gesicht wirkte dennoch durch die strähnige Kiefermuskulatur und den stets durchschimmernden Bartwuchs männlich. Der Nasenrücken war lang und ausdrucksvoll und trug unterhalb der Wurzel einen geröteten Knöchel, der als seelisches Barometer gelesen werden konnte. Seine Augen hatten, wie die aller gierigen Menschen, etwas Sprunghaftes, was wohl zurückgeht auf den Urvergleich, wer mehr auf dem Teller hat. In Momenten der Lethargie zeigte seine Haltung den knochigen Kummer der Figuren von Lehmbruck, des großen Lehrers von Beuys, aber irgendwie schaffte er es, dass man nie wirklich durchschaute, ob er nun gelangweilt war oder einfach nur langweilig.

Den Ferien in der Antriebsschwäche, während derer sein Zimmer in Schutt und Asche versank, weil der Müll durch Fernsehen, Rauchen und Vespern alleine nicht weniger wurde und auch Schlafen ihn nur vorübergehend aus den Augen verschwinden ließ, folgten Schübe ungezügelter Aktivität. Dann stürzte er sich ins Leben, als wären die Äpfel, denen er nun so lange beim Wachsen zugeschaut hatte, schlagartig reif geworden und würden seinen sofortigen Ernteeinsatz erfordern. So war Büttner zwar ein typischer Vertreter der Nutella-Generation, die neben anderen Spezialitäten eben auch einen Prototyp aus Weichling, Erbe und Clown hervorbrachte, der ausschließlich von Fernsehen, Popmusik, Comics und Konsum lebte, aber noch brach der Schimmer einer dunklen Seite die typische Eintönigkeit der Glückskinder und die Gnade der deutschen Geburt.

Seit ihm Isabel ins Auge gefallen war, ließ sie seine Gedanken nicht mehr los. Sie wirkte auf sein Gehirn wie Salpeter auf Kohlenstoff. Schon damals, als sie noch wie eine Teichrose in den wachszarten Blättern ihrer gerade mal sechzehn Jahre steckte, war ihr Anblick von diesem Mund beherrscht, der mit Rouge coromandel und ähnlich unsittlichen Farben angefeuert wurde – und von dem später jemand sagte, dass er eigentlich unter einen Slip gehöre. Obendrein band sie ihre kohlschwarze Mähne mit flammend farbigen Tüchern zusammen, die sie auf der Spitze des Kopfes wie eine kleine Brezel verknotete.

Heinrich Büttner, der sich damals natürlich nie eingestanden hätte, dass er sie einfach nur haben wollte, »haben« im Sinne von »besitzen«, weil Besitzenwollen die treibende Kraft hinter jeder seiner vitalen Regungen war, berauschte seine immer weiter ausufernde Fantasie an ihr. Die Neuronen seines Hirns sprühten, angefeuert durch die Verliebtheit, einen Funkenregen, der wie ein Schwarm winziger Essigfliegen oder Lichtpunkte durch seine Gedanken wirbelte und sich vor seinem geistigen Auge zu immer neuen Bildern von ihr zusammensetzte: Bella im Bett. Bella im Bad. Bella vor dem Fernseher. Bella. Bellala. Bellissima. Wenn er merkte, dass er gerade mal nicht an sie dachte, wurde ihm sofort übel. Er fürchtete, dass in dieser Pause die Gedanken eines anderen sich ihrer bemächtigen und dadurch Einfluss auf ihre Gefühle bekommen könnten. Die Eifersucht war also schon da, bevor es, genau genommen, die Geliebte dazu gab, denn Isabel wusste ja noch gar nichts von ihrem Glück. Abends drückte er sich, über die Roßtränke und den Steinweg auf den Dom herunterkommend, am Innkai vor der Innbrücke herum wie Dante am Ponte Vecchio, da sie dort oft mit Klassenkameraden stand, oder er durchstreifte an Feiertagen die vom Glockenbrausen durchströmte kirchliche Pracht des alten Passau in der Hoffnung, sein Phantombild würde dem Original einer plötzlich um die Ecke biegenden Bella weichen und die mit dem Herzen Gesuchte würde direkt in seinen Armen landen. Meist blieben aber, nachdem die Kirchgänger sich verlaufen hatten, nur der glitzernde, fremdartige Eindruck sonntäglicher Eisdielen und die Entrücktheit des mittäglich leeren Domplatzes.

Merkwürdigerweise erfüllte ihn aber die bisherige Aussichtslosigkeit seiner Sache mit einer Art Genugtuung, die er sich zunächst nicht erklären konnte, die wohl aber mit der Einrichtung eines stark idealisierenden Depots für Sehnsucht, Schönheit, Bewunderung und Verlangen oder vielleicht sogar mit Liebe zu tun hatte. Bella schenkte ihm zwar, wenn er abends am Verteidigungsschirm ihrer Clique vorbeiging, den erwidernden Blick der Angebeteten, aber die Abneigung, sie in diesem Pulk anzusprechen, blieb unüberwindlich. Damals schaffte er es sogar, beim Durchblättern der Gedankenfotos während des morgendlichen Onanierens ihr Bild aus seiner Lieblingsauswahl herauszuhalten. Ein Sonderstatus, den sie sehr bald und gründlich verlieren sollte. Aber die Ironie, dass man, wenn man verliebt ist, von einer Aufrichtigkeit und Anständigkeit gelähmt ist, unter der man sonst überhaupt nicht leidet, hätte beinahe dazu geführt, dass er sie gar nicht kennengelernt hätte.

Für eine Weile hatte Büttner einen Weg gefunden, sich mit seinen Gedanken an Isabel aus der drohenden Agonie zu befreien. Sie erweiterte seine Vorstellungskraft, brachte ihn in Bewegung, klappte ein Ich in ihm auf, das pausenlos aufgeregte Vorschläge machte, wie man bei ihrer Eroberung vorgehen könnte und mit welchen wunderbaren Dingen man dafür belohnt würde, und wenn er richtig »gut drauf« war, dann rauchte er einen Joint und ging, um seiner Libido freien Lauf zu lassen, zu Otti, die ihm meist mehr gab, als ihm lieb war, und die auch glücklich blieb, wenn er sich nach einer Stunde wieder verabschiedete.

Bella wurde unter die Sterne gerückt, wie eine arkadische Nymphe, um sie vor dem Liebeswerben einer wollüstigen Gottheit zu schützen, während er weiter über eine eindrucksvolle Art nachdachte, sie anzusprechen. Beim ersten Mal, als er sie sah, hätte er einfach sagen können: »Hi, wie geht's«, und der frische Schwung hätte vielleicht sofort zum Tor geführt. Inzwischen aber waren alle Niederungen des Originellen und alle Stimmlagen des Coolen in Gedanken durchgespielt, und vor ihm türmte sich das gewaltige Massiv der Sprache, das aus der Höhe des bereits Bekannten verächtlich auf seine Versuche herabblickte, etwas Unerhörtes und nie Gesagtes hervorbringen zu wollen.

Immerhin veränderte sich Büttner in dieser Zeit stark in Richtung seiner interessanteren Anlagen. Der Strich seiner Zeichnungen wurde sicher und akrobatisch, seinen Fotos gelang es auf einmal, die Dinge in einem fast vibrierenden Ereigniszustand festzuhalten. Die Gipsarbeiten entwickelten ein feines, die konkrete Figur zurücklassendes, aufs Absolute im Weiß zielendes Eigen-, ja, Seelenleben, und in seinen Videoarbeiten – liebte er doch zunehmend die technische Medialität – zeigte sich, quasi im Vorfeld der verarbeiteten Bilder, ein aufregender Horizont. Ein Überfall der vorgreifenden Intention auf etwas, was sich daraufhin erst einstellen würde. Das Neue. Kunst. Die einen nannten seine Arbeiten »spannend«, andere sprachen, verdorben von den Diskursen, von »Signifikanz« oder dergleichen. So kühn waren bereits damals die Urteile, auch wenn sie nichtssagend waren.

In dieser psychisch stabilsten Zeit entstanden fast alle Arbeiten, mit denen er an der Münchener Akademie schließlich zum Studium zugelassen wurde. Bella arbeitete in ihm wie ein Dynamo, und er strahlte das Licht aus, das er mit der Energie versorgte, mit der er sie begehrte. Diese kurze, goldene Periode, in der Büttner, einigermaßen ausbalanciert zwischen Sehnsucht und Aufschub, seine Kräfte auf die Arbeit konzentrieren konnte, beendete ein Zufall.

Ein Passauer, von den unterschiedlichen Düften der Donau und des Inns geprägter Samstagabend sieht Büttner kurz nach zehn das Haus von Otti verlassen. Der Duft der Donau ist unterschwelliger, hat einen Laubton und ein etwas mürbes Honigaroma, der des Inns ist mineralisch, metallisch und frisch. Aus der Grabengasse biegt er in die Rosengasse, folgt mit seinem schlendernden Gang der atmenden Bewegung ihrer Hausfassaden, dem Luftholen und Himmelfassen nach jedem erneuten Zusammenziehen der Straßenbreite. Er ist leicht benommen. Der Rhythmus erregt ihn. Hinter jeder Tür öffnen sich Gewölbe in ein wuchtiges Halbdunkel. Hölzerne Stiegen führen nach oben, oder es zweigen Kammern ab mit fast schwarzen Türen, oder beides. Jedes Haus eine neue, vor oder zurück atmende Rippe der Gasse und über jedem Giebel eine Scherbe matter Milchglashimmel. Nur Mücken tanzen vor seinen Augen oder in seinen Augen. Jedenfalls nicht dieser Schwarm von Lichtpunkten, für den die neuronalen Netze ausgeworfen sind, um nach Bildern Isabels zu fischen. Seine Finger duften, nicht ohne in einer riskanten Note mit dem Duft der Flüsse zu verschmelzen, nach Ottis Möse.

Da kreuzt Bella die Straße, allein. Man muss es mit einem Wort benennen, das man eigentlich nur Thomas Mann wirklich zubilligt: Sie strebt nach Hause. Büttner, nachdem er ein Gefühl wie beim ersten Bungeesprung überwunden hat, schließt rasch zu ihr auf, und nach einigen absolut nicht erwähnenswerten Bemerkungen kommt das Gespräch vollkommen zum Erliegen. Aus dem Gefühl der Ohnmacht entsteht jenes Lächeln, dessen Ursache auch eine ernste Brandverletzung hätte sein können. Daraus entwächst, Schrecken aller Schüchternen und Verlegenen, eine Art Heimbegleiten mit blutgerinnender Wirkung, an dessen Ende unweigerlich ein vernichtendes Umkehren stehen wird. Ein Abschied würde folgen, bei dem die Zunge sich wie durch einen Mund voller Puderzucker wühlt, um schließlich in einem letzten, endgültigen Gesamtausdruck von Blödigkeit steckenzubleiben.

Bella blickt ihn amüsiert an. Sie hält seine stumme Qual für Ernsthaftigkeit, sein Schweigen für Einfühlsamkeit, und die Tatsache, dass er sie endlich angesprochen hat, für reichlich an der Zeit und ungeheuer aufregend. Als sie zweihundert Meter vor dem Haus ihrer Eltern an dem unbebauten Grundstück vorbeikommen, auf dem bei gegebenen Anlässen die Gäste der Kauffmanns ihre Autos parken und das schwer nach Holunder und Kompost duftet, verbringt Büttner zwanzig ungeschickteste Minuten damit, seine unsicheren und vorsichtigen Lüste mit Isabels grenzenloser Bereitschaft, sie zu erfüllen, abzugleichen. Seine Ungeschicktheit erzeugt Ungeduld, und diese Ungeduld lässt ihn immer ungeschickter werden. Er hätte sich wohl noch länger mit dem vorsichtigen Abwiegen ihrer Brüste aufgehalten, hätte sie nicht irgendwann ihren Rock hochgeschlagen, ihn an sich gezogen und alles Weitere selbst in die Hand genommen.

Alles Weitere ist ja auch ein guter Name für dieses Ding, mit Hilfe dessen sie entschlossen war, schließlich war sie mit fast siebzehn alt genug, sich den Weg aus diesem ewigen Petting zu bahnen, oder dem »Sichbetatschenlassen«, wie es in Passau hieß. Es gab überraschend wenig Blut, sehr hellrot, wie Büttner, als er zurück in seiner Wohnung war, an seinem Hemd erkennen konnte, und es war der Anfang.

Mit der Schere schnitt er wimpelförmige Stücke mit Blutflecken aus dem weißen Stoff und heftete sie mit Reißzwecken an das altmodische Küchenbuffet, mit dem sein Passauer Apartment möbliert war. Danach sang er ziemlich lange ziemlich laut ziemlich viel wirres Zeug, tanzte durch sein Zimmer, legte *On the beach* von Chris Rea auf und anschließend *Sympathy for the Devil*, trank Whisky, lachte über die Maßen, schrie sein Gesicht im Spiegel an und schüttelte, scheinbar außer sich, immer wieder den Kopf.

Die Sprache der Ölsardinen

Könnte man nicht einmal, so habe ich mich immer wieder gefragt, ein Buch mit einem so fulminanten Anfang beginnen, dass der Rest gar keine Rolle mehr spielt? Mit einer Götterdämmerung. Einer Göttermorgendämmerung natürlich, in der das Licht selbst, statt einer seiner Betrachter, sich die Augen reibt über diesen Autor, der es nicht einfach nur beschrieben hat, sondern der es aufgehen ließ. Der es hervorgezaubert hat. Einmal einen Anfang aufs Papier setzen, der nicht sofort von seinen Aussagesätzen plattgemacht wird. Könnte man nicht das süße Geheimnis der Poesie, noch von leichter Schläfrigkeit überkrochen, obwohl es schon Viertel nach sieben ist und ich um halb acht an der U1 am Görlitzer Bahnhof sein muss, einfach preisgeben, enthüllen, damit es die Welt ohne große Worte in seinen Glanz taucht? Könnte nicht einfach der Vorhang aufgehen, wie heute Morgen, kurz vor vier, vor wenigen Stunden also, als ich das letzte Mal auf den Balkon hinaustrat und das nächtlich brütende Berlin in meinen Augen schwirrte. Was für ein Augenblick! Was für ein unbeschreiblicher Augenblick, wenn Berlin in eisengrauer Kipplage wie ein antiker Diskus der Morgendämmerung entgegensaust. Besitzt der Geist denn ganz umsonst inzwischen jene riskanten Untiefen, für die die Ekstatiker, vor allem französischer Zunge, eine so tadellose Sprache gefunden haben? Gibt es keinen Weg vorbei am Kommunismus, vorbei an der Altersversorgung, vorbei an der Berlin-Zulage, einen geistigen Weg, einen rein geistigen Weg, der die nützlichen und müden Worte umgeht und mit einer kräftigen Geste dieses Blau im Westen hochzieht, um es mit dem Sonnenaufgang im Osten direkt über dem Zenit des soeben einfahrenden Zuges zum Sieg zu führen? Einen Blitzsieg des Geistes gegen die Kräfte des Nachtkollers. Gegen die Kräfte der Unausgeschlafenheit, die sich ihrer eigentümlichen Unschärfe bedienen, um die nackten Tatsachen des Morgens in verschleierte Türkinnen zu verwandeln.

Wahrscheinlich ist es das Jahr 1987, das ich vor Augen habe, als der Schleier fällt. Kreuzberg wieder. Die verschrammten Engel und ihre zerrütteten Freier stehen dicht gedrängt im rüttelnden S-Bahn-Abteil. Die Heroinen mit ihren Augen aus Asche. Meine Reisetasche eingeklemmt zwischen meine schwarzpolierten Schuhe und daneben die seidenen Knöchel einer Nachtpflanze mit Laufmaschen und walnussgroßen Löchern über den schrecklichen Plateauschuhen. Draußen die Prinzenstraße. Auf der Straße die Jäger, vor den Jägern die Gejagten, vor den Gejagten der steinerne Wald. Ganz knapp erreiche ich den Zug um 8 Uhr 20 ab Bahnhof Zoo.

Die Hühnerficker

Das Leben bietet eine Vielzahl von Möglichkeiten, den Verstand zu verlieren. Man muss sich nur die für den eigenen Typ am besten geeignete aussuchen. Im Zweifelsfall gibt es genügend Fachleute, die einen da gut beraten können. Allerdings sind das nicht, wie viele vielleicht glauben, die Psychiater. Die wollen einen immer nur zurückholen. Zurück in eine Normalität, der sie selbst als wirkungsvollstes Abschreckungsbeispiel dienen. Zurück in einen Zustand, in den kein Verrückter normalerweise zurückwill.

Amsterdam war damals so um die dreißig, also etwa in meinem Alter, und es war ziemlich leicht rumzukriegen. Leider wird fast jeder Lektor verrückt, wenn er einen solchen Satz liest. Aber Amsterdam war ja auch ziemlich verrückt. Wenn ein Holländer das sagen würde, müsste man da natürlich Abstriche machen, denn die Holländer halten ziemlich viele Dinge für ziemlich verrückt, weil die Latte für dieses Prädikat bei ihnen nicht sonderlich hoch liegt. Wir waren aber nachweislich keine Holländer. Wir waren gerade aus Berlin und aus Nürnberg gekommen, um drei Tage in der Leidsestraat zu verbringen. Drei Tage Amsterdam in achtundvierzig Stunden.

Bereits im schönen Krasnapolsky hatten wir ein bisschen gezecht. Dann zogen wir, bewaffnet mit unserer Jugend, unserer Schönheit und dem Nichts, das wir zu unserem Glück brauchten, in die Wohnung an der Leidsestraat. Ich hatte inzwischen völlig vergessen, dass wir dieses Hühnchen gekauft hatten. Aber hatte ich nicht auch vergessen, dass meine Mutter mich zur Welt gebracht hatte, was in den Augen mancher ja viel schwerer wiegen soll? Jedenfalls, das Huhn war tot und wir lebten. Und es war nackt. Es war so nackt und weiß, dass man blind werden konnte.

»Oh Gott, ich bin so hundeelend geil«, sagte Büttner, als er den zweiten Joint weitergereicht hatte.

Dann sprang er auf, öffnete seine Hose und steckte das Hühnchen auf einen 1A stehenden Schwanz.

»Pass auf, deine Babys kriegen die Salmonellen!«, kreischte Pruy, der ebenfalls so breit war, nach eigenen Worten, wie der Rhein bei Koblenz.

Büttner umklammerte mit beiden Händen das gestopfte Geflügel und schrie:

»Die Henne ist ja schon ganz nass!«

Dabei tanzte er an dem albernen Couchtisch entlang, der zum Mobiliar in der Leidsestraat gehörte, und sang: »Sein Schwanz war im Vorüberziehn der Hühner / so steif geworden, dass ihn nichts mehr hält / ihm war, als ob es nur noch Hühnerpussies gäbe / und hinter Hühnerpussies keine Welt.«

»Wir müssen uns wohl unten Falafel holen, wenn wir noch etwas zu essen wollen«, lachte Pruy, »dieses Huhn nimmt anschließend kein Ofen mehr an.«

»Der ist imstande und fickt auch Falafel. Der kennt da nichts«, wurde dagegengebrüllt.

»Bestell mir sofort 'ne Frau oder ich bring dich um«, schrie Büttner in meine Richtung. »Von mir aus kannst du auch die Nummer deiner Mutter anrufen. Sie soll sterben unter meinen Zungenküssen.« Er nahm einen Schluck aus der Flasche. »Prost, ihr Behinderten, ihr habilitierten Spasten«, sagte er, »die bildende Kunst wird Augen machen, wenn ich diesen Vorfall hier zu Werken sublimiere!«

Er klappte sein Digital Diary von Sony auf, Lieblingsspielzeug aller Daumendrücker, bevor es wenige Jahre später durch das Handy in Vergessenheit geriet.

»Die 64 KB reichen, um eine Million Mal ›ficken‹ mit deinem Arsch zu multiplizieren«, sagte er zu Pruy.

Der hatte zur Gitarre gegriffen, den Kopf schief gelegt, und sang nun Bob Dylan.

»One more cup of coffee, 'for I go.«

»Jetzt brauchst du nur noch eine Hausmacher-Stadtwurst für

deinen Arsch«, sagte er zwischen dem Gesang, »dann hättest du gleich zu Hause in Franken bleiben können.«

Der Rauch stand im Zimmer wie ein Friedrichshafener Zeppelin. Wir waren zu dritt und machten Lärm für zehn. Dann geschah etwas, was niemand für möglich gehalten hätte: Es läutete. Da wir weder wussten, wer wir waren, noch irgendjemand, wo wir waren, waren wir drei einen Moment lang ziemlich verdutzt. Dann schrie Büttner:

»Die Erste kommt! Die Götter haben meinen Chickentanz erhört. Die Erste kommt!«

Ich öffnete die Wohnungstür und horchte ins Treppenhaus.

Büttner schrie von hinten: »Solange sie nicht Tynde oder Frauke heißt, soll sie raufkommen.«

Pruy legte eine Gesangspause ein.

»Ach was! Scheißegal, wie sie heißt: Zwinge sie, hereinzukommen! Lukas 14, Vers 23«, brüllte er hinterher. Büttner hatte das Fenster aufgerissen, nachdem ich die Tür wieder zugemacht hatte, schaute hinunter auf die Straße und schrie: »Jaaaaa«, lange und jauchzend.

»Du holst dir den Tod«, sagte ich im Hinblick auf seinen nackten, von Schweißperlen überlaufenen Oberkörper.

Und weil das Allerunwahrscheinlichste sich lässig überbietet, wenn es zur Duplizität der Ereignisse kommt, klingelte das Telefon.

Büttner stand auf und kippte das Tablett mit der Whiskyflasche samt den drei halbvollen Gläsern in den Abfalleimer neben der Spüle.

»Bist du jetzt völlig verrückt?«, brüllte Pruy. »Der Mann ist doch komplett meschugge!« Und nachdem er noch mal durchgeatmet hatte: »Das gibt's doch nicht, für die Flasche haben wir vorhin zwanzig Mark hingeblättert.«

Am Telefon war Büttners Mutter. War ja klar, dass doch jemand wusste, wo wir waren. Die Frau, die ihn, der er gerade in Amsterdam in der Leidsestraat ein Huhn fickte, für den intelligentesten, großartigsten und anständigsten Sohn der Welt hielt, wollte wissen, ob er gut angekommen sei.

Büttner lachte immer verrückter. Er versuchte zu schreien: »Wer bist du, warum kommst du auf deiner Stimme zu mir geschritten?«, aber es kam nur Gelächter. Qualvolles Gelächter.

Das Hühnchen rutschte ihm vom Spieß, denn wer behielte beim Gedanken an seine Mutter einen Steifen, und er lachte. Schließlich legte er auf, ohne ein einziges verständliches Wort herausgebracht zu haben.

»Nie im Leben«, sagte er dann, nachdem er aufgelegt hatte. »Nie im Leben.«

Die Stimmung war erst mal weg.

In unseren Leben herrschte damals ziemlich viel Unruhe. Mindestens ebenso viel Unruhe wie in den Verhältnissen. Wir versuchten nach Kräften, die Unruhe in uns nicht unter die der Verhältnisse sinken zu lassen. Dafür haben wir die Nächte zum Tag gemacht. Niemand von uns hatte die geringste Ahnung, ob wir noch von den Nachkriegsjahren zehrten oder ob die von Böll, Frisch oder Grass bereits vollständig aufgefuttert waren. Klar war nur, dass wir alle reisten. Die Zeit zwischen den Reisen reichte kaum, um sich eine Zigarette anzuzünden. Vom vielen Fliegen hatte man kleine, fieberhafte Augen und immer neue Geschichten um die Ohren.

Büttner hatte eine bordeauxrote Samsonite-Reisetasche neben sich stehen, die ein Lied davon singen konnte. Sie quoll über von den Indiskretionen, mit denen sie vollgestopft war: Wäsche des anderen Geschlechts, erbeutete Walkman-Kassetten von traurig zurückgelassenen Mädchen, wildgemusterte Sakkos, Kopfhörer, Kondome, das *Kunstforum*, ein paar Merve-Bändchen, Lyotards *Intensitäten* oder Virilios *Ästhetik des Verschwindens*, und, last but not least, ein Taschenkalender voller Mädchennamen: Carola, Trixi, Kerstin, Inge, Melanie, Rebecca, Bubi, Madelaine.

Die meiste Zeit lebten wir in Berlin. Wir wussten, dass Berlin alle brauchen konnte, die unfertig waren – und wir waren unfertig. Berlin bot außerplanmäßiges Existieren. »Avant! Die Hosen runter, smarte Geister / an Spree und Jordan großer Samenfang!« Berlin war immer noch geschlossene Anstalt, mit ein paar Normalen, die man dort eingemauert hatte, und den vielen Verrückten, die unbedingt dazustoßen wollten. Nur die Transitstrecke, die von einer perfide gezüchteten Ausgeburt des DDR-Menschen zur vollen Schikane ausgebaut war, war lästig. Entscheidend in jener Zeit war nicht, wer man war, sondern ob man zum richtigen Zeitpunkt am richtigen Ort war.

Büttner fuhr schon am nächsten Morgen weiter. Er wollte Bella in München abholen und mit ihr dann nach Franken kommen. Wir wollten uns dort am kommenden Wochenende treffen, auf dem Fest bei den Pruys.

Das Fest bei den Pruys

Ein Haus am Ortsende mit einer weiten, mit Bootslack gestrichenen Porch nach hinten in den anmutig abfallenden Garten, wo der leuchtend grüne Hang hinunterrollte an eine Palisade stattlicher Pappeln, die in einem taumelnden Gänsemarsch dem Bach folgten, der das Grundstück begrenzte. Im rückwärtigen Teil des Hauses gab es ein aus dem alten Holz eines abgerissenen Forsthauses rekonstruiertes Jagdzimmer mit Türklinken aus kurzen Gamsstangen und bleiverglasten Fenstern mit Motiven der Hirsch-, der Auerhahn- und der Fuchsjagd in Kaulbach'scher Manier. Der Kamin war ganz aus dunklen Feldbrandklinkern gesetzt. Die vorgelegten Teppiche waren ländliche Tiroler Ware. Vor dem Kamin starrte ein altes, englisches Kaminbesteck. Eine Holzbank mit fröhlich-rötlicher Lärchenmaserung umschloss mehr als ein Drittel des schwach nach Wachs duftenden Zimmers, und in der Mitte erzwang ein stattlicher Münsterländer Tisch den Eindruck von Ruhe und Aufgeräumtheit. Von der Decke hing ein Geweihleuchter, dem aufs Geweihblatt eine wie bei Galionsfiguren mit den Brüsten beginnende Frau mit fränkischer Haube aufgearbeitet war, fein bemalt in den schmerzlichen Farben Riemenschneiders. Eine dünne Seidenkordel hing von diesem Leuchtkörper herab, um die delirisch drei, vier Mücken kreisten wie die Protonen auf einem stark vereinfachten Atommodell.

Isabel hatte nach dem Duschen ein kanariengelbes, knallenges Kookaï-Kleid mit spatenförmigem, grau abgesetztem Ausschnitt und grauem Stoffgürtel übergezogen und dazu vollkommen flache, nur unmerklich hellere Schuhe.

»Wohin gehst du?«, fragte Büttner.

»Raus. Jungs gucken!«, sagte sie an ihm vorbei.

Für das neugeborene Kalb eines Steppenhuftieres ist es überlebenswichtig, nach der geburtshalber erlittenen Bodenlandung schnell auf die Beine zu kommen. Während der Körper sich vorne noch auf die Kniegelenke stützt und der Kopf die wilde Außenwelt mit stark verneinenden Bewegungen bedenkt, haben die Hinterbeine sich bereits hochgestemmt, und das Becken sucht in diesen eckigen und äußerst jung wirkenden Bewegungen den inneren Schwerpunkt. Solche Bewegungen hatte sich Bella für Gelegenheiten wie diese, in einem neuen Kleid aus einem fremden Badezimmer zu treten, aus wer weiß welcher evolutionären Vorzeit bewahrt.

Büttner saß ihr gegenüber in einem zerfurchten Ohrensessel aus wuchtigem, abgewetztem Büffelleder, und ein Schimmer des kobaltblauen Glases, mit dem ein Segment der Flügeldecken des Auerhahns gefasst war, ließ seine Wangen hohl und untergraben von einem leichten Bartwuchs erscheinen.

»Du bedeutest mir mehr als alle Jagdzimmer dieser Welt!«, sagte er.

Bella beachtete ihn nicht und streifte an der Hüfte mit der flachen Hand über das eng anliegende Kleid.

»Mehr als alle Flickerlteppiche des cisalpinen Kulturkreises!«

Sie schwieg.

»Bitte mach deine Beine weit auseinander und zeige mir mein Zuhause!«

Bella wandte sich zur Tür, was die Fliegen unter dem zentral im Raum verankerten Geweihleuchter veranlasste, ihre Prozession um die Seidenkordel aufzugeben.

Bald darauf überquerte Isabel den Rasenhügel, als hätte Antonioni die Kamera draufgehalten. Ein weiter Schwenk, unter dem der abfallende Rasen zu kippen begann wie eine steile, grüne Tragfläche. Es gelang ihr jedoch, dies durch eine Verlagerung ihres Beckenschwerpunkts immer wieder auszugleichen. Ihre Haare waren inzwischen trocken, und ihr Gesicht hatte aus der Entfernung die spurlose Klarheit der Züge Rita Hayworths, vor ihrer psychischen Demontage durch Orson Welles. Büttner sah sie durchs bleiverglaste Fenster dahinwehen. Er sah, wie ihr Hintern unter dem Kleid arbeitete. Kaum dass Bella den Raum verlassen hatte, war er in sich zusammengesunken.

Die Gäste standen auf dem Hang verteilt wie Fahnenstöcke beim Abfahrtslauf. Bella stoppte neben Richard Winter, der steif und einfarbig in der Gegend herumstand.

»Und, wie findest du die Leute?«

»Keine Gatsbys, keine Raskolnikows«, sagte er, »halt der niedere Klerus der Wirtschaft. Kapitalscholastiker und ihre Hofnarren, die Werbefritzen.«

»Wow!«, sagte Bella mit scheinbar fassungslosem Gesicht.

Winter war out. Er beging später irgendwann Selbstmord. Zwar aus anderen Gründen, aber schlussendlich doch mit dem gleichen Ergebnis.

Bellas Bewegungsabfolge gipfelte beim Weitergehen darin, dass sie den Arm wie die Hypotenuse eines mit der Spitze auf der Schulter stehenden Dreiecks über den Kopf legte, wobei diese aufgelegte Last sie, wie bei einer Wasserträgerin, abdominal betonte.

»Ein Mann, der einen Bauch kriegt, will doch weiter nichts, als seinen Schwanz aus den Augen haben«, tönte es neben ihr.

»Ach, wer kriegt denn heute noch einen Bauch«, wurde erwidert, »wer nicht fit ist, kriegt doch bei mir überhaupt keinen Job mehr.«

»Gottogott«, meinte ein Dritter, »lieber ’nen Bauch als dieses Affentheater mit der ewigen Rennerei.«

Rita Pruy hatte ein überschaubares, scheinkluges Gesicht, das immer aufgeräumt wirkte. Es sah aus wie aus einem Katalog von Laura Ashley mit sauberen, mitunter lebhaften, oft aber auch, wenn sie sich unaufgeräumt fühlte, wie mit Kontaktkleber befestigten Augen. Es hatte eine ziemlich ruhige, feinnarbige, fast eintönige Haut, die sie gern mit einem gerade neu auf den Markt gekommenen Duft erfrischte. Die Ohren, die in der Höhe ihres Ansatzes leicht voneinander abwichen, ließen manchmal den unzutreffenden Eindruck entstehen, als würde sie den Kopf schräg halten. Nur der Mund brachte alles durcheinander. Er lag unter der Nase, so schwer dieser Vergleich sich vielleicht rechtfertigen lässt, wie eine dicke alte Matratze.

»Seit sie dreißig wurde, ist sie über ihr Alter beleidigt«, meinte jemand, »und das ist jetzt beinahe schon fast genauso lange her wie die Zeit, in der sie deswegen nicht beleidigt sein musste.«

»Na ja, übertreiben Sie mal nicht«, sagte Merbold, »ich glaube, sie ist zweiundfünfzig, oder einundfünfzig sogar erst.«

Rita Pruy stand im Entrée, man durfte es ruhig so nennen, die Haare noch aschblonder als sonst, aber heute mit einer riskant aus dem Gesicht weichenden Welle. Sie trug eine dreiteilige Kombination von Rena Lange mit pfenniggroßen weißen Punkten und einem schmalen, tiefgezogenen Schalkragen. Die Knöpfe zierten bantunegroide Frauenkopfsiegel. Dazu trug sie flache, naturpfefferminzfarbene Schuhe von Jil Sander. Der frische Laubton des für ihr Alter zu leichten Stoffes (wahrscheinlich Organdy) warf einen kühlen Schimmer über ihr Gesicht. Neben ihr stand ihre etwas armselig wirkende und gänzlich unattraktive Freundin Betty Stürmer, eine frühere Handarbeitslehrerin, die auch im Wahlfach Haushaltskunde tätig gewesen und gleich zweimal in ihrem Leben Mittelpunkt eines delikaten Skandals geworden war.

Niemand verstand, was den ersten anging, warum sie in den Kochstunden an der Schule in so auffällig kurzen Abständen immer wieder Forelle blau auf den Küchenzettel gesetzt hatte. Angefangen von den Herzogin- oder den feinen Bouillonkartoffeln über die geklärte Butter bis hin zu den gehobelten Mandeln, die eigentlich gar nicht dazugehören, ein die Kochkunst ja nur mäßig forderndes Gericht. Sogar der Elternbeirat hatte sich mit dieser Frage schon beschäftigt, weil der lange, nackte, blauschwarze Fisch den Mädchen nicht nur nicht schmeckte, sondern sie wahrscheinlich insgeheim auch sexuell erschreckte. Da wurde sie eines Tages von Schülerinnen beobachtet, wie sie nach Unterrichtsschluss, wo sie nach der Forelle immer allein im Klassenzimmer zurückblieb, mit einem stumpfen Messer die glasigen Augen aus den abgetragenen Fischköpfen schälte und gierig verschlang. Die halbe Schule schüttelte sich vor Gelächter und Ekel, nachdem sie anschließend im Lehrerzimmer eingestanden hatte, dass sie, wie sie sich ausdrückte, »ganz verrückt nach den Dingern« sei. Die »größte Delikatesse« hatte sie sie genannt.

Wie bei den im alten Rom als Salat servierten Pfauenzungen musste auch hier der Überfluss des Seltenen jene Begierde angestachelt haben, die sie bewogen haben mag, die ungeschriebenen Gesetze ihres sonst eher schlichten Lebensentwurfs zu übertreten. Dabei deutete nichts an ihrer Unscheinbarkeit darauf hin, dass es irgendwo eine verborgene Genusssucht geben könnte.

Das Gegenstück zu diesem Gelüst auf Forellenaugen kam zutage, ebenfalls im schulischen Umfeld, als sie sich in Krefeld als junge Lehrerin vom über fünfzehn Jahre älteren und in dieser Hinsicht bekannt wahllosen Biologielehrer auf einem Klassentisch im Musikzimmer der vermeintlich vollkommen leeren Oberrealschule nehmen ließ. Ihre Beine waren fast kerzengerade und wachsstängelhaft in die Höhe gestreckt, ihr Hintern schwang in den festen Händen des Kollegen, der sie mit kräftigen Stößen zu äußerst unbeherrschten Lauten hinriss. Als der vom Konrektor der Schule begleitete Sportlehrer Heiko Schaller von einer außerplanmäßigen Turnstunde auf dem Weg ins Direktorat an der nur angelehnten Tür des Musikzimmers vorbeikam und sie öffnete, da sie sittlich verwilderte Schüler dahinter vermuteten, erspähten sie die beiden Lehrkräfte. Betty Stürmers Gesicht zeigte durchs V der vom Biologielehrer nur an den Knöcheln umklammerten Beine im Schreck Fischkopf und Forellenaugen. Diesen Blick, das aufgelöste Auge, hat Pontormo gezeichnet, fünfhundert Jahre bevor es Betty Stürmer dazu gab. Trotz Zusicherung von Diskretion, man war ja schließlich erwachsen, hatte dieser »Tag der offenen Tür« in der Schule bald die Runde gemacht und beendete ihre Krefelder Amtszeit mit einer Versetzung, während der rustikale Biologielehrer Fischer sein Fach möglicherweise noch heute dort begleitet.

Rita Pruy war die Einzige hier, die von diesen beiden kleinen Skandalen wusste. Sie mochte Moni, weil sie in ihr die eigene, im Grunde anspruchslose und vor jedem Zynismus zutiefst erschrockene Natur wiedererkannte. Beide Frauen nahmen mit Hilfe der *Bunten* regen Anteil an öffentlichen Schicksalen, egal wen diese gerade trafen. Sogar Scheidungen zählten in diesen Tagen noch zum Schicksal, wenn die Betroffenen das Unglück hatten, zur sogenannten Gesellschaft oder wie man auch sagte zu »den oberen Zehntausend« zu gehören. Rita Pruy und Betty Stürmer begleiteten das Auf und Ab der Schicksale von Farah Diba und Bubi Scholz bis zu Königin Beatrix und Lady Di.

Mit der Hüfte lehnte sie jetzt leger an einer barocken Wellenkommode, die von einem bizarr geformten Designertelefon darauf völlig aus der Façon gebracht schien.

»Wir fahren schon einmal pro Woche nach München, zum Einkaufen«, sagte sie zu Dr. Fischer von Fischer & Fischer Immobilien Int., der gerade einen thronartigen, mit feinem Streifentaft bezogenen Korbsessel in der Diele bewunderte.

»Textilien kaufen wir sogar fast immer bei Pilati«, meinte Frau Pruy.

»Wir shoppen auch gerne in München«, sagte Dr. Fischer, »inzwischen ja sogar unsere Lebensmittel. Seit Engelbrecht zugemacht hat, haben wir meist bei Karstadt gekauft, aber am Wochenende geht das dort inzwischen ja zu wie auf einem Fußballplatz.«

Lucius Fischer führte den Immobilienhandel der Fischer & Fischer Int. in der dritten Generation. Früher kaufte man neben soliden Anlagen in Deutschland vor allem in beiden Amerikas und später, nach der Wende, deren Chance er augenblicklich erkannte, im ehemaligen Osten, vor allem Dresden, auch Thüringen, und natürlich Berlin, später dann in Budapest, Tendenz rückläufig, und sogar in Polen. Durch seine ausgezeichneten Verbindungen, um hier ein zweites Mal vorzugreifen, konnte er auch auf die Besetzung von Ämtern (Präsidentschaften in Sportvereinen, Vorstandsmitgliedschaften und Beraterverträge in der Industrie bis hin zu Berufungen an Kunsthochschulen) Einfluss nehmen, und er wirkte, kaum war die Mauer gefallen, kräftig mit an der Dresdner Vergewaltigung durch den barocken bayerischen Seelenverwandten. Fischer galt als potenter Förderer zeitgenössischer Kunst, und seine Sammlung war nicht unbeachtlich. Ende der sechziger Jahre hatte er das Haus von den Sammelstücken des alten Honorarkonsuls Ignaz Fischer, des Firmengründers, und denen seines Vaters befreit. Überwiegend waren das ozeanische Masken, viele davon ein wahrer Kinderschreck. Daneben eine Vielzahl an diplomatische Sehnsüchte anknüpfende Trophäen und virile Gehörne, die mit mexikanischen Votivtafeln, ausgestopften Paradiesvögeln und afrikanischen Waffen konfrontiert wurden.

Sie verschwanden aus der Villa am Schmausenbuck, in der man sich nun der kaltblütigen Geste der zeitgenössischen Kunst geöffnet hatte. Die Sammlung enthielt viel Beuys, den vernagelten Uecker, verschwommene Richters aus den Siebzigern, einen kleinen Donald Judd für die Diele, William Nelson Copley, ein paar lustige Kippenbergers und zwei dieser ödemartig geschwollenen Kissenbilder von Graubner, Farbraumkörper genannt, die aber kaputtgingen, wenn man sich draufsetzte. Gegenüber vom WC hing ein franziskanisch nüchtern gerahmtes Blatt von Beuys' *Painting Versions*, Technik: Öl und Butter auf Bütten mit gerissenem Loch, und im Büro drohten wie die Gesetzestafeln des Moses neun bei Zwirner in Köln gekaufte Schriftbilder von Broodthaers.

In den letzten Jahren hatte sich seine Sammlung auch ein bisschen dem Independent Stuff geöffnet, der bunten Luft der Cibachrome-Halluzinationen (Rosemarie Trockel, Rebecca Horn, Katharina Fritsch, Thomas Rentmeister, Andreas Gursky usw.), man kennt ja die Menues. Im Haus bei Cortina d'Ampezzo, hochalpiner Jugendstil mit allerfeinstem Blick, sind in einem dem heroischen Dolomitengestein abgerungenen und deshalb die Fassade vollkommen unbeeinträchtigt lassenden Anbau Skulpturen untergebracht, in deren Gegenwart wie in einem Kirchenraum automatisch mit gedämpften Stimmen gesprochen wird und wo das falsche Wort, sollte es angesichts eines Stücks rostigen, gebogenen Eisens fallen, den Banausen oder den Ungläubigen an Ort und Stelle vernichtet. Sedlmayer spricht von »Ungegenständlichkeit mit hinzutretender Bedeutung« und »Ungegenständlichkeit ohne hinzutretende Bedeutung«, und wirklich überzeugende Beispiele für beides haben hier exemplarisch ihren Platz gefunden. Eine kleine Arbeit von Fischli und Weiss schien gerade über diesen Umstand sich auch noch lustig zu machen.

»Da haben Sie vollkommen recht«, sagt Frau Pruy, »wir gehen zu Dallmayer, da ist ja samstags auch viel los, aber man weiß wenigstens, dass man nicht auf dem Fußballplatz ist.« Dr. Fischer nickte. »Mein Mann hat inzwischen eine feste Route, wenn wir in München sind – Kaffeetrinken im Luitpolt, danach ein Bummel durch die Briennerstraße, dann Lenbachhaus oder Glyptothek, anschließend, wenn's das Wetter zulässt, durch den Hofgarten hinaufspazieren in den Englischen Garten bis zur St. Emmeramsmühle oder bei schlechtem Wetter ein Mittagessen im Tantris oder in der Aubergine. Bei Witzigmann kann man ja nichts falsch machen.«

»Gewiss nicht«, sagte Fischer, der wieder nicht dazu kam, seine Schwäche für den Viktualienmarkt zu unterstreichen.

»Abends dann Staatsoper oder Herkulessaal. Ins Theater krieg ich ihn nur schwer.«

»Und die Bücher?«, fragte Richard Winter, der gerade vorbeikam.

»Was meinen Sie damit?«, fragte Rita Pruy leicht alarmiert.

»Wo kaufen Sie denn Ihre Bücher? Ich habe gesehen, Sie besitzen eine recht beachtliche Bibliothek.«

»Ach so. Die haben wir fast alle von einem verstorbenen Vetter meines Mannes übernommen. Er hat alte Botanik und Medizin gesammelt und irgendeine furchtbar teure holländische Presse, Elzevir oder so ähnlich, kann das sein? Aber mein Mann liest eigentlich kaum Bücher«, wandte sie sich wieder an Fischer. »*Forbes* und *Handelsblatt* reichen ihm völlig, sagt er immer, höchstens noch die *Bunte*. Den *Spiegel* findet er zu zersetzend.«

Winter unterdrückte ein leichtes Frösteln.

»Ihr Mann hat inzwischen eine richtig feste Rute«, hörte man Büttner aus dem Off ins brüllende Gelächter kolportieren. »… braucht die Muschi ein Geländer …, wird die Rute rasch zum Ständer!«

»Ich lese aber schon gerne zwischendurch ein gutes Buch. Kennen Sie *Das Parfum*?«, fragte Frau Pruy Herrn Fischer, der durch das Gewühl der Gäste ihrer Frage so lange in die aufgeworfene Richtung nachblickte, bis eine mögliche Antwort ihrer Aufmerksamkeit entschwunden war. »Dieser Grenouille erinnerte mich an einen Onkel aus Bamberg, vor dem ich mich als Kind immer schrecklich gefürchtet habe.«

Büttner war ins Haus zurückgegangen.

»Du siehst ja superdepressiv aus«, sagte Isabel, die am Fenster lehnte und rauchte.

»Frau Pruy steht draußen und erzählt Dr. Fischer, ihr Mann habe inzwischen eine richtig feste Rute. Musst du dir mal vorstellen. Außerdem geht's schon wieder ums *Parfum*.«

»Ich kann die Scheiße nicht mehr hören.«

Gemeinsam gingen sie zurück in den Garten.

»Na Büttner, wieder raus aus der Klapse?« Herr Pruy machte jetzt seine Runde. Er liebte es, mit rüden Fragen sich selbst zu erschrecken und gleichzeitig den Künstlern zu zeigen, was für ein prachtvolles Arschloch er sein konnte.

»Danke der Nachfrage, und selbst, immer noch quietschnormal?«

»Machen Sie Witze?«, sagte er. »Ich hätte gar nicht die Zeit, verrückt zu werden, dazu habe ich viel zu viel Arbeit.«

»Dazu braucht man aber gar nicht so viel Zeit – nur die richtige Einstellung.«

Pruy überlegte.

»Wo steckt denn mein Junior überhaupt?«, fragte er dann, mit dem Kopf plötzlich sinnlos Ausschau haltend.

»Die müssten bald hier sein. Er kommt mit Autenrieth aus Amsterdam. Sie haben vor 'ner knappen Stunde aus Frankfurt angerufen.«

»Amsterdam«, wiederholte Herr Pruy kopfschüttelnd und sichtlich missbilligend. »Nein – nichts für ungut«, sagte er noch mal, jetzt in besorgtem Ton. »Sind Sie wieder auf dem Damm?«

»Auf welchem Damm denn?«, sagte Büttner lächelnd und ließ ihn stehen.

Im sogenannten Salon, wo mit den exquisiten Stoffen von Pilati ein Schwulst um die Fenster inszeniert war, den nur ein Banause hätte Vorhänge heißen mögen, lag ein mit glutvollen Farben betörender alter Bachtiar, dem zur Tür hin über das fette Parkett ein paar alte Kasaks vorgelegt waren.

Auf der mit weißem Krepp wuchtig geschmückten Anrichte stand eine kinderbadewannengroße Schale aus Gaststättensilber, in der auf schwitzendem Eis bretonische Fin de Claires zum Schlürfen bereitlagen. Daneben ein regelrechter Wirbel knallgelber Zitronen. In der Ecke hielt ein Bang und Olufsen Beovision MX 4000, schon nahe am Format von HDTV, mit seinem Anthrazit dagegen. Dahinter stand ein das Trauervolle weiter unterstreichendes Acrylrack mit CDs.

»Warum fällt eigentlich nie jemand auf, dass die ganze Elektronikkiste ein total nekrophiles Design hat.«

»Elektronikkiste. Tsss!«

Schon wieder Winter. Richard Winter hatte nie aufgehört, auszusehen wie Muttis Bester. Er hatte am privaten Mauritius-Gymnasium des Jesuitenkollegs zu Büren maturiert und galt als superklug. Er tat sich allerdings ziemlich schwer damit. Und Alice Miller hatte ihn auch noch nicht aus seinen Träumen gerissen. Die hautenge Mischung aus heller Kopf und Hosenscheißer, geadelt durch zehn Jahre Klassensprecherdasein, kleidete sich seit einer Weile sehr modebewusst, was den Nebeneffekt hatte, dass auch sein Intellekt mehr und mehr wie aus dem Ei gepellt wirkte. An der letzten Eröffnung bei Schöttle in München bewies er den obszönen Mut, mit Derridas *Grammatologie* im Buchhändlergriff und dem Titel zum Publikum durch die Ausstellung zu wandeln. Das wurde eine Lachnummer.

Pruy selbst trug einen marineblauen Strickblazer mit Clubwappen und emaillierten Uniformknöpfen, dazu eine weiche, helle Hose, ein Van-Laak-Hemd, das sehr gekonnt auf die mit Sicherheit in der Londoner St. James Street gekauften Schuhe anspielte. Sein Gesicht glatt, braun und unübersehbar mit sich zufrieden, die Augen grau, aber schlau.

»Das ist doch eigentlich gar nicht wichtig, ob die dort hervorragende Spezialisten in Haftpflicht sind, das befähigt sie noch lange nicht dazu, so einen Laden zu führen.«

»Bultrau ist sowieso der gewiefteste Profilierungskünstler, den ich kenne«, sagte Dr. Fischer.

Frau Pruy überließ ihn augenblicklich ihrem Mann.

»Typischer Schönwettermann halt«, stimmte Pruy bei.

»Aber dann spielt bei der Besetzung einer solchen Stelle eben doch auch wieder Sympathie eine Rolle.«

»Sicher, das ist ja auch nicht das Problem, sondern, ich meine ... alles, was der macht, unterwirft er nur dem einen Gedanken: Positionieren!«

»Das ist doch lächerlich«, sagte Pruy, »das ist doch einfach lächerlich! Die Leute aus den anderen Betrieben sind eben noch von der Vergangenheit verdorben. Die Luft in der Branche ist aber inzwischen viel dünner geworden.«

»Stimmt. Im Augenblick ist es sogar so, dass man tunlichst gar nichts tun sollte. Zu viel Bewegung bringt bei Kunden und Investoren bloß Unsicherheit«, sagte Feldmann.

»Was ist denn nun eigentlich mit Wißmeier?«, fragte Dr. Fischer, sich wieder Herrn Pruy zuwendend. »Weil der Präsident vom Rotary da unten ist und Ehrenvorsitzender des Eishockeyclubs, kriegen wir ihn aus Baden-Württemberg nicht raus. Er ist für uns nicht manövrierfähig.«

»Das wird aber langsam zum Problem, weil der Druck, der dadurch auf die Gesamtfirma entsteht, vorrangig gesehen werden muss. Warum redet man überhaupt noch von einem Herrn Wißmeier, wenn der hier nicht einsetzbar ist?«

Das Gespräch behielt seine leichte Unschärfe. Die Herren aus dem Business hatten inzwischen wie Fließpapier die paar bunten Figuren aus der Simulationswelt in ihrer granitgrauen Textilwoge aufgesogen.

»Aber Bultrau ist finanziell zu schwach. Außerdem hat er Habits, Frauen und Alkohol, so was verdirbt die Diskret... äh Disziplin.«

»Heute kann niemand mehr einfach sagen, ›meine dreißig großen Kunden habe ich im Griff‹. Kinder, so was ist doch alles Schwachsinn. Konkurrenzmakler, Versicherer und der Kunde gehören zum Markt. Da kann keiner sagen, ›meine zwanzig Kunden hab ich im Griff – oder meine dreißig‹.«

»Auf der anderen Seite können Sie nachlesen, dass die Abteilung von Felbinger in Augsburg stark expandiert und dass sie dort dauernd neue Leute einstellen.«

»Was aber nichts daran ändert, dass man hie und da auf eine Ringeltaube stößt.«

Dieser Ausdruck sollte Büttner, der mit dem Rücken zu den orakelnden Geschäftsmännern stand und sich mit der jungen Werbetexterin Renate Rasch unterhielt, aber immer mit einem halben Ohr in den Schlingen des Wirtschaftsgesprächs hing, für immer dunkel bleiben.

»Das Kapital muss neu geformt werden«, meinte Zschokke, dem noch eins draufsetzend, während Renate Rasch über eine neue Kollektion in Leder-Optik sprach, die sie »verdealen« sollte, und dabei glühende Blicke in die Runde feuerte.

Na prima, dachte Büttner, die Ringeltaube und das Kapital, auf geht's!

»Wir können nicht ewig davon profitieren, dass Mederer in den letzten Jahren kräftig gekauft hat. War damals auch hochprofitabel, aber Sie sehen ja, der Mittelstand dünnt aus, die Makler werden doch immer weniger.«

Nach dem sozusagen offenen Horsd'œuvre mit den Fin de Claires gab es Hechtklößchen auf Bärlauchschaum, Ruccolasalat mit Kalbsbriesröschen, wahlweise Loup de Mer oder Kalbsschnitte à la Mayer, danach eine lose Folge von Desserts und Käsen, abgerundet von einem stilvoll gereichten Chartreuse.

Dann ging es in den Garten. Es war der 1. Juli und man erwartete eine sternklare Nacht. Martina Navratilova war in Wimbledon überraschend gescheitert und der Lombardsatz wurde von der Bundesbank in diesem Jahr schon zum vierten Mal gesenkt. Die deutsche Nation entrüstete sich zwei Tage lang über die Ansbacher Sauerei an Kindern, über der Brüsseler Sauerei an Kindern lag noch der Schleier der Zukunft und die übrigen Sauereien an Kindern waren von den Medien gerade nicht zur Entrüstung aufgerufen. Fräulein Betty Stürmer, wie man sie an der Schule nannte, stöckelte mit so augenfälliger Tapferkeit nach draußen, dass nicht mehr zu übersehen war, wie fehl am Platz sie sich fühlte.

Da traf sie ein Blick. Dieser Blick tauchte ein in ihr Inneres, machte dort ein paar Unterwasseraufnahmen und wahrscheinlich sogar Nacktfotos und sprühte dann aus ihren Augen wieder auftauchend in die Augen des Blickwerfers zurück. Natürlich hätte niemand diesen Blick ausgerechnet von Richard Winter erwartet. War man aber bereit, die Kombination auf sich wirken zu lassen, gewann sie eine gewisse Plausibilität. Ab diesem Moment jedenfalls zeigte Betty Stürmer eine leichte, magere Unruhe mit einer Spur zu deutlich gebremsten Herumwirbelns, wenn jemand sie ansprach. Wir werden, wenn wir es nicht vergessen, später auf die Früchte dieses Blicks zurückkommen.

»Schau dir die Köpfe von Edzard Reuter, von Ferdinand Piëch oder Eberhard von Kuenheim doch an – physiognomisch gesehen bestes Jesuitenmaterial«, sagte Winter, der sich wieder seinem geduldigsten Gesprächspartner, einem jungen Wirtschaftsdoktoranden aus Erlangen, zugewandt hatte.

»Na, bei Reuter stimmt das vielleicht. Der hat wirklich einen Kopf wie der seelige Rupert Meyer, aber Kuenheims Gesicht ist zu sinnlich und neigt zu Grübchen und zur Prallheit.«

»Das ist aber nicht unbedingt ein Einwand.«

»Nein, aber es ist eben doch eher ein pluralistischer Kopf. Zu viel unkonzentrierte Weichheit, obwohl dieser Knoten über der Nasenwurzel viel Willenskraft zeigt, insgesamt aber nicht die vertikale Streifung des Jesuitenkopfes, eher 'ne Mischung zwischen Duodezfürst und Junker.«

»Stimmt! Noch dazu hat er eine eigentlich wirtschaftsfremde und fast schöngeistige Schwäche um den Mund.«

»Bei Geißler ist das schon was anderes.«

»Meine Güte, hier geht ja volle Kanne der Punk ab, krass!«, sagte Bella.

Der, zu dem sie es sagte, war gerade austreten.

Die Gespräche der Künstler begannen sich mit denen der besitzenden Klasse zu vermengen. Wir befinden uns ja noch in den Jahren, wo etliche Vertreter der Letzteren sich für den Ausdruck »Exoten« für die Ersteren nicht zu schade waren, der Ausdruck »Chaoten« war allerdings schon rückläufig. Die Erinnerung an Hanns Martin Schleyer hatte bereits viel von ihrer Abschreckung eingebüßt, Uwe Barschels Tod konnte, welche Hintergründe er auch immer gehabt haben mochte, dem von Danton eben doch nicht das Wasser reichen, und das Terrorjahr 1978 drohte bereits Geschichte zu werden. Über Autos wurde natürlich geredet, ja, mit Einschränkung, aber die Börse oder das Internet waren noch nicht das absolut einzige andere Gesprächsthema. Und Handys waren fast noch so selten wie französische Trüffel in Werkskantinen.

»Die Automobilbranche geht weltweit um vier Prozent zurück«, sagte Merbold.

»Trotzdem bringt sie noch deutlich über 200 Milliarden Umsatz.«

»Aber die Importe aus Japan und Frankreich liegen inzwischen bei über dreißig Prozent.«

»Außerdem powert der Erbfeind in Brüssel, was das Zeug hält.«

»Das ist sowieso klar. Man liegt eigentlich nie falsch, wenn man sagt, jeder vernünftige Vorschlag scheitert immer an Frankreich.«

Wir trafen um elf ein, Pruy und ich. Es herrschte die Geräuschkulisse einer bayerischen Landtagswahl kurz vor Bekanntgabe der Ergebnisse.

»Guten Morgen«, sagte Pruy junior und fuhr, sich umblickend, fort: »Tolle Leute. Alle gut in Schuss!«

Dann sah ich Isabel zum ersten Mal.

Noch während ich ihren Blick geradewegs in mein Hirn rasen spürte, traf in einem roten Ferrari Testarossa der Schweinfurter Unternehmer Harry Hinterholzinger ein. V12-Motor, 293 km/h Spitze. Bei ihm handelte es sich um einen Mann, der vor lauter Geld nicht sprechen konnte. Er hatte einen tiefen, breiten, geschlossenen Körper mit kräftigen, einwandfrei gestellten Gliedmaßen, eine geräumige, fest angeschlossene, leicht unregelmäßig geformte Brust, eine insgesamt gesunde, tiefe, knochige, stramme Figur. Wenn er etwas sagte, so hörte sich das an, als würde man unter einem Haufen von Holzkisten einen alten Kartoffelsack hervorzerren. Es war fränkisch – aber wie vom Tiere intoniert. Der Ausspruch »Reich wird man nicht, wenn man tüchtig ist, sondern wenn man mehr haben will, als man braucht«, soll auf ihn zurückgehen. Mit ausgestreckter Hand und strahlendem Gesicht ging er auf Isabel zu. Hinterholzinger besaß selbst eine Tochter, die so schön war, dass er sie mit seinem Geld und nicht mit seinem Leib gezeugt haben musste, und beide Familien, die Kauffmanns und die Hinterholzingers, waren seit eh und je miteinander befasst.

Ich sah Isabel, und ich versuchte, ihr den Rest des Abends aus dem Weg zu gehen. Das war nicht so schwierig, weil Büttner deprimiert wirkte und sie nur kurz vorstellte und anschließend ihr Onkel Hahi, wie sie Hinterholzinger nannte, sie gleich wieder mit Beschlag belegte. Ich stand eine Weile mit Pruy und Winter im anderen Teil des Gartens unter den Obstbäumen. Danach räumte ich ziemlich bald das Feld.

Block Ost

In der Stadt stößt man überall an. Überall stehen Häuser. Überall an den Häusern gibt es Wände. Zwischen allem und jedem gibt es einen Abstand, der mehr oder weniger leicht zu überwinden ist. Kaum ist ein Abstand aber aufgebraucht, stellen die Mauern oder die Gegenstände ihre Bedingungen wieder her: ausweichen oder anstoßen! Deshalb ist die Stadt auch nicht romantisch. Sie ist mit zu viel Gegenständlichkeit behaftet. Die Natur versteht es, ihre Gegenständlichkeit in der Unermesslichkeit ihrer Idee aufzulösen. Deshalb durchfliegt das romantische Gefühl sie auch in einem dichten Wald ganz ungehindert. Eine Stadt könnte sich eine solche Durchlässigkeit niemals leisten. Sie verlangt Entscheidungen, die im Grunde immer wieder auf Bestätigung ihrer Gegenständlichkeit hinauslaufen. Ihrer Materialität. Dadurch erzieht sie zum Realismus und, wo es sein muss, zur Härte. Ein Vorteil der Stadt ist es jedoch, dass in ihr alle Dinge in der Nähe liegen. Wege, die nur bis zu dem führen müssen, was in der Nähe liegt, sind leicht zu überwinden. Nicht leicht zu überwinden jedoch ist das Ende einer Straße oder eines Hausflurs. Oder das Ende einer Geschichte. Das Ende einer Geschichte ist der absolute Nullpunkt. Für eine Stadt ist der absolute Nullpunkt aber manchmal weiter nichts als eine Mauer. Und in Berlin gibt es ja eine Mauer, die alle anderen Mauern in der Stadt übertrifft. Aber um die geht es im Moment gar nicht. Nachts wird die Stadt, um in der Dunkelheit nicht unter der Last ihrer Mauern einzustürzen, lose zusammengehalten von einem Netz aus Sternen. Bei Tageslicht aber ist die Stadt gesichert durch das unauflösliche Aneinandergefügtsein ihrer unzähligen Enden. Überall in Berlin stehen Häuser.

Überall in den Häusern gibt es Wände. Überall zwischen den vier Wänden gibt es Menschen, die nur durch Decken oder Fußböden getrennt übereinanderstehen.

Im vierten Stock rechts in der Chodowieckistraße 10 steht, nur zwei Meter über dem Kopf von Gerlinde Hensel, die im dritten Stock direkt unter ihm steht und die nun, nachdem sie sich von Holger getrennt hat, alleine da lebt, ein fremder, fast nackter Mann, der, würde er ebenso nackt und ähnlich nahe neben ihr stehen, wie er gerade über ihr steht, sich vermutlich nur als ihr Liebhaber erklären ließe. Er ist aber nicht ihr Liebhaber, so wie die wenigsten in Berlin, die sich nackt zwei oder drei Meter tiefer oder höher von einem bewegen, einem als Liebhaber angelastet werden können. Überhaupt sind einem die Nackten hier viel seltener als Liebhaber anzukreiden, als das in anderen Städten der Fall ist. Die Chancen, in Berlin jemand als seinem Liebhaber zu begegnen, liegen im Horizontalen sehr viel günstiger als im Vertikalen, obwohl natürlich auch da eine Wand zur angrenzenden Wohnung den Zugriff auf eine unbekleidete Person, die in ähnlich unzumutbarer Nähe sich befinden mag, unterbindet. Natürlich gibt es in Einzelfällen die, die nackt nebeneinanderstehen, ohne dass Wand, Fußboden oder Decke sie trennen. In Ausnahmen ist das ein Glücksmoment und es kommt im Idealfall zu einer sexuellen Vereinigung, bei der die Wände dann ja nicht trennend, sondern sogar schützend wirken. In der Regel aber bedeutet eine solche Begegnung eine Art von Hindernis auf dem Weg ins Badezimmer und die Nacktheit weiter nichts als eine vorübergehende Blöße vor dem Kleiderschrank oder dem Ankleidespiegel.

Nach dem Fest bei den Pruys war ich sofort nach Berlin zurückgekehrt. Ich fuhr kurz in meine Kreuzberger Wohnung, um zu lüften, dann ging ich hinüber auf die Oranienstraße und hielt mich dort bis in die Morgenstunden in verschiedenen Kneipen auf. Am nächsten Morgen besorgte ich mir ein Tagesvisum und passierte die Grenze nach Ostberlin. Der Übergang Friedrichstraße hatte die Ausstrahlung eines Konzentrationslagers. Büttner war nach dem Fest mit Isabel nach München zurückgefahren. Pruy erwanderte sich in Franken für seine grauen Zellen ein bisschen Sauerstoff und erregte im engsten Kreise seiner Bewunderer damit Aufsehen. Es gelang ihm sogar, Richard Winter, der die Natur nur aus den Bildern der Impressionisten kannte oder aus Filmen, in denen man sie durch die Windschutzscheiben amerikanischer Autos beobachten konnte, zu einem Fußmarsch nach Pommelsbrunn zu bewegen.

An Isabel wollte ich nicht denken. Also dachte ich an etwas anderes und studierte auf dem Weg in die Chodowieckistraße die Häuser, die wie endlose Herden alter, grauer, narbiger Elefanten die Straßen säumten. Gerlinde Hensel hatte keine Ahnung, dass ich anschließend der Mann war, der im vierten Stock rechts direkt über ihr stand. Meine Nacktheit war auch weiter nichts als die besagte vorübergehende Blöße vor dem Kleiderschrank.

Ich musste mich umziehen. Den Schlüssel zu dieser Wohnung hatte ich von Bernd Schenk. Ich mochte die Bude nicht. Sie roch nach Kaffeeersatz und war muffig, und quer durch alle Zimmer waren Wäscheleinen gespannt, an denen Manuskripte von Ostdichtern hingen. Bernd Schenk hatte ich aus Amsterdam ein zündholzschachtelgroßes Stück schwarzen Afghanen und ein Filmdöschen mit Gras mitgebracht. Wie üblich in der DDR wurde seinem Namen freundschaftshalber ein »i« angehängt, in diesem Fall allerdings seinem Nachnamen, unter Freunden hieß er also »Schenki«.

Kurze Zeit später kam er dann auch und klingelte. Er klingelte, obwohl er natürlich einen Schlüssel besaß. Seinen Schlüssel. Holger, erzählte Bernd, kaum dass er seine Jacke an den Stuhl gehängt hatte, habe sich auf unser Drängen hin von Gerlinde Hensel getrennt. Wer genau dieses »unser« war, sagte er allerdings nicht. Jedenfalls waren es zwei Freunde, ebenfalls Künstler, die auch Kontakt zur Staatssicherheit hatten und, was eher eine Seltenheit darstellte, das sogar noch voneinander wussten. Sie hatten den wohlbegründeten Verdacht, dass Gerlinde den Auftrag hatte, die drei zu bespitzeln. Gerlinde Hensel hörte an der Decke die Schritte von zwei Männern, die lebhaft auf und ab gingen.

Schenki gab mir ein Blatt Millimeterpapier mit Westberliner Telefonnummern und eine Armbanduhr. Es schien, als dürfe er überhaupt keine Zeit verlieren. Als er den Stoff entgegennahm, senkte er aufmerksam den Kopf, als sähe er Gerlinde Hensel direkt unter uns nackt im Zimmer auf und ab gehen. Das Blatt zeigte eine Zeichnung von Scheffler, ein Matrose, der mit Farbspritzern und Randskizzen die Zahlen, die auf dem Papier verteilt waren, jeglichen Verdachts beraubte. Die jeweils letzten beiden Zahlen dieser Nummern ergäben die Telefonnummer, erklärte Bernd, unter der ich erfahren würde, wo ich die Uhr, die im hinteren Deckel einen Mikrofilm enthielt, abliefern sollte. Ich öffnete den Reißverschluss auf der Innenseite meines Gürtels und gab ihm den Mikrofilm aus dem Türstopper. Im Interzonenzug München–Berlin hatte ich, nach dem Halt in Leipzig, im dritten WC nach der Lok diesen Streifen einem aufschraubbaren Türstopper entnommen. Ich nahm meine Sachen und machte mich daran, aufzubrechen. Es war der Abend, an dem im SO 36 die Dead Kennedys auftraten mit *Too drunk to fuck*.

Bernd sprach zwischen Tür und Angel von Subventionen, für die er das Wort »Staatsknete« verwendete, und ich erklärte ihm, man brauche für die Strecke zwischen der O-Bar auf der Oranienstraße 168 und dem Potsdamer Abkommen in der Potsdamer Straße 67 etwa zwei bis drei Drinks und dass er sich die Zeit nun ja ausrechnen könne. Er war noch nie im Westen gewesen. Außerdem wollte er mich loswerden. Nach knapp einer halben Stunde war ich wieder auf der Straße.

Als ich in der Chodowieckistraße aus der Haustür trat, sah ich auf der gegenüberliegenden Seite zwei Männer in einem Trabant, die sich Zeitungen vor die Gesichter hielten, als säßen sie im Cabaret Voltaire und warteten auf den Dadaismus. Mit zügigen Schritten ging ich direkt auf das Fahrzeug zu und konnte förmlich den Schweißausbruch wittern, den meine Zielstrebigkeit auslöste. Als der Mann auf der Fahrerseite seine Zeitung senkte, tauchte dahinter ein richtiges Heinz-Erhardt-Gesicht auf. Genauso rasch, wie ich auf das Auto zuging, ging ich daran vorbei, und bereits am Kollwitzplatz hatte ich die beiden abgeschüttelt.

Im Westen, genauer gesagt in Kreuzberg, wo ich mich in diesen Jahren zumeist aufhielt, wurde man wenigstens wirkungsvoll auf Schritt und Tritt beschattet, und zwar vom längsten Bauwerk Berlins, der Mauer. Ich kam ihr dort oft so nahe, dass ich sie selbst gar nicht mehr sehen konnte. Im Osten sah ich die Mauer, außer vielleicht beim eigentlichen Grenzübertritt, nie. Die Rückseite des Antifaschistischen Schutzwalls war unsichtbar, eine Invisible Wall. Von ihr wusste nur die Stasi.

Ich nahm mir also vor, über den Jüdischen Friedhof hinunterzulaufen bis zur gegenüberliegenden Ackerstraße und zur Abwechslung mal einen Vorstoß von der Ostseite zu unternehmen. Bis zum Auftritt der Dead Kennedys war ja noch genügend Zeit.

Ich schlenderte durch Prenzlauer Berg und vergaß meinen Vorsatz. Ich lief einfach kreuz und quer durch die Straßen und staunte die Häuser an. Die meisten Leute, denen ich begegnete, sahen aus, als ob sie steckbrieflich gesucht würden. Ihre Gesichter wirkten knochig, faustisch, ungesund, die langen Haare waren fettig, viele sahen aus wie Sturmvögel nach der Ölpest. Sie besaßen markante Handknöchel, hohe Beine und oft eine kräftige Stirn, alle rauchten wie die Polen. Die Augen waren eng und erhitzt, aber wach. Der Gesichtsausdruck der Mädchen spielte oft leicht ins Übersinnliche. Die Figur wurde üblicherweise unter langen, unauffälligen Pullovern verborgen. Der Rest der Menschen wirkte wie das Personal einer Gewerkschaftskantine. Die Gewissheit, dass nichts sich verändern würde, erzeugte das Gefühl, alle Zeit der Welt zu haben, und dieses Gefühl versetzte diesen Stadtteil irgendwie in Trance. Abgeblättertes, aufplatzendes, ungeschöntes, ruchloses Wohnmaterial erhob sich längs der Straßen, ohne Farbe, Naturzement-Optik, bepflanzt mit DDR-Wimpeln, die Balkone voller Wäsche, die Wäsche voller Gewäsch, Medusen mit zerbrochenen Locken über den Hauseingängen. Sogar der Himmel sah aus, als hätte man ihn im *Neuen Deutschland* gedruckt. Manchmal meinte man, die Wolken würden direkt von diesen Fassaden aufbrechen, um sich unter dem Schutz des tuffsteinfarbenen Lichts unbemerkt aus dem Staub zu machen. Am Ende der Straße standen Häuser, die über den Kreuzungen in ihrem verwitterten Grau wie Küstenfelsen aufragten, verwaschen, ausgebleicht, mit losen Kabeln und Leitungen über den Fassaden, die im Herbst wehten und nachts gegen die Dachrinnen klingelten. In den Hinterhöfen begannen die Slums von Mexiko. Alles in allem war das unglaublich schön.

BMW R 60/5

Nach dem Fest in Dirk Pruys Elternhaus hatte ich Büttner eine ganze Weile nicht gesehen. Er war in München, und die Macht der Gewohnheit fügte es, dass Isabels aufrichtende Kraft auf ihn mit der Zeit nachließ. Während Bella arbeitete, mit wachsendem Erfolg, und offenbar auch mehr und mehr ohne ihn ausging, ließ Büttner, wie Freund Pruy sich etwas abschätzig ausdrückte, den alten Schlendrian wieder einreißen. Bella nannte das »deprimäßig drauf sein«. Wurde dieser Schlendrian durchbrochen, geschah meist ein Unglück.

So war er vor einigen Wochen mit seiner BMW R 60/5 an den Ammersee gerast, um eine Party zu besuchen. Dort hatte er, wie man erzählte, kaum dass er vom Motorrad gestiegen war, sich bis auf seine längsgestreiften Boxershorts sofort aller Kleider entledigt und war, ohne sich abzufrischen, mit einem rasenden Anlauf in den See gehechtet. Der See aber war an dieser Stelle so flach und voller Steine, dass Gesicht und Brust völlig zerschunden waren, als er sich vom seichten Grund wieder aufrappelte. Er soll dann, so wurde mir berichtet, die ganze Nässe und das ganze Blut ignorierend, das auf diesem weichen Seewasser besonders schnell zu laufen begann, wie der gegeißelte Christus in seine Kleider gestiegen und ohne Helm und mit nassen Haaren nach München zurückgerast sein. Dem Drängen seines Vaters gelang es schließlich, ihn zu überreden, sich noch mal ein paar Tage zur Beobachtung in die Klinik zu begeben. Die Medikamente hatte er aber, sobald er aus der Klinik herausgekommen war, sofort wieder abgesetzt. Gerade als das Haloperidol wieder bei ihm anschlug, setzte er es erneut ab. Die ersten Tage hatte das einen gelösten Zustand mit einer leichten Euphorie zur Folge. Kurze Zeit später, ich hatte einen Termin in Nürnberg, verabredeten wir uns in meiner verlassenen Nürnberger Wohnung, Irrerstraße 11.

Am Abend, kurz nach neun, klingelte es. Büttner kam. Ich stand, mein Rasierzeug in den Händen, am Treppenabsatz. Mein leichter Bademantel mit dem offenen Gürtel bauschte sich etwas, als die Luft, die er unten zur Tür hereinließ, den zweiten Stock erreichte.

»Komm rauf, du verdammter Schizo«, rief ich hinunter.

Er lachte bereits im Treppenhaus. Alarmierenderweise hatte er eine Flasche Whisky dabei. Das brach mit der stillschweigenden Vereinbarung, dass Gott Büttner eigentlich die Rolle des Nehmenden zugeteilt hatte. Seine Augen flackerten. Dazu trug er ein Jackett, großartig geschnitten, aber eben alles andere als angegossen. Er bewohnte es, wie ich diese Wohnung bewohnte, die Geräumigkeit und gleichzeitig ihre Leere auskostend. Passend zum Jackett trug er eine natronbraune Hose, eine Chino.

Er sah gut aus, und ich fragte mich, warum ich nie auf sein Angebot eingegangen war, mit ihm ins Bett zu gehen. Vielleicht sah er einfach zu gut aus, um ein anständiger Liebhaber zu sein. Aber was heißt schon anständiger Liebhaber?

Büttner ging die Herausforderung des mitgebrachten Whiskys offen an. Ich hatte seit längerem keinen Bourbon getrunken und genoss die eichenartige Strenge, der die melancholischen irischen Malts, die ich normalerweise bevorzugte, überhaupt keine Chance einräumen. Er schien guter Stimmung und zeichnete in das karierte Notizheft, das er immer bei sich trug, wenn er zu mir kam, und in dem er Formulierungen von mir abschleppte, denen ich nach einiger Zeit in den Kneipen der Stadt wieder begegnete. Die Zeichnungen waren bizarr. Sie erinnerten an die von Holger Bunk. Erzählten vom Trinken, vom Tanzen, vom Nachdenken und vom Durchdrehen.

Heute lachte er allerdings immer wieder, bevor es überhaupt um das ging, worüber zu lachen gewesen wäre. Er gab dem Witzigen, bevor er es mitteilte, mit seinem Lachen einen Vorsprung. Auch schien die Neigung, alles witzig zu finden, überproportioniert. Die Stelle blieb solchermaßen undeutlich, wo dieses Lachen in Schluchzen überging. Sie blieb auch undeutlich, weil zwischen den Joints jeweils eine volle Stunde lag, die sich auf der Küchenuhr immer nur als fünf bis zehn Minuten ablesen ließ. Auf jeden Fall war es erst kurz nach elf, denn das Licht im einzigen Fenster, das man vom Tisch aus sehen konnte, war gelöscht. Hinter diesem Fenster wohnte ein Rahmenmeister, der jeden Abend neben seiner Frau auf dem Sofa saß und Fernsehen schaute und nach dem man, wie nach den Spaziergängen Schopenhauers oder Kants, die Uhr stellen konnte. Es war ein Leben, das zeitlich so eingeteilt war, dass auch der Tod kein wirkliches Durcheinander anrichten konnte.

Und was heißt schon Zeit. Käse, Kekse und Schokolade hatten den Fressflash bedient und um die vollen Aschenbecher Szenarien aus Rinden, Folien, Bröseln und Stanniol entstehen lassen. Anfangs hätte sein Schluchzen ja auch das sein können, was beim Lachen passiert, wenn Tränen in die Augen treten, ein Überschlagen der Stimme, ein Prusten, bis nach einer Weile das Wasser aus den Augen spritzt. Dies hier aber war etwas anders. Es begann wie ein winselndes Hinausziehen von Worten, dann fing der vom Zwerchfell wie ein Trippelball gespielte Brustkorb an zu hüpfen, schließlich gab es lange Fahnen regelrechten Heulens, wie Sirenen, beleuchtet von Büttners blauen, herumwirbelnden Augen. Immer wieder sprang er auf und stürmte ans Fenster, um Luft zu schöpfen. Er blies die Backen auf und stieß die Luft aus. Er stand keuchend, den Leib vorwärtsgebogen, Augen und Mund weit offen, als wühlte er sich ins All hinein. Er hyperventilierte. Sein Kalziumspiegel sank und die Finger verkrampften sich. Wirr kreisten seine Augen nach oben, als suchten sie seinen Kopf ab. Sie fanden nichts.

Nachdem er einige Male hin und her gelaufen war, riss er sich das T-Shirt vom Leib und stand nun vor mir, eine Herme auf einer Hose: schön, verstört, krank.

Er war wieder angelangt an den Kreuzwegen des bikameralen Denkens, nach dem die Steigerung der Verzweiflung die Verdreiflung heißt und wo Worte wie »Urgroßschenkel« die Qualen eines rasenden Gelächters auslösten. Erst weinte er laut und jämmerlich, dann leise und versonnen, dann dröhnend, immer bedrohlicher, und schließlich weinte er fast eine halbe Stunde lang unter großem Gelächter. Wenn er sich rhythmisch nach vorne beugte, wie um der

Lachhaftigkeit dessen, worüber er lachte, noch Nachdruck zu verleihen, sprühte aus den Poren seines Rückens wie aus Sprinklern nadeldünner Schweiß. In seinem Blick, wenn er ihn von der Seite und mit nach unten gehaltenem Kopf langsam zu mir hochdrehte, wuchs die Angst. Eine Angst, die, obwohl sie sich feige gab, wütend war, ungerecht und brutal.

Schwarze Magie

Richard Winter war inzwischen auch abgereist. Das große Haus der Pruys war leer. Beide Eltern waren in die Firma gefahren. Pruy senior hatte seiner Frau, sie zu etwas mehr Beeilung mahnend, noch zugerufen, als sie sich nach dem Frühstück von Dirk verabschieden wollte: »Komm schon, dein Junior hat Sitzung!«

Dirk hockte auf dem schlanken Oval des WC-Porzellans und suchte mit den Augen das Badezimmer ab. Ein Feldherrenblick, dem alle Kacheln in tadelloser Ausrichtung sich fügten. Die morgendliche Sitzung war für Pruy etwas Sakrosanktes. Eine heimliche Anfechtung der Kindertage, die materielle Seite der Nahrungsschlacke betreffend, hatte sich in harmlose, aber unverblümte Neugierde für seinen Stuhl gewandelt. Während seine Gedanken in einen leichten Taumel gerieten, die Kotstange mit Kraft durch die leise schnatternde Rosette des Afters gepresst wurde und seine Sinne sich am Geruch der Gärungs- und Fäulnisgase leicht benebelten, war anschließend der rasche Blick auf das Gelege immer begleitet von einer sanft erschrockenen Sorge, die Kackschrift, diese Urform des Alphabets, könnte entweder ungünstig ausfallen oder von ihm nicht richtig gedeutet werden. Pruy widmete sich diesen Zeichen mit wachsender Freizügigkeit, wobei er mit der Zeit auch ironische Elemente in ihrer Deutung zuließ und oft sogar einsah, dass es manchmal um weiter nichts ging als um die Wurst.

Nachdem Pruy junior von der morgendlichen Entleerung im elterlichen Hause aufgestanden war, blickte er, einen Hosenträger zuknöpfend, auf seinen Stuhl.

Die Kotsäule, von der Stärke eines Stuhlbeins, lag brachial in der fast eingeschüchtert wirkenden Porzellanschüssel. Sie war trocken, genoppt und von einem leichten Dampf überkrochen. Augenfällig war sie das tägliche Omen, gedruckt von seinen Eingeweiden. Eine unerschöpfliche Quelle der Vorbedeutung, viel näher liegend als die Sterne oder die Karten. Für Dirk waren es Botschaften, die ihn ganz persönlich mit einem kosmischen Geschick verbanden. Ob die braune Schlacke sich in einer Schnecke niederlegte, zapfenförmig aufrecht stand, sich in zwei Kothölzern dramatisch überkreuzte oder einfach einen bedeutungsvollen Bogen beschrieb, ob sie dünn, lebhaft und glänzend wirkte oder den trockenen Ernst der heutigen Botschaft ausstrahlte, ob sie schnell und mit einem Seitenblick während des Spülens gedeutet werden konnte oder nach einer gewissen versonnenen Betrachtung verlangte, Pruy forderte von dem, was er als Verlust hatte hinnehmen müssen, den prophetischen Obolus. Heute allerdings lautete die Verkündigung, wie er meinte: ein harter Schlag. Symbole für Brutalität waren unübersehbar. Aus der Ampulle des Mastdarms war ein leicht keulenförmiges, eisenhaltiges und daher ziemlich dunkles Kotrohr vom Sphinkter geschmiedet und neben einem hellbraunen, fetthaltigen und eher ins Breite gehenden Vorschuss abgelegt worden, wobei die Richtung des Keulenzeichens, das insgesamt verblüffend einem chinesischen Schriftzeichen ähnelte, heute auf Pruy deutete. Hätte es mit seinem dicken Ende in die von ihm wegführende Richtung gezeigt, so hätte das eher Erfolg bedeuten können, oder einen Hinweis auf die persönliche Durchschlagskraft.

Dirk drückte die Spülung und straffte seinen Rücken. Dabei betrachtete er sich ernst, nicht ohne Wohlwollen, aber mit einem leichten Groll gegen die unvollkommene Wiedergabe im Spiegel, der vom Duschen noch mit Dampf beschlagen war. Er nahm ein riesiges, satt in der Hand liegendes Badetuch und legte es wie einen Reifen um seine Schultern. So ging er einen Stock tiefer und hinaus auf die Veranda. Leer segelte der grüne Hang, auf dem sich gestern alles getummelt hatte, hinunter zum Bach. Heute waren es zufällig fränkische Aussichten, die ihm vor Augen standen. Morgen würde es das Engadin sein, oder Apulien, die Via Mala oder die Madison Avenue, je nachdem. Er war immer zu Gast, zeit seines Lebens. Immer lebte er in Häusern, in denen nichts auch nur einen Schimmer seiner Persönlichkeit annahm und erst recht nicht auf einer eigenen Leistung beruhte. Komplett ausgerüstete Wohnwelten, die er betrat und wieder verließ. Mal da, mal dort. Keinem Gegenstand je sich zuwendend. Ein Imperium der Abstraktion beschützte ihn, in dem es keine Rechnungen gab, keine Vorschriften, keine Engpässe, keine Aufgaben. Nur die Qual der Aufrechterhaltung eines maximalen Lebensanspruchs hatte er durchzumachen. Dies verband ihn mit Büttner. Ebenso wie jene hochmütige Melancholie, die mit einer stetigen Angst vor dem Versagen und vor dem Erhaschen eines Blicks auf die Überflüssigkeit und die Unvertretbarkeit der eigenen Existenz einherging. Eine qualvolle Einübung in den Müßiggang und eine überhebliche Distanz zu den Söhnchen seiner Schicht, denen alles fehlte, was er hatte, und die wiederum alles hatten, was ihm fehlte, die direkt und zielbewusst auf ihre Karriere zusteuerten, weil sie überhaupt keine Sprache dafür hatten, ein anderes Leben zu erkennen oder auch nur zu erahnen, und die Büttner immer ihrer Emsigkeit und Uniformität wegen die »united quickshits« nannte.

Die kleine Kapitulation

Büttner hatte zwar angekündigt, er würde die Abkürzung durchs Fenster nehmen, war dann aber doch die gesamte Höhe des Treppenhauses hinuntergewirbelt, prallte vor der Haustür auf eine schlaue Luft, die in ihre letzte Helligkeit feine Minztöne gesponnen hatte, und steuerte in Richtung seines Autos, das in der Schellingstraße geparkt war.

Während Belle sich in endlosen Telefongesprächen verlor, von denen das eine oder andere inzwischen auch mir galt, denn nun rief sie mich ab und zu an, wenn Büttners Zustand sich zuspitzte, startete HB, Heinrich Büttner, mit einer energischen Drehung des rechten Handgelenks seinen Wagen.

München sank in einer ohnmächtigen Bewegung durch das optische Nadelöhr des Rückspiegels, nachdem es gerade eben noch großmächtig mit dem Siegestor im Weg gestanden hatte. Aus dem Mittleren Ring löste sich der Wagen Richtung Berlin, rollte auf die A 9, passierte den Schuttberg und verließ die Landeshauptstadt. Noch bis hinauf in die Holledau durchforstete er die matter und matter werdende Landschaft, dann heftete er den Blick auf den schwarzen, von Scheinwerfern grell durchfurchten Asphalt, der ihn, wie es ihm vorkam, Jahrhunderte später in Berlin ablieferte.

Die Stadt wirkte sofort. Gebündelt wie ein Laserstrahl schoss sie ihm in die Augen. Ihre Botschaften überflogen die Großhirnrinde und dockten mit allen diesen sauber getakteten Impulsen, mit denen die Synapsen feuerten, als wollten sie ihr ganzes Pulver auf einmal verschießen, an die postsynaptischen Rezeptoren. Diese chemischen Großmeister brachten entlang der Axone die Seligmacher Serotonin und Melatonin auf den Weg und überschwemmten ihn mit Glück. Und gegen Glück kann man nichts machen. Man muss es einfach aushalten. Irgendwann klingt es von selbst ab, dann wird alles wieder gut. So wie vorher.

In diesem Moment jedenfalls sah sich Büttner in einen Zustand versetzt, der alle Sinne so geschärft hatte, dass er ihren geheimen und verschlüsselten Stadtplan wie eine Energiekarte vor sich liegen sah. Die Stadt schwirrte wie die Klinge eines Messerwerfers, deren Schneide einen Sonnenstrahl in minimale Sequenzen zerhackt. Alles war schlagartig, schnell, intensiv, erregend. Merkwürdig, dachte er, als der Morgen anbrach, auf den er sich, nachdem er den Wagen in der Goltzstraße geparkt hatte, unermüdlich zubewegt hatte, merkwürdig, diese vielen knatternden Schritte. Mehr und mehr begannen sie sich in seiner verschwommenen Wahrnehmung zu ordnen, bis sie den Rhythmus einer galoppierenden Herde angenommen hatten. Einer Herde von Gnus auf den langen, hufdröhnenden Wanderungen zur Wasserstelle. Es war die U-Bahn-Haltestelle Nollendorfplatz, auf der sich ein Zug entleerte. Der Himmel war wie Bier, bernsteingelb und schäumend – die Gnus würden ihr Ziel sicher nie erreichen. An den Uferböschungen der ausgetrockneten Flüsse würden sie in die Knie brechen und ihre unproportionierten Köpfe gegen die rissige Böschungserde werfen. Der Horizont würde ihnen eine stets zurückweichende Grenze entgegenhalten und dort, wo er ganz in sein Recht trat, da war schließlich auch Berlin zu Ende.

Heinrich Büttner, Student der bildenden Künste aus München und ein innerlich immer wunder werdender Mensch, war auf der Suche nach dem »großen, aufblasbaren Nichts«. Es war seine Vision. Lang und breit hatte er Isabel erklärt, wie »das große, aufblasbare Nichts« einerseits der Kunst ihre Schwere nehmen, andererseits den längst fälligen Schritt aus ihrer Werkhaftigkeit tun würde. »Das große, aufblasbare Nichts« wäre, im Gegensatz zur Beuys'schen Fettecke oder den Readymades von Duchamp, »unkündbar durch den Geschmack«, so waren seine Worte. Es ginge, so hatte er gesagt, um permanente Agitation. So, wie Andreas Baader gesagt hatte, Schießen und Ficken seien ein Ding, so müsse auch die Kunst Schießen und Ficken, hatte er gesagt. Erregen und Hemmen hießen die Codes. Die Kunst müsse ihren Werkbunker verlassen, sich, so hatte er hinzugefügt, der Fesseln ihrer Materialität entledigen, Botschaft werden, meinte er, und Agitation. Außer Jas und Neins dürfe sie überhaupt nichts zulassen. Alles, was in einem Museum gezeigt werden könne, hätten wir schon gehabt. Nur »das große, aufblasbare Nichts« nicht. Büttner wirkte angespannt, als würde er horchen.

Die Fassade des Metropol erhob sich grau und grüblerisch über seinen Schultern, als er quer durch die trappelnde Menge den Nollendorfplatz überquerte. Er schlenderte hinüber in die Kurfürstenstraße, um von dort weiter über die schäbige Potsdamer Straße, die ihrer Verkommenheit wegen damals einfach »die Potze« hieß, in den ehemaligen Ostteil der Stadt vorzustoßen.

Die Mauer war gerade gefallen. Berlin lag wie ein geöffnetes Schalentier zutage auf dieser flachen, vom Wunder betörten, mit staunenden Seen ungläubig in den Himmel starrenden Brandenburger Sandkastenanlage. Das molluskenhafte Weichbild schimmerte feucht durch die grauen, zerbrochenen Mauern. Darüber, in gleicher Farbe, dieser undurchdringliche und scheinbar für die Ewigkeit verlegte Teppichboden des Berliner Himmels.

Der Hunger seiner Augen war so immens, so angestachelt von der nervösen Begierde, das Bekannte, vom Bewusstsein bereits in Beschlag Genommene, mit dem hinzugekommenen Unbekannten, dem Ostmäßigen, zu vergleichen, dass sie alles verschlangen, was das Tageslicht beliebte vor ihm aufscheinen zu lassen. Er müsse, wie er das einmal ausdrückte, schauen, bis seinen Augen die Zunge heraushing. Die »gestaltlosen Figuren der ästhetischen Differenz«, wie er das gerne nannte, erzeugten in seinem Gehirn eine Spannung, die ihn als Lebenslust zu durchströmen schien, die aber seine Schritte, scheinbar von dieser beflügelt, immer eine Spur zu gehetzt erscheinen ließen. Jedenfalls fasste er den Fall der Mauer auf als einen makrohistorischen Beleg dafür, dass der Weg nun frei war für »das große, aufblasbare Nichts«.

Vier Tage verschliss sich Büttner in heiliger Allianz mit dieser vibrierenden Aktualität. Vier Tage ohne Schlaf und Rast, und alle Bilder waren immer noch gestochen scharf. Vier Tage waren seine Bewegungen mechanisch wie die einer Puppe, und kein Gefühl der

Müdigkeit erreichte seine Glieder. Immer wieder war er über die Bornholmer Straße und die Bösebrücke durch kilometerweit gestaute Ströme von Trabis gewatet, durch Viertel von alter deutscher Schwere gewandert, durch Straßen gezogen, die von einer maroden Vollkommenheit waren, ohne Bäume, ohne Läden, ohne Ampeln, eigentlich ohne alles, außer Häusern. Außer Fenstern und Gespenstern. Vier Tage lang war er immer wieder über Grenzen gelaufen und erlebte, wenn der Kugelhagel seiner Gedanken einen Augenblick verstummte, das versöhnliche Zusammenfließen von Ich und Über-Ich. Grenzen, die nun offen waren, obwohl der Korridor am Himmel, der den Verlauf der Mauer durch Berlin begleitete, noch vollkommen undurchlöchert war.

Am Abend des vierten Tages saß Büttner unter einer Linde vor dem Brandenburger Tor und erinnerte sich, wie er vor gut hundert Jahren hier gesessen und auf den Pariser Platz geschaut hatte. Er musste damals ein junger Mann in seinem jetzigen Alter gewesen sein. Etwa um die Zeit, als Bismarck entlassen wurde. Die Mittelfontäne des Springbrunnens, der damals vor dem Brandenburger Tor stand, schäumte geisterhaft bis in die Giebelspitze des rechten Torhauses. Auch wenn dies vielleicht der Perspektive zuzuschreiben war, die er von ebendieser Bank aus hatte, auf der er auch heute Nacht sich wieder eingefunden hatte, so fand er es damals doch aufregend, wie der Wasserpfeiler sich haargenau in der Mitte zwischen den vier Säulen erhob und den griechischen Giebel mit seiner spargelartigen Wasserspitze zu spalten schien. Die seitlich einspringenden kleineren Wasserstrahlen, die sich rundherum zu einem schäumenden Blütenkelch verbanden, gleißten um den großartig daraus emporschießenden Wasserschaft. Die Gärtner, die auf der mit einer niedrigen, gusseisernen Balustrade umgrenzten Anlage, die den Brunnen einfasste, den Buchs trimmten und das umlaufende Beet pflegten, trugen weiße Hemden, dunkle Westen und flache, strohfarbene Hüte. Es waren englische Boater, in Deutschland nannte man sie »Kreissägen«. Drüben, vor dem Hotel Adlon, sorgte die Sonne mit Hilfe einer Akazie zu Füßen der flanierenden Damen für das tumultartige Lichtergemetzel Liebermanns. Es stimmte alles. Die gedrungenen, von der Pariser Belle Époque inspirierten Laternen rückten im Gleichschritt vor zum Brandenburger Tor, und eine stattliche Yuccapalme im Holztrog raubte dem ganzen Anblick ein bisschen den Eindruck von Echtheit. Am Reichstag drüben wurde noch gebaut. Von der Baustelle drang das dumpfe Knallen der Gerüstbohlen herüber. Das Kopfsteinpflaster vor ihm riffelte sich im Gegenlicht wie eine von leichtem Wind gebürstete Wasserfläche.

Büttner verbuchte dies augenblicklich als einen jener Eindrücke, die stark genug sein würden, dass er sie an den weitergeben konnte, der ihm eines Tages vielleicht folgen und der seinen Namen weitertragen würde. Die Büttners, so wusste er, bildeten eine lange Reihe von Männern, deren Grundgedanken über Generationen hinweg sich die Hand reichten. Heute Abend allerdings sah alles ganz anders aus. Kein Brunnen, eine zerschmetterte Mauer, der ganze Platz war ruiniert. Heute Abend war er hierhergekommen, um den Verlust seines Verstandes zu feiern. Der Osten, so schien ihm jetzt, nach vier Tagen und Nächten auf Hochtouren, wäre ja doch nur auf Blickfang aus und dies führte, wie er sich einredete, zu Höhenblindheit. Er saß da mit kleinen heißen Augen, seine Lippen in kurzen Abständen mit der Zunge befeuchtend. Hinter dem Brandenburger Tor lagerten noch Teile der Absperrungen, die die Westberliner gerne mit Blumenkästen geschmückt hatten. Ich bin sicher, die unerschütterliche Geranie war immer mit dabei. Die deutsche Teilung war noch nicht aufgeräumt. Hinter verzinkten Bauzäunen lagerten Stapel von Stahlgeländern, Halden von Abbruchmaterial und Berge von Asphalt. Dazwischen Betonteile, zusammengeschoben wie vom Eisbrecher. Das Brandenburger Tor im Ausnahmezustand. Von drüben das Bild der gescheiterten Hoffnung, von hüben das Bild erhofften Scheiterns. Alles wirkte beschädigt, demoliert, roh und provisorisch, genau wie dieses Leben, das er vor sich sah. Sein Leben. Eine Trümmerhalde von Seelengipfeln, Ungeheuern, Widersprüchen und Malchance.

Für Büttner war dies die Nacht, in der ihn zum zweiten Mal die Wege des bikameralen Denkens das Kap der Guten Hoffnung verfehlen ließen, für mich war es die Nacht, in der ich das erste Mal mit Isabel schlief. Sie war nach Berlin gekommen, um Büttner auf Wunsch seines Vaters zurück nach Nürnberg zu bringen. Wir hatten ihn vor dem Brandenburger Tor aufgelesen. Er hatte uns telefonisch dort hinbestellt, um uns die ersten Schritte zur Installation des »großen, aufblasbaren Nichts« zu demonstrieren. In meiner Wohnung in Kreuzberg verabreichten wir ihm drei Valium 10, die wir uns unterwegs am Kottbusser Tor besorgt hatten und die er, ohne irgendwelche Fragen zu stellen, sofort schluckte.

Seit einer kleinen Ewigkeit war Belle inzwischen Büttners Geliebte, und trotzdem sah ich sie an diesem Abend erst das zweite Mal. Sie pendelte gewöhnlich zwischen München und Passau, kam selten und dann nur für kurz nach Berlin und mied Nürnberg, da sie Büttners Mutter nur schwer ertrug.

Wir hockten am Boden, sahen Büttner mit steilem Gesicht schlafen, lehnten uns zuerst nur leicht gegeneinander, waren dann aber wortlos dazu übergegangen, uns zu berühren und schließlich mehr und mehr ineinander zu verwühlen. Sie schien an Büttners schlafender, genauer gesagt narkotisierter Anwesenheit keinen Anstoß zu nehmen.

Als wir mit allem, was in zwei Stunden möglich ist (also Geburtstag, Taufe, Hochzeit und Tod), durch waren und sie Büttners Eltern anrufen wollte, um Bescheid zu geben, dass sie nun losführe, fragte ich sie, ob sie mit mir nach Kalifornien fliegen würde.

Sie sagte: »Sure!« Möglicherweise sogar: »Gebongt!«

Dieses Wort hasste ich damals fast am meisten. Ich hasste es so wie: tschüss, tschüssi, bingo, super, echt, geil, krass oder cool und all die anderen, die weiter nichts als eine Absage an den formulierten Verstand bedeuteten.

Wir legten Büttners Arme um unsere Schultern und schleppten ihn zum Auto. Es muss ausgesehen haben wie der vorletzte Akt eines Verbrechens.

Am nächsten Tag schlossen sich hinter ihm die Pforten der Psychiatrischen Abteilung des Erlanger Bezirkskrankenhauses.

Belle und ich starteten wenige Tage später nach Kalifornien.

California Sunshine oder der heilige Hain

Die erste Nacht verbrachten wir in einem kleinen, recht anständigen Hotel drüben auf den Pacific Heights. Am darauffolgenden Tag verließen wir das Bett so gut wie gar nicht. Ich ging zweimal raus, das erste Mal, um ein paar Lebensmittel einzukaufen, das zweite, um Zigaretten zu holen. Eine Baustelle unter unserem Fenster bot uns zehn Stunden lang, wenn wir nicht gerade dösten, die Gelegenheit, wahnsinnig zu werden. Die Back-up Horns, akustisches Signal für zurücksetzende Baufahrzeuge, schienen direkt verschaltet mit Rezeptoren im Gehirn, die nach einer gewissen Zeit Herzrasen und Mordlust auslösten. Belle fasste den Entschluss, im Hinblick auf die sublime Rauschhaftigkeit unserer jungen Liebe, sich an ihre betuchte Seite zu erinnern, und schlug vor, ein erstklassiges Hotel zu spendieren.

In Deutschland verheimlichte sie ihr Geld, so gut sie konnte, damit niemand auf die Idee käme, ihre Kunst könnte der Luxus oder Spleen einer verwöhnten Tochter sein. Nun aber zeigte sie sich großzügig, und wir zogen um ins Palace Hotel auf der New Montgomery. Das Haus verband den soliden Komfort englischer Luxushotels mit jener die Details gerne etwas übertreibenden amerikanischen Inszenierung, die oft ganz knapp, bevor sie dem Kitsch anheimfällt, ihren besonderen Charme entfaltet und den durch seine Engstirnigkeit manchmal auch leicht fad wirkenden britischen Luxus auf das Angenehmste übertrifft. Uff! Wir nannten es: »Our expanded version of lushness.«

»Auch wer im Wohlstand fickt, fickt angenehm«, hatte ich Isabels Vorschlag begrüßt. Dies taten wir mehr oder weniger bereits während des Eincheckens, auch wenn unsere Körper mit der Durchführung noch ein paar Minuten hinterher waren und warten mussten, bis dieser Prunksarg von Aufzug uns auf die Etage mit unserem

Zimmer gebracht hatte. Ein enormer Spiegel, Stil Louis-seize, hielt das, was sich an Trieb in diesen wenigen Stunden bereits wieder angesammelt hatte, peinlich genau fest. Allerdings – Tücke des Spiegels – ohne es aufzubewahren.

Anschließend kramte Isabel in ihren Sachen, zog ein Arbeitsbuch heraus, auf dem stand *Exits from Complexity*, und goss sich in einem lasziven Körperstrahl aufs Bett, eine Weile mit den Füßen noch in der Luft paddelnd. *Exits from Complexity* war irgendetwas Konzeptuelles, an dem sie tüftelte, in das sie mich aber bisher nicht eingeweiht hatte. Die Achtziger waren ja die Zeit, wo die deutschen Künstler begannen, ihren Arbeiten fast nur noch englische Titel zu geben, und die Ostkünstler, die nach der Wende dann besonders schnell nachzuziehen suchten, obwohl sie meist besonders schlecht Englisch sprachen, erreichten damit oft besorgniserregende Werte der Peinlichkeit. Auf Isabel traf zumindest Letzteres nicht zu. Ich sah, während ich über ihre kalbfleischzarten und kalbfleischweißen Schultern schaute, mit Bleistift hingeworfene, kastenförmige Konstruktionen, deren Überschneidungslinien mit Nummern markiert waren. Mehr konnte ich nicht erkennen.

»Luxus entkräftet die Lebenslust«, sagte ich, »indem er diese so lange steigert, bis sie vollkommen von ihm abhängig ist, dann befriedigt er sie plötzlich nicht mehr, woraufhin sie, die Lebenslust, aus Rache anfängt, ihn mit den einfachen Genüssen zu betrügen.«

»Find ich überspannt«, sagte Belle. »Kommst du denn jetzt mit nach Oakland?«, fragte sie nach einem kurzen Zögern.

Sie hatte einer gewissen Belinda Freisinger, Shopping-Freundin ihrer Mutter, für die sie seit Kinderzeiten ein Faible hatte, weil sie immer die tolle Tante aus Amerika war, versprochen, sie zu besuchen und eine Nacht in ihrem Haus zu verbringen, damit sie auch etwas Zeit hätten zu reden, zu bummeln und vielleicht ein bisschen zu shoppen. Ich tat so, als würde ich mich im Moment gar nicht daran erinnern, dass sie das erwähnt hätte, und lehnte mit einer nicht ganz eindeutigen Entschuldigung ab. So ein bisschen in der Art der berühmten Depesche von Monsieur de Charlus: *Kommen unmöglich!*

Lüge folgt. Da meine Reise schon lange geplant war, bevor ich auch nur im Traum daran gedacht hatte, Isabel könnte mich begleiten, hatte ich von Deutschland aus bereits Judy verständigt, dass ich »ganz kurz« in SF wäre und sie gerne sehen würde. *Vortrag in Berkeley*, hatte ich ihr geschrieben, *aber höchstens ein freier Abend*, denn anschließend müsste ich gleich weiter an die UCLA nach Los Angeles und danach nach Nevada. Für ein schlechtes Gewissen fühlte ich mich einfach noch zu jung.

Judy Wiener, wohnhaft auf der Van Ness Avenue, Augen so groß und so gewinnversprechend wie Lottoscheine, war so geil, dass sie sich mit beiden Händen am Tresen festhalten musste, wenn sie für jemand glühte. Aber selbst dann ließ sich das Tremolieren ihrer Glieder noch an der krausen Oberfläche ihres Drinks ablesen. Vor zwei Jahren, als ich das letzte Mal dort gewesen war, hatte sie für mich geglüht.

Leider roch ihre Möse schlecht. Nach dem Ficken hatte sie mir erzählt, dass sie nie einen Traum geträumt hätte, in dem nicht deutsche SS-Männer aufgetaucht wären, die alles sofort in ihren ewigen und einzigen Albtraum verwandelt hätten. Dann bohrte sie mit ihrem Blick in meinen Augen. In allen ihren Reden ließ sie keinen Zweifel an der intellektuellen Überlegenheit der jüdischen Rasse aufkommen, ebenso wenig wie daran, dass auch sie sich für ein sehr spezielles Körnchen von diesem Salz der Erde betrachte. Als Mädchen, sagte sie, hätte sie es sich nie vorstellen können, jemals mit einem Deutschen zu schlafen. »Ich bin doch gar kein richtiger Deutscher«, sagte ich etwas verlegen. »Schau mich doch an, ich kriege in allen arischen Zuchtmerkmalen doch höchstens sieben von hundert Punkten.«

Es wurde ein Abend auf den Flügeln von Salsa und Merengue, denn wir waren im Mission District und Judy wollte unbedingt ausgehen. Fast alle Autos waren entweder tiefergelegt oder höhergesetzt und hatten über die ganze Seite gehende Flammenzungen, die von Schwertern durchbohrt waren. Wir hatten uns kurz in einem brasilianischen Club heißgetanzt und waren dann außer Rand und Band durch den halben Distrikt gezogen. Danach folgte eine Nacht, in der ich mich fast um den Verstand gefickt hätte.

Sobald wir eine Runde durch hatten, wurde die Saunauhr umgedreht, und nach Aufgüssen mit Tantraölen und ein paar Baileys ging's weiter in den nächsten Durchgang. Jedes Mal, wenn ich gehen wollte, weil mein Brunnen so leer war, dass man auf den Aufschlag eines Steinchens an seinem Grunde eine Woche lang hätte warten müssen, und ich darüber hinaus den Küssen ihres Meerschweinchens, das freilaufend in der Wohnung sich bewegte, während der sexuellen Ruhephasen nervlich nicht mehr gewachsen war, begann sie zu streiten. Sie zählte auf, wie viel sie für den Wein ausgegeben hatte, den sie extra besorgt hätte, und dass sie die letzte Runde im Ritmo y Tango auch noch bezahlt hätte, wo ich wieder mal den teuersten Whisky geordert haben sollte, außerdem, wie viel Mühe es sie gekostet hätte, sich diesen Abend freizuschaufeln, wie sie, was den Ausdruck angeht, ungeschickt bemerkte, dass sie Frühstück eingekauft hätte und dass ich außerdem viel zu borniert wäre, um »Knishes« überhaupt korrekt auszusprechen.

Diesmal gelang es mir, die Begegnung ökonomischer zu gestalten und sogar auf den Nachmittag vorzuverlegen, da Bella sich bereits in den frühen Morgenstunden nach Oakland auf den Weg gemacht hatte. Judy erhielt von mir ein Bad in ihrer mit Mandelmilch gefügig gemachten Badewanne, in der sie im letzten Drittel der beinahe einstündigen Badezeit auf die Ellbogen gestützt ihren Hintern in die Höhe stemmte, als fiele Manna vom Himmel. Auch der Teil nach dem Baden bestand weitgehend aus festen Einnahmen, und, auf diesen beruhend, nur aus unbeanstandeten Ausgaben – was sie doppelt glücklich machte. Am Schluss gab es noch eine Übung für die Bauchmuskulatur zwischen Schultern auf Kühlschrank und Fersen auf weit entfernten Stuhllehnen. Als ich ihr Haus verließ, stand die kalte Sonne San Franciscos wie angenagelt über dem Presidio und es war noch überhaupt nicht spät.

Von der Van Ness war es nur ein Katzensprung bis zu unserem Hotel vom Vortag auf den Pacific Heights, in dem Isabel ihre weiße

Persona-Schatulle und die Teststäbchen im Bad vergessen hatte. Ich spazierte hinüber, ließ mir die Sachen aushändigen und trank in der Lobby noch einen Kaffee. Als ich das Hotel gegen 19 Uhr wieder verließ, begann es zu regnen. Eine halbe Stunde später hatte sich der Regen zu einem Wolkenbruch ausgewachsen und die Eile des Wassers in den Gossen war unbeschreiblich. Der Wolkenbruch verschwand ebenso schnell, wie er gekommen war, danach gluckerte und knurrte die Straße wie ein leerer Magen. Auf der Polk Street lief ich parallel zur Van Ness Richtung Civic Center bis zur Eddy und bog dann ab Richtung Mason und Turk.

Die Gegend wurde laut und bunt und unruhig, also schlecht. Es wimmelte von Dealern. Auf der 118 Taylor lag das Hotel Warfield, dahinter Original Joe's Charcoal Broiler, beides heruntergekommen, dass es nur so krachte. An der Ecke die Bar Club 21. Das halbe Viertel war in den rückwärtigen Schatten des Hilton getaucht. Der Luxus hält seine goldene Hand über den Hades, ging es mir durch den Kopf. Wie platt.

Die Peepshow neben dem Club 21 war ein halbrunder, in einem nackten Raum zusammengezimmerter Bretterverschlag mit latrinenartigen Holztüren, die den dahinterstehenden Männern bis hinab in die Kniekehlen reichten. Wenn die Türchen des Adventskalenders aufgingen, tanzten zwei nackte Mädchen auf einem mit flamingofarbenen Kunstfell bezogenen Drehteller, die eine aus Andernach am Rhein, die zweite zwar angeblich aus Utah, in Wirklichkeit aber aus Minnesota. Sie tanzten wie die babylonische Ischtar und die hebräische Zonah. Inmitten des brodelnden Reichtums, der die Hügel von SF vergoldet und seinen Diamantschimmer über die Bay Area wirft, hatte die Stadt in diesem Viertel die Stelle ihres Arschlochs, durch die das Geld der City, verwandelt in Scheiße, an die Oberfläche trat. Hier leuchtete die nackte Fackel des Lebens, hoch und kalt wie der Polarstern über der axis mundi.

Stella, so ihr Künstlername, hieß eigentlich Christina Stelzmann und war vor vier Jahren, als sie noch in der Punkband Spliss Cunt sang, die ihr Freund Holger Bernd gegründet hatte, das erste Mal von Bremen aus hierhergekommen. Holger Bernd schied dann allerdings aus, weil er sich einen Schuss setzte, der ihn nicht mehr auf die Erde zurückbrachte. Stella war blond, scheinbar unkompliziert und verrückt nach Leben. Sie arbeitete nach Holgers Tod auf einer spanischen Touristeninsel im Séparée einer Nachtbar, nachdem ihr während des Urlaubs, den sie brauchte, um etwas Abstand zu dieser Sache zu kriegen, das Geld ausgegangen war. Die Bar hieß Coucou. Vor zwei Jahren, also zwei Jahre nach Holgers Tod, war sie dann hier auf der Haight-Ashbury gelandet, zwischen gotischen Hexen, Butchlesben, Hardrock-Frauen, Bikerbräuten, Töpferinnen, Blumenmädchen, Theaterflittchen, Kunstnovizinnen und den letzten Hippies. Irgendwann nahm sie für zwei Tage pro Woche den Job in diesem Laden hier an. Etwa um die Zeit hatten wir uns kennengelernt und wir hatten uns verliebt.

Stella strahlte nun auch, als sie endlich bereit war, mich durch die Scheibe dieser Kabine wiederzuerkennen, was allerdings eine ganze Anzahl von Sekunden in Anspruch nahm, denn sie hatte immer wieder Nähe zulassen müssen, die nur für den Moment bestimmt war und im Allgemeinen nicht für Wiederholungen gedacht. Dann allerdings verließ sie das Karussell und trat in einem Bademantel heraus in den Vorraum. In aller Eile verabredeten wir uns für »nach Dienstschluss«, fast glücklich, hatte es den Anschein, und ich ging zurück ins Hotel.

Kurz nach Mitternacht, als Isabel, die erschöpft aus Oakland zurückgekommen war, bereits schlief, denn sie hatte sich kurzerhand entschlossen, doch nicht bei der Freundin ihrer Mutter zu übernachten, holte ich Stella ab und wir gingen in den Club 21. Es waren fast nur Männer da, definiert durch ihre massigen Rücken und durch ihre Rauchfahnen, Schulter an Schulter, den Blick nicht zur Seite wendend, wie Felsen, an die von hinten die Musik brandete, während sie von vorne das Klirren der Gläser umspülte.

Wir bestellten Jim Beam. Jeder andere Whisky wäre hier, wo es keinen Stil gab, ein Stilbruch gewesen. Nach wenigen Minuten war klar, dass wir diesmal miteinander schlafen würden. Wir hatten das damals, als wir uns kennenlernten, nicht mehr geschafft, weil Stella nicht so schnell umschalten konnte von Gewerbe auf Gefühle. Jetzt aber gaben ihre blauen Augen grünes Licht.

Eigentlich wollten wir diesem Ereignis einen Spaziergang Hand in Hand durch Sausalito folgen lassen, nach je zwölf Austern und einer Flasche Sauternes, dazu war es nun aber zu spät. Nach der Hure Israels und Isabel, der Hüterin meines Herdes, nun auch noch Genoveva aus dem Walde bei Andernach.

Die Turk Street hatte inzwischen allen Abschaum aufgenommen, der nicht gerade im Gefängnis, im Asyl oder auf der Intensivstation untergebracht war, oder einfach durch Schlaf oder Tod vom Geschehen suspendiert. Alle waren in ihren unkoordinierten und wenig zielstrebigen Bewegungen Teil eines unergründlichen Tanzes, wie Mücken ihn aufführen, wenn Schwüle sie aufpeitscht, oder die Schmetterlinge, von denen jeder einzelne scheinbar ziellos dahinflattert, wenn sie vom Duft des Geißblatts oder der Kartoffelrosen angelockt werden, die im Schwarm sich aber zu einer innigen und wogenden Choreografie vereinigen. Die Tür zum Warfield Hotel stand offen. Sie gab den Blick frei auf eine steil nach oben führende Holztreppe. Das erste Stockwerk wurde dabei offensichtlich übersprungen, was die Treppe noch steiler wirken ließ. Links und rechts des Eingangs standen ein paar Drogenmädchen, traurige Heroinen, getaucht in den Schimmer kalkweißer Haut, die seepferdchenartig das Einsacken ihrer Knie tanzten, dann aber doch ihre schlingernden Körper immer wieder aus ihrem drohenden Einsturz emporwirbelten. Zu beiden Seiten der Treppe standen Männer in allen Farben, reglos wie Götzen, fast alle stumm. Es handelte sich um eine Aufstellung, um eine Versammlung, deren Sinn und Ziel sich vielleicht eines Tages erschließen oder erfüllen würde, wann aber, das schien für keinen von ihnen absehbar. Sie standen immer da. Es war der Ort, wo man sie suchte, wenn man sie suchte. Wer aber sollte sie suchen, außer der Polizei? Sie standen hier, ihr eigenes Schaufenster quasi, nebeneinander, übereinander, und warteten darauf, dass irgendwas passierte. Meist passierte nichts. Das Warfield war schließlich kein Bordell. Auch wenn es das vor Jahren vielleicht einmal gewesen war – ein Stundenhotel, um sich die Dollars für den Deal auf der Straße zu verschaffen. Seit langem aber waren die Zimmer fest, wenn auch manchmal nur kurzzeitig vermietet.

Es war einfach die hölzerne Treppe, welche die Männer anzog, die Wirbelsäule der Tenderloin, um die herum in konzentrischen Ringen sich das reiche und stolze San Francisco ausbreitete. Stella stieg zwischen diesen Männern vor mir die Stufen hoch. Nur einmal sagte sie Hi, als Nat, ein Schwarzer, zum Gruß die Hand vom Oberschenkel, auf den er sich stützte, leicht abspreizte. Dann machte sie halt vor einem Verschlag mit fünf Schlössern, drei davon aus den Riegeln gebrochen, und öffnete die Tür zu einem Lagerraum für zwei Huren. Zwischen zwei Betten, kaum breiter als die Schultern eines toten Soldaten, führte ein Gang, der ebenfalls nicht breiter war, auf ein Fenster zu, in dem es nie je die Hoffnung auf Licht geben würde. Zwei eiserne Spinde links und rechts der Tür waren millimetergenau zwischen Wand und Bett eingepasst. Auf ihnen stapelten sich Koffer und Taschen fast bis zur Decke.

»Ein wirklich großzügiges Zimmer«, sagte ich und nahm sie in den Arm.

»Ich bin hier nicht so oft«, antwortete sie, plötzlich scheu.

Es war knapp drei. Dann aber ging alles ziemlich schnell und dauerte dennoch gerade lange genug. Nur einen Moment lang versuchte sie, dieses »special flaire animal« aus dem Repertoire dieses Bumsladens da unten anzubringen, dann stellte sie jedes Theater ein, und ihr anbetungswürdiger Körper machte mit mir und ich mit ihm weiter nichts, als sich die Schauder wie Bälle zuzuwerfen, höher und immer höher, bis sie schließlich ein paarmal übers Netz gingen.

Um knapp fünf Uhr am Morgen war ich zurück im Palace Hotel auf der New Montgomery. Per aspera ad astra, was die Lokalität angeht. Der prächtige Eingangsbereich mit seinen überwältigenden Blumenarrangements versetzte mir einen Ruck, der meinen Blick plötzlich hellwach machte. Ich merkte, wie sich die Haltung des livrierten Mannes an der Rezeption, der dies beobachtet haben musste, straffte.

»Morning, Sir«, sagte er.

Als der Lift mit einem weichen Klingelton seine Pforten öffnete, verließ eine Dame mit einem schneeweißen Hündchen die Kabine und durchschritt zielstrebig die Halle in Richtung Ausgang. Während sie in der Drehtür verschwand, erkannte ich durch die mit Blumen verstellten Scheiben ein Gesicht auf der Straße, das mich fixierte. Als ich mich ein zweites Mal umwandte, war es weg.

Kaum drei Stunden später war ich wieder draußen. In aller Frühe liegt um San Francisco oft ein weißer Pelzkragen, ein Dunstschal, hochgeschlagen bis in Kopfhöhe der Stadt, durch den, von oben gesehen, das matte Streifenmuster der Straßen schimmert. Ich fuhr nach St. Vincent de Paul, wo ich in einem Laden der Heilsarmee für 350 $ einen Dodge Polara, Baujahr 1971, erstand. Ich ließ am Ortsausgang, wo es nur weiße, viereckige, giebellose Häuser und ein paar Tankstellen gab, einen tune-up machen. Die high pressure hose, ein Hochdruckschlauch für die Lenkkraftverstärkung, musste ausgetauscht werden, anschließend brachte mich dieses gewaltige Schiff mit seinem Sechslitermotor und acht Zylindern, wohin immer ich wollte.

Auf dem Rückweg erledigte ich noch einen Termin in Berkeley, kaufte auf einem Garage Sale für acht Dollar einen alten Plattenspieler und in einem Musikgeschäft eine Aufnahme von Mozarts *Don Giovanni* mit Fischer-Dieskau und war nachmittags zurück im Hotel. Dort küsste ich Isabel lange und insgeheim reuevoll, rollte sie auf den Bauch und dann wieder auf den Rücken und verliebte mich richtig in sie.

Am frühen Abend fuhren wir in die Paradies Lounge zu einem Poetry Slam. Die Dichter dort waren nicht nur ihr eigenes, sondern auch ihr einziges Publikum.

Jeder, selbst der am schurkigsten Blickende, trat irgendwann mit einem Zettel ans Mikrofon und las Gedichte vor. Fast alle Männer, die lasen, hießen David. Fast alle Gedichte, die sie lasen, waren das zum tausendsten Mal wiedergekäute Amerika-trash-it-hit-und-Drogen-Gerümpel. Unter dem Strich sind dabei alle immer gegen das

Schlechte und für das Gute, und das ist nicht einmal der einzige Grund, warum sie so entsetzlich langweilig sind.

Wir blieben in der Gegend und setzten den Abend in der DNA-Lounge fort, wo es damals auf einer riesigen Leinwand die schnellsten Late-Nite-clips Kaliforniens zu sehen gab. An diesem Abend sollte Detroit Rock City, eine Industrial Rockband, auftreten. Wie üblich gab es eine lange Warteschlange entlang der Straße, wie zu DDR-Zeiten für Bananen, Lende oder eine neue Ölfarbe.

Am Mittwoch, den 16. Juli, nachdem drei kleinere Beben, das stärkste davon 5,9 auf der Richterskala, das schläfrige SF wachgerüttelt hatten, fuhren wir los.

Wir nahmen die 101 Richtung Süden. Mit kleinen, glitzernden Augen schauten wir auf die wie Kristalle gewachsenen Glasbauten der Hightech-Multis, die über die kahlen runzligen Hänge ausgestreut lagen. Aquamarine und süffige Rhodochrosite, die das kalifornische Muttergestein durchbrochen und funkelnde Gebäude ausgeschoben hatten. Sie waren ohne Ornament, ohne Bruch, scharf geschliffen und unbetretbar. Nichts wurde in ihnen erzeugt, sie leuchteten nur. *Hitachi* oder *Unisys* verkündete das Glas, weiter nichts. Dazwischen, meist in den Taleinschnitten, die blitzverzerrten kalifornischen Eichen. Grimassen der Natur gegen die geometrischen Eindringlinge aus Stahl und Glas. Der Freeway folgt wie ein breiter Fluss aus hellem Asphalt dem alten Camino Real.

Ich sitze mit einer New Yorker Polizeisonnenbrille auf dem Beifahrersitz und studiere die Geschichte der Missionsstationen. Mein Bauch ist braun, flach und sieht aus wie aus Holz. Vor Fort Hunter pfeilgerade Alleen von zerzausten Eukalyptusbäumen mit nackten, weißglänzenden Stämmen, die wie Sonnenträger in die Krümmung der Windschutzscheibe stürmen, um sich darin in Kleinholz zu zerspiegeln. In der Mitte der Straße der fliegende Silberstreif der Pflasternägel und zu beiden Seiten dieser Lichtorgel die schnellenden Glasstäbe der Wassersprenger, die ruckartig aufeinander zielen, bis wieder zwei aneinander zersplittern und als tellerartige Wasserscherben zu Boden segeln. Kalifornien eben. Unsere Sätze sind kurz und trocken. Als müssten sie Wasser sparen.

»Geht's dir gut?«

Blinzeln.

»Super«, sagt Isabel.

Immer wieder schieben wir die einzige Kassette ein, die wir im Auto haben. Vorderseite Hot Chocolate, Rückseite Lou Reed. In San Miguel halten wir das erste Mal an, treten über das Ziegelpflaster in den Hof der Franziskaner-Gründung und setzen uns unter die mächtigen Feigenkakteen mit ihren glühbirnenartigen Kaktusfeigen.

»Wo warst du denn gestern Abend noch?«, fragte sie.

»Was trinken«, meine knappe Antwort.

»War aber ziemlich spät, was?«

»Hmm.«

»Und war gar nicht dein Duft, nach dem du heute Morgen gerochen hast.«

Im Hof steht eine ruhige Steinschale, in der ein kleines, weißes Wasserzünglein wie eine Kerzenflamme flackert. Ein Vogel, der Brewers Blackbird heißt, schwirrt durch den zu einer Hecke getrimmten Kirschlorbeer. Wir steigen wieder ein und lassen satt die schweren Wagentüren zufallen. Grüne Hinweisschilder mit weißer Schrift, eingerahmt von kleinen Glühbirnchen, weisen nach San Luis Obispo. Kurz vorher eine lange Abfahrt ins Tal. Bei Pismo Beach plötzlich der Pazifik, tiefblau mit türkisen und fast violetten Schlieren. Die Ortschaften wirken abgewandt, zugeknöpft, dem Meer den Rücken zudrehend, als wären sie entrüstet über seine lauernde Brutalität. Unentschlossene Architektur zwischen englischem Tudor, viktorianischem Fachwerk und mexikanisch-spanischem Stil, zusammengehalten von den grellfarbenen Klammern der amerikanischen Auto- und Einkaufskultur: Tankstellen, Shopping-Malls, Fast-Food-Kapellen. Wir laufen über einen breiten Streifen Strand mit zerbrochenen Muscheln und dem kuriosen Blasentang, der vorne aussieht wie ein Babyschnuller. Wie der braune Sauger an den Milchfläschchen. Daran anschließend ein flaschenbraunes Paddel mit Adern oder Tuben, die teilweise mit dunkelbrauner Kontrastflüssigkeit gefüllt sind und von uns als Wasserwaage ausprobiert werden. Allerdings finde ich an Isabel keine Stelle, die ganz in der Waage wäre.

In Santa Barbara schließlich dichter Verkehr. Erinnert irgendwie an die Schweiz, wenn man sich Berge dazu- und die vielen Palmen wegdenkt.

Wir werden *Dial M for Murder* verpassen, dachte ich.

In ihren Augen flackerte noch immer das Lachen über meine Antwort, womit denn die Katzen gefüttert werden. »Mit Holzwolle«, hatte ich geantwortet.

»Woran denkst du jetzt?«, fragte sie nach einer Weile.

Diese Frage mochte ich gar nicht. Sie wird wirklich nie zu einem Zeitpunkt gestellt, wo man Lust hätte, darauf zu antworten. Ich schluckte nur.

Dann aber sah ich, mit wie wenig Stoff bekleidet sie im Beifahrersitz lehnte. Die Haare vom Fahrtwind zu schwarzen Zungen geschmolzen, die ihr ganz vernarrt übers Gesicht leckten. Voller stürmischer Luft, voller kleiner salziger Brisen, voller zärtlicher Gedankenverlorenheit. Der Hals gerade wie eine heilige Kerze. Die Haut wie Paraffin.

Und ich antwortete: »An den Tierpräparator.«

»Na sag doch, wo warst du denn gestern Abend noch?«

»Die Katze wegbringen …«

Nun schaute sie mich an. Sie fand es zweifellos nicht mehr witzig.

»Es amüsiert mich, wenn du mich für beschränkt hältst. Damit habe ich meinen Vater auch immer bei Laune gehalten«, sagte sie plötzlich hart.

Die 101 folgt dem San Joaquin Valley, kreuzt die Tehachapi Mountains und mündet unterhalb der Moro Bay bis hinunter nach Los Angeles in einen zweihundert Meilen langen Küstenstreifen mit Palmen, breiten Avenues, entrückten Stränden. Es ist der Pacific Coast Highway. Die vor der Küste liegenden Channel Islands lagern grau wie lange, kopflose Wasserreptilien über der flimmernden Horizontlinie des Ozeans.

Gegen Abend erreichen wir die Lagune und nähern uns Malibu und LA. In der Lincoln St. nehmen wir die erstbeste Unterkunft, ein Motel Best Haven für 38 $ die Nacht. Es handelt sich um eine kleine, saubere, hufeisenförmige Schlafschuppenanlage hinter einem Jack-in-the-Box-Laden. *Twin-Size-Bed, Colour-TV (XXX-rated) & Shower* stand auf dem Billboard. Wir ahnten natürlich nicht, dass damit so gut wie alles aufgelistet war, was das Zimmer zu bieten hatte.

Die Wände waren so dünn, dass jeder Mord ein Geheimnis zu bleiben versprach, der nicht sofort wegen Ruhestörung verhindert wurde. Mit dem Lichtschalter neben der Tür wurde außer einer grellen Glühbirne gleichzeitig der Fernseher und ein aus vier mächtigen Schwertern bestehender Ventilator angeworfen. Wir warfen unser Gepäck aufs Bett und beschlossen, uns noch etwas zu trinken zu besorgen. Die *Ficus pennsylvania*, eine Dattelpalme, und ein mächtiger Bunya-Bunya-Baum standen unweit des Motels in lockerer Runde beisammen. In ihrem Schatten gab es einen vergitterten Liquor Store, wo man uns durch die Stäbe für ein paar Dollars eine Flasche Bourbon aushändigte. Auf Gruß, Blick oder irgendeine andere Andeutung von Wahrnehmung wurde verzichtet. Der Himmel war jetzt so, als ob man ihn auf gesamter Breite mit Benzin übergossen und in Brand gesteckt hätte. Fünf Minuten später waren wir wieder zurück. Unser Wagen parkte direkt vor der Zimmertür. Groß, schön und blau.

Ich hatte, seit wir unterwegs waren, Belles Körper so sehr meinen Blicken ausgesetzt, hatte immer wieder dieses Nichts, das sie verhüllte, auch noch entfernt, abgestreift, zur Seite geschoben, dass ich mich von ihrer Nacktheit übersättigt fühlte, mich fast schämte, sie schon wieder hervorzurufen. Ich hätte gerne im Halbdunkel mit ihr geschlafen. Nur mit ihren Augen, ihren Haaren; ihren Händen, Hüften und Löchern. Ich wollte spüren, wie diese bleigesättigte Abendbrise von Los Angeles im Schatten der Dämmerung über ihre Haut floss. Sobald aber mit dem Ausknipsen des Lichts der Fernseher erstarb und der Ventilator die Schlacht mit den Warmluftmassen beendete, offenbarte sich das Twin-Size-Bed als ein Instrument, über dessen Geräusche uns nach wenigen Minuten der Schweiß auf der Stirn stand. Also schalteten wir das Licht wieder ein, der Ventilator erwachte und der Fernseher tobte los. Das Licht trennte uns aber so hart voneinander, dass wir einen Schluck aus der Flasche nahmen und bald beschlossen, auszugehen.

In einer Stadt wie Los Angeles war das zu dieser Zeit nicht so einfach. Ein Mensch zu Fuß und auf der Straße, das konnte nur ein Ausgebrochener sein, entweder aus dem Gefängnis oder aber aus dem Teil der Gesellschaft, der sich für normal hält und niemals auf einer öffentlichen Straße herumspazieren würde. Erst nach über einer Stunde fanden wir ein Hotel mit Bar. Sie war leer und teuer. Wir setzten uns an den Tresen und bestellten zwei Mojito. In der gedämpften Beleuchtung sah Isabel aus wie George de la Tours *Büßende Magdalena* mit der rußenden Kerze, die Haut ein warmer Holzton, die Augen wie aus Nussbaum geschnitzt.

Von West-Hollywood aus fuhren wir am nächsten Morgen über den Santa Monica und den Santa Ana Highway nach Disneyland, weil Isabel Lust hatte, die Simulationsshows *Star Tours*, *Space Mountains* und *Circle Vision* zu besuchen. Alle Gäste dort fraßen über Papphaufen gebeugt Pommes und soffen aus Pappeimern Cola, verschlangen Unmengen schrill kolorierter Eiscremes und bewegten ihre Körper wie Autoscooter.

Als wir zurück waren, schliefen wir eine Nacht darüber und fuhren dann über den San Bernardino Freeway auf die Interstate 10 Richtung Las Vegas. Bis an die San Gabriel Mountains schob sich die himbeerrosa bis türkisgrüne Smogplatte, die es in Disneyland in den gleichen Farben auch als Eiscreme zu kaufen gab. Während wir sie mit dem Wagen durchstießen, tauchte das unscharf glitzernde Los Angeles in fraktale Farbassonanzen von vibrierender Eindringlichkeit, und vor uns erhob sich wie aus dem Nichts ein graues, zerschundenes Gebirge. Bei einem Zählerstand von 59.300 Meilen tankten wir voll. Eine Abzweigung, die wir nicht nahmen, zeigte

422 Meilen an bis nach Baker, und ein Grund, den wir nicht kannten, bog die Zweige zurück und zeigte uns zwischen den Zeilen eines glühenden Himmels Gottes verbotene Vogelnester.

Die Mojave-Wüste, die wir bald danach erreichten, beraubte uns schließlich aller üppigen Gedanken. Sie brannte uns das letzte bisschen Fett aus den Flanken und das letzte bisschen Saft aus den Eingeweiden. Sie reduzierte unsere Gespräche und unsere Bewegungen auf hart, heiß, trocken und direkt.

Sechs Gallonen Wasser hatten wir im Wagen, die sollten eine Weile reichen.

Jeden Tag fuhren wir nur ein paar Stunden, dann überließen wir das Fahrzeug der Sonne und tauchten ein in die sengende Hitze. Wir wanderten wortlos nebeneinanderher und gingen meist erst abends zum Auto zurück. Mit stummen Augen folgten wir den kriechenden und wie Seeschlangen gewundenen Stämmen der Pink Melaleuca, schlitterten über das alkalische Glitzern kristallisierter Wüstenbecken, streiften mit nackten Beinen den harten, besenartigen Salbeistrauch oder warfen unsere Blicke in die offenen grünen Tüten der Yuccapalme. Weil wir keine Hüte hatten, wickelten wir uns Turbane aus Hemden und Unterwäsche um die Köpfe, die wir immer wieder mit Wasser befeuchteten. Erst als der Wasservorrat zur Neige ging, fuhren wir weiter.

Las Vegas lasse ich aus. Es bestand aus allen Zitaten aller Spätzeiten, einschließlich seiner eigenen. Oberflächlich gesehen hatte die Stadt von der Hitze das Glühen und vom Wind das Flackern. Das machte sie zu einer echten Tochter der Wüste. Genauer betrachtet aber war es die heilige Stätte kapitalistischer Umnachtung. Als wir ankamen, was bereits gegen Abend war, sah es aus, als hätte man Licht in verschiedenfarbigen Plastiksprengstoff gegossen und in der Luft zum Explodieren gebracht. Das Schauspiel konzentrierte sich auf die Mitte eines Boulevards, der ein paar Meilen vorher in der Wüste begann und ein paar Meilen hinter der Stadt wieder im Sande verlief. Jener Abschnitt des Las Vegas Boulevard, der auch South Strip genannt wird.

Isabel starrte auf eine Wolke im Westen, eine dünne, schlauchartige, sehr weit nach oben reichende Wolke, die in ihrer zum Himmel hin offenen Seite reinweiß war, mit klaren Umrissen, deren untere Hälfte aber, dabei enger werdend wie der Krümmer eines Auspuffs, in eine rauchartige, schwärzliche Verlängerung abbog, die direkt auf der Spitze eines jener Berge endete, von denen niemand hier die Namen kennt. Die Berge im Osten, je mehr die im Westen zu einer bloßen Silhouette verflachten, saugten sich wie Fließpapier voll mit Blaubeersaft und rotem Tulpenmark. Das ganze Farben-Schauspiel begann wandernd über der Ebene, kletterte allmählich die Berge hinauf und sprang schließlich von den Gipfeln auf die Wolken über, um sich dort von einem milden Flaschengrün umarmen zu lassen.

Kaum erlosch dieses Licht über der Stadt, denn wie versprochen beschreibe ich ja nicht Las Vegas, sondern nur eine seiner Abenddämmerungen, da begann es auf dem Boulevard in exakt den gleichen Farben wieder aufzuglühen, kristallgrün, funkelnd weiß und himbeerfarben, die Intensität auf der Straße in dem Maße steigernd, in der sie am Himmel darüber verebbte. Um Mitternacht, als die Luft wie schwarzes, heißes Öl floss, herrschten noch immer 30 °C. In den Ölbäumchen in der Mitte des Strips rasten die Zikaden.

Wir frühstückten im Flamingo und fuhren weiter. Hinter Las Vegas wurde die Wüste noch steiniger. Der Straße folgte nun zeitweise nur noch die Tamariske, die, weil sie die große Hitze und den salzigen Boden verträgt, auch Salzzeder genannt wird. Wir lenkten auf die Interstate 15 nach Süden und bogen dann ab auf die 160 nach Westen, Richtung Pahrump. Die Straße stieg ziemlich rasch auf fünfeinhalbtausend Fuß an, bis zum Pass über die Spring Mountains. Dahinter eine unüberschaubare, glitzernde Plaine, wo nun neben der Yuccapalme und dem Salbeistrauch auch der flehentlich die Äste hebende Joshua Tree häufiger wurde. Kerzengerade schießt eine leere Straße aus der verengten Mündung der Pupille bis ans Ende des Blicks, wo die Nopah Mountains sich erheben. Es ist so heiß, dass ein Pissstrahl den Boden nicht erreicht, weil er unterwegs verdampft. Schier endlos fuhren wir auf Berge zu, die immer weiter wegzurücken schienen, bis sie auf einmal schlagartig vor uns standen. Vor Pahrump ein Schild: *Jesus rules over Pahrump*.

Dann kam endlich die Straße nach Death Valley Junction mit dem Amargosa Opera House, geschlossen, verrammelt, eine schneeweiße, in der Sonne prasselnde High-Noon-Kulisse im spanischen Kolonialstil.

Vor zwei Jahren hatte ich mir geschworen, hierher zurückzukehren, einzubrechen und im alten Opernsaal die Champagner-Arie aus dem *Don Giovanni* zu hören. Wieder war es Mitte Juli, wo die meisten Menschen, wenn sie hier aus dem Auto steigen, augenblicklich Feuer fangen würden und deshalb fernbleiben. Nun war ich wieder da, nur nicht alleine, sondern mit Isabel. Nicht ein einziges Mal dachten wir an Büttner.

Die Champagner-Arie

Ich wendete den Wagen mit scharfem Tempo auf dem offenen Platz vor dem Gebäude und hinterließ eine hufeisenförmige Staubwolke, die bedächtig in die Höhe quoll.

»Ich dachte, wir wollten hierbleiben?«, sagte Isabel.

»Schon, aber ich parke das Auto natürlich nicht direkt vor der Tür, durch die wir einbrechen werden. Könnte ja doch jemand vorbeikommen und das nicht so cool finden.«

Fast drei Meilen mussten wir fahren, bis sich eine günstige Stelle fand, wo wir den Wagen unauffällig abstellen konnten. Ich hatte den Plattenspieler und die Schallplatte unter dem Arm, während wir zurückliefen. Isabel trug eine grüne Badetasche mit Proviant, darunter Pistazien, italienisches Brot, Käse und diverse Getränke. Ihr Strohhut, den wir in Pahrump gekauft hatten, war so breit, dass sein Schatten auch ihre Schultern bedeckte. Die Temperatur lag immer noch bei 43 °C und als wir die Opern-Hazienda endlich wieder vor uns liegen sahen, setzte, wie in Wüsten so üblich, ohne Umstände die Nacht ein.

In das Gebäude reinzukommen war so einfach, dass ich regelrecht erschrak, als wir nach zwei bis drei Minuten bereits in einer Art Magazin, Garderobe oder Gruselkabinett standen. Während vorne zum offenen Platz hin alles fest verbarrikadiert war, gab es auf der Rückseite einen rustikalen Fensterladen, der sich mit dem großen Schraubenzieher, den ich in Isabels Badetasche gepackt hatte, mühelos aufstemmen ließ. Nachdem ich eingestiegen und Isabel nachgeklettert war, schlossen wir den Laden von innen und tauchten lachend und flüsternd in die schummrigen Räume. Es roch nach getrockneten Tomaten, Mais, Salmiak, Eukalyptus und geöltem Holz.

»Also, richtig verlassen ist das hier aber nicht«, sagte ich zu Isabel. »Wahrscheinlich nur vorübergehend ausgestorben.«

»Vielleicht ist ja auch nur Opernpause – Theaterferien oder Betriebsurlaub oder so was«, sagte Belle.

Ich öffnete einen Fensterladen zur Vorderseite auf den Platz. Außer dem hermetischen Gesang der Grillen war alles vollkommen lautlos. Der Himmel sah aus, als würden ihn die vielen Sterne ganz verrückt machen. Überall an den Wänden gab es Fresken, deren Eindringlichkeit von der Düsternis der Räume eindeutig profitierte.

Nachdem wir den Opernsaal gefunden hatten, packten wir die Oliven aus, die Pistazien, den San-Daniele-Schinken, den Whisky, das fast weiße Brot, hartgekochte Eier, ein paar Brownies, die allerdings für Isabel reserviert waren, und eine größere Kerze, leicht organisch verformt, nachdem ich ein paar Tage zuvor Isabel damit beglückt hatte. Sie klebte die Kerze mit heißen Wachstropfen auf den Boden. Ich fand währenddessen eine Steckdose für den Plattenspieler und legte die Arie auf, deren sinnlich-triumphale Macht uns wohl ein Dutzend Mal hintereinander aus der Gelassenheit des Essens und des Whiskytrinkens schmetterte, bis sich unsere Stimmung, wie wir insgeheim schon befürchtet hatten, schließlich doch auf *Reich mir die Hand, mein Leben* verlagerte.

Erst als wir beides wirklich nicht mehr hören konnten, den Tonarm nicht mehr in die geduldige Plattenrille zurückführten und es totenstill wurde, weil plötzlich auch keine Zikaden mehr zu hören waren, begannen wir zu tanzen.

Ich wusste gar nicht mehr, wie einfach und aufregend es sein konnte, ohne Musik zu tanzen. Der motorische Kortex vertont einfach Vorstellungen, die er sonst nach den Anleitungen der Musik auszuführen Befehl gibt. Wir schwankten eng umschlungen, von lautlosen musikalischen Einfällen hin und her geweht und dann wieder fast in einem tangohaften Zögern befangen auf die Mitternacht zu, als ein Einfall der Natur und ein Einfall Isabels unser inneres Gleichgewicht für eine Weile durcheinanderbrachten. Der Einfall der Natur bestand darin, eine winzige Wüstenspringmaus im Raum erscheinen zu lassen, die über das Gitter einer Art Klimaanlage mit ihren winzigen Mäusekrallen hochkletterte, um sich mit ebendiesen an einem dünnen, offenen Eisenrohr wieder herabzulassen.

Da ich das Wort muckmäuschenstill hier nicht für angebracht halte und das Wort totenstill ein paar Sätze vorher schon verbraucht habe, sage ich einfach, dass die örtliche Stille dem winzigen Tier mit dem Klimakasten, der wie ein Verstärker wirkte, eine enorme akustische Bühne verschaffte. Es hörte sich an, als würden immer aufs Neue Ausbruchsversuche von Häftlingen aus amerikanischen Staatsgefängnissen zur Zeit des Go West unternommen und als würde mit ziemlicher Vehemenz an Gitterstäben gerüttelt.

Der Einfall Isabels bestand in zwei winzigen, himbeerfarbenen Trips, was ich in diesem Fall, gegen meine Gewohnheit, nicht ablehnte, weil ich inzwischen wohl auch körperlich zu betrunken und seelisch zu berauscht war, um völlig vernünftig zu handeln. Dann zog sie aus ihrer Badetasche eine Plastiktüte und nahm zwei LPs heraus. Bowies *Heroes* und die *Parallel Lines* von Blondie.

LSD, Whisky and Bowie? Auf ihren verschlungenen Pfaden näherten sich mir Erinnerungen an einen Mann, der lauter bunte Schals um seinen Hut gebunden hatte, an David Bowie im weißen Flanellanzug auf der Oranienstraße und an die Augen eines schilfgrünen DDR-Beamten am Grenzübergang Dreilinden, der einer riesigen Holzkiste im Fond unseres Wagens, ziemlich ratlos, wie es schien, ein paar Versteinerungen entnahm.

»Hab ich in LA direkt neben unserem Motel gefunden«, sagte Isabel. »Die LPs meine ich«, fügte sie hinzu, als sie meinen leicht entgeisterten Blick zu bemerken schien. »Auf einem garage sale. Dachte, nur mit Mozart kommen wir vielleicht doch nicht aus.«

Ich sah, wie der Mann mit den grauen Augen, der diese vielen, bunten Schals um den Hut gewickelt hatte, seinen Blick auf mich richtete. Teufel noch eins, dachte ich. Dann sang Debbie Harry: *Once I had a love and it was devine / soon found out I was losin' my mind.*

Bei den Versteinerungen, die unter sich in der Kiste eine Panzerfaust RPG-7 und eine Heckler & Koch Maschinenpistole der MP5-Baureihe verbargen, handelte es sich, wie ich in meinen überbunten

Erinnerungen genau erkennen konnte, von einigen kleinen Platten mit den von Laien immer für Farne gehaltenen Eisen-Mangan-Dendriten abgesehen, überwiegend um Ammoniten und Belemniten – also um Ammonshörner und Teufelsfinger.

Dann drang die Musik wieder in den Vordergrund und die Bilder verschwanden.

Was aus der sehr speziellen Mischung aller Zutaten dieses Abends entstand, war, so schien es, eine immer verrückter werdende Gelegenheit, die wir aber weder die Kraft noch die Fantasie hatten, beim Schopf zu packen, so dass sie uns schließlich mit ihrem wachsenden Gewicht immer tiefer in den Sumpf einer verlorenen Chance zu ziehen drohte. Wir hatten zwar das Gefühl, mit unseren roten und grünen Antennenaugen einfach nur aus unseren Körpern aussteigen oder herausklettern und den Gang durch die Dinge und ins Innere der Glückswahrheiten weiter nichts als antreten zu müssen, lehnten aber beide nur mit nackten Rücken gegen die Wand, tranken Whisky und unternahmen absolut nichts gegen diese Wirklichkeit, die sich immer grotesker auf uns zubewegte. Erschwerend hinzu kam die übliche Unausgeglichenheit der Gefühle in Augenblicken, wo man die Welt überwältigend findet. Allerdings auch eine Panik, welche mich und die Springmaus, der ich immer wieder hinterherjagte, mehr und mehr erfasste und die, nachdem ich das winzige Untier endlich mit einem Schuh getroffen und aus dem Fenster geworfen hatte, keineswegs für beendet erklärt werden konnte.

Dann sang Blondie: *One way or another, I'm gonna find ya' / I'm gonna getcha.*

Wir spürten, wie die Nacht matter wurde, wie das farbige Speiseeis von unseren Worten herabtropfte und bunte Löcher in den Teppich brannte. Ich rauchte sehr lange eine Zigarette und sah, wie Isabel mich von der Seite anstarrte.

Plötzlich hörten wir auf dem Platz draußen Reifen kreischen, Bremsen, einen Motor aufheulen. Einen Moment lang waren wir wie versteinert, dann sprang Isabel auf und rannte zur Tür, die wir früher am Abend bereits von innen geöffnet und hin und wieder benutzt hatten, um uns dem nackten Sternenhimmel zu zeigen. Ich trat ans Fenster und sah Stella aus einem roten Toyota Corolla springen. Als sie Isabel sah, hielt Stella kurz inne und ging dann ganz langsam, mit gezogenem Revolver, auf sie zu.

»Ich liebe dich, du Spielverderber!«, erinnerte ich mich plötzlich. Sie hatte mir das nachgerufen, als ich mich vom Warfield Hotel aus auf den Weg in die New Montgomery ins Palace Hotel machte. Ich hatte sie belogen, dass ich solo unterwegs sei, am nächsten Tag einen Termin an der UCLA hätte und anschließend ganz alleine nach Death Valley Junction weiterfahren würde. Ich hatte ihr erzählt, dass ich am Amargosa Opera House haltmachen und dort einbrechen und mir die Champagner-Arie anhören wollte. Sogar das Datum hatte ich ihr gesagt, weil ich sie in der Nacht vor unserem Rückflug noch mal sehen wollte und wir ausrechnen mussten, wann das sein könnte. Sie war es, wurde mir auf einmal klar, die ich aus dem Augenwinkel gesehen hatte, verwischt von den mit Pflanzen verstellten Fensterscheiben, als die Dame mit dem weißen Hündchen um diese gotterbärmliche Uhrzeit das Hotel verließ, während ich den Prunksarg von Aufzug bestieg und mich noch einmal umblickte. »Spielverderber!«, hatte sie gesagt. Ich hatte mich verplappert und gesagt, *wir* müssten packen, als sie mich fragte, warum ich um diese Zeit denn noch gehen wollte. Ich hatte es gar nicht richtig bemerkt. Ich war zu müde.

Siedend heiß fiel mir ein, dass wir uns vor zwei Jahren, als ich sie kennenlernte, richtig verliebt hatten und sie deshalb nicht mit mir schlief, weil wir nur diese paar Tage hatten. »Mit diesem Job geht das nicht. Wenn ich mich nicht hingebe«, hatte sie damals gesagt, »krieg ich das hin, und wenn ich mit jemand schlafe, der mich nicht liebt, auch, aber wenn ich mit jemand schlafe, den ich liebe, dann erwacht in mir das Gute, wenn ich ihn kriege, und das Böse, wenn ich ihn nicht kriege.«

Stella sah bleich aus. Vermutlich war sie die ganze Strecke durchgefahren. Weil sie ein schwarzes Kleid trug und nun auch die Nacht wieder schwärzer geworden war, sah man hauptsächlich den Kopf und die Beine. Sie zielte jetzt auf Isabel. Sie hatte den Lichtkegel der offenen Tür erreicht.

»Stella!«, schrie ich, »was machst du denn! Bist du wahnsinnig geworden? Wir sind doch kein Paar! Wir sind doch nicht einmal ein Paar! Ich hab dich ja erst zweimal in meinem Leben getroffen.« Ich spreizte alle zehn Finger vor Anspannung. »Das kann doch wohl alles nicht dein Ernst sein!«, brüllte ich noch lauter.

Sie schoss Isabel mitten ins Gesicht. Einmal, zweimal, dreimal. Das Blut spritzte nach allen Seiten. Ich stürzte zur Tür, in der ich Isabel zusammenbrechen sah.

»Erst zweimal gesehen und erst einmal gefickt!«, sagte Stella.

Ich hob Isabels Kopf auf meinen Unterarm. Er schien ganz leicht. Der Kopf war auf der linken Seite, wo eine Kugel unter der Nase eingedrungen war, durchbohrt und hinter dem Ohr, wo das Projektil wieder ausgetreten war, völlig zerrissen. Ich beugte mich nieder und drückte mein Gesicht in das warme, klebrige Blut, um diese verdrehten, in verschiedene Richtungen starrenden Augen nicht sehen zu müssen.

Als ich wieder aufschaute, sah ich, wie Stella zwischen meine Beine zielte.

»Nein, du bist doch wahnsinnig!«, schrie ich.

Da fiel der Schuss.

»Du Scheißer!«, hörte ich sie noch sagen.

Mein ganzer Unterleib zersplitterte, löste sich vom Stammhirn und nahm einen siedenden Schmerz in sich auf.

Ich schleuderte einen Arm auf den Fußboden und riss die Augen auf. Neben mir lag Isabel, die Badetasche unter den Kopf geschoben, und schlief. Dann knallte erneut ein Blecheimer auf den Fußboden, und wenige Sekunden später begann ein Staubsauger aufzuheulen.

Jetzt war auch Isabel wach. Wir rollten hinter ein paar Stuhlreihen und zogen uns lautlos an.

»Da draußen putzt jemand«, flüsterte ich ihr zu.

»Scheiße«, sagte sie, während sie alles, was in Reichweite lag, in ihre Badetasche stopfte.

Wir schauten uns an und küssten uns kurz. Zum Schluss noch die Schuhe.

»Hör zu. Es muss ganz schnell gehen. Wir stürmen einfach vorbei und rennen zum Auto.«

»Okay«, sagte Isabel.

Wir schlichen zur Tür. Erst schauten wir durchs Schlüsselloch, dann öffneten wir sie behutsam und sahen eine breite Frau, die uns den Rücken zugekehrt hatte und einen wütenden Staubsauger an der Leine führte. Wir checkten kurz die Lage, dann stürzten wir los. Isabel links an ihr vorbei, ich rechts. Wir hörten einen durchdringenden Schrei, ein kreischendes »por favor!«, und schon waren wir draußen.

Wir rannten und schrien »por favor« und rannten und schrien »por favor« und begannen zu lachen und lachten und kreischten und schluchzten lachend »por favor!«.

Dem Stand der Sonne nach musste es noch sehr früh sein.

Wir hatten alles liegen und stehen lassen, außer Isabels Badetasche. Der Plattenspieler hatte nur acht Dollar gekostet, höchstens um die Platten war es schade. Wir rannten fast die gesamte Strecke bis zum Auto, was uns wahrscheinlich vor den bösesten Auswirkungen dieser Nacht bewahrte. (Einem fürchterlichen Kater nämlich!)

»Mann, ich bin vielleicht alle«, sagte Isabel und ließ sich in den Sitz fallen. »Die Trips hätten wir uns wahrscheinlich sparen sollen.«

Ich umarmte sie und sagte ihr, dass ich sie trotzdem liebe. Dann fuhren wir zurück nach San Francisco. Am übernächsten Nachmittag waren wir zurück im Palace Hotel. Isabel fiel ins Bett und schlief sofort ein. Mich trieb der böse Geist noch einmal in die Bar 21 und in die Arme von Stella. Als ich ging, fragte ich sie: »Fährst du eigentlich einen roten Toyota Corolla?«

»Hab ich mal«, sagte sie völlig erstaunt.

Um 11 Uhr 40 ging unser Flieger.

Stadtplan

In den beiden Hälften des geteilten Berlin mit seinen jäh gezackten Sektorengrenzen zwischen Lübars und Rudow, zwischen Blankenfelde und Altglienicke, lagen sich bis 1989 zwei Figuren Deutschlands gegenüber, die in einen ungleichen Zweikampf verwickelt schienen. Den bizarren Umrissen des ehemaligen Westberlin, das breitbeinig auf Zehlendorf und Neukölln ruhte, mit Spandau als drohend angehobener Schulter und oben, im Französischen Sektor, in einen gedrungenen Kopf übergehend, aus dem der Wedding wie eine Bärenschnauze hervorstieß, aggressiv und dynamisch, lehnte sich, quasi über die Zehen von Schmöckwitz kippend, das seit Jahren angeschlagene Ostberlin entgegen. Der auf alten Sektorenkarten oft in einem Schweinchenrosa kolorierte Sowjetische Sektor mit der etwas dümmlich und unangenehm geil wirkenden Stupsnase oben in Pankow rammte sein in den Westen ausbeulendes Herz, Berlin-Mitte nämlich, wie eine Faust in den gegenüberliegenden Tiergarten.

Für Büttner schnitten sich genau an dieser Stelle, kaum war die Mauer gefallen, Ort und Zeitpunkt, um »das große, aufblasbare Nichts« auf den Weg zu bringen. Im Augenblick erholte er sich noch von seinem ersten Versuch in der Psychiatrie des Bezirkskrankenhauses Erlangen. Büttner hatte jedoch, Krankheit hin oder her, etwas registriert, zu dem Normalität und Gesundheit nur schwer Zugang finden: den neuralgischen Punkt eines historischen Augenblicks. Seine überspannten Nerven, das leicht aus dem Ruder geratene Feuern seiner rund hundert Milliarden Neuronen mit ihren bis zu tausend Spikes pro Sekunde, spiegelten exakt die nervösen Energien und die schizoaktiven Schübe einer Stadt wider, die zwischen Wiedervereinigungstaumel, historischer Verstörung, symbolischer Demütigung und Hauptstadtrausch einen genauso durchgedrehten Moment erlebte wie er selbst. Er hatte einen verstörenden Blick getan auf die heißgelaufenen Synapsen von Neuropolis. Nun wollte er aus diesem äußerlich vereinigten, aber innerlich zerrissenen Berlin den Ballon nähen, in den es das große Nichts zu blasen galt. Vielleicht war das ja so etwas Ähnliches wie die alte Geschichte mit der Berliner Luft, der Champagnerluft in Dosen, nur dass das damals die Version für Nichtkünstler war?

Berlin löste sich, so schien es, kaum dass die Mauer gefallen war, aus der Determiniertheit seiner Ausdehnung und trat ins Verhältnis zu seiner inneren Dichte. Die Kräne und Gerüste der Baustellen, die aus dem Boden schossen, wirkten als Mittel, diese Energie bauen und formen zu wollen, fast prähistorisch. Erst die elegischen Kran-Ballette, mit denen der Potsdamer Platz später bespielt wurde, zauberten wenigstens eine Vorstellung der freiwerdenden Verschmelzungskräfte vor das Auge der Öffentlichkeit. Ganz am Anfang aber schwappte eine kalte und bleierne Erwartung über der Stadt, während die fieberhafte Hitze in den Strategien des Kapitals sich schlagartig entwickelte. Außerdem gab es diese beiden unterschiedlichen Helligkeitsgrade, Folge einer zeitlichen Verwerfung, die die ehemaligen Hälften der Stadt misstrauisch trennte und manichäisch miteinander verband.

Entweder stürzte man nach der S-Bahn-Schlucht Bornholmer Straße ins gelöste Dunkel des Prenzlauer Bergs, beklatscht und angefeuert vom Prasseln des rigoros einsetzenden Kopfsteinpflasters, oder man erreichte in umgekehrter Richtung die Kurve einer vom Wedding bis nach Charlottenburg sich gleichmäßig steigernden Helligkeit.

Georg Autenrieth, also ich, im besten Sinne meiner damaligen Überzeugung, und Isabel Kauffmann waren vom Flughafen Tegel auf die Seestraße eingebogen und hatten über die Osloer Straße den Anstieg der Bornholmer Straße zur Bösebrücke erreicht, immer noch Engpass und Nadelöhr. Knatternder, qualmender Ostschrott, der sich wie Blechgeröll dem polierten, westlichen Gegenverkehr entgegenquetschte. Die Mauer war noch überall, aber überall bereits mit Lücken. Breit und beklemmend leer das S-Bahn-Gelände, die Brücke von einem rostigen Trotz. Der Himmel, weil die breite Kluft der Grenze dazwischen verlief, noch deutlich zwischen der Stadt und nicht, wie vor dem Bau der Mauer und dann erst wieder lange nach der Wende, geschlossen über ihr.

Während der ganzen Zeit in Kalifornien hatten wir Büttner nicht ein einziges Mal erwähnt. Weder in der Klinik noch bei Büttners Eltern hatten wir angerufen. Belle hatte ihre Hand auf meinem Oberschenkel, während ich fuhr.

Sie war jetzt auch wieder vollständig bekleidet. Im Osten der Stadt bestellten wir ein sogenanntes Mittagessen, bei dem wir Gericht und Sättigungsbeilage selbst komponierten. Die dazugehörige Aussicht ging auf die Prenzlauer Allee, ganz oben, wo noch heute der Kartoffelsalat in alten Erinnerungen schwelgt. Es kam ein in Schweröl frittiertes Schnitzel. Das Fleisch wagte an keiner Stelle, es an Dicke mit der Nickel-Kadmium-Panade aufzunehmen, und war einem in schlimmer Mayonnaise erstarrten Kartoffelsalat zur Seite gestellt, der wegen seiner Kälte den unheimlichen Geschmack gewürfelter, leicht anglasierter Leichenteile wenigstens nicht allzu sehr verdeutlichte. Zwischen Schnitzel und Gebröckeltem welkte ein Salatblatt, in das sich eine kalte alte Gurkenscheibe lehnte – echt geil, wie Isabel meinte.

Wir waren, was den Osten angeht, noch beim Wundern, die Liebe zu ihm ereilte uns erst eine ganze Weile später.

Die Makarow

Alles war voll mit Menschen von fast überall her. Einige schienen weit davon entfernt, sich vom Strudel des historischen Augenblicks mitreißen zu lassen, andere mittendrin oder bereits von ihm fortgespült. Überall gab es Häuser, die sich oft in beträchtlicher Entfernung gegenüberstanden und anstarrten. Diese Weite lässt den Straßen Platz, sich auszubreiten und auch noch an ein paar andere Dinge zu denken als nur an den Verkehr. Seit dem Fall der Mauer machten diese breiten Avenuen vor allem an den Wochenenden Platz für Märkte, Feste und für die Besucherströme aus dem Osten. Die einen wimmelten in die Supermärkte, die anderen zu den Sehenswürdigkeiten. Die alten Häuser, soweit sie den Krieg überstanden hatten, nahmen dies mit Gelassenheit. Ihre Geschichte und ihr Alter bewahrte sie vor der Ungeduld, mit der Neubauten immer sofort alles klarmachen wollen.

Der Unterschied zwischen der neuen Architektur und der neuen Literatur liegt ja unter anderem darin, dass wir schlechte Bücher einfach in die Ecke feuern können, während schlechte Häuser oft die ganzen Jahrzehnte, die wir am Leben sind, nutzen können, uns zu molestieren. Auch in Berlin gibt es exzellent schlechte Architektur, der man nur schwer aus dem Weg gehen kann. Eine schlechte alte Architektur oder Literatur gibt es aber doch eigentlich gar nicht, allenfalls Menschen, die schlecht darüber denken, weil sie die alte Architektur, respektive die alte Literatur, so gut wie gar nicht kennen.

In der ganzen Stadt erdrückten sich also, seit die Mauer gefallen war, die Menschen. Dazu wären die, die bereits da waren, eigentlich schon genug gewesen. Nun kamen aber noch jene hinzu, die extra angereist waren, um für 2 Mark 50 Ohrringe zu kaufen, deren Edelsteine aus Betonsplittern der Berliner Mauer bestanden. Auf Tapeziertischen, prunkvoll mit DDR-Fahnen überworfen, wurden die

Werte des Ostens zu Spottpreisen verhökert. Ehemalige Ehrenzeichen erhielten einen so niedrigen Preis, dass sie diesen Namen gar nicht mehr verdienten. Über den Tisch gingen die Abzeichen entwerteter militärischer Macht, und unter dem Tisch verkaufte man die der geplünderten Kirche aus dem alten, sowjetischen Machtbereich. Viele Deutsche waren inzwischen tot, die diesen Anblick gerne noch erlebt hätten. Die Autos, mit denen das böse Gut an die geplatzte Naht der deutschen Geschichte befördert wurde, waren Ladas, Wartburgs oder der bei allen Hehlern beliebte, geräumige, fast immer weiße Ford Transit mit seinen eindrucksvoll breiten Hecktüren. Auf der Kühlerhaube eines goldockernen Wartburgs mit dem Kennzeichen *PC 21-04* lag ein schwerer russischer Offiziersmantel und darauf ein salatschüsselförmiger Stahlhelm der NVA. Überhaupt war dies ein Schauplatz erzwungener Hochzeiten. Die Stoßstellen zwischen den L-förmig gegossenen Betonelementen der vierten Mauergeneration hinter dem Wartburg, die mit Rohrauflage eine Höhe von 4 Meter 10 erzielten, waren schon gründlich nach Mauersplittern abgeklopft worden und ihre Armiereisen entblößt. Tschechen, Polen, Russen und ehemalige DDR-Bürger standen hinter den Tischen, nicht selten in den Uniformen des Nachbarlandes, um sich gegenseitig eins auszuwischen.

Büttner, der in den letzten Wochen wieder ein bisschen gearbeitet hatte und sich inzwischen auch etwas stabiler fühlte, war den ganzen Weg von Kreuzberg entlang der Mauer hierhergelaufen. Isabel hatte ihm nach seiner Entlassung erzählt, sie wäre zwei Wochen in Schweden gewesen. Er hatte nicht weiter nachgefragt und schien auch nichts Näheres wissen zu wollen. Oben zwischen Köpenicker Straße und der Bundesdruckerei war die Rückseite der Mauer noch überall Sandkasten, Trödelmarkt, Baustelle, Müllkippe, Brachland, Weide, Sackgasse, bemaltes Ufer oder Endstation.

Bereits auf dem Weg hierher hatte es immer wieder Stände gegeben, einer davon nur mit russischen Uhren und Feldstechern, ein anderer mit geraubten oder gefälschten Ikonen, emaillierten koptischen Kreuzen und silbernen Pokalen, die meisten aber verkauften

Uniformen und russische Pelzmützen. Weiter unten war er die ganze lange Reihe der Händler sogar mehrmals abgegangen. Hier aber, zwischen Brandenburger Tor und Reichstag, gab es das größte Angebot und alles am billigsten. Am Stand von Pjotr blieb er stehen. Wiewohl er den Namen erst später erfuhr, greifen wir vor, denn Büttner besuchte ihn noch am gleichen Abend in der Gaudystraße hinter dem Friedrich-Ludwig-Jahn-Sportpark. Hinter seinem Stand an einer großen Holztruhe lehnte ein Porträt von Kennedy und ein ebensolches von Chruschtschow. Gerahmt, wie auf der Rückseite vermerkt war, 1961. Zwei Spielzeugriesen vor dem Hintergrund Berlins, ihrem Riesenspielzeug.

»Ich suche eine Pistole«, sagte Büttner.

Der Pole schaut ihn an, wie eine Dame aus Zehlendorf in einem Wiener Café eine Linzer Schnitte betrachtet, gegen deren Versuchung sie ankämpft. Er wusste, kein Bulle oder Spitzel würde je so anfangen.

»Hast du 'nen Schein?«, fragte Pjotr.

»Nein«, sagte Büttner, »deswegen suche ich sie ja hier.«

»Was suchst du denn?«, fragte der Pole, und dieses Mal blinzelte er in die Sonne.

»Eine PSM 5,45.«

»Das ist eine Offizierspistole, da ist schwer ranzukommen. Bist du Sammler?«

»Nein, ich bin Maler«, sagte Büttner.

Pjotr wirkte nun wirklich verblüfft.

»Komm heut Abend bei mir vorbei, aber ruf vorher noch mal kurz an«, sagte er und schrieb Büttner eine Telefonnummer auf eine Postkartentüte.

Um 19 Uhr klingelte Büttner an der Wohnung in der Gaudystraße. Pjotr trug ein Camouflage-Hemd, rote Filzpantoffeln, bot ihm Tee an, erzählte, dass er in Nischni Nowgorod Mathematik studiert hätte, und legte einen Waffenkatalog auf den Tisch. Nein, er sei kein Pole, sagte er, aber der Großvater wäre aus Krakau gekommen und hätte in Moskau ein damals berühmtes Teegeschäft gegründet.

»Aha«, sagte Büttner.

Er könnte auch eine Walther PP besorgen, bot er nun an. Das wäre wenigstens was Richtiges, fügte er hinzu. Dann fragte er: »Was hast du denn vor mit dem Ding?« Es gelang ihm, die Frage wirklich beiläufig klingen zu lassen.

»Ich will Leinwände damit beschießen.«

»Willst du mich auf den Arm nehmen?«

»Nein«, sagte Büttner, »es gibt einen Maler, der heißt Fontana, der schlitzt seine Leinwände mit dem Messer auf und der verdient sehr viel Geld damit. Und ich habe mich eben entschlossen, meine Leinwände mit einer Makarow zu beschießen.«

Pjotr kniff die Augen zusammen und fragte: »Und warum ausgerechnet mit diesem russischen Scherben?«

»Weißt du«, sagte Büttner, »heute gibt es in der Kunst zwei dicke fette Schlüssel zum Erfolg, Migration und Gender: Die Waffe aus dem Osten ist männlich, das Loch in der Leinwand weiblich, ganz einfach.«

Pjotr verzog keine Miene.

»Mein Freund Nikita hat für den Handel mit Granaten sieben Jahre gekriegt«, sagte er. »Du musst da wirklich aufpassen.«

»Sieben Jahre«, wiederholte Büttner und blies leicht die Backen auf. »Aber wir sprechen hier doch gar nicht über Granaten.«

So redeten sie und tranken Tee. Schließlich kaufte er eine Pistole M9 mm Makarow, die übliche Armeepistole, für 350 D-Mark. Munition inklusive. Sie hatte eine Länge von etwa 16 Zentimetern und wog geladen ungefähr 800 Gramm. Die Waffe hatte genau das Gewicht, das eine gewisse Lüsternheit erzeugt, sie in der Hand zu halten, ohne diese jedoch ganz zu befriedigen.

Berlin-Mitte

Bei Nacht war Berlin-Mitte, kaum dass man von Unter den Linden in das Dickicht der Straßen mit den einst klangvollen Namen abzweigte, ein verschlossenes Gebärdenfeld, eine große, schattenreiche, klassizistische Geste, die erstarrt war, geronnen wie altes Blut. Die Fassaden waren rußschwarz und im wahrsten Sinne des Wortes steinern. Berlin-Mitte lag, wenn es dunkel war, wie ein abgelegenes Tempelfeld hinter dem Brandenburger Tor, und es leuchtete dort nicht einmal die Hoffnung. Es gab diesen Stadtteil, durchzogen von der schattigen Rinne der Clara-Zetkin-Straße auf der einen oder der Behrenstraße und der Französischen Straße auf der anderen, nur in Schwarz-Weiß und ohne Ton. Das ging bis hinüber zur Friedrichstraße und weiter. Die Straßen mit ihren hochgeklappten Fassaden standen herum wie Kulissen aus Babelsberg. Aus den Fäden des Reichs, die einst hier zusammenliefen, waren Spinnweben geworden. In diesen Spinnweben fingen sich nachts die Gespenster mit grünen Netzflügeln und den starren, überdrehten Facettenaugen eines fanatischen Systems. Nicht nur eine perfekte Kulisse für Asta Nielsen, sondern auch für Orson Welles und seinen soundsovielten Mann. Die ganze Gegend bestand aus Straßen, die eigentlich erst richtig ins Blickfeld gefahren wurden, wenn ein Mann um die Ecke bog. Dann schob sich, stellvertretend für die Frau, der Mond an einer Hausfront vorbei und es kam zu einem konspirativen Treffen zwischen Mythos und Macht.

Berlin-Mitte konnte, bevor die Mauer fiel, so besoffen sein vom Regen, dass es in den Steinen gluckerte und man nur mit einem Stöckchen dagegenschlagen musste, um eine Quelle entspringen zu lassen. Ganze Scharen von Mitternächten, die sang- und klanglos in dieser farblosen Nässe ertrunken waren. Unbezeugt, unbeweint, unbewiesen, wie so manches zu Ostzeiten. Am Mahnmal für die toten Mitternächte sind alle ihre Daten in langen Kolumnen verzeichnet.

Bevor die Lichter des Westens angingen und Berlin-Mitte in eine Travestie verwandelten, wahrte die Gegend allerdings, zumindest tagsüber, den grübelnden Witz der preußischen Staatsgesichter, die energisch-optimistischen Blicke der Moltkes, Clausewitzens und Gneisenaus, der Hardenbergs und Scharnhorsts und Savignys.

Berlin-Mitte war, ebenso wie Potsdam, ein deutsches Pompeji geworden. Nach der Katastrophe des braunen Vulkans ausgelöscht von der roten Glut, dann konserviert von der grauen Asche der DDR und schließlich bewacht von den Penaten des Denkmalschutzes auf der einen und des Geldmangels auf der anderen Seite, hatte sich ein Stück jüngster deutscher Vergangenheit und Machtkulisse erhalten, das der triumphierende Kapitalismus nun freizulegen und zu renovieren begann.

Nach der Wende konnten die würdigen Gebäude relativ leicht unter den für ihre Substanz unschädlichen, was allerdings die innenarchitektonischen Verschönerungen angeht zum Teil irreparablen Veränderungen wieder freigelegt werden. Die rußigen Karyatiden mit ihren in Locken ertränkten Gesichtern erwachten bald zu neuer Helligkeit. Die langen, dunklen, deutschen, in der Nässe schimmernden, kopfsteingepflasterten Straßen, in denen die zuckenden Lichter des expressionistischen Babelsbergs sich zu spiegeln schienen – ohne dieses erdrückende Übergewicht von Geschäften und Schaufenstern, mit denen die Gebäude aller westlichen Städte optisch auf ihr Parterre heruntergezerrt werden –, begannen zurückzuweichen wie Flüsse vor der Wüste. Papierkörbe, Verkehrsschilder, Schaufenster, Telefonzellen, Prellpfosten, Leuchtreklamen, Parkautomaten, Fahrbahnmarkierungen und viel buntes, perfides Licht stellten, die Blicke der Passanten in Einkaufshöhe ausrichtend, schnell und unaufhaltsam westliche Verhältnisse her und brachten die Gesamtansicht der Straßen, ächzend unter der Last ihrer historischen Relevanz, für den alltäglichen Blick zum Verschwinden.

Plötzlich, schlagartig, mit ihrem typischen, optimistischen Getöse, erwachten im ganzen Osten die Baustellen. Halbe Stadtteile verschwanden hinter Gerüsten, die Gerüste wiederum hinter den

Gerüstplanen und der Geruch von geöffneten Kellern wehte auf die Straße. Keller, die geöffnet wurden wie die leeren Grabkammern des Deutschen Reiches. Eine Weile lagen diese sonst verborgenen Geschosse so brutal offen wie der Aufbruch eines kapitalen erlegten Wilds. Vergangenheit wehte auf die Straße, deutsche Kellervergangenheit und Kellervergessenheit. Kriegskellervergangenheit und Kriegskellervergessenheit. Das Licht, das in diesen Häusern brannte, während sie erneuert wurden, ausgehöhlt, abgeschält, entkernt und geliftet, wirkte entzündet. Es hatte, wie der Mond, bevor es kalt wird, einen orangeblauen Schimmer, einen Hof, oder es sah aus wie ein grünlich abgemischtes Notlicht.

Gleichzeitig stapelte sich vor den Häusern alles, womit man es sich einst gemütlich gemacht hatte.

Die Möblierung eines Albtraums an Kitsch, Plaste und Elaste, Datschapatscha, Möbelwelten in Gelsenkirchener Barock, schwarze Knautschlacksofas, die Inventarien und Utensilien der Zwergenwelt, türmte sich auf den Straßen. »Wegwerfen ist wie töten!«, sagte ein magerer, unversnobter Mensch in beigem Habit, der in der Husemannstraße vor einem solchen Berg stilistischen Elends stand. In diesem Fall war es eher so etwas wie kollektiver Selbstmord mit dem Ziel, am anderen Ufer der Geschichte als vergoldeter Wiedervereinigter aufzuerstehen. Sogar die Erinnerungen – außer den ganz trotzigen – schluckte der Sperrmüll. Wie in einem Fieberanfall befreite sich der Osten von der dürftigen Normalität seiner vierzigjährigen Vergangenheit, verkaufte seinen Schatten, seine Seele, seine Großmütter, seine Überzeugungen und sein letztes Hemd und machte alles zu Müll, ohne zu fürchten, dadurch zum Schlemihl zu werden, zum steinernen Gast, zum ewigen Wanderer oder zum Widergänger. Die Attacke von Buntheit, obszöner Totalausleuchtung, unentrinnbarer westlicher Piss-Rieselmusik im Einkaufs- und Ankunfts- und Abflugbereich nahm unaufhaltsam ihren Lauf.

Seit Büttner nach seiner Entlassung aus dem Bezirkskrankenhaus Erlangen nach Berlin zurückgekehrt war, streifte er fast unentwegt durch die Stadt. Er spürte eine frische, junge Neugier, die sozusagen am Gartenzaun seiner ramponierten Persönlichkeit haltmachte, also keine Grenzen überschritt. Eine maßvolle Registrierlust, die wie ein laues Lüftchen seine Rekonvaleszenz begleitete. So ging er oft, vom Humboldthain kommend, über die Chausseestraße hinunter zur Oranienburger Straße, um über den Kupfergraben ins Innerste von Berlin-Mitte vorzustoßen, oder er wanderte vom Schlosspark Bellevue hinauf zur Invalidenstraße, vor sich die Charité und zur Rechten der alte Humboldthafen, um den Übergang Sandkrugbrücke zu nehmen und einzutauchen in diese frisch von der Wende betäubte, langsam erwachende, andere Welt. Un autre monde, sowohl die, aus der er gerade kam, als auch die, in die er gerade ging. Manchmal zog er auch, über die Hasenheide kommend, hinüber auf die Sonnenallee und arbeitete sich durch das schwerelos in seiner Agonie treibende Neukölln. Dann folgte er der einfachen und ungeselligen Pannierstraße bis ans Görlitzer Ufer und diesem anschließend so weit nach Süden, bis es ihm gelang, einen Blick hinüber auf das hart von der Mauer umrahmte Treptow zu werfen. Anschließend lief er ein Stück zurück und überquerte die Oberbaumbrücke, um drüben in Treptow die Stelle wiederzufinden, wo sein Blick von vorhin zu Boden gegangen war. Er mied die Kneipen, ging selten ins Kino, traf kaum Freunde, schlief acht Stunden pro Nacht und wartete.

Worauf er wartete, wusste er nicht. Er besuchte Museen, Galerien, Plattenläden und sah sich fast alle Ausstellungen an, die auf seinem Weg lagen, ebenso wie Messen, egal ob Grüne Woche oder die Internationale Funkausstellung, sogar eine Hunderassenschau. Er besichtigte kurzerhand alles, was mit einer Tafel an der Hauswand oder einem Plakat über dem Eingang dazu einlud.

Ein anderes Mal lief er vom Alexanderplatz aus kreuz und quer abbiegend in Richtung Reichstag. Hinter der Friedrichstraße erkannte er einige Straßen wieder, durch die er zum ersten Mal 1988 in jener regenverhangenen Nacht gelaufen war, in der Autenrieth ihn zu einer Lesung von Allen Ginsberg mitgenommen hatte, die in der Akademie Ost stattfand. Die Charité wummerte düster und nass, und auf dem Bürgersteig stand Grünbein, der sich aus dem Stand heraus erkundigte, wie man am besten an ein New-York-Stipendium herankommen würde. Anschließend war er, Büttner, mit Autenrieth und Anderson durch lange, schwarze, tropfende, menschenleere Straßen gehastet und schließlich in einem Keller gelandet, in dem die pure Entfesseltheit herrschte. Ein paarmal hatte er bereits versucht, diesen Keller wiederzufinden. Einmal war er sogar hochgelaufen bis in die Schönhauser Allee, um herauszubekommen, ob es sich dabei um das Café Nord gehandelt haben könnte, das sie in dieser Nacht aufgesucht und erst gegen Morgen, schwer angeschlagen, wieder verlassen hatten. Aber das besaß weder einen Keller, noch hatte es in allen anderen Teilen die geringste Ähnlichkeit.

Über seinen Aufenthalt in der Klinik hatte er mit Isabel kaum oder vielleicht gar nicht gesprochen.

Die Protokolle des Prometheus

»Du hast ja ein Buch in der Hand – liest du etwa?«

»Ach wo«, sagte Büttner, »ich schau mir nur die Buchstaben an!«

»Und, wie findest du sie?«

»Eigentlich ganz spannend, obwohl sie sich irgendwie zu oft wiederholen. Schau dir das hier mal an«, sagte er und zeigte auf das Wort *Mississippi*. Er hatte die dtv-Ausgabe *Ein Yankee aus Connecticut an König Artus' Hof* von Mark Twain in der Hand.

»Da steht doch eindeutig: ›Sissi macht Pippi?‹«, sagte sein Besucher, der gerade zur Tür hereingetreten war, trocken.

Büttner lachte.

»Miss Sissi macht Pippi«, ergänzte er lachend.

Neben seiner Frühstückstasse lagen der *Wolkenkratzer* und die neue *Spex*. Auf dem Titel des *Wolkenkratzers* war ein Porträt von Dokoupil. Im Kaffee schwammen helle Flocken von einem eingetunkten Croissant.

»Du solltest dir öfter ein solches Objekt vors Gesicht halten«, witzelte sein Gast, »lässt dich irgendwie intelligenter aussehen.«

Büttner starrte grinsend auf den Fußboden, der unter seinen Füßen lag wie eine riesige Scheibe roter Bauernpresssack.

»Was für ein Objekt denn?«, sagte Büttner und stieß das Buch über den Tisch.

Der presssackfarbene Eindruck des Bodens war das Ergebnis eines Zement-Ton-Estrichs mit Kalkschottergemenge, der anschließend geschliffen und poliert worden war. Durch Beimischung von Öl blieb der rote Ton separiert und dazwischen glänzten wie Fett die weißen, eingesprenkelten Kalksteinstücke.

Es war vielleicht halb zehn Uhr morgens.

»Willst du einen Kaffee?«, fragte Büttner seinen Besucher und warf einen Blick durch die Atelierfenster auf den Hof, der von einer klaren, hellen Morgensonne erfrischt wurde.

Am hinteren Rand des Tisches lagen fünf oder sechs neue Zeichnungen, Format etwas größer als DIN A4. Wenn man nicht genau hinschaute, schien es sich um ziemlich auf die Bildmitte konzentrierte Turbulenzen aus sehr dünnen Bleistiftstrichen zu handeln. Bei genauerem Hinsehen waren es jedoch figürliche Zeichnungen, die die Schäbigkeit der menschlichen Person im günstigen Moment irgendeiner monströsen Demütigung durch den Zufall, eiskalte Berechnung oder sogar durch das Tier, festhielten. Ein bisschen erinnerten sie an die Zeichnungen Horst Münchs. Fast karikaturhaft, mit einem rundlich flutenden Strich zwischen den Inseln einer angstbeladenen Craquelée. Was dann ganz von fern auch wieder an Daumier, an Beuys oder sogar an Kubin erinnerte.

»Wie findest du sie?«, fragte Büttner betont gleichgültig und von der Seite.

Angeblich war die Antwort: »Gute Fotos von Girls mit geilen Titten sind mir lieber« – so jedenfalls hatte Büttner es anschließend kolportiert.

Aber das war eben die Zeit. Eine Melange aus dem Erbe der Sechziger, dem Raushauen dieses Erbes in den Siebzigern und schließlich diesem Dem-allem-noch-mal-eins-Draufsetzen in den Achtzigern. Man brauchte sich ja bloß zu erinnern, mit welchen Sprüchen Andreas Baader und seine Leute die revolutionäre Disziplin am Laufen gehalten hatten. Diese Sprache war, wenn es hart auf hart ging, auch unsere Sprache, zumindest die, mit der man sich immer wieder zurechtfinden musste, besonders in Berlin.

»Scheußlich«, dachte ich laut, als ich das später aufschrieb.

»Das typische evangelische Blockflötenmädchen Ulrike Meinhof«, äußerte sein Gast, »wurde von ihm ja grundsätzlich nur als ›Fotze‹ angesprochen.«

»Halt keine Spur mehr vom rhetorischen Glanz der französischen Rebellen von 1789«, sagte Büttner, »immer nur die dumme Hacke!«

»Die Franzosen waren eben Aristokraten, daher konnte sich die revolutionäre Aktion auch auf philosophische Brillanz und rhetorischen Schliff stützen«, ergänzte der Schweizer.

»Jetzt ist aber gut«, sagte Büttner, »ich meine, diskutieren wir hier über Ästhetik? Bist du vielleicht hierhergekommen, um ein gutes Gespräch zu führen?«

»Ein gepflegtes Gespräch«, höhnte sein Gast in sarkastischem Einvernehmen.

Büttner lachte wieder.

»Ein gepflegtes Gespräch!« Er lachte noch schneller. »In einem gepflegten Gespräch, da sind doch a priori die Maden drin. Das kommt wie eine alte Dose Eierravioli, in der die Maden wimmeln.«

»Na, du musst es ja wissen«, erhielt er zur Antwort.

»Ich hab mir so was mal versehentlich reingezogen«, sagte Büttner.

»Was, ein gepflegtes Gespräch?«, erwiderte der Gast lachend.

»Nein«, sagte Büttner, »Ravioli mit Maden. Auf einem Campingplatz. Nachts. Im Dunkeln. Hab 'ne halbe Dose ausgelöffelt, bis ich was merkte. Lebende Eierravioli. Niemand hatte mich gewarnt, dass die schon ein paar Tage offen in der prallen Sonne gestanden hatten. Erst als ich den Löffel zufällig unter der Petroleumlampe vorbeiführte, sah ich, dass sich alles bewegte. In der roten Soße wimmelte es wie in einem Bus in Tokio. Am nächsten Morgen lagen sich die Maden in der Büchse und die in meinem Magen in zwei ebenbürtigen Armeen gegenüber. Exakt ein solches Gegenüber besteht bei einem gepflegten Gespräch! Die eingedosten Gehirnmaden des einen gegen die offenen Gehirnmaden des anderen.«

So etwa purzelte die Unterhaltung zwischen Büttner und seinem Gast dahin. Dazwischen Gelächter.

Als Büttner ein zweites Mal einen Blick in den Hof warf, der unaufgeräumt und voller Gerümpel vor dem Fenster lag, bemerkte er, dass die Zeit vorangeschritten war. Um elf erwartete er Carola Fleischmann. Der alte Braun-Wecker auf dem Fensterbrett zeigte bereits ein paar Minuten vor elf.

COLA

Ich bin mir nicht sicher, ob ich wirklich die Frau bin, die um diese Zeit dazustößt. – Dieser Satz wird den Lektor und den Leser vielleicht irritieren, aber das kann ich im Moment leider nicht ändern.

Während ich also über den Hof gehe, egal jetzt, ob als diese Frau selbst oder als der hinter den Augen dieser Frau in Deckung liegende Erzähler, sehe ich Büttner und seinen Gast durch das Fenster.

In meiner unmittelbaren Wahrnehmung jedenfalls bin ich zweifellos die Frau, die in freudiger Aufregung Büttner hinter den staubigen Industriefensterscheiben am gut fünf Meter langen Tisch seines Berliner Ateliers sitzen sieht. Ich sehe ihn nach vorne gerutscht auf einem Stuhl sitzen, in einem leuchtend weißen Nylonhemd, mit ausgestrecktem Arm auf seinen Besucher deutend, während ich, von beiden unbemerkt, über den Hof komme und vor die Tür des Ateliers trete. Ich bin die Frau, die ihren Besuch für elf Uhr angekündigt hatte, Dr. Carola Fleischmann, seine Therapeutin. Die Frau, die ihm noch in der Klinik versprach, ihn ab und zu zu besuchen, um sich neue Arbeiten von ihm anzuschauen. Die aber auch kommt, um ihn ambulant zu beobachten. Zu beschatten, wie ihr ehemaliger Patient das nennt. Die darüber hinaus darauf gespannt ist, mehr aus den Aufzeichnungen zu hören, die Büttner ihr versprach auch nach der Klinik fortzusetzen und ihr bei solchen Gelegenheiten vorzulesen.

Ich bin auch die Frau, die ihm schließlich sogar erlaubt hat, sie Cola zu nennen.

Allerdings erst, nachdem ich mich eine ganze Weile dagegen gesträubt habe und es anfangs sogar als eine unerträgliche Albernheit empfunden hatte. Cola, hatte er gesagt, sei einfach die Essenz von Carola, ein Wort, wie er hinzufügte, so kurz wie Herz und so eindeutig wie alle anderen four-letter words.

Mir fiel dazu als Erstes Hure ein. Büttner sagte, daran hätte er gar nicht gedacht. Aber nicht nur in solchen Dingen war er anders als alle meine bisherigen Patienten.

Ich weiß nicht, um in diesem behaupteten Ich zu verbleiben, ob sich hinsichtlich meiner Rolle sowohl als Frau als auch als Ärztin, die das erste Mal, seit sie praktiziert, sich beruflich unvertretbar zu einem Patienten hingezogen fühlt, dieser Besuch aus privater ebenso wie aus therapeutischer Sicht auch nur im Geringsten rechtfertigen lässt. Möglicherweise habe ich, wie ich mir inzwischen eingestehe, die Arztberichte, die ich mir aus Erlangen kommen ließ, als ich Büttners Klinikaufenthalt im letzten Sommer betreute, auch deshalb immer wieder studiert, weil ein Interesse an seiner Person erwacht war. Jedenfalls war es nach einer Weile so, dass ich mich schon vor unseren Sitzungen in der Klinik stets in einer leicht gehobenen Stimmung befand und mich während der Gespräche, die bei anderen Patienten meist von einer, ja, wie soll ich sagen: eisernen Freudlosigkeit geprägt waren, immer wieder auf eine Art zum Lachen gebracht fühlte, die eine unglaublich befreiende Wirkung auf mich hatte. Ich fing an, Texte über ihn und über seine Kunst zu lesen und mir so schnell wie möglich ein bisschen Hintergrund auf diesem von mir bis dahin kaum beachteten Gebiet anzueignen. Bis zu unserer Begegnung hörte für mich die Kunst bei Klee und Picasso auf. Dann habe ich die Fotos von ihm im *Wolkenkratzer* gesehen und mir schließlich eingestanden, dass er mir gefällt.

Während mir diese Gedanken durch den Kopf gehen, halte ich noch immer die Klinke zur Ateliertür in der Hand. Ein gelb wie der Mond aufgehender Postbote erscheint mit seinem Fahrrad auf dem Hof, stellt seine Tasche auf eine der Mülltonnen, die vor dem Aufgang des Quergebäudes stehen, und beginnt ein Gespräch mit einer an ihren Filzpantoffeln als Hausbewohnerin auszumachenden Person. Der Postbote hat den frischen und patenten Ton eines Kapitäns auf hoher See, so, wie ihn ein versunkenes, deutsches Unterhaltungskino gerne darstellte. Ich betrachte die beiden, während ich die Tür zu Büttners Studio öffne. Während sie aufgeht, drehe ich den Kopf und sehe ihn, Heinrich Büttner, im zerknitterten, weißen Hemd, das über seinen flachen, in den Stuhl zurückgelehnten Oberkörper herabfließt, wie er entspannt und mit der Länge nach ausgestreckten Beinen dasitzt. Ganz am unteren Ende dieser wunderbaren, schmalen Figur ist er barfuß. Seine Hand liegt flach auf dem flachen Bauch und schiebt das Hemd beim Reden immer wieder über den Nabel nach oben. Zeigt straffe, braune Haut. Ziemlich narzisstische Geste, denke ich. Er wirkt ausgeglichen und amüsiert, denke ich. Nicht wiederzuerkennen. Was war der Junge für ein Wrack, als sie ihn zu uns brachten. Natürlich weiß ich, dass seine »Überdreher« wenn im Moment überhaupt, dann meist erst gegen Abend auftreten.

Nicht so sicher bin ich mir hingegen, ob ich das leichte Wühlen, das in meinem Bauch vorgeht, als frauliche Verstimmung verharmlosen darf. Beim Eintreten gebe ich ein Zeichen, sich nicht stören zu lassen. Ich schlendere durch das Studio, nachdem mein Blick ein etwas eckiges Lächeln von Büttner eingeheimst hat, und drehe den beiden Männern den Rücken zu. Meine Brustwarzen werden hart, während ich die leere Wand anstarre. Ich fühle Büttners Augen hinter mir wie den lautlos peilenden Flug von Fledermäusen.

Er und sein Gast wetteifern gerade in einem pingpongartig hin- und herspielenden Wortwechsel, in den fortwährend Grobheiten gegen Personen und Sachen eingestreut sind. Soeben pariert der Gast aus der Schweiz eine, wie er meint, vollkommen absurde Ansicht Büttners ironisch abwinkend mit dem Satz: »Der Mensch irrt, solange er strebt«, woraufhin Büttner sich mit der Bemerkung: »Für geflügelte Worte ist der Veterinär zuständig«, von ihm abwendet und ihn mit einem Schulterklaps verabschiedet.

Als der junge Mann, bei dem es sich um den knapp dreißigjährigen Kunsthändler Immo Salzgeber aus Zürich handelte, gegangen war, kam Büttner auf mich zu und gab mir einen Kuss auf den Mund und recht betrachtet auch mitten ins Herz. Seine Augen lachten. Auf dem Fußboden lag der umgedrehte, eiserne Deckel eines Mülleimers, der als Aschenbecher benutzt worden war. Nach den unterschiedlichen Zigarettenmarken schätzte ich etwa sechs Personen, mindestens drei davon den Lippenstiftspuren nach weiblich, und was die Menge der Kippen anging, musste es eine ziemlich stürmische Nacht gewesen sein. Ein Stich von Eifersucht durchirrte mich.

Als Büttner meinen Blick bemerkte, meinte er: »Kleine Party!«

Er legte seine Hand auf meinen Hintern. Nicht zu plump und nicht zu tief, aber es reichte, um einmal von oben bis unten mein gesamtes Fleisch zu Gelee werden zu lassen. Dann setzte er sich an den Tisch und begann, ohne Ankündigung oder Einleitung vorzulesen. Ich hörte zu, wie er fast ohne Betonung aus seinen Aufzeichnungen las.

»Ich sehe gut aus«, begann er, »ich habe alles, was ich brauche, und ich kann machen, was ich will! Aber sobald ich mich frage, was ich will, fällt mir nichts ein, das mir nicht sofort vollkommen nichtig vorkäme, und sobald ich mich frage, was ich denn habe und ob es das ist, was ich brauche, fällt mir nichts ein, worauf ich erstens den geringsten Anspruch ableiten und zweitens, womit ich dieses Brauchen wirklich begründen könnte, und wenn ich mir schließlich sage, du siehst gut aus, dann wendet sich das in meinen Ohren so, als würde ich mir sagen, du könntest ja immerhin, wenn du so mittellos wärst, wie du es eigentlich verdienst, und so beschränkt in deinen Möglichkeiten, wie es dir zukäme, immer noch Postkarten von dir verkaufen.«

Ich versuchte, nicht zu lächeln.

»Ich fühle mich großartig«, fuhr er fort, »wenn die Post abgeht. Ich fand aber sehr bald, dass die gerade Richtung meiner Seele durch törichte Zerstreuung und Beschäftigung mit unwürdigen Sachen gestört werde; das Wie und Wo war mir bald klar genug. Nur aber wie herauskommen? Kleines Zitat«, witzelte er. »Wenn die Kometen am Himmel die Heraufkunft meines nächsten großen Wonnegefühls ankündigen und der schaukelnde Kamelrücken unter mir mich durch den eisigen Sand der nächtlichen Wüste mit jedem Schritt diesem Stall näher bringt, in dem es mich übermannen wird, dieses Was-auch-immer. Wenn aus den Gesichtern der Könige, die mich begleiten, wie unter der Flamme meines autogenen Blicks die Funken sprühen. Aber sobald der Moment zeitloser Wonne endet, was immer auch einen Moment absoluten Stillstands bedeutet, kommen das Gefühl und die Angst, wieder einmal nur ganz knapp mit heiler Haut davongekommen zu sein, und mich überkommt die düstere Gewissheit, dass mein Konto für solche ›Highs‹, wie für alle ›Highs‹ überhaupt, so gut wie leergeräumt ist.«

Es folgten weitere, im Ton der Selbstzerfleischung gehaltene Notizen, die oft sehr an die Titel seiner Zeichnungen erinnerten. Einmal Büttner, immer Büttner, traf, aufs Ganze gesehen, tatsächlich den Punkt. Dazwischen gab es aber auch ganz schlichte und beeindruckende Beobachtungen. Beschreibungen, in denen er sich an irgendwelche Gegenstände des Lebens oder der Betrachtung wandte wie ein Buchhalter. Wie ein genialer Buchhalter.

Immer jedoch, wenn er seine Betrachtungen auf sich selbst lenkte, schienen sich seine Sätze wie toll gewordene Wespen auf ihn zu stürzen.

Eine längere Passage solcher Attacken gegen sich selbst hatte er auch *Protokolle des Prometheus* betitelt, und mir erschien das Ersetzen des Adlers durch die Wespen, da er ja auch immer wieder sagte, seine Gedanken seien wie Wespen, sehr aufschlussreich. In diesen Protokollen, vielleicht auch, weil er verhindern wollte, dass irgendetwas zu klug klingen könnte und er damit, wie er es einmal ausdrückte, dem Verdacht des Kniefícks sich aussetzen würde, durchmischte er diese Selbstbezichtigungen mit zynischen Zwischenrufen, wie ich sie aus seiner Anfangszeit in der Klinik noch gut in Erinnerung hatte.

Er durchmischte sie mit dem, was Autenrieth, wie er mir einmal anvertraute, seine Kindermördersprache nannte: »Eieiei, was macht denn dieser süße Satz in der Hose da mit seinem Subjekt«, oder: »Was sagt denn unser kleiner Mann zu dieser süffigen Maus.«

»Guter Onkel, böse Sprache!«, hatte Autenrieth treffend ergänzt.

Diese Sprache war auch mir äußerst unangenehm.

Was er vorlas waren, um es auf den Punkt zu bringen, Dokumente eines larvierten Masochismus. Während dies jedoch bei jedem anderen Patienten einfach den Psychopathen bestätigt hätte, als der er ja schließlich in die Klinik gebracht wurde, und zwar, wohlgemerkt, ohne sein Einverständnis, hatte bei Büttner das Spiel mit der Verrücktheit, ebenso wie das Spiel der Verrücktheit mit ihm, selbst im Nachhinein und auf sein tragisches Ende hin gesehen, etwas Besonderes. Etwas Eindrucksvolles. Etwas zwar vom Wahn Dimensioniertes, aber dann auch vom Willen und von der Ausstrahlung Getragenes und Eingelöstes.

Plötzlich blickte er mitten im Lesen auf und sagte: »Was denkst du denn eigentlich alles? Da werden ja Frachten und Lasten bewegt wie auf einem Containerbahnhof.«

Seine Fähigkeit, meine Gedanken zu ertappen, verstörte mich immer wieder.

Nochmals warf er einen abwesenden Blick auf den Hof und zündete sich eine Zigarette an. Anschließend las er weiter, kurz mit dicken Backen den Rauch ausblasend. Es folgte die Schilderung eines ziemlich krassen sexuellen Traums.

Jedenfalls behauptete er, dass es ein Traum war. Er bestand aus Szenen, in denen er fortwährend mit den abstoßendsten Methoden gequält und gedemütigt wird, wobei man ihm das Gesicht mit Kot beschmiert und seine Oberschenkel mit Ginsterbesen so lange geschlagen werden, bis der Geruch von Blut über den Abszessen von Angst und Schweiß seine, wie er sich ausdrückte, betäubenden Knospen öffnete. Es war die Schilderung einer heillosen Folge von Schreckensbildern mit ausgeprägten Merkmalen der Orgie, deren Bericht er aber mehr und mehr ausrichtete auf die Beschreibung einer Frau, die ihn dabei ununterbrochen, »mit Herzen, Mund und Händen«, wie es in seinen Aufzeichnungen hieß, »befriedigte«.

Ich brauchte, abgelenkt von den fortwährend sich expliziter gestaltenden obszönen Details, auch tatsächlich eine ganze Weile, bis ich in dieser Person mich selbst zu erkennen begann. Als er den Moment bemerkte, wo ich seine Absicht durchschaute und nervös wurde, lachte er. Wieder hatte er es geschafft, meine ärztliche Immunität zu durchbrechen.

Wie sich im Nachhinein allerdings herausstellen sollte, war ich natürlich doch nicht Frau Dr. Carola Fleischmann, ich hätte es mir ja denken können. So einfach würde es Heinrich Büttner seinen therapeutischen Verfolgern auch wieder nicht machen. Vielleicht war ich am Ende wirklich weiter nichts als das dumme Ding, das sich vom Künstler aus dem Café am Helmholtzplatz hatte abschleppen lassen, nachdem die echte Frau Dr. Carola Fleischmann, die von ihm tatsächlich sehr charmant Cola genannt wurde, die aber während der ganzen Zeit ihres Besuchs einen so über alle Zweifel erhabenen Abstand wahrte, dass ihr eine erotische Ambivalenz schwer zu unterstellen gewesen wäre, sich verabschiedet hatte. Danach wandte er sich einfach dieser Stattdessen-Person zu, die er soeben verkündet, die er erschaffen und auf den Kopf gestellt hatte, und redete an der Stelle weiter, an der er bei mir aufgehört hatte.

Mir schwirrte der Kopf von den vielen Namen, die dauernd fielen und von denen ich nicht einmal einen Bruchteil jemals gehört hatte, obwohl sie alle so klangen, als wären sie weltberühmt und jedermann vertraut. Ich fühlte mich ganz aufgeregt.

»Die echte Frau Dr. Fleischmann haben wir jetzt verabschiedet«, sagte er. »Wir können jetzt zahlen«, fügte er hinzu, »und dann gehen wir zu mir.«

Danach hatte er sozusagen freie Hand.

Was inzwischen tatsächlich geschehen war, war Folgendes: Wir hatten den ambulanten Teil absolviert, ich hatte mich nach seinem Befinden erkundigt und mich von seiner relativen Stabilität überzeugt. Er hatte mir neue Arbeiten gezeigt und aus seinen Aufzeichnungen vorgelesen. Dann sagte er: »Komm, wir gehen jetzt eine Cola trinken«, und lachte.

»Ich mag aber keine Cola«, sagte ich.

»Es gibt auch ganz guten Kaffee dort«, sagte er.

Gegen alle meine Vorsätze ging ich mit. Wir gingen hinüber zum Helmholtzplatz. Wir saßen in der Sonne, hatten erhitzte Gesichter und lachten viel. Es gelang ihm tatsächlich, die Neurologin abzuschütteln.

Beide verabschiedeten wir sie wie im Scherz, nur dass es eigentlich keiner war und ich selbst das erste Mal eine Brücke brauchte zwischen dem, was ich dachte, und dem, was ich dachte, dass ich es dachte. Ich dachte, ich bin jetzt einfach das dumme Ding, denn das bin ich ja keinesfalls, und lasse mich abschleppen, wenn dieser gutaussehende junge Mann das unbedingt in diesen Worten hören will.

»Wir können die Sache ja auch so spielen, dass wir nicht dafür belangt werden können«, hatte er angeboten.

Wir gingen zurück ins Atelier.

Einen Moment lang, nachdem dies alles so überstürzt passierte und wir aufgebrochen waren, kam ich mir vor wie die junge Effi Briest, als die sich plötzlich mit dem fremden Herrn von Innstetten verlobt sieht. Auch ich füge mich, wie es scheint, ja ziemlich schnell in mein Schicksal, dachte ich. Auf die Frage ihrer Freundinnen: »Ist es denn der Richtige?«, hatte sie, Effi, nachdem sie sich gefasst hatte, geantwortet: »Jeder ist der Richtige!« Vielleicht dachte ich jetzt auch so etwas Ähnliches. Ich war seit über zwei Jahren mit keinem Mann mehr zusammen gewesen. Die Psychiatrie hatte mich quasi sterilisiert. Andererseits ist er ja nun wirklich nicht jemand, bei dem es so viel Überwindung kosten würde, sagte ich mir.

»Bin ich denn überhaupt die Richtige?«, fragte ich ihn mit einer Plötzlichkeit, als könnte ich allein durch die Frage und nicht erst durch die Antwort meine Zweifel ausräumen.

»Jede ist die Richtige«, antwortete er, »aber du ganz besonders!«

Erneut erfasste mich ein leichter Taumel, weil seine Antwort so genau der Spur meiner Gedanken zu folgen schien. Außerdem gab es jetzt wieder diese Loops in meinem Kopf. Ich sah mich, wie ich wie vorhin im Atelier vor der weißen Wand stand, als sein Freund, der Schweizer Galerist Immo Salzgeber, sich auf den Weg machte. Ich stand vor der weißen Wand und wartete.

»Ich kann nicht einfach mit dir ins Bett gehen«, hatte ich ihm entgegnet, als er, kaum dass dieser Immo Salzgeber die Tür hinter sich zugezogen hatte, hinter mich getreten war und sagte: »Wenn du mit mir schläfst, schenk ich dir ein Bild.«

»Ich bin deine Therapeutin.«

»Ärztin«, hatte er erwidert. »Du warst meine Ärztin. Jetzt bist du ein Fall für deinen Patienten.«

»Nein, das geht nicht.«

»Hallo, Cola«, hatte er gesagt, »können wir die Sache nicht einfach so spielen, dass wir beide nicht belangt werden können.« Dann nahm er meine Hand, und wir machten uns auf den Weg in dieses Café. »Weder von unserer Vernunft noch von irgendeinem schlechten Gewissen«, fügte er hinzu. »Du bist jetzt nicht mehr meine Ärztin«, wiederholte er sich. »Du bist einfach das dumme Ding, das sich nachmittags im Café von einem jungen, gutaussehenden Künstler abschleppen lässt. Und ich bin der junge, gutaussehende Künstler, der sich einbildet, das dumme Ding würde ihn nicht von Anfang an durchschauen.«

Das dumme Ding aber, um das herum ich nun meine Gedanken neu gruppieren soll, durchschaut natürlich von Anfang an, dass Isabel Pate gestanden hat für die Choreografie dieses erotischen Überfalls und dass auch der Kranichtanz, mit dem er mich auf dem Weg hierher ins Café amüsiert hat, keine Uraufführung gewesen ist. Schließlich kenne ich seine Geschichte ja wirklich en détail. Vermutlich hat er Angst, es bei Isabel zu versuchen, denke ich. Ihr Verhältnis hat durch die beiden Klinikaufenthalte bestimmt ziemlich gelitten. Aber das dumme Ding, als das ich mich nun von jeglicher Verantwortung befreit fühlen sollte, ist ja vielleicht zu feinfühlig, den armen Jungen aus seiner Selbsttäuschung zu reißen.

»Entschuldigung. Kommen Sie öfter hierher?«, fragte er, als wir uns setzten.

»In Zukunft wohl kaum«, gab ich zur Antwort.

Trotzdem muss ich gestehen, dass ich inzwischen ziemlich heiß war. Auch weil ich spürte, dass er mich wirklich wollte. Es machte mich plötzlich an, dass er immer wieder mit gedämpfter Stimme sagte, er würde mich so lange stoßen, bis ich so glücklich wäre, dass ich meinen Beruf an den Nagel hängen würde, um bei ihm die Pinsel auszuwaschen. Ich fühlte mich nicht verspottet, sondern begehrt.

»Darf ich fragen, wie Sie heißen?«, fragte er.

»Frieda Kahlo«, sagte ich, weil ich den Namen gerade an dem Café auf der gegenüberliegenden Ecke des Platzes gelesen hatte.

»Nein, Frieda Kahlo ist doof«, sagte er. »Wir machen doch hier kein Kunstquiz. Wir brauchen Namen wie Monika oder Karin, mit Schmidt oder Maier am Schluss. Namen, die so gewöhnlich sind, dass sie überhaupt keine Hemmungen aufbauen.«

»Wie wär's denn mit Carola?«, fragte ich.

»Aber doch nicht Fleischmann, oder?«

»Und warum nicht?«

»Und wenn sich dann im Nachhinein herausstellt, dass du das selber bist?«

»Dann hat wenigstens das dumme Ding den Spaß nicht alleine gehabt.«

Das Doppelbett / Matrimonio

An einem unerklärlichen Abend im Juni, es muss nahe an Johanni gewesen sein, weil die Kuppeln der Frauenkirche zu München mit einem kupferoxidgrünen Seufzer erst ganz spät erloschen und mit ihnen alles nach Westen gehende Fensterglas, das bis dahin glühend bronziert war, rief sie an.

Der in der Mitte senkrecht halbierte Mond zerrte noch an seiner Aufmerksamkeit, einerseits, weil seine Leuchtkraft wegen der einsetzenden Dunkelheit gerade stark zunahm, andererseits, weil diese Senkrechte, die ihn teilte, einfach unnatürlich wirkte. Im Allgemeinen stellt man sich den Halbmond ja immer leicht zurückgelehnt vor, etwa in der Neigung eines Prozentstrichs.

Der Mann, der das Telefon abnahm und den Mond betrachtete, war allerdings nicht ich, sondern Dirk Pruy. Davon ahnte ich in diesem Moment natürlich nichts. Ich war gerade in Mexiko, in Cuernavaca, wo ich ein paar Schauplätze aufsuchen wollte, die ich aus den Briefen von Malcolm Lowry kannte. Von dort aus wollte ich zehn Tage später mit Aureliano Buendia und Fernando Diaz de la Serna weiterreisen nach Kolumbien. Wir tranken Tequila im Todos contentos y yo también, denn der Mescal war noch nicht wieder in Mode gekommen.

»Hi, Isabel, das ist aber schön«, sagte Pruy, »du kommst also mit?«

Er stand im Flur meiner 65-Quadratmeter-Wohnung im Lehel, zu der ich ihm vor meiner Abreise die Schlüssel gegeben hatte. Das Lehel gehört zum Kern der Münchner Altstadt. Residenz, Oper, Feldherrnhalle, Theatinerkirche und Hofgarten, alles nur ein paar Minuten zu Fuß. Wenn ich mich in München aufhielt, meist um geistig und körperlich das wieder hereinzukriegen, was ich in Berlin auf den Kopf gehauen hatte, begann ich morgens meine Runde gewöhnlich damit, durch den Hofgarten zu spazieren. Dort konnte ich mich so lange in das Knirschen des Kieses unter meinen Schuhen vertiefen, bis ich Gedankenflucht und inneren Redeschwall mit diesem Knirschen bezwungen und allmählich wieder Bedingungen für klare Gedanken geschaffen hatte. Oft überquerte ich anschließend die Ludwigstraße und ging hinüber zum Wittelsbacher Platz, den ich seiner klassizistischen Strenge wegen über alles liebte. Ich setzte mich auf den Travertinsockel unter dem Reiterstandbild des Maximilian und inhalierte den Raum, der die vollkommene Geschlossenheit des Platzes mit seinem perlenden Blau überstrahlte. Noch immer mag ich die Gelassenheit des Münchner Klassizismus. Die kugelrund getrimmten Ahornbäumchen hatten genau die Höhe, dass sie ihm sozusagen eine grüne Beletage verschafften, ihn aber in seiner strengen Geometrie unangetastet ließen. Im Gegenteil schienen sie durch ihre gezüchtigte Natur und das exakte Karree, in dem sie gepflanzt waren, diesen gemeisterten Raum sogar zu bekräftigen und seinen Ehrgeiz nach Form und Ordnung noch zu unterstreichen, auch wenn an seiner Südseite die Brienner Straße, die ihn begrenzt, unter ihrer luxuriösen Last fast auseinanderkrachte. Anschließend ging ich meist hinter dem Innenministerium vorbei auf den Odeonsplatz hinaus. Oben in der Türkenstraße lag mein bevorzugtes Morgencafé. Vor dem Eingang des Innenministeriums griff ich gerne, meine Schritte verzögernd, so an das Notizbuch in meiner Brusttasche, dass ich mit halbem Auge beobachten konnte, wie die an ihren prallen Rücken erkennbaren Sicherheitsbeamten in Zivil an die verdeckte Waffe im Schulterholster griffen. Einen der Beamten, den ich an seinem Zuchtbullenblick immer schon von weitem erkannte, schien es besonders nervös zu machen, wenn man schlendernd vor dem Eingang stehen blieb, auf die Ludwigstraße hinausschaute und, ihm halb den Rücken zudrehend, ein paar Schritte rückwärts in seine Richtung tat.

Nun also war Dirk Pruy aus Franken gekommen, um mich hier in München einige Tage zu vertreten, seinen Weltenbummel eine Weile hierher zu verlegen, während ich in Mexiko war, und diesmal gedachte er offenbar, es nicht allein bei der Inanspruchnahme meiner Wohnung zu belassen.

»Wir sind ja vielleicht auch aus Gogols Mantel hervorgegangen«, sagte ich zu Aureliano, als wir nach der Bar im Las Manjanitas saßen und Fajitas mit Mole aßen. »Aber vielleicht nicht aus diesem abgetragenen und fadenscheinigen, der ja die Idee des Unersetzlichen und des Liebgewonnenen verkörpert, sondern aus dem neuen, mit dem das ganze Unheil beginnt. Ich meine, bei Gogol jedenfalls. Der bringt die Katastrophe des Verlusts und der Absurdität ja überhaupt erst ins Spiel. Bevor er in den neuen Mantel gesteckt wurde, wusste er ja überhaupt nichts über den, der vorher in seinem alten Mantel gesteckt hatte. Genau das Gleiche gilt für mich.«

Aureliano Buendia blickte überrascht auf.

»Bei mir begann das Unheimliche ja auch erst, als ich herausfand, dass nicht nur ich es bin, der in meiner Haut steckt. Das ist auch der Grund, warum meine Geschichte am Ende diese unerwartete Wendung nimmt.«

Aureliano Buendia senkte den Blick wieder und nickte. Fernando aber hatte nur Augen für den jungen Kellner, einen leptosomen Mestizen mit eckigen Hüften und leicht vernarbtem Knabengesicht. Sein Blick war gebannt auf dessen gestärktes Schürzchen geheftet, in der anspielungsreich ein pralle Geldbörse steckte, während weiße Falter in der Größe von auseinandergefalteten Papiertaschentüchern mit betörend langsamen Bewegungen auf uns alle herabsegelten.

Ich erinnere mich, gerade in dem Moment, als wir in Gestalt dieses Kellners die Rechnung kommen ließen, an Isabel gedacht zu haben. Ich sah einen Pfau im weiten Garten der Hazienda sein Rad schlagen. Ich dachte, dieser Pfau würde sich im Garten der Pruys sicher auch gut machen. In diesem Moment sauste der sichelartige Schatten eines Falken über den grünen Spiegel des Rasens und ich sah eine Taube erschreckt auffliegen.

»Ja«, sagte Isabel und wechselte den Telefonhörer ans andere Ohr. »Wann und wo sollen wir uns denn treffen?«

Immerhin war es ein feiner Zug von Pruy, dass er wenigstens darauf verzichtete, sie gleich in meine Wohnung zu bestellen. Er wusste, dass ich seit Büttners zweitem Klinikaufenthalt mit Isabel zusammen war und dass Büttner wegen seiner instabilen Lage (noch) nichts davon erfahren sollte.

»Morgen Nachmittag am großen Obelisken«, sagte er. »Ich kann leider nicht früher.«

»Bei den Stiefmütterchen?«

»Bei den Stiefmütterchen.«

»Und um wie viel Uhr?«

»Wenn der Schatten des Obelisken auf die Brienner Straße fällt.«

»Mein Gott, werden wir abgehört?«

»Kann man ja nie wissen. Bei unseren Verbindungen«, Pruy lachte. »Also, bis morgen um fünf.«

In der Wohnung im Lehel gab es einen tiefroten, hartversiegelten Riemenfußboden, der so glänzte, dass man in seiner Tiefe sein umgedrehtes Spiegelbild erspähen konnte – wie auf einer Skatkarte. Pruy ließ den Hörer an der Schnur über diesen Boden baumeln, nachdem er mit der Hand auf die Gabel gedrückt hatte.

»Krieg ich dich also doch«, sagte er laut und grinste dabei.

Im Zimmer hing ein Potsdamer Lüster, der den Fußboden mit nussgroßen Lichtern übersäte. Es gab ein paar strenge Lampen von Peter Behrens, einen grauen Schalensessel von Charles Eames, ein paar Regale mit Büchern, einen Tisch mit zwei Stühlen, sonst fast nichts. In der Küche stand eine baumlange Holzbank aus der Wartehalle eines niederbayerischen Bahnhofs. Pruy setzte sich, nahm seine Gitarre und sang: »Ein Freund, ein guter Freund, das ist das Beste, was es gibt auf der Welt.« Er war glänzender Laune.

Nach der Gesangseinlage kleidete er sich um, er wollte ins Kino. Das Schlafzimmer beherbergte nur ein großes Bett, das an ein Rietveld-Möbel erinnerte, das ich allerdings nach eigenen Entwürfen hatte anfertigen lassen. Daneben ein truhenförmiger Korb für schmutzige Wäsche. Ermuntert durch die luxuriöse Leere der Räume rückten die Wände kahl und abwartend auseinander und ließen, als unterstrichen sie damit den Mangel an Bildern und Möbeln, die Tritte hallen. Die Wohnung bekam dadurch aber auch etwas Zackiges, fast Militärisches, das sich gut zu den Schritten Pruys fügte. Er hatte, trotz aller Robin-Hood-Sentimentalität, etwas vom dummen und formellen Stolz eines SA-Manns.

Über dem WC, das vom Badezimmer getrennt lag, hing ein Fahndungsplakat vom 7. 4. 1977: *Dringend gesuchte Terroristen. 800.000 DM Belohnung.* Er starrte es eine Weile gedankenlos an, bevor er spülte, einen Spritzer von meinem Eau de Russe nahm und die Wohnung verließ.

Dirk Pruys Figur wäre vermutlich recht stattlich gewesen, wenn er ihre Belange ein bisschen durch Sport oder Bewegung unterstützt hätte. Die Gelenke waren eher kräftig, der Brustkorb eigentlich markant, und die Beine, besonders aber die Waden, waren vom Fußballspielen, das er allerdings schon vor ein paar Jahren aufgegeben hatte, gut entwickelt. Trotzdem entstand irgendwie der Eindruck, als hätte er seinen Körper nicht zu Ende gedacht oder jedenfalls nicht das aus ihm gemacht, was der ihm quasi auf dem Tablett serviert hatte. Auch sein schreitender Gang, bei dem er das Gesicht wie bei einer Prozession etwas erhoben vor sich herzutragen schien, ließ sich vermutlich auf eine Drosselung von Bewegungsenergie zurückführen, die die Bequemlichkeit und die grenzenlose Bereitschaft zur faulen Gekränktheit seiner anderen, im Grunde viel drangvolleren und oft äußerst witzigen Seite auferlegte. Seine Stirn war nach allen Seiten kurz und zusammengeschoben, was bei ihm merkwürdigerweise nicht unintelligent wirkte, sondern in einem ganz neutralen Sinne potent. Die unbeweglichen Augen verrieten einen Hang zur Grausamkeit, den er bevorzugt auslebte, wenn eine Frau, mit der er zusammen war, das Pech hatte, sein Interesse zu verlieren oder sein Wohlwollen nicht mehr zu genießen. Sie konnten, diese Augen, durchaus mithalten mit denen seines in einem Kissenbezug durch alle Umzüge und Lebensstationen mitgeschleppten Teddybären. Allein der Mund verriet in seiner übertriebenen Fülle etwas vom Übermut der Fantasie und der verschwenderischen Kraft des Fleisches. Ein Mund, auf dem alles, was ihn mit Begeisterung, Staunen oder anderen starken Gefühlen erfüllte, sich ausdrückte, während bereits die Ohren, die klein, hart und geschraubt waren, von solchen Gefühlsanzeigen schon wieder Abstand nahmen. Allerdings war Dirk im Unterschied zu uns allen auffallend unordinär.

Während für uns das Obszöne jene Lava bedeutete, die den Krater verlassen musste, um zu verwüsten und um neu zu befruchten, bestand er verstockt auf seiner romantischen Idee von Bindung, die für die jeweils Betroffene allerdings leicht als eine Festnahme interpretiert werden konnte, da er sie nur in den Grenzen seiner eigenen Vorstellung zuließ und vor allem die Dauer der Beziehung und ihre Gesetze recht herrscherlich festlegte. Bei aller Zurückhaltung in obszöner Hinsicht strahlte er jedoch aus, dass er sich auf seinen Schwanz verlassen könne. Er war der Y-Typ, wie er im Buche steht. Jahre später hat Billy mich einmal gefragt: »Wieso hast du dich denn eigentlich auf Pruy und diesen Büttner eingelassen? Hast du denn keine Augen gehabt?«

»Weißt du«, hatte ich geantwortet, »es gibt ein Alter, da ist sogar Gilles de Rais unwiderstehlich.«

»Knabenschmelz?«

»Ja, vielleicht. Windstille, äolische Klänge, die Stunde Pans, das unschlagbare Gelächter der Bedürfnislosigkeit, die Penisse straff wie Haselnussstöcke, frische, klare Augen und dicke Joints, die über dem Gehirn sich entladen wie Sommergewitter.«

»Das Leben liegt auf der Hand, niemand muss ihm hinterherjagen, und jeder besitzt seine eigene, ganz besondere Schönheit.«

»Man braucht am Tag weiter nichts als zwei Tassen Milchkaffee.«

»Der ganze Quatsch mit der ewigen Esserei spielt noch überhaupt keine Rolle. Dieses ewige Essen, weil man keinen Hunger hat.«

So etwa ging die Rede.

Isabel stand vor dem Laden von Estée Lauder auf der Brienner 26, als Pruy pünktlich um fünf vorfuhr. Der Schatten des Obelisken ragte wie ein schwarzer Zeiger in die Straße. Zwanzig Minuten später waren sie bereits aus der Stadt raus. Bevor sie losfuhren, hatte sie mich in Cuernavaca noch angerufen und gesagt, sie führe mit Bea, einer sonst eher selten beanspruchten Bekannten, für zwei, drei Tage an den Starnberger See. Sie hatte sich allerdings nicht einmal die Mühe gemacht, sich zu überzeugen, ob diese Bea überhaupt im Lande war.

Gleich hinter München erhoben sich die Alpen wie eine Stirn von Granit. Auf dem Bergpanorama, vom Föhn zu einer gestochen scharfen Kulisse dramatisiert, sah man jede Falte. Langsam und immer tiefer errötend näherten sich die Berge dem weißen Chrysler Le Baron, als wollten sie ihn einschmelzen.

Hinter Rosenheim tauchten sie vollends ein in das Alpenglühen und beseligten sich an diesem Naturschauspiel. Isabel lehnte ihren Kopf ein paarmal wie im Scherz an Pruys Schulter, der den Wagen mit einer Hand steuerte.

»Nimm doch bitte beide Hände in diesen engen Kurven«, hatte sie gesagt.

»Nein, die andere brauche ich zum Singen«, hatte er geantwortet.

Wenig später rasten sie in eine schlagartig einsetzende Nachtsteilwand. Wie immer fuhr Pruy sehr schnell. Die Felswände, die eben noch wie Aluminium geglänzt hatten, schienen mit einem Mal verschluckt. Auch die Autoscheinwerfer fanden sie nicht mehr. Sie pendelten gelb und verloren in einem steinernen Schacht. Einer Klamm. Erst als sie höher kamen, wurde es langsam wieder etwas heller.

In einer leeren Parkbucht, die auf einem Schild als Aussichtspunkt angekündigt war, hielt Pruy an und stellte den Motor ab. Als sie ausstiegen, hörte es sich an, als würde der Berg kochen, als würden Zyklopen die engen Felsnähte zusammenschweißen. Als richtete Tubal-Kain den mächtigen Balg direkt auf die Flammen. Hinter sich hörten sie Wasser, das durch Schlossen und Felsschlünde in die Schwärze sprang. Der Himmel war genagelt mit zackigen Sternen. Hier machten sie ein kleines Picknick und anschließend ein kleines Nickpick, mit Haareraufen und Ohrenbeißen.

Um zwei Uhr morgens erreichten sie das Hotel in Mailand. Vater Pruy, der hier letztes Jahr die Möbelmesse besucht hatte, hatte Dirk drei schöne, blaue Hundertmarkscheine für die Auslagen zugesteckt, um ein paar Pakete bereits bezahlter Kacheln und ein etruskisierendes Mosaik abzuholen. Das eine bei Bisazza in der Via Senato, das andere bei einem sündteueren Kleinhersteller in der Nähe des Flughafens. Nicht zu vergessen die beiden vergoldeten Wasserhähne mit Schwanenköpfen, die über die Pruys schließlich endgültig den Schatten hoffnungslosen Parvenuetums zu werfen begannen. Er hatte ihm erlaubt, nicht ohne ihn dabei immer wieder Junior zu nennen, den Le Baron zu benutzen, den Frau Pruy, da es ein Cabrio war, vorwiegend im Sommer fuhr.

Als er letzte Woche Isabel zufällig am Viktualienmarkt getroffen hatte, wenige Tage nachdem ich nach Mexiko abgeflogen war, hatte er sie frisch von der Leber weg gefragt, ob sie nicht Lust hätte, mitzufahren, und Isabel hatte einfach Ja gesagt. Es war eine von jenen Verabredungen, von denen die Beteiligten vom ersten Augenblick an wissen, dass sich keiner von beiden jemals auf irgendetwas würde hinausreden können, nur mit dem Unterschied, dass Pruy dies auch nicht musste, da er von einer bei ihm in Beziehungen durchaus gewahrten Treue gerade wieder einmal entbunden war, und Isabel offenbar gerade nicht die Lust hatte, darüber nachzudenken, und es wohl einfach darauf ankommen ließ.

Sie stellten den Wagen direkt vor dem Hoteleingang ab, da der Parkplatz besetzt war, und gingen sofort auf ihr Zimmer.

Isabel knipste das Licht an. Die Helligkeit brachte mit einem Schlag alles zutage: eine italienische Landschaft in Öl, dick gespachtelt und in einen Sonnenuntergang mündend, umgeben vom Bollwerk eines barocken Bilderrahmens. Ein Matrimonio mit graugeperlter Tagesdecke. Einen Fernseher auf einer Minibar. Dann die nackten Kleiderbügel an einer schlangenartig gewundenen Garderobenstange und darunter zwei Sessel, die sich gegenüberstanden wie Adam und Eva im Paradies. Der Blick aus dem Fenster ging auf italienische Architektur, die noch weit unterhalb der allgemeinen europäischen Nachkriegs-Hemmschwelle anzusiedeln war. Selbst die Nacht vermochte hier keine mildernden Umstände zu erwirken. Wahrscheinlich war das hier ja auch noch Monza und noch gar nicht Mailand.

Pruy löschte das Licht und öffnete das Fenster. Die Luft war weich, warm, satt, verbleit und nachthell, und sie war wohlig durchraunt von einem fernen Motorengeräusch.

»So ist es schon wesentlich besser«, sagte er.

Aus seiner Tasche zog er eine Flasche Paulaner, packte sie am Hals und öffnete sie über seiner linken Faust mit einem Dupont Feuerzeug. Isabel nahm eine Piccolo Moët & Chandon aus der Minibar und öffnete sie. Ohne die Flaschen aus der Hand zu stellen, begannen beide, sich auszuziehen, was nicht einfach aussah. Die Flaschen wechselten immer wieder die Hände, bis beide aller Ärmel und Hosenbeine sich entledigt hatten. Nur noch mit ihrem Slip bekleidet, legte Isabel sich aufs Bett und lachte, als ihr der Sekt, aus der Flasche getrunken, zum Mund herausschäumte. Nach wenigen Augenblicken spielten die beiden Tiger und Tigerin, lachten und fauchten und knurrten viel, am nächsten Tag und in der nächsten Nacht ging das so weiter, und am übernächsten Tag, nachdem die Kunst der Kachel und des goldenen Schwans verladen waren, erklärte sie Pruy, als sie bereits auf der Rückfahrt waren, dass es sehr schön war, dass sie aber mich liebe und, obwohl es sehr schön war, dies nicht wiederholen werde. Aber ich war ja inzwischen in Kolumbien und fand erst eine Weile nach meiner Rückkehr Gelegenheit, darüber nachzudenken.

Betty Stürmer

Erinnern Sie sich an Fräulein Betty Stürmer?

Als auf dem Fest der Pruys jener Blick Richard Winters sie traf, der so konzentriert, als versuche er, ihr Genom zu entschlüsseln, wie ein elektrischer Impuls durch ihre Doppelhelix gerast war, entstand in Betty Stürmers Vorstellungswelt ein neuer Raum, ein Herrenzimmer, für das sie nun gerade nach den passenden Blumen suchte.

Sie befestigte vor dem Spiegel mit zwei in Maillol'schem Schwung gehaltenen Armen eine lange Haarnadel im locker gedrehten Knoten, und unter ihren kurzen Augenlidern richtete sie ihren Blick auf ihre fast durchsichtigen Lippen.

Die fragilen Deltas der Falten, die von den äußersten Augenwinkeln aus sich verzweigten, mündeten seitwärts in ihre perlmuttfarbenen, äußerst flachen Schläfen. Obwohl von Natur aus blond, hatte sie eher den Hauttyp einer Brünetten mit Tendenz zur Rothaarigkeit, also hellweiß mit kupfernen Pigmentpartien – die ideale Unterlage für jene leicht ziegelroten Hitzen, die schon geringste Aufregung auf ihren Hals zaubern konnte.

Als Winter kurze Zeit nach seinem wie einen Stromstoß geschleuderten Blick sie in jener Nacht ansprach, spürte sie, wie ihre Haare sich statisch aufluden. In ihren Ohren, die ein unseriöser Kanal direkt mit dem Dickdarm zu verbinden schien, hämmerte ein Lied, das eigentlich erst viele Jahre später herauskam, nämlich *Who let the dogs out* von den Baha Men.

Betty Stürmer stand bei dem Gedanken, nach Jahren der Entsagung und Austrocknung möglicherweise wieder einen Mann in sich aufzunehmen, vor einer echten Blümeranz. Die oben erwähnten Flecken auf ihrem Hals, dort, wo sie hinter dem Kragen des hochgeschlossenen Kleides unterzugehen schienen, glühten wie Ampeln.

Da er ziemlich angetrunken war, so fiel ihr wieder ein, hatte sich

Winter zuerst eher an ihr festgehalten, auch wenn dies einer Umarmung ähnlich gesehen haben mag. Dies jedoch weckte augenblicklich die praktische Seite der Handarbeitslehrerin (mit vier Stunden Haushaltskunde pro Woche). Sie bugsierte ihn von dem hüfthohen Holzstoß, an dem sie lehnte und der eh schon ziemlich am Rande des Grundstücks sich befand, auf diesen zu einer Sitzbank halbierten Baumstamm, der nun wirklich tief im Schatten des Fests lag.

»Setz dich erst mal«, sagte sie, und Winter war von der Wucht des Praktischen überwältigt, denn der Intellektuelle fühlt sich durch nichts in seiner komplizierten inneren Sicherheit so sehr erschüttert wie durch einen Handwerker, einen Automechaniker oder eine Haushaltslehrerin.

Betty Stürmer hatte, bis Winter endlich an sie herangetreten war, mindestens drei Gläser Rotwein in sich hineingestürzt. Die durch Ionenaustausch am Laufen gehaltene Gewissheit, dass er sich zu ihr gesellen würde, hatte sie munter und gesprächig zwischen den Gästen dahintreiben lassen. Nun aber hatte sie in ebenjener Hand, mit der Winter sich an ihr festgehalten hatte, ein Tasten nach Halt gespürt, das tiefer ging als eine momentane, nur durch den Alkohol verursachte Ungeschicklichkeit.

Es war die Hand eines jungen Mannes, beladen mit einer stillen Fracht von Problemen und Unsicherheiten, eines Mannes, der eine Frau nicht nur nach den Kriterien von Jugend und Schönheit wählen würde, sondern der insgeheim Ausschau hielt nach Zuverlässigkeit, Verantwortungsgefühl und Harmonie. Dies schien ihr eine Kombination, die sich auf Zehenspitzen in Richtung solides, deutsches Schlafzimmer bewegen könnte. Die ganze sexuelle Aufwallung beruhte zunächst auch nur auf dieser Ungeschicklichkeit. In dem Maße aber, wie Winter hinter gespreizter Rede verletzliche Züge zu erkennen gab, entstanden in Betty Stürmers Kopf draufgängerische Visionen von schmutzigem Sex. Diesmal, so sagte sie sich, würde sie nicht wieder das kümmerliche Lieschen spielen.

Winter dozierte zwar immer noch, dass sich die Balken bogen, aber er warf sich zwischendurch in eine Position, in der er, vom eigenen Mut übermannt, die fast zehn Jahre ältere Betty zu küssen begann, während seine Linke sich wie ein Versuchstier, nach dem Prinzip Lust suchen, Unlust vermeiden, zwischen ihren Brüsten hin- und herbewegte. Als er diese Hand, auf die Betty beschwingt ihre eigene gelegt hatte, versehentlich fallenließ, landeten beide in der leicht erschrockenen Gegend von Winters sich bereits im Schwellen befindlichen Schwellkörpern.

Betty, von der mittleren Härte dieser Überraschung angeregt, hatte ihre Beine weit genug auseinandergestellt, dass Richard Winters Hand dort Fuß fassen konnte, wo die Oberschenkel aufhören, getrennte Wege zu gehen. Ihre Waden waren wohlgeformt und die nackten Beine hatten auch noch bei diesem Licht die tadellose Farbe frisch halbierter Tafelbirnen.

Betty war mit einem Schlag unerhört geil und bearbeitete Winters Penis mit einer konvulsivischen Ruckartigkeit.

Als Richard Winter mit noch immer schwankender Zunge sie fragte, wie sie sich fühle, hatte sie geantwortet, richtig rattig, und anschließend war sie sprachlos, dass ihr ein solcher, nie gehörter Ausdruck auf die Lippen gekommen war.

Als er sie jedoch, nun ganz den Wüstling markierend, auf die Bank zurückbiegen wollte, bat sie ihn, ihr noch etwas Zeit zu lassen, und versprach ihm flüsternd und seine Ohren dabei mit Speichel einseifend, sich auf ihn zu stürzen und ihn nach allen Regeln der Kunst zu verwöhnen, wenn er sie nächste Woche, an ihrem Geburtstag, besuchen würde.

Dieser Geburtstag war heute.

Sie schob eine letzte Haarnadel durch den Knoten. Acht Tage lang hatte sie keinen klaren Gedanken fassen können. In der vergangenen Woche hatte sie diese Höschen mit Gummizug, von denen es ihr als Handarbeitslehrerin natürlich schwergefallen war sich zu trennen, ersetzt durch reizendere und zeitgemäßere Unterwäsche und sich von Frau Dr. Gisela Bormann, ihrer Frauenärztin, ein Diaphragma einsetzen lassen. Nun war sie, wenn es sein musste, bereit, mit gefesselten Fußknöcheln und einem Tischtennisball als Knebel an einem Lederhalsband mit Stachelnieten unter diesen mit einem weißen Tischtuch verhängten Tisch zu kriechen, den sie für zwei Personen gedeckt hatte. Sie war bereit, während er aß und geistesabwesend in die Flamme einer brennenden Kerze blickte, ihn zu lutschen und ihm einen zu blasen und es sich dabei mit einem geeigneten länglichen Gegenstand selbst zu besorgen. Sie war bereit, das ganze Dirty-Talk-Ding mitzumachen, von dem der allerletzte Mann, mit dem sie zusammen gewesen war, gar nicht genug hatte kriegen können, und sich anschließend nackt in die Reste des kalten Buffets legen zu lassen oder in die Karaffe mit Rotwein zu pullern und sie anschließend auf sein Wohl zu heben. Ihr waren Dinge durch den Kopf gegangen, an die sie jahrelang nicht einmal mehr im Traum gedacht hatte, und es erfüllte sie mit Genugtuung, dass sie zu allem bereit war.

Dumm war nur, dass Richard Winter nicht kam. Er hatte die Einladung, eine Woche nach dem Pruy-Fest zu Betty Stürmers sechsunddreißigstem Geburtstag zu kommen, schlichtweg vergessen und war, ohne sich noch mal bei ihr zu melden, zurück an die Uni nach Wien gefahren.

Zwei Jahre später, nachdem ihr Leben ohne jede Überraschung weitergegangen war, erfuhr Betty Stürmer zufällig, dass er sich aus einem völlig nichtigen Grunde das Leben genommen hatte.

Das Einzimmerapartment in der Unterwelt

»Was hat er denn gesagt?«, fragte Pruy.

»Gesagt? Nichts natürlich. Du weißt doch, dass Autenrieth nie etwas sagt. Sobald es um ihn geht, wallen sofort die Nebel.«

»Aber irgendwas wird er doch geantwortet haben auf deine Frage.«

»Sag ich dir ja, er hat sich ziemlich bedeckt gehalten. Hat geantwortet, er kenne einige dieser Leute von früher, noch aus seiner Heidelberger Zeit und ein paar auch aus Frankfurt.«

»Das ist alles?«

Büttner stand auf, warf den Kopf zurück und stützte die Hände in die Hüften.

»Ich wollte ihn ja auch nicht löchern«, sagte Pruy.

»Hast du ihm denn den Zeitungsausschnitt gezeigt?«

»Den wollte er gar nicht sehen. Sagte nur, er kenne ihn schon – aber ich bin mir absolut nicht sicher, ob das stimmt. Dann hat er gefragt, woher ich denn wüsste, dass er die Verhafteten kennen würde.«

»Und, hast du ihm die Wahrheit gesagt?«

»Ich bin ja nicht blöde, oder?«

»Aber er hat doch sicher wissen wollen, wie du darauf gekommen bist.«

»Ich hab ihm erzählt, dass wir kürzlich in eine Runde geraten sind, in der es um die Verhaftungen in Neubrandenburg ging, alle so in Autenrieths Alter und ganz offensichtlich aus den einschlägigen Kreisen. Und da wäre dann diese Frau gewesen, die sagte, sie hätten damals nicht das Ding mit diesem Schreiberling machen dürfen, der sei bestimmt undicht gewesen. Und da hätte ich dann gefragt: ›Mit welchem Schreiberling denn?‹ Und sie hätte geantwortet: ›Der hieß Autenrieth.‹ Und dann habe ich gesagt, so erzählte ich ihm: ›Der ist aber kein Schreiberling, der ist eigentlich Philosoph‹, und dass sie darauf geantwortet hätte, ja, das hätte sie schon gemerkt. Und als ich sie dann fragte, wieso sie es so komisch betonen würde, dass sie das schon gemerkt hätte, sagte sie, er wäre mal bei ihr gewesen und hätte unheimlich viel über Kierkegaard gelabert und auf die Kacke gehauen, und anschließend hätte sich gezeigt, dass er, wie alle Nichtphilosophen auch, nur ficken wollte. Und als sie ihn, als er aufbrechen wollte, schließlich gefragt hätte, wieso er denn jetzt eigentlich gar nichts von sich preisgegeben hätte, hätte er wohl geantwortet: ›Gar nichts ist manchmal sehr wenig, aber alles ist oft einfach ziemlich viel.‹ Ein Satz, worüber ihr später immer wieder, wie sie mehrmals wiederholte, das Kotzen gekommen wäre.«

»Passt aber zu Autenrieth«, sagte Büttner. »Hat er das denn so einfach weggesteckt, als du es ihm erzählt hast?«

»Er hat nur gesagt, man wird oft gerade für das gehasst, wofür man anfangs geliebt wurde!«

»Oh Mann!«, sagte Büttner.

»Mir ist dann so rausgerutscht: ›Ja, und bei der Liebe hört eben die Freundschaft auf.‹ Das fand er cool.«

»Ach, bist du schon wieder bei der Freundschaft?«

»Du weißt doch, was Autenrieth immer sagt: Freundschaft ist ein autochthones Relikt. Geht zurück auf ein Bündnis von Dorfbewohnern. Sie wird von der Mobilität zusammen mit allen anderen hemmenden Werten gerade in großem Umfang entsorgt.«

»Da bin ich aber anderer Meinung.«

»Autenrieth würde jetzt sicher sagen, das liegt daran, dass du nicht denkst, sondern Meinungen vertrittst.«

»Ich glaube nicht, dass er das sagen würde, obwohl, wenn ich's recht bedenke. Der sagt ja oft Dinge, die er selbst nicht glaubt.«

»Und ich dann schon erst recht nicht.«

»Er hat letzthin jedenfalls ein paar schroffe Worte über dich fallen lassen.«

»Über mich?«, fragte Pruy.

»Ja, über dich. Er nannte dich einen falschen Zöli Bateau, und er sagte, du würdest immer den Zitronenfalter spielen, und kaum fühltest du dich unbeobachtet, verwandeltest du dich in einen geilen Brummer.«

»Du weißt genau, dass das nicht stimmt«, sagte Pruy. »Im Gegensatz zu euch beiden ficke ich nicht alles, was sich bewegt.«

»Na ja, die leichte Übertreibung sei dir verziehen. Jedenfalls hat ihm dein Ausflug nach Mailand mit seiner neuen Angebeteten wohl ziemlich missfallen.«

»Hat er dir denn auch gesagt, wer diese neue Angebetete ist?«

»Nee, hab ihn auch nicht gefragt, aber das musst du doch wissen, wenn du sie nach Italien locken konntest.«

»Ach, eine bemerkenswert gestaltete, aber sich etwas überexponierende Frau«, sagte Pruy. »War wohl nicht ganz korrekt, mein kleiner Abstecher, aber unser Superman wird sicher darüber hinwegkommen.«

»Na ja, er meinte eben, ›ausgerechnet unser Held der Freundschaft‹.«

»Mann, das ist wirklich ein starkes Stück, das sagt Autenrieth, und das sagt er auch noch dir!«

»Was meinst du denn mit ›auch noch dir‹?«

»Du warst doch jetzt so lange in der Klinik. Hast du dich eigentlich nie gewundert, dass keiner dich je besuchen kam?«

»Na du hast mich doch auch nicht besucht.«

»Ja, aber bei mir lag es daran, dass ich kein Krankenhaus betrete. Das weißt du aber.«

»Ist natürlich nicht der Strand von Ibiza.«

»Wie bitte«, sagte Pruy mit einem herablassenden Lächeln, »der Strand von Ibiza gehörte eigentlich nie zu meinen Reisezielen.«

»Na, dann eben Monte Carlo oder Copacabana. Unterscheiden sich ja doch nur die Autos und die Badehosen.«

»Chemisch sind die Armen, die Reichen und die Idioten vollkommen identisch.«

»Aber warum hat mich denn nun keiner besucht?«, fragte Büttner.

Pruy brachte seine höchstens drei Zentimeter hohe Stirn mit seiner Anstrengung, die Augenbrauen zu heben, sichtlich in Bedrängnis.

»Weil wahre Freundschaft darin besteht, einen Kranken zu schonen und ihm Ruhe zu gönnen«, sagte er schließlich. »Weißt du«, und nun änderte sich sein Tonfall, »das mit Autenrieth ist wirklich komisch.«

»Na ja, komisch ist vielleicht nicht das richtige Wort.«

»Ich weiß eigentlich nicht, worauf sich unsere Freundschaft wirklich gründet. Er ist immer in allem so unschlagbar, dass mir das manchmal ziemlich auf die Nerven geht. Er ist immer als Erster auf dem Berg, immer als Letzter im Bett, immer als Bester im Ziel. Sobald er spielt, landen alle anderen sofort auf der Reservebank. Er ist natürlich witzig, und er holt aus den Leuten alles raus. Man fühlt sich gut in seiner Gegenwart, weil man von ihm mitgerissen wird, und sobald er auftaucht, passiert etwas, aber trotzdem.«

Büttner hörte Pruy mit einem leicht belustigten und gekonnt ungläubigen Gesicht zu, aber hinter diesem Gesicht stürzte donnernd eine Wand aus Steinkohle in die Tiefe, und schwarze Staubschwaden stiegen aus ihr herauf und verdüsterten seine Augen.

»Wir treffen uns immer irgendwo, halten dieses Irgendwo stets für den Nabel der Welt, und dann ist anschließend jeder wieder verschwunden, versenkt wie eine Billardkugel. Aber während die anderen entweder weiterreisen oder heimkehren, sich also zwischen konkreten und nachprüfbaren Punkten bewegen, ist Autenrieth jedes Mal einfach wie vom Erdboden verschluckt. Nie weiß irgendjemand, wo er steckt, es sei denn, er ist zufällig gerade anwesend.«

»Das stimmt allerdings«, sagte Büttner. »Als ich ihn kürzlich auf diese Beobachtung ansprach, hat er gesagt: ›Was willst du eigentlich? Menschen tauchen auf, und dann verschwinden sie wieder. Heute‹, hat er gesagt, ›ist das nicht mehr wie bei Tolstoi in *Krieg und Frieden*, wo die Figuren mit ihrer Geburt in die Handlung eingeführt werden und dann in allseitiger Verbundenheit anwesend bleiben, bis sie vom Autor, notfalls durch den Umstand des Todes, wieder verabschiedet werden. Der Zusammenhang zwischen den Menschen heute besteht nicht mehr‹, so hat er gesagt, ›in der kreisenden Anwesenheit aller in einem vertrauten Raum, sondern im unvermittelten Auftauchen von

Fremden an jedem beliebigen Ort, in der überraschenden Begegnung, die hart ist und plötzlich, und im sang- und klanglosen wieder Verschwinden.‹ – ›Wohin verschwindest du denn eigentlich immer, wenn du abtauchst?‹, habe ich ihn gefragt.«

»Na, und was war die Antwort?«

»›Ich habe ein Einzimmerapartment in der Unterwelt‹, hat er gesagt. Ich habe ihn natürlich gefragt, wie man zu einer so ausgesuchten Adresse denn kommen würde, woraufhin er sagte, der Grund für alles, wofür man zu büßen habe, läge immer in der Vergangenheit. ›Keine Hölle ohne Vergangenheit‹, fasste er das ganz lakonisch zusammen. Ich fragte ihn, ob er mit Unterwelt nicht vielleicht Untergrund meine, da grinste er plötzlich und antwortete, er kenne den Unterschied, er frage sich nur, ob ich den auch kennen würde. Da wurde mir das Ganze zu blöd, und ich sagte ihm ganz direkt, dass man munkele, dass er bei dieser Sache mitgemacht hätte, und er sagte ganz kalt: ›Bei welcher Sache denn und was heißt da mitgemacht? Ich habe nie bei irgendetwas mitgemacht‹, sagte er. Weißt ja, wie er so was sagt!«

Über Wahrheit und Lüge als Restposten zu Trostpreisen

Die Freiheit, die dadurch in die Welt kam, dass Gott in seiner Allmacht sich nicht darauf festlegen wollte, ob der Mensch gut sei oder böse, und er ihm daher die Wahl ließ, der Sünde zu widerstehen oder nicht, ist heute ganz ihres göttlichen Ursprungs beraubt und damit natürlich auch dem Segen der Gnade entzogen. Sie beschränkt sich grob gesagt darauf, zu kaufen, was man will, und zu reisen, wohin man möchte. Die sogenannten Dinge des täglichen Lebens, die offen für Geld zu erwerben sind, versuchen darüber hinwegzutäuschen, dass alles andere, außer vielleicht einem herzlichen Lachen, inzwischen ebenfalls auf dem Einkaufszettel steht. Liebe, Verehrung, Erfolg, in hohem Grade bereits die Gesundheit und sogar unsere verrückte Selbstachtung. Dass Gott in seiner Allwissenheit natürlich alle Verdammten von vornherein im Auge gehabt haben muss, denn wie hätte er nicht wissen können, wer sich wie entscheidet, das schuf ein theologisches Problem. Die Antwort der Scholastiker: Gott weiß nicht, was er weiß, verriet eine gewisse Größe, weil sie in sein *ens absolutum* das Moment seiner Negation einzubegreifen wusste. Mit der Vorstellung von Freiheit wurde, seit man den Begriff dafür kennt, allerdings viel Unfug getrieben. Nachdem die amerikanischen Verkürzungen dieser universellen Kategorie, wie sie in der Bill of Rights ihren Niederschlag gefunden hatte, eine ganze Weile eine Wohltat für die Welt und die Menschheit bedeuteten, ist sie heute ein Idiotenidol, das vollkommen ohne Inhalt ist – also tendenziell auch wieder etwas Religiöses.

Büttner jedenfalls fühlte sich um alle ihre Versprechungen, die der Freiheit nämlich, betrogen. Er konnte sich leisten, was er wollte, er besaß, was er brauchte, und er ging, wohin er Lust hatte, aber er fühlte sich ausgespäht als derjenige, der am Ende die falsche Wahl treffen würde, als der, für den die Gnade nicht gelten würde, und dieser amerikanische Ersatz von echter Freiheit, den er bis zum Exzess ausgekostet hatte, würde unter dem Strich nur ein Beleg dafür sein, was für ein Schindluder er sowohl mit dieser Freiheit als auch mit seinem Leben getrieben hatte.

Richtig schlimm wurde das Ganze ein paar Jahre zuvor in New York. Schlimm und schön, so wie er es von den Erzählungen Autenrieths kannte, der noch etwas vor ihm da gewesen war, und wo er nun, selbst aufgekreuzt, alles zu überbieten trachtete, was Autenrieth dort erlebt hatte. Mit allen Mitteln hatte er in Manhattan gegen seinen Körper und seine Gesundheit gewütet, in allen Nächten seinen Schlaf riskiert, in jedem Downtown Club seine Nüchternheit, immer stand er unter Koffein, Nikotin, Adrenalin, Alkohol oder Kokain, immer oben auf dem Zehnmeterbrett, egal ob unten ein Pool mit Wasser war oder nur der nackte Beton, immer waren Frauen da, Feriengefühle, Frühstücksbuffets, Avenuen, Airports, Hotels, Partys, Autos, Clubs.

Jeden Morgen erstatteten ihm ein paar Stunden Schlaf einen Körper zurück, der nicht bereit war, bis zu seiner restlosen Verausgabung auch nur einen Millimeter zurückzuweichen, straff, elastisch, ohne ein Gramm Fett. Seine Regenerationsfähigkeit grenzte, ähnlich wie bei mir, an ein Wunder. Ich erinnere mich, wie er einmal, als auch ich gerade in der Stadt war, nach zwei Tagen rund um die Uhr, zwei Upper-East-Side-Mädchen, die er im Mudd Club aufgetan hatte, oder sie ihn, nach Mitternacht mit zu mir in die East 8th Street mitbrachte. Die eine ging nach einer halben Stunde wieder, die andere erfüllte nach kurzem Hin und Her sich und uns alle Wünsche. Sie konnte überhaupt nicht genug kriegen und schrie die ganze Nacht wie am Spieß. Wir hatten ihr am Schluss der ersten Runde zwei ziemliche Ladungen auf den Bauch gespritzt. Er, Büttner, erinnerte sich, wie er danach das Sperma anblies, damit es schneller trocknete.

Während er jetzt daran denkt, ist ihm kalt, und er sitzt mit hochgezogenen Knien auf einer Holzkiste.

Als das Sperma ein kreidiger Film auf dem Bauch des Mädchens geworden war, schabte er es mit einem Skalpell auf ein Zigarettenpapierchen und streute es in den Joint, den er anschließend drehte.

Die Erinnerungen drehen sich nun schwerfälliger.

Scheiß Freiheit, dachte er. »Wir kiffen jetzt unsere DNA!«, erinnerte er sich gesagt zu haben. Dann verschluckte er sich an seinem Lachen und prustete einen Mund voll funkelnden Rotwein ins Gesicht der schönen Nackten, entschuldigte sich und fickte sie noch mal.

Danach waren wir hinauf auf das mit Teerpappe versiegelte Dach des Hauses gestiegen. Oben stand eine klapprige Bank, auf der wir nackt und zu dritt Platz nahmen und entweder leise sangen oder ab und zu Dinge von berückender Kürze sagten. Die ganze Palette der Highriser um uns herum funkelte, stumm, hochgewachsen und berauschend. Unten von der 8th Street drang unvermindert Stimmengewirr herauf. Dann wurde es hell. Der East River war erst grün, dann schwarz, danach glänzte er wie ein blinder Spiegel. Die Sache war verrückt, alles war verrückt, jede Nacht war anders verrückt, aber irgendwann war er es dann selbst, der verrückt war, und ab da wurde es etwas völlig anderes.

Seit er raus war aus der Klapse, hatte er sich ziemlich gut gehalten. Er war clean und relativ ausgeglichen. Er ging Isabel ein bisschen aus dem Weg, was ihm nicht schwerfiel, da sie für längere Zeit nach München zurückgefahren war. Wenn sie zwischendurch kurz nach Berlin kam, reichte die gemeinsame Zeit weder für große Aufregungen noch für Konflikte. Sie war immer beschäftigt. Das ging nun schon eine ganze Reihe von Wochen so. Er lief mit einer offenen, wachen Wahrnehmung seiner Wege, machte tatsächlich einen munteren Eindruck, aber das Wahrgenommene flog mit der gleichen Vehemenz, mit der es in seinen Sinnen eintraf, aus seinem Bewusstsein wieder hinaus. Aber davon erzählte er niemand.

Trotzdem war es ihm gelungen, eine Reihe überzeugender Zeichnungen fertigzustellen. Er hatte sie Immo Salzgeber für eine Galerieausstellung zugesagt. Alle Arbeiten waren in der relativ kurzen Zeit entstanden, in der er nicht seinen Stadtdurchsuchungen nachging, weil ein mildes und gänzlich unerwartetes Hoch seinen Bewegungsdrang aussetzte.

Von diesen paar Tagen abgesehen, kam ihm die meiste Zeit, in der er in seinem Atelier stand und zu arbeiten versuchte, vollkommen absurd vor.

Und dann war da vorgestern morgens um elf, als der Galerist Salzgeber gerade am Gehen war, Dr. Carola Fleischmann in sein Atelier gekommen. Gegen Ende seines Klinikaufenthalts hatten sie vereinbart, dass sie ihn hin und wieder besuchen würde, um sich Arbeiten von ihm anzusehen, und er ihr, was für sie sozusagen das ambulante Alibi darstellte, aus seinen weitergeführten Aufzeichnungen vorlesen würde, die in der Klinik großen Eindruck auf sie gemacht hatten. Diese Aufzeichnungen und die Befürchtungen seine Arbeitsfähigkeit betreffend, waren schließlich auch die Argumente, mit denen er sie überreden konnte, ihm nach dem Ende seines Klinikaufenthalts keine Depotspritze zu geben.

Kurz vor seiner Entlassung gab sie ihr Okay, dass er sie Cola nannte, und konnte sich sogar überwinden, ihm die Zuneigung, die er so heftig einforderte, zu gestehen, erklärte ihm allerdings, dass damit ihr Arzt-Patient-Verhältnis beendet sei, auch wenn sie es so noch bis zu seiner Rückkehr in die »Offene Anstalt«, wie Büttner das Draußen gerne nannte, glaube verantworten zu können. Sie denke, so sagte sie, nicht, dass er in dieser Woche noch mal »abstürzen« würde. Falls er allerdings wiederkommen sollte, sagte sie, könne sie als Therapeutin nichts mehr für ihn tun und eine Kollegin oder ein Kollege würde sich dann um ihn kümmern müssen.

Büttner zeigte ihr nun, da sie da war, zuerst ein paar ältere Zeichnungen, eine Auswahl, die vor seiner »Entfernung aus der Öffentlichkeit« immer ganz gut funktioniert hatte, schließlich einige große Bilder, die in den letzten beiden Jahren entstanden waren, ein paar Kataloge und dann noch diese kleine, neue Serie, die er auf dem Tisch liegen hatte und die er Immo Salzgeber am Morgen gezeigt hatte. Danach schlenderten sie vor zum Helmholtzplatz und setzten sich auf eine Bank vor dem Café *Wohnzimmer*.

»Wir tun einfach so, als wärst du gar nicht so prüde und auch nicht meine Frau Doktor, sondern eines von diesen lebenslustigen

Mädchen, das sich von mir abschleppen lässt, nachdem ich ihr meine halbe Lebensgeschichte erzählt habe.«

Carola lachte.

»Nein, Henny, so tun wir nicht. Am Ende könnte es dann ja wirklich so aussehen, und das wäre für mich überhaupt nicht schmeichelhaft. Außerdem, in wie viel Varianten willst du mir diese Geschichte denn eigentlich noch erzählen? Ich kenne jetzt ja schon drei, einschließlich der eigenen, mir von eurer Schizophrenie aufgebürdeten, ganz abgesehen davon, dass ich die, die du gerade erzählst, fast schon im Wortlaut so gehört habe. Wie viele Lebensgeschichten hast du denn noch anzubieten?«

»Weißt du was«, sagte Büttner, »mein großes Pech ist es, dass ich nur eine Lebensgeschichte habe. Hätte ich tatsächlich mehrere wie Autenrieth, dann würde es mich am Schluss nicht unbedingt meinen Kopf kosten, sondern nur einen. Dass ich aber dieses Leben mit dem Kopf beschließen werde, den ich im Moment aufhabe, dessen bin ich mir leider sicher.«

»Bist du denn so sicher, dass es Autenrieth da anders geht als dir?«

»Leider ja«, sagte Büttner. »Autenrieth führt mehrere Leben gleichzeitig, einerseits, weil er muss, andererseits aber auch, weil er wohl dazu in der Lage ist.«

»Warum sollte er denn müssen?«

»Da gibt's wohl irgendeinen triftigen Grund in seiner Kindheit – darüber äußert er sich allerdings nur kryptisch. Er sagte einmal, seine Mutter hätte es mit zwei Männern am gleichen Tag getrieben, und dann wäre ein Wunder geschehen, die erfolgreiche Befruchtung eines Eis von zwei verschiedenen Männern. In seinen Zwanzigern muss dann wohl noch ein weiterer Grund dazugekommen sein. Ein Umstand, der ihn zwang, eine Zeitlang in die Illegalität abzutauchen. Über diesen Vorfall oder diese Vorfälle sind derzeit einige Gerüchte im Umlauf. Irgendwas mit der RAF. Es heißt, er wäre an der Vorbereitung eines Anschlags beteiligt gewesen. Nachdem die Sache passiert war, musste er wohl eine neue Identität aufbauen. Er redet natürlich nicht darüber. Aber es gibt da noch etwas. Er verschwindet einfach immer wieder, manchmal fast direkt vor aller Augen. Ich kenne keinen, der so verschwinden kann wie Autenrieth. Es ist zwar cool, mit ihm zusammen zu sein, und sobald er da ist, legt alles irgendwie einen Zahn zu, aber sobald er weg ist, weiß nie jemand, wo er ist.«

»Aber er hält doch Vorträge und publiziert, wie ich gehört habe, wie macht er das denn?«

»Das sind nicht die einzigen Dinge, von denen man keine Ahnung hat, wie er sie anstellt. Er hat ja offenbar auch Beziehungen zu Leuten, von denen man sich überhaupt nicht erklären kann, in welchem Verhältnis sie zu ihm stehen könnten.« Dann wechselte Büttner abrupt das Thema und sagte: »Willst du denn wirklich keinen Sex mit einem Mann, den du toll findest?«

»Ich gestehe, ich habe Gefühle für dich, für die ›toll finden‹ aber nicht der passende Ausdruck wäre. Trotzdem würde ich kein sexuelles Verhältnis mit einem Mann eingehen, den ich noch vor ein paar Wochen behandelt habe.«

»Gibt's denn keine Kräfte, die dir über zu starre Prinzipien hinweghelfen können?«

»Doch, aber es gibt auch ein feines Ohr für Überredungskünste, denen man nicht nachgeben sollte.«

»Wer sollte dir das verwehren?«

»Meine Selbstachtung.«

Büttner nahm Carolas Hand. Sie streichelte die seine etwas versonnen und entzog sie ihm wieder. Als Büttner das zweite Glas Wein bestellte, verabschiedete sich Carola. Er küsste sie flüchtig auf den Mund. Er spürte die Wärme, die ihr Gesicht abstrahlte.

Wenig später saß er neben einer völlig anderen jungen Frau, der er sofort seine halbe Lebensgeschichte erzählte. Schon bald berührten sie sich beim Erzählen immer wieder mit den Händen. Dass Carola oder ihre Stellvertreterin aber anschließend mit ins Atelier kam, dagegen steht Aussage gegen Aussage.

Als Büttner zurück war in der Dunckerstraße, öffnete er jedenfalls sofort eine Flasche Rotwein, einen Rioja.

In dieser Nacht begann er wieder zu rauchen, weil die vertrackte Geschichte mit seiner Therapeutin einfach nicht aufhören wollte, sich durch seinen Kopf zu wälzen. Sie nutzte tief im limbischen System die Kreisbahnen des Hippocampus, um schließlich nach mehreren Durchgängen in einer von allen Widersprüchen der verschiedenen Erzähler gereinigten Form im expliziten Gedächtnis hinterlegt zu werden.

Gerade drohte Büttner die Gelegenheit, sie ein weiteres Mal aufzurollen, mit wieder einer neuen Variante, durch welche Rollenspiele es mit Carola oder ihrem Double zum Sex kam, obwohl es keinen von einem Dritten bestätigten Anhaltspunkt gibt, dass es mit Carola überhaupt je zum Sex gekommen sein könnte.

Nach einer Weile rauchte er einen Joint. Das Ungute war, dass er nach der Flasche Rioja mit einer Flasche weißem Campari weitermachte und dann mit einer zweiten, und anschließend ging's wieder richtig los.

»Vielleicht habe ja auch ich nicht nur eine Lebensgeschichte«, sagte er oder dachte er. »Wenn unsere Sprache das aushält, haben wir wahrscheinlich so viele Lebensgeschichten, wie wir wollen, und wenn wir verrückt sind, nur eine einzige mehr als wir verkraften.«

Aber erst am nächsten Tag stürzte Büttner richtig ab und die Teufelchen in seinem Kopf meldeten sich zurück. Als ausgewachsene Teufel.

Der Tanz ums Brandenburger Tor

Heute, wo jeder verrückt ist, ist es gar nicht so einfach, zu einem ganz normalen Menschen durchzudrehen. Dieser Satz drehte sich wie ein Wurm in seinem Gehirn und sah, von beiden Enden aus betrachtet, vollkommen gleich aus. Büttner hatte wieder begonnen, mit Blende 500 zu telefonieren und tief in das Wort »wahrscheinloch« zu blicken, das nach »Urgroßschenkel« auf Platz zwei seiner Neologismen rangierte. Nun befand er sich auf dem Weg zu Entscheidungen. Egal, dass es Nacht war und er hier vollkommen allein auf dieser Bank vor dem Brandenburger Tor saß und die braunen, zusammengeknüllten Papiertüten wie angeblasene Kaninchen um ihn herumtollten. Kein Ausdruck trifft das, was mit ihm geschah, besser als das Wort überschnappen.

Büttner weiß, dass er sich dieser Verfassung schämt, er weiß, dass er sich schämt, aber er kann auf dieses Wort und das, was es meint, nicht zugreifen. Das Überschnappen setzt ein mit diesem bestürzenden Moment, in dem man plötzlich fürchtet (sein ganzes Wesen vor Schreck dabei ausatmend), man würde nicht rechtzeitig, wenn das Glas voll ist, aufhören können, einzugießen. Man würde den Abstrich eines Buchstabens beim Schreiben nicht an der Untergrenze der Zeile beenden können und mit dem Strich in eine Tiefe des Textes stürzen, die alle Maßstäbe als Witz erscheinen lassen. Man könnte beim Sprechen, bei der Geschwindigkeit, mit der die Worte vor dem Versuch, sie auszusprechen, davonrasen, diese nicht einholen und würde die Zunge dabei so stark an die Grenze ihrer Modulationsfähigkeit treiben, dass sie den letzten Lauten besonders tückischer Worte nur noch mit einer leeren Blödigkeit hinterherzuschnalzen in der Lage ist. Und nach jedem dieser Momente ohne natürliche Begrenzung jagt eine grausige Leere durch die Brust, und die Unruhe steigert sich so, dass einem die Gegenstände aus den

Händen springen, und der Körper reagiert so konfus, als kämen aus dem OKG, dem Oberkommando Gehirn, widersprüchliche Einsatzbefehle an die vor Berlin liegenden Truppenteile seines Körpers, sich bereit zu machen, die Operation des »großen, aufblasbaren Nichts« auf den Weg zu bringen.

Büttner trieb dahin auf einer Halluzinationswolke und dennoch saß ihm ein Blick im Nacken, der in seiner Lage der fürchterlichste war, der sich denken lässt, nämlich sein eigener. Immer wieder hatte er das Gefühl, er müsste nur seinen Atem in den Griff kriegen und diese Panik des Glücks würde endlich von ihm ablassen. Er versuchte, an das sachte Schaukeln des angebundenen Kahns auf der Altmühl bei Kehlheim im Jahre 1979 zu denken, in dem Christl Lindner, während sie John Lennons *Norwegian Wood* sang, ihren Kopf in seinen Schoß gelegt und damit einen der Grundpfeiler sanfter und romantischer Erinnerung geschaffen hatte.

Über seinem Grübeln und der Suche nach dieser ruhig pendelnden Erinnerung entging ihm jedoch, dass er ununterbrochen dieselben fünf bis sechs kurzen Schritte vor und zurück tat, bis der Himmel über ihm unruhig zu kentern begann. Immer wieder starrte er auf das Brandenburger Tor, als wäre es das Wahrzeichen seiner außergewöhnlichen Verfassung und nicht nur dieser von nächtlicher Schwärze triefende Säulenkoloss von Langhans. Und nun, da der Himmel kenterte, riss es auch dieses Tor in ein solches Kentern hinein.

Er sah das bleiche, unliterarische Licht, das wie eine immaterielle Schranke sich über dem Asbestrohr, das die Mauer krönte, erhob, jenem Rohr, in dem so etwas wie das Rückenmark des Kommunismus geflossen sein musste. Er dachte: Diese Mauer ist schlauer als der Schein auf der einen und die Wirklichkeit auf der anderen Seite. Sofort überlegte er misstrauisch: Falls der Westen, der ja mit Sicherheit die Seite der Wirklichkeit beanspruchen würde, weil er für diesen Anspruch stets in harter Währung gezahlt hatte, für diese den Zuschlag erhält, worin lägen dann Nutzen und Begründung jenes für den Osten übrig bleibenden Scheins? Als er sich umdrehte, erblickte er hinter sich den in verstockter Nacht harrenden und hockenden

Tiergarten. Ein tiefdunkles Areal, bereit für den Blitz aus heiterem Himmel oder eine urplötzlich aus allen Wolken hereinbrechende Ruhestörung. Die Großartigkeit der Nacht mit ihren wie Kieselsteine in die Schwärze geworfenen Sternen löste Begeisterung in ihm aus. Es war eine entgeisterte Begeisterung. Eine entgleiste Euphorie. Er durchlebte sie mit dem Gesichtsausdruck Paavo Nurmis während seines legendären Weltrekordlaufs 1924, untermalt von einem Schlager von Martin Lauer aus den sechziger Jahren, beides wie von Andy Warhol mit Candy Colours in Serie gebracht und auf vierzig Kilometer Berliner Mauer projiziert.

Er stand im südlichen Teil der in drei konzentrischen Kreisen gepflanzten, gerade mal dreißig bis vierzig Jahre alten Linden, die mit ihrem Halbrund den Tiergarten zum Tor hin öffneten, und versank, den Blick auf seine Säulen gerichtet, eine Weile in die Hocke und in Schweigen. Dem Halbrund der Bäume sich einfügend, standen die leeren Parkbänke. Wenn er geradeaus blickte, konnte er diesen seltsamen Knick sehen, mit dem die Mauer, deren Absperrung vor dem Tor ebenfalls auf dieses Halbrund eingegangen war, einen ersten kleinen Haken machte, bevor sie die Gerade zum Potsdamer Platz einschlug. Auf seiner Bank stand ein Kofferradio, in dem gerade *Reunited* von Peaches & Herb lief. Er sang leise mit. Wieso war *Reunited (and it feels so good)* eigentlich nicht der Superhit der deutschen Wiedervereinigung geworden? Es schien ihm unfassbar. Neben dem Radio lag eingerollt, von schwitzigen Fingern aufgequollen, die letzte Ausgabe des *Melody Maker*. Das Mondlicht schweinsäugelte hinter ihm auf einer ins Gras geworfenen Haut: Tüte, Gummi oder Präser genannt.

Als er vorhin, von der Hofjägerallee kommend, in die Straße des 17. Juni zum Brandenburger Tor abgebogen war, hatte sich eine der Frauen mit schwarzen Lackstiefeln bis übers Knie und einem roten Lackjäckchen, das zwischen Minirock und Jackenbund einen handbreiten Streifen jauchzend nackten Fleischs freiließ, umgedreht und »Na Süßer?« gesagt. Für ihn hatte diese Bemerkung, so überraschend sie gefallen war, etwas durchaus Angebrachtes, aber von der Kollegin im zottigen Tierpelz, die neben ihr stand und an die Zigarette zu denken schien, die sie fünf Zentimeter vor ihre Lippen hielt, aber nicht bewegte, hörte er, das Interesse der Gefährtin damit augenblicklich beendend, ein vernehmliches: »Ballaballa.«

Nun saß er hier. Oder er stand, je nachdem. Die Absperrgeländer vor der Mauer waren bereits weggeräumt. Sie lagerten auf der Nordseite des Pariser Platzes als Schrotthaufen. Die Tafel mit: *YOU ARE LEAVING THE AMERICAN SECTOR* war ebenfalls beseitigt. Der Weg zum Tor war offen. Büttner breitete beide Arme aus, ging dabei leicht in die Knie und begann sanft stampfend davonzusegeln, wie ein Medizinmann der Cherokee beim Adlertanz. Dabei ließ er leicht das Becken kreisen. Außer ihm besichtigte niemand weder die Nacht noch das Tor. Der Platz war leer, die Finsternis eine Ruine. Das Radio und den *Melody Maker* zurücklassend segelte er hinüber zu den preußischen Propyläen und umtanzte mit waagrecht ausgebreiteten Armen, mit ihnen allerhand Flugmanöver vortäuschend, der Reihe nach ihre kannelierten, auf der Westseite liegenden Säulen. Leise sang er dabei immer wieder: »Reunited, and it feels so good.«

Möglicherweise hatte er jetzt die grellen Augen von Anthony Quinn, als der den Alexis Sorbas tanzte, aber sobald er den Tanz unterbrach, um über dem Gebälk des Tores die schnell dahintreibenden Nachtwolken zu betrachten, kehrte der Ausdruck des jungen Anthony Perkins in sein Gesicht zurück, jenes jungen Anthony Perkins in dieser merkwürdigen Verfilmung von Kafkas *Strafkolonie*, bei dem, sobald er aufhörte zu schauspielern, kein Funke Persönlichkeit auf dem Gesicht zurückblieb.

Dann wieder stieg Euphorie in Büttner auf, ein heißer, namenloser Drang, aber da es in ihm oben nichts mehr gab, was dem noch hätte Platz machen können, weder Hohlraum noch Ventil, und die Muskeln seines Brustkorbs gestrafft waren wie Schiffstaue, ploppte ihm plötzlich die Zunge aus dem Mund und er begann zu lachen.

In den Alpen sind letzte Nacht mehrere Fälle von Zugspitzen bekannt geworden

»Wir müssen einander goodbye sagen.
Goodbye, goodbye, goodbye.
Geh du zur Spree, ich geh zur Havel,
den, der zuletzt kommt, holt die Polizei.«

Ausgelassen und hochgestimmt kehrte Büttner zu der Bank unter den schmalen, jungen Linden zurück, zog seine Jacke aus und legte sie neben das Grundig-Radio, so, wie die Punks auf der Skalitzer Straße eine Hundedecke neben ihrem Scheibenwischeimer liegen lassen, wenn sie weggehen – als Besitzvermerk.

Beide Hemdsärmel schob er hoch bis über die Ellenbogen. Dann zog er ein rotes, wollenes Stirnband mit Norwegermuster aus der Tasche und befestigte es an seinem Kopf. Anschließend raffte er die Hosenbeine zusammen, als wollte er eine Fahrradspange anbringen, und schoppte sie in seine wadenlangen Burlington-Socken. Er machte drei, vier kurz die Knie hochreißende Sprünge wie Fußballspieler, bevor sie, von der Seitenlinie eingewechselt, auf den Platz laufen, dann rannte er in einem weiten Schwenk hinter die Mauer der 4. Generation.

Jedenfalls das, was von ihr noch übrig war.

Vor ihm lag der seiner Macht und seines Sinnes beraubte Todesstreifen. Die Nacht wirkte unschlüssig über der kahlen Trasse. Auch die Sterne darüber schienen sich im Unklaren, oder die jagenden Wolken, die immer wieder riesige Ansammlungen dieser Sterne vor sich hertrieben und ins Nichts rissen.

Erst folgt die Mauer längs der Ebertstraße ein Stück dem Tiergarten und stößt dann rasch und gerade vor Richtung Potsdamer Platz. Büttner rennt auf dem Kolonnenweg zwischen Vorderlandmauer und Hinterlandmauer. Wie im Lichtzerhacker einer Diskothek stürzt sein bizarrer Schatten neben ihm her. Immerzu knicken seine Knöchel um auf dem buckligen Gelände, das durchfurcht ist von Reifenspuren. Das erste Stück hopsen noch die Wipfel des Tiergartens über der bekrönenden Walze der durchlöcherten Mauer. Oder es tanzen in kleinen Grüppchen versammelte Birken mit ihren verzückten Milchstämmchen wie Quellnymphen. Kurz danach weitet sich das kahle Gelände bereits zum ehemaligen Potsdamer Platz. Eine einsame Peitschenlampe fährt zwischen die Leere, kalt und ohne Licht. Etwas abseits stehen Wohnwagen, Fahrräder mit verzogenen Rädern, Kioske mit Coca-Cola-Schildern, zusammengehämmert aus Brettern und Blech. Ein gähnender Himmel öffnet sich über dem Platz, ohne Datum, Uhrzeit oder sonst irgendeine Auskunft. Er ist weiter nichts als das stumpfe Ende von vier Himmelsrichtungen, die über Büttners Kopf zusammenstoßen. Sein Blick gleicht einer zitternden Kompassnadel. »Das große, aufblasbare Nichts« weht vor ihm im schwarzen Sog der Dunkelheit. Links, wie eine Zillelaterne in leichter Vergrößerung, ein Wachturm der DDR. Auf dem Zwergengeländer rund um seine Kanzel ein mit Draht befestigtes Tannenbäumchen. Büttner dreht sich während des Laufens ein paarmal um die eigene Achse, wie der stählerne Wirbel einer Rouletteschüssel, um eine 360-Grad-Wirkung des Panoramas zu erzielen. Ein jähes Schwindelgefühl kippt das periphere Berlin in die Senkrechte, so dass fünfzig Meter über ihm der Gropiusbau in den Blick kreist, während in der Tiefe unter ihm die düstere Ruine des ehemaligen Preußischen Landtags einschwingt. Dann folgt die steile Gerade von der Niederkirchner Straße bis zur Bundesdruckerei. Vorbei am Checkpoint Charlie. Keuchender Atem. Gute Beinarbeit. Büttner fliegen die Ohren. Danach beginnen auch schon die Kreuzberger Haken. Linker Haken: Axel-Springer-Straße. Rechter Haken: Kommandantenstraße.

»Kommandanten, ohe!
in die wogende See-he,
schwarze Gedanken, die wanken und fliehn
so wie ein Sturm im Wind.«

Sturm im Wind? So ein Scheiß, denkt Büttner. In der Ferne die Fensterwaben der Leipziger Straße wie das stark vergrößerte Facettenauge eines nachtaktiven Hautflüglers. Kurze harte Linke: Alte Jakobstraße, erneuter rechter Haken: Stallschreiberstraße. Büttner stolpert und taumelt leicht Richtung Mauer. Seine Fingerspitzen berühren den Beton. Plötzlich ein Abschnitt in breitem Mondlicht. Der goldene Kopf musste sich soeben erst von seinem Lager in Kreuzberg erhoben haben und schwebt jetzt prall über der nächtlichen Szene. Büttner fliegen die Ohren. Er rennt nun mager und fanatisch wie alle Läufer. Der große Rundengong des alexandrinischen Fernsehturms Ost ertönt dumpf gegen das messingtrübe Leuchten von Mitte.

Rechter Haken: Sebastianstraße, linker Haken: Luckauer Straße. Büttner zählt die Sterne. Es sind weniger, als er erwartet hat, weil er ziemlich viele auslässt. Er hat wieder mal nur den Kleinen Bären im Auge, gerade vielleicht noch die drei Sterne im Gürtel des Orion.

»Steig herab, zottiger Bär, brummige Nacht.«

Mann, ist das geil, denkt er.

»Mann, ist das geil!«, schreit er laut. Rechter Haken: Waldemarstraße.

»Er heißt Waldemar
und küsst wunderbar.«

Diesmal singt aber nicht er das. Es wird von der Seite eingespielt, aus überdimensionalen Volksempfängern mit einem Riesenposter von Zarah Leander auf Holzmasten, angestrahlt von Armeescheinwerfern, während er an dem Straßenschild vorbeirennt. Noch einmal liest er *Waldemarstraße*, doch nun glühen die Buchstaben bereits. Erneut ein harter linker Haken am Leuschnerdamm. Endlich taucht trostvoll die Michaelskirche auf mit ihrem ausgebombten Zyklopenauge. Rechts davor der Engelbeckenhof (Engelbeckenhof, was für ein trostspendender Name!) und dann öffnet sich schließlich, in einer besonders breiten Trasse zwischen der Vorderlandmauer gen Kreuzberg und der Hinterlandmauer gen Mitte, der elegante Schwung des Bethaniendamms. Büttner strauchelt, geht fast zu Boden. Kurz stehen ihm Funken vor Augen. Aber er fängt den Beinahe-Sturz ab und stürmt weiter. Die grauen, mageren Türmchen des ehemaligen

Spitals Bethanien glosen matt durch die Bäume. Schließlich beginnt die lange Zielgerade von der zerstörten Schillingbrücke über das Groebenufer zur Oberbaumbrücke. Büttners Arme sind jetzt eng abgewinkelt, der Kopf leicht in den Nacken gelegt, das Kinn bildet den vordersten Punkt seines Körpers und die Beine rasen. Am Schluss steht Büttner vor der Holztribüne, auf der Autenrieth vor etlichen Jahren, als der Osten noch dicht war, darauf wartete, dass die Nacht verging, damit er zu Henriette zurückkehren konnte.

Was geht, Alter?

Büttner steckt sein Hemd in die Hose, nimmt die Hosenbeine aus den Socken, wirft das Stirnband in die Spree, steht da wie Kaspar Hauser, erinnert sich an keine Sprache, versucht seinen Atem zu beherrschen, erinnert sich an den Unschlittplatz in Nürnberg, überlegt, wie spät es sein könnte, bekommt Angst und fängt an zu weinen. Dann sammelt er sich, geht hinüber auf die Skalitzer Straße und trottet unter den wüsten, kalten Viadukten der Hochbahn Richtung Kottbusser Tor. In einer Bar an der Ecke vor der Emmauskirche stürzt er zwei doppelte Whisky hinunter und beginnt sich etwas zu stabilisieren.

Wer seinen stechenden Blick nicht sieht, beachtet ihn gar nicht. Er sieht aus wie alle, die jung sind und aussehen wie John Lurie und die etwas verschwitzt und bedröhnt aus einem Club kommen. Als er die Bar verlässt, ruft jemand von hinten:

»He Büttner, du alte Wursthaut, wohin denn so eilig?«

Er tut so, als hätte er nichts gehört. Er setzt seinen Gang unter den schwer vernieteten schwarzen Pfeilern fort. Es kommt ihm vor, als liefe er durch sein eigenes Inneres. Es ist ziemlich spät und ziemlich ausgestorben, als er vor der Auslage einer geschlossenen Imbissveranstaltung hinter Schaufensterglas die Verpackungen orientalischer Lebensmittel studiert. Plötzlich schnellt eine flache Hand in einer kurzen, steilen Bewegung dicht an seinem Hinterkopf vorbei.

»Was geht, Alter?«

Büttner reagiert verstört und verlangsamt.

»Mann, ey!, keinen Plan, was? Gibst du einen Fick aus oder was?«

Der Türke, etwa so groß wie die Bremer Stadtmusikanten, also auf dem Ego eines Esels das Ego eines Hundes usw. und auf der Spitze der Pyramide diesen roten Hahn in den Augen, der alles abfackelt, packt Büttner an den Schultern, drückt sie hart, und lehnt seine Stirn gegen die seine.

»Wir wollen noch 'ne Alte scharfstellen, Mann.«

Er schaut hinüber zu einem Laden an der nächsten Ecke, wo die kleinen roten Birnchen im Fensterrahmen dahinrennen, als wollten sie einander erhaschen, und in dessen Mitte in einem sehr ungesunden Gelb dreimal *Girls* blinkt, abgestuft wie ein Hölderlin-Vers.

»Gib du doch einen aus«, sagte Büttner, »du bist doch hier der Aladin, Mann.«

»Du hast aber Vortritt, Partner, war doch mein Angebot, oder?«, sagt Orhan.

Mit diesem Namen jedenfalls redet der andere ihn immer wieder an. Gegelt und stupide, dafür aber unglaublich breitbeinig steht dieser andere halb hinter ihm und greift sich, wie ein Bonobo, ständig an die Eier.

»Darfst auch zuschauen«, sagt Orhan mit einem Anflug von abfälligem Grinsen, »und den Kopf reinstecken, wenn wir fertig sind«, ergänzt der andere.

Büttner lacht, über den Höcker seiner Nase aber huscht eine leichte Blässe. Es ist ein bizarres Lachen. Zerbrochen in den Spitzen, ungeduldig, nein, eigentlich lächerlich, wie von einer Ziege. Der Türke zeigt eine Spur von herablassendem Zögern, als würde er das Interesse verlieren. Fast scheint es, als hätte er Büttners unehrenhaften Zustand bemerkt und wolle mit einem Schubser gegen die Schulter zu erkennen geben, dass er nun unter »Geht klar, Alter«, »Mach die Mücke, Mann« sich trollen kann, als Büttner, seinem unberechenbaren Zustand folgend, seine Zunge ausrollt und über das ganze Gesicht des Türken schleckt.

»Mach fort, Schnulli!«, sagt er.

Blitzartig schnellt das Knie des Abgeschleckten hoch und trifft Büttner wie eine mit 10.000 Volt geladene Brechstange zwischen den Beinen. Während er so nach vorne zusammenklappt, dass sein Kinn hart auf dem Knie aufschlägt, beschreibt sein Rücken in seiner Vorstellung einen entgegengesetzten Halbkreis, als ob es ihm die

Beine nach hinten schleudern würde und die Absätze seiner Schuhe dabei fast die Haarspitzen seines zurückgeworfenen Kopfes berührten. Sein Gehirnkino zeigt ihm einen Caravaggio, lasziv, überdreht, durchrast von einem stechenden Schmerz. Dennoch überkommt Büttner gleichzeitig eine absurde Erleichterung. Dieser Schmerz, der so klar die Folge einer Ursache ist und so genau und zuverlässig dort eintrifft, wo er ausgelöst wurde, entreißt ihn für einen Moment dem Zugriff einer viel schlimmeren Qual: der Panik. Einer Panik, die am Ende nichts mehr gelten lässt, außer sich selbst, und die die gesamte innere Figur, mit der gleichen Gewalt, mit der sie sie in die Peripherie schleudert, in ihre Mitte reißt, um sie dort zu zermalmen.

Büttner ist gegen eine Hauswand geflogen. Erst mit der Schulter, dann mit dem Kopf, zum Schluss noch mit dem Knöchel und zuletzt mit dem Absatz. Er rappelt sich auf, reißt sich die Schuhe von den Füßen und die Uhr vom Handgelenk und geht wieder zu Boden.

»Das ist ein Attentat«, schreit er.

Da nimmt der andere Türke sein Kinn in die hohle Hand, hebt es an, und Büttner riecht den aufdringlichen Geruch neuen, billigen Leders. Er sieht vor sich eine Stange vollkommen gleicher, schwarzer, knarzender Lederjacken, wie man sie bei Woolworth in der Müllerstraße durchblättern kann, während der Türke mit der stumpfen Faust zu irgendeinem schmierigen Singsang immer wieder im stupiden Rhythmus gegen Büttners Kopf hämmert, bis er ihn schließlich jäh zur Seite dreht und mit den Knöcheln hart und verächtlich dreimal auf die Augen schlägt. Das rechte platzt sofort auf und wie in einer Blubberlampe quillt Blut auf. Büttner sinkt in den süßen Saft von Hundepisse, gepudert mit diesem schwefelgelben Pulver, das Hunde hier eigentlich vom Pissen abhalten soll. Da trifft die Schuhspitze des anderen Türken Büttners Magen und räumt ihn aus, während der Absatz des zweiten den sauren Bröckchenbrei im Schwall erwischt und in sein Gesicht zurückkickt. Mit einem heftigen Knall trifft dieser Absatz schließlich seine Stirn. Hinter Büttners geschlossenen Lidern krümmen sich zwei neongrüne Raupen und geben nach einem kurzen, heftigen Glühen den Weg in die Bewusstlosigkeit frei.

»Lass den schwulen Affen!«, sagt der Bremer Stadtmusikant und die beiden verschwinden.

Gegen vier Uhr morgens wurde Büttner von Polizeibeamten des Abschnitts 53 ins Klinikum Am Urban gebracht. Um fünf Uhr morgens wurde der Amtsarzt Dr. Heiner Schoeps hinzugezogen. Der machte die Papiere fertig für die Verlegung nach Haus 4.

Dies war der Beginn von Büttners dritter und letzter Unterbringung in einer Psychiatrie. Über einem ihrer Tore steht, wie ich später gelesen habe, die Inschrift: *Was wir säen verweslich, wird auferstehen unverweslich.*

»Besteht Aussicht auf die Hoffnung, dass ich gemeingefährlich werde, Herr Doktor?«, war Büttners letzte Frage an den Arzt, bevor man ihn wegbrachte.

Tanzen im Dschungel und Singen an der Spree

Die Nässe war lautlos. Es war eine schweigsame, ölige, dafür aber sehr farbige Nässe. In ihr spiegelte sich, was an versprengten Lichtern gegen Ende der Nacht noch die Energie dazu hatte. Manchmal wackelte die Nässe leicht auf ihrer asphaltenen Unterlage, dann kullerten die rundlichen Lichter auseinander, während die roten Streifen, die von der Ampel geworfen wurden, wie Zackenbarsche auf dem Wasserfilm hin und her zuckten.

Es war deutlich nach vier Uhr morgens. Wir waren im Dschungel tanzen, nachdem wir uns vorher in einer Bar am Heinrichplatz mit Dirk Pruy getroffen hatten. Pruy war mit Lisa da, einem Mädchen aus dem Osten, das noch nicht sprechen konnte. Sonst schien sie allerdings ziemlich gut entwickelt. Als mir Wochen später ihr Essay *Über das Fragmentarische bei Schelling* in die Hände kam, wunderte ich mich, wie man so etwas schreiben kann, bevor man sprechen gelernt hat. Ich trug ein weißes Leinenhemd, das mir in der Breite eines Bügelbretts vom Schweiß auf den Rücken geklatscht war, die Ärmel nach Art des Weimarer Frauenplans gekrempelt. Dazu eine blaue, von fast unsichtbaren Nadelstreifen durchsurrte Anzughose mit verstellbarem Bund und Knopflaschen für Hosenträger aus dem Jahre 1936. Im Haushaltsbuch meines Großvaters väterlicherseits hatte ich sie bis in das jüdische Konfektionsgeschäft Siegel in der Fürther Hirschenstraße zurückverfolgen können. Als ich den Weg in die Unsichtbarkeit antrat, war es für mich sehr wichtig, die Anamnesen von Kleidungsstücken verfolgen zu können. Zu dieser allerdings sehr dunkelblauen Hose trug ich britische, unangenehm aktuelle, sehr die Rundheit der Kappe betonende Halbschuhe – eine Form, für die ich mich heute in Grund und Boden schämen würde.

Es war der Moment der Berliner Atemwende, wo der Lebenspuls der Stadt vom Abnehmenden wieder ins Zunehmende umschlägt.

Eine Stille, die sich anhört wie Zähneknirschen im Schlaf, bevor sie langsam übergeht in das erwartungsvolle Fauchen, mit dem der Morgen anbricht. Belle lehnte an der seitlichen Glasscheibe der Bushaltestelle wie bei einer Leibesvisitation. Die Handflächen der ausgestreckten Arme lagen so auf dem Glas, als versuche sie, jemandem, der sie nicht hören konnte, durch die Scheibe die Zahl Zehn zu signalisieren. Hätte sie anschließend mit dem ausgestreckten Zeigefinger der Rechten eine kurbelnde Bewegung am rechten Ohr gemacht, hätte das vielleicht geheißen: Ruf mich um zehn an! Das Zeichen, dass man drei Finger in die offene Handfläche krümmt und den Daumen nach oben, den kleinen Finger nach unten abspreizt, gab es damals noch nicht. Die Finger gaben aber gar kein Zeichen, sie waren nur die äußersten und sehr abgelegenen Ausläufer ihres Körpers. Eines Körpers, der Halt suchte und der sich einfach nur abstützte.

Ein langsam vorbeifahrender Taxifahrer riss den Kopf herum, trat kurz auf die Bremse, erkannte dann aber den Vorgang als das, worauf man in Berlin immer gefasst sein muss: Sex. Neben Isabels Kopf prangte ein Aufkleber: *Wer schafft, braucht Kraft, braucht Buer Lecithin flüssig*. Die Flasche, über die Belles Haare hin- und herschwangen, war umrahmt von einer Aureole stärkender Strahlen. Darunter, leicht schief geklebt und in der Größe eines bekannten deutschen Nachrichtenmagazins, hing ein altes RAF-Fahndungsplakat mit seiner plumpen roten und schwarzen Balkengrafik. Belles Beine hatten den Abstand wie beim Himmel-und-Hölle-Spiel, wenn beim Springen im Kreuz über das mittlere Quadrat gegrätscht wird. Ich hatte mein Jackett unter die linke Achsel geklemmt und hielt ihr Kleid wie einen Zügel. Meine andere Hand spürte, dass ihr Hintern der Glätte und Festigkeit des Glases in nichts nachstand, es in seiner Form hingegen phänomenal übertraf. Ihre Bewegungen waren löffelnd und rührend. Nicht anrührend, sondern umrührend. Zwischendurch gab es ein Geräusch, bei dem mein Gehirn jedes Mal schamvoll die Augen schloss.

Die schweigsame Nässe des fast anbrechenden Morgens machte

mich wehmütig. Wir standen an der Ecke zur Tauentzienstraße. Für den 119er-Bus zum Nollendorfplatz war es noch zu früh. Also schlenderten wir zum Bahnhof Zoo, um im Zeitungscafé etwas Warmes zu trinken. Das Tanzen und das Ficken hatte uns in jene milde Euphorie versetzt, für die Berlin seinen nächtlichen Stadtplan den Auserwählten in einer Vorzugsausgabe zu Füßen legt.

Das Café war voll. Wie immer und um jede Zeit. Harry Hass bereitete sich mit einem breiten Grinsen und seiner katastrophal großartigen Stimme auf die Frühschicht in der Peepshow nebenan vor. Später stieß Oskar Röhler dazu, mit schwer gebrandmarkten Augen und diesen der Thüringer Gotik entlehnten Händen, die sicher nach seinem Tod an die Kirche zurückfallen werden. Beide waren ziemlich on edge.

Ohne jede Veranlassung überkam mich auf einmal das Gefühl, nie jemand wirklich geliebt zu haben. Und wenn, dann höchstens so, dass es sich dabei eher um den Umstand meiner Begeisterung für jemand handelte, der überhaupt nichts dafür konnte, der aber mit einer ungeheuerlichen Dynamik in dieses Unternehmen verwickelt wurde. Die Liebe galt der Liebe selbst und nicht wirklich diesem Lebewesen hier neben mir, mit den schwachen, hellen Schultern, das seine Schönheit verlieren würde und irgendwann, möglichst vorher, sicherlich auch mich.

»Ich liebe dich«, sang ich Belle leise ins Ohr.

Nach dem Kaffee und den vielen leuchtenden Augen ringsherum, denn alle, die hierherkamen, waren ziemlich angeturnt, gingen wir schließlich hoch zum Winterfeldtplatz. Der Winterfeldtplatz war immer noch die Mitte des Fadenkreuzes, das die Kuriere der Finsternis und der kahlen Musik über Berlin gelegt hatten. Man bevorzugte das harte Licht, die scharfe Kante, Begegnungen ohne Ornament. Hier und drüben am Nollendorfplatz war zuerst jenes aus London kommende Schwarz eingetroffen, das später die Berliner Kulturordenstracht wurde und, einmal in Charlottenburg angekommen, schließlich jeglichen Sinns beraubt. Hier waren die Leute, die da waren, kurz bevor die kamen, mit denen schlagartig alles anders wurde. Wir schauten noch rüber in die Ruine, die Schatten der Blätter sprudelten in der aufgehenden Sonne, danach gingen wir schlafen.

So sahen die Tage mit Isabel aus, solange Büttner dieses dritte und letzte Mal »untergebracht« war. Tanzen, Sex und ein ewiger warmer nächtlicher Maiwind.

Der Wiederhergestellte oder Trash für die Crowd

Als er entlassen wurde, holte Isabel ihn ab und kehrte ein weiteres, wiewohl auch letztes Mal zu ihm zurück. Büttner hatte sich bisher keine Gedanken darüber gemacht, ob man bei ihren Wiederbegegnungen nach der Klinik von einer Rückkehr hätte sprechen können. Auch während dieses letzten Aufenthalts hatte Bella ihn weder besucht noch angerufen. Mit schiefgehaltenem Kopf kam er nun den Klinikkorridor entlang. Die Schwester hinter dem Glas an der Pforte drückte auf den Knopf des Türöffners und straffte mit der Hand den Bauch ihrer weißen Dienstkleidung. Er trug seine Tasche, als hätte er schweres Geschütz geladen. Während er durch die Tür trat und noch mit erhobener Hand eine Erscheinung hinter sich grüßte, die, von Neuroleptika betäubt, einer Tür des Korridors entquoll, um in einer gegenüberliegenden zu versickern, stand Schwester Christa auf und demonstrierte die ganze Schamlosigkeit einer nur über der weißen Unterwäsche getragenen Kittelschürze. Da sie sich zu den jungen Frauen rechnen lassen musste, die sich ständig auf der Unterlippe herumbissen, um ein spannendes Gesicht aufzusetzen, schied ein IQ über 70 bei ihr aus. Unter dieser sorgenvollen und die Unterlippe malträtierenden Miene hatte sie aber schon einen aufmunternden Blick vorbereitet, und als Büttner ihr die Hand reichte, sächselte sie »alles Liebe« und ertränkte ihr junges Gesicht in mütterlichen Falten.

Büttner hatte zugenommen, obwohl man es auch abnehmen hätte nennen können, je nachdem, von welcher Seite man es betrachtet. Seine Augen hatten ihr Flackern eingebüßt. Er hatte es als Pfand in Zimmer 407 zurücklassen müssen. Sechs Wochen lang hatte er sich in diesem Zimmer erholt von den Mitteln, mit denen erst der Manie die Spitze gebrochen wurde, dann mit veränderter Chemie an einer Aufhellung der Stimmungslage gearbeitet wurde und schließlich versucht wurde, die bulbär schwerfällige Sprache und die psychomotorisch verlangsamten Bewegungen wieder den Geschwindigkeiten von draußen anzugleichen. Dies war nun, so gut es ging, erreicht. Er lebte jetzt wieder mehr in der Fläche. Die steile Piste, auf der er vom Kottbusser Tor aus hierhergesegelt war, gab es nicht mehr. Es herrschten Echtzeit und O-Ton. Grün war Grün und Blau war Blau. Die Autos schienen sich an ihre Metamorphosen in blutige Rinderhälften und nach Neukölln abbiegende Nashörner nicht mehr zu erinnern, und in das Wort »Fahrzeughalter«, das jedes Mal ein Gelächter ausgelöst hatte, das ihn mehr Kalorien gekostet haben muss als tagelanger Skilanglauf, war wieder vollkommene Ruhe eingekehrt. Auch das Wort »Urgroßschenkel« löste keine Lachanfälle mehr aus.

»Süß siehst du aus«, sagte er zu Belle, als sich die Glastür hinter ihm geschlossen hatte.

Sie trug weiße Moonboots, aus denen ihre Beine wie saftige Stängel in den Rock hinaufwuchsen. Es handelte sich um einen Wickelrock von avocadogrüner Farbe, der sich ein bisschen wie matter Luftballon anfühlte. Man konnte mit den Fingerkuppen nicht darüberstreifen, ohne dass es wirkte, als verzöge er das Gesicht.

»Hast du mich denn vermisst?«, fragte er.

»Oh, sure«, sagte Isabel und lachte, »like hell!«

Ihre Augen wühlten sich durch eine in Reggaefarben gehaltene Sonnenbrille. Ihr Gesicht zeigte jenes kühne Leuchten, für das Leni Riefenstahls Aufnahmen von deutschen Sportlerinnen im großen Olympiajahr 36 zu Recht so berühmt sind. Die Haare wie immer schwarz und bizarr.

Sie waren ein Stück Richtung Hermannplatz geschlendert.

»Und wie hast du es ohne mich so lange ausgehalten?«

Büttner fühlte, wie diese Frage ihn nervös machte.

»Ich weiß nicht«, sagte er.

Er wich ihrem Blick aus, verstand nicht ganz, was sie mit »ohne mich« meinte. Er starrte kurz, als müsste er nachdenken, auf das Trottoir. Berlin kam ihm auf einmal, mit diesen neuen Augen betrachtet, ziemlich elend vor. Versaut von Billigläden, die sich mit ihrem Gekröse auf die Gehsteige ergossen. Wie Soldaten nach dem Bauchschuss.

»Ich weiß nicht«, sagte er noch einmal und schaute sich nervös um.

Sie hatten den Kottbusser Damm erreicht. Alles vollgepappt mit Plakaten. Restposten zu Trostpreisen. Billigste Idiotentypografie.

»Idiotentypografie«, sagte er halblaut.

»Was sagst du?«, fragte Isabel.

»Ach nichts«, antwortete er irritiert.

Natürlich merkte er, dass sein etwas gehetzter Blick einiges mit Isabels gerade geäußerter Andeutung zu tun hatte. Wenn er es richtig bedachte, war ihm der Gedanke an Sex während des Klinikaufenthalts ein bisschen unheimlich gewesen. Wenn, dann war er auch nur recht halbherzig durch seine »mit allen Mitteln« gedämpfte Grundstimmung gedrungen.

Aus einer leichten Panik heraus, die diese Gedanken anrichteten, schien ihm alles, was der Kottbusser Damm seinen Blicken darbot, besonders aufdringlich, das Gehirn fickend, alles schien ihm billig, von bizarrer Leuchtreklame durchgeistert, schlecht gemacht, stillos und grell. Dabei bricht hinter jedem dritten Fenster eine Welt zusammen, dachte er, sobald der Bewohner das fünfunddreißigste Lebensjahr überschritten und es nicht geschafft hat, seinen Anspruch auf Jugend über Bord zu schmeißen und in eine Beziehung, eine Familie oder einen mentalen Vorruhestand abgetaucht zu sein. Die anderen müssen leben wie die Eisheiligen. Kurz versuchte er, an seinen Schwanz zu denken, doch von dort gab es keine Rückmeldung. Der Teilnehmer war vorübergehend nicht erreichbar.

»Ich weiß nicht«, wiederholte er zögernd ein drittes Mal.

»Was weißt du nicht?«, fragte Isabel. »Du überlegst dir jetzt, ob du mit mir schlafen willst oder kannst oder musst oder so was Ähnliches.«

»Na ja, du hast mich jetzt ja ziemlich direkt darauf gestoßen.«

Er fand Isabels männlichen Umgang mit der Sache nicht so cool. Vielleicht war die Frage auch gar nicht so direkt gemeint, aber nun, nach Büttners seltsamer Betroffenheit, stand sie im Raum. Diese ewige Vier- und Fünfstöckigkeit, dachte er, Quadratkilometer über Quadratkilometer, die ganze Vorstellungskraft der Architekten endet bei Oberkante Traufhöhe. Und dann diese elenden Backsteinkirchen, die wie glühende Karotten aus dem Häusermeer herausstechen. Unentschieden zwischen Wunderkerze und Hundepenis.

Isabel betrachtete ihn von der Seite, etwas verstohlen. Sie konnte ihn diese Gedanken förmlich wälzen sehen, deren Inhalt sie ahnte und die sie, wie sie glaubte, aus der Welt schaffen müsste, um ihm und sich wieder einen einigermaßen ungehinderten Zugang zu einer lebensnotwendigen Leichtigkeit zu verschaffen. Als sie nach einer Weile trödelnd und träumend die Prinzenstraße erreicht hatten, sagte Isabel:

»Ich glaube, du brauchst ein paar Hormone als Erfrischung?«

Sex war in Büttners in Anführungszeichen normalem Leben wichtiger als Essen, Schlafen, Arbeiten oder irgendeines der garantierten Grundrechte, wie Recht auf Leben, auf Achtung der Person, auf Gleichberechtigung oder dergleichen, gewesen. Sex war der Tribut, den man an den Körper leistete, um von ihm nicht mit seinem Kopf allein gelassen zu werden.

»Komm, ich blas dir einen«, sagte sie, um dieser quälend im Raum stehenden Unentschiedenheit ein Ende zu machen, und nahm ihre Brille ab.

Sie hatte mit zwei Fingern das offene Ende ihres Wickelrocks in die Hand genommen und ließ die Zunge zwischen ihren Lippen gerade so weit durchquellen, dass es aussah, als hätte sie einen Mund mit drei Lippen.

»Wo denn?«, fragte Büttner und schaute sich um.

Belle schien diese Frage misstrauisch zu machen. Bisher waren solche Absichten doch nie um einen passenden Ort verlegen! Eine Vorstellung von dem, was sein Gehirn in diesen letzten beiden Jahren durchmachen musste, hatte sie, wie es schien, jedenfalls nicht. Nach etwa hundert Metern gab es linker Hand ein Haus, vor dessen rußschwarzer Fassade sich schützend und stützend ein ziemlich schäbiges Baugerüst breitgemacht hatte. Nach unerkennbaren Kriterien war es nur teilweise mit einer blauen Plane bespannt, die energisch knatterte. Unten war es mit Schalbrettern gegen Fußgänger verbarrikadiert. In der Mitte war eine Art Pforte ausgespart, die einen hölzernen Baldachin hatte. Ein Holzportal, groß genug, einem kleinen Lieferwagen die Durchfahrt in den Hinterhof zu ermöglichen, würzig nach Holz duftend, fast eine kleine Hochzeitspforte. Innen herrschte diese unvergleichliche Luft einer Baustelle. Wie üblich zweigte das Treppenhaus rechts ab, während der linke Flügel wohl nur durch den Seiteneingang im Hof zu erreichen war. Viele Häuser Berlins haben vor ihrer Renovierung etwas von Reptilien oder Echsen, was an den grauen, genarbten Fassaden liegen mag. Den Spuren des Alters. Sie wirken reglos, lauernd, wie Warane fast, allenfalls geht mal ein Auge auf. Das ist dann ein Fenster. Blind. Nach der Renovierung gleichen sie dann den Handtaschen, zu denen man diese Echsen verarbeitet hat, oder den bunten chinesischen Papierdrachen, hinter deren Maske der leere Himmel leuchtet.

»Kennst du denn dieses Haus?«, fragte Büttner.

»Null!«, sagte Isabel.

Alles war leer, nicht einladend, aber so eindringlich, dass man unwillkürlich die Stimme dämpfte. Isabel stieg vor ihm die Treppen hoch. Die Türen, immer drei pro Absatz, waren ausgehängt und schief in die Flure gelehnt. Sehr viele leere Eimer bestimmten die Erzählung dieses Hauses. Im vierten Stock, dicht unterhalb der Stratosphäre, nahm Belle den rechten Eingang, schnipste mit dem Finger gegen die angelehnte Tür und summte etwas von Sting. Im ersten Raum gab es nur eine Fensteröffnung. Das Fenster war herausgenommen. Es stand mit seinen Brüdern und Schwestern unten im Hof und beteiligte sich am stummen Protest gegen die Tyrannei der Renovierungen. Die ganze weiße Wand bildete daher weiter nichts als den Rahmen für das stolze, leuchtend blaue Bild, das der Himmel im leeren Fenster abgab.

»Himmlisch«, sagte Bella und beugte sich hinaus in diese Farbe der Karibischen See. »Ich will, dass du mich nimmst, während ich aus dem Fenster schaue, okie dokie? Ich will Menschen sehen, wenn ich komme.«

Sie legte beide Hände auf ihren Hintern, der Rock reagierte nervös, die Knie knickten leicht ein, dann lachte sie. Der leere Raum ließ das Lachen theatralisch und unecht klingen. Büttner löste seine trockene Zunge vom Gaumen. Er zog sie ab wie Tesakrepp von einer Gipswand.

»Wieso haben leere Räume eigentlich immer diese Ausstrahlung?«, sagte er.

»Weil in ihnen eine Frau steht, die diese Kraft in sich aufnehmen möchte – und zwar ohne Gummi.«

Büttner trat auf Belle zu und drehte sie um.

»Spiel jetzt bitte nicht dauernd die Wilde«, sagte er, »das brauchst du nicht.«

Mit dem Finger verschmierte er dabei ihren Lippenstift, bis daraus ein dickes Herz wurde, das saftig von den Lippen gebläht war. Belle schloss genüsslich die Augen.

»Mein Liebster«, sagte sie.

Büttner hörte den falschen Klang. Er hörte diesen falschen Klang schon länger, wie er sich nun eingestand. Ein Junge, der unten auf dem Bürgersteig vorbeiging, nickte. Das Leben in Freiheit gab also bereits wieder seine Kommentare.

Isabel hatte einen Finger in seinen Gürtel gefädelt und wollte abtauchen. Büttner hinderte sie sanft.

»Wahrscheinlich die Medikamente«, sagte er.

Die eine flache Hand zwischen ihren Brüsten, die andere im Rücken, drängte er sie sanft gegen das Fenster. An ihrem Slip vorbei führte er erst einen, dann zwei Finger in sie ein. Ihre Augen bekamen sofort einen Ausdruck, als rängen sie um Licht.

»Ich dachte, du wolltest die Leute sehen?«

Isabel drehte sich um und stellte einen Fuß auf einen umgedrehten Eimer. Ihre Augen waren so fest zugepresst, dass es die Wangen wie kleine Polster über die Jochbeine hochzog, und in der Mitte ihres gespitzten Munds blieb ein bleistiftdickes Loch. Sie war wie immer so nass, dass man die Finger hörte. Büttner dachte an Gläserspülen.

Nichts in ihm spielte mit. Er fühlte irgendwie, dass er sie verloren hatte, oder er fühlte, dass er sich verloren hatte, oder meinte er vielleicht, dass er hier nichts verloren hatte?, auch dies wäre möglich, wenn nicht sogar wahrscheinlich, jedenfalls hatte, was er fühlte, irgendwas mit verloren zu tun oder Verlust, richtiger gesagt, und nichts mit haben und nichts mit lieben und auch nichts mit denken.

Er unterbrach die Arbeit seiner Finger und lehnte die Wange gegen ihre Schulter. Es sollte eine versöhnliche, eine zärtliche Geste werden. Bellas Hals aber beugte sich ungeduldig. Genauer gesagt ihr Nacken. Sie beugte diesen Nacken wie ein Pferd. Als sie ihn ganz runtergebogen hatte, war ihr Kopf zwischen den Schultern plötzlich verschwunden. Aus seiner Sicht jedenfalls. Nur noch ein weißer Stumpf zwischen Schultern, denen wie ein blauer quadratischer Block der Himmel aufsaß.

Ich besorge es einer Kopflosen, dachte er. Kopfkranker masturbiert Geköpfte, dachte er. Solche Gedanken krochen wie Schatten über sein Gehirn. Gedanken aus allen möglichen falschen Richtungen. Es galt, sie abzuwenden. Er war jetzt gesund, sagte es sich. Sie kamen trotzdem. Aber sie blieben vage, wie Vorschläge, die man ablehnen durfte. Ohne Terror auszuüben, wie noch vor sechs Wochen. Er schloss die Augen und fühlte, wie Isabel zu zittern begann. Er spürte, wie sich nun alles in ihr um seine Finger drehte und dass sie nun bei der Sache war, dass alle Hintergedanken und möglichen Absichten jetzt verschwunden waren, und dieses Gefühl riss ihn plötzlich ein Stück weit in eine ähnliche Erregung hinein. Dann stampfte Belle mit dem Fuß auf den Eimer. Einmal, zweimal, dreimal stampfte sie laut mit dem Fuß auf den Eimer.

Sie war gekommen. Der blaue Himmel hatte sich gelohnt. Sie drehte sich um, ihr Gesicht war erhitzt, ein bisschen ratlos, aber schön. Dennoch registrierte Büttner eine Spur von Erleichterung, so als wäre sie froh, eine Aufgabe, die sie sich gestellt hatte, gemeistert zu haben. Er spürte wieder, dass er sie verloren hatte, aber er wusste auch, dass er diesem Gefühl jetzt nicht nachgehen konnte. Es war ihm mit einem Mal klar, dass Isabel viel weiter war als er, nämlich bei sich selbst, und dass das Hexen-, Glamourgirl- und Vamp-Spiel nur Trash war für die Crowd, wie sie das einmal ausgedrückt hatte.

Mit den zerbrechlichen Flügeln der Angst gegen den Hoffnungsschimmer des heranrasenden Engels

Die Glocken der Pfingstkirche am Petersburger Platz läuteten.
Die Glocken der Zwölf-Apostel-Kirche in Schöneberg läuteten.
Die Glocken der Osterkirche in der Samoastraße läuteten.
Die Glocken der Samariterkirche in Friedrichshain läuteten.
Die Glocken der Hoffnungskirche in der Elsa-Brändström-Straße in Pankow läuteten.
Die Glocken der St.-Johannis-Kirche in Moabit läuteten.
Die Glocken der St.-Jacobi-Luisenstadt in der Oranienstraße läuteten
Die Glocken der St.-Michael-Kirche in Kreuzberg läuteten.
Die Glocken der St.-Thomas-Kirche, um die die Mauer ihren schönen Bogen beschrieb, läuteten.
Die Glocken der Bethlehemskirche am Richardplatz läuteten.
Die Glocken der Heilig-Kreuz-Kirche in der Blücherstraße läuteten.
Die Glocken von fast 160 Berliner Kirchen scheiterten in ihrem Versuch, mit ihrem Zehnuhrläuten die Herzen der Berliner zu wecken, ohne dabei deren Ohren zu stören.

Es ist der zweite Sonntag nach Frühlingsanfang, der 30. März. Das Berliner Glockengeläut klingt nicht triumphal wie in Süddeutschland oder Österreich oder gar in den Ländern des europäischen Südens. Es klingt dürftig, bieder, pedantisch. Es ist ein Läuten, das nicht an die Ergriffenheit appelliert, sondern bestenfalls an den Anstand. Es hat, wie alles Protestantische, etwas Mageres, Kümmerliches, Trostloses, allenfalls noch Belehrendes oder Sachliches.

Autenrieth hat den Weißdorn immer geliebt, Forsythien hingegen von Kindheit an verabscheut. Beide blühen sie vor jeglichem Laub, Ende März oder Anfang April, je nach Gegend, mit dem frühen Huflattich und dem in jeglicher Hinsicht fanatischen Löwenzahn. Wenn der Weißdorn, der in Franken Schlehe heißt, zu blühen beginnt, erfüllt er die Luft mit dem ersten sahnigen Gestank des Frühlings, der den süßen und erquicklicheren Düften des Aprils oder erst recht denen des Mais, vorausgeht. Die große Mutter Gaia oder Rhea, die Tiefbrüstige, bläst diesen Duft über ihre Pornotopia, um ihren Bräutigam, den Himmel alias Regen, auf sich herabzurufen und sich nach der Vereinigung mit den wohlriechenden Blüten zu bedanken. Der Weißdorn hatte nicht nur die Welt von Combray, in der Robert seinen Freund vor der blühenden Hecke weinen sieht, Jahr für Jahr in sein festliches Licht getaucht, er hatte auch in Autenrieths Kindheit, im kleinräumigen Franken, jene leuchtend weißen Rahmen gebaut um die speckigen Märzäcker.

Büttner verlässt in das Zehnuhrgeläut hinein das Café Hannibal am Görlitzer Bahnhof, wo er einen Milchkaffee getrunken hat, überquert die Skalitzer Straße und biegt ab Richtung Kottbusser Tor, während Autenrieth um dieselbe Zeit die Kleingärten am Rande von Hersbruck, in denen die Forsythien ihr aufdringliches Gelb in die Landschaft hinausposaunen, hinter sich lässt und einen Weg einschlägt in Richtung des Hirschbachtals, wo an den Feldrainen die Schlehenhecken gerade zu blühen beginnen. Büttner geht vorwärts, ohne aus sich herauszukommen. Vor dem Kottbusser Tor erkennt er die Stelle wieder, an der er von den beiden Türken zusammengeschlagen wurde. Die rote Sparkassen-Leuchtreklame auf dem schäbigen zehnstöckigen Hochhaus zwischen Skalitzer- und Reichenberger Straße, an dem unten auf der einen Seite *Attila* steht und auf der anderen *Ögle Gülü*, hat Mühe, sich gegen das gleißende Märzlicht zu behaupten. Seit Tagen ist der Himmel so blau, als hätten ihn die beiden tieffliegenden Propellermaschinen, die gerade den Himmel durchkämmen, komponiert, um noch wirkungsvoller ihre Trommelwirbel über Büttners Kopf einzusetzen. Es ist das Blau von Hertha BSC, das Blau der Könige, das einzige wirklich blaue Blau. Die kahlen Bäume zeigen einen Glanz, als wären die Spitzen der Zweige mit der Zunge befeuchtet, was darauf hindeutet, dass ihre Knospen vor dem Aufbrechen stehen. Eine Linde vor einer Brandmauer, an die sich fast den ganzen Tag die Sonne anlehnt, hat sogar schon die ersten giftig-gelbgrünen Sträußchen ausgeschoben. Neben dem schmutzigen Katastrophenhochhaus öffnet sich der östliche Halbkreis einer Ibiza-Torremolinos-Architektur, gelbweiße Betonbalkone gespickt mit Satellitenschüsseln, durchquert von der Adalbertstraße Richtung Oranienstraße. Trotz des Glockengeläuts ist Berlin wie tot. Auch das Café Hannibal war noch völlig leer gewesen.

Sonntagvormittage in Berlin wirken oft, und in manchen Stadtteilen ganz besonders, wie Einstimmungen auf aussterbende Städte. Die einzige Andacht, so scheint es manchmal, zu der diese gottlose Stadt fähig ist. Büttner geht die Oranienstraße hinunter bis zum Legiendamm, wo er zum Engelbecken vor der St.-Michael-Kirche abbiegt. Sein Jackett, das mit einem eleganten Faltenwurf seine langsamen Schritte nachzeichnet, ist hinten in Gürtelhöhe leicht ausgebeult. Im Hosenbund steckt die Makarow, die hart wie ein Knie gegen seinen Rücken drückt. Hinter der Backsteinruine der Kirche verläuft jener ehemalige Todesstreifen, auf dessen Mitteldamm er vor ein paar Wochen vom Brandenburger Tor aus bis zur Oberbaumbrücke gerannt war. Auf der Rotunde des Westwerks Reste eines Verkündigungsmosaiks. Büttner ist jetzt ruhig.

Er hatte die Ärztin, Frau Dr. Carola Fleischmann, die er Cola nannte, ein weiteres Mal überreden können, ihm vor seiner Entlassung keine Depotspritze zu geben. Noch immer steht in Bezug auf Büttners Behauptung, dass sie nach ihrem Besuch in seinem Atelier seinem Ansinnen, mit ihr zu schlafen, das zunächst einmal bis nach einem Café-Besuch am Helmholtzplatz zurückgestellt wurde, nach der Rückkehr aus diesem Café und nach schwindelerregenden Persönlichkeitsumbauten, über die sie auch viel gelacht hätten, nachgegeben habe, Aussage gegen Aussage. Jedenfalls hatte er, angeregt entweder durch die, wie er behauptete, Erfüllung oder auch nur durch die, wenn man Carola Fleischmann glaubt, mit dieser Fantasie verknüpfte Erregung, sich mit einer Flasche Rioja und einer und dann noch einer Flasche weißen Martini hinterher in eine gefährliche Laune gebracht. Danach war er zwei Tage und zwei Nächte lang um die Häuser gezogen, hatte getanzt und getrunken und anschließend einem Näschen nicht widerstanden. Obwohl der Stoff mit Edelweiß gestreckt war, hatte es die Seelenruhe der Zeit davor mit einem Schlag beendet, denn nun kam ein Appetit, der alles Bisherige übertraf und alles Erreichte in wenigen Tagen zerstörte. Büttner wusste nun endgültig, dass er für dieses satte, starke Leben, nach dem ihm verlangte, nicht stark genug war.

Vorgestern Abend kam es dann wieder. Es beschlich ihn wie jenes Gefühl, das sich zusammenbraut, wenn man nachts allein mit dem Rücken zum Pazifik steht und die Sleeper Waves, vor denen alle paar Dutzend Meter ein Schild warnt, ganz nahe an seine Vorstellungskraft herankommen lässt. Die sicherste Methode, etwas von jenem Wahnsinn zu erahnen, mit dem am Ende die Hybris geschlagen wird. Büttner erinnerte sich, wie er es vor zwei Jahren mit letzter Kraft geschafft hatte, südlich von San Francisco eine Unterströmung zu umschwimmen. Er erinnerte sich an das verächtliche Zischen des Wassers, als es ihn, nachdem er mit den Kräften am Ende war, über das steinige Geröll unmittelbar vor der Küste geschunden hatte und wie die Kraft seiner Arme so wenig seinen Kurs bestimmte wie eine Gänsedaune den ihrigen in einem Windkanal. Er erinnerte sich ferner, wie die Meerfeigen, die auch Hottentottenfeigen heißen und die in ihren Blüten orangerot glühen, ihn anstarrten wie Augen aus der Hölle. Seither waren die Angst und der Pazifik zwei ebenbürtige Vorstellungen absoluten Grauens.

Büttner hatte sofort versucht, diese Gedanken abzuschütteln. Er hatte kalt geduscht und sich angezogen, eigentlich nur, um eine Weile auf die Straße zu gehen. Er wollte versuchen, dem Sog, den er spürte, einfach davonzulaufen. Der Strudel jedoch hatte ihn mit den äußersten Ringen seiner Wellen schon erfasst, und sein Inneres scheute bereits vor jener Gischt, gegen die das Bewusstsein keine Handhabe besitzt. Es war Panik, die er nahen fühlte. Und Panik ist schlimmer als der Tod. Sie ist wie dieser Pazifik, der, wenn man ihm in ahnungsvoller Angst den Rücken zudreht, immer leiser wird. Zuletzt ist es nur noch das heisere Keuchen einer Walze aus Wasser, die das röchelnde Gestein dicht hinter dem knappen, flachen Sandschelf zermalmt, während das Licht der Algen in den gähnend leeren Himmel stiert. Ein Licht, das von der harten kalifornischen Küste reflektiert wird und das wie Öl ins Meer zurückfließt. Wie grünes Öl. Die Stille, die der hinter dem Rücken kochende Pazifik erzeugt und mit der er die enorme Vorstellungskraft des menschlichen Gehirns vollständig ausräumt, um Raum für den Triumph unfasslichen Entsetzens zu schaffen, jene Stille nämlich, die erst endet, wenn er mit einem Schlag so zu brüllen beginnt, dass jede Regung in uns mit weit aufgerissenen Augen erstarrt, die Horizonte am Zwerchfell blitzschnell sich senken, während die Mitte wie eine Wachslampe in die Höhe blubbert, die Flugzeuge am Himmel wie an einem Fliegenfänger kleben bleiben und schließlich diese Deklination der Materie einsetzt, für die allein der Irrsinn eine angemessene Vorstellung aufzubringen imstande ist.

Unter dem Eindruck der noch in ihren Anfängen steckenden Angst hatte Büttner, nachdem er geduscht und sich umgezogen hatte, zwei Captagon eingeworfen, einen tiefen Schluck Tullamore Dew aus der Flasche genommen, dann sich die Makarow, die er aus der Schublade geholt und geladen hatte, in den hinteren Hosenbund gesteckt und vor über dreißig Stunden seine Wohnung verlassen.

Die Luft ist weich und zirpt, obwohl es natürlich noch keine Grillen gibt. Weder in Autenrieths Frankenland noch in Büttners Kreuzberg. Dennoch verbindet dieser Eindruck die beiden wie ein zarter Faden. Büttner biegt in die Wrangel- und dann in die Pücklerstraße ein und besteigt die Linie 1 zum Bahnhof Warschauer Straße. In der Kurve am Schlesischen Tor der übliche gellende Stahlsopran der Schienen. Vom leeren Abteil aus sieht er, dass die Trauerweiden auf der südwestlichen Seite der Spree in Höhe des Groebenufers aussehen wie entzündet. Ihre langen, hängenden Triebe glühen wie Leuchtkabel. Vom U-Bahnhof Warschauer Straße aus überquert er das Schienengelände unter der Warschauer Brücke und nimmt drüben die erste S-Bahn zum Ostkreuz. Das Ostkreuz ist ein Bruchbudenbahnhof, über Kreuz mit sich selbst, mit seiner konfusen Umgebung und wahrscheinlich auch mit seiner politischen Vergangenheit. Die Bahnsteigüberdachungen sind mit Teerpappe gedeckt und die Pfeiler verrostet. Auch hier herrscht sonntägliche Ruhe, nur ein paar Rentner, die in die Sonne blinzeln.

Büttner steigt in die S 8 nach Grünau. Auf den zerkratzten Scheiben der honiggelb gerahmten, beim Anfahren heftig ratternden Zugfenster bricht sich die Sonne. Der Zug rüttelt vorbei am Verlagsgebäude des *Neuen Deutschland* und umfährt die Spitze des Treptower Parks, passiert die Laubenkolonien *Zufriedenheit* und *Stolz von Rixdorf*, lässt den Neuen Friedhof hinter sich und erreicht als fünfte Station den Betriebsbahnhof Schöneweide.

Es ist jetzt fast Mittag. Autenrieth hat inzwischen den kleinen fränkischen Ort Eschenbach erreicht mit dem Schloss der Ebner und seiner alten Schmiede. Nach der Wohltat der blühenden Schlehen erwarten ihn hier schon von weitem wieder die grellen Forsythien. Er hatte schlecht geschlafen. Erstens, weil die halbe Nacht im Wald hinter dem Haus seiner Eltern die Rehböcke gebellt hatten – zweitens, weil er zufällig darauf gestoßen war, dass Bea, um die Zeit, als Isabel mit ihr verreist sein wollte, gar nicht in München gewesen war, was sich prekär mit einem Mailänder Restaurantbon ergänzte, auf dessen Rückseite Isabel ihm im Café eine Telefonnummer aufgeschrieben hatte. Versehentlich.

Ihm war sofort das Datum aufgefallen, da sie in Cuernavaca an jenem Abend Aurelianos Geburtstag gefeiert hatten, und nun hatte er vor ein paar Tagen auch noch erfahren, dass Pruy an ebendiesem Wochenende in Mailand gewesen war. Wie der Teufel es wollte, war er in Nürnberg beim Einkaufen auf dessen Mutter gestoßen, die, nachdem er ihr erzählte, dass er gerade aus Mexiko zurückgekommen wäre, brühwarm berichtete, ihr Sohn könnte da ja nicht mithalten, der wäre kürzlich nur eben in Mailand gewesen. Drittens, und dies war um einiges ernster, weil er einen Hinweis erhalten hatte, dass der tote Briefkasten 19, ein präparierter Türstopper im Interzonen-Schnellzug von München nach Berlin, in den letzten acht Jahren der DDR, also ab 1981, auch von westlicher Seite unter Beobachtung gestanden haben soll. Autenrieth nutzte die kleine Wanderung, um alle diese unangenehmen Informationen erst einmal zu verdauen.

Seit zwei Wochen war er jetzt hier in Franken, hatte bei dieser Gelegenheit auch Gunzenhausen kurz besucht und wollte am nächsten Morgen nach Berlin zurückfahren.

Büttner ist inzwischen am völlig leeren Betriebsbahnhof Schöneweide ausgestiegen. Vor ihm ein Mastenwald alter Reichsbahn-Laternen, die mit ihren schüsselförmigen Schirmen auf den hölzernen Pfosten aussehen wie hohe, abgemagerte Veteranen mit Stahlhelmen. Er versucht sich der Eindringlichkeit dieses Bildes zu entziehen. Alles in seinem Inneren ist vollkommen neutral. Er lehnt sich gegen das grün-weiß gekachelte Bahnsteighäuschen und blickt auf eine lange Kolonne rostroter Güterkippwagen. Immer wieder halten S-Bahn-Züge, aber niemand steigt hier an einem Sonntag aus oder ein. Am vorderen Ende des Bahnsteigs Richtung Grünau steht ein rot-weißes Absperrgeländer. Davor ein rot umrahmtes Schild, auf dem eine schwarze Figur die Arme ausbreitet. Das bedeutet aber nicht: Willkommen! Das bedeutet einfach nur: Halt. Hier nicht weiter! Gegenüber die Bahnampel 563. Vor dem Treppenübergang gibt es einen Wegweiser nach Adlergestell. Der Name beschäftigt ihn. Büttner setzt sich auf den Bahnsteig und lässt die Beine in den Gleisgraben baumeln. Zwischen den ausgespannten Handflächen wiegt er die Makarow hin und her.

Als ein Zug naht, steht er auf und schlendert den Bahnsteig entlang. Er entdeckt in sich nicht die geringste innere Regung.

Hinter dem rückwärtigen Ende des Bahnsteigs verläuft zwischen den Gleisen ein zehn Meter breiter Streifen, auf dem Pyramidenpappeln und ein paar kleine Eichen stehen. Darunter trockenes Gras, verdorrte Goldruten und Rainfarn. Büttner zieht das Jackett aus, legt es mit dem Futter nach unten aufs Gras, nimmt die Makarow aus dem Hosenbund und legt sie neben sich. Dann lehnt er sich zurück ins Gras und starrt in die Sonne.

Nach einer Weile steht er wieder auf, steckt die Pistole in den Hosenbund zurück, zieht das Jackett an und schlendert zum vorderen Ende des Bahnsteigs. Er sieht aus der Ferne einen rot-gelben Zug der Baureihe 476 heranrasen. Etwa ab Mitte des Bahnsteigs kann er erkennen, dass es sich um eine S 9 handelt, vom Flughafen Schönefeld nach Pankow. Bis zum rot-weißen Absperrgeländer sind es noch etwa fünfzehn Meter, als der Zug bis auf etwa dreißig Meter an den Bahnhof herangekommen ist. Seine Einfahrgeschwindigkeit ist noch ziemlich hoch.

In diesem Moment stürzt Büttner los. Erst geradeaus und mit vollem Tempo, bis er im letzten Moment, als der Zug mit ziemlicher Geschwindigkeit gerade den Anfang des Bahnsteigs erreicht hat, mit über den Kopf gestreckten Armen vor dem Geländer in den Gleisgraben hechtet. Genau wie damals in den Starnberger See, nur diesmal für immer. Die Front des Zuges greift ihn mit einem dumpfen Schlag aus der Luft, hält ihn wie mit großem Erstaunen einige Augenblicke in ihrer Mitte fest, während die Bremsen aufkreischen und die Holzfenster rattern, dann wickelt sich sein Körper nach unten und wird mit einem fürchterlichen Geräusch von den Rädern hingerichtet.

Autenrieth hat, wie er später meinte, ziemlich genau um diese Zeit einen Sperber gesehen, der in eine Schlehenhecke stieß, aus der ein Schwarm Goldammern stob, von dem eine sich schließlich in der Luft, nachdem der Sperber nachgestoßen war, in einem Schwall von Federn auflöste.

Der Glasmann

Corriger la fortune!

Nach dem Ende mit Isabel, von der ich mich nach Büttners Tod trennte, hatte ich beschlossen, unsichtbar zu werden. »You know how to whistle«, hatte sie mir beim Abschied à la Lauren Bacall zugerufen, aber obwohl wir die erste Zeit zumindest voneinander wussten, wo wir uns aufhielten, machte ich von diesem Angebot keinen Gebrauch.

Das Miserable meiner Verfassung schien die Kräfte, die dazu nötig waren, sich in Luft aufzulösen, günstig zu beeinflussen. Unsichtbarkeit war schon immer ein geeignetes Hilfsmittel für heroische Aufgaben. Zwar haben sich die Methoden, im Nebel zu verschwinden, seit Alberich geändert, aber die Unsichtbarkeit verleiht, wie sich herausstellen sollte, noch immer die Stärke von zwölf Männern. Vielleicht liegt das ja daran, dass Kräfte frei werden, die sonst gebunden sind durch die Anstrengung, aller Welt ständig in den Augen zu liegen. Gesehen werden zu wollen ist sehr aufreibend. Mir ist es ein Rätsel, warum es neben essen, fortpflanzen und schlafen noch nicht als einer unserer tyrannischsten Triebe erkannt wurde. In seiner Zwanghaftigkeit schreckt man nicht einmal zurück vor den ungeeignetsten und lächerlichsten Gelegenheiten, wenn sie nur die Chance bieten, seine eitle Person in den Mittelpunkt zu zerren.

Wenn ich Aristoteles richtig verstanden habe, ging es bei meinem Vorhaben in erster Linie um eine Trennung von morphe und hyle, von Stoff und Form. Nach seiner Auffassung erhält ein Stoff Sichtbarkeit durch die Form. Also hatte ich es lediglich so einzurichten, diesen Stoff, als der ich durchaus bestrebt war, weiter zu existieren, jener Form zu berauben, die ihn als meine Person erkennbar machte. Ich wollte weiterexistieren als Mitwisser, als Zwerg, als Spion, als Gespenst, als Invisible Man, aber es sollte keine sichtbare Verbindung mehr geben zu jenem Autenrieth, der Isabel geliebt hatte und der diese schillernde, schuldbeladene, schmutzige und wunderbare Zeit mit ihr verbracht hatte, in deren Schatten Büttner erst den Verstand und schließlich sein Leben verlor. Ich liebte sie noch immer und wusste auch, dass unsere Leidenschaft sein Unglück weder befördert hatte noch hätte verhindern können. Trotzdem lag sein Tod zwischen uns wie ein stinkender Fisch.

Ich verstehe bis heute nicht, warum die Unsichtbarkeit von den Dichtern, die sich ihrer für ihre Helden bedient haben, meist auf eine so grobianische Weise dargestellt wurde. Angefangen bei Alberich, der seine Nebelkappe nur dazu nutzt, um auf Siegfried einzudreschen, bis hin zu H. G. Wells, der mit seinem Dr. Griffin die Gabe an einen ziemlich unangenehmen Menschen verschwendet hat, was in diesem Fall letztlich leider auf den Autor zurückfällt. Ein grober Klotz, der seine Unsichtbarkeit unintelligent nutzt, sich ständig prügelt und den man einfach nicht bereit ist für jenen Typ Wissenschaftler zu halten, der eine so großartige Möglichkeit entwickelt haben soll.

Was wäre also der erste Schritt? Der erste Schritt, dachte ich, müsste sein, damit anzufangen aufzuhören. Die Schwierigkeit war nur, womit fängt man an aufzuhören, wenn man dieses Aufhören in seiner weitesten Konsequenz für die eigene Existenz ins Auge fasst? Man hätte natürlich sagen können, mit dem Luftholen – aber das ist blanker Unsinn, denn dies wäre ja kein Aufhören, das zu etwas führen würde, sondern Selbstmord. Es fiele somit in eine ganz andere Rubrik. Beginnt man also mit dem Aufhören bei den kleinen Dingen – wie immer man die definiert – oder bei den großen? Die vorbildliche Logik der Natur hat es so eingerichtet, dass die kleinen Dinge immer viele sind und die großen mit zunehmender Größe immer weniger werden. Bakterien und Insekten gibt es in unüberschaubarer Zahl. Kontinente dagegen gibt es zum Beispiel nur fünf, Ozeane drei, und von den Göttern, je höher man geht, bleibt schließlich nur noch einer. Beginnt man also, mit den kleinen Dingen aufzuhören, bleiben zunächst noch genügend Dinge um einen herum, die weiterbestehen.

Ich hörte daher erst einmal auf mit dem Zeitunglesen, dem Diskutieren, dem Reisen und all jenen Beschäftigungen, die einen mit diesem lustig rauschenden Sturzbach in den alltäglichen Abgrund verbinden. Jenem Sturzbach des Kommunizierens und Konsumierens, in dem man sich als überspitztes, gutverdienendes, Mensch-, Natur- und Lebensbedingungen zerstörendes Edelrassentröpfchen beteiligt weiß am großen Kuchen, aber unbeteiligt an der Schuld, ihn ohne die anderen vier Fünftel der Menschheit und ohne die Erlaubnis der kommenden Generationen aufzufuttern. Diese kleinen Gewohnheiten, die man ablegt, wachsen in die Höhe wie jene Steinhaufen in der Mongolei, an denen der Reisende anhält, einen Stein sucht und dazuwirft, um die Geister zu besänftigen. Sie entlasten. Sie wachsen an als Befreiung.

In Berlin sieht das natürlich anders aus als in der Mongolei, obwohl es mehr Mongolisches in dieser Stadt gibt, als gemeinhin angenommen wird. In Berlin sammelt sich alles, was abgeschafft wurde und worüber die Zeit, wie man so sagt, hinweggegangen ist, in den Archiven des Beiseitegeräumten, und sogar die Mauer, die man schon bald nach ihrem Fall beseitigte, ist zumindest dort in ihrer ganzen Länge und schwer zu überschätzenden Doppelläufigkeit noch vorhanden. Der Computer fragte lediglich: Soll die Berliner Mauer wirklich in den Papierkorb verschoben werden? Ein Klick, und weg war sie.

Die Anonymität, welche die großen Städte anzupreisen nicht müde werden, war mir zu wenig, dient sie ja meist nur der Deckung eines langweiligen Lasters und führt dabei den Lasterhaften doch in seiner nächsten Umgebung spazieren wie ein Plakat. Ich wollte die absolute Unsichtbarkeit, die des Sandkorns am Strand, des Grashalms in der Wiese, der Tannennadel im Wald, oder des kosmischen Staubs. Um einen Anfang zu machen, änderte ich mein Passwort, deponierte in einem neu eröffneten E-Mail-Konto nur diese paar maßlosen Liebesbriefe, die ich anfangs mit Isabel gewechselt hatte, und ein paar Manuskripte und lud daraufhin aus der Datei *Slatko.exe* mit dem Bildschirmschoner Slatko den Virus, von dem AOL gemeldet hatte, er würde alle Dateien vollständig vernichten, was er auch tat. Danach änderte ich die einzigen beiden Daueraufträge, die auf meinen Namen liefen, mit einer gefälschten Vollmacht, der Bestallungsurkunde meiner Mutter und ihrem Pass, was alles, da sie unter Vormundschaft stand, in meiner Hand war, auf deren Mädchennamen. Ab da liefen alle Zahlungen über dieses Konto, alle persönlichen Konten löste ich auf. Dann meldete ich meinen Wagen, das Telefon und den Fernseher ab.

Meiner Schwester, die Einzige der Familie, mit der ich Kontakt hatte, schrieb ich einen Brief, in dem ich ihr mitteilte, ich würde nach Mexiko gehen, wahrscheinlich nach Cuernavaca, um ein Buch über Malcolm Lowry zu schreiben, und dass sie vielleicht für ein paar Jahre nichts von mir hören würde. Damit stoppte ich mögliche Nachforschungen von dieser Seite. Zur Sicherheit gab ich noch einen der in Krefeld erbeuteten Blanko-Personalausweise, von denen nun noch zwei in meinem Besitz waren, in Auftrag. Anschließend brachte ich mit einem gemieteten Kleintransporter von Robben & Wientjes meine Sachen, vor allem meine fast komplette Garderobe und alle Papiere, außer Ausweisen und Führerschein, in meine kleine Nürnberger Wohnung in der Irrerstraße, die ich weiterhin besaß, und instruierte die Spinnen, in den kommenden Jahren ganze Arbeit zu leisten.

Als Nächstes galt es, in Berlin eine Unterkunft für meine Unsichtbarkeit zu finden. Sie sollte vor allem den Anforderungen genügen, vor einem hypernormalen Hintergrund die persönlichen Umrisse meiner Person wie in einem Suchbild vollkommen zum Verschwinden zu bringen. Nach ausgedehnten Streifzügen durch Marzahn, durch die Niemandsgegenden um den Moabiter Westhafen, die Kleinbürgerhöllen Spandaus und die endlosen ehemaligen Industriegebäude im Wedding mit ihren maschinenartig gekoppelten Hinterhöfen kristallisierten sich immer deutlicher Neukölln oder Lichtenberg als favorisierte Stadtteile heraus.

Neukölln ist ein Stadtteil, der im inneren Gegensatz zu Berlin existiert, blind für die Vanitas, vital und tot, laut und ausgestorben, brodelnd und starr wie eine Salzwüste, eine Gegend, die von der kulturellen Grelligkeit und den geilen Scheinwerfern des angesagten Berlin kaum gestreift wird, voller Sexkinos, Imbissbuden und Billigmärkte, voller kleiner Macker, Hausmeistertypen und seliger Greisinnen.

Oder eben Lichtenberg, eine Spezialanfertigung des Bauern- und Arbeiterparadieses in Platte, so fleckenlos grau wie ein Novemberhimmel, achtstöckige Arbeiterschließfächer, Termitenbauten, Wohnbeton. Ein trostloser Hotelstrand vor den Toren des Friedrichshains, zu dem das Meer fehlt. Nur eine monotone Brandung von Kleinkariertheit, Ostverhuschtheit und Uniformität. Idealer Zuchtort und begehrte Brutstätte der Berliner grauen Maus.

Meine Wahl fiel, völlig folgerichtig, auf Steglitz, denn sowohl von Neukölln als auch von Lichtenberg hatten die für Berlin so typischen Superschlauen viele dieser Eigenschaften bereits als Retrowerte erkannt und an die Szene gemorst. Ich beauftragte gegen eine Bezahlung von dreihundert Mark einen arbeitslosen, depressiven und ungepflegten Cottbusser, eine Wohnung nach dessen Ansprüchen zu finden und sie auf seinen Namen, er hieß Schmückau, anzumieten. Seine ganze Erscheinung würde penible Nachbarschaften unwahrscheinlich machen und heikle Vermieter ebenso. Ich beschrieb ihm genau, mich in der Wortwahl an seine etwas andere Begrifflichkeit anlehnend, was ich suchte. Eine Ecke, wo nichts los wäre und wo ich vollkommen unbehelligt bliebe, am liebsten in der Nähe von bzw. direkt in einem stillgelegten Fabrikgelände oder das kleine, vergammelte Häuschen hinter der Tankstelle oder das Zimmer direkt über einer Eckkneipe mit Namen Exitus, Biertränke, Finale oder Letzte Bastion. Sein warmer, brauner, leicht trunksüchtiger Blick schwankte zwischen Sympathie für den Ganoven und Abscheu vor dem Perversen, und ich gab ihm keinerlei Hilfestellung, wofür er sich entscheiden müsse.

Nach zwei Wochen, in denen er unentwegt mit einer Dose Berliner Kindl in der Hand durch die Viertel getippelt war und in den

Eckkneipen und Imbissbuden jeden nach einer Wohnung fragte (für einen Verrückten, der aber seine Miete zahlt), hatte er etwas gefunden. Es war besser als alle konspirativen Wohnungen, die ich vorher in Frankfurt oder Berlin bewohnt hatte, von der in der Kreuzberger Schenkendorfstraße vielleicht einmal abgesehen. Ein paar Minuten nur bis zum Steglitzer Kreisel, und trotzdem mitten im Nirgendwo. Man bemerkte sie eigentlich selbst erst, wenn man in ihr stand und sich am Ohr zupfte. Er bekam seine zweiten Hundertfünfzig, und ich sah ihn nie wieder. Ab diesem Moment war ich der Einzige, der wusste, wo ich mich aufhielt, Schmückau, der wiederum keine Ahnung hatte, wer ich war, ausgenommen.

Um den Dicken aufzufallen, muss man gar nicht einen riesigen Bauch mit sich herumschleppen. Es genügt, beim Entgegenkommen das Kreuz durchzudrücken und die Schultern etwas zurückzunehmen, und kein Dicker geht ohne eine leichte, solidarische Alarmiertheit an einem vorüber. Das Gesehene ist immer nur etwas Hervorgehobenes, das für die Augen des Betrachters den richtigen Köder gefunden hatte. Die Kunst der Unsichtbarkeit besteht daher auch nicht im Abhauen, sondern im Verschwinden vor den Augen der anderen. Um sie zu erlernen, beginnt man mit dem Studium der Unauffälligen und erschließt die Unsichtbaren mittels jener geraden Logik, mit der sich das Weitergehen des Lichts im unsichtbaren Bereich erschließen lässt. Oder der Null, in der eine logische Zahlenreihe endet. So oder so ähnlich war jedenfalls mein Plan. Ich machte mich auf die Suche, die zu finden, die niemand sieht, um mich ihnen anzuschließen.

Natürlich geht man für eine solche Suche zuerst auf den Bahnhof. Bahnhöfe sind der Ort, wo diejenigen, die nie ankommen, und diejenigen, die nie abfahren, in den Brennpunkt ihrer Entelechie rücken. Ihr Zur-rechten-Zeit-am-rechten-Ort-Sein ist nur so geringfügig verschoben, dass sie in beiden genau in diesem Augenblick noch nicht oder gerade nicht mehr anzutreffen sind, in dem der geheimnisumwitterte Siegertyp, der Normalbürger, strahlend und rechtzeitig den Zug besteigt oder verlässt. Sie verschwinden nach dem Prinzip der knapp verfehlten Rechtzeitigkeit, die schlussendlich immer auf ein unerbittliches »verpasst« hinausläuft. Diese winzige Verschobenheit ist ihre Nische. Es sind Leute, die tagein, tagaus durch die Bahnhöfe streifen, um Zeuge jener tollkühnen Zielstrebigkeit mobiler Menschen zu werden, die diesen Orten eine solche Urkraft des Aufbruchswillens verleihen. Sie kommen ohne Absender und ohne Zieladresse aus einem großen, gestaltlosen und permanent zerfallenden Draußen in eine Ankunftshalle und sind auf einmal mittendrin. Mittendrin im ungestümen Tanz der Lebensgeister. Mitten in einer Welt, die ausschließlich den Sichtbaren gehört.

Sie sind die Zaungäste einer rauschenden Revue, in der fortwährend Stars auf die Bühne treten, Leute, die winken und sich ganz irre gebärden vor Freude, einander begrüßen oder verabschieden, die mit Showbiz-Gesten, mit einer langsam aufsteigenden, offenen und linken Hand und mit vorstoßendem rechtem Finger von der Bühne deuten, vom Bahnsteig oder von der Plattform des Zuges, bevor sich die leisen Intercity-Türen vor oder hinter ihnen schließen. Leute, zu deren Travestie das Playback der Lebensfreude läuft. Menschen, die, obwohl sie gerade eben nur mit dem Zug aus Recklinghausen gekommen sind, den Eindruck erwecken, man hätte sie soeben frisch eingeflogen in dieses Leben, rosig und exklusiv wie Großgarnelen aus den besten indopazifischen Fanggründen.

Ich suchte also die Bahnhöfe auf, die ich noch aus der Zeit kannte, als ich selbst einer war. Das Unauffällige und täuschend an seine Umgebung Angepasste auszumachen, war mir aus der Ornithologie vertraut: den Ziegenmelker in der Grasmulde oder die Waldohreule vor der Tannenborke zu entdecken. So wie diese Vögel erfindet die Natur auch Menschen, die vor ihrem Hintergrund vollkommen verschwinden. Sie existieren wie ein ungewecktes Gewissen. Wie graue Motten auf grauer Seide.

Also streunte ich durch die Bahnhöfe halb Deutschlands, um die zu finden und zu studieren, die sich trotz einer demografischen Existenz in Luft aufgelöst hatten. Die Berliner Bahnhöfe waren für diese

Erkundungen nicht sehr ergiebig, weil es dort entweder nur die wie in schweren Wolken durch die Hallen treibenden Ausländer waren, die einfach Anschluss an ihre speziellen Geräuschpegel suchten, oder Tütenschlepper, denen die Handgelenke abgeschnürt und Fingerspitzen abgestorben waren und die sich willenlos in jeden Menschenstrom einreihten, egal ob in einen Bahnhof hinein oder aus einem Bahnhof heraus. Außerdem gibt es in Berlin einfach zu viele Tanzflächen für die Mimikrymenschen. Der Palast der Straße ist dort größer als anderswo, und das nicht nur räumlich. Frankfurt, überhaupt Gründerzeitbahnhöfe, die mir mit ihren knorpeligen Fassaden und wogenden und schwellenden Stahlskeletthallen sowieso lieber sind, war besseres Terrain, aber auch Stuttgart, Augsburg, Bremen und natürlich Nürnberg, das in allen Wettbewerben des Aberwitzes immer den Vogel abschießt.

Zuerst stieß ich natürlich auf jene, die wie Köder in diesem Zwielicht und Zwischenreich treiben. Die waren im Grunde überall dieselben. Jammergestalten, Depravierte, Gestrandete, Schakale. Menschen, die Tag und Nacht nur darauf aus sind, dass irgendwelche Augen anbeißen, um an diesen einen tiefen und zerrenden Blick zu tun. Entweder sind bei ihnen die Schnürsenkel nicht zugebunden oder sie haben ein paar abgeschnittene Telefonkabel um den Hals oder sie halten ihr Gesicht so, als würde eine sengende Sonne auf sie niederbrennen, und bei jedem, der nicht durch Hast oder Gleichgültigkeit geschützt ist, schnappen sie zu. Die meisten Mitmenschen sehen sie nicht, weil sie nutzlos sind und dadurch eine entweder erhöhte oder verminderte Fließgeschwindigkeit haben. Sie laufen nicht mehr synchron und erzeugen in den Augen der in ihrer Normalität fest Verankerten lediglich das Flackern, durch das die Bilder ganz automatisch und vollkommen zu Recht unscharf werden. Eigentlich funktionieren diese Menschen wie Kunstwerke, für die man einen Blick haben muss. Zu ihren charakteristischen Figuren zählen alle Arten jener die Uniformität des Gängigen sprengenden Hirnkrüppel auf der Suche nach einer Ausstellungsfläche für ihr Hirnkrüppeltum, Ausgerastete mit Querulantenzwang oder Tourette-Syndrom, Triebversehrte, Nervöse, Perverse und Trancierte. Sie waren es, auf die ich überall stieß, doch sie waren nicht das, was ich suchte.

Dass es allerdings eine Lust sein könnte, unterzutauchen, damit hatte ich nicht im Geringsten gerechnet. Meine Verzweiflung hätte mir diesen Schritt nie gestattet, hätte sie geahnt, mit welch berauschenden Momenten er gespickt sein würde. Es war nicht die Verzweiflung über Büttners Tod, der mich zwar verstört hatte, der mir aber wenigstens einleuchtend schien, auch nicht Verzweiflung über die Trennung von Isabel, die mich natürlich traurig machte, es war eine Verzweiflung über das Verschwinden der Jahre, das Verblassen der Augenblicke und das Vergeuden meiner Jugend. Jedenfalls in der Auslegung, mit der ich mir immer schmeichelte. Nicht in der Auslegung, die mir schlussendlich vorgeworfen wurde.

Das Ego jedenfalls fastete und hatte bereits nach wenigen Wochen so viel von seinem Übergewicht verloren, dass es sich einer Euphorie kaum erwehren konnte. Ich trug mein Gesicht wie einen unbeschrifteten Briefumschlag und bewegte mich immer, als ob ich in einer Menge mitschritte, oder jedenfalls, als ob Leute um mich herum wären, sobald ich mich in der Öffentlichkeit befand. Nebenbei bemerkt kam mir auch das Wort Öffentlichkeit von Tag zu Tag absurder vor.

Wenn ich aber in dieser sogenannten Öffentlichkeit mich bewegte, so bedeutete dies ein ununterbrochenes Ausweichen und Durchflutschen, denn jedes Anstoßen hätte mich natürlich sofort zur Erscheinung gebracht. Daher drehte ich mich in diesem Fließverkehr immer wieder um oder deutete austauschende Gesten mit anderen Passanten an. Dies hatte die vorteilhafte Wirkung, dass, wenn mich wirklich einmal ein Blick festzuhalten versuchte, dieser sogleich auf meine Umgebung abgelenkt wurde, und während er nun diese Umgebung nach den Ursachen absuchte, die so offensichtlich meine Bewegungen beeinflusst hatten, war ich bereits unbemerkt aus dem Beobachtungsausschnitt herausgetreten. Die New Yorker U-Bahnen – als die Zeiten noch hart waren – hatten mich gelehrt, die Augen auszuschalten. Was andere mit Sonnenbrillen, Buchdeckeln, Zeitungswällen, Walkmans, geschlossenen Augen oder gesenkten Köpfen zur Abschirmung gegen eine hässliche und gemeingefährliche Außenwelt unternahmen, erreichte ich durch Reduktion. Meine Augen gingen einfach auf Standby. Das Gesicht wurde flach, aber nicht so ausdruckslos, dass es bereits wieder Interesse erregt hätte. Gerade so, dass man es sogar übersah, wenn man es anstarrte. Anfangs übte ich auf belebten Straßen, dem Ku'damm oder der Müllerstraße, im KaDeWe, am Wittenbergplatz und in all den Bolle-Märkten und Kaiser's-Kaffee-Geschäften, die gerade am Weg lagen. Auch in Zoohandlungen, bei Hugendubel oder in der Neuen Nationalgalerie. Besonders gern mischte ich mich auch an Orten unter Leute, in denen sich der Geruch der DDR am Unverfälschtesten erhalten hatte: an der Humboldt-Uni, der Charité oder in der Komischen Oper. DDR-Geruch war wie Westkino mit Bubblegum in den Sechzigern. Die Fortschritte, die ich machte, waren enorm. Ich erntete bald so gut wie keinen Blick mehr.

Der Steglitzer Kreisel

Es gibt Orte, an denen die Normalität ihre Prototypen zur Welt bringt und sie erstmals öffentlich ausstellt wie auf einer Messe, um sie von dort aus in die Welt zu exportieren. Ein solcher Ort ist der Steglitzer Kreisel. Nachts ist er bloß ein ungeschlachtes Gebäudesyndrom, tangiert von den mächtigen Betonplanken der Stadtautobahn, die vom Kreuz Schöneberg herabsaust wie eine Asphaltpranke und hier endet. Man steigt hinab in die U-Bahn mit ihren delirisch gestalteten Decken, und es gibt nichts, was über sein bloßes Vorhandensein hinaus auch nur einen Funken ästhetischer Anschaulichkeit besäße. Allein die Ausgestorbenheit betreibt um die vorgerückte Stunde ihr tückisches Verschwörungswerk. Hinter jeder Kachel hallt das Heulen irgendeines Toten oder Verstoßenen, der hier eingemauert wurde, um die Erde mit den sie durchwühlenden Zügen der Berliner Verkehrsgesellschaft zu versöhnen. Das Hotel Steglitz International, das sich über diesen Tunneln erhebt, existiert augenscheinlich wider alle Vernunft und hat über den Verbleib keines seiner Gäste jemals Rechenschaft abgelegt.

Tagsüber aber herrscht auf dieser Schloßstraße zwischen Steglitzer Kreisel und dem sogenannten Bierpinsel, einer ebenso delirierenden oberirdischen Antwort in farbigem Beton auf die Anstiftungen der Deckendekoration im U-Bahnhof Rathaus Steglitz, das eigenwilligste Ungestüm. In vollkommener Abwesenheit von jeglicher Eleganz vollstreckt sich auf dieser Straße das brodelnde Leben, dabei allerdings stets den strengen Ermahnungen kleinbürgerlichen Ursprungs gehorchend: nicht zu laut, nicht zu schrill, und wer auffällt, wird ermahnt. Die Läden liegen dicht aneinandergedrängt, ihre Eingänge scheinen fast ineinander überzugehen. Die Schuhgeschäfte auf der Schloßstraße erinnern an Munitionslager. Unzählige Mündungen von Schuhen richten sich auf den Betrachter, bis wieder einer im Dreieck von Deichmann, Leiser und Salamander versenkt ist.

Hier also tauchte ich unter, glücklich, mich nicht mehr von der Masse abzuheben, und stellte mir immer wieder die Frage: Wer, der einem gerade entgegenkommt, ist am wahrscheinlichsten man selbst? Erstmals im Leben bekam ich eine Ahnung, dass das Ich auch Gemeingut sein könnte, auf das eine Gemeinschaft von Nutzern gleichzeitig Zugriff haben könnte. Ich ahnte etwas vom Stress der Individualität. Ich stand unter Frauen, die ihre letzte Hingabe hinausgezögert hatten, bis ihnen die Gunst der Stunde endgültig versagt blieb, auf deren Gesichtern aber der frohe Schimmer dieser Erwartung sich hatte erhalten können, weil er nicht von der Erfüllung zerstört worden war. Ich schlenderte neben Kindern, die unter dem trügerischen Schleier ihrer frischen Knaben- und Mädchenzüge bereits das vollständig ausgebildete, verbohrte, aus Enttäuschungen zusammengeschusterte, egoistische Altersgesicht erkennen ließen. Ich stand vor Familien, die einem Bild von Runge entstiegen schienen und die nun, nachdem sie hundertfünfzig Jahre nicht gealtert waren, in die Bedürftigkeit geraten zu sein schienen. Der züchtige Blick aus fast kreisrunden Gesichtern heraus aber war ihnen geblieben. Wie eine biedermeierliche Familienaufstellung, gestaffelt nach Alter und Geschlecht, schienen sie vor der Auslage eines Optikers nur darauf zu warten, von meinem Gehirn abgelichtet und als Groteske gespeichert zu werden. Dann wieder ging ich Ehepaaren entgegen, die sich partnerschaftlich durch den Passantenstrom steuerten, wobei die Posen von Steuermännern seitens der Herren sich eingespielt ergänzten mit den Gesten von Schiffbrüchigen, die ihnen von ihren Frauen entgegengebracht wurden.

Morgens hatte man, bewegte man sich vom Steglitzer Kreisel Richtung Bierpinsel, die Sonne im Rücken und auf dem Rückweg im Gesicht. Beides fügte sich immer als schöne Abwechslung während meiner täglichen Abtauchübungen. Die ganze Fadenscheinigkeit meiner Person konnte ich mir nun, quasi vor meiner Haustür, um jede beliebige Zeit vor Augen führen. Wich mir einmal jemand aus, so geschah das eher, wie wenn man einer Pfütze ausweicht, also lediglich ein unspezifischer Hinweis ans Gehirn des Ausweichenden, den Körper während des Weitergehens fünfzig Zentimeter weiter nach rechts oder links zu steuern, ohne biometrische Vermessung meiner Wenigkeit.

Zwischen dem ersten Abgehen meiner Teststrecke und meinen Studien zu Hause verbrachte ich oft die frühen Morgenstunden auf dem Hermann-Ehlers-Platz und entwickelte, auf einer Bank unter den Bäumen sitzend, immer diffizilere Strategien zur Vervollkommnung meiner Idee von der Abwesenheit in der Anwesenheit. Über mir trieben die Krähen und unter mir pickten die Tauben, und ich schwelgte in der Genugtuung, das reine Nichts zwischen ihnen zu sein. Manche dieser Strategien versuchte ich zu simulieren, andere zu berechnen. So hatte ich zum Beispiel die Umrisse eines Flugzeugs mit Hilfe von Buchstaben auf ein leeres Blatt Papier gezeichnet. Mit wie viel weiteren Buchstaben an welchen Stellen musste ich, so versuchte ich herauszufinden, das Blatt sozusagen übersäen, bis das Flugzeug zwischen diesen Buchstaben verschwinden würde, obwohl alle Buchstaben, aus denen seine Umrisse gebildet wurden, an gleicher Stelle noch vorhanden waren. Eine weitere, mathematisch allerdings kompliziertere Aufgabe stellte ich mir durch das folgende Problem: Würde nun das Flugzeug lediglich aus Os bestehen und man würde das Blatt mit allen möglichen anderen Buchstaben außer dem O übersäen, bliebe das Flugzeug sicher weiterhin sichtbar, sogar bei völliger Bedeckung des Blattes. Wie viele Os nun müsste man am Umriss des Flugzeugs durch andere Buchstaben austauschen, bis auch hier die Unsichtbarkeit erreicht wäre?

Morgens also, wenn noch nicht einmal die Sonne in der Lage war, eine klare Entscheidung zu treffen, ob sie sich bedeckt halten sollte oder aufgehen, saß ich bereits am Hermann-Ehlers-Platz und spekulierte. Das Bezirksamt Steglitz-Zehlendorf wartete mir gegenüber immer schon ganz gierig darauf, mit seinen Backsteinen in ihren ersten Strahlen tief zu erröten. Manchmal schaute ich auf dem Rückweg noch bei Woolworth an der Ecke zur Ahornstraße rein. Ein Pop-

Art-Billig-Konsumtempel, in dem die eigenartigsten Menschen anzutreffen waren. Ich fühlte mich dort immer wieder an meine kurze frühere Liebe zu den Bildern Tom Wesselmanns erinnert. Im Allgemeinen enthielt ich mich aber allzu anspruchsvoller Reflexionen, denn im Moment ging es um Wichtigeres.

Vor den Toren von Woolworth

Auch Seker, Amen und Hades waren Unsichtbare. Perseus, der die Tarnkappe den stygischen Nymphen raubte, Siegfried, der sie dem Zwergenkönig Alberich entwand, und Osiris in seinem Aspekt der schwarzen Sonne waren Unsichtbare. Clark Kent alias Superman, der immer genauso startet wie Perseus an der Küste Philistias, mit ausgestrecktem Arm, um das Seeungeheuer, das Andromeda bedroht, zu vernichten, war ein Unsichtbarer. Ebenso wie Perseus war er ausgestattet mit übermenschlicher Kraft und unvorstellbarer Geschwindigkeit. Die meisten von ihnen waren gerechte Männer.

Bereits nach kurzer Zeit hatte ich ein Händchen entwickelt für die Kombination alltäglicher Details, die sich in einer Art Komplementäreffekt gegenseitig jeglicher Ausstrahlung beraubten. In den Kantinen der großen Kaufhäuser übte ich leidenschaftsloses Essen, unkameradschaftliches Herumhocken, ausdrucksloses Vor-mich-hin-Stieren ebenso wie die interesselose Anwesenheit überhaupt. Anschließend probte ich das zerstreute Blättern in Warenangeboten oder das Betreten von Geschäften, gerade so, als hätte ich sie vor zwei Minuten verlassen und wäre nur zurückgekommen, um einen stehengelassenen Regenschirm abzuholen. In Telefonzellen stand ich so gegen die Kabine gelehnt, dass Wartende hinter mir unmöglich das sich nie verändernde Guthaben meiner Telefonkarte erkennen konnten. Bald war nur noch ein verschwindender Teil der Bürger im heraufdämmernden Handyland geneigt, mir so bar jeglicher Interessantheit auch nur einen Blick zu gönnen. Trotzdem gab es anfangs immer wieder auch Ausnahmen, die mir gefährlich werden konnten. Leute, die aus lauter Mangel an eigenem Lebenssinn an mir herumstudierten. Menschen, deren dringendste Beschäftigung offensichtlich das Ausspähen war und die mit der Ruchlosigkeit des Berliner Blockwarttyps immer wieder kleinere Erfolge des Entlarvens und

Enttarnens verbuchen konnten, obwohl jedem von ihnen am Schluss irgendwie die Idee zu fehlen schien, bei wem er das, was er glaubte, herausgefunden zu haben, jetzt melden könnte. Hinzu kamen außerdem die unzähligen speziellen Berliner, die einen heimlichen Knall hatten – die anonymen Schizoholiker, die mich unbedingt dabeihaben wollten, im Club. Jeder Verrückte hat sich ja letztlich gesellschaftlich disqualifiziert mit einer Eigenart, für die es zufälligerweise gerade nicht ausreichend viele Anwärter gab, um sie als Normalität gelten zu lassen.

Nur vor Gott sind alle Menschen gleich. Sonst unterscheiden sie sich immer und überall, aber oft nicht einmal im Vergleich zu den Erstbesten wirklich zu ihrem Vorteil. Während ich zu Hause in meiner Deckwohnung noch einmal die Verfassung der DDR studierte, um herauszufinden, wo der Fehler gelegen haben könnte, unternahm ich es außerdem, das Gewebe der Selbstverständlichkeit, einer bestandssichernden Zustandsgröße der Normalität, zu untersuchen. Schon einmal war es wichtig für mich gewesen, nicht erkannt zu werden, forensisch wichtig, damals allerdings genügte Unauffälligkeit, die Vorstufe zur Unsichtbarkeit. Da alle Menschen versuchen aufzufallen, müssen die, denen das gelingt, den anderen etwas voraushaben. Diesen Botenstoff, der Aufmerksamkeit erregt, musste ich definieren und isolieren, bevor ich ihn eliminieren konnte. Zum Beispiel galt es herauszufinden, wieso manche, trotz größter Anstrengung, wie sorgfältigster Wahl ihrer Kleidung, eines eleganten Rippstrickpullis aus Polyacryl in Mauve etwa, kombiniert mit legerer Steghose mit Bundfalte und einem wundervoll fallenden, leuchtend roten Halstuch, es nicht schaffen, beachtet zu werden, während andere eine braune Bluse von der Stange nehmen, reinschlüpfen und alle Blicke an sich kleben haben. Mit den Ergebnissen, wie man auffällt, wollte ich mir die Möglichkeiten der umgekehrten Absicht erschließen. Schon morgens, Viertel vor neun, reihte ich mich ein in die Schlange von Leuten, die auf der Straße darauf warteten, dass Woolworth öffnete. Genauso zielstrebig wie alle anderen steuerte ich sofort auf den nächsten Warentisch zu und prüfte mit den Fingern die Materialien. Bei Woolworth bildet die Ware stets einen etwa hüfthohen Teich, aus dem die Rümpfe und Köpfe der Kunden herausragen, während die Arme unentwegt im gerne in Krippen und Wannen untergebrachten Warenangebot paddeln. Das Kaufhaus folgt damit dem Gebot der Übersichtlichkeit, die sie mit vielfältig geneigten Spiegeln an der Decke noch unterstreicht. Ich befühlte einen attraktiven Materialmix aus Polyamid mit Glanzgarn, streifte mit vier Fingern geistesabwesend den Karussellständer für preiswerte Daunensteppjacken, verglich Ensembles in eleganter Leder- oder Tweedoptik und dazu passende Tops mit U-Boot-Ausschnitt und registrierte, dass ich für alle, die mit mir wühlten, so unsichtbar war wie für die walfischartige Türkin neben mir ihr eigenes Kopftuch. Ich freute mich über die immer besser gelingende Abwesenheit in der Anwesenheit. Ich hielt das rostrote, mit etwas hellerem Herbstlaub asymmetrisch bedruckte Freizeithemd gegen einen abstrakt kubistisch gemusterten Rivalen, dessen Preis sogar noch unter 10 DM lag. Als ich es anprobierte, musste ich allerdings feststellen, dass ich wohl nicht dem Grundtyp entsprach, den ein solches Design unauffällig machte. Ich tauchte durch diese leicht betörende Luft der Beimischungen, Elasthan oder Polyäthylen, auch die etwas feinere Viskose, das prollige Fleece oder die auf den Geschmack von Beamten und Taxifahrern abzielende Mikrofaser. In einer Ecke gab es sogar das glitschig-vornehmere Alcantara, das besonders von Frauen mit Schlafdellen in der Frisur über dem Scheitellappen wollüstig befühlt wurde. Auf einem der nächsten Karussellständer fand ich eine temperaturausgleichende Kurzjacke mit Gummizug und flanellgrau kariertem Auslegekragen, die als *sehr sportlich* im Angebot geführt wurde und die ein Untertauchen an jeder noch so überfüllten deutschen Straßenbahnhaltestelle stadtauswärts garantierte, selbst wenn die halbe Stadt inzwischen von Polizeisuchtrupps durchkämmt wurde. Sogar ein augenblicklich eine leichte Wehmut auslösendes Sortiment bügelfreier Nylonhemden mit Kragenstäbchen gab es, das einen wohligen Schauer früherer bundesrepublikanischer Freibäder mit Bildern von den ersten Strandbikinis durch meine Erinnerung jagte.

Allerdings gab es hier auch Schnitte und synthetische Materialien, die manchmal dem gefährlich nahe kamen, was die junge Berliner Designermode in Mitte gerade auch wieder machte und verwendete. Die Leute, die hier kauften, waren ästhetisch immer noch da, wohin die Hipster schon wieder aufbrachen, zu den Kunstfasern, den knäpplichen, quergestreiften Pullis und den geilen, harten Hosen ohne Passform. Und sie lebten gerade mal zehn Kilometer Luftlinie voneinander entfernt.

Wie Anaxagoras ganz richtig gesagt hat: Die Dinge erscheinen als das, wovon sie am meisten enthalten. Die Besonderheiten sind ihre Verunreinigungen. Ich nahm so viel Nicht-Besonders in mich auf, bis ich verschwunden war. Bis ich als das erschien, wovon ich am meisten enthielt, als Nichts. Fast zwei Jahre dauerte dieses Nichts.

Das Buch Billy

Il dissoluto punito

Als Bilijana in mein Leben trat, hatte es mit der Verharmlosung meines Elends durch erotische Abenteuer endgültig ein Ende. Ich hegte die naive Vorstellung, es mit einer einzelnen und einmaligen Person zu tun zu haben, mit der man während des Beischlafs einen himmlischen Pakt schließt und die einem dadurch, dass sie sich hingibt, von der Würze des Lebens zu kosten gibt.

Das erwies sich als Irrtum. Bereits nach kurzer Zeit hatte ich es mit einer Frau stellvertretend für alle Frauen, einer Bulgarin stellvertretend für alle Bulgarinnen und einem Wesen stellvertretend für das ens absolutum der weiblichen Art überhaupt zu tun. Obwohl mein Verstand die Tücke eines harmlosen Anfangs nicht unterschätzt und weiß, dass ein sofortiges Aufeinanderanspringen sich eher im Wohlgefallen einer geilen Erinnerung auflöst als ein solches Zögern der Gefühle, denen man schließlich doch nachgibt, hat jenes höhere Gesetz, unter dem Katastrophen sich anbahnen, den Schleier der Achtlosigkeit vor alle kleinen Vorzeichen gehalten. Nie in meinem Leben war ich mir so lange unschlüssig, ob ihre ganz und gar nicht eindeutige Schönheit auf einer getrübten Wahrnehmung beruhte und ob ihr Reiz mehr und mehr von der Heftigkeit modelliert wurde, die sich zwischen uns entspann. Zum Glück war die Verblendung auf der Gegenseite ebenso groß, so dass wir uns in den ersten Monaten ein reueloses Szenario körperlicher Freuden schenkten, jeder scheinbar ganz er selbst und im Vollbesitz der Überzeugung, er hätte alles im Griff. Es war ein Szenario, in dem die Hotels schneller wechselten als die Unterwäsche. Hotels, die wir meist erst in den frühen Abendstunden verließen, um mit rollenden Knien unsere Körper wieder ein bisschen an den aufrechten Gang zu gewöhnen.

Wir starteten den Abend meist mit ein oder zwei Whiskys, in denen sich, wenn wir Glück hatten, die untergehende Sonne spiegelte, oder, wenn die nicht mehr da war, dann wenigstens die Lichter der Großstadt. Mit anderen Worten: Wir saßen an den abendlichen Boulevards der Welt, Mailand, München, Paris, Madrid, Nizza, Buenos Aires, Santa Monica, Marrakesch und feierten das Leben. Mit einem Blick über den Rand des Glases verständigten wir uns zu gegebener Zeit, dass wir vor dem eigentlichen Ausgehen noch eine Stunde Hotel dazwischenlegen würden. Wir gingen jede Nacht aus.

Obwohl Bilijana, wie gesagt, kaum eines meiner Ideale erfüllte, war ich hingerissen. Sie war weder eindeutig schön noch war, was sie erzählte, sonderlich aufregend. Ihre Haare waren hart und störrisch, mit einem Stich vom Brünetten ins Grünliche. Ihr Gesicht wirkte oft ebenso ungesund wie die unvermeidliche Zigarette nach dem Aufwachen, und ihr Auftreten war manchmal, wenn sie vergaß, es durch ihre Sinnlichkeit zu verzaubern, fast tölpelhaft. Dafür waren ihre Brüste klein, selbstbewusst und sie wirkten lebhaft wie weiße Wellensittiche mit einem kleinen, braunen Schnabel, der sich aufrichten konnte – also vollkommen nach meinem Geschmack. Darüber hinaus konnte ihr Lachen Einfluss nehmen auf die Erdrotation, und ihre Stimme hätte jede Karawane sicher und tröstlich durch jede Wüste geleitet. Das Großartigste aber war ihr Hintern. Er war nach dem Maß dessen, was mir als vollkommen vorschwebt, vollkommen. Dieser Hintern umschloss, vollendet gerundet, jenen genau mit der Schwanzspitze noch erreichbaren Mittelpunkt, dem wir die wilde Süßigkeit unserer ersten Zeit verdankten.

Am liebsten sprach sie über schwierige Dinge. Über arbiträre Strukturen in der Hermeneutik oder den französischen Poststrukturalismus – so in diese Richtung. Für sie war das wie durch einen Dschungel zu spazieren. Man musste ja nicht unbedingt alle Pflanzennamen kennen, um das Ganze überwältigend zu finden. Einmal redeten wir über die Periodizität semantischer Systeme und anschließend fickte sie so beseelt, dass ich wieder mal beschloss, ein besserer Mensch zu werden. Wenn ich mich allerdings unterstand, ihren manchmal etwas umständlichen Ausführungen Raum zu nehmen, nannte sie mich sofort einen Klugscheißer. Sie zerlegte dann akribisch, was ich gesagt hatte, stieß mich mit der Nase auf frauenfeindliche Nebel in meiner Argumentation und entlarvte nicht nur meine Angeberei, wie sie jede Verwendung von Begriffen gerne nannte, ohne die man bei einer Diskussion über französische Theorie unmöglich auskommt, sondern bewies ihre sonst so sorgfältig geheim gehaltene messerscharfe Analytik, wenn es darum ging, sich besseren Argumenten gegenüber zu behaupten.

Unsere erste Nacht, in einem nach Schlachtschüssel riechenden Hotel in Tirschenreuth, voll mit gutmütig blickenden Wanderern, denen das Leben in ihren Gesichtern schlagartig erstarb, als wir in die Wirtsstube traten, gestaltete sich ziemlich bunt. Da sie ihre Regel hatte, bluteten wir uns erst durch sämtliche Laken und untergelegte Handtücher, bevor wir in den frühen Morgenstunden Ströme signalroten Bluts mit kaltem Wasser aus der Bettwäsche spülten, unendlich vergnügt vom Whisky und bereit, Hitler für eine Whiskysorte oder ein Aphrodisiakum zu halten. Handtücher und Bezüge packten wir auf die vor Hitze mit den Rippen knatternden Heizkörper. Als die Sonne aufging, sickerten ihre Strahlen wintermatt in die Dampfwolke, in welche die nasse Wäsche das Zimmer gehüllt hatte, und inszenierten einen jener unverwüstlichen Augenblicke, in denen das Leben höchstpersönlich sich zu zwei nackten Verrückten ans Bett setzt und mitlacht.

»Fürs erste Mal waren wir nicht schlecht«, sagte sie, und ich spürte hinter einer leichten Melancholie, mit der sie den Kopf zur Seite neigte, jenen Anflug von Kaltblütigkeit, von der sie später in größerem Stil Gebrauch machen würde.

Ich begann sie Billy zu nennen, Billy the Kid, Billy of the East, auch Willybilly oder Whiskybilly, je nach Laune, oder ich nannte sie Lady plus, nach ihrer Waschmaschine, Fräulein BEWAG nach ihrer Gasrechnung, Tequilamaus, wenn sie mal den Drink in diese Richtung wechselte, oder Miss Neuschwanstein, worauf ihr schöner, langer, weißer Arm mich einmal brachte.

Ihr Ritt auf meinem Schwanz, anfangs meist die letzte Etappe unseres fortwährenden Kopulierens, presste mein Gehirn wie der

Schleudergang einer Waschmaschine gegen die von den Sinnesorganen durchlöcherten Trommelwände meines Schädels. Die Momente danach waren meist von pflanzlicher Friedfertigkeit. Überhaupt dringt das Wesen der Vegetation viel tiefer in Augen, die mitgefiebert haben in einer Ekstase, und auch die Schreie der Papageien hört man deutlicher, der Weltpapageien im tiefen Wald hinter der nüchternen Wirklichkeit.

Ohne dass ich es merkte, vernachlässigte ich allerdings ziemlich schnell meine etwas kultiviertere Seite. Die Angewohnheit zum Beispiel, an einem fremden Ort möglichst zuerst eine seiner kunstgeschichtlich interessanten Kirchen aufzusuchen, um damit eine Schleuse aus Stille und Licht vor die heute im Allgemeinen nur noch ordinär einsetzende Stadt zu setzen. Die gotischen Altäre, mit denen ich anachronistisch mein Seelenleben wappnete gegen meinen Hang zur Ausschweifung, drangen mit ihrem Karmesinrot und ihrem Veroneser Grün immer seltener in meine stillen und kontemplativen Abgründe. Auch die Galerien und Museen, in denen ich ausprobierte, wie weit ich bereit war, für die Kunst meinen zu raschen und oft auch vergewaltigenden Blick in die Wüste zu schicken, besuchte ich nicht mehr in gewohnter Häufigkeit, und die Musik, für die ich immer bereit war, hinter jeder Sonnenbrille zu weinen, zu weinen für Brahms oder Bruckner, für Rachmaninoff oder Beethoven, egal ob allein oder eingeklemmt zwischen Hunderten von Konzertgästen, schwand unübersehbar aus meinem Leben.

Die Popmusik, weniger Musik als Lebensgefühl, passte besser zu Bilijana. So gab es keinen Ort, nirgends, und keine Zeit in diesen rasend schnellen Monaten, sogar fast eineinhalb Jahren, wo das Einhorn mit seinem Kopf hätte Ruhe finden können.

Der Brief

Heute ist Heute, der 13. August, 10 Uhr 50 Autenrieth'scher Zeit. Es sind genau 24 Stunden, seit ich von Dir getrennt bin, und es kommt mir vor wie 86.400 Sekunden, von denen jede, mit einem Stachel bewaffnet, das schmachtende Gift der Erinnerung und des Vermissens in mich gejagt hat. Mein Gehirn ist nur noch eine riesige, geschwollene Beule, aus der die Buchstaben Deines Namens tropfen. Ach – was sage ich, Deines Namens? Deines Bauches! Deiner Augen! (Soweit man etwas so Gefühlsduseliges überhaupt Augen nennen kann.) Deines Arsches! Deiner Arme! Deiner armen Finger … Deiner, na eben alles …!

Ich bin mit diesem elenden Intercity aus dem Billy-Paradies verschleppt worden in den stinkenden deutschen Kohlenkeller, und ich denke unentwegt an diese schamlosen Lippen, die sich nicht zu schade waren, die fürchterlichen Machtworte einer Tequilamaus zu sprechen, vor deren prophetischer Tiefe ich noch jetzt zu Kreuze krieche. Würde man auf die eine Waagschale zehntausend Kilo Sofioter Hundescheiße werfen und dann auf die andere nur einen Bruchteil meines Verlangens nach Dir, so würde dieser Bruchteil sie mit einer solchen Wucht herabdrücken, dass es die Ladung Scheiße auf der anderen Seite bis ins All schleuderte.

Du denkst natürlich wieder, ich übertreibe, aber ich werde Dir morgen einen Brief schreiben, der Dir zeigt, wie so ein lausiger Begriff wie Übertreibung an meiner Verrücktheit nach Dir vollkommen zunichte wird. Bitte versuche, pausenlos an mich zu denken, quäle mich nicht mit einem einzigen Gedanken an einen anderen Mann (soweit man etwas anderes überhaupt einen Mann nennen kann) und hole mich so schnell wie möglich hier raus.

Ich küsse Dich mit der ganzen Unbändigkeit einer Sofioter Augustnacht.

Too hot to burn

Bulgarien ist ein Land, das zu allen Seiten an sich selbst grenzt. Es grenzt zu allen Seiten an sich selbst, weil es einst hinter allen seinen heutigen Grenzen als Bulgarisches Großreich weiterging. Mit Billys Person war das ebenso. Sie grenzte mit allen ihren Seiten an die eigene Vergangenheit. Und so, wie für die Bulgaren der Süden im Osten liegt oder der Norden im Westen, so waren auch die Richtungen in Billys Leben der Eigenwilligkeit ihrer Sichtweisen unterworfen.

Billys Mutter, Vera Kantschewa aus Plowdiw, war mit dem kecken Blick und dem sauberen Gesicht einer Joan Crawford, das um den Mund allerdings von einer matten orientalischen Inbrunst gebläht war, nach Moskau gegangen, um dort zu studieren. Dabei stieß sie auf Nicolai Stojanow, der diese Vorzüge sofort erkannte und nutzte, um sich fortzupflanzen. Nicolai Stojanow war schlank, elegant, besaß den etwas steilen Blick des sowjetischen Kosmonauten und war, was ihm im Moskau auch der kommunistischen Tage in gewissen Kreisen von Vorteil war, ein bisschen von Familie. Er studierte Chemie an der Moskauer Universität und bewohnte mit Vera Stojanowa, geborene Kantschewa, ein Apartment in der Sophia-Reskow-Straße, die nun Lenin Boulevard hieß. Als Bilijana acht wurde, zogen die Stojanows nach Sofia. Vera übernahm eine Stelle als Redakteurin bei der *Bulgarischen Telegraphen Agentur* und Stojanow bekam mit Protektion einer einflussreichen Moskauer Person eine Stelle als Chemiker im Kombinat der Bulgarpharm. Durch die glücklichen Umstände, dass der Vater Russe und nicht Bulgare war und die Mutter Bulgarin und nicht Russin, besaß die Familie nicht nur zwei Pässe und die damit verbundenen Privilegien, Bilijanas erster Mann in ihrem Leben, ihr Vater Nicolai Stojanow, war dadurch auch nicht dieses gänzlich unveredelte Brunsttier, das ihr mit einem bulgarischen Vater hätte blühen können, der sich mit brutaler Sentimentalität ein

Leben lang nur für die eigene Unwiderstehlichkeit interessiert hätte. Billys Männerbild erhielt dadurch einen gewissen Spielraum. Mit zehn kam sie auf das Deutsche Gymnasium in der Ulitsa Positano. Sie lernte Deutsch und entlehnte diesem Umstand eine besondere Neigung zur Kultur. Sie verstand darunter beneidenswerterweise etwas Erotisches. Den Sommer verbrachten die Stojanows in der mit Brom und Jod und Kalzium veredelten, satt fließenden und bronzierenden Luft der Schwarzmeerküste. Sweti sweti Konstantin i Elena war ein häufiges Domizil. Im Winter fuhr man zum Skifahren ins Rila-Gebirge.

Als dann mit dreizehn Jahren die Zigaretten über dieses Leben hereinbrachen und aus der Höhle des Löwen, dem Hypothalamus, Gelbkörperhormon und Follikelhormon auf den Weg gebracht wurden, um die Liebe zu wecken, flackerte ihr ganzer Körper in einem unsichtbaren Brand. Billy zeigte, bei leicht abfallender schulischer Leistung, untermalt von einem fast ein halbes Jahr anhaltenden Bocksgeruch, ein plötzliches Interesse am Theater und anderen Schwellenkünsten zur Enthemmtheit. Die sommerlichen Schwarzmeerbesuche zwischen vierzehn und siebzehn bekamen eine Grauzone mit, nennen wir es mal: internationale Berührungen, und in Sofia entwickelten sich unter dem Decknamen Avantgarde-Theater sehr handfeste Begegnungen mit mazedonischen Halbstarken, mageren serbischen Tanz- oder Perkussionskünstlern oder den begehrten und gleichzeitig wegen ihrer komischen Sandalen verlachten und wegen ihres Gedröhns verabscheuten ostdeutschen Kunststudenten.

Als Billy Ende 1987, also zum Glück erst kurz vor der Wende, von einer Reise nicht nach Bulgarien zurückkehrt, verliert Nicolai Stojanow seine Stelle bei der Bulgarpharm, Vera Stojanowa verliert ihre Stelle bei der BTA und dem Bruder Leonid Bogdan wird die Studienerlaubnis verweigert. Davon aber später.

Der Griebenow

Im Herbst des Jahres 1985 begegnet Bilijana Stojanowa im Hotel Shipka in der Totlebenstraße bei einer internationalen Konferenz und in Anwesenheit des Staatschefs Todor Schiwkow dem deutschen Militärattaché Wolfdietrich Griebenow. In diesem Jahr, in dem Michail Sergejewitsch Gorbatschow Generalsekretär der Kommunistischen Partei der Sowjetunion wird und in Genf die Abrüstungsgespräche mit den USA wieder aufgenommen werden, wird Bilijana vierundzwanzig. Griebenow hat im Auftrag der Bundesregierung an verschiedenen KSZE-Konferenzen teilgenommen, Konferenzen für Sicherheit und Europäische Zusammenarbeit. Zuletzt in Ottawa, vorher in Madrid. Er erhält in Sofia eine auf vier Jahre befristete A16-Stelle, also mit dem Gehalt eines Regierungsdirektors. Griebenow kommt aus angesehener preußischer Familie und ist, als er Bilijana kennenlernt, dreiundvierzig Jahre alt.

Bilijana arbeitet an diesem Abend als Dolmetscherin für das Parteibüro. Oder Politbüro, je nachdem. Ihr Gesicht ist leicht gerötet vor Aufregung. Ihre Arme wie zwei lange, weiße Schwanenhälse. Die Brust fast noch kleiner als heute. Ein Bulgare mit mächtigem Kinn und der kurzen Statur von Alexei Nikolayevich Kosygin drängt Bilijana an Griebenow heran. Er lässt sich von ihr mit dem wohlklingenden Namen Ignatiew vorstellen und nachfragen, ob Griebenow dieses Jahr zur Bärenjagd eingeladen werden dürfte. Griebenow verneint so charmant, dass der alte Herr schmunzelt. Anschließend weist Ignatiew darauf hin, dass die Bulgaren stolz die Preußen des Balkans sich nennen. Der Dritte an diesem Abend. Ungehindert der etwas eruptiven Äußerungen des Diplomaten, beginnt sich unterhalb ihrer Übersetzung zwischen Griebenow und Bilijana ein dünnes, inoffizielles Gespräch zu entspinnen.

Als er, Ignatiew, Bärenjagdthema abgeschlossen, sich einer Dame zuwendet, die ihm auf die Schulter tippt, steht Bilijana neben Griebenow eine Sekunde verloren da, strafft ihr Kleid und bittet, sie zu entschuldigen. Da greift Griebenow nach einem Glas Krimsekt vom Tablett eines vorbeischweifenden Kellners und reicht es Billy. Sie lehnt verlegen ab, sie dürfe leider nichts trinken, werde kontrolliert, studiere noch und es ginge leider einfach nicht. Griebenow drückt ihr das Glas sanft in die Hand und sie nippt.

Nervös schaut sie auf den Mann in Uniform, der im Eingang neben dem Buffet steht und den Saal beobachtet. Griebenow bittet sie, kurz sein Glas zu halten, ein geschickter Zug, damit sie nicht weglaufen kann, und geht dem deutschen Botschafter, Herrn Ramspeck, entgegen, der sich gerade von einer Gruppe ausländischer Gäste gelöst hat.

Bilijana sieht das einen Augenblick verdutzte Gesicht des älteren Herrn, das nach und nach von einem freundlichen Schmunzeln erhellt wird. Als Griebenow zurückkommt und ihr sein Glas wieder aus der Hand nimmt, sagt er ihr, sie hätte heute Abend frei, ihre Bezahlung würde von seinem Amt übernommen. Er habe sie gerade, wie er sagt, für eine Sache seines Ressorts engagiert. Bilijana sieht, wie sich kurz darauf ein Herr dem Mann in Uniform nähert, der den Saal im Auge hat. Sie sieht, wie Worte gewechselt werden, zwischen denen die Augen des Uniformierten sie mehrmals fixieren. Dann folgt ein Blick, der von einem unmerklichen Kopfnicken begleitet wird, aber ernst bleibt. Die kleine Sonne, die in ihr aufgeht, wird verdüstert von der Entrüstung, mit der die bulgarische Studentin, die mit ihr heute Abend den Dienst antrat, samt Tablett an ihr vorbeibrummt.

Gegen Mitternacht verlässt sie mit Griebenow den Empfang. Der registriert mindestens drei Personen, die diesen Vorgang genau beobachten. Sie schlendern mit höflichem Abstand zueinander stadteinwärts. Griebenow nutzt jedes Abbiegen in eine neue Straße für einen unauffälligen Blick über die Schulter. Nach der vierten Ecke zieht er Bilijana in einen dunklen Eingang. Nur Augenblicke später fährt ein Wagen vorbei.

»Wir sollten hier zwei, drei Minuten ausharren«, sagt Griebenow und nimmt ihr die Zigarette aus der Hand.

Die zwei, drei Minuten werden lang und Griebenow hilft ihr nicht. Dann kommt der Wagen zurück und verschwindet. Griebenow hat den Hauseingang so gewählt, dass sie nur noch ein paar Schritte um die Ecke gehen müssen, um zu einem Hotel zu gelangen, in dem die Bar noch offen ist. Nach einem Cocktail ziehen sie weiter ins Park Hotel Moskva. Sie trinken dort Whisky, und Griebenow wird leicht betrunken, ohne sich ihr gegenüber im Geringsten gehen zu lassen, geschweige denn, sie auch nur zu berühren.

Bilijana, die um ein Uhr mit Freunden verabredet war, betrachtet den Mann, der sie gerade an dieser Verabredung hindert, für die es bereits viel zu spät ist, und merkt, wie wenig sie bedauert, diese zu verpassen. Sie sind die einzigen Gäste, und Griebenow steckt, während Billy zur Toilette geht, dem Barmann einen amerikanischen Geldschein zu, der ihn für den Rest der Nacht diskret und zuvorkommend macht.

Als Billy merkt, dass sie nicht abgeschleppt werden soll, verdoppelt sich ihre Schönheit. Ihre ganz besondere Schönheit. Einmal berührt sie wie aus Versehen Griebenows Hand, als er sie wieder mit einer Bemerkung zum Lachen bringt, die meilenweit weg ist von allem, woraus sie auch nur das Geringste über seine Person hätte erfahren können. Griebenow dankt ihr das mit einem zärtlichen Blick, mehr nicht.

Kurz vor vier Uhr lässt er Billy ein Taxi bestellen. Auf einen Zettel schreibt er für sie eine Telefonnummer.

»Bitte diese Nummer nur verwenden, wenn es unbedingt sein muss«, sagt er, »und dann bitte nicht deinen Namen nennen! Erzähl einfach nur, wo du am Abend vorher um welche Uhrzeit warst, und ich werde dann am folgenden Abend dorthin kommen.«

Billy ist ganz aufgeregt.

»Und wenn du magst, dann machen wir … Was ist heute? Freitag? … hier einen Jour fixe. Ich werde immer da sein, sofern du keine andere Nachricht von mir erhältst, und auf dich warten. Jeden Freitag ab zehn Uhr.«

Bilijana verpasste diesen Jour fixe nur ein Mal, und an diesem Abend waren beide äußerst unglücklich und ergaben sich an getrennten Orten ein bisschen dem Alkohol.

Als das Taxi da war, berührte Griebenow zum Abschied nur Bilijanas Fingerspitzen. Er verließ die Hotelbar erst, als Billy mindestens eine halbe Stunde weg war. Der Barkeeper, Ljuljak, wurde nach einiger Zeit zum Mitverschworenen, ja fast zu einer Art Freund.

Noch mal Griebenow

Griebenow war ein Mann von ausgesuchter Intelligenz, der er durch eine etwas altmodische Kultiviertheit aber jegliche Aufdringlichkeit nahm. Intelligenz als Statussymbol war überhaupt nicht seine Sache. Er bediente sich ihrer geschickt, seine Feinfühligkeit so zu verschleiern, dass sie sozial verträglich blieb und notwendige Entscheidungen nicht behinderte. Außerdem war Griebenow in jeder Hinsicht, körperlich wie psychisch, bewundernswert belastbar. Eine preußische Disziplin, veredelt von protestantischem Pflichtbewusstsein, ließ Anzeichen von Überforderung oder Gereiztheit nie bei ihm aufkommen. Der daraus entstehende Gleichmut entfärbte allerdings manchmal seine Gefühlswelt. Was an Gefühl, oder nennen wir es Begeisterungsfähigkeit, zur Verfügung stand, gehörte ganz der Musik, dem Theater, der Baukunst oder der Geschichte Preußens und erzielte auf diesen Gebieten auch erstaunliche emotionale Höhepunkte. Nach außen hin aber wirkte Griebenow vollkommen unsentimental.

Der winzige Schritt, der ihn von wirklicher Weisheit trennte, war der, dass er den Zeitungen glaubte. Zeitungen, die richtigen natürlich, gehörten für ihn zum Stil wie richtige Socken zu den richtigen Hosen. Er liebte es, sich zu informieren. Zeitunglesen war etwas, das ihn in einem Maße erfüllte, dass man es fast mit milder Erotik vergleichen konnte, einem Begehren, das notfalls die »erlesene« Unerfülltheit jedem An-die-Wäsche-Gehen vorziehen würde.

Mit Billy musste er alle seine Tugenden einer harten Prüfung unterziehen. Er wusste, er musste ihren für seine Verhältnisse extremen Rhythmus mithalten, wollte er sie überhaupt erst einmal gewinnen und dann nicht wieder verlieren. Billy war ein fleischfressendes Gewächs, rücksichtslos vor allem gegen Abwesenheit. Leicht benommen band er sich über dem blaugestreiften Hemd mit dem weißen Kragen die Krawatte, legte seine Reverso an, eine Jaeger-LeCoultre-

Uhr, nicht ohne einen unamüsierten Blick darauf zu werfen, und verließ um sieben die Wohnung, während Billy sich bis mindestens mittags noch einmal umdrehte, wenn es wirklich spät geworden war. Und spät wurde es immer.

Nach einer Weile hatte sich zwischen ihnen eine Liebe entsponnen, für die beide weder die passenden Worte noch die passenden Unterbringungsmöglichkeiten fanden. Billy fühlte sich bei ihm aufgehoben, was ihr fremd war, Griebenow fühlte sich bei ihr aufgeregt, was ihm fremd war.

»Der Name Wolfdietrich kommt mir jedenfalls nicht mehr über die Lippen«, sagte sie am Freitag darauf in der Bar, »das ist ja schlimmer als Horst oder Siegfried!«

»Ich höre auf den Namen, den du mir gibst, Gebieterin«, sagte Griebenow.

Später nannte Billy ihn Mólja, was »bitte« heißt auf Bulgarisch. Sie hatte ihn geneckt, als sie das erste Mal miteinander schliefen, mit: »Mólja, Mólja, bitte, bitte mehr, Mólja«, und schließlich: »mein Mólja«, und dann: »mein einziger Mólja«, und seitdem war Wolfdietrich aus der Welt. Billy verbot Mólja, nach der Rasur weiterhin Pitralon zu verwenden, sie machte sich stark für Davidoff, was Griebenow wiederum ablehnte. Mit äußerster Zurückhaltung und nachdem er sie vorher mit einem Blick zu einer Aufmerksamkeit gezwungen hatte, bei dem Billy das Blut in den Adern gefror, machte er ihr an diesem zweiten Freitag klar, dass er Geheimnisträger sei, was das bedeute, was das für Folgen für sie beide habe und was es für Folgen haben könnte, wenn sie es nicht ernst nähme. Billy, sonst Anweisungen gegenüber vollkommen resistent, gab ihm keinen Grund, solange sie in Bulgarien waren, in dieser Hinsicht jemals unzufrieden mit ihr zu sein. Sie spielte mit.

Gelegentlich wurden sie so offensichtlich beschattet, dass Griebenow einmal murrte, was diese Kerle denn bloß für eine Ausbildung gehabt hätten. Es kam nie vor, dass er sie umarmte, küsste, berührte oder überhaupt stärker vertrauliche Gesten ihr gegenüber in der Öffentlichkeit zeigte. Den Barkeeper Ljuljak, der leidlich Deutsch sprach, hatte Griebenow bestochen, freitags immer ein Zimmer für ihn in diesem Hotel, das sowieso nie ausgebucht war, reserviert zu halten. Obwohl die Zimmer nach hinten nicht den gleichen Komfort boten wie die zur Straße, entschied Griebenow sich für ein solches, das fortan so gut wie immer für sie bereitstand. Meist verbrachten sie dort die Nacht. In einem Gespräch unter Männern sagte er dem Barkeeper, seine Frau lasse ihn möglicherweise beobachten und er solle immer die Augen offen halten und ihn sofort unterrichten, sollte ihm irgendetwas Verdächtiges auffallen. Egal, was. Ljuljak, der als gläubiger Anhänger der bulgarisch-orthodoxen Kirche eigentlich für ehelichen Betrug kein Verständnis aufbrachte und sich die Lage des Deutschen als Beispiel westlichen Sittenverfalls erklärte, nahm die zehn Dollar extra jeden Freitag mit Würde, aber auch dankbar entgegen. Er erwies sich als zuverlässig und herzlich, hielt aber wegen des großen schwarzen Wagens, von dem er mitbekommen hatte, dass Griebenow oft darin gefahren wurde, immer respektvollen Abstand. Wenn Griebenow beruflich unterwegs war, ohne Billy vorher erreicht zu haben, rief er sie freitags, zur Jour-fixe-Zeit, 22 Uhr, in diesem Hotel an, oft aus Bonn, manchmal aus Brüssel, gelegentlich auch aus Pullach.

Akteneinsicht

Die Umstände, wie ich Bilijana kennenlernte, habe ich in verschiedenen und zum Teil ausführlichen Berichten festgehalten. Minutiös habe ich auch die scheinbar nebensächlichsten Details notiert, habe sie verknüpft mit den äußeren Umständen, an den richtigen Stellen die richtigen Orte eingesetzt und sie auch psychologisch ausgewertet. Ich hatte das ja gelernt.

Tja, wie war das also, als ich sie kennenlernte? Schon seit einigen Wochen hatte ich gemerkt, dass meine Zeit als Glasmann zu Ende ging. Weit über ein Jahr hatte ich in vollkommener Unsichtbarkeit zugebracht. Mit dieser Zeit hatte ich mich bei Büttner entschuldigt für das, was ich ihm mit Isabel angetan habe, zuzüglich für alles, was vielleicht sonst noch auf mein Konto ging. Leider werde ich nie erfahren, ob meine Entschuldigung angenommen wurde. Kein Tropfen Alkohol benetzte in dieser Zeit mein Blut, keine Zigarette benebelte meine Lungen, keine Frau verwirrte meine Gedanken. Mein Körper muss diese Umstände wie ein Wunder begrüßt haben. Jedenfalls war ich fit und mein Verstand war scharf.

In der Wohnung, die mir Schmückau besorgt hatte, gab es weiter nichts als ein Bett und einen großen Tisch am Fenster, an dem ich studierte. Nicht ein einziges Mal in dieser Zeit führte der sonst ja nicht immer so rücksichtsvolle Zufall irgendeine Person an diese Wohnung. Mit keiner konspirativen Wohnung, an die ich mich erinnere, hatten wir das je geschafft. Ich studierte die zweibändige *Verfassung der Deutschen Demokratischen Republik* und die *DV 010/0/009*, die Dienstvorschrift zum *Schutze der Staatsgeheimnisse in der Nationalen Volksarmee*. Des Weiteren beschäftigte ich mich mit den juristischen Untersuchungen Luhmanns, den Schriften von Lukács und Riesmann und den mythologischen Forschungen von Ranke-Graves.

Nun aber blieb die Tarnkappe immer öfter zu Hause, ich begann wieder auszugehen, und langsam verwandelten sich meine Augen zurück in die alten Geschlechtsorgane. Ich hatte in diesen Wochen, in denen ich meine Person wieder auf ein mögliches Gegenüber umrüstete, eine kleine Wohnung in Pankow angemietet. Die in Steglitz ließ ich weiterlaufen. Für alle Fälle. Es hatte sogar schon die eine oder andere Abwechslung gegeben, die sich in einer Bar anknüpfen ließ oder irgendeinem Zufall verdankte, bevor ich schließlich Bilijana kennenlernte. Bei einem meiner »Antrittsbesuche« im wiederaufgenommenen sichtbaren Leben hatte ich erfahren, dass Dr. Neil Donahue, ein Freund aus den USA, in Berlin war.

Ich rief ihn an und wir verabredeten uns für den folgenden Abend in einer Galerie in der Gipsstraße, um einer Performance beizuwohnen. Aber natürlich gibt es verschiedene Versionen, wie ich Bilijana kennenlernte. Die meisten wurden im Verlauf unserer gemeinsamen Zeit, ohne Rücksicht auf ihre Widersprüche, oder sogar gerade deshalb, bestätigt. Die einfachste Version ist natürlich primär die wahre, nämlich die, dass sie während der Performance irgendwann vor mir in die Knie ging. Die Wahrheit aber, und das ist eine Erkenntnis, die ich aus meiner eigenen Geschichte ziehen muss, ist niemals nur eine einzige. Wäre sie es, wie sie im Allgemeinen behauptet, so wäre ja auch ich ein Einziger, wie sich daraus ergeben würde, aber ich bin das ja nur, wie hier der Beweis geführt wird, bis zu einem gewissen Grad, wie auch sie es daher nur bis zu einem gewissen Grad sein kann.

Trotzdem müssen wir mit einer Version beginnen: Die Galerie in der Gipsstraße war ein abgedunkelter, von Punktstrahlern beleuchteter Raum mit unruhiger Bestuhlung. Viele Leute standen an den Wänden. Die Performance ging bereits eine ganze Weile. Jemand quälte sich und das Publikum. Ich konzentrierte mich, verbarg meinen Unwillen und sah niemand an mich herantreten. Da tauchte plötzlich ein ziemlich farbloser Arm mit schönen, langen Fingern nach meinem Feuerzeug, während ein Kopf, als würde er sich seitlich auf ein Kissen legen, fragend zu mir heraufläch elte. Mein Feuerzeug lag auf dem Boden, meine beiden schwarzen und polierten Schuhe standen sehr beherrscht nebeneinander, ein schönes Paar, das gierig alle Lichter aufnahm, bis der Schatten ihres sich vorwärtsschiebenden Kopfes den linken Schuh allen Glanzes beraubte, so dass er matt und abwartend neben dem anderen verblasste. Wäre nicht zufällig gerade diese für mich unübliche Strenge des Dasitzens gewesen, normalerweise sitze ich mit amerikanisch übereinandergeschlagenen Beinen und den Blick meist in Augenhöhe haltend, so hätte entweder das linke Knie sie auf viel größerem Abstand gehalten oder der rechte Schuh ihr den Weg versperrt. Meistens stört mich Nähe, die ich nicht selber bestimme. Eine Person beginnt schließlich nicht erst dort, wo man sie berühren kann. Wie ich es in diesem Fall empfand, weiß ich nicht mehr genau.

Während auf meinem rechten Schuh der Tanz der Lichter weiterging, hatte über meinem linken nun ihr Blick das Licht abgefangen und warf es mir aus ihren Augen wie einen Feuerball zurück. Über die Kupidität, die von diesem Blick und dieser ersten Begegnung ihren Ausgang nahm, könnte ich nun seitenlang berichten. Ebenso könnte ich die Notizen zu dieser Performance hier anschließen, die ich in so vielen Details und mit einem so starken Widerwillen festgehalten habe und in der vieles sich zu synchronisieren schien mit unserem Kennenlernen, voller schrecklich symbolischer Vorbedeutungen der Qual und der Aggression. Dann natürlich meine Aufzeichnungen über die Reise nach Triest, von Triest nach Wien, von Wien nach Budapest, von Budapest nach Bukarest, von Bukarest nach Sofia, die wir unternahmen, kurz nachdem wir das herrliche Blutbad in Tirschenreuth angerichtet hatten:

Auf dem Weg sehen wir kümmerliche Häuser in den Farben der Sonne. Männer, auf Fahrräder gestützt, wie es scheint, seit Generationen. Der Honigduft der Akazien weht über die Straße. Ein grüßender Friedhofsengel mit Palmzweig – ich nehme so etwas immer sehr persönlich. Besonders Verkündigungen. Einmal dann, wie ein Stachel, eine schmerzliche Erinnerung an Isabel. Dann ein Ort namens Halazi, weiße Hallen mit Blechdächern, mit einem von der Sonne verschossenen Aralblau darüber als Himmel. Männer aus Muskeln, in ihren grünen Overalls steckend wie in Vasen, am Rande einer blechern glänzenden Baustelle. Baustille. Jagd eines Falken auf eine Goldammer. Federn sprühen durch die Luft. Ameisenstraßen ins alte Ägypten. Blaue IFA-Laster, auf denen Jünglinge mit Accattone-Blick in den Anhängern stehen. Reglos. Dürftige, kühle, an weißen Dahlien sich abarbeitende Räume. Oder auch an der Hortensie, der Metzgerblume. Wachstücher auf den Tischen, Blechstühle gegen den Sommer, Gras unter den Füßen, Gas in den Venen. Dunakiliti dann, ein Campingplatz namens Hulyguly und Billys Bemerkung: Hier geht ja echt der Punk ab!

Bei solchen Bemerkungen fühle ich mich immer sofort an Isabel erinnert. Bei Billy waren sie jedoch Ausnahmen. Eigentlich liebte sie eher eine gewähltere Sprache.

Später Sonnenblumen, schwarz von der Dürre, wie trauernde alte Weiber. Wie unterernährte, polnische Zwangsarbeiterinnen. Wie KZ-Häftlinge, auf dem Weg aus ihrer Vergessenheit in die Aufarbeitungslager unserer suchenden Augen. Tausende verkohlter Gesichter, die nach Südost blicken.

Achten Sie mal auf reife Sonnenblumenfelder, die schwarzen Gesichter, verkohlt von der Sonne, blicken immer nach Südost.

Bilijana, das Kinn aufs Knie gezogen, die Finger mit den Zehen ihres nackten Fußes verschränkt. Entweder sie raucht oder sie hat ihre Kopfhörer auf oder beides. Ihr an den Oberschenkel gepresstes Bein lässt die Wade wie einen kräftigen Maiskolben seitlich hervortreten. Während sie mich anblickt, sehe ich in ihren Augen das Blitzen Zehntausender in der Sonne wirbelnder Weidenblättchen, gestochen scharf. Doch gibt es zwischen oder hinter diesen silbrigen Kaskaden im Augenblick nichts, das mir gilt, weder Wohlwollen noch Interesse, nicht einmal Erkennen. Ich stelle den Wagen ab und stecke ihr meine Zunge zwischen Knie und Kinn, das daraufliegt. Automatisch öffnet sie die Beine und legt schützend ihre Hand dazwischen. Ihre Kniescheibe ist wie ein glattes, glasiertes Hochplateau. Die Zunge sieht mit siebenfacher Vergrößerung, wie mir mein Zahnarzt mal erklärte. Über ihre Hand und ihren Arm steigt ein ebenso schwacher wie unverkennbarer Geruch an meine Nase.

Nach dem letzten Mal hatte sie nicht mehr geduscht, da wir alles Gepäck bereits im Wagen hatten und es sozusagen zwischen Tür und Angel passierte. Das war in der Radna utca, in Buda, im Stehen, mit Blick auf den Pasáret und den Gellértberg. Sie hatte auch kaum noch gestöhnt. Sie hielt nur den Kopf aus der Tür in den Garten hinaus, die Arme wie Warndreiecke in den Türrahmen gestemmt, und als ich in ihren Hüften, die ich wie einen schweren Blumentopf umklammert hielt, mit den Fingerspitzen das walzenförmig sich fortpflanzende Rollen eines Orgasmus spürte und froh war, es auch dieses Mal geschafft zu haben, traf mich am Schluss dieser bis aufs letzte Hemd beraubte Blick, den sie auch jetzt wieder hatte.

Danach fuhren wir weiter nach Bukarest, auch ein düsteres Kapitel mit leuchtenden Gipfeln, und alles ging immer so weiter. Immer wieder, als später alles sehr schwierig wurde, kamen meine Gedanken auf diese erste Begegnung in der Gipsstraße zurück. So hatte ich sie kennengelernt.

Die ersten Momente einer Begegnung sind sehr lang. Sie speichern wie ein Chip eine Unmenge Information. In ihnen arbeiten biologische Rechner im Schatten des Bewusstseins, analysieren Gerüche, Stimmhöhe, Artikulation, Hautton, Hormonlage, Lidschlag, Pupille – sie vermessen die Logos des Sexuellen, den Mund, die Augen, die Finger, sondieren die Bewegungen, die Statussymbole. Nur mit Mühe kommt die Zeit später damit nach, all das einzulösen, was die ersten Augenblicke bereits beschlossen haben.

Diese ersten Augenblicke schaffen aus komplizierten Verknüpfungen ihrer Basisinformationen den Rahmen, den wir unsinnigerweise für die Freiheit halten, einander kennenzulernen und irgendwelche Bindungen einzugehen. Was wir einander zu sagen haben, dient dieser biologischen Rechnung nur als Illustration. Reden und Schweigen unterbrechen sie nie und sind auch niemals in der Lage, ihr Ergebnis zu korrigieren. Deswegen auch mein Problem mit diesem: »Woran denkst du jetzt?« Ich denke an das, was schon beschlossen ist, bevor ich mir den Satz dafür einfallen lassen könnte. Welche Frau in bangen Liebeszweifeln möchte eine solche Antwort bekommen? Der Augenblick der ersten Begegnung ist vielleicht der einzige Moment, wenn wir religiöse Ausnahmen außer Acht lassen, in dem unser Gehirn die zwölf Prozent, die es zur Nutzung für die Allgemeinheit bereithält, oder die vierzehn, mit denen es das Genie bevorzugt, wirklich ausschöpft.

Was ist bloß aus unserem grandiosen Anfang geworden, Billy?

Die Performance nervte. »Ich werde dich vermissen, wenn du jetzt gehst«, hatte ich gesagt, als ihre Zigarette endlich brannte und sie aufstand. Dann erst sah ich sie ganz. Sie war etwa achtundzwanzig, nicht zu schlank, mit eigenartig betonten Bewegungen. Mit eigenartig betonten Bewegungen meine ich, dass die Betonung der Bewegung etwas außerhalb ihres für sie notwendigen Schwungs lag. Wenn ich das nicht ein bisschen altmodisch fände, hätte ich gesagt, sie sah aus wie eine Rotkreuzhelferin, die sich an ihre Ballettzeit erinnert. Ihre beiden Augen standen vor mir wie nackte Kinder in einem sehr armen Land. Ihre rechte Brust von vorhin hatte nun eine kleine Schwester bekommen, und mit der Beschreibung ihres Mundes warte ich, bis ich eine Eingebung habe. Ich hätte auch sagen können, sie sah aus wie die von Gaultier hinter dem Fotomodell platzierte Einheimische bei einem Shooting vor den Kulissen der zerfallenden Sowjetunion. Moskau, im Hintergrund Militär, sozialistisches Design, und dazwischen: Billy.

Irgendwie wirkte sie ein bisschen zusammengestöpselt aus lauter Details, für die ich eine Schwäche habe, und irgendwo versagten diese Details auf interessante, aber auch erregende Weise den Dienst am Ganzen. Jede Region hatte bei ihr ihr eigenes Klima, ihr eigenes Temperament, sie war nicht wirklich aus einem Guss, sie war eine Konföderation.

Es kamen später Zeiten, wo diese Konföderation sich in eine Diktatur wandelte. So aber fing alles an. Jedenfalls in der einen Version. Ich gab ihr meine Telefonnummer und bat sie um einen Anruf. Dies alles geschah Ende '94, ein paar Monate nachdem Griebenow aus dem Klinikum rechts der Isar zurückgekommen war. Vielleicht hat es sich ja auch nicht so abgespielt. Oder nicht ganz so. Aber auch dann wäre es immer noch ein Unfug, ein Märchen eine Lüge zu nennen.

Die Ermunterung des Blütenhonigs

Nach meiner Zeit als Glasmann versuchte ich, das Leben wiederzugewinnen, das ich schon einmal geführt hatte – und schon einmal verloren. Wie es schien, erhielt ich vom Schicksal vorerst grünes Licht. Das Leben legte eine neue Datei für uns an. Für mich und Biljana.

Wir bestiegen jene Gondel, die im Riesenrad der ewigen Wiederholung kreiste und wohl immer noch kreist. Die Gondel war ausgeschlagen mit rotem Krepppapier, hatte golden umrahmte Luken und statt des Bodens einen eisernen Rost, durch den das Blut ablief, oder das Wasser. Wir hatten glatte, braune, feste Bäuche, in denen der Solarplexus rotierte wie ein chinesisches Feuerrad, und unsere Finger, die Daktylen, nahmen die Fäden unserer tropfenden Geschlechter auf, um sie zu kunstvollen Netzen zu weben, in denen zu Hunderten die Horen sich fingen und verendeten. Unsere Organe, die Milz, die Leber, das Herz, lagen wie Ausstellungsstücke in unseren auf der Seite vollkommen durchsichtigen Körpern, und jene Knorpelwelten, die diese Eingeweide zusammenhielten, umschlossen sie wie eine knochenfarbene Monstranz.

Oft hatten wir eine kleine, zigarettenboxgroße Minolta dabei, mit der wir aus der Hand und ohne den Sucher zu bemühen mit vorgestrecktem Arm oder von über dem Kopf aus fotografierten. Die Bilder sollten leicht und unkonzentriert aussehen. Daraus entstanden ähnliche Fotos, wie sie Isabel in ihrer Ausstellung *Exits from Complexity* in München in der Lothringer Straße gezeigt hatte: verschwommen, bizarr, leicht überbunt. Ich hatte mich, wie die Fotos zeigten, in den letzten drei Jahren kaum verändert, nur war jetzt statt Isabel Billy Motiv und Mittelpunkt aller Bilder. Ich fotografierte sie, um ihren Archetypus einzukreisen, vor den abgedroschensten Hintergründen … in Lübeck vor dem Holstentor, in Nürnberg vor dem

Tugendbrunnen, in Venedig vor dem Markuslöwen, in München neben dem Perseus in der Feldherrnhalle, in Berlin vor dem Brandenburger Tor, in London neben einem Bobby auf dem Piccadilly, in Dresden vor der Ruine der Frauenkirche, in Frankfurt auf dem Römer und in Florenz vor der Loggia dei Lanzi. Es funktionierte. Ihre Umrisse wurden immer bienenhafter und ihr hell-dunkel gebänderter Leib summte. Die Welt mit ihren unzumutbaren Vereinfachungen unterstützte das mit jeder Menge trächtiger Blüten, und alles, was wir unternahmen, war in Honig getaucht.

Immergrüne Sommerfrischen

Nach wie vor liebte Bilijana den Sofioter Sommer. Sie besaß eine Wohnung in der Oborischte-Straße, die sie 1990, gleich nach der Wende, für ein Spottgeld erworben hatte. An dieser Wohnung hingen ihre Gefühle. Hier hatte sie die Erinnerungen deponiert an jene wilden Jahre vor der Wende, die sie allerdings in einer weniger bevorzugten Umgebung verbracht hatte. Die Gefühle galten ihrer Vergangenheit, ihrem Land, der bulgarischen Sprache, der Hauptstadt – und sie galten gelegentlichen Liebhabern, die aus den alten Zeiten in ihrer Gunst überlebt hatten.

Überall im Osten war in den Jahren kurz vor der Wende bei den Jugendlichen ein Drang zum Feiern ausgebrochen. Es schien, als hätte die sozialistische Ära eine Ahnung von ihrem nahenden Ende vor sich hergeschoben, die Nährboden wurde für wilde Szenen. Eine décadence. Fast jeden Abend war man ins Café Kravai oder das Cosmos gezogen, wo Hunderte von Jugendlichen sich versammelten und wo man ausschließlich über den Westen redete: über Musik, Filme, Kleider, Kunst, Whisky und amerikanische Zigaretten. Einzige Ausnahme war vielleicht die russische Popgruppe Kino. Hier erfuhr man, wo es zu späterer Stunde noch Partys geben würde, und von den hundert und mehr Gästen, die dort dann eintrafen, gehörte man meist zu den siebzig bis achtzig, die uneingeladen kamen. Es waren die letzten Jahre des Kommunismus, in denen eine immer desolater werdende Jugend versuchte, so viel Spaß wie möglich zu haben. Wie überall im Osten blieb dies natürlich auf die Hauptstadt beschränkt und in Sofia auch nur auf wenige Bezirke. Auf dem Lande, wie in allen Paktstaaten, herrschte Ruhe und todsichere Rückständigkeit.

Griebenow war, bevor er als Militärattaché nach Bulgarien kam, Referent für Rüstungskontrolle und Verifikation im Führungsstab der Streitkräfte. Nach seiner Rückkehr in die Bundesrepublik, Ende

'87, wurde er Bataillonskommandeur. Er erhielt eine B3-Stelle als Referatsleiter für Rüstungskontrolle, und Billy bezog eine Wohnung in Schöneberg in der Eisenacher Straße, bevor sie 1990 in die Dunckerstraße übersiedelte. Anfang '88 war sie von einer Auslandsreise nicht nach Bulgarien zurückgekehrt. Ab ebendiesem Jahr begleitete Griebenow regelmäßig die Verhandlungen im Rahmen der KSZE, später KZE, und kurz nach der Wende wurde er, nach nur einem Jahr im Rang eines Oberst, überraschend, aber wegen großer Verdienste, zum Brigadegeneral befördert.

Von diesem Zeitpunkt an nannte ihn Bilijana nicht mehr Mólja, sondern nur noch General. Zwischen ihrer Ausreise und der Wende hatte der General von Deutschland aus die unter Repressalien geratenen Stojanows, Billys Eltern, finanziell unterstützt, und sofort nach der Wende konnte ein Studienplatz für ihren Bruder, der ebenfalls sehr gut Deutsch sprach, in Tübingen gefunden werden.

Ab 1990 verbrachte Bilijana, wenn es sich einrichten ließ, zwei Wochen im Sommer mit Griebenow in ihrer Sofioter Wohnung. Von dort aus unternahmen sie Ausflüge ins berühmte Rosental, ins Witoscha-Gebirge oder in byzantinische Klöster, da Griebenow eine Schwäche für Ikonen hatte. Dies verbanden sie möglichst einmal pro Jahr mit einem Abstecher ans Schwarze Meer. In der Regel fuhren sie danach gemeinsam noch für etwa zehn Tage in Griebenows Haus in den Abruzzen, eine gute Stunde von Pescara entfernt, in den Bergen. Es handelte sich bei diesem italienischen Landsitz um ein kleines, bäuerliches Anwesen, ein Feldsteinhaus mit ein paar umliegenden Nebengebäuden. Der ganze Komplex war vollendet dem Gelände, auf dem es stand, und dem Gestein, dem es praktisch entnommen war, angepasst. Es lag auf der sonnigen Seite einer Schlucht noch in den ersten Anstiegen der Abruzzen, und man musste, kam man von Pescara, mit dem Wagen eine steile Abfahrt hinunter zu einem nur etwa vier Monate im Jahr Wasser führenden Flüsschen riskieren, um auf der anderen Seite ebenso steil hinauf zum Haus zu gelangen.

Für diese Zwecke war ganzjährig ein alter, grauer Volvo dort abgestellt, der ähnlich wie der recht beachtliche Olivenhain, der zum

Anwesen gehörte, von einem Bauern aus der Nachbarschaft gewartet wurde. Gäste parkten fast immer auf der Schattenseite der Schlucht und wurden dann mit dem Volvo abgeholt. Deswegen hatte der Wagen auch den Spitznamen Christophorus. Wenn das Wetter auch diesen Panzer nicht mehr zuließ, musste man die letzten zwei Kilometer zu Fuß gehen. Von der höheren Terrasse hatte man einen herrlichen Blick auf die in der Sonne faulenzenden Berge mit ihren würzigen Gehölzen und den bunten Gärten zwischen Feldern und Olivenhainen, und bei ganz klarem Wetter erhaschte das Auge einen Silberstreif des Adriatischen Meeres. Griebenow hatte das einstige Bauernhaus sorgfältig von seinen Altersschwächen befreit, neue Fenster aus Pinienholz einsetzen, deren Laibungen frisch kalken, die Mauern mit den passenden Steinen ausbessern und das alte Holz von Dachstuhl und Boden säubern und ölen lassen. Falls wirklich mal nötig, gab es in einem der Nebengebäude ein Notstromaggregat, denn das Gelände war an keine Stromversorgung angeschlossen, und das Wasser musste von einem hundert Meter tiefer gelegenen Brunnen heraufgebracht werden.

Das erste Mal waren Bilijana und Wolfdietrich als frisches Liebespaar in diesem Haus gewesen. Damals hatten sie viel getrunken und viel gelacht, und Bilijana war überhaupt nie aufgefallen, wie viel älter er war. Sie war unglaublich erregt vom vollendeten Umgang, den er ihr gegenüber in jeder Situation zeigte, und wenn auch ihre vaginale, fast hätte ich gesagt: Präokkupiertheit, etwas milder ausgedrückt: ihre vaginale Neigung, aus der heraus sie beim Sex nach einem Gerammtwerden sich sehnte, weil nur das die Goldadern eines tiefrot sich entzündenden Gehirns zum Leuchten und Ausschmelzen brachte, immer etwas bekümmert auf den klitoralen Ersatz blickte, so war sie dennoch glücklich. Und obwohl sie nicht verstand, warum es witzig sein sollte, dass man Bruno Walter den »Schlesinger von der Vogelweide« genannt hatte, und auch für Aaron Schickelgruber kein passendes Humorverständnis aufbrachte, gab's anfangs noch jede Nacht wenigstens einen zweiten Versuch.

Beim letzten Mal nun, kurz vor der Rückfahrt nach Berlin, war

Griebenow hinunter an den Brunnen gegangen, um den Steintrog, in dem das Wasser sich sammelte, wie üblich vor dem Wegfahren mit einer schweren Steinplatte abzudecken. Bilijana, die nur ein Stück weiter oben dabei war, Brombeersträucher auszulichten, hörte ihn, soweit sie sich erinnerte, das erste Mal wirklich aufschreien. Er stand gekrümmt da und stemmte seine rechte Hand in den Rücken und sein Mund blieb eine ganze Weile von den Schmerzen verzerrt.

Der große Regen

Wir brüllten vor Lachen. Unsere Hälse waren rot angeschwollen. In ihren Augen leuchtete die Erinnerung an den Sozialismus und seinen unkomplizierten, gedankenlosen Sex. Meine bemühten sich um eine Amnestie für meine stets in Haft befindlichen Hintergedanken. Wir schnupften ein bisschen weißes Coca-Coca und fühlten uns schlank und schlagfertig und schlagartig glücklich. In einem grünen Mercedes Baujahr '84 fuhren wir auf der Frankfurter Allee Richtung Alex. Der Himmel war zum Platzen fett, mit einem grünen, fauligen Horizont hinter dem Fernsehturm. Der Alexanderplatz selbst wirkte noch lausiger als das berühmte Buch, das über ihn verfasst wurde. Im Rekorder lief eine Kassette von Stan Getz.

Mit einem Schlag begann es zu regnen, trotzig, wütend, ungeduldig – so, als schmeiße der Himmel das Wasser weg. In wenigen Minuten hatte sich das Ganze zu einem Wolkenbruch gemausert, der nichts mehr zeigte von der Welt da draußen, und wo man nicht einmal mehr angeben konnte, in welche Richtung das Wasser flog, noch, woraus es sich zusammensetzte, aus Tropfen, aus Strähnen, aus Flächen, aus Schaum.

Ich war nach dem Kino International rechts rangefahren und nutzte die Naturgewalt, um Billy aus ihrem Etuikleid zu schälen. Das Auto war wie eine negative Duschkabine. Die Scheiben beschlugen nun noch stärker. Schließlich saß sie splitternackt neben mir und ich öffnete den australischen Chardonnay, den wir Penck und Leiberg mit ins Atelier bringen wollten, indem ich den Korken mit einem Schraubenzieher aus dem Handschuhfach in die Flasche drückte. Dafür, dass er nicht besonders teuer war, ein Forrest Hill, war er viel besser als erwartet, ordentlich feiner Holzton, zigarrenkistchenartig, und auch noch gut kalt, jedenfalls nicht zu vergleichen mit den elenden Soaves oder Pinot Grigios, mit denen man in fast allen Berliner Kneipen um den Wein betrogen wird.

Die Kassette sprang aus dem Fach, als sie zu Ende war, das Radio ging an und Tanita Tikaram sang ihr dunkles: »Look my eyes are just holograms« aus *Twist in my sobriety*, einem twist in einer sobriety, von der wir selbst bald ein Lied singen konnten. Billy öffnete die Wagentür und tanzte nackt hinaus auf die Straße. Wahrscheinlich waren es nur ein, zwei Minuten, in denen dieser Teil Berlins fast vollkommen der Sicht beraubt war, aber sie genügten, dass Billy da draußen war, in der Gischt ein paarmal diese schnellen, haifischartigen Bewegungen vollführte und dann ins Auto zurücksprühte und sich über mich warf. Ich erfüllte sie, während sie mir einen blies, mit dem Hals der Weinflasche, und es war ein Wunder, wie der sexuelle Kreislauf, der entstand, von dem Wasser, das immer eindringlicher toste, noch profitierte.

Tschimbundineis. Das Glied wird nicht steif, stand nicht zur Debatte.

Wenn man in Berlin auf den Alexanderplatz kommt, ist man entweder enttäuscht oder verstimmt, keinen Platz vorzufinden. Der Ort kommt einem vor wie eine Idee, die sich in Luft aufgelöst hat. Eine Idee, die ein Loch hinterlassen hat zwischen dem ehemaligen Inter- und jetzigen Forum-Hotel und dem Fernsehturm, ein Loch, das von einem unablässigen Verkehrsfluss umspült wird. Der schwarze, rhythmische Verkehr pulst nicht mehr aus dem Herzen des Platzes, pulst auch nicht mehr in dieses Herz zurück, sondern umschlingt ihn wie ein Lasso. Der Verkehr erwürgt ihn. Ringsherum um diesen Verkehr stehen nur Häuser, die keinen Schuss Pulver wert sind. Folgerichtig verziehen sich auch sämtliche Straßen, die Prenzlauer Allee, die Frankfurter Allee und Unter den Linden, so schnell sie können, in erfreulichere Anblicke. Jenen trostlosen Pflasterstrand zwischen dem heutigen Saturn und der Nordostseite des Bahnhofs Alexanderplatz scheut man sich fast, mit dem Zarennamen in einem Atemzug zu nennen. Es ist ein Wurstbudenkarree mit billigstem Passantenrummel. Mit allem, was während und nach dem Krieg hier geschehen war, hatte dieser Platz eine einzige Niederlage erlitten, die nur von der noch viel größeren Niederlage des Potsdamer Platzes übertroffen wird, wo man aus einer der großartigsten Baustellen der Welt eine der deprimierendsten Deutsche-Michel-Burgen auf Erden errichtet hat. Die Einwohner Berlins schenken aber diesem Umstand oder diesen Umständen kaum Beachtung, denn wenn sie sterben, so denken sie, werden sie nichts mitnehmen, auch nichts von dem schlechten Eindruck, den manche Gegenden von Berlin auf manche Fremde hinterlassen.

Griebenow jedenfalls war am Alexanderplatz ausgestiegen, um von dort aus entlang der S-Bahn zum Monbijouplatz zu spazieren. Er war dort mit Meyer von Büttenberg verabredet, einem Kollegen aus der Zeit des Kalten Krieges. Griebenow zögerte auf der Mitte des Platzes, unschlüssig zwischen tapfer und niedergeschlagen. Er widmete dem Sterben, insbesondere einem Sterben besonderer Art, ein paar unerquickliche Gedanken. Er trug einen grauen, vor ein paar Jahren bei Harrod's gekauften Anzug, bei dem Knie und Ellbogen leicht ausgebeult waren. Kleidung, die zu neu aussah, fand er vulgär. Es war 13 Uhr 32. Vor wenigen Minuten war er nach sechs Tagen Abwesenheit mit dem Zug aus München hier eingetroffen. Am Klinikum rechts der Isar hatte er in der Neurochirurgie den Bandscheibenvorfall, den er sich im Haus in Abruzzo zugezogen hatte, operieren lassen. Mehr als fünf Monate hatte er trotz starker Schmerzen die Operation hinausgezögert.

Die Schmerzsymptomatik in den Beinen hätte ihn befürchten lassen müssen, dass ein Nervenschaden durch Kompression entstanden sein konnte. Er hatte versucht, dies zu ignorieren. Die bereits etwas vorgewölbte Bandscheibe zwischen zweitem und drittem Lendenwirbel hatte nach ihrem Vorfall in den Spinalkanal gedrückt und die nervi erigentes abgeklemmt. Vor ihm lagen drei Wochen Rehaklinik und die Aussicht einer ab dato dauerhaften Impotenz.

Barfuß durch die Unterwäsche

Für Billys Unterhosen, die nie wirklich Klasse hatten und die sie immer über ihren in dieser Zeit so eindrucksvoll straffen Hintern abrollte, um aus ihnen herauszusteigen wie Aphrodite aus der Feinripp-Brezel, den oft nicht völlig taufrischen Steg gewöhnlich, sozusagen mit dem Gesicht nach oben zu liegen bringend, begann ich, weil sie in ihrer Wohnung ein so vertrauter Anblick waren, der Leben und Aufbruch bedeutete, oder rückblickend Liebe und Herunterkrempeln, den Ausdruck Rock 'n' Roller einzuführen.

Ich nehme es auf meine Kappe, die ersten schwarzen Rock 'n' Roller und später sogar rote in dieses Leben provoziert zu haben. Billy hatte vor ihrer sexuellen Postmoderne strenge Prinzipien in Kleiderfragen. Im Grunde war die, sagen wir: modische Unaufdringlichkeit, eine Verpflichtung, die man dem Osten schuldig war. Schließlich sorgt ja der Körper fürs Pulver, und nicht die Wäsche. Doch gab es immer wieder Rückschläge. Endlich hatte man es erreicht, unter einem Meer pflanzenfarbener Pullover die kleinen Brüste aus den ins Altertum der Mütter verwiesenen BHs zu befreien und die sich an der rauen Wolle reibenden Nippel zu genießen, da trugen die Westtussis diese Dinger angeblich nicht immer noch, sondern schon wieder.

Das Haus in der Dunckerstraße, in dem Billy den rechten Flügel des vierten Stocks bewohnte, war eines jener typischen Häuser in Prenzlauer Berg, deren Fassaden weiter nichts waren als Wetterverstärker. Schönes Wetter machte sie noch schöner, Regen noch trübsinniger. Immerhin aber spielten sie bei jedem Wetter mit. Mit den prasselnden, verblechten Fenstergiebeln und den schwappenden Muschelfriesen im Regen und bei Sonne mit einem fast feierlichen Leuchten auf dem feinblättrigen Putz, der in dieser Gegend in ziemlich edlem Grau vorkommt. Seit der Westen mit seiner Farbrünstigkeit hereingebrochen war und ein Haus nach dem anderen der Renovierung preisgegeben wurde, betrachteten die Verbliebenen diese Vorgänge in ihrer Umgebung nur noch mit reserviertem Zurückschaudern vor einer solchen schamlosen Buntheit.

Betrat man diese Häuser, blickten kleine, bukolische Stuckreliefs mit verblassten Amoretten auf einen herab und man stand vor einer Welt grotesk sich abschälender Wände. Was abblätterte, sich schuppte, runzelte, schälte, warf oder aufrollte, beruhte auf der einzigen Ölfarbe zu Ostzeiten, olivgrün, wenn man es mit der Beschreibung der Farbe gut meint. An ihren einschlägigen Orten, Prenzlauer Berg zum Beispiel, war sie allgegenwärtig: links und rechts bis in Schulterhöhe Kacheln und Lücken zwischen den Kacheln, auf einer Seite dann meist die düsteren Batterien lädierter Blechbriefkästen, keiner ohne Eselsohr. Unter den Briefkästen, ramponierte und rostige Veteranen, der braune, nimmersatte Karton für die bunten Postwurfsendungen. Neben dem Treppenaufgang rechts die Losung: *Wir brauchen keine Heizung, wir kriegen auch so alles geregelt.* Im Treppenhaus selbst herrschte der tägliche Zweikampf zwischen den Heruntergekommenen, den DDRlern, und den Aufsteigenden, den Westlern.

Billy aber überbot durch ihre besondere Vitalität alles, was »unrenoviert« in Berlin an sich schon bedeuten konnte. Im Grunde liebe ich schlampige Menschen wegen des Ungestüms, mit der sie diese Schande in sexuelle Energien zu verwandeln wissen. Aus dem Chaos entsteht das Leben, und die Ordnung endet im Tod, dachte ich, während ich auf einen Strauß von in langen Monaten geschrumpften Terrakottarosen blickte, die wie Mumien aus dem würgenden Hals einer italienischen Weinkaraffe schauten. Billy triumphierte nicht nur über diese, sondern erstrahlte inmitten der Unordnung zu einer fantastischen Unsittlichkeit. Pares inter pares. Wahrscheinlich entspringt die Schlampigkeit der gleichen unbekümmerten Fähigkeit, mit der man auch sich selbst und seinen Körper einfach fallen lassen kann. Sie, die Schlampigkeit, ist deshalb eine zuverlässige Quelle der Wollust und die Schlampe ihrer beider vollkommenste Verkörperung. Billy schaffte eine Dramaturgie aus diesen beiden Komponenten, der sich nicht einmal die nackten und unverrückbaren Wände entziehen konnten, geschweige denn alles Bewegliche, Zerbrechliche oder Verderbliche. Nie hatten, einmal geöffnet, der Schraubverschluss und die dazugehörige Tube Zahnpasta oder dergleichen je wieder, solange sie in Gebrauch waren, zueinandergefunden. Kein Inhalt irgendeines Gefäßes widerstand je wieder im Schutze seines Deckels den zersetzenden Einwirkungen von Sonne, Hitze oder Staub. Nichts fand auf den Bügel zurück, von dem es gefallen war, oder in die Schachtel, der es entnommen wurde.

Darüber hinaus gab es überall Schuhe. Urbild der Vagina. Besieht man sich die heutigen Schuhschränke der Frauen, erkennt man, dass es aus ist mit der Vagina. Nur die Klitoris hat überlebt. Hier aber lagen sie, lagerten sie, überall, prophetisch, wie offene Wunden einerseits und andererseits wie Mäuler, Höhlen, oder wie hungrige Vulven. Hier verkörperten sie pantomimisch Vereinigung und Vergeblichkeit der Vereinigung. Jedes Paar erkannte man daran, dass die Partner zueinander eine größere Entfernung haben mussten als zu jedem anderen Nachbarn. Die Lampe im Flur war eine bessere Glasscherbe, genauer gesagt, sie war eine Glasscherbe, und zwar absolut keine bessere. Wenn man nicht gerade auf den Boden achtete, um zu sehen, wo man hintrat, sah man sich umringt von Wänden, auf denen die Spuren der Ausschweifung ihre Malereien hinterlassen hatten. Explodierte Espressokannen, Rotwein, der im Glas über den Tisch gerattert war, wenn Billy sich für diese Stellung entschieden hatte. Dazwischen Schrammen von allerlei Geworfenem. Überhaupt besaß das Zerbrochene, ob es sich nun um Bilderrahmen, Spiegelscherben oder Stuhllehnen handelte, eine unübersehbare Signifikanz in diesen Räumen. Vielleicht wollten sie die Beschädigungen am stets zerbrechenden Rand der Lust widerspiegeln, diese immer wieder zu zerstörende Einheit, sobald die Körper sich voneinander lösen und die Umarmung auseinanderbricht. Der Herd, auf dem ununterbrochen Kaffee und selten eine Mahlzeit gekocht wurde, zeigte die großporige, mattschwarze Oberfläche von Basalt oder Tuffstein, die sich täuschend echt aus eingebrannter Milch und Moccafixpulver erzeugen lässt. Zwischen all diesen, gelinde gesagt, zwanglos angeordneten Dingen räkelten sich abgeworfene Pullover, pathetisch aufgerissene Blusen und regelrecht hingerichtete Hosen. Im Bedarfsfall tappte man barfuß durch die Unterwäsche in eine ernüchternde Toilette, die stets mit geschickt verlorenen Hindernissen gespickt war, und fand, wenn man zurückkam, Billy, halb wachend, halb schlafend, in dieser hingegossenen, eigentümlichen, aber auch schon leicht verwüsteten Schönheit, in der man sie vor ein paar Minuten zurückgelassen hatte.

»Du kannst doch nicht diese offene Werkzeugkiste mitten im Bad stehen lassen!« – »Ich kann alles«, hatte sie bei ihrem Zusammenbrechen, das ihr Zubettgehen genauer beschreibt, gesagt, und ich hatte ihr geantwortet: »Selbstüberschätzung ist kein Schicksal, sondern ein Delikt«, ein Satz, mit dem ich schon Büttner auf die Palme gebracht hatte.

Böhringer

Die Unlösbarkeit dieses sonnigen Montagmorgens konnte mich nicht über die Befürchtung hinwegtäuschen, dass sie mit dem Kater zusammenhing, den ich mir letzte Nacht mit Billy eingefangen hatte. Unlösbar wie das Suchbild, das ein sehr wetterhaftes Licht auf die Zimmerwand malte und das jedes Mal, sobald ich die ersten Teile des gesuchten Umrisses erkennen konnte, sich seiner Lösung entzog. Billy lag neben mir, halb aufgedeckt, geradezu umjubelt von diesem Aprilmorgen, für Bild und Ton jedoch nicht erreichbar. Sie war noch nicht auf Sendung.

Wir hatten am Abend zuvor Böhringer getroffen in seinem Haus im Westend. Mit den allerfeinsten Zutaten, damit meine ich mit den allerteuersten, war es ihm gelungen, in seinem Zuhause die Atmosphäre einer Zahnarztpraxis zu erzeugen. Die Bulthaup-Küche hatte die schöne Funktionalität eines Elektrizitätswerks, wenn man sich den Gedanken nicht gestattete, dass sie heute den zweckmäßigen Kerntrakt eines Konzentrationslagers bilden könnte – und das Schlafzimmer ging in Richtung Operationsraum einer Tierklinik. Merkwürdig eigentlich, dass Fischer von Fischer & Fischer und er sich nie kennengelernt hatten. Nicht nur gab es frappante Ähnlichkeiten in ihrer Persönlichkeit und sogar ihrer Sammelinteressen, auch unter uns Jüngeren und unseren Freunden gab es eine ganze Reihe von Verbindungen, die diese beiden Herren leicht hätten zusammenbringen können. In der Wohnung gab es einigen Donald Judd, bei Ricke in Köln gekauft und mächtig teuer, Armleder, Blinky Palermo, eine Arbeit von Franz West, ein Tony-Cragg-Stillleben mit gebauchten und ungebauchten Flaschen und sogar einen kleinen, relativ frühen Bruce Nauman. Im Treppenhaus hing eines der Mitte der sechziger Jahre entstandenen Rasterbilder von Polke. Allererste Sahne. Wenn man so will. Die Judds gaben, da sie vorwiegend in den

Gängen hingen, diesen mit ihren klaren Logos etwas von Baustellenausfahrten.

Böhringer war in seiner Jugend ein Junge gewesen, der Seitenscheitel trug und am nicht zu bändigenden Haarwirbel hinten links immer eine aufrecht stehende Strähne hatte, die beim Gehen wippte. Bisher bin ich noch keinem mit einem solchen Schicksal begegnet, der im Leben eine echte Chance gehabt hätte. So einer ist mit dieser kleinen Antenne praktisch von Kindesbeinen an mit dem Unglück verbunden. Die Pragmatiker unter ihnen begrenzen den Schaden, indem sie Freibäder meiden, Sportarten betreiben, bei denen man Caps trägt oder deren Prestige sich nach den Beitragssätzen der Vereine richtet und nicht nach der sportlichen Ausstrahlung. Oder man behilft sich des gegen jede gefährliche Selbstwahrnehmung erfolgreichsten Mittels, nämlich sich bis zur völligen In-Luft-Auflösung des Ichs in Arbeit zu stürzen.

Böhringer hatte sich mit Erfolg all dieser Mittel bedient. Dann aber kam zum soliden Wohlstand eine noch einmal so umfangreiche Erbschaft hinzu, dass er sich fortan zu den wirklich Reichen zählen durfte. Nur das Glück blieb aus. Kurz nach der Wende hatte er ein Flittchen aus Halle kennengelernt, die ihn mit dem trügerischen Eindruck menschlicher Wärme verhexte, mit der tierischen Promiskuität des Ostens so lange betrog, bis selbst er es bemerkte, dazwischen aber nach bekannter Rezeptur mit Szenen echter, harter Eifersucht aufwartete, für die sie keinen triftigeren Anlass hatte, als sich jeden Verrat lebhaft vorstellen zu können. Hinzu kam, dass sie ihn nach allen Regeln der Kunst so abzockte, dass schließlich sogar noch ein Kind dabei heraussprang. Nach zwei Jahren, in denen sie sich von einem still lächelnden Pullovermädchen mit warmen, braunen Haaren und ehrlichen Halbschuhen in eine wüste Sex- und Konsumschurkin verwandelt hatte, nahm sie das Kind und tauchte in Leipzig in Kreisen junger Literaten unter, die es ihr nachts im Treppenhaus besorgten oder mittags auf dem Großparkplatz von Möbel Höffner. Alles köstliche Abwechslungen, zu denen Böhringer natürlich die Fantasie fehlte.

Als sie weg war, lebte Böhringer wieder Auge in Auge mit den Donald Judds. Er hatte früher als Broker, Anwalt, Grafiker und Lektor gearbeitet. Eine merkwürdige Mischung, aber er hatte eben Jura studiert, geriet mit dreißig unter die Räder einer unbedeutenden Künstlerszene, die ihn ein bisschen belächelte und ein bisschen beraubte, und studierte dann noch zwei Jahre Grafik und Design. Als seine letzte Stelle, die eines Grafikers in einer Werbeagentur, gestrichen wurde, entschloss er sich, Privatier zu werden. Die Unmenge Geld, für die er einen fähigen Vermögensverwalter hatte, rechtfertigte einfach nicht mehr den Wettbewerb mit diesen ganz jungen Kollegen, bei dem er sich meist nur mit »Ergebnissen im Mittelfeld« zufriedengeben musste. Mit der Kunst hatte Böhringer, wie er meinte, einen Hauch von Verrücktheit in sein Leben eindringen lassen, der, auch wenn man Kunst nicht als Verrücktheit gelten lassen will, eher mit dem Bild des Künstlers, das man in solchen Kreisen hat, zusammenhängen wird.

Immerhin gab es an diesem Abend Tafelspitz mit frisch geschabtem Meerrettich und Bouillonkartoffeln mit Schnittlauch, was auf eine gewisse Grundsolidität schließen lässt. Auch der Nachtisch war nicht überinszeniert, eine Panna cotta – die zitterte wie eine Mädchenbrust am Stufenbarren – mit frischen Erdbeeren. Zu dritt tranken wir vier Flaschen Donnafugata. Auch hier wurden die sündhaften Barolos sowie die Grand Crues der Haut-Medoc vermieden. Die gab es im Hause natürlich auch, aber sie waren für die Brunstessen mit den Bandenmitgliedern der New Economy sicher geeigneter. Sie wurden hinzugezogen, wenn es darum ging, die Engpasskonzentrationsspirale zu durchstoßen, um zum ewigen Thema des Venture-Capital vorzudringen. Der Donnafugata, kein ganz harmloser Umsäusler des Gehirns, stammte aus dem Weingut der Lampedusas und mochte deshalb möglicherweise auch eine feine literarische Anspielung beinhalten.

Als wir gingen, war Böhringer so grünbleich wie der Pecorino, der am Schluss noch dem Wein zu Hilfe gebracht wurde. Immer wieder hatte er im Laufe des Abends versucht, einen Halm von Begeisterung zu erhaschen, der aber unter den bemühten Versuchen, ausgelassen zu sein, immer sofort zerbrach. Für Menschen, die durch Geld oder Macht abgeschnitten sind von den vollen Zügen, die das Leben auch aus den einfachsten Zisternen zu spendieren vermag, bilden Künstler oft eine beliebte Brücke zu diesen unerfüllten Sehnsüchten.

Auf der Rückfahrt mit der S-Bahn stiegen wir, weil es auf dem Weg lag, in Charlottenburg aus und gingen zu Dralle. Es war die Zeit, als die netten Jungs dort noch bedienten. Sonst mag ich den Stadtteil nicht, voller Kulturgecken. Die tauchten dort mit ihren dünnen Stimmchen überall auf, als ob sie sich gerade einen Schuss Sannyasin gesetzt hätten, und sofort ging's los mit dem Namenherunterrattern. Meine Fresse. Unglücklicherweise stand am anderen Ende des Tresens, neben einem Bild von Hödicke, eine Frau, mit der ich vor nicht allzu langer Zeit eine Gedächtnisnacht verbracht hatte. Ich stellte mich so, dass Billy sie nicht und sie mich nicht sehen konnte. Zum Glück war es so voll, dass man weder umfallen konnte noch, besonders bei meiner Größe, leicht entdeckbar war. Wir tranken zwei doppelte J&B und zogen weiter.

Als wir in die Dunckerstraße zurückkamen, waren wir ziemlich alle.

»Böhringer ist eine arme Sau«, sagte Billy und gähnte.

»Wie man's nimmt«, sagte ich fast ohne Stimme.

Billy dehnte sich, indem sie die verschränkten Finger umdrehte und gen Himmel stieß. Es krachte in ihren Knöcheln. Wir hatten noch eine Flasche Wein aufgemacht. Auf dem Boden stand ein Putzeimer voll mit weißen Tulpen, mindestens vierzig Stück. Berauschend. Billy ging zur Toilette und winkte mir, nachzukommen. Beim Aufstehen stieß ich gegen den Eimer und ein flacher Wasserfladen segelte wie eine Frisbeescheibe über ihren abgeworfenen Pulli in einen Stapel Zeitschriften.

Ich kniete mich vor sie auf den schlampigen Fußboden und sah ihr zu, wie sie mit wollüstig geschlossenen Lidern einen handverlesenen Strahl in die Keramikschüssel pullerte. Anschließend versuchten wir, während wir uns küssten, jeder ein anderes Lied zu singen und als Erster zu erraten, um welches es sich handelte, wobei jeder sich Mühe geben musste, sein Lied auf den Lippen des anderen zu ersticken, aber so viel Luft zu lassen, dass er das des anderen zuerst erkennen konnte. Ein richtiger Wettbewerb, bei dem ihre Brustwarzen hart wurden wie Kugelschreiberkappen. Der Mund wurde dabei ziemlich nass und die Stimme lauter und lauter und vom Lachen geschüttelt, aber es gelang uns beiden, unser Gepruste unkenntlich zu halten, obwohl man mein »Show me the way to the next whisky bar« beinahe schon am Rhythmus hätte erkennen müssen, mit dem ich im Takt in die Knie ging und mit den Schuhen stampfte.

»›Müssen‹ schreibt man mit zwei scharfen ›s‹«, sagte sie, »und ›wollen‹ mit zwei scharfen ›l‹.«

Sie war also betrunken. Ich öffnete Billys weiße Seidenbluse. Normalerweise ist sie nicht das Mädchen, das weiße Seidenblusen trägt.

»Wenn ich eine weiße Seidenbluse trage«, sagte sie, »dann fühle ich mich sehr weiblich – ein Gefühl, das ich nicht immer mag.« Mit der weißen Seidenbluse fühle sie sich selbst an eine französische Schriftstellerin des Nouveau Roman erinnert, sagte sie mit einer leicht verrollenden Zunge. Vielleicht muss hinzugefügt werden, dass die weiße Seidenbluse geschnitten war wie ein Herrenoberhemd.

»Was ist eigentlich Nouveau Roman, ich meine, abgesehen von Nathalie Sarraute, was ist das überhaupt?«, sagte sie. »Ist das vielleicht cool, weil es so langweilig ist?«, und dann machte sie eine abfällige Handbewegung und fragte: »Na und ich – kriege ich vielleicht nichts mehr zu trinken? Sei doch bitte nicht so unaufmerksam.«

Ich schlug die beiden Seiten der Bluse zurück wie die Flügel eines Altars und drückte sie mit dem Bauch und der nackten Brust gegen die kalten Kacheln. Mit der einen Hand knetete ich die herrliche Stelle, wo die Kurve ihres Hinterns in den Rücken zurückkehrt und über der Kerbe noch mal einen nadelkissengroßen Steiß bildet, und hob gleichzeitig vom Boden eine kleine Wurzelbürste auf, die der Zufall mir gerade in die Hand spielte. Ich vergrößerte den Abstand zwischen ihren Beinen und bürste ihre Möse so leicht, dass die Borsten sie kaum berührten. Alle Dinge, die Billy zum ersten Mal erlebt, machen sie sehr heiß. Es wirkt in ihrem Gehirn, als würden ihre Gedanken einzeln von unglaublich laut dröhnenden Lastwagen abtransportiert, und sobald alle beiseitegeschafft sind, fällt ein warmer, flamingoroter Funkenregen.

Inzwischen war ich auch so weit. Ich drehte sie um und drang in sie ein, hob mit beiden Armen ihre Kniekehlen, dass ihr Rücken wie ein Blatt Papier an der Wand haften blieb, betätigte zwischen Aufspießen und Wegtragen noch die Klospülung, wobei meine Halsschlagader anschwoll, weil die Linke nun ihren ganzen Körper zu tragen hatte. Im Vorbeigehen am Fensterbrett schaltete ich noch das Radio ein, Kiss FM, lehnte ihren Rücken auf dem Weg zum Schlafzimmer immer wieder gegen eine freie Wand, um ein paar auffrischende Stöße zu tun und um ihre Erinnerung an ihre vollkommene, rotsprühende Gedankenlosigkeit wachzuhalten. Dann ließ ich sie aufs Bett fallen, das mit einem himbeereisfarbenen Bezug bezogen war, stürzte hinterher, unsere Köpfe stießen gegeneinander, beide griffen wir uns an die Stirn, wir atmeten stark.

»Steck deinen Finger in meinen Arsch«, sagte Billy leicht keuchend, sie begleitete die Erfüllung dieser Aufforderung mit einem gedehnten h-aspiré, einem »oh-jah«. Anschließend schrie sie: »Nicht aufhören jetzt! Hörst du. Nicht aufhören! Komm jetzt, mein Liebster, fester!« Sie will jetzt etwas, will etwas aufrollen, etwas Großartiges, sie will ihren eigenen Rhythmus. Will balancieren. Wie auf einem Drahtseil. Sie bewegt eine Balancierstange von der Größe eines argentinischen Regenbogens. Der biegt sich nach beiden Seiten in allen Farben. Sie will jetzt Komplizenschaft, Verschmelzung, Synchronisation. »Mann!«, schreit sie, »bist du denn überhaupt noch bei mir? Mann!«, schreit sie noch lauter. »Sag doch was, bitte, verdammt noch mal, sag mir was, etwas Schönes!«

»An den Birkenstämmchen des äußeren Universums schälen sich die weißen Rindenschelfen wie Papier, unter das man eine Flamme hält – blättern hell auf vor ihrem schwärzlichen Untergrund, rollen sich wie Hobelspäne, splittern in sich und verglimmen.«

Ich hatte befürchtet, dass es so kommen würde. Wenn ich aufgefordert werde, zu sagen, was ich denke, denke ich: Ja was denke ich denn eigentlich gerade?, und das Denken entreißt mich meinem Körper. Ich hätte ihr gerne die Dinge gesagt, die in ihren Ohren romantisch klingen. Sie wollte immer, dass man ihr schöne Dinge sagte, wenn man mit ihr fickte, aber ich wollte mir unter den schönen Dingen immer nur das vorstellen, was gerade passierte. Ich hatte Angst vor Worten. Worte töten so oft das, was sie ausdrücken wollen, um als leeres Getöne, als Redequatsch an die Macht zu kommen. Mit dem ganzen Blödsinn ihrer auf das Lächerlichste eingeschränkten Bedeutung. Ich hätte gerne in diese verhangenen, ernsten Augen hineingesprochen wie in zwei Mikrofone, hätte diesen in seine verletzte Zartheit vertieften Körper gerne betäubt mit orientalischen Arabesken, aber ich war nun mal verliebt, und dieser Zustand machte meinen Mund trocken und mein Gehirn zu Matsch.

Sie stieß mich aus sich heraus, schlug mich zweimal heftig ins Gesicht und weinte dann zu den Worten: »Es war schön, du Idiot, es war schön«, indem sie dieses »schön« vorwurfsvoll betonte und endlos wiederholte.

Wirklich ein Kunststück, das alles. Fast waren wir wieder nüchtern. Ich überredete sie, sich noch mal anzuziehen, und wir gingen in eine 24-Stunden-Bar mit dem Namen Limbo. Sie war um die Ecke, an einer Ecke – und on the edge. Es war kurz vor halb fünf, und in der Bar gab es nur noch wenige Gäste. Ein paar Frauen, die Dart spielten und berlinerten. Am Tresen zwei, drei Veteranen des Alkohols, die immer wieder imaginäre Kopfballtore schossen, wenn die Bettschwere im Begriff war, ihr Haupt hinabzureißen, am Ende der Spelunke dann aber ein einziger Tisch kräftiger, frischer, lachender, junger Männer. Wo die herkamen und wie die hierherkamen, war uns ein Rätsel. Ein Spielautomat ging alle fünf Minuten mit den ersten Takten des *Entenwalzers* gegen eine undefinierbare Popmusikkonserve vor. Wir tranken zwei Jim Beam, diesmal auf Eis, dann gingen wir zurück.

Nun liegt sie hier, fern aller Ufer und aller Horizonte. Ein Geschenk des Himmels, das der Beschenkte ein paar Stunden aus den

Augen gelassen hatte, weil er selbst schlief, und das der erwachende Himmel nun offenbar bereute, je aus der Hand gegeben zu haben. Verstehen Sie diesen Satz?

Die Idiototen

Dirk Pruy, Kugelscheißer, Kopropolit, Advokat des Afters, registriert in den Annalen des universalen Rektums, hatte eine halbe Stunde nach dem wohlsortierten Frühstück das über die Sigmaschlinge in die Ampulle des Mastdarms geschobene Unverdauliche und Entwässerte des Vortags zu einer recht beachtlichen Walze geformt.

Die Kissen des Plexus haemorrhoidalis zurückdrückend verlässt den Muskeltrichter des Sphinkter ein kompakter Zapfen wie eine maßstabsgenau verkleinerte SS-20 ihr Silo. Pruys Gesichtszüge sind erhellt vom Vergnügen am Vorbeigleiten der Exkrete Stuhl und Harn an den Schleimhäuten. Dem Raketenmodell folgt eine kleinere, kugelförmige Nachlieferung, die wie Zubehör danebengelegt wird – eine kleine, runde PlayStation. Aus dem Abort grüßt die Ananke.

Pruy verlässt die morgendliche Redaktionssitzung für Nachrichten aus den Eingeweiden rundum zufrieden. Habe heute ein Meisterwerk geschissen, beglückwünscht er sich im Hinausgehen. Pruy findet, alle Menschen sollten mehr auf ihren Kot achten, denn er zeigt ihnen, wie es um sie bestellt ist. Ist er trocken, fest und rund, ist der Mensch im Kern gesund.

Natürlich war es auch bei ihm nicht schon immer dieser nüchterne Blick. Früher war es oft ein verstohlener, ein Blick, der fürchtete, ertappt zu werden.

Ein Blick, der nie ganz mit sich ins Reine kam, weil das Unreine einen so mächtigen Verdachtshintergrund bildete. Und weil die Drohung, die über die Unreinlichkeit verhängt ist, ihn oft einschüchterte. Gerade damit ging aber wohl auch das Verlangen einher, dieses Verbot zu brechen und wer weiß durch welche Beschmutzungen zu ungeahnten Genüssen zu gelangen.

Helle Stühle, dunkle Stühle, was hat das Leben nicht alles zu bieten: Stenosen, bleistiftartige Fäzes von reiswasserfarbener Feuchte, stäbchenartige Fäkalienstelzen aus einem eingeschüchterten Bauch. Dann aber auch wieder das genaue Gegenteil: mächtige Gerölle, der ausgeschüttete Groll des Bauches oder die erhabenen, monoformen Findlinge, geformt wie Rohre. Zeugen uralter Bedeutungs- und Auspiziengeschichte. Heute war es jedenfalls ein eisenhaltiger, fast schwarzer Kot gewesen. Brachial einfach seine Form. Der Kot eines Kriegers.

Pruy trug, als er das Haus verließ, sein Original Guayabera-Hemd aus Havanna.

Allerdings war das nicht in Kuba gekauft, sondern in Key West. Zum ersten Mal hatte er so ein Hemd auf einem Foto gesehen, das den Titel trug: *Hemingway trinkt Mojito im La Floridita.* Dieses Foto hatte er später lange Zeit über dem Rückspiegel seines Wagens befestigt. Die vier symmetrischen Taschen auf seiner Vorderseite und die Balken des gestickten Musters ließen seine Brust vielleicht ein bisschen vierschrötig erscheinen. Er hatte den Entschluss gefasst, auszugehen. Natürlich wusste Pruy zunächst nicht, wohin er sich wenden sollte, denn schließlich war es Müßiggang, der ihn auf die Straße trieb – und für den stehen in Berlin natürlich alle vier Himmelsrichtungen zur Verfügung. Wieder einmal also die Qual der Wahl.

Je mehr unsere Intelligenz unserem Bewusstsein Beweise der Einzigartigkeit des menschlichen Gehirns liefert und diesem erlaubt, damit das Vokabular unserer Selbstbewunderung weiter zu steigern, desto mehr bleibt sie der Vernunft den Nachweis schuldig, dass diese sich auch nur im Geringsten zu unserem Vorteil auswirkt. Auch Pruys nicht zu knappes Vokabular der Selbstbewunderung blieb bisher jeden Nachweis schuldig, dass sein Dasein irgendeinen biologischen Sinn erfüllen würde. Zwar hielt er sich für jemand, der wie der Wind über Wasser und stehendes Getreide laufen konnte, aber er hatte nichts in seinem Vierteljahrhundert Leben auf die Beine gestellt, wovon er auch nur zwei Tage hätte zehren können. Bereits die Entscheidung, ob Kino oder Plattenladen, konnte für ihn fast unüberwindliche Härten beinhalten. Freud hat es Ordentlichkeit, Sparsamkeit und Eigensinn genannt, was den analen Charakter kennzeichnet. Bei Pruy drohte daraus in subtiler Steigerung Pedanterie, Geiz und Starrsinn zu werden.

Da die Sonne schien und Pruy seine Gedanken ganz bestimmt nicht mit den unerfreulichen Typisierungen Sigmund Freuds belastete, sondern durch die Immunität und die Kälte des Dandys vor unerfreulichen Selbsterkenntnissen geschützt war, entschloss er sich, die Toten zu besuchen. Das hört sich nun großartiger an, als es gedacht war. Er wollte, weil das Wetter so schön war und Gräber für ihn irgendetwas Beruhigendes ausstrahlten und er außerdem gerade auf der Torstraße unterwegs war, entweder zum Sophien-Friedhof an der Ackerstraße oder zum berühmten Dorotheenstädtischen Friedhof gehen, da beide ganz in der Nähe lagen.

Am Tor zur Anklamer Straße betrat er den ersteren, die Amseln flöteten, und bis auf ein schwules Paar war er vollkommen leer. Rechts am Weg stand eine Reihe von Mausoleen, die alle Spuren des Ruins zeigten. Die Giebel zerbrochen, die Säulen ramponiert, die Dächer beschädigt. In den meisten standen, wie man durch vergitterte Fenster oder Türen sehen konnte, riesige Eichensärge oder Prunksärge aus Metall, die alle in einem erschreckenden Zustand waren. Die Eichensärge mit ihren düsteren Rümpfen und zerschmetterten Planken sahen aus wie Schiffswracks. Auf der Rückseite der ersten Reihe gab es noch die Mausoleen der Familien Kulicke und Kosack. Bei einer der Türen waren die Schlösser erbrochen, und Pruy betrat den kühlen, muffigen Raum.

Auch hier standen zwei große Holzsärge, die arg lädiert waren. Daneben ruhte ein großer Metallsarg, der auf seinem Deckel mit Inschriften, Blattranken und Figurenwerk verziert war. Pruy hob den Deckel, der ein ziemliches Gewicht hatte, an der einen Seite an. Der Sarg war leer. Es gelang ihm, den Deckel über das hintere Ende zurückzuschieben. Er warf einen Blick nach draußen, der Friedhof war nach wie vor, auch wenn dieser Ausdruck hier vielleicht unpassend erscheint, vollkommen ausgestorben. Dann nahm er seine Kamera aus der Tasche, stellte sie auf das Sims des einen der beiden Fenster, setzte sich in den Sarg und betätigte den Selbstauslöser.

Drei Fotos machte er auf diese Weise. Auf dem dritten hatte er eine Planke des Eichensargs wie ein Ruder in die Hand genommen, und sein Guayabera-Hemd war immer das einzige, einigermaßen Helle auf diesen Fotos, wie sich später, nach dem Entwickeln, herausstellte. Anschließend verließ er das Mausoleum und auch den Friedhof. Er schlug die Richtung zum Dorotheenstädtischen Friedhof ein, den er ebenso in besserer Erinnerung hatte. Auch dieser Friedhof, der an Wochenenden im Allgemeinen gut besucht ist, war heute, eine halbe Stunde vor Schließungszeit, völlig leer.

Pruy schlenderte zwischen den Gräbern, den letzten Ruhestätten der Berühmten. Er stand vor den Grabmalen der Baumeister und Bildner Preußens: Schinkel, Stüler, Rauch. Hier sah es wesentlich besser aus als auf dem Sophien-Friedhof, aber auch hier gab es immer wieder Aufkleber, die auf die Gefahr hinweisen, dass Grabsteine lose waren. Zwischen den Wegen entlang der Gräber gab es kleine Haine mit Eiben und Rhododendrondickichte. Neben dem Grabmal Bertolt Brechts war die Ziegelsteinmauer ein Stück weit grau verputzt. Darauf mit gelber Farbe gesprayt: *Hier liegen nur Idioten.* Es war die gleiche Farbe, die ein paar Meter weiter auf den Grabstein von *Lotte Brust* ein *F* vor den Vornamen gesprayt hatte.

Pruy fühlte sich mit einem Mal von einem unwiderstehlichen Drang zur Subversion, zur Schändung, zur Lästerung, zum Delikt ergriffen. Das mulmige Gefühl, das damit einherging, nährte den Vorsatz eher, als dass es ihn eindämmte. Undeutlich ahnte er, dass es ein Schritt gegen die Angst sein würde, obwohl es ein Schritt in die Angst war, auch wenn dies jetzt keine Riesenangst war, sondern nur die kleine, verstohlene Angst vor einer Unschicklichkeit. Pruy ging auf eines der Rhododendrondickichte zu, tauchte darin ein, und als er sich mit einem raschen Blick noch einmal versichert hatte, dass niemand da war, ließ er sich nieder und verrichtete sein großes Geschäft.

Als er da so hockte, in diesem undurchdringlichen, dunkelgrünen Zelt des Gebüschs mit dem nackten, schwarzen Erdboden unter sich, aus dem wie Schlangen die gewundenen Stämmchen der Sträucher emportauchten, umgeben von Gräbern und eingetunkt in den schlierenden Gesang der Amsel, fühlte er deutlich, wie sehr dies alles den Charakter einer Beschwörung annahm. Das Hocken, das Dunkel, der Ort, die Entleerung des Körpers und das leise Summen, das er angestimmt hatte. Der Boden um ihn herum bildete lauter weiche Buckel. Buckel und Bäuche. Erdbäuche. Als würden die Toten an die Oberfläche drängen und nach der würzigen, lebenswarmen Gabe verlangen, die Pruy hier niederlegte.

Als er aus dem Gebüsch heraustrat, stand vor ihm einer jener Grabsteine, die mit einem Aufkleber versehen waren und der Warnung, dass sie nur lose stünden. Es war ein unregelmäßig geformter, roter Marmorblock, auf dem nur *David Mendelssohn* stand. Pruy stemmte sich mit der Schulter dagegen, bis der Stein schwankte und nach hinten kippte, gegen die Einfassung des nächsten Grabes stürzte und mit einem ziemlichen Knall in zwei Teile zerbrach. Er beschleunigte sofort seinen Schritt und riss im Vorbeigehen an einem zweiten kleineren Stein, der fast lautlos umsank, weil er in ein Bett von Blumen und Fichtenzweigen kippte. Kurz vor dem Ausgang gab er noch einem dritten diesen umwerfenden Stoß. Er spürte, wie das Adrenalin ihn sehr wach gemacht hatte. Er fühlte, wie vieles abhing von diesen kleinen Kicks, egal welchen Grad von Legalität sie beanspruchen konnten. Aber eigentlich wäre es genug, zu sagen: Er fühlte. Es lag eine zum Zerreißen gespannte Aufmerksamkeit in der Luft. Er hörte die Toten horchen. Die Idiototen.

Gott natürlich wieder

»Entweder will Gott das Unglück aus dieser Welt entfernen und kann es nicht, oder er kann es und will es nicht. Oder er kann es nicht und will es nicht, oder er kann es und will es. Will er es und kann es nicht, so wäre das Ohnmacht, die der göttlichen Natur zuwiderliefe. Kann er es und will es nicht, so wäre das Bosheit, die seiner Natur nicht weniger zuwiderliefe. Will er es nicht und kann er es nicht, so wäre es beides, Ohnmacht und Bosheit. Will er es und kann er es (was als einzige dieser Weisen Gott angemessen ist), woher kommt dann das Unglück auf Erden?« In etwa solchen Worten steht dieses Dilemma bei Epikur, der es nach dem Kirchenvater Lactantius zitiert.

Erfahren musste ich es mit Billy.

Irgendwann kam der Tag, an dem wir die Dinge nicht mehr richtig im Griff hatten. Entweder wollten wir es und konnten es nicht, oder wir wollten es nicht, weil wir es nicht konnten. Oder wir wollten es und konnten es auch, taten es aber einfach nicht. Dieser Tag gab sich als solcher nicht eindeutig zu erkennen, aber als er zu Ende war, mit seinen vielleicht 360 Stunden oder mehr, in denen ziemlich viel passierte (obwohl herzlich wenig geschah), war uns undeutlich klar, dass er angebrochen sein musste.

Wir tranken zu viel. Und zwar ständig. Und dies waren nicht die einzigen zerstörerischen Spezereien. Billys Hände zitterten, ihre Finger waren schlecht durchblutet, ihr Haar hatte kaum Glanz, ihr Hals wirkte leicht gebläht und bekam rasch rote Flecken. Die Schilddrüse mag hinzugekommen sein, aber wir hatten immer jede Menge Ausreden für alles.

Bilijana lebte in einem Traum. Sie träumte sich selbst, ungeachtet der Wahrscheinlichkeit, dass die wache Welt da draußen andere Träume von ihr haben könnte. Der Kern ihres Traums besagte: Das bin ich, und dass ich das bin, ist gut so, und wem das nicht passt, der soll gehen. Fortsetzung: Was ich mache, ist gut, weil ich es bin, die es macht. Punkt. Schlussfolgerung: Wenn ich eine Schönheit in etwas entdecken kann, dann ist es schön, und jeder, der mir nahesteht, hat dieser Tatsache Respekt zu zollen. Nachsatz: Ob eine Sache wahr ist, ist von untergeordneter Bedeutung, entscheidend ist, wie wichtig sie für mich ist. Einwände gegen dieses Verhältnis von Lüge und Wahrheit fand Billy moralisch. »Moralisch« ist das schlimmste Schimpfwort, das sie kennt. Obwohl sie so viel Ungenauigkeit mit diesem Begriff verbindet wie ein Spießer, der einen anderen Spießer »spießig« nennt. Nie käme sie auf den Gedanken, dass auch Unmoral spießig sein könnte und dass die Unmoral der Spießer die Moral der Nichtspießer niemals außer Kraft setzt.

Außerdem, sagt sie, sie müsse sich lieben. Ohne sich selbst lieben zu können, könne man zwar Dinge erkennen, die richtig sind oder falsch, nur besäßen sie dann keinen Sinn. Moral würde da nur die Aufhebung ihrer Immunität bedeuten. Die Idee ist gut, zumindest für Billy, und in eine Richtung. Das aber, worin sie Schönheit zu erkennen glaubte, waren meist Männer, an denen ich diese Qualität nur sehr schwer entdecken konnte. Immerhin mochte es aber ja vielleicht ein bulgarisches Schönheitsideal geben, für das ich nicht empfänglich war. Sie aber forderte Respekt für ihren Blick, der zunehmend bereit war, einen Mangel an Attraktivität bei Trinkfestigkeit und der erregenden Ausdauer eines eindeutigen Interesses an ihr zu übersehen und in etwas, das durchaus im Bereich plattester Anmache gelegen haben könnte, eine romantische Wurzel zu entdecken.

Wem auch immer es gelang, in ihrem Gehirn ein Zeichen erotischer Aufmerksamkeit zu hinterlassen, dem baute Billys Fantasie Wege, auf denen er bei der nächsten Begegnung die halbe Strecke bis zu ihrer völligen Hingabe bereits zurückgelegt hatte. Nachdem sie an meinem Zynismus und meiner, wie sie es nannte, »direkten Art« die Kicks abgesammelt hatte, die aufregend und neu für sie waren, begann der Osten sie langsam zurückzuerobern.

Überall waren in den letzten Jahren vor der Wende in den östlichen Hauptstädten wie Sofia oder Budapest oder Prag und gewiss auch in Leipzig oder Ostberlin die lustigen Jahre für die Achtzehn- bis Fünfundzwanzigjährigen angebrochen und viele wären mit der im Westen gemachten Beute, der Beute jedenfalls, die sie vom Westen haben wollten, gerne in diese unveredelten, aber triebreichen Schuppen zurückgekehrt, in denen sie ihre besten Jahre zurücklassen mussten. In dieses Leben zurück, das ihnen im Westen nun statt als warmer Eintopf als kalte Platte serviert wurde.

Irgendwann tranken wir jeden Tag. Entweder um die Tage zu verkürzen oder um die Worte zu verschmerzen, die immer schärfer, krasser und vernichtender wurden. Es waren jene Sentenzen, die wir nach den Filmen Bergmans, den Stücken Albees oder den Romanen Updikes uns hier die Mühe sparen wiederzugeben oder gar überbieten zu wollen. Schon vormittags mixten wir Cocktails. Die Bloody Marys mit ihrem Tomatenbrokat und ihren glutvollen Tabascolichtern unserer Anfangszeit waren bald verdrängt von Sex on the Beach, den Billy immer auf einer leichten Grenadinespitze ausbalancierte, bei leicht forciertem Wodka und einem volontären Blatt Thai-Basilikum, oder den richtig harten B52s. Auch Caipirinha und andere Cais bekamen an klimatisch günstigen Vormittagen durchaus ihre Chance. Manchmal tanzten wir sogar schon früh am Morgen zu brennenden Sambucas und ließen die gerösteten Kaffeebohnen zwischen unseren Zähnen krachen. Gelegentlich schnupften wir ein paar Zeilen Coca-Coca und überließen uns anschließend den Vormittagen mit ihren langen Einstellungen.

Vor ein paar Tagen, als ich sehr spät zurückkam und in die Küche trat, war Billys Kopf halb auf den Aschenbecher gesunken. Ihr Mund zog eine Schnute, weil er vom Rand des Aschenbechers hochgedrückt wurde, und ihre Augen waren so fest zugepresst, als schliefe sie nicht, sondern könnte nur den eigenen Anblick nicht ertragen. Aus irgendeinem Grund hatte sie sich am Tisch ausgezogen. Ihre Kleider lagen am Boden, zwischen den Handtüchern von gestern und den Staubwolken von morgen. Bis auf einen nur zur Hälfte abgerollten Strumpf und einen Schuh war sie nackt. Vermutlich hatte sie den Schnürsenkel nicht aufgekriegt. Sie war so über die Ecke des

Stuhls nach vorne gerutscht, dass sie offensiv entblößt war. Gleichzeitig standen ihre Beine so dynamisch neben dem dagegen richtig kümmerlich wirkenden Stuhlbein wie die einer Advokatin in einem Hollywood-Quatschfilm, die im Begriff war, zu einer flammenden Verteidigungsrede aufzuspringen.

Ich brachte sie ins Bett, was möglicherweise ziemlich gemein aussah. So wie in diesen anderen Hollywood-Quatschfilmen, die ich ebenfalls nicht ausstehen kann, in denen die Leiche im eingerollten Teppich oder in mit Textilklebeband umwickelten Baufolien aus dem Zimmer geschleppt wird. Danach trat ich hinaus auf den Balkon, schenkte mir einen Whisky ein und begann, in mich hineinzuhorchen. Es war fast sieben Uhr morgens. In mir war nicht viel zu hören, beziehungsweise war, was ich hörte, nicht sehr ermutigend. Anschließend legte ich mich neben Bilijana, lauschte den Achterbahnen des anbrechenden Amselgesangs und schlief kurz ein.

Trotzdem hörte ich den Wecker – um neun. Der General wollte sie um elf mit dem Wagen abholen lassen. Bis dahin würde sie fit sein müssen. Zwanzig Minuten duschen. Sie schaffte das immer. Noch. Der General, der Bilijana aus Liebe geheiratet hatte, besaß das Zartgefühl, angesichts getrennter Wohnungen und seiner ständigen Reisen zu Abrüstungsverhandlungen nach Wien, Genf und in die Länder des ehemaligen Ostblocks, ihr Verhältnis nicht mit Spekulationen darüber zu belasten, womit seine Frau sich die Zeit vertrieb, Hauptsache sie war da, wenn sie da war. Seit seiner Operation hatte sich keine spontane Erektion mehr eingestellt, und die Schwellkörper-Autoinjektionstherapie, die Dr. van Randenburg ihm empfohlen hatte, widerstrebte dermaßen seiner Natur, dass er sich diskret von jeder sexuellen Annäherung an Bilijana verabschiedet hatte.

Bilijana lächelte mich zärtlich an, als sie vom leichten Rütteln meiner Hand an ihrer Schulter erwachte, dann erlosch dieses lächelnde Flämmchen langsam unter der zurückkehrenden Erinnerung, und am Ende war es ein düsterer und verkohlter Blick, bevor sie noch mal für ein paar Minuten die Augen schloss.

Ausflüge in den Wind

Als Billy mich das erste Mal betrog, wusste ich nicht, dass sie mich nicht das erste Mal betrog. Sie betrog mich mit dem Mann, mit dem sie den General betrogen hatte, bevor sie beide mit mir betrog. Sie nannte einen Mann, mit dem sie mich betrog oder jemanden betrog, den sie schon betrogen hatte, bevor sie mich betrog, immer: »Einen Jungen, von dem ich dir doch erzählt hatte«. Seinen Namen beiläufig erwähnt zu haben, fern jedes vermutbaren Betrugshorizonts, entband ihr Gewissen von der Verpflichtung, ihn weiterhin zur Sprache zu bringen, egal wie weit dieser Horizont von nun an überschritten wurde. Den Ausdruck »verheimlichen« für ein solches Vorgehen mochte sie gar nicht. Sie nannte ihn »moralisch« und beraubte ihn dadurch in ihren Augen jeglicher Angemessenheit. Den »Jungen« nur zu umschreiben, ohne seinen Namen auszusprechen, damit schien sie einem ähnlichen Weg zu folgen wie die Juden mit ihrer heiligen Scheu, den geheimen Namen Gottes in den Mund zu nehmen, der hinter dem Tetragrammaton JHWH verborgen ist. Vielleicht weil beides auf ähnliche Wurzeln zurückgeht, nämlich auf »Sein«, »Leben« oder »Frau«: somit also auf Sex. Der Kreis schließt sich also, wie fast jeder, wenn man den Bogen nur weit genug denkt.

Offenbar erhielt der »Junge, von dem ich dir doch erzählt hatte«, durch den Vorzug, von ihr ja bei Gelegenheit bereits erwähnt worden zu sein, schon eine Art Vorgriffsrecht auf die Aussicht, demnächst zum Stall zu gehören. Manchmal, wenn dieser Junge einen Namen und ein Gesicht bekam, wunderte ich mich allerdings über diese leichtfertige Bezeichnung. »Der Junge, von dem ich dir doch erzählt hatte«, bekam später noch viele Gesichter mit fließender Altersgrenze.

Als Billy mich das erste Mal betrog, ich aber noch nicht wusste, dass sie mich mit dem Jungen betrog, mit dem sie vorher den General betrogen hatte, bevor sie diesen mit mir und nun schließlich uns beide wieder mit ihm betrog, geriet mein inneres Gleichgewicht in Unordnung. Auf die Frage, warum sie denn, wenn sie jemand liebe, mit jemand anderem schliefe, den sie, wie sie sagte, nicht mehr liebe, antwortete sie: »Aus Respekt!«

Diese Antwort verschlug mir in der Tat den Atem. Handelte es sich doch um einen Jungen, den man wahrscheinlich sogar zehn Jahre früher, wenn man wenigstens Respekt vor so unbedeutenden Wahrheiten wie der Zählbarkeit von Jahren hatte, sich schon gescheut hätte, noch als solchen durchgehen zu lassen. Bei dem »Jungen, von dem ich dir doch erzählt hatte«, handelte es sich um einen verlebten Popmusiker, mit dem sie vor mir eine Weile zusammen gewesen war. Ein Mann, dessen einzige Subtilität darin bestand, sie schlecht zu behandeln und damit zu beweisen, dass er »ein Gespür« für Bilijanas Schwächen hatte. Nicht einmal seine Handynummer durfte sie anrufen, und das, nachdem sie für ihn einen ganzen Sommer lang Nacht für Nacht in der Straße am Wasserturm das halbe Heinersdorf aus dem Schlaf gestöhnt hatte.

Nach einem Sommer war sie mit ihm nach Berlin-Mitte zurückgekehrt, sie vergaßen den Garten, verloren ihre Nähe und zogen in getrennte Wohnungen, wie er ab da wünschte, was sie allerdings nicht davon abhielt, weiterhin auf seine vollkommen von ihm bestimmten sexuellen Launen einzugehen. Hatte er sich diese Launen erfüllt, stand er jedes Mal – wie ich mich wohl tatsächlich ausgedrückt habe – auf »wie die Sau vom Trog« und verschwand wieder auf unbestimmte Zeit. In meinen Augen handelte es sich um einen schon leicht verwitterten Geiselnehmer, der die Fähigkeit von Ostfrauen, Männer in Beziehungen bis zum Aberwitz zu ertragen, bis zum Aberwitz auskostete. Das Wort »Samenabort«, ich gebe das zu, mag ebenfalls gefallen sein.

Als sie merkte, wie ich aus der Fassung geriet, begann Billy mir Vorwürfe zu machen, dass ich ihren Respekt nicht respektierte und auch das Schöne nicht sähe, für das sie einen Sinn hätte und ich keinen und das sie später immer wieder als Grundzug jenes früheren

Lebens bezeichnete, das sie zurückhaben wolle, ein Wunsch, dem, wie sie sagte, allein ich im Wege stünde, weil ich alles unter meine billige rhetorische Logik zwänge. Vermutlich hätte ich mir eine Entschuldigung dafür einfallen lassen müssen, dass sie sich diesem Mann wieder an den Hals geworfen hatte. Jedenfalls verzieh sie mir nie, mich betrogen zu haben, denn sie sah in dieser zeitlichen Reihenfolge zu Recht einen jederzeit heraufbeschwörbaren Vorwurf.

In einer damit schwer in Übereinstimmung zu bringenden Weise verstärkte sich ihre Neigung, Frauen, von denen ich ihr erzählte oder von deren Bekanntschaft mit mir sie erfuhr, an ihren bloßen Namen vor ihr Gericht zu zerren und, wenn sie jung waren und vermeintlich gut aussahen, dies als Beweis dafür zu betrachten, dass ich entweder etwas mit ihnen hatte oder mit ihnen haben würde und dass damit jeder Vorwurf gegen sie aus einer »pseudopsychologischen westlichen Heuchelmoral geboren« sei.

Natürlich brachte das alles unseren Umgangston ziemlich herunter. Ich erspare es mir, Beispiele jener Dialoge wiederzugeben, deren wir nach den Filmen Bergmans, den Stücken Albees oder den Romanen Updikes, wie ich hier ohne Originalität wiederhole, nur noch überdrüssig sind. Was die Charakterfestigkeit nun zunehmend nicht mehr gewährleistete, erreichte wenigstens die Trinkfestigkeit – wir waren, während unsere Schatten länger und länger wurden, trotzdem immer wieder glücklich.

Der Engländer

Eines Tages tauchte sie mit diesem Engländer bei uns auf, Nigel, ein Typ wie Burroughs, dem die Knochen aus dem Gesicht sprangen und den man nie essen sah, aber mit einem Lachen so breit, dass man mit dem Wagen einparken konnte. Seine Venen waren preußischblau und gedrillt wie militärische Kordeln. Ein typischer New-Brit-Typ, langschädelig, Koteletten, Haare auf die Stirn geklebt, fanatisch, schlaksig, in Tunnelklamotten. Man hatte den Eindruck, Golders Green, Marylebone und Elephant & Castle hätten ihn aus ihren innigsten Merkmalen erschaffen und gemeinsam zur Welt gebracht.

Er redete über nichts anderes als über die Nazis oder höchstens noch über die Sugarcubes, Depeche Mode, Erasure, Joy Division und ähnliches Zeug. Er war durch und durch eine Figur des New Wave und wie hypnotisiert vom deutschen Faschismus. Der Plan Berlins, den er im Kopf hatte, war übersät mit roten Linien. Die roten Linien markierten militärische Vorgänge bis zum Untergang des III. Reichs. Sie verzeichneten minutiös die Bewegungen der zurückweichenden Wehrmacht beim Vorrücken der Roten Armee, der 3. Stoßarmee, die über Bernau hereinkam, der 5. Stoßarmee, die über den Friedrichshain vordrang, oder der 2. Gardepanzerarmee. Sie verbanden die Reichskanzlei mit Himmlers Kommandozentrale 90 km nördlich der Stadt im Wald bei Haßleben oder unterstrichen die Fäden des Reichssicherheitshauptamtes zum Führerbunker bis zu Hermann Görings Herrensitz Carinhall.

Eines Morgens setzte Nigel die Teetasse auf dem Tisch ab und stellte die Szene vom 30. April '45 nach, wo Hitler hinter SS-Obergruppenführer Julius Schaub den letzten Blick auf den letzten Akt der deutschen Tragödie wirft. Mit der Rechten mimte er die feldherrenmäßig erläuternde Hand des SS-Mannes und ließ gleichzeitig sein Gesicht, dessen Stirn er mit der anderen wie mit einer Schirmmütze abdeckte, zu einem lichtkegelartigen Ausschnitt der stummen Bestürzung Hitlers erstarren.

»Die Deutschen«, sagte Nigel, Churchills berühmtem Ausspruch folgend, »liegen einem entweder zu Füßen oder sie springen einem an die Gurgel.«

Charmant, sicher! Imponierend vielleicht sogar. Nur was sollte Billy damit anfangen? Den ganzen Tag schnürte er mit dem coyotenhaften Gang des britischen Reporters durch das an dieser speziellen Vergangenheit unerschöpfliche Berlin und ergänzte die Lücken seiner nationalsozialistischen Karte. Er besuchte Archive, insbesondere Bildarchive, wie etwa das Militärgeschichtliche Forschungsamt in Potsdam, wo er mit versteinerter Miene die Gesichter von SS-Offizieren studierte, von Gestapo-Leuten, deutschen Soldaten, deutschen Frauen, deutschen Waffen, deutschen Orden.

Seine größte Faszination allerdings galt den Ruinen. In Berlin gab es davon ja noch einige. Er kannte sie alle und hatte sie mit einem roten *R* im Stadtplan markiert. Über Städte wie Dresden oder Nürnberg sprach er wie ein Opernfreund über Verdi. Endlos und gespickt mit Details berichtete er über die allerletzten Entwicklungen der V-Waffen in Peenemünde, den Zugriff Lebedews auf das Kaiser-Wilhelm-Institut in Dahlem, nachdem die wichtigsten deutschen Physiker sich bereits abgesetzt hatten, und die bis in die letzten Kriegstage anhaltenden Beziehungen der IG-Farben zu höchsten Regierungskreisen der USA wie den Brüdern Allen und John Foster Dulles.

Seltsamerweise aber machte er überhaupt nichts aus seinen Nachforschungen. Er publizierte nicht, dokumentierte nicht, lehrte nicht, bereitete keinen Film vor, es schien, als ergänze er nur das Weltgedächtnis mit seinen Präzisionsschnitten durch das Gewebe des deutschen Nationalsozialismus.

Billys Stimme jedenfalls behauchte sich sogar, wenn es um die Adresse der Gestapo in der Großen Hamburger Straße ging oder um den Mann vom Sturm 5, auf den das Horst-Wessel-Lied geschrieben worden war. Aufgeregt tauchte sie unter Nigels Kopf hindurch, um einen näheren Blick auf die von ihm auf ihrem Fußboden mit weißer Kreide ausgeführte Skizze werfen zu können, die zeigte, wo und wie der SA-Sturmbannführer 1930 von einem Zuhälter und Mitglied des Roten Frontkämpferbunds niedergestreckt worden war. Die Lageskizze des Ermordeten hätte auch das obszöne Gekritzel in der Umkleidekabine eines Freibads sein können.

Billy hätte auch dies sicherlich nicht gestört. Ihre Augen hatten einen speziell für ihn reservierten Glanz, was mich wurmte, und ihre Brüste unter dem ärmellosen, weißen Baumwollrippunterhemd von Schiesser, das sie gewöhnlich meinem Schrank oder Koffer entnahm, bedrallerten ihn regelrecht. Einer ihrer morgendlichen Cocktails taumelte gewöhnlich in der leicht kreisenden Hand, während Nigel nichts als Tee in sich goss und endlich die Nick-Cave-Kassette aus dem Fach springen ließ, die wir uns ununterbrochen anhören mussten. Billy arbeitete jetzt hormonell. Das Oxytocin überflutete sie regelrecht. Als versehentlich ein Lächeln, das Nigel galt, mich streifte, wurde es kalt und, sobald es sich darüber bewusst wurde, verletzend. Der Engländer war jetzt schon seit Tagen jeden Vormittag da und ich wusste immer noch nicht, wie wir zu dieser Selbdrittheit gekommen waren. Immerhin erfuhren wir so viel über die Topografie des Terrors, wie wir zu zweit alleine in einer so kurzen Zeit uns sicher niemals zugemutet hätten.

Als Billy aufstand, sah ich ihren Hintern seinen kräftigen Bewegungen nachgehen und mich durchzuckte ein kalter Stich von Eifersucht.

»Do you mind, if I come with you?«, sagte sie, als müsste sie mit der Stimme eine Pfirsichblüte befruchten, nachdem Nigel sein Programm für den Vormittag vorgestellt hatte.

Inzwischen aber hatte er eine neue Punk-Kassette eingeschoben. Titel des ersten Songs: *It's going up your ass, cause your pussy ain't tight*, und weiter ging's mit den Vorträgen.

Billy, kleine Hormonella, was machen wir bloß?

Die Klandestinität der Zuckerpuppe

In der Wohnung waren alle Vorhänge zugezogen und das honigfarbene Holz des Berliner Riemenfußbodens stand wie eine goldene See zwischen den schäumend weißen Fontänen der bis auf den Boden reichenden Chintz-Gardinen. Sie sahen tatsächlich aus wie Fontänen, wenn das Sonnenlicht in den fast fünf Meter zur Decke schießenden Stoffvoluten sprudelte. Wenn sich das Lumen des hellen Sommertags noch erhöhte, war der Fußboden mit den leichten Schattenflocken des Gewebes gekräuselt. Die hohen zweiflügeligen Durchgangstüren unterstützten die Stille des Sonntagnachmittags, in der wie Metallsplitter die unermüdlichen Twits der Spatzen steckten und in die in Fahrplanabständen das turbinenartig an- und abschwellende Singen der an- und abfahrenden Linie 21 drang. Die Wohnung gehörte einem Freund, der gerade ein Stipendium in Rom hatte und ich seine Schlüssel. Der Engländer hatte mich wütend gemacht und ich wechselte für ein paar Tage die Unterkunft.

Ich hatte mir ein Mädchen kommen lassen. Ihr Name war Irina. Auf meinen ausdrücklichen Wunsch hin war sie groß und tabulos. Sie kam aus der Ukraine. Ihre Haut sah aus wie Milch, die man durch eine Milchflasche betrachtet, also mit einem Stich ins Bläuliche, der Kühle andeutet. Ich sagte ihr, sie solle sich ausziehen, und zeigte ihr, wo sie ihre Kleider ablegen konnte. Dann gab ich ihr ein frisches Handtuch, damit sie duschen konnte. Während ich auf sie wartete, hatte ich mir ausgemalt, wie ich sie ausziehen würde, in welchen Stellungen ich sie bitten würde, für mich zu posieren, und wie ich sie langsam und mit diversen Überraschungen an eine echte Geilheit heranführen würde. Nach drei, vier Minuten kam sie mit einem winzigen Tanga und schwarzen BH aus dem Bad. Damit fiel der erste Punkt schon fast weg.

Sie trug die Haare wie die deutschen Frauen auf Fotos aus den letzten Kriegstagen, seitlich halblang mit leichter Innenrolle und über der Stirn eine hochgeschlagene Tolle. Ihr Alter schien, ich sage extra nicht »unbestimmbar«, sondern vollkommen fiktiv. Die Agentur hatte sie als Neunzehnjährige geschickt, sie hätte auch neunundzwanzig sein können, möglicherweise sogar neununddreißig, aber nicht, weil sie verbraucht wirkte oder angegriffen, sondern weil es einfach keine Anhaltspunkte gab, weder für ihr Alter noch für ihre Art, geschweige denn für ihre augenblickliche Verfassung. Sogar die Farbe ihrer Haut schien im Schwinden und damit einen Beitrag zu diesem allgemeinen Eindruck der Verflüchtigung zu leisten. Lediglich ihre Zehen waren rötlich, wie gemalt von Poussin. Ihre Figur wirkte von hinten, trotz angenehmer Größe und einer gut fließenden Rückenlinie, eher dürftig. Man hatte das Gefühl, man könne sie zusammenfalten, wie das Gestell eines Liegestuhls, und sie wäre dann platzsparend in einem Fach unterzubringen. Vorne hatten die nicht kleinen, festen, aber irgendwie unentschlossenen Brüste gar keinen Bezug zu Bauch oder Becken.

Sie schälte den schmalen Streifen des Tangas, sich auf den Rücken rollend, erst bis zum Knie, das in diesem Augenblick den höchsten Punkt ihres Körpers bildete, und anschließend schob sie ihn über ihre seitlich wegknickenden Beine. Ihre Möse war fleischig, haarlos und ebenso rötlich wie ihre Zehen. Sie erinnerte mich an die Schwimmente, die meine Mutter mir kleinem Mann zum Spielen ins Badewasser gesetzt hatte. Sie war aus dünnem, rosarotem Plastik gewesen, und ihre Flügel hatten aus lediglich zwei genoppten Schwellungen bestanden. Irinas Kitzler spitzte wie eine echte Perle durch die nüsternartig geblähten, nicht nur in der Farbe, sondern auch in der Größe wie Rosenblätter hervorbrechenden kleinen Schamlippen. Es ließ sich unschwer erkennen, dass dieser Körper, ob mit oder ohne erotischen Blickwinkel, hier seinen Haupteingang hatte. Das Anflugloch zu den Honigwaben der Aphrodite – die Porta Rossa in das heimliche Gärtlein der Zuckerpuppe.

Bereits nach wenigen Minuten hatte ich mit dem Finger erreicht, was ich mir eigentlich für eine ganze Reihe anderer Spielzeuge, nicht zuletzt meines eigenen, hatte aufsparen wollen. Sie sagte kein Wort, stöhnte nur tief und in russischer Schwere, machte aber unmissverständlich klar, dass zu diesem Klangraum niemand Zutritt hatte, außer ihr selbst. Sie machte die Sache ganz allein mit sich aus, schickte nur ihren Körper in die fremden Arme zum Hamstern. Während des Fickens wurde ihr Gesicht immer katholischer. Es erinnerte mich zunehmend an das der hölzernen Madonna in der Kirche Franz von Assisi am North Beach von San Francisco, in die ich gegangen war, bevor ich Isabel am City Lights Bookstore abholte. Das war einen Tag bevor wir nach Los Angeles aufbrachen. Und einen Tag nachdem ich Stella wiedergesehen hatte. Die Kirche war damals so leer gewesen, dass mir sofort die Tränen in die Augen schossen. Nach zu wenig Schlaf und einem Übermaß an Untreue war das meine Art, dem Leben für seine Großartigkeit zu danken. Nun gab es also schon wieder dieses Übermaß an Untreue? Nein, gab es eigentlich nicht. Seit ich mit Billy zusammen war, hatte es keine andere Frau gegeben.

Jedenfalls nicht für den einen Autenrieth, der ja nicht immer wusste, was der andere Autenrieth tat.

Der Augusttag, der am Morgen, als er anbrach, diesen frischen Apfelgeschmack hatte, war gegen Mittag nun doch wieder drückend geworden. Irina kam dreimal in dieser einen Stunde, zweimal stimulierte sie sich kurz davor noch selbst. Mit der Perle am Kopf ihres rosa Schmetterlings erzeugte sie den begehrten Kurzschluss im Gehirn, was dann jedes Mal so aussah, als würde sie Kopfballtore schießen. Ich merkte immer schon vorher, wenn sie kam, weil sie dann ihren Hintern anhob und ihr Körper zwischen Schulterblättern und Fersenballen frei zu schwingen begann.

Während der letzten zwanzig Minuten sammelte sich Schweiß auf der Stirn und in den beiden Mulden über den Schlüsselbeinen von Autenrieth, der nun, wie es den Eindruck hat, ein paar Schritte neben sich steht und zusieht, wie sein erhitzter Körper die Sache zu Ende bringt. Schweiß, der seifig wirkte, weil er sich mischte mit dem Rosenöl von Weleda, mit dem er nach dem Duschen seinen Oberkörper einmassiert hatte, und der nun vom Brustbein seines steil nach oben ragenden Oberkörpers auf den blassen Bauch des Mädchens tropfte.

Hier waren sie also wieder, die beiden Autenrieths. Als sein eigener Beobachter bemerkte er den unentschlossenen Moment des Aufhörens, die leichte Peinlichkeit der körperlichen Entflechtung, sein verlegen über das eigene Gesicht irrendes Lächeln.

Die Stunde war um, das Zimmer roch nach Gurkenmilch, Hefe und Blei. Das Mädchen Irina ließ ihre langen, abgewinkelten Beine einfach stehen, wie Zeltstangen, verschränkte die Arme unter dem Kopf und lächelte jetzt. Autenrieth aber war wütend auf Bilijana.

Ich war wütend auf Bilijana.

Wir beiden Autenrieths waren wütend auf Bilijana.

Der Macker

Nun ist Billy endlich da, keineswegs zu früh. Ihr gewisses Etwas wirkt noch unentschlossen, welcher Mittel es sich bedienen würde. Ich sehe ihren Brüsten an, dass sie eine lustige Nacht hatten. Sie schlägt den Arm über die Stuhllehne und lässt die kostbaren Sekunden verstreichen, in denen dies noch keinem Geständnis gleichgekommen wäre. Ich sehe, dass sie wütend ist. Sie ist wütend, dass sie als Geständnis gekommen ist und nicht wie früher als der ewige Neubeginn. Ich sehe, dass sie getrunken hat. Ihre Hände zittern. Ich sehe, dass sie im Kopf bei meinen Worten ist, nicht bei den ihren. Sie macht ihre Wahrscheinlichkeitsrechnung. Ich hüte mich, den Worten in ihrem Kopf Vorschub zu leisten. Ich bringe ihr Kaffee. Ich sehe beim Einschenken ihre Halsschlagader pochen. Sie kramt in ihren alten Angewohnheiten, aus allem, was vorbei ist, kein Ding zu machen. Sie trägt diese Hose, hellblau und unten ausgestellt, die ich nicht leiden kann, dazu ein schwarzes Top mit bonbonfarbenen Melitta-Tassen. Ich berühre sie an der Schulter und ernte einen hündischen Blick.

Sie wartet, dass ich zu ihr rede.

Ich würde sie gerne rausschmeißen. Stattdessen frage ich, ob sie mir einen blasen würde. Entweder lächelt sie oder sie nickt, ich sehe es nur mit halbem Auge, komme aber nicht weiter darauf zurück. Dann legt sie los. Sie erzählt es, wie Rilke seinen *Cornet*: Knapp, rhythmisch, ohne Schnörkel. Reiten, reiten, reiten. Es handle sich gar nicht um Nigel, sagt sie. Es handle sich um einen anderen Mann. Ich kenne den Mann nicht oder ich kenne ihn höchstens als »den Jungen, von dem sie mir doch erzählt hatte«. Sie sagt das auch jetzt wieder. Sie liebe ihn nicht, sagt sie und versucht vorsichtig, mich auf ihre Seite zu ziehen. Sie verknüpft es mit Vorwürfen gegen mich. Ich würde sie nicht verstehen, ihr nie zuhören, hätte nie die Geduld, nach der ihr Körper verlangt. Er wäre eben einfach gerade da gewesen. Nicht nur an Ort und Stelle, sondern da. Richtig da. Für sie. Sie sagte, sie meine, wie sie wiederholte, »wirklich für sie«. Keiner, der immer alles schon wisse und immer alles bereits wusste. Kein psychologischer Mister Universum. Einer von den Jungs, die weiter nichts brauchen am Tag als zwei Tassen Milchkaffee. Sie hatte einfach Lust, wieder einmal geil ausgezogen zu werden, sagte sie. Wenn ich noch eine Weile gewartet hätte, hätte sie mir wahrscheinlich wie einer alten Freundin den Arm um die Schulter gelegt und begeistert unter gegenseitigem Gekicher alle Details erzählt.

Kaum eine Woche vorher hatte sie meine Reisetasche aus dem vierten Stock auf die Dunckerstraße hinuntergeworfen, weil sie eingeklemmt in den Reisverschluss meiner Hose ein langes blondes Haar gefunden hatte, das wohl von Anja gewesen sein musste, die ich an diesem Abend mit Billys Wissen getroffen hatte, das sie aber, das ist die Wahrheit, nicht mit ihrem Kopf an dieser Stelle hinterlassen haben konnte. Aber was heißt schon Wahrheit? Es ist ja nicht einmal die Wahrheit. Das mit dem Suff rutschte mir zuerst nur so raus. Dann legte ich noch zwei Bemerkungen nach bezüglich ihrer unterschiedlichen Auffassung von Freiheit und ihrer blöden, frauenfeindlichen Ostnummer.

»Siehst du, was du machst?«

»Siehst du, wie du bist?«

»Dann verschwinde eben, du kleiner Wichser«, schrie sie. »Verschwinde aus meinem Leben! Ich will nie wieder was von dir hören, hörst du, weder, wer ich bin, noch, was ich denke, was ich in Wirklichkeit denke, wie sich das, was ich sage, widerspricht mit dem, was ich tue, und diese ganze Scheiße. Nie wieder, hörst du … Du willst mir doch nur das Ohr schlachten!«, schrie sie. In schneller Folge nannte sie mich »Macker«, »Zuhälter«, »Oberschwanz«, »Pionierleiter«. »Mein Gehirn willst du ficken«, brüllte sie. »Ich hasse dich! Ich hasse dich«, schrie sie noch mal. Dann lachte sie. »Ich bin fertig mit dir, du Scheißkerl. Gott, du kannst in Rente gehen«, rief sie höhnisch über die Schulter, »Autenrieth schmeißt ab heute den Laden! Er weiß alles!«

Danach legte sie sich in die Badewanne und rauchte. Ernst tropften die Aschekölbchen auf den dicken Schaum. Ein ertrunkener Goldmann-Krimi quoll auf dem Boden zu einem blättrigen Herz in roter Schale. Ihr Gesicht war dunkel. Ihre Lippen geschwollen vor Wut. Ihre Hände zitterten, wenn sie sie, die Zigarette wie ein Fanal haltend, nach dem Aschenbecher ausstreckte.

Ich war gegangen. Die Wohnung war leer und arbeitete ihre Leere durch. Ein gespanntes Lauern, aufgezogen vom Ticken eines tropfenden Wasserhahns. Je stiller Bilijana wurde, desto knallender entluden sich die Spannungen, für die das Holz eine viel tiefgreifendere Stimme findet als etwa der Stein oder das Metall.

… and maybe I love you

Mit zunehmender Häufigkeit landeten wir auf unseren Reisen in Seebädern nach der Saison, in alten Luftkurorten oder in anderen Stätten des Ruins. Für die Ersteren bevorzugten wir England, lieber noch Neuengland, wenn es sich einrichten ließ. Für die Zweiten das alpennahe Italien oder die Schweiz. Für das Dritte den Balkan. Wir suchten mit unseren von Exzessen geschundenen Körpern den morbiden Glanz der großen Epochen und der Blütezeiten. Was für ein harter Kontrast zu Berlin, das uns wie ein billiger Spielsalon abzockte mit seinen Glücks- und Unglücks-Automaten. Letztes Jahr kamen wir über den Balkan, gebannt von Sarajevo und betört von Dubrovnik, bevor wir die Bucht von Opatija erreichten. Die Berge standen herum wie ein Haufen zusammengestellter Stühle. Erst nach mehreren Anläufen schaffte es die Sonne, den matten Stich des Oktobers vom Vortag zu wiederholen. Der Kies des Strandes klirrte nur noch selten, weil keiner ihn trat. Das Meer schien in den Abendstunden vor sich selbst davonzuschwimmen. Es schien lautlos und in sich gekehrt. Wenn der Wind auffrischte oder wenn es stürmisch wurde, reagierte es nur mürrisch.

Vor den leeren Restaurants standen lange Reihen schneeweißer Plastikstühle, die in ein geisterhaftes Techtelmechtel mit den Vorhängen in Serviettenrosa verstrickt schienen. Die stapelbaren Klassiker aus polymerem Kunststoff aus dem deutschen Baumarkt. Unendlich lange hörte man das Knurren der Motorräder, die sich die Serpentinen der umliegenden Berge hochschraubten, über die vor Blicken schützend der Wald seine Hand hielt. Wir saßen etwas beschwipst auf leicht windigen Terrassen, die zu blattvergoldeten Cafés gehörten, in denen der Hund verreckt war.

Als ich mich nach einer Kellnerin umdrehte, die im Gegensatz zu Eurydike ja nichts zu verlieren hatte, sagte Billy: »Ich rede nicht mit dir, wenn du einen Arsch im Gehirn hast.« Ihre Eifersucht hatte inzwischen einen Grad erreicht, von dem sie selbst zugab, dass er ihr keinen Spaß mehr machen würde.

Am Morgen erwachten wir im alten Grand Hotel in der Bucht von Opatija. Herrlicher Ort. Wir konnten uns kaum erinnern, es gebucht zu haben. Wir wussten nur, dass wir am späten Nachmittag auf die Stadt zugesteuert waren, laut singend, sie: »Baby you can drive my car«, ich: »Maybe you're just like my mother, she's never satisfied!«, und schließlich am Rande eines Parks mit gewaltigen Zedern den Wagen geparkt hatten. Wir brachten das Gepäck aufs Zimmer, warfen einen Blick auf die Bucht und gingen sofort in eine Bar, in der wir viel tranken und viel lachten und alles vergessen wollten.

»Wir vergessen jetzt mehr, als wir tragen können«, hatte ich immer wieder gesagt, und Billy hatte auf alles immer nur mit: »Okay, Gentleman«, geantwortet.

Nun explodierte das Zimmer fast in diesem Sonnenaufgang, der durch Balkonbalustraden, Jalousien und Türrahmen hindurch sich in grellen Bahnen im Zimmer breitmachte. Nach dem Schauspiel, dem meine Augen nur mit bedingter Aufmerksamkeit gefolgt waren, wurde die Luft milchig und wolkig und war bald nicht mehr zu unterscheiden vom Rauch, der aus den rotgeringelten Fabrikschloten Rijekas stieg und sich weit hinaus an die Berge lehnte. Wie sehr diese Orte sich doch glichen. Die Seebäder Englands, die Kurorte Südtirols oder die Grand Hotels des Balkan. Meist standen Männer in satingrünen Morgenmänteln auf hellen Balkonen, eine lachsfarbene *Financial Times* oder die gleichfarbige *Gazzetta dello Sport* unter der Achsel, und schauten mit den glasigen Augen Malcolm Lowrys in ein grünes Palmen- oder Zederngewitter. Sie standen für das weltweit bröckelnde Verständnis von echtem, heterosexuellem Luxus, für das ausschließlich Graham Greene die passende, vorauseilende Sprache besaß.

Natürlich hatte Billy jedes Zimmer, egal ob es noch vor einem knappen Jahrhundert von gekrönten Häuptern durchschritten worden war, in kürzester Zeit in eine Baracke verwandelt. Dafür verwendete sie Zeitungen, die sie in der Badewanne bei stundenlang laufendem Wasser, das sich kaum noch über den Überlaufabfluss retten konnte, so nass werden ließ, dass sie leicht an der Wand kleben blieben. Sie tapezierte damit ihre Wege zu Erfrischungen, Kosmetik und Rauchwaren. Mascara oder Wimperntusche hinterließen lustige Augenstempel auf dem Schnee der Bettwäsche. Ihr immerwährender Appetit nach Trauben, Keksen und Joghurts fügte dem alle Arten von Verpackungen oder Obstresten hinzu, die durch eine gute Zirkulation sämtlicher mitgeführten Kleidungsstücke abwechslungsreich belebt wurden. Ihre zahllosen Rock 'n' Roller eingeschlossen. Erst dann, wenn die hartnäckige Ordnung des Zimmers jeden Widerstand aufgegeben hatte, schwebte sie nackt neben ihrem über dem Arm getragenen Handtuch und beseligt vor dem immer laufenden Fernseher hin und her, schenkte ihm ab und zu ein paar Minuten erstaunter Aufmerksamkeit und verschwand dann wieder in ihrer geistigen Abwesenheit. In dieser Stimmung war sie auch sexuell nicht erreichbar. Der kleine Knopf zwei Handbreit unter ihrem Nabel war abgestellt.

Billys Metamorphosen

Der Ku'damm war nie unser Ding. Für uns war er wie die Münchner Leopoldstraße, die Unabhängigkeitsstraße in Istanbul, die vor Ort İstiklal Caddesi heißt, oder der Broadway in Manhattan einfach ein Ort, den man meidet. Wie die Leopoldstraße führte er direkt zum Siegestor, wie der Broadway zum Times Square oder die İstiklal zum Taksim, und an seinem tatsächlichen Ende steht man ohne Plan vor der Gedächtniskirche, in Berlin wenigstens, der sich ebenfalls nichts abgewinnen lässt.

Billy aber wollte unbedingt dort aussteigen. Sie hatte sich in den Kopf gesetzt, am Breitscheidplatz heiße Schokolade zu trinken und dann zurückzubummeln und in seinen eleganten Seitenstraßen ein bisschen nach Mode zu tauchen. Seit Wochen waren wir nicht mehr vollkommen nüchtern. Jedenfalls nicht so, dass wir darüber nervös geworden wären. Unsere Schuhsohlen berührten sich mit dem Boden, in diesem Fall mit dem Pflaster, eher aus Höflichkeit.

»Ist Charlottenburg nicht toll?«, sagte sie. Sie wusste, dass ich diesen Stadtteil verabscheute. »Unser Kosmos besteht eben aus Himmel und Hölle«, sagte sie.

»Ich verstehe den Zusammenhang nicht«, wandte ich ein.

»Na ja, hier sind wir zum Beispiel im Himmel, das siehst du doch, oder? Auch wenn kein Ortsschild dasteht. Später sind wir wieder in der Hölle und finden das auch noch lustig.«

»Billy, ich bitte dich«, sagte ich, »was redest du denn da.«

»Tu doch nicht so puritanisch. Du weißt genau, dass ich die Wahrheit sage.«

»Von welcher Hölle redest du denn?«, fragte ich.

»Na, von der direkt hinter uns und von der direkt unter uns. Siehst du denn nicht, was mit uns los ist? Stürzen wir nicht jede Nacht ab? Ist das nicht Hölle pur, wenn man die Hand vor den Augen nicht mehr sieht, weil dazwischen die Flammen lodern?« Sie ließ sich aber trotz ihrer Drastik nicht aus der Laune bringen.

Wir genossen das köstliche Prickeln einer Luft, die aufgeheizt war mit Geld. Und wir bewegten uns, obwohl wir keinen Funken Anstand im Leibe hatten, als gehörten wir zur Sonderausstattung jener Limousinen, in denen das süße Leben seinem nächsten Auftritt entgegenrauscht. Sobald wir auftraten, hörten wir hinter uns das geile Geräusch fast lautlos ins Schloss gleitender Wagentüren der S-Klasse. Überall wehte ein süchtig machender Lufthauch, der das Parfum vorübergehender Frauen aufgeschnappt hatte und weitertrug, und unsere Brustwarzen waren straff, weil wir in Berührung waren mit dem Leben. Auch wenn es uns inzwischen auf seinem Rost briet, wo wir doch erst nur ein bisschen Feuer und Flamme verlangt hatten.

Billy bewegte sich immer leicht schwingend. Sie ging, als würden irgendwelche Wellen irgendeines Meeres sie schaukeln, und während ein unstillbares Bedürfnis nach Liebe ihren Körper und ihre Augen seekrank machte, sorgten die inneren Schlingertanks dafür, dass eine tiefsitzende und lauernde Härte fest und unbeschadet an ihrem zentralen Ort verankert blieb.

Der Fasanenplatz behexte uns mit seinen elektrischen Pflanzen und Tierköpfen aus Stuck und Terrakotta sowie mit den geordneten Rubriken all seiner auf den Platz gerichteten Fenster, und wir blickten, über die Grenzen unserer gegensätzlichen Geschlechter hinweg, auf unsere Fingernägel. Was ich mit diesem Blick auf die Fingernägel sagen will? Es sollte ein Moment von Innigkeit werden, will ich damit sagen. Einfach eine kleine Pause für unsere jagenden Gedanken.

Ich drückte sie an mich. Ich legte meinen Handrücken an ihren Hals und spürte ihren Puls.

»Ich liebe den Luxus«, sagte Billy, »aber ich will ihn als Durcheinander – nicht als Ordnung.«

»Die Idee ist klasse«, sagte ich, »richtiger Luxus, und es sieht trotzdem noch so aus wie bei dir zu Hause.«

Sie lachte. Ich lachte. Was sollte man dazu sagen?

Ein Blick auf Billy war eben, nicht nur was die Ordnung angeht, immer auch ein Blick auf den Osten. Entweder diesen alten, dunklen Osten, wo es vor den Flüchen, die Frauen bei ihrem Menstruationsblut verhängen, kein Entrinnen gibt, und wo die Mondgöttin oder ihre stellvertretende Priesterin den Interrex nach der Vereinigung hinrichten lässt, oder jenen Osten der jüngsten Vergangenheit und des Kommunismus, der, falls er denn ein Kartenhaus gewesen sein sollte, wenigstens den Menschen selbst bei seinem Einsturz nicht erschlagen konnte. (Während der Kapitalismus das schafft, ohne dafür ein einstürzendes Kartenhaus überhaupt zu benötigen.)

Wir nahmen einen Drink. Billy einen aus der Mode gekommenen Tequila Sunrise, ich einen zu meinem goldbraunen Replay-Hemd passenden Scotch. Wir schwiegen eine Weile und brüteten über Lappalien, Lappalien brüteten in uns. Wieder ging einer dieser charlottenburgspezifischen Maestro-Typen mit wallendem Weißhaar, breitkrempigem Hut und einem zu durchgängig schwarzer Klamottenpampe getragenen langen, weißen, um die Gurgel geworfenen Schal draußen vorbei. Billy zielte auf ihn mit dem Zeigefinger und begann, ihn drei-, viermal abzuknallen.

»Pruy ist immer noch in Berkeley?«, fragte sie.

»Wo immer er ist, es geschieht ihm recht!«

»Wie hat der denn damals die Sache mit eurem Freund verdaut?«

»Pruy?«

Wie zum Teufel kommt sie denn jetzt bloß auf diese Frage, dachte ich.

Wir zogen weiter durch die Fasanen-, die Bleibtreu- und die Knesebeckstraße und beinahe jede halbe Stunde trat Billy in einem neuen Laden in die nächste Umkleidekabine, um meiner ewigen Begierde wieder einen neuen Vorhang vorzuschieben. Entweder sie entkam meinen Blicken oder sie entkam meinen Händen. Egal in welcher Gestalt ich sie auch verfolgte, sie entkam. Jedes Mal trat sie neu verwandelt aus einer Kabine. Mal als Hirschkuh in einem blutroten Lederkostüm, mit diesen vorsichtig abstoppenden Schritten, bevor das Tier Witterung aufnimmt. Dann als gebärfreudige, sibirische Bärin in einem Designerstück mit grauen, fingerlangen Wollzotteln ab den Hüften, das ihr Becken betonte wie ein Charleston-Kleid.

Jedes Mal sagte sie: »Na, wie sehe ich aus?«, wenn sie aus der Kabine kam, und ich versuchte, mir immer etwas Neues einfallen zu lassen. In einem der folgenden Läden zog sie auf meine Bitte einen streng geschnittenen Jil-Sander-Hosenanzug an, und der entsprechende Auftritt aus der Kabine war umwerfend. Sie interpretierte den dominanten Zug dieses Kleidungsstücks bei einer kerzengeraden Körperhaltung einfach mit einer ganz locker gespielten Hand. Das genügte. Sie schritt durch den Laden und begann in aufgesetzt hochmütigem Ton mit einer männlichen Kleiderpuppe zu sprechen, der sie dabei den Finger auf die Brust legte und Vorhaltungen machte. Irgendwie schaffte sie es, dass man den Eindruck hatte, die Puppe wäre fix und fertig, als sie von ihr abließ.

Jedes Mal wenn wir einen Laden verließen, bargen die Verkäuferinnen tiefgreifend veränderte Kleidungsstücke, an denen sie selbst sich erst eine Weile orientieren mussten, bevor sie diese wieder in Form bringen konnten. Ich kam mir immer mehr vor wie ein armer Hund, der, ohne lesen zu können, das Schild *Wir müssen leider draußen bleiben* nicht befolgt hatte. Ich musste mich mit der eintönigen Beschäftigung des Luftholens begnügen, während sie in immer neuen Verwandlungen aus immer neuen Umkleidekabinen heraustrat.

Einmal versuchte ich, mich auf eine der leicht spiegelnden, matt polierten Aluminiumplatten zu beamen, mit denen die Decke des Escada-Ladens abgehängt war, um im Augenblick ihrer Nacktheit zwischen zwei Kleidern als goldener und nicht wie üblich als weißlich trüber Saft auf sie herabzuregnen, aber das misslang kläglich. Anschließend probierte ich, sie unauffällig in eines jener weitläufigeren Kaufhäuser zu lenken, um in einer anonymeren Kabine mich mit ihr zu paaren, aber sie durchschaute meine Absicht und entwischte wieder. Aus Enttäuschung begann ich, auf der Straße zu pfeifen, was, wie jeder weiß, der den Ku'damm kennt, dort alleine den Idioten vorbehalten bleibt.

Wir waren also wieder auf dem Ku'damm. Man muss einfach alles tun, dachte ich, um in die Hölle zu kommen, denn in der Hölle gibt's bestimmt ununterbrochen Sex. Ohne Sex würden jene aufregenden Strafen, für die sie berüchtigt ist, ja überhaupt keinen Sinn ergeben. Deshalb hatte ja auch der Sänger Ossian erklärt, lieber dort den Feniern Gesellschaft leisten zu wollen, als im christlichen Paradies ohne Geliebte zu sein.

Schließlich kam der Moment, wo sie, wieder mal in einem roten Kleid, die geheimnisvolle Koje verließ, und während sie sich umdrehte und fragte: »Na, wie sehe ich aus?«, schüttelte Frau Holle vor meinen Augen ihre Betten und Blaubart versteckte sich hinter den Schultern von Béla Bartók und sandte einen elektrisierenden Akkord durch mein Gehirn. Sie stand in diesem Kleid wie in einer Vase und der Stoff registrierte jede Bewegung ihres Hinterns mit einer fantastischen Wiedergabe. Ihre Brüste schienen wie verrückt von diesem Stoff, der sie mit genialen Abnähern leicht aneinanderschmiegte, und die eher kräftigen Beine, denen meine besondere Liebe galt, verließen das textile Geschmeide Richtung Schuhe in wirklich edler Blässe.

Wir kauften das Kleid, als würden wir ein Pornoheft kaufen. Ich hatte einen Ständer, an dem man die Fahrräder eines ganzen Mädchenpensionats hätte befestigen können. Nachdem Billy nicht bereit war, mir auf der Damentoilette in den 12 Aposteln oder hinter der Mörtelmaschine einer verwaisten Baustelle auf der Schlüterstraße im Schutze gestapelter Paletten mit Porenbetonsteinen wenigstens einen zu blasen, gelang es mir immerhin, sie zu einem Abstecher in die Wohnung zu überreden. Sie wollte vorher nur noch schnell einen Drink nehmen. Wir erledigten das irgendwo in der Tiefe der Mommsenstraße. Rotwein auf einen Cocktail war sicher die falsche Wahl.

Es war zwar ein französisches Café, aber laut Karte gab es lediglich Beaujolais, Côte du Rhône und ähnliche Ungetüme, was etwa so viel besagte, als würde man auf einer Speisekarte einfach Rindfleisch, Schweinefleisch oder Kartoffeln anbieten. Trotzdem waren wir ausgelassen, der Trubel, das Kaufen und das ständige Umkleiden hatten uns übermütig gemacht. Wir verkörperten jetzt die Hochstimmung zweier Abgeordneter der erotomotorischen Berliner Rasse. Nach den drei großen Betrügen, die an der Menschheit verübt wurden, durch Moses an den Juden, durch Jesus an den Christen und durch Mohammed an den Mohammedanern, arbeiteten wir am vierten, am gründlichsten: dem eines jeden Einzelnen an sich selbst. Wir taten so, als wäre inzwischen nicht eine Menge passiert. Wir taten so, als gäbe es diese Schlachten gar nicht, die wir uns in den desolaten, unbeobachteten Stunden immer häufiger lieferten, ihren Hohn, meine Schärfe, ihren Hass, meine Unbeherrschtheit. Dadurch fühlten wir uns immerhin besser, als wir eigentlich Grund dazu hatten. Als ich nach einem dritten Glas Wein von der Toilette zurückkam, war sie verschwunden. Diesmal hatte sie sich in Luft aufgelöst, und nur die Tüte mit dem Kleid war von ihr übrig geblieben, aus der langsam ein kleiner, immergrüner Baum wuchs, dem Anschein nach ein *Laurus nobilis*.

Billy kam zwei Tage später und sehr spät. Sie war betrunken, roch nach Radiergummi, und ihre Haare waren zerrauft. Sie warf sich aufs Bett und weigerte sich, ihre Schuhe auszuziehen. Ich schob eine Kassette mit New-York-Trance-Music ein, die sie liebte. Wir probierten unser altes Nils-Holgersson-Spiel: Hier bin ich. Wo bist du? Hier bin ich. Wo bist du? Es funktionierte. Das erste Stück auf der Kassette war: *I keep forgetting, we are not in love anymore* von … na ja, ich habe es schon wieder vergessen. Ihr Hals hatte trotz des darüberliegenden Radiergummitons ein feines Bouquet von Melonen, und ihre Haut war glatt und fest. Nach einigen Minuten hatte sie nur noch ihre Schuhe an, sonst nichts. Dann rollte ich mich über sie. Ich war sofort in ihr drin und sie tat ein paar gierige Stöße. Als die jedoch bei ihr im Gehirn ankamen und stürmische See auslösten, verlangsamte sie, mich mit ihrem Tempo herunterbremsend, bis wir wie zwei abwechselnd schöpfende Eimer, die einen Keller leerschöpften, Wasser zwischen uns hin und her gossen, und während sie zerfloss, begann ich sie mehr und mehr zu verlieren. Ich bemerkte, dass ihr Gesicht von der Nase, mit der sie mich berührte, zurückwich und sich in einen langgezogenen Kopf dehnte, auf dem die Augen auf die Seite rutschten, klein und rund wurden, während sie ihre Brauen verloren. Ihre Ohren verschoben sich, immer kleiner werdend, nach oben und überragten schließlich als spitze Tütchen das Obere des Kopfes, innen fast rosa. Ihre Haut verwandelte die glatte Festigkeit in einen immer weicher und dichter werdenden Pelz. Die Finger zogen sich in die Hände zurück, bis nur ein paar dünne Krallen blieben an diesen langsam zu Pfoten gewordenen Händen. In dem Maße, wie ihre Schultern enger wurden, verlagerten sich ihre Proportionen immer mehr auf ihr Hinterteil, das ich noch immer umklammert hielt, und unmittelbar hinter der Stelle, wo ich in ihr steckte, wuchs in entgegengesetzter Richtung ein Schwanz, der die Länge des erstaunten Penis in einer perversen Übertreibung übertraf.

New York, New York, die Meile der sieben Todsünden

Am Times Square, zwischen der 42. und der 47. Straße, tritt die Welt den Beweis an, dass sie durch Buntheit nicht schöner wird und durch Masse nicht reicher. Alles ist schrill, laut und grell. Wo der Broadway kreuzt, überschlägt sich das Fette, Blöde, Laute, Hastige, Schäbige und Durchgeknallte mit dem Hochfahrenden, Aufgedonnerten, Anmaßenden und Eingebildeten. Hier kocht die Stadt und es sprühen die Funken. Fast alle sind zu dick, oder zu lustig, oder ihre Stirn ist zu niedrig, oder sie sind schwanger, oder Neger, mit zu großen Hautporen, verwarzten Augenbrauen, Plastikketten um den Hals. Entweder haben sie stämmige, rote, unrasierte, irische Specknacken oder die lächerlich dünnen Hälse der Asiatinnen. Trotzdem bleibt jeder, egal, wie viel Mühe er sich gibt, unbeachtet, in seinen Gedanken belanglos und mit seinem Trieb allein. Die Einsamen und die Getriebenen werden verschlungen von dieser einzigartigen, wahllosen Umarmung, in allen ihren Sinnen durchgewalkt und dann, ohne bye-bye oder farewell, in einer Nebenstraße wieder ausgespuckt. Ob man bei jemand auf dem Kopfkissen sitzt oder dicht an ihn gedrängt über den Times Square geht, die Intimität ist die gleiche, und die, die sie spenden, wissen es nicht, und die, die sie empfangen, können sie nicht halten. Leuten, die zu wenig anhaben, sind Leute auf den Fersen, die zu viel anhaben, und die, die genau richtig gekleidet sind, die wahren Manhattians, die man erkennt an ihrer Zielstrebigkeit, ihren emotionslosen Gesichtszügen, ihrer insgesamt schlackenlosen Erscheinung, sind nur eine jener Quarzadern in einer Gemengelage menschlichen Granits. Frauen, ihre Jacken, die zu groß sind, über roten Taftröcken um die dicken Bäuche gewurstelt oder mit Hüten aus künstlichem Leopardenfell, sind schlaksige Uncle Sam's auf den Fersen mit Techno-Bärtchen und *Thank U 4 last nite*-Aufdruck auf dem T-Shirt. Zwischen One Astor Plaza und dem Paramount

Building knallt die Sonne auf einen Hot-Dog-Karren und zerbricht auf dem Hagelsalz der Laugenbrezeln in ihre Spektralfarben, während ich in den U-Bahn-Schacht abtauche. Um es kurz zu machen: New York ist wunderbar. Ich kann endlich wieder durchatmen. Die Stadt injiziert ihr Licht direkt in die Blutbahn.

Bilijana war zwei Tage nach dem Ku'damm-Fiasko wieder aufgekreuzt und hatte sich, nachdem wir als Rattenmann und Rattenfrau unsere Schwänze versöhnend umeinandergeschlungen hatten, aus dem Lorbeerbäumchen wieder in meine Daphne zurückverwandelt. Wenige Tage später reiste sie mit Griebenow nach Sofia. Also war ich alleine hierhergeflogen. Sie brauchte Abwechslung, ich brauchte Abwechslung, er brauchte Abwechslung, wer, so fragte ich mich, brauchte eigentlich keine.

Wenn Bilijana mit Griebenow zusammen ist, wird sie behandelt wie eine Dame. Ihr tut das gut, nach den ruinösen Runden, in die unsere Beziehung geraten ist. Meist verbringen sie ein bis zwei Sommermonate miteinander.

Die Zeit um die großen Feiertage ebenfalls. Ostern. Pfingsten. Weihnachten. Ihre anderen Begegnungen sind unregelmäßig. Oft liegen Wochen dazwischen. Griebenow reist fortwährend von Brüssel oder Bonn aus zu Verhandlungen in die Hauptstädte Osteuropas. Bilijana sieht, trotz der schweren Einbrüche, die wir in der vergangenen Zeit hatten, auf den Fotos, die sie jedes Mal mit zurückbringt, immer noch fantastisch aus. Griebenow zuliebe trägt sie breite Sonnenhüte, sogar solche mit Bändern hat es schon gegeben.

Letztes Jahr, auf ihrem Abstecher ans Schwarze Meer, fotografierte er sie vor zwei wie Speckschwarten glänzenden Strandboys. Sie genoss das. Unter ihrer dunklen Sonnenbrille liegt ein Mund, selbst fast Strand, übermütig aufgeworfen. Ganz so, wie Griebenow sie liebt, nicht verzerrt von Leidenschaft oder Wut, was bevorzugt mir vorbehalten bleibt. Griebenow trägt helle Anzüge, Bilijana kurze Kleider.

Ich denke gerade an sie. Ich komme soeben vom JFK-Airport. Auf dem Port Authority gebe ich mein Gepäck auf. Dann nehme ich, nach meinem kurzen Ausflug über den Times Square, den A-Train zur Canal Street. Ich atme tief durch. Alle Last scheint plötzlich abgefallen.

Im Flugzeug hatte ich einen jener Männer neben mir sitzen, in einer dieser eklig-beigen Bund- oder Windjacken, der sich die Haare mit weiß der Teufel welchem Klebstoff vom rechten Äquator des Kopfes über den käsigen Pol der Glatze hinüber zum linken geklebt hatte. Selbst hinten wurde der spärlich vorhandene Haarkranz genutzt, um von dort aus wohl jahrelang gezüchtete Zotteln über das kahle Schädeldach zu ziehen. Der Versuch, mit ganz wenig sehr viel zu bedecken, hatte bei ihm besonders unglückliche Ergebnisse erzielt, weil die pechschwarz gefärbten Strähnen die frostigen Lücken dazwischen durch den Kontrast noch besonders betonten. Trotz aller Kunstfertigkeit blieb hinten eine kaffeetassengroße Tonsur und vorne, wo das teerartig verlegte Haardach abbrach, wölbte sich der blanke Schädel in einem gedankenlosen Halbkreis bis hinunter zur Nase. Letztere sah aus wie von Giacometti aus winzigen Tonkügelchen modelliert, mit einem einzigen, starren, fingernagellangen, schwarzen Haar, das aus einem Nasenloch ragte und das in eine subtile Korrespondenz mit den Vorgängen auf dem Haardach verwickelt schien. Das Taschentuch, das er, wie fast vorherzusehen, sehr bald aus einer der Windjacke ebenbürtigen Hose zog, entlarvte ihn als einen Trompetenrotzer. Das Getröte dröhnte zweimal herzhaft durch die Maschine und führte jeweils nach seinem Ende zu einer sichtlichen Wiederentkrampfung aller Fluggäste. Sonst aber war der Mensch vollkommen ohne jede Ausstrahlung – so neutral wie ein Autodach. Seit dem Start regte sich bei ihm keine Miene. Schlief er ein, klappte sein Mund auf, wachte er auf, klappte der Mund wieder zu. Nach dem Aufwachen begann er sofort mit Daumen und Zeigefinger auf dem Touchscreen in der Rückenlehne vor ihm herumzufuhrwerken. Mich rettete nur der Blick auf die Wolken. Noch immer gehöre ich zu den Menschen, die beim Fliegen aus dem Fenster sehen. Ich finde, dass man die, die dies nicht mehr tun, eigentlich auch als Fresspaket verschicken könnte.

Beim Ausfüllen des grünen Einreiseformulars mit der Admission Number 38720207208 kreuzte ich alle Punkte wie:

Leiden Sie an einer ansteckenden Krankheit?
Sind Sie körperlich oder geistig behindert?
Betreiben Sie Missbrauch mit Drogen?
Steht hinter Ihrer Einreise die Absicht, sich an strafbaren oder unmoralischen Handlungen zu beteiligen?
Waren Sie in Spionage-, Sabotage- oder terroristische Aktivitäten verwickelt?

wahrheitsgemäß mit Ja an. Ich konnte natürlich unbeanstandet einreisen, weil jeder Beamte allenfalls einen mechanischen Blick darauf wirft, ob alle Kreuzchen untereinander stehen. Kein Mensch, seit es dieses Papier gibt, hatte diese Fragen wohl jemals ernstlich auch nur mit einem Ja beantwortet.

An der Canal Street steige ich aus, um einen Kaffee zu trinken. Die Stadt beginnt sich rasch zu entwickeln, ihre Wirkstoffe zu steigern. Ich bin zwar noch gar nicht richtig angekommen, aber ich könnte schreien und mir um den Hals fallen. Es liegt eine Euphorie auf diesen rauchenden Trümmern der letzten Monate. Am späten Nachmittag habe ich einen Termin in der Bobst Library und danach im Deutschen Haus in den Washington Mews. Auf der Canal Street steige ich um. Kurze Zeit später stehe ich drüben in Brooklyn Heights und schaue auf Manhattan.

1984 war ich das erste Mal länger hier. Im Orwell-Jahr. Damals war NY der manische Höhepunkt aller Metropolen und loderte düster und grell zwischen Melancholie, Höhenangst und Delirium. Damals war ich auf der Suche nach einer Klarheit, die ich ausgerechnet dort zu finden hoffte, wo alles bizarr und überdimensional und verworren war. Aber nicht, dass NY deswegen keine Klarheit gehabt hätte, im Gegenteil, es war nur keine Klarheit, die sich in den Vordergrund drängte oder die versucht hätte, einen nach ihrer Ordnung auszurichten. In NY wurde man, abgesehen davon, dass man sein

Leben und seinen Verstand riskierte, in Ruhe gelassen. Man war weiter nichts als das sich selbst sattsam bekannte Beispiel eines weiteren, verlorenen New-York-City-Darstellers jenseits von diesem Gut und Böse, die beide in beträchtlichem Umfang die Dynamik dieser Stadt bestimmten. Hier in Manhattan herrschte die Klarheit kristallartig in sich gespiegelter Strukturen, die ohne jede moralische Forderung auskam. Das versetzte einen in die Lage, jenen tief in der Seele verborgenen Ton zu spielen, ohne den das eigene Selbst sich überhaupt nicht singen lässt. Hier gab es genügend Leute, um wirklich allein zu sein. Und es gab die richtigen Leute, um damit zurechtzukommen. Ich hatte gerade durch juristischen Beschluss meine Mutter ins Irrenhaus gebracht. Zum x-ten Male inzwischen. Ich nenne es immer noch »Irrenhaus«, weil es ja durch den Ausdruck »Psychiatrie« auch nicht besser wird. Ich brauchte Abstand. Der Atlantik war so etwa der Mindestabstand, den ich mir damals vorstellte.

Nun stand ich, Jahre später, wieder in Brooklyn Heights, ziemlich genau an der Stelle, wo Woody Allens Kamera für *Manhattan* gestanden hat, und betrachtete diese von Geld und Macht geschaffene Skulptur. Ein Termitenbau unter dem Vergrößerungsglas. Ein erhabenes, steinernes Orchester, das Tag und Nacht seine pulsierenden Lichter und seine sublime Masse spielte. *New York is a Lightmare*, hatte ich mir damals notiert. Wieder musste ich an den Blick von der Oberbaumbrücke in den Osten Berlins denken. Auch hier lag diese Weite dazwischen, die so rätselhaft in großen Städten Verdichtungen überbrückt. Dort der Blick ins »Reich des Bösen«, hier der Blick ins »Reich des Blöden«. Aber man musste New York auch lieben, wenn man für die Grundphänomene der USA – Infantilismus und Elephantiasis – nur wenig übrig hatte.

Ich nahm ein Taxi in die 68th zwischen Central Park West und Columbus. Kurze Zeit später stand ich mit Dany Nadelbaum, einen Pappbecher Starbucks Coffee in der Hand, auf einer Dachterrasse vierundzwanzig Stockwerke über dem Central Park und wir plauderten über Foucaults Hang zur Pariser Lederschwulenszene und was Virilio oder Guattari darüber dachten. Klatsch. Dany sah inzwischen aus wie eine Raubkopie von Woody Allen. Sein Gesicht arbeitete mit dieser der jüdischen Intelligenz eigenen, aufwendigen Mimik, und seiner Niedergeschlagenheit nach zu schließen, schien er sich, wegen zunehmenden Alters oder abnehmender Gesundheit, sexuell einschränken zu müssen. Vielleicht war es nicht mehr so einfach, Nachwuchsautorinnen aus dem Village ins Bett zu diskutieren oder sie mittels Turbotheorie und Lacan'schen Simulacra zügellos zu machen.

Er war nun so, wie alle jene kleinen Perversen, die die Psychiater des späten 19. und frühen 20. Jahrhunderts wie Insekten aufgereiht und auf seltsame Namen getauft haben: die Exhibitionisten von Lasègue, die Fetischisten von Binet, die Zoophilen und Zooerasten von Krafft-Ebing, die Auto-Monosexualisten von Rohleder, die Autonepiophilisten; er war ein bisschen verschroben, es dem Leben nachtragend, dass die Jugend nicht etwas länger bei ihm ausgeharrt hatte, aber hinreißend.

Wie Dagobert Duck badete er im Schatz seines Witzes, dem langsam, aber sicher die verlässliche Truhe des Körpers abhandenkam. Die folgenden Tage waren ein Feuerwerk von in leuchtenden Vorsätzen zerstiebenden Kurzgeschichten. Ich strömte durch die Stadt, ohne ihre natürliche Fließrichtung durch festgelegte Ziele zu hemmen. Folgerichtig landete ich auch immer dort, wo etwas passierte, das wie auf mich zugeschnitten schien. Jeden Morgen nach dem Aufwachen fragte ich mich: Was gibt's Neues in meinem Kopf? Die Antwort notierte ich sorgfältig, dann zog ich los, um diese Neuigkeiten an den Außenkräften zu erproben. Meine Absicht war es, der Stadt ins Gehirn zu gehen. Die Natur ist dazu da, ihrer Seele auf die Spur zu kommen, die Stadt hingegen, ihr Gehirn zu erklimmen. Außerdem war ich, was die Kurzgeschichten anging, überzeugt, dass ich die Menschen, die mir begegneten, einfach nur abschreiben müsste.

Trotzdem hatte ich nach einer ganzen Reihe von Tagen noch immer nicht herausgefunden, worum es in der Geschichte, die vor meinen Augen sich abspielte, eigentlich ging. Aber sie war packend, die Augen lieferten wirklich aufregende Stadtschilderungen, eins zu eins, und sie war so prall mit Leben gefüllt, dass Balzac und Dickens zusammen sich nicht hätten beklagen können.

Es gab Gewalt und Sex, so echt, als geschähe beides direkt vor mir auf der Leinwand. Es gab ein irrsinniges Tempo, das mittendrin abbrechen konnte und mich auf der Madison Avenue in einem Moment staunenden Stillstands ertappte. Es gab aber auch diese vielen kleinen, unscheinbaren Schicksale, die man vom Café aus beobachtet, in denen Menschen am Rande der Unscheinbarkeit mit unglaublichen Kunststücken versuchen, Aufmerksamkeit zu erregen. Es gab zahllose Verrückte, Abgesandte des Propheten, Kuriere des Popkults. Schließlich waren es ja noch die Jahre des Ausklangs. Es gab Dummgesoffene, Blödgekiffte, Kaputtgespritzte – und dazwischen diese selbstzufriedenen, reich und verrückt gewordenen Kleinbürger, die das Kraut erst richtig fett machten. Es gab unzählige Penner, ohne die man sich die in aller Herrgottsfrühe flamingorot aufglühenden Parks Manhattans gar nicht vorstellen konnte. Der Union Square und der Columbus Circle waren ringsum zugebaut von den Pappkartonburgen, in denen sie hausten. Daneben aber gab es dieses Heer von am besten durch ihre Zielstrebigkeit definierten Menschen.

Menschen, die ein planmäßiger und unbeirrbarer Rhythmus in geschlossenen Formationen zu ihren Haupteinsatzstunden durch die Stadt pulste. Humane Gezeiten.

Natürlich war es ein gutes Gefühl, zufällig immer am richtigen Ort zu sein, obwohl nicht auszuschließen war, dass vielleicht auch geplante Ziele sich zu Brennpunkten gemausert hätten, die es wert gewesen wären, dort als Hauptdarsteller aufzukreuzen. Mein kleines, rechtschaffen schwarzes Moleskine-Notizbuch trug ich immer bei mir. Auch ohne Goldschnitt und Polsterung erinnerte es mich an das Gesangbuch aus meinen Kindertagen.

Damals jedenfalls verlief die Mauer durch Manhattan ebenso unüberwindlich wie die Mauer durch Berlin. Nur forderte sie in New York wahrscheinlich mehr Todesopfer. Es war eine unsichtbare Mauer, die sich entlang des West Broadway und der Bowery hinunterzog und die auf der Delancey Street, der Schlagader des einstigen

Ghettos, nach Osten abbog. Durch sie war Alphabet City abgeriegelt und Stuyvesant Town unbetretbar. Sie führte wie ein durchsichtiger eiserner Vorhang durch die Lower East Side und verlief am Nordrand des Central Park, entlang des Cathedral Parkway, genauso unüberwindlich wie die Mauer zwischen dem Brandenburger Tor und dem Tiergarten. Ähnlich wie in Berlin umklammerte sie die »freie« Insel der Columbia University, wie dort im Westen den Eiskeller oder im Osten das Karree um die Chausseestraße von der Mauer umklammert waren. Messerscharf führte sie im Osten am Campus der Columbia University vorbei und tief unten, getrennt durch eine Schlucht, kochte das abgeschnittene Harlem. Mittendurch lief der Malcolm X Boulevard und zerschnitt die schwarz-roten Backsteinmeere, die an ihn heranbrandeten. Versteinerte Angst ohne Fenster. Vom Aussichtsrondell am Morningside Drive, wo das Denkmal von Carl Schurz steht, unter dem schütteren Grün der Ulme und den gespaltenen Zungen der wirbelnden Gingkoblätter, blickte man auf haargenau dieselben unerreichbaren, unbetretbaren, fensterlosen, in Schwärze versunkenen Häuserruinen wie von der Oberbaumbrücke an der Ostspitze Kreuzbergs auf die hohlen Speicher des Eastends und die dunklen Fassaden des Friedrichshains. An der »invisible wall« des Duke Ellington Blvd auf der 125th verließ man den weißen amerikanischen Sektor und dahinter befand sich, polizeiberichtlich verfolgbar, das »Reich des Bösen«.

Der freie Teil der Stadt, das reiche, weiße Manhattan, wurde bestimmt von Menschen, deren Sehnsucht und deren Gier darauf gerichtet waren, Mitwirkende an dieser Inszenierung des Luxus zu sein. Teil dieses lustvoll wimmelnden Fleisches in bunten Frühlingskleidern und dieser jäh aufflammenden Augenblicke, die einen auf den Spitzen ihrer Feuerzungen in die augenblickstrunkene Gegenwart hoben.

Am vorletzten Tag, etwas matt vom Mitschreiben der sogenannten Realität, machte ich meinen Besuch bei dem hochgeschätzten und nicht nur humoris causa unschlagbaren Stanley Corngold in Princeton und landete anschließend mit einer der letzten Pan-Am-Maschinen wieder in Berlin.

Die Sanduhr

Am nächsten Morgen war dann die Gegenwart wirklich zu Ende. Wir hatten so lange versucht, sie schneller zu erzählen, als sie sich abspielte, bis es uns schließlich gelungen war, jene sprühende Gischt zu berühren, mit der sie sich, gerade entstehend, ins Dunkle und Ungeformte der Zukunft stürzt. Dieses Erlebnis hat allerdings seinen Preis.

Ich sah, als ich erwachte, ziemlich unsympathisch aus. Ich gab dies auch wahrheitsgemäß an den zuständigen Vorgesetzten weiter, indem ich laut sagte: »Mein Gott, wie sehe ich denn aus«, und mich gar nicht erst rasierte. Im Hinterkopf webten noch die Reste eines zügellosen Traums. Manchmal, wenn ich zwischen zwei Träumen aufwache, komme ich mir vor wie eine Sanduhr. Wenn ich mich umdrehe, rinnt der Sand von der oberen Hemisphäre in die untere Hemisphäre. Der Weg, den der Sand nimmt, geht durch das Corpus callosum, einen Kabelbaum zwischen den Gehirnhälften, der auch »Balken« genannt wird. Meist dauert es so lange, wie eine Eieruhr braucht, um über ein à point gekochtes Ei Auskunft zu geben, bis ich wieder einschlafe. So wie die beiden Gehirnhälften ein unterschiedliches Fassungsvermögen zu haben scheinen, denn die Rechtslage lässt mich nie so erfüllt wieder einschlafen wie die Linkslage, so scheint dies auch auf meine Lungen zuzutreffen. Die Linkslage lässt die linke Atemwabe satt mit Luft ruhen, während bei Rechtslage, meist über ein deutlich empfundenes Sauerstoffdefizit, ein Schuss Magensaft über die Bläschen an ihrer Spitze einzulaufen scheint. Jedes Mal habe ich dabei die Vorstellung, es handle sich um eine Art Frostschutzmittel. Wiewohl ich weiß, dass dies physiologisch gesehen Unsinn ist, kennt meine rechte Lunge den Eindruck von heißer Magenlava bis in ihre feinsten Verästelungen. Dass diese Unausbalanciertheit der Körperhälften, die ja auch in den Hoden sich widerspiegelt, Auswirkungen auf mein Traumleben hat, ist mir nicht verwunderlich. Die linkslagigen Träume sind viel ungestümer und erzählen ihre Bilder, meiner Toleranz entsprechend, unzensiert und zu Ende, während bei Rechtslage mir über diesen Träumen oft nur der kalte Schweiß auf der Stirn steht, ohne dass ich anschließend weiß, worum es eigentlich genau ging. Heute Nacht, als wie bei Michelangelo die äußerste Fingerspitze das Wachseins mit der äußersten Fingerspitze des Schlafs sich berührte, träumte ich, dass Billy mit zerschnittenem Gesicht und aufgespießt von der Brunft des Tieres unter den Bauch eines Hengstes geklammert hing, während Büttner in Gestalt einer Fliege immer wieder auf meine Nasenspitze zurückkehrte. Der Versuch, ihn dort zu erschlagen, brachte mir nur Schmerzen ein.

Dann war ich plötzlich wach. Ich habe es oben ja schon angedeutet. Der Traum hatte nichts gebracht, außer dass er mir Büttner wieder ins Gedächtnis gerufen hatte. Und nun, wo die Gegenwart zu Ende sein sollte, war ich anscheinend auch noch ein anderer. Zumindest ein Zweiter. Aller Wahrscheinlichkeit nach sogar ein Schuldiger. So stand es wohl in meiner Akte. Akten belegen ja meist etwas, was von den Betroffenen bis zum Bekanntwerden der Akten bestritten wird. Nachdem die vorhergegangene Nacht so klar gewesen war, dass man das Sternbild der Kassiopeia sogar von Prenzlauer Berg aus hatte sehen können, war ich auch in dieser Nacht, kurz bevor ich mich hinlegte, um schließlich bei diesen Träumen zu landen, noch mal ans Fenster getreten, aber der Himmel hatte aufgegeben. Man hatte schon den ganzen Tag über beobachten können, wie er sich mehr und mehr eindickte, fahl und faulig wurde, und nun schneite es. Es schneite so, wie die Leute morgens zur U-Bahn strömen: getrieben, unvergnügt, eintönig – nur beseelt von einer Richtung. Und diese bestimmte der Wind.

Meine Nase schmerzte. Der Traum hatte mich aufgestört und der Sand in meiner Einschlafuhr eine Rieselstörung. Also hatte ich mich, nachdem ich erst vor dem Spiegel und danach am Fenster gewesen war, aufs Bett gesetzt und gewartet, bis er kam. Mit er meine ich den

Tag. Den neuen Morgen. Ich bemerkte, dass ich nackt war, aber das störte mich nicht, denn ich war ja erst knapp über vierzig. Wie üblich in den frühen Morgenstunden hatte ich einen Ständer. Als nicht mehr zu übersehen war, dass er angebrochen war, der Tag, stand ich auf. Der Traum hing noch wie eine zerrissene Spinnwebe zwischen den Gedanken. Als Kind, so fiel mir ein, hatte ich oft damit experimentiert, den Punkt des Einschlafens bewusst zu erleben. Dafür muss man sich in zwei Personen zerlegen, was mir ja nicht schwerfallen konnte: die beobachtete, die einschlafen soll, und die beobachtende, die wach bleiben muss. Diese Experimente hatten mich sehr fasziniert, weil Bewusstsein und Bewusstlosigkeit oft viel weiter ineinander hineinragen, als gemeinhin angenommen wird. Der Moment, in dem das Bewusstsein erlischt und das Gehirn den Körper herunterfährt, beinhaltet einen Augenblick bleierner Ekstase. Wenn man an Gott glaubt, sind solche Versuchsanordnungen, um zu diesem Erlebnis zu gelangen, natürlich unnötig. Dann betet man einfach um diese Erfahrung und bei festem Glauben wird sie einem vielleicht gewährt. Besitzt man seine Gnade nicht, muss das Gehirn in seiner genialen Auswahl, was es dem Bewusstsein überlassen will und was nicht, überlistet werden. Dies ist nicht einfach. Normalerweise überlistet ja das Gehirn uns und nicht wir das Gehirn. Letzte Nacht kam ich mit meinen Beobachtungen aber gar nicht in die Nähe dieses kritischen Punktes, weil der Schlaf einsetzte wie ein Genickschlag und der Traum, als er später in mir sich aufrappelte und den Schlaf mehr und mehr durchlöcherte, diesmal beide Hemisphären bespielte.

Als ich endlich aufstand, wurde mir deutlich, dass er bereits in voller Blüte stand. Mit er meine ich wieder den Morgen. Draußen fiel Schnee. Büttner war tot, Isabel verlassen und Billy wieder einmal verschwunden. Manchmal genügt es, sich umzudrehen, und jemand, den man gut kannte, ist für immer gegangen.

Das Gedächtnis von Mitmenschen, sogar das derer, die einen gezeugt und auf die Welt gebracht haben, wird immer unzuverlässiger. Es ist gar nicht mehr der Rede wert, was man jemandem bedeutet, denn ein einziger Augenblick kann den vorteilhaften Umstand, im Leben von jemandem eine Rolle zu spielen, zunichtemachen. Büttner war in der Klapse, und wir hatten ihn nicht ein einziges Mal besucht. Büttner wurde verrückt, und wir fickten wie die Verrückten. Büttner starb, und wir bemerkten nicht einmal unser eigenes Auf-den-Tod-Zustrudeln. Kein Wunder, dass er nun als Fliege zurückkehrt und ich mir im Traum die Nase blutig schlage. Wer nicht trauert, wer nicht ein paar Körner seiner Ernte verbrennt, wer nicht seinen Mantel teilt, wenn einem anderen vor Kälte der Arsch abfriert, wer nicht ein paar Kröten übrig hat für die, über denen die Geier kreisen, den strafen irgendwann die Furien. Wie eine Schwalbe war Büttner vor den Zug gesegelt und an seiner Front erst zerschmettert und dann von seinen Rädern tranchiert worden. Wie lange ist das jetzt her? Viel zu lange schon.

Pruy war, so hatte es den Anschein gehabt, eher unangenehm berührt von der Tatsache, dass man sich auf eine solche seelische Gefährdung überhaupt einlassen konnte, so dass er eine bestimmte Verachtung gar nicht zu unterdrücken suchte. Da er für alles empfänglich war, was seinem Hochmut zur Seite stehen konnte, teilte er den christlichen Abscheu vor dem Selbstmord. Er war da ganz wie sein Vater Larry, den der sonntägliche unternehmerische Kirchgang vor dem Frühschoppen und dem Schafkopfen auch nie wirklich in die Gefahr christlicher Nächstenliebe gebracht hatte.

Vom Augenblick der ersten Einweisung an war Büttner für ihn der Verlierer gewesen, und Pruy schickte sich bereits an, die Fährte des späten Gehorsams aufzunehmen und seinem Vater immer ähnlicher zu werden. Trotz seiner Jugend umtosten ihn bald die sicheren Gewässer eines vollkommen ungerechtfertigten Dünkels, in denen Mitleidslosigkeit und Geiz sich zur Tugend des Besitzes fügen wie Feuer und Folter zur Hölle. Er wurde, auch wenn es wie ein Widerspruch klingt, immer mehr er selbst, und ich wurde es immer weniger.

Zwerge und Riesen

Meine Vermieterin sagt, dies hier wäre ein schlechter Roman. Wahrscheinlich hat meine Vermieterin recht. Sie sagt, man wäre »als Leser fortwährend auf der Suche nach einem Zusammenhang«, und es könne ja nicht Sinn eines Romans sein, »sich bis zu seinem Ende damit abzukaspern, einen solchen Zusammenhang zu entdecken«. Da ist natürlich was dran, musste ich zugeben. Man hat sich im Leben wirklich mit Wichtigerem abzukaspern.

»Entweder«, sagt sie, »sind die Sätze so lang, als hätte der Autor immer wieder ihr Ende aus den Augen verloren, oder sie sind so kurz und grob, dass sie auf den Leser eindreschen wie mit Knüppeln. Man weiß nie«, fährt meine Vermieterin fort, »wo man sich zeitlich gerade befindet, und es ist außerdem lästig, hinter allen Figuren ständig den Autor sprechen zu hören.«

Sie hält mich für den Autor.

»Sie heißen ja schließlich Autenrieth«, wirft sie mir vor. Ich täte ihr leid, sagt sie, meinen Einspruch gar nicht zur Kenntnis nehmend, dass ich in meinem Leben wohl das Unglück hatte, »nur diesen matrizenartigen Frauen begegnet« zu sein. »So unpersönlich wie Luftmatratzen.«

Das mit den Matrizen und Matratzen gefällt mir.

»Frauenfeindlich wie Frisch«, hat sie hinzugefügt. Gemeint war Max, der Autor von *Mein Name sei Gantenbein*. Es sollte mich einerseits kränken, weiß der Himmel welcher Logik darin folgend, und andererseits ihre Belesenheit in den Raum stellen, aus der heraus sie sich zu solchen Urteilen bemächtigt fühlte. Ich kenne anscheinend nur »dauergeile Amazonen und Tigermädchen«.

Als ich ihr entgegnete, ein Fremder wäre Eigentümer meiner Biografie, antwortete sie mir, das wäre ja wohl »nichts als bodenloser Blödsinn«, würde aber »zu diesem Machwerk«, mit welchem Wort sie nun ihr vernichtendes Urteil aussprach, »gut passen«. Die Welt, die dieses Buch uns zumute, meinte meine Vermieterin, produziere »in kranken Gehirnen, natürlich Männergehirnen«, wie sie rücksichtslos einschränkte, Szenarios, »in denen blonde Nymphomaninnen schizophrenen Superkünstlern mit Modellkörpern hinterher« wären.

Ich fragte sie, ob sie denn nicht bemerkt hätte, dass der Roman mit der Welt da draußen nur so viel zu tun hätte, als er unbedingt brauchte, um seinen realistischen Augenschein zu wahren, damit nicht jeder gleich bemerkt, dass es hier um Zwerge und Riesen geht.

»Was heißt hier Zwerge und Riesen?«, empörte sich meine Vermieterin, »das sind Kranke und Verrückte, und ihre Köpfe sind Kloaken.«

»Neben den Zimmerwänden blieb die ganze Mauer entlang noch ein schmutzig weißer Raum, und durch diesen kroch in unsäglich widerlichen, wurmweichen, gleichsam verdauenden Bewegungen die offene, rostfleckige Rinne der Abortröhre«, schwärmte ich.

»Ja genau«, sagte meine Vermieterin, »genau so hört sich das Ganze hier an.«

»Das ist Rilke«, antwortete ich, »*Malte Laurids Brigge.*«

Walter Kirchners Neue Filmkunst zeigt:
Metamorphosen

Am Urinal der Toten

Acheron, Kokytos, Lethe und die eiskalte Styx, bei der die Götter schwören, flossen in den Kellern des Friedrichshains, und in ihren Wassern wateten die Beliden, die mit einem Sieb Wasser in ein Fass ohne Boden schöpften. Die alten Kräfte Kreuzbergs und ihre jüngsten Verkörperungen waren nach der Wende hierher gewandert und kreuzten sich mit den Antikörpern der ehemaligen DDR. Hunde waren die Folge. Tausende von Hunden bewachten die Zugänge zu den Kellern des Friedrichshains. Sie hinterließen auf den Gehsteigen so viel Hundescheiße, dass die Menschen liefen, als durchschritten sie Minenfelder, bevor sie an die Keller überhaupt denken mochten. Im Sommer hoben von diesen Startrampen aus Hundekot die Fliegen ab. Start und Landung erfolgten nach präzisen Flugplänen, ein immer einwandfreies Aufsetzen auch auf schwierigem Gelände war selbstverständlich, und dann drehte sich der metallisch-grün schimmernde Flugkörper mit den transparenten Tragflächen in die Ruheposition. Beelzebub, der Herr der Fliegen, ein Gott aus dem alten Ekron, aus dem schließlich Satan hervorging, dirigierte die toten Seelen, denn nichts anderes sind ja die Fliegen, an den Hunden vorbei in die Keller. Wie man nach alter Überlieferung weiß, wittern nur Hunde das Nahen des Todesengels. Die Hunde verkehrten kreuz und quer im Kiez, bevor ihre Zahl ab 1995 stark abnahm. Mit den Hunden verlor sich mehr und mehr auch das Schicksal dieses Ortes, und das Schicke kehrte ein. Eine etymologische Verwandtschaft oder die Vermutung, dass beides auseinander hervorgehe, liegt jedoch nicht vor. Noch aber schnürten sie in kleinen Rudeln, in denen jeder auf jeden aufpasste, um die Samariterkirche und verloren, sobald sie unter sich waren, jegliches Interesse an ihren menschlichen Vorgesetzten. Die Hunde – mir waren sie mit der Zeit alle ans Herz gewachsen – kommunizierten jedenfalls über ganz andere Dinge als die Leute, die man ständig in den Kneipen oder bei Ausstellungseröffnungen traf. Sie hatten, wie auf der 18. Trumpfkarte des Tarots, immer den Weg vor Augen, der durch das große Tor im Nichts verschwindet.

Ich auch. Ich war ja selbst ein Hundeähnlicher, ein kynikos. Ich musste bei dem Tor immer an das Frankfurter Tor denken, bis zu dem die Hunde meist nicht vorstießen, weil dort der motorisierte Verkehr zu bedrohlich wurde. Über beiden Türmen sah ich die beiden Monde meiner beiden Väter, darunter die beiden Hunde. Dazwischen ich, Halbsohn mit Doppelvater, mit dem Blick der Frankfurter Allee folgend, die sich zwischen den Gottesäckern von Marzahn und Lichtenberg im Nichts verliert. Pulsader des Friedrichshains war noch nicht diese etwas belanglose Simon-Dach-Straße, die schließlich das Herz der Streuner eroberte, sondern die Rigaer Straße. Die Rigaer Straße war noch lange unerobert, erfüllt von finsterem Stolz. Von unnachgiebigem Osttrotz. Der Stein, die Vegetation und die Karies der DDR waren hier unauflöslich ineinander verwoben.

An jenem Abend, um den es hier geht, war es bereits ziemlich spät. Wir kamen zuletzt aus der Weinstube, der komischste Name für die komischste Bude in dieser Gegend damals. Auf dem Rückweg Richtung Prenzlauer Berg bemerkten wir wieder diesen Erdschacht, an dem wir schon häufiger spätnachts vorbeigekommen waren. Ein auf etwa ein Meter fünfzig Tiefe ausgehobenes Loch, abgesperrt mit einem rot-weißen Baustellenband. Ab Mitternacht glühte immer ein schwaches Licht aus diesem Loch.

Ein kurzes Stück vor uns war soeben ein Mädchen in diese Grube gerutscht. Eine Weile noch schwebte ihr Kopf über der Straße, als wäre sie eingegraben, dann war sie versunken. Wir waren schon ein paar Minuten an dieser Stelle vorbeigelaufen, als wir uns zur Umkehr entschlossen. Wir gingen zurück, sprangen in den Schacht und rutschten durch ein Fenster in einen Keller. Hier waren sie plötzlich alle, die Hunde, die Punks und die Fliegen. Als Bar diente ein eiserner Tisch, an dem Bier, Korn und Jägermeister verkauft wurden, sonst nichts. Selbst die Luft schien vernietet.

Ich holte uns eine Flasche Korn und wir setzten uns in eine Ecke auf einen Holzkasten. Das Licht war dunstig und die Musik laut und hart. Bilijana schob die Hände in die kurzen Ärmel ihres T-Shirts. Wir redeten kaum. Langsam erkannten wir den besonderen Rhythmus der Hunde, die ununterbrochen in Bewegung waren. In Hyperbeln schlingerten sie durch den Raum, immer wieder aufeinander zulaufend, sich beschnüffelnd, wieder zurücktretend, wie bei einem Menuett. Die Seelen hingen ihnen in Gestalt ihrer Zungen zum Halse heraus. Sie hechteten über niedrige Kästen, auf denen die Biere standen, und stießen immer wieder Flaschen um, die Leute neben ihre Füße gestellt hatten. Die Punks, die fast alle nackte Arme hatten und von denen keiner bei einem Schönheitswettbewerb hätte antreten können, wogten mehr oder weniger aufrecht zwischen den Hunden. So gut wie alle waren schwer betrunken. Der Kellerboden war glitschig und klebte. Die Hitze, die Hunde und das verschüttete Bier hatten die Fliegen in den Keller gelockt. Sie bildeten jenen dritten Kanon der Bewegung mit ihren sirrenden Schleifen und jähen, zackigen Richtungswechseln.

Uns gegenüber lag ein Paar in Auflösung. Sie hatte im Sitzen neben sich gekotzt und dann ihren Kopf an seine Schulter gelehnt. Die Hunde hatten im Nu den Boden wieder saubergeschleckt. Ihre kurzen, rübenförmigen Beine steckten in Springerstiefeln. Er hatte das Gesicht eines toten Spanferkels, mit Ringen im Ohr und einer grünen Haarfahne über dem Gesicht. Daneben ein mit seinem Bier redender und an seinen Nachbarn gelehnter Stiefelknecht, unter dessen Kleidungscode mit lauter Ketten um die Speckschwarte das rammdösige, schweinigelhafte, innerlich verfettete sächsische Stammtischgesicht hervortrat. Der Lärm brach sich fortwährend wie eine Brandung.

Ich spürte, dass Billy mich immer weniger liebte. Unauffällig nahm ich ihre Hand und ließ meinen Daumen auf ihren Fingerknöcheln kreisen. Plötzlich vereisten die Bilder in meinem Kopf. Rund um uns herum saßen Frauen und Männer mit hageren Gesichtern und nach oben horchenden Augen. Der Zigarettenrauch war zum kalten Atem geworden, der den Leuten vor dem Mund stand. Die Frauen wiegten die Hunde auf den Armen und versuchten, sie zu beruhigen. Die dröhnende Musik ging über in einen Luftangriff.

Das kann keine Erinnerung sein, sagte ich mir immer wieder. Ich war doch damals überhaupt noch nicht auf der Welt. Ich bin nicht die richtige Adresse für jenes Gedächtnis, das sich hier meldet. Die Schultern meines Vaters tauchten unter meinen Schenkeln auf. Ich schwankte, beide Hände auf seinem Kopf, und ich sah die Kellerlöcher Nürnbergs wieder mit den abknickenden Balken darüber und den Buchstaben *LSR*. Dann sah ich den Keller in der Fabrik meines anderen Vaters. Jenes Vaters, dessen Mutter mich mit acht aus einem besseren Leben hinausgeworfen hatte. Ein Kellerraum mit Schießstand, etwa dreißig Meter bis zum Kugelfang. Ich sah die 9 mm Luger P08, die er 1942 zum Preis von 32 Reichsmark erstanden hatte, die Walther PPK, die Major Geoffrey Boothroyd dem Kriminalschriftsteller Ian Fleming als Waffe für seinen James Bond nahegelegt hatte, eine 38er amerikanische Armeepistole der Marke Colt und seinen Kleinkaliberstutzen. Die Munition bewahrte mein Vater in einem Spind der Fabrik auf. Im obersten Fach lagen zwei Braunhemden, zusammengelegt, Kommissbrot, originalverpackt, und ein Stahlhelm. Ich hörte die Kugeln schwirren. Wie die Fliegen. Dann fielen die Patronenhülsen auf den Boden und rollten immer auf die gleiche Seite. Es klang wie rollende Bierflaschen. Im Keller in Fürth saßen keine Bürger, auch die Arbeiter der Firma nicht. Hier saßen nur mein Großvater, mehrfacher Schützenkönig, in einer Joppe mit Hirschhornknöpfen und mein Fürther Vater, ebenfalls ein vorzüglicher Schütze, mit seiner eigentümlichen, somnambulen Stigmatisiertheit durch die Krankheit. Und dann gab es einen furchtbaren Knall.

Das Mittelschnauzerabkommen

Ich erwachte als Mittelschnauzer auf einem Diwan mit locker übergeworfener, roter Samtdecke. Vor mir auf dem Boden stand ein enormer, silberner Pokal, dessen Sinn schwer zu erschließen war, auch wenn er durch die Kostbarkeit seines Materials und seiner Ausführung eindeutig wie eine Huldigung auf mich wirkte. Meine Augen hatten den tiefbraun kolorierten Blick alter, retuschierter Fotografien und spiegelten verschwommen die grünen Scherben eines im Bilde nicht sichtbaren Lüsters wider. Die rechte Pfote hing lässig über den vorderen Rand des Diwans und drückte große Gelassenheit aus, ohne verächtlich zu wirken. Mein Bild zeigte den für rassige Schnauzer typischen, also borstigen, Salz-und-Pfeffer-gemusterten Kopf. In meinem durchaus nicht mit diesem Hundeanblick vertrauten Gehirn tickte wie eine Bombe der irgendwie nicht gezündete Gedanke, sofort etwas gegen diesen unwillkommenen Eindruck von mir unternehmen zu müssen. Allerdings lähmte mich der Umstand mit einem leichten Entsetzen, dass meine unerwartete Vierbeinigkeit beim Aufspringen den ganzen Oberkörper auf den Boden reißen könnte, sollte ich mich riskanterweise dazu entschließen. Ich ahnte plötzlich – und wollte es deshalb auf keinen Versuch ankommen lassen –, dass mir die Hände durch die bloße Fortbewegung gebunden sein könnten. Immerhin war ich eine Person, die Proust gelesen hatte, und mein Leben war, von hundeelenden Situationen zwar nicht frei, mit erlesenen Menschen und mit bester Gesellschaft in Berührung gekommen. Ich wollte mich mit meiner jetzigen Lage also keinesfalls abfinden.

Gegenüber auf dem Bett lag Billy. Sie natürlich in menschlicher Gestalt. Immer noch schön. Innerlich aber schon ziemlich zerschlagen. Neben ihr auf dem Kopfkissen lag das Buch *Per Anhalter durch die Galaxis*. Mich als Mensch konnte es also heute Nacht neben ihr schwerlich gegeben haben. Weder als Leser des Buches noch als den, der es vor dem Schlafengehen sicher sofort aus dem Bett befördert hätte.

Ich überlegte, ob ich als Zuschauer, als Beobachter oder sogar als Spitzel in Frage kommen könnte. Hat mich das heimliche Verlangen, sie bloßzustellen, von ihr bloßgestellt zu werden, sie zu entlarven, von ihr entlarvt zu werden, sie zu hintergehen, von ihr hintergangen zu werden, zu diesem Hund auf dem roten Diwan gemacht? Und warum zum Mittelschnauzer? War ich überhaupt ein Rüde? Siedend heiß durchfuhr mich dieser Gedanke. Ich unterließ es allerdings, dies sofort zu überprüfen, weil ich mich erinnerte, dass man als Hund sich dann immer sofort am Sack leckt.

War ich hier, um verdeckt gegen sie zu ermitteln? Ein V-Hund? Schickten die aus dem Westen mich oder die aus dem Osten? War dieser silberne Pokal vielleicht ein verdeckter Briefkasten, a dead drop, wie die Amerikaner dazu sagen? Was wäre, wenn dieser Kerl nun kommen würde, mit dem sie mich betrügt? Wenn sie sich gerade nur ausschläft für ihn. Der würde sich an mir als Hund doch gar nicht stoßen. Außerdem ist das ja auch überhaupt nicht unser Zimmer in der Dunckerstraße. Oder ihr Zimmer in der Dunckerstraße. Das sieht ja schon aus wie ein Liebesnest. Bei uns gibt es keinen Lüster aus grünen Glasscherben. Werde ich jetzt zu sehen kriegen, miterleben müssen, wie sie mit einem anderen schläft?, dachte ich. Erkennen können, was man in Zukunft (gibt es eine Zukunft?) an Liebesbeteuerungen ignorieren darf, weil sie Serie sind, lahme Varianten, weil sie für jeden gelten, auf alle angewendet werden, verlogenes Getue? Nichts, was durch unsere Liebe einzigartig und unaustauschbar geworden wäre. Was mache ich nur, dachte ich, wenn dieser Hund über mich dauerhaft die Oberhand gewinnt? Zu den Dominikanern gehen? Ins Hundekloster? Da drehte Bilijana sich um, und ein Blitz aus ihren blinzelnden Augen schoss zu mir herüber. Ich zog den Hund aus und stand auf.

Ich hatte auf der Couch übernachtet. An den Grund mochte ich jetzt gar nicht denken.

Die Fischnester

Am gleichen Nachmittag briet ich mir einen Fisch in der Pfanne. Einen kurzen, karpfenartigen Fisch, etwas größer als eine ausgewachsene Hand und in seiner Form diesen zu dicken Goldfischen gleichend, wie man sie häufig in den gemauerten Bassins von Schlossparks findet. Nachdem der Fisch eine Zeitlang in der Pfanne und an den Seiten wegen der heißen Butter seine Haut bereits geplatzt war, nahm ich ihn heraus und versuchte, von dem Fisch herunterzubeißen wie von einer Salzstange. Als ich in den Kopf hineinbiss, begann der Fisch heftig zu schnalzen. Meine Zähne spürten unter dem durch ihren Druck einkrachenden Fischkopf die sich noch bewegenden Augen und lebendes Fleisch. Der Fisch riss sich mit angebissenem Kopf aus meinem Mund und flutschte vor mir auf eine Anrichteplatte aus Holz. Mit einem heftigen Widerwillen, den ich, wenn mir das in Wirklichkeit passiert wäre, wahrscheinlich gar nicht empfunden haben würde, packte ich das schnalzende Ungetüm und wollte es entfernen. Ich umklammerte es mit den Händen, beide Daumen in die Kiemen gebohrt, damit es mir nicht auskäme, und brachte es nach draußen.

Zu meiner Verblüffung befand ich mich in einem hübschen Ort an der Küste – könnte Südfrankreich gewesen sein. Es war aber Kroatien, wie sich später herausstellte. Gegenüber meiner Haustür, wenn es denn meine war, lief eine Kaimauer, die in den alten Fischerhafen des Ortes mündete. Ich versuchte den Fisch, der wilde Bewegungen Richtung Meer machte, an geeigneter Stelle loszuwerden, wozu ich allerdings meine Anstrengungen, ihn festzuhalten, verdoppeln musste. Während dieses Gerangels wuchsen dem Fisch aus den Bauchflossen kräftige Schenkel, an deren Knöcheln ich ihn schließlich mit beiden Händen umklammert hielt wie eine Heckenschere. Unter der Kaimauer war alles voller Kähne und Kisten und Pfähle. Es war ein sehr flaches Wasser, das sich im Halbkreis in die Bucht mit den grünen und blauen Häusern schob und von einer Unmenge von Meeresgetier bevölkert wurde, das normalerweise niemals den gleichen Lebensraum miteinander teilen würde. Langusten, Aale, Tümmler, Seesterne, Gelbrandkäfer, Seidenbarsche und Wasserschlangen. Als ich den Fisch, der, während ich meine Zähne in seinen Kopf gebohrt, in einem dünnen, scharfen Strahl seinen Kot auf mich abgespritzt hatte, an geeigneter Stelle ins Wasser warf, gab er während des Flugs einen sirenenartigen Ton von sich, der mir durch Mark und Bein ging. Kaum hatte er das Wasser erreicht, zuckte er pfeilschnell in die unterschiedlichsten Richtungen. Nur Fische können das. Oder Mücken. Da näherte sich aus dem tieferen Wasser eine ziemlich stattliche Seekuh, mit einem Fell oder Pelz, hellbraun wie Rehleder, und verschlang den Fisch.

Der Alibijude

Der Jude von nebenan war wie vom Antisemiten erfunden. Er hieß Leibl Rosenstein. Möglicherweise hieß er auch Chaim Schlotzki oder Abraham Levi. Ein paar Jahre nannte er sich einen Nachrichtenakquisiteur, was lächerlich war. Dann journalisierte er ziemlich erfolglos, schließlich wechselte er unmittelbar vor der Wende in die Baubranche, spekulierte an der Börse und auf einmal kam das dicke Geld. Es kam zu ihm wie der Engel zur Jungfrau und verkündete ihm: Du bist auserwählt, gehe hin und bringe den Schlächtern Israels die Botschaft, wir sind wieder da und bringen euch eure Ablasszettel. Er war von einer hinderlichen Figur, konvex in der Silhouette, seine Haut weiß und dampfend, und seine Augen sahen aus, als hätte sie Jahwe vor tausend Jahren in diesem Gesicht vergessen. Mit diesen beiden heiligen Antiquitäten blickte er, denn Jahwe ist ein strenger Gott, mit Härte in die Augen seiner goyischen Geschäftspartner, und das machte sich bezahlt. Sein sexueller Appetit nach ältlichen, rundlichen, kleinwüchsigen Fräuleins, Schickse hin oder her, die er mit alttestamentarischem Redebombast einwickelte und weichklopfte und schließlich als dickliche Koteletts sexuell durchratterte, war enorm. Er hasste Sport, bewegte sich mit seiner Verdauung ständig zwischen Durchfall und Stuhlverstopfung, und er manipulierte die Mädchen und die geistig kriegsgeschädigten Männer, das Christliche für verstockt und das Jüdische für aufregend zu halten.

Er war der perfekte Alibijude für diesen Roman. Schließlich wohnte er auf der Duncker direkt gegenüber. Die rote Tür links. Er besaß allerdings noch das ausgebaute Dachgeschoss darüber, wo er der fledermausähnlichen Bahnschalterangestellten, die ihn immer besuchte, Fräulein Jutta Krüger, nach dem Verkehr ins Ohr flüstern konnte: »Und es ruhte auf uns mit all seinen Sternen der Himmel.«

Eines Morgens stand an seiner Tür: *Would you like to live in Israel?* Angesichts der Umstände und der doch großzügig bestehenden Möglichkeit, dies ja jederzeit tun zu können, eine merkwürdige Frage. Einige Tage später stand an der Tür *Israel – Pissrael* – oder hieß es am Schluss sogar *piss real*? Das hatte natürlich etwas Beunruhigendes und Unbequemes, denn Türen wurden in diesem Haus allgemein weder beschriftet noch waren sie Objekte für Hetzparolen. Man telefonierte gegenüber mit Newman, Naumann, Miller, Goldberg, Kohn und Finkelstein und kaute die Vorgänge mit den Mülltonnen noch mal durch. »Ja welche Vorgänge meinen Sie denn, Herr Schlotzki?« – »Das war doch Brooklyn, mein Lieber. Far Rockaway. Du bringst da was durcheinander.« – »Nein, du kannst, wenn du die ganze Vorgeschichte brauchst, das alles im *Wendekreis des Steinbocks* nachlesen, ich hab die Seite zu Hause markiert. Mit einem Eselsohr.«

Seine Mutter, Rachel Schlotzki, den *Brooklyn Eagle* auf dem Schoß, sagte zu ihm, kurz bevor er nach Deutschland übersiedelte: »Du musst nicht so jüdisch aussehen mit so einer Brille, wenn du da rieberwillst.« Also lebte er, da er sie daraufhin wenig aufsetzte, meist in einer verschwommenen Welt und machte sie mit ihren dicken Gläsern nur deutlich, wenn es um Geschäfte ging. »Und immer schauen, was in den Bücherregalen steht«, sagte sie, »Adorno ist nicht unbedingt zuverlässig, auf Feuchtwanger und Wassermann ist eher Verlass.«

Diese Nacht, bevor wir loszogen, kam Leibl Rosenstein nicht als einziger Leibl Rosenstein in die Dunckerstraße nach Hause. Im wehenden Kaftan kamen tausend vollkommen gleiche Leibl Rosensteins das Treppenhaus der Dunckerstraße herauf. Vier Stockwerke lang, Brust an Rücken. Von hinten waren sie Chaim Schlotzkis und von vorne Leibl Rosensteins. Sie mussten aus dem Bauch des toten Wals gekommen sein, auf den man bei Bauarbeiten im Scheunenviertel gestoßen war. Billy kam mit dem Grüßen überhaupt nicht nach, als wir das Treppenhaus hinunterliefen, um auszugehen.

»Die sehen ja aus wie die Herren der *Tischgesellschaft* von Katharina Fritsch im Neuen Museum in Frankfurt.«

»Erinnerst du dich noch«, fiel mir ein, »wie wir immer sagten: ›Ruf Kittelmann an, wenn Kattelbach kommt‹?«

Wir schnalzten mit den Fingern und rockten leicht mit den Hüften. Als wir unten auf der Straße standen, sahen wir den Strom der Rosensteins immer noch vorne durch die Haustür eintreten, während sie rechts daneben aus dem großen Tor, das vom Hinterhof mit seinen Parkplätzen und Mülltonnen auf die Straße führte, wieder herauskamen und sich in einer langen Schlange Richtung Danziger Straße bewegten. Eine Schlange, die dort nach links abbog und verschwand.

»Das ist der Leviathan«, sagte ich zu Billy.

Sie aber wollte sich, weil sie nicht wusste, was das ist, die Laune nicht verderben lassen und sagte: »Ruf Kittelmann an, wenn Kattelbach kommt.«

Die zersungenen Schwänze

Camilla kann gut Spagat. Mittlerweile besser, als sie es sich jemals erträumt hätte. Hans ist zwar blind, delegiert aber vorzüglich. Außerdem hat er statt zwei Beinen nur eines. Insgesamt hat er sich seine Güteklasse A stramm erlitten. Dafür spürt er aber nichts mehr. Florian war als zu empfindsam geboren worden, dann verlor er auch noch seinen Arm. Im Laufe der Zeit hatte er jedoch gelernt, sich zu lieben, was ihm, es sei ihm gegönnt, ohnehin nicht so schwerfiel.

Camilla, Hans und Florian trafen sich im Januar 1978 in Kassel bei einem Symposion über Phantomschmerzen. Als sie dort die sogenannten Spezialisten reden hörten, fiel ihnen zu ihren Problemen nichts mehr ein. Seit dieser Zeit tragen sie eine gewisse Sprachlosigkeit mit sich herum, die ihnen zuweilen auch von Nutzen ist. Fehlende Worte ersetzen sie durch besondere Initiativen.

Camilla malt die Worte, Hans archiviert ihre Steckbriefe und Florian erschafft neue Worte und versieht sie mit absonderlichen Klängen. Seit ihrem Kasseler Stigma halten sie untereinander Kontakt. Sie treffen sich sporadisch in einer abgelegenen Pension mit dem Namen Rouge et Noir am Stadtrand von Paris. Camilla bringt Musik mit von Les Rita Mitsouko, Portishead, Billy Cobham, Herbie Mann, Beth Gibbons, sie bringt wirklich alles mit, Prince, J. J. Cale, Randy Newman, alles, Led Zeppelin, Zappa, wirklich alles. Sogar Chick Corea, na alles, eben! Sie brauchen diese Konspiration allesamt sehr und möchten sie nicht mehr missen. Im Zimmer 008 trinken sie zunächst sehr viel Alkohol, lieben sich daraufhin und fallen anschließend gemeinsam in Ohnmacht. Ihre Ohnmacht geht später nahtlos über in gesunden Schlaf. Dann träumen sie – einmal Kassel hin und zurück. Im Traum wird die Fahrkarte immer noch gelocht. Camilla schreibt am nächsten Tag einen Brief an Florian. Sie teilt ihm mit, dass sie den Eindruck habe, er wäre ein Mann ohne Wenn und Aber. Sie sagt ihm, dass sie es liebe, wenn er ihr sagt, kaum dass das Knarren seiner Füße auf dem Holzfußboden sie geweckt hat, sie solle sich nicht so anstellen, sich anziehen, das Schminken auf später verschieben und direkt aus dem Bett mit ihm rausgehen. Weiter schreibt sie ihm: *Sehe jetzt blendend aus. Keine Müdigkeit mehr im Gesicht, einen leichten Schmerz zwischen den Beinen und Dich im Kopf.*

Wenige Tage nach ihrem letzten Treffen im Rouge et Noir lernt sie mich kennen. Einen jener elenden Erben der Zwölftonmusik und des Schwarzen Quadrats, der allerdings noch alle Glieder beisammenhat. Ihre Phantomschmerzen verschwinden. Dafür setzen die echten ein. Ich leide zu der Zeit, als ich sie kennenlerne, an Antriebsüberschuss und Schluckangst. Sonst gibt es an mir nichts zu bemängeln. Höchstens noch eine leichte Störung der Feinmotorik, die sich an der Handschrift ablesen lässt. Diese Störung ist allerdings situationsbedingt. Wenn ich in Aufregung gerate, zittern die Buchstaben. Ist ja auch weiter nichts dabei. Alle weiteren Angaben zu meiner Person finden sich bei Kraepelin, der den Begriff der »unheilbaren Endzustände« einführte, und bei Krafft-Ebing, der die Begriffe »Zwangsvorstellung« und »Dämmerzustand« geprägt hat. Beide waren große Männer und haben die irrealen Areale ausgeleuchtet, in die ich Camilla zu entführen trachtete.

Ich wollte sie verschleppen in jene evakuierten Nächte, in denen es nur Helden gibt, Helden und Einzelgänger. Höchstens noch Minimalisten. *Die Blechtrommel* hatte ich gelesen, als ich achtzehn war. Unter ihrem Eindruck habe ich damals angefangen eine Novelle zu schreiben, die hieß *Die zersungenen Schwänze*. Als Inspiration diente mir der ganz besondere Westberliner Priapismus jener Jahre, also die permanente Versteifung des stadtdurchpulsten Penis als seelische Fehlhaltung. Die Idee war, durch geeignete Übungen, unterstützt durch ephemere literarische Techniken, den Penis hart werden zu lassen wie Glas. Dann galt es, eine Frau dazu zu finden, die unter seinem Eindruck ebenso wie seiner Zuhilfenahme eine geeignet schrille Stimme ausstoßbereit hätte, diesen zu zersingen. In allen Einzelheiten schilderte ich die Mittel zur Verglasung des Penis mittels Zungenspitze, Nasenlöchern, Rüsseln, Fußballen oder Fingerspitzen. Es gäbe, so versicherte ich immer wieder, keine bevorzugten Körperteile. Dabei achtete ich darauf, meine Schilderungen immer mit einer bestimmten Thomas Mann'schen Ironie und Gesetztheit zu glätten, oder unterbrach die krassesten Passagen, um das Ganze literarisch hieb- und stichfest zu machen, mit komplizierten Dialogen zur zeitgenössischen Musik. Nur als ich einmal schrieb, dass diese den komplizierten Dialog ja sicher mehr verdiene als das Zuhören, wurde mir von der Kritik sozusagen ein Punkt abgezogen. Das Problem aber war das stumme Diktat der Novellentheorie, die sich nicht mit einem Ausbreiten obszönen Textes abspeisen lässt, sondern Hinarbeitung auf einen Höhepunkt fordert, der mit den vielen in gemeinster Weise geschilderten Höhepunkten aus dem Glaspenisspiel noch nicht gewährleistet war. Ich musste also, auf das Buch gesehen, stärker in Figuren denken und zwischenmenschliche Psychologie einarbeiten, denn Beschreibungen von Dingen lassen sich nicht zu novellentauglichen Höhepunkten zuspitzen.

Um es kurz zu machen, ich fand schließlich diese Frau. Eine hochgewachsene Züricher Scheidungsanwältin, deren moralische Grenzen wie mit einem eisernen Lineal gezogen waren, bis zu jenem Moment, als es plötzlich überhaupt keine mehr gab. Ich stand vor ihrem sexuellen Hunger wie der viertausendeinhundert Meter hohe phallische Mönch vor der viertausendeinhundertfünfzig Meter hohen Ionischen Jungfrau, das Oxytocin sprühte ihr aus den Augen, und wie eine Schlammflut schob sie den Duft ihrer Hormone vor sich her. Es bedurfte fast eines kleinen Kunststücks, die Nässe ihrer Scham mit der äußerst eleganten äußeren Erscheinung dieser Frau in Einklang zu bringen. Ihr gelang es schließlich, nach einigen Wochen unseriösestem Gesangsstudiums, die Stimme anzuheben und leise in eine Höhe zu wimmern, bis das zu Glas erstarrte Glied zerbarst und in Millionen winziger Brillanten zuerst durch den Körper und anschließend durch das Universum rieselte. Sobald wir von da an auf die Straße traten, splitterten die Schwänze. Um die langbeinige

Schweizer Scheidungsanwältin verbreitete sich jene sogenannte reflektorische Erektion in Windeseile. Die Bewegungen der Männer wirkten plötzlich, von weiter nichts als von ihrer magnetischen Präsenz berührt, wie gepfählt. Sie erstarrten, als drehte eine Glasbläserin einen zäh glühenden Kolben in ihrer gelähmten Mitte, zöge ihn in die Länge, löschte ihn mit Wasser und ließe ihn schließlich an ihrer leisen, sirenenartigen Stimme zerschellen. Die narkotische Ausstrahlung ihrer leichten Papillendifferenzen durchsickerte die Tiefensensibilität selbst mattester Glieder und schwellte sie gegen die Textilien der Beinkleider, bis sie schließlich hart waren wie Kristall. Aber im Nu waren sie, sobald ich sie durch die winzigsten Einflüsterungen in ihr Ohr zu diesem leise singenden Wimmern anstiftete, zersungen und zersprungen in tausend Scherben. Die Straße wurde zum Minenfeld. Nun brauchte ich nur noch eine passende Zuspitzung der Handlung, die ich um unser Singspiel weben würde, und die Novelle konnte endlich dem gewünschten Höhepunkt zugeführt und veröffentlicht werden.

Ich ließ die Hauptakteurin schließlich mit ihren eigenen Waffen beseitigen. Sie zersang einen dieser gläsernen Schwänze, als sie ihn in sich barg, und es zerfetzte ihren Körper in vierzehn Teile, die weit über das Land verstreut wurden. Ich beendete die Geschichte mit einer Beschreibung des großen Ochsenkotzens, bei der ich mich eng anlehnte an den von Plutarch verschwiegenen Hintergrund, wonach Isis den Penis des Osiris, der von einem Fisch verschluckt wurde, wieder ausspuckt, indem sie sich nicht in den berühmten Milan verwandelt, der es ihr erlaubt, mit Horus schwanger zu werden, sondern in ebenjenen Fisch. Ich schilderte das als eine Art orgiastisches Abendmahl mit gewaltigen Erbrechungsanfällen, durchaus nicht ohne Buñuels *Das große Fressen* dabei ein bisschen im Auge gehabt zu haben. Die Novelle wurde ein ziemlicher Erfolg.

Und genau in diesem Moment erschien Camilla. Mit ihrer kleinen Versehrtheit, ihren einschlägigen Kasseler Erfahrungen zum Thema Phantomschmerzen und ihrer Neigung zu Eskapaden sollte sie meine Erinnerungen an die Schweizer Scheidungsanwältin wieder ein bisschen auffrischen. Gleich beim ersten Mal gelang ihr durch Zusammenziehung der Beckenbodenmuskulatur ein vollendeter Penis captivus. Fast möchte man sagen, keine Kunst, bei einem solchen Spagat. Anschließend begannen wir sofort mit der Ausbildung ihrer Stimme.

Einseitig perforierter Film

Eigentlich ist Deleuze eine Figur aus dem französischen Kino, in dem Jean-Pierre Léaud aus Rache an Jean-Paul Belmondo ein Ei fallen lässt, das bereits in der Luft zerbricht, um nicht auf dem Boden der Tatsachen zu zerschellen, weil es damit die phallische Struktur der Kultur zwar nicht untergraben, aber immerhin bekleckern könnte. Aus Verzweiflung über die Schwere des Tatsächlichen wendet sich Deleuze doch der bis dahin verschmähten Hegel'schen Negation zu, die er am Ende sogar heiratet. Man mag die Handlungsarmut dieses Films bedauern, verkennt aber damit seine eigentliche Größe. In einer Nebenrolle spielt der großartige »Gilles« von Watteau den zufällig Herumstehenden und von der Malerei erlösten Ratgeber, dessen Auftritt auf einen Satz beschränkt bleibt: »Sei schön und halt den Mund.«

Der Film erhielt sechzehntausend Bambis.

Schwimmer und Gebüsch

Vor uns liegt eine klare, umlaufende, von der Schwärmerei unzerstörte Landschaft. Man ist gern bereit, in ihre Helligkeit einzuwilligen, in ihre wie verschlossene Zeitabschnitte daliegenden Portionen von Himmel, Bauwerk und Landschaft. Man hört weder Zwischenrufe noch Lügen. Das Leben ist mit seinen gewaltsamen Fakten ein Stück weit hinter die große, wunderbare Konzentration der Stille zurückgetreten. Ein paar Burschen mit ihren von der Kälte blau angelaufenen und von einer unirdischen Gekränktheit etwas aufgeworfenen Lippen spielen Murmel mit den an Land gespülten Hoden junger, ertrunkener und höchstwahrscheinlich antiker Helden. Drum herum die indignierte Nüchternheit der Steine mit ihren von der Sonne und der Anstrengung leicht geschwollenen Quarzadern. Ich poliere meine Schuhe mit den frischen Blättern eines Salbeibuschs und aromatisiere damit alle folgenden Berührungen dieses Tages. In meinem Kopf entsteht ein Foto des Bleibens, auf seiner Rückseite vermerkt, das Datum des Abschieds. Um das Bild des Schwimmers nicht zu verlieren, lege ich mich auf meine rechte Seite und klemme ein dickeres, kleines Daunenkissen zwischen die Schenkel, damit die Knie nicht aufeinanderschlügen. Den linken Arm lasse ich einfach der Länge nach auf dem Körper liegen, wie ein Geländer, so dass die Finger wegen der stark angezogenen Knie in südlicher Richtung über den Körper hinausragen. Den anderen Arm winkle ich vor der Brust so ab, dass die Hand leicht auf der linken Schulter aufliegt, was mich möglicherweise aussehen lässt wie die der Länge nach auf den Boden gelegte Skulptur eines römischen Rhetorikers in einem Antikenmuseum. Ich bilde mir auch ein, aus dem kippenden Augenwinkel die zwischen Spree und Kupfergraben aufblitzende Museumsinsel erkannt zu haben, von der ich das Bild des Redners davongetragen haben könnte. In dieser veredelten und versteinerten

Lage lasse ich den Atem in den Bauch fallen, bis ihn das Zwerchfell in einer antwortenden Bewegung wieder heraufstößt. Dieser Rhythmus, der die Brust fast gar nicht mehr mit einbezieht, löst mich langsam vom Ansturm der Gedanken und scheint sie mehr und mehr von außen kommen zu lassen, statt immer nur von dieser Rennstrecke zwischen Bauch und Gehirn. Mit den Augen, die fest und scheinbar kerngesund unter den Augendeckeln liegen, gelingt es mir durch minimale Manöver, diese Gedanken in Schach zu halten.

Auf der Sprache nach der gefangenen Welt

Lange Zeit bin ich spät schlafen gegangen. Meist fielen mir dann aber die Augen so schnell zu, dass ich gar nicht die Zeit hatte, meinen letzten Gedanken zu Ende zu denken. Der Schlaf fällte mich wie ein Hieb und es gab nichts in seiner plötzlichen, gedankenlosen Leere, was von draußen, vom Leben vor dem Schlaf, nachklang. Es gab nur den Pulsschlag der Schwärze, auf dem ich wie ein leichtes Kügelchen durch die Nacht federte.

Den ganzen Tag über aber war ich voller Energie und erregender Bilder. Ich hing mit allen meinen Kräften am Leben, und es war, als sähe ich jeden Frühling mit achtfacher Vergrößerung und in Zeitlupe. Die ersten Knospen der Bäume öffneten sich so langsam, dass mir vom Zuschauen regelrecht schwindlig wurde, während die der Kastanien, die noch geschlossen blieben, weiter über das Maß ihrer vorstellbaren Größe hinaus anschwollen, bis sie in unsichtbaren Aprilnächten schließlich lautlos explodierten. Die gläserne Starre des Waldbodens, der langsam seine ersten Düfte freigab, glich dem kostbaren und zerbrechlichen Kuss meiner Mutter in den ersten Jahren meiner erst viel zu spät erratenen Kindheit. Manchmal, wenn ich mit dem Erraten solcher frühen Erinnerungen beschäftigt war, sah ich meinen Großvater vor mir, wie er den Hof mit einer Gießkanne sprengte, um es dem Staub so schwer wie möglich zu machen, sich aufwirbeln zu lassen.

Oft fiel es mir ebenso schwer wie diesem an der Erde klebenden Staub, mich zu erheben, denn ich hatte, wenn ich glücklich war, immer ziemlich schwere Beine. Mein Großvater hatte damals einen Lieblingsseufzer, der lautete: »Da machst' was mit auf dera Welt.« Ein beeindruckend enzyklopädischer Seufzer. Der Frühling war im Ort meines Großvaters die einzige Sehenswürdigkeit. Jedes Jahr gab es im Garten gegenüber einen blühenden Birnbaum, eine nur von dünnen Ästen zusammengehaltene Wolke aus Blütenschnee, dem zwar kein turmloses, kastenförmiges, fränkisches Landschlösschen zur Seite stand, sondern nur der Nagel- und Werkzeugschuppen des Alteisenhändlers Siegfried Schwartz, der aber trotzdem im Ort für eine fürstliche Pracht sorgte. Das Merkwürdige war nur, dass ich bereits als Kind, trotz meines tiefen Schlafs und dieser herrlichen Frühlinge, an den Tod dachte.

Wenn ich manchmal auf einem Bleistift kaute und meine Zungenspitze die wie Rückenmark in ihm ruhende, runde Miene aus Blei und Grafit berührte, glaubte ich, einen Vorgeschmack auf den Tod zu haben. Hier, in dieser Zelle, sind aber Bleistifte nicht erlaubt. Lange Zeit gab es eigentlich fast nichts, was hier erlaubt war. Jedenfalls kam es mir immer so vor, obwohl das vielleicht gar nicht stimmt. Aber was heißt schon stimmt oder nicht stimmt. Eigentlich stimmt doch immer nur der Eindruck, den man hat, und nie die Gewissheit, die einem fehlt. Immerhin konnte man stehen. Man stand wie ein Pfahl in der Mitte einer fast leeren Zelle. Dadurch entstand eine sehr vereinfachte Konstruktion aus Mensch und Raum. Ein isolierter Mensch in einem isolierenden Raum. Eine räumliche Anordnung, die bestens geeignet war, den Verstand zu verlieren. Bewohnt von einer Person, der nichts zur Verfügung steht, um sich aus dieser Zwangslage zu befreien, außer sie würde sich auf den Boden unter den Tisch legen und versuchen, sich mit dem Tischbein den Schädel einzudrücken, was aber niemand schafft.

Während unserer Zusammenlegung wurden die Haftbedingungen etwas gelockert. Wir konnten Post, Bücher, Papier, Schallplatten und einen Plattenspieler bekommen. Damit ist es inzwischen wieder vorbei. Meine Zelle liegt wie die der anderen im siebten Stock. Sie ist verwanzt. Obwohl später immer wieder behauptet wurde, die Mikrofone wären nur in den Besucherzellen. Nachts wird sie mit Schaumstoffdämmplatten abgedichtet, damit wir uns nicht miteinander verständigen können. Der Frühling ist unerreichbar, obwohl er sich nur wenige Meter entfernt abspielt. Immerhin weiß ich, dass es gerade Frühling ist, aber ich gehe jetzt meist sehr früh schlafen. Allerdings fallen mir die Augen nicht zu und ich lasse mir meist gegen zehn die ersten Beruhigungs- und Schlafmittel bringen, Lexotanil oder Librium, zwischen ein und drei Uhr morgens erhalte ich dann meist noch eine zweite Ration. Der tägliche Kampf der Barbiturate gegen die Aufputschmittel, das waren damals vor allem Captagon und auch Ritalin.

Heute jedoch ist es noch früh am Abend. Draußen scheint noch die Sonne. Sie steht aber schon ziemlich tief. Es ist vielleicht der 8. Mai. Ich schreibe in mein Tagebuch, ich möchte bloß noch kaputt sein. Die Kostüme der Müdigkeit abwerfen und nur noch kaputt sein. Vor der Kontaktsperre absolvierten wir um diese Zeit immer den zweistündigen Umschluss. In Strümpfen standen wir dann auf dem Korridor vor den Zellen. Sobald die Zeit um war, ging ich zurück in meine 20 Quadratmeter große Eckzelle, während Wachbeamte die Jalousien schlossen und die Klappen der elektronischen Kamera öffneten, mit denen der Korridor bei Nacht überwacht wird. So weit das Tagebuch. Um 21 Uhr wurden von den Vollzugsbeamten alle Zellen abgesperrt. Um 9 Uhr 30 am nächsten Morgen wurden die Zellen wieder geöffnet Der Hofgang fand auf dem Dach unseres Zellentraktes statt. Dieses Dach bestand vorwiegend aus Himmel. Die Stelle, auf der wir standen, war vergleichsweise klein.

Ein Mann namens Charles Scott Sherrington hatte den Beinahkontakt zweier Zellen um das Jahr 1900 als Erster als Synapse bezeichnet. Wir hatten diesen Beinahkontakt zwischen Zelle 719 und 720 nun so gut wie aufgebaut. Wir brauchten nur noch den richtigen Botenstoff, und der wurde gerade in Zelle 720 entwickelt. Lautsprecher waren umgelötet worden zu Mikrofonen, die Kabelverbindungen zwischen den festinstallierten Lautsprechern des Anstaltsrundfunks angezapft und über die locker ausreichende Energie aus den Verstärkern der Plattenspieler betrieben. Gestern diffundierte die erste Botschaft die Zellenwand und erreichte die postsynaptische Membran, das Ohr des Hörers in Zelle 719. Nun galt es, die anderen Zellen noch anzuschließen. Wir nannten dieses Unternehmen, das entweder mit unserer Befreiung oder mit unserem Tod enden sollte,

Operation Synapse. Mit ihrer Hilfe konnten wir trotz der Kontaktsperre und der Abdämmung der Zellen in Verbindung bleiben. Auch jetzt dachte ich wieder an den Tod. Heute Nacht würde sich alles entscheiden.

Der Spiegel

Eines Morgens stand ich vor mir. Ich trug ein weißes Hemd, meine Haare waren zerwühlt und ich war barfuß. Es waren zwar noch die achtziger Jahre, die ganz späten allerdings, aber es war vielleicht das erste Mal seit Menschengedenken, dass man den Eindruck bekam, dass einem die nächste Generation entgegenkam und nicht, wie das bisher der Fall war, dass sie einem im Nacken saß. Da ich ein bisschen kränkelte, hatte ich mich mit Dolviran-Tabletten und Paracodin-Hustensaft ein bisschen in gute Laune gebracht. In den letzten Tagen war es bei mir zugegangen wie während der kurzen Zeit, in der van Gogh und Gauguin sich in Amsterdam ein Atelier teilten. Es war die Hölle los. Nun versuchte ich, diese Hölle wieder loszuwerden.

Die Wohnung war endlich leer und still, sie war wie eine Kirche. Ich fühlte mich wie eine große Wanne, die sich langsam mit Ruhe füllte. Ich stand vor mir, betrachtete mich im Spiegel und war ganz zufrieden mit dem Eindruck, den ich auf mich machte, wenn auch ein leises Misstrauen daruntergemischt war. Genau auf der Basis dieses leichten Misstrauens war ich auf einmal wie vom Donner gerührt. Ich merkte plötzlich, dass mein Spiegelbild zurückschaute. Es ist schwer zu beschreiben, welch ungeheuerliche Wirkung entsteht, wenn das eigene Spiegelbild plötzlich zurückblickt. Natürlich wird das Hineinschauen in einen Spiegel immer beantwortet von einem Herausschauen aus dem Spiegel. Dabei ist es aber für den Betrachter außerordentlich beruhigend, dass der vor dem Spiegel bestimmt, was der im Spiegel tut. Und richtet man den Blick direkt in die eigenen Augen, so entsteht deswegen kein Kurzschluss, weil im Blick des Gegenübers kein Strom fließt. Genau dies aber hatte sich geändert. Die Augen im Spiegel hatten sich auf irgendeine Weise die Energie verschafft, mich sozusagen in eigener Regie anzublicken. Daraus entstand eine Herausforderung, die schwer wiederzugeben ist. Zuerst einmal wich ich diesem Blick aus, in der Hoffnung, die Augen im Spiegel aus ihrer direkten Konfrontation zu zwingen. Dies misslang. Die beiden Augen blieben auf mich gerichtet und glitten forschend über mein Gesicht. Ich begann die Lippen zu bewegen und fluchte leise über das, was hier gerade abging, aber zu meinem Entsetzen folgten die Lippen im Spiegel nicht meinen Mundbewegungen, sondern verharrten abwartend und ein bisschen abschätzig geschlossen.

Ich wandte mich ärgerlich ab, ging an meinen Schreibtisch, legte *Closes* auf von Joy Division und trank eine Tasse Tee. Das kann ja wohl nicht wahr sein, dachte ich mir, und ich dachte mir das so lange und so oft, bis ich überzeugt war, dass dies absolut nicht wahr sein konnte. Zweimal ging ich während dieser persönlichen Überzeugungsarbeit bis zur Badezimmertür, kehrte aber jedes Mal wieder um, mir gut zuredend, mich bloß nicht verrückt zu machen. Beim dritten Mal öffnete ich die Tür und trat wieder vor den Spiegel. Aber mein Spiegelbild wartete bereits. Es war völlig irre. Ich starrte es an, denn es nahm sich nun noch mehr Freizügigkeiten gegen meine Bildvorgabe heraus als das letzte Mal. Es stützte, als ich es anstarrte, das Kinn in die Hand und legte damit eine ziemlich herausfordernde Geste an den Tag. Doch gerade als ich im Begriff war, die Beherrschung zu verlieren, wandte es sich ab und verließ den Spiegel. Dies geschah weder geheimnisvoll noch war es verbunden mit irgendeinem Abrakadabra, sondern es passierte ganz schlicht, realistisch und resolut.

Ab da gab es mich im Spiegel nicht mehr. Das war wirklich schwer zu ertragen, denn die ganze Umgebung, die hinter mir mein Badezimmer ausmachte, war nach wie vor vollständig zu sehen, es fehlte nur der, der davorstand. Für mich bedeutete das auch insofern ein Unglück, als ich mein Spiegelbild morgens dringend zum Rasieren brauchte. Da ich mich nass und mit Klinge rasiere, muss ich ja sehen, wo ich sie anzusetzen habe. Fürs Erste behalf ich mir mit einem Foto in Lebensgröße, das ich in Kopfhöhe auf den leeren Spiegel klebte. So gut es ging, rasierte ich mich nach dieser etwas steifen Vorlage. Danach verließ ich möglichst schnell die Wohnung.

Es war ein später Märztag, der auf eine der ersten wirklich lauen Nächte dieses Frühlings folgte. Die Linden am Straßenrand waren noch schwarz und fast knospenlos, aber die jungen Frauen hinter den Glasscheiben der Cafés trugen schon ärmellose Shirts in Schilfgrün oder Karamell und auf ihren Fingernägeln glänzte das Licht der Morgensonne. Ich ließ mich schnell von der guten Laune und dem Feuerwerk der Morgensonne anstecken, und es schien, als fehlte mir nichts. Während ich die Straße entlangschlenderte, die voller Menschen war, und leise *What's Going On* von Marvin Gaye vor mich hin sang, merkte ich, wenn ich meinen Blick über die Straße schweifen ließ, wie es immer wieder aufblitzte, wenn ich ein Gesicht streifte. Es war so, als schaute ich auf eine Meeresfläche, auf der unruhig die kleinen Wellen durcheinandergingen, die immer dann, wenn eine sich im richtigen Einfallswinkel zur Sonne befand, ihr aufblitzendes Licht an meine Augen verschickte. Zuerst trug dies sogar noch zur Verbesserung meiner Stimmung bei, weil ich mir dachte, das Leben würde heute in einer Art Festbeleuchtung erstrahlen. Dann allerdings begann es mich zu irritieren und zu beunruhigen. Am Savignyplatz stieg ich in die S-Bahn, kramte ein Buch aus der Tasche und las.

Ich hatte die Reclam-Ausgabe des *Don Karlos* dabei. Ich las das Buch gerade wieder, weil mich die Parallelen zwischen Don Karlos, dem Marquis von Posa, und Ilich Ramírez Sánchez, genannt *Carlos*, interessierten. Die Helden des Stückes waren ja schließlich auch Terroristen, nur eben gehüllt in die glühenden Worte Schillers. Mir gegenüber saß eine junge Frau, die ebenfalls las. Das war an sich nichts Besonderes. Das Besondere, genauer gesagt, das Entsetzliche geschah erst, als sie aufsah und ich ihrem Blick begegnete. In dem Moment, wo unsere Augen sich trafen, tauchten in ihrem Gesicht meine Gesichtszüge auf. Dabei wurde das fremde Gesicht gar nicht vergewaltigt, es blieb in seinen Ausdehnungen und auch in seinen Besonderheiten vollkommen unbeeinträchtigt. Trotzdem erschien darin, oder lag darunter, wie immer man das nennen will, mein Gesicht, mit meinem Mienenspiel, meinen Augen. Die Frau blickte einen Moment genau mit dem entsetzten Gesicht zurück, mit dem ich sie anschaute.

»Wissen Sie eigentlich«, fragte ich sie, »dass Sie genauso aussehen wie ich?«

Die Frau lächelte, und dann sagte sie: »Nein, eigentlich nicht.« Aber sie lächelte mit meinen Lippen und sagte Nein mit meinem Mund, und dann fügte sie noch etwas taktlos hinzu: »Ehrlich gesagt möchte ich auch lieber bei meinem eigenen Aussehen bleiben.«

Ich stieg am Zoo aus und drängte mich schnell durch die Halle. Als ich durch die Menschenmenge eilte und mir mit meinen Blicken immer wieder Übersicht verschaffte, war um mich herum wieder dieses Blitzen. Ich merkte nun allerdings schnell, dass, sobald meine Augen auf andere Augen trafen, meine Gesichtszüge sich in diesem fremden Gesicht abzubilden begannen, ganz egal, ob dieses einer Dame gehörte, die fast zwei Köpfe größer war als ich, oder einem dicken Alten, der mit hochrotem Kopf zur Bahnhofstoilette schwankte. Das Blitzen geschah immer dann, wenn meine Blicke sich mit anderen Blicken nur streiften, doch sobald sie sich begegneten, gewann mein Spiegelbild augenblicklich die Oberhand.

Mein Gott, was mache ich bloß?, dachte ich mir. Nun ist jede Möglichkeit dahin, jemals noch einem Menschen mit einem anderen Gesicht zu begegnen. Was irgendwie ja auch bedeutet, einem anderen Menschen überhaupt. Der ganze Abwechslungsreichtum ist dahin. Ich schloss die Augen und spürte das Blut kalt in meinen Adern kreisen.

Vorgang Andromeda

Marquis de Sade hat gesagt, dass immer nur so viel Glück möglich ist, wie Verbote zu brechen sind, und dass alles Glück aufhört, wenn man ihm sein Unrecht nimmt. Ich hatte oft versucht, dem Glück sein Unrecht zu nehmen. Der Erfolg war, dass ich ständig in Schwierigkeiten steckte, nie Geld hatte und meine Gedanken scharf waren wie eine Neuronenbombe. Als ich zum Manne herangereift war, was, ohne im Krieg gewesen zu sein oder ein Unternehmen geführt zu haben, ja vielleicht gar nicht möglich ist, es sei denn, man mäße dies unsinnigerweise an der Zeugungsfähigkeit, erblickte ich, sozusagen auf dem Präsentierteller, eine unbekleidete Frau, in die ich mich verliebte. Gerade weil ich diese Frau erblickt hatte, konnte ich später nie begreifen, wie so fade Personen wie Madonna, Twiggy oder Claudia Schiffer je zum Idol werden konnten. Die Frau, um die es dabei ging, war nicht Isabel und nicht Bilijana, auch nicht Helga, meine erste Geliebte überhaupt, oder gar meine Mutter, sondern es war die Frau, die es a priori gibt, ein Trugbild gewissermaßen, das man für schöner zu halten geneigt ist als die Nymphen. Diese Frau war an eine Ehe gekettet und bewacht von einem Mann, der sie dem Ungeheuer seines Haushalts und seiner Machtgier zum Opfer bringen wollte. Modell des Alten Königs.

Das ist natürlich ein bekanntes Szenario, das sich bei Frauen, die aus der Ehe auszubrechen versuchen oder im Begriff stehen, durch einen Liebhaber daraus befreit zu werden, immer wieder findet. In diesem Fall hieß der Mann Arnfried März, war Abgänger irgendeiner dieser European Business Schools, Reichartshausen, wenn ich mich recht entsinne, und stieg bereits Ende der siebziger Jahre, gerade mal Mitte zwanzig, mit einem fünfstelligen Anfangshonorar ins Wirtschaftsleben ein. Er war einer der frühen VCs, jener Venture-Capital-&-New-Economy-Kriminellen, die immer reicher wurden, je mehr Stellen sie kürzten, je mehr Arbeitsplätze sie zerstörten und je mehr Existenzen sie vernichteten. Ähnlich wie Rohwedder als Chef des Hoesch-Konzerns machte er sich in den achtziger Jahren einen Namen als brutaler Sanierer. So wie dieser bei dem Stahl- und Montanunternehmen in wenigen Jahren zwei Drittel aller Arbeiter und Arbeiterinnen rausgeschmissen hatte, so agierte März mit fast der gleichen Vernichtungsquote erst bei der MTU und danach in einem süddeutschen Elektrokonzern. Wie Karl Heinz Beckurts galt er in radikalen Kreisen bald als ein Spitzenmann der strategischen Ausrichtung des Kapitals Richtung USA und der von allen humanen Hemmungen sich befreienden Interessen des Profits. Als er von unserer Liebe erfuhr, überschüttete er mich und seine Angetraute mit Hohn. Er war so geblendet von seinen Erfolgsschlachten, dass er sich gar nicht vorstellen konnte, dass eine Frau diesem goldenen Boden zu entreißen wäre.

In mehreren Kassibern, die aus Stuttgart kamen, wurde ich instruiert. Meine erste Aufgabe sollte darin bestehen, ihn zu entsetzen. Meine zweite, ihn zu isolieren. Die dritte, ihn zu eliminieren. Dazu musste ich in den Untergrund abtauchen, so wie es Klaus Rainer Röhl und Ulrike Meinhof bereits 1959 in Berlin vorgemacht hatten. Ich begann, erste Kenntnisse und Erfahrungen zu sammeln, die ich später, als Glasmann, zu vervollkommnen suchte. März hatte einen Hinweis auf die Affäre seiner Frau bekommen und eine Privatdetektei damit beauftragt, mich zu observieren. Da ich unter keinen Umständen ein Bekanntwerden meines Umfelds riskieren durfte, verließ ich Berlin, sobald ich bemerkte, dass man mir folgte.

Die Männer aus der Münchner Detektei waren in Kreuzberg 36 ungefähr so unauffällig wie Eskimos mit Schlittenhunden in der Südsee. Auf dem großen Lastwagenparkplatz vor dem Grenzübergang Michendorf gelang es mir, einen Tiertransport zu entern, als der Fahrer gerade in der Raststätte sich aufhielt. In dem Wagen waren etwa vierzig Schweine, die wohl aus Polen, wie sich aus den Aufschriften herumliegender Futtersäcke schließen ließ, nach Westberlin geschleust worden waren und nun über die Transitstrecke weitertransportiert werden sollten. Die Schweine waren mit Ketten an zwei längsseitig durchlaufenden Eisengeländern festgemacht. Dabei waren sie so eng an die Stange geschlossen, dass die Köpfe mit ihren grunzenden Schnauzen auf den Schlitz in der Plane gerichtet bleiben mussten, der zur Belüftung frei war. Die Tiere beendeten ihr panisches und völlig verrücktes Quieken sofort, als ich mich im Vorderteil des Wagens zwischen zwei Sauen auf dem Boden niedergelassen hatte. Die Schweine waren warm, prall, und der Geruch nach einer Weile gar nicht mehr so unangenehm. Die Wartezeit vor den Transitkontrollen war endlos, bei der Abfertigung aber gab es keine Zwischenfälle. In Bayreuth konnte ich den Lastwagenanhänger unbemerkt verlassen. Ich fuhr mit dem Zug weiter nach Frankfurt und übernachtete in der Wohnung in der Birminghamstraße 93. Dort lagen Geld, zwei Pässe und Kleidung für mich bereit.

Am nächsten Tag nahm ich eine Maschine nach Prag. Vom Flughafen aus rief ich Arnfried März von einem nicht zurückverfolgbaren Telefon aus an. In der Sprache der Kommandos und der Bekennerbriefe erläuterte ich ihm, wie er von uns eingeschätzt würde und was er zu erwarten hätte. Wie alle diese Leute, die Gewalt in alle Ecken und Enden der Welt tragen und sich dabei ihre Nasen vergolden, war er entsetzt, als er diese Gewalt plötzlich persönlich vor Augen hatte. Ich sah förmlich vor mir, wie bei meinen Worten sein Blick zu Boden ging und seine Augen sich in Korallen verwandelten. Er besaß nur eine Sprache für Dinge, die sich im Effektiven und, wie er kurioserweise meinte, im Optimistischen bewegten, und daher keine Worte, mit denen er sich seinen Schrecken erklären konnte. Geschweige denn seine Gefühle, nachdem ich ihm erklärte, für was seine Frau und ich ihn hielten: für einen aufgeblasenen, gierigen, hohlen, menschlich desorientierten und brutalen Spitzenvertreter der Schweinepartei. Das, wofür er gar keine Sprache besaß, weil sie in die Ordnung verbaut war, die nun brach, wurde für ihn so schwarz und bedrohlich, dass alle Krawatten von Hermes und kein mit Spott gespicktes Lächeln mehr halfen und sein Kopf einen ersten, tiefen Riss bekam.

Nach diesem Anruf flog ich weiter nach Jordanien und nahm von dort aus den Bus zu einem verabredeten Treffpunkt in die Nähe von Amman. Zwei Monate später erfuhr ich aus den Zeitungen, dass unter dem Wagen von Arnfried März eine Autobombe detoniert war. Er selbst blieb unverletzt, sein Fahrer wurde mit Schnittwunden, die nicht lebensgefährlich waren, in ein Krankenhaus gebracht, hieß es.

Wenige Tage später verließ seine Frau, Dolores März, mit einer Boeing 737 Deutschland in Richtung Palma de Mallorca. Dolores, Tochter einer brasilianischen Familie mit deutschem Hintergrund, war in Deutschland aufgewachsen und hatte in Marburg Religionswissenschaften und Soziologie studiert. Zu ihren Bekannten gehörte zufällig, über brasilianische Kanäle, der Terrorist Carlos Marighella, der selbst beim harten Kern der Szene als chaotisch und gefährlich galt.

Arnfried März hatte Dolores geheiratet, als sie zweiundzwanzig war. Ihre Eltern hatten sehr auf diese Verbindung gedrängt. Bereits ein Jahr später bekamen sie einen Sohn, Hubertus. Sie leisteten sich eine Haushalts- und Kinderhilfe und nach wenigen Monaten bereits setzte sie ihr Studium in München, wo sie nun lebten, fort. Sie geriet unter den Einfluss von Sympathisantenkreisen und radikalisierte sich rasch. Schlüssel für diese Radikalisierung waren die zunehmend heftiger diskutierten Zustände in Süd- und Mittelamerika und die Rolle der USA. Um ihr Kind zu schützen, verbarg sie diese Entwicklung zunächst vor ihrem Mann.

In dieser Lage, an eine Ehe gekettet, die lustlos war, ständig den nervtötenden Mächten der globalen Plünderer ausgeliefert, die sie mit März zu allen möglichen Gelegenheiten zu treffen hatte, aufgewühlt von Skrupeln, von Gewissensbissen, aber durchdrungen von der Schönheit der Gerechtigkeit und der Menschenliebe, lernte ich sie kennen. Noch am selben Tag schlenderten wir durch München, landeten an den Kiesbänken der Isar unterhalb des Flaucher Stegs, wo damals schon nackt gebadet wurde. Die Wellen des kalten, klaren Flusses klirrten kaum hörbar gegen die grünlichen Kiesel. Sie lag vor mir wie auf einem Präsentierteller, und das Ungeheuer, das ihr Leben und ihre Freiheit zu verschlingen drohte, sackte unter dem Hieb unserer augenblicklich aufwallenden, heftigen Zuneigung kraftlos in sich zusammen und wurde vom blitzenden Wasser fortgerissen wie ein Haufen Laub. Wir diskutierten, schlugen uns einige Zeit die Nächte um die Ohren, und für einen Augenblick meines Lebens wurde sie das Idealbild der schönen, bewussten, starken und kämpfenden Frau. Sie wurde die »Frau der wilden Dinge«, als welche die Kreter die oberste Göttin der Nymphen verehrten, hot and strong, all night long. Auch wenn dies zu Hause nicht ohne Rangeleien wegen des immer häufiger beanspruchten Kindermädchens abging. Behutsam führte ich sie an den Untergrund heran, und für kurze Zeit gelang es uns, das Glück des Unrechts zu genießen. Nach fürchterlichen inneren Kämpfen hatte sie sich schließlich entschlossen, ihr Kind zu verlassen und in den bewaffneten Kampf einzutreten.

Nun war sie in Palma, der Strand war frei für die Zukunft und die Palmen leuchteten. In ihrem Gepäck befanden sich Plastiksprengstoff, zwei großkalibrige Handfeuerwaffen und mehrere Packungen Hohlspitzmunition. Alles Sachen aus dem Überfall auf das Waffengeschäft Fischlein. Der Zündmechanismus für den Sprengsatz war in einem Transistorradio untergebracht. Die Kontrollen an beiden Flughäfen hatte sie problemlos passieren können. Sie stieg zuerst im Hotel Saratoga ab und wechselte dann nach einigen Tagen in das nahegelegene Hotel Costa del Sol. Hier warteten bereits Jan, Peter, Knut und Brigitte. Gemeinsam arbeiteten sie an der Vorbereitung und Logistik eines Anschlags.

Dann aber geschah diese grausige Sache, die nie aufgeklärt wurde und die allen, auch der Gegenseite, ein Rätsel blieb. Dolores März wurde, offensichtlich von einem Killerkommando, hingerichtet. Während die anderen am Strand waren, an einem Nachmittag gegen vier, drangen zwei Männer, das Einzige, was sich mit Sicherheit feststellen ließ, in ihr Hotelzimmer ein. Sie wurde mit einem schweren Gegenstand niedergeschlagen. Anschließend wurde ihr der Kopf abgetrennt und mit dem Gesicht zur Tür auf das Hotelbett gestellt, während man den Körper ein paar Meter davon entfernt auf dem Boden liegen ließ. Es gab weder ein Schreiben noch Spuren, mit denen sich irgendetwas anfangen ließ. Arnfried März flog nach Palma, um die Leiche zu identifizieren. Als er seine Frau sah, war er vor Schreck wie versteinert. Fast zwei Jahre lang musste er therapeutische Betreuung in Anspruch nehmen. Unternehmen Andromeda wurde daraufhin abgeblasen.

Kurz darauf erhielt ich meinen ersten, riskanten Auftrag. Ich sollte eine RPG-7 Panzerfaust, die in Frankfurt in einem Keller versteckt war, nach Berlin bringen. Es war die Waffe, an der Christian und Caspar im Forsthaus an der Flut unter Aufsicht des Ministeriums für Staatssicherheit ausgebildet wurden. Das Forsthaus an der Flut, nahe Briesen, war ein trostloser Bungalow, vor dem im Rasen eine Hollywoodschaukel stand. Bisher war mir lediglich anvertraut worden, den Mikrofilm im Interzonenzug von München nach Westberlin dem aufschraubbaren Türstopper in der Toilette von Wagen 7 zu entnehmen und nach Ostberlin zu schaffen. Irgendwo zwischen diesen Aufträgen muss die Situation und der Zeitpunkt liegen, wo Autenrieth und Autenrieth anfingen, getrennte Wege zu gehen, und wo mein Ich seine Sicherheit verliert, nur einem Gehirn und einem Glied zu dienen respektive gedient zu haben.

Testiculos habet et bene pendentes

Ich saß mit Monica Vitti und Jean Seberg im Café Flore und erklärte den beiden, dass der Sänger Orpheus eigentlich Bulgare war. Es war warm und wir saßen draußen auf geflochtenen Bistrostühlen am Boulevard Saint-Germain. Ich trug eine schwarze Valentino-Sonnenbrille, Modell 1978, mit breiten Bügeln und fast rechteckigen Gläsern, die wie Monitore auf die beiden Frauen gerichtet waren. Die Brille erinnerte, was das Design angeht, an das Modell 230 SL von Mercedes, dem die deutschen Automobilfreunde den Spitznamen »Pagode« gegeben hatten. Aus dem Café drang Musik von Carlos Gardel.

»Nein, er war natürlich Thraker«, sagte ich, »aber er kam aus den tiefen und stillen Bergen der Rhodopen im Süden des heutigen Bulgariens.«

Vor uns auf dem Boulevard standen ein paar eierschalenfarbene Jünglinge mit schneckenförmigen Ohren. Es waren fast noch Kinder, kaum älter als sechzehn. Die Kellnerin setzte den zweiten Milchkaffee vor mir ab, und im Schutze ihrer schneeweißen, halbrunden Kellnerinnenschürze, in der sie mit einer Hand einen prallen, schwarzen Geldbeutel festhielt, warf ich einen Blick auf ihre nackten Beine, die an den Fesseln von breiten Lederbändern umklammert waren.

»Orpheus hatte die thrakischen Völker gelehrt, die Liebe auf zarte Knaben zu wenden«, sagte ich etwas geschwollen. Dabei war es nur ein Zitat. Ich sah den Schatten einer Taube die Hauswand hochflattern. Das Klatschen der Flügel hörte ich auch. Die junge Hannelore Elsner, die sich später gar nicht erinnern konnte, wie alt sie damals war, stieß nun auch noch dazu. Die Rächende, die Neidische und die Unablässige waren nun vollständig. Wir sprachen erst über Claude Chabrol, anschließend über Michelangelo Antonioni. Von Antonioni erzählten wir uns, er wäre von einer Frau gezeugt und von einem Mann geboren worden. Die Frau, hieß es, sei ihm, dem Vater, in Gestalt einer Mücke in den Mund geflogen, eine durch die Zeiten immer wieder verbürgte Form der Befruchtung, und der Vater habe dann, aus dem Bauch heraus, Antonioni mittels einer Steißgeburt auf die Welt gebracht. Wie bei mir, so schien auch bei diesem Manne der Wunsch, augenblicklich glücklich zu werden, schon von seinen ersten Lebensmomenten an sehr ausgeprägt. Jahre später haben wir diese Szene, in der wir uns über berühmte Leute das Maul zerrissen haben, vor dem Café Weitzmann am Kollwitzplatz noch mal nachgestellt. Bei dieser Gelegenheit sprachen wir dann allerdings nicht über Chabrol oder Antonioni, sondern bereits über Lars von Trier und Aki Kaurismäki.

Während Monica Vitti aus meiner Sonnenbrille nach einer Zigarette wegtaucht, gebe ich endlich dem Blick eines der drei Jungen nach und nehme die Brille ab und blicke reich und verwirrt in seine Richtung und zögere noch eine Weile und setze dann die Brille wieder auf und überlege kurz, ob ich das Hotel unter meinem richtigen Namen gebucht habe. Dann schreibe ich den Namen des Hotels und 15 Uhr auf die leere Rückseite eines Getränkebons und winke den Jungen heran.

Ich erkenne an seinen fliehenden und schnellen Augen den Dieb, den Schmarotzer und den Heuchler. Jean Seberg wirft einen blassen Blick auf den Knaben, der aussieht, als wäre er die ideale Bildvorlage für den Einband eines Schulbuchs für das Fach Ethik. Straßenjunge, Dritte Welt, das hinreißende Lächeln der Armut. Sie sieht während dieser Unterbrechung schwach aus und gekränkt.

»Ich kenne nur noch Schauspieler, richtige Männer kenne ich überhaupt nicht mehr«, seufzt sie.

Die bräunlichen Jungs wandern ab wie ein Trupp junger Springböcke. Alle der Typ: französischer Vater, Matrose, Casablanca, marokkanische Mutter. Ich erinnere mich plötzlich an die Schwulenbar in Amsterdam, in die wir nach dem Anruf von Büttners Mutter noch gegangen waren. Wahrscheinlich, weil es dort auch immer solche Jungs gab, ein bisschen älter vielleicht.

Büttner war sehr aufgedreht vom Kiffen damals und wieder äußerst lustig. Steffen, der an diesem Abend die Bar machte und den ich ganz gut kannte, stellte uns dem jungen Mann auf unserer Seite des Tresens vor, mit dem er gerade in ein Gespräch verwickelt war.

»Jochen«, wiederholte der noch mal, als er uns die Hand gab. Er war aus Hannover und, wie es den Anschein hatte, aus einem guten Stall.

Büttner sagte, als er seine Hand ergriff: »Ich lasse mich gern unter, Jochen.«

Es war sein zweiter großer Treffer im schwulen Bereich, nachdem er in Nürnberg, in der Why Not Bar, einen Eberhard aus Regelsbach, der zerbrechlich wie ein Rosenblatt schien, gefragt hatte, ob dieses Eberhard ein Pseudonym für sausteif wäre und den Jungen mit dieser Frage äußerst verlegen gemacht hatte. Sogar Pruy hatte sich damals in ein neidloses Lachen gefügt.

Unter der grünen Hotelmarkise standen als seitliche Abschlüsse Pflanzentröge mit mannshohem, sauber getrimmtem Kirschlorbeer. Als ich um 15 Uhr dort eintraf, standen zwei der drei Jungs im Winkel dieser Hecke zum angrenzenden Haus und rauchten. Sie hatten beide die Köpfe gesenkt, und ihre Augen blitzten aus der Deckung ihrer Stirnen heraus. Als ich ihnen winkte, warfen sie die Zigaretten weg und folgten mir in die Lobby. Wir nahmen die breite Freitreppe nach oben. Der Fahrstuhl hätte mit all seinen Spiegeln unsere Augen bloß in eine sinnlose Flucht getrieben. Aus einer Laune heraus bestellte ich für die beiden eine Flasche weißen, trockenen Cinzano, während ich für mich einen Pernod aufs Zimmer kommen ließ. Bei Cinzano denke ich unwillkürlich an großes italienisches Kino, *La Strada*, *Accattone*, Gina Lollobrigida, den jungen Mastroianni. Die Fenster standen offen und ein leerer, mechanischer Sommernachmittag beförderte seine gedämpften, seine von der Sommerluft geknebelten Straßengeräusche herauf. Es hörte sich an, als würde man im Raum nebenan Eier kochen. Also Zischen und das Rattern der Eier auf dem Topfboden. Mich überkam jener typische, der Wollust oder dem Anblick von Wollust vorausgehende Lebensüberdruss. Die beiden saßen vor mir wie Narziß und Goldmund, rauchten und tranken den Cinzano auf Eis, den sie möglicherweise gar nicht mochten.

»Wie lange geht ihr denn schon auf den Strich?«, fragte ich unvermittelt nach einigen Minuten leeren Drumherumredens.

Die beiden strafften sich, und ich fühlte mich plötzlich als Deutscher, als Richter, als Ermittler, der beobachtet, wie zwei Jünglinge Kassensturz machten, um den Beweis zu erbringen, dass sie an dem, was allen deutlich vor Augen steht, gänzlich unbeteiligt sind.

»Ich will, dass ihr beide es so lange und so oft miteinander treibt, bis ihr tot umfallt.«

Da ich lächelte, sahen sie in dieser Aufforderung nichts Bedrohliches. Ich legte 200 Franc auf die breite Spiegelvitrine, stellte eine Ecke des Telefons darauf, ging an meinen dunkelblauen Briggs & Riley Upright und nahm die Kamera heraus. Die Bilder, die ich anschließend machte, waren jene, die Bilijana zusammen mit denen, die ich von Isabel gemacht hatte, fand, und die sie zu jener schrecklichen Szene inspirierte, an der ich erkennen konnte, in welchen Abgrund wir damals schon geraten waren.

Anfangs taten sich die beiden Knaben etwas schwer. Ihre Körper waren vollkommen haarlos, fast ohne Schambehaarung sogar, fest und vorsichtig in ihren Bewegungen, wie die von mageren, streunenden Katzen. Ich schaltete den Fernseher an und widmete mich mit einem Auge einem französischen Spielfilm, der nicht wirklich zu den guten oder ernsthaften Filmen gezählt werden konnte, obwohl er es darauf anzulegen schien, da immerhin Yves Montand und Gérard Philipe mitspielten. Nach einer Weile dann waren ihre Penisse straff wie Haselnussruten und wippten beim Aufsitzen oder Herumlaufen wie Stahlfedern. Narziß drehte Goldmund auf den Bauch, hob ihn zurück auf die Knie und die aufgestützten Arme, legte ihm beide Hände auf den Rücken, kniete sich wie ein Bogenschütze hinter ihn, und ich hielt mit meiner Kamera das erste Eindringen fest. Die Hoden der beiden lagen wie geballte Kinderfäuste zwischen ihren Schenkeln dicht übereinander und läuteten. Mir ging etwas im Kopf herum, von dem sich nicht sagen ließ, ob es entweder absurd war oder, falls es das nicht war, mich diesen gerade deswegen kosten könnte. Dann begann ich zu weinen. Nicht aus Anstand, sondern aus Verlegenheit. Es war, als ob Gott in mir weinte, weil er mir überhaupt nichts begreiflich machen konnte von jenen Dingen, die ich inzwischen über das Leben hätte wissen müssen. Es war, als ob ich IHM, seinem Weinen, nur die Infrastruktur für diesen erschütternden Vorgang bereitstellte. Die ganze, endlose Strecke vom Herzen bis herauf zu den Tränendrüsen. Es war ein kurzer Schwall, der sich in Richtung Fernseher abspielte und der den beiden Knaben entging, die sich in ein ununterbrochenes Kopulieren verwickelt hatten und von mir, nachdem ich nicht versucht hatte, mich ihnen zu nähern, kaum noch Notiz nahmen. Sie hatten die Rippen von Christusfiguren, Haare wie schwarze Hobelspäne, schmutzige Fußsohlen, Hände wie Klavierspieler, sogar ihre Ärsche waren eierschalenfarben, und wenn sie abspritzten, wofür sie sich jeweils den Bauch des anderen aussuchten, öffnete sich ihr Mund ein bisschen wie beim Blockflötespielen. Nur ihre Augen gaben nicht nach und bewahrten jenes undurchdringliche Nussbraun, an dem sich nichts ablesen ließ, weder Lust noch Gier oder Verachtung, schon gar nicht Freude.

Nach zwei Stunden schickte ich sie weg. Sie hatten keine Spur eines Nachlassens ihrer Energie gezeigt. Ich nahm den Film aus der Kamera und ging zurück ins Café Les Deux Magots. Unter dem Arm hatte ich Band II der *Verfassung der Deutschen Demokratischen Republik*, erschienen 1969 im Staatsverlag zu Berlin. Ich blätterte zurück auf Artikel 30 des Grundrechts, obwohl ich eigentlich bereits an Artikel 87 arbeitete:

(1) Die Persönlichkeit und Freiheit jedes Bürgers der Deutschen Demokratischen Republik sind unantastbar.

(2) Einschränkungen sind nur im Zusammenhang mit strafbaren Handlungen oder einer Heilbehandlung zulässig …

Der Holzgeruch des Papiers war schwer erträglich. Ich ergänzte in meinem Arbeitsbuch die Kommentare und verglich das Gesetz vom 11. Juni 1968 über die Einweisung in stationäre Einrichtungen für psychisch Kranke mit meinen Kommentaren zu seinen bundesdeutschen Entsprechungen, etwa dem § 63 StGB.

Ich habe jetzt Büttner wieder vor Augen, in seiner besten Zeit, ein junger Mann, eine nervöse Ausstrahlung wie der junge Rimbaud, gefährdet, reizbar, schön, das Risiko wohl bereits ahnend, aber bereit, es anzunehmen. Ich sehe ihn vor mir, in seinen besten Jahren, die verschiedenen Ateliers, in denen ich ihn besuchte, die Preise, seinen Erfolg, Büttner gehörte zu den Namen, die eine Zeitlang jeder nannte, wenn über junge Kunst gesprochen wurde. Physisch und psychisch immer bereit, bis zum Äußersten zu gehen, und von dort aus, wenn nötig, noch einen Schritt weiter, und dann sehe ich, hinter Büttners Rücken, Stanley Kubrick, wie er Jack Nicholson den Kopf in den Nacken werfen lässt, damit er das Kuckucksnest sieht.

Der Spickel

In Berlin-Mitte gibt es an der Auguststraße ein spitz zulaufendes Grundstück, das man in der Schweiz seiner Form wegen einen Spickel heißen würde. Es liegt auf der Rückseite des berühmten, alten Postfuhramts, dessen Hauptportal auf die Oranienburger Straße hinausgeht. Von der Rückseite aus betrachtet, erinnert das Bauwerk in seiner ganzen Gestaltung, aber auch was die Klarheit der Mittel und die mühelose Behandlung der Baumassen angeht, an Bramantes Santa Maria delle Grazie in Mailand. Der Hinterhof des Gebäudes ist lediglich durch eine lange, niedrige Remise von jenem besagten Spickel getrennt. Vom Fenster im vierten Stock des Hauses in der Auguststraße 84 geht der Blick, wenn man ihn vom Grundstück nach oben zieht, auf den imposanten, oktogonalen Zentralbau des Postamts mit der schlanken Laterne oben auf seiner Spitze, gefolgt von der mit einem goldenen Netz überzogenen Kuppel der Synagoge und schließlich dem Fernsehturm. Bei Nacht erscheint dies, besonders wenn der Halbmond zwischen den Kuppeln leuchtet und der Fernsehturm schlank wie ein Minarett in den Himmel ragt, fast wie eine orientalische Silhouette. Der Spickel ist zur Auguststraße hin mit einem Bauzaun abgesperrt, dessen leicht mit dem Boden verkeiltes Tor allerdings immer nur angelehnt ist. Wie alle Baulücken und Ruderalflächen der Stadt haben sich die üblichen Pionierpflanzen dort angesiedelt, allem voran die Goldrute und der Rainfarn, aber auch Brennnessel, Ackersenf und Schöllkraut finden sich, wo der Boden nicht zu festgetrampelt ist. An heißen Sommertagen, zum Beispiel im August in der Auguststraße, ächzt dieser kleine Grund und Boden unter der Hitze, und die bescheidene Auswahl der innerstädtischen Schmetterlinge taumelt in der Luft. Ab und zu sieht man Leute mit kleinen Hunden sich durchs Tor zwängen, die, nachdem sie sich erleichtert haben, berauscht von der Tatsache, endlich keinen festen, das heißt geteerten Boden mehr unter den Pfoten zu haben, wie vom Teufel gejagt kreuz und quer über das Grundstück rasen. Im Winter jedoch liegt das Grundstück kahl und hart, und der Müll hat sich allenthalben wieder durch die niedergesunkenen Pflanzen gearbeitet. Bei Frost bedeckt die leichte Senke in der Mitte des Geländes im Allgemeinen eine Eisplatte, die, weil sie im Schatten liegt, jedem halbherzigen Tauwetter widersteht und daher meist bis in die letzten Märztage überdauert. Diese Eisplatte, die nachts wie ein matter Spiegel daliegt, eingerahmt von den dunklen Rändern des angrenzenden Bodens, hat jedes Jahr ungefähr die Größe eines Fußballstrafraums oder eines kleineren Tanzsaals.

Nun war es wieder ein eiskalter Januartag. Es hatte geschneit, getaut, geschneit, getaut und wieder gefroren. Die Eisplatte war fest und mit einer hauchdünnen Schneeschicht bedeckt. Da kündigte ein Unglück sich an. Eines Morgens, als die silberne Kugel des Fernsehturms noch vom silbernen Dunst der Morgendämmerung fast bis zur Unsichtbarkeit verwischt war, stand ich am Fenster des Hauses in der Auguststraße 84, weil ich nicht mehr schlafen konnte, und schaute auf den Spickel. Da ereignete sich wenige Meter vor meinen Augen ein heftiger Zusammenprall und Federn stoben durch die Luft. Wenige Augenblicke später landete ein wirbelnder Ball aus schlagenden Flügeln auf dem Dach der Remise und ein Wanderfalke hielt eine Taube in seinen Fängen, die mit letzten, müden, fast gleichgültigen Flügelschlägen ihr Leben ließ. Der Falke, den ich am dunklen Backenstreif und den tiefgezogenen Federhosen als jenen edelsten der deutschen Greifvögel erkannte, breitete seine Schwingen wie einen Mantel über seine Beute und begann, während er sich sichernd im Kreise drehte, die Federn zu rupfen und die Brust der Taube aufzureißen. Als der Falke nach einiger Zeit abflog, blieb auf dem von dünnem Schnee bestäubten Dach ein Kreis weißer Federn zurück, mit einer Blutlache in der Mitte.

Das zweite Vorzeichen ereignete sich in der Nacht des gleichen Tages. Über der Eisfläche spielte ein magischer, unruhiger Glanz, weil schnell ziehende Wolken in rascher Folge den Mond freigaben und wieder verhüllten. Kurz nach Mitternacht gab es plötzlich einen Tumult auf der Straße und ich trat ans Fenster. Eine Gruppe von sieben jungen Frauen, die offenbar aus der Bar The Pips kamen, getrunken hatten und stark angeheitert waren, stürmte auf das Grundstück, um über das Eis zu schlittern. Fast alle trugen weiße, dick gepolsterte Daunensteppjacken, hatten Flaschen in der Hand, aus denen sie ab und zu tranken und die sie nach und nach am Rande des Grundstücks abstellten. Ihr Kreischen und ihre Wildheit steigerten sich in kürzester Zeit so sehr, dass sie sich nach einem schnellen Anlauf sogar bäuchlings auf die Rutschfläche warfen und einige Meter wie Robben übers Eis glitten. Ich hatte inzwischen das Fenster geöffnet und hörte ihre Stimmen. Wahrscheinlich waren es Australierinnen. Die beiden jungen Männer, die mit ihnen gekommen waren, lehnten schlaksig und mit wirren Haaren, ebenfalls Flaschen in der Hand, an der Ziegelsteinmauer und folgten dem Schauspiel mit ungläubigem Staunen. Da rutschte eines der Mädchen, das sich gerade mit einem Hechtsprung auf das Eis geworfen hatte, gegen eine andere, die mit vollem Tempo von der Seite hereinschlitterte, und riss ihr mit solcher Wucht die Beine weg, dass sie, ohne die Hände noch dazwischenzukriegen, mit dem Gesicht auf dem Eis aufschlug und einen fürchterlichen Schrei ausstieß. Als sie sich aufrappelte, blutete alles, was in einem Gesicht bluten konnte, die Lippen, die Nase, das Kinn, eine Augenbraue war geplatzt und über der einen Wange steckte ein Splitter ihres Brillengestells wie ein Streichholz in einem Stück Butter. Der Trupp verzog sich taumelnd und die Verletzte in ihre Mitte nehmend, und zurück auf dem Eis blieb eine trotz der Nacht gut erkennbare Lache von Blut.

Am nächsten Morgen erschien ein äußerst merkwürdiger Mann, der, scheinbar in größter Unruhe, vor dem Grundstück auf und ab tigerte. Er war eher schmal und trug einen grauen Anzug, fast dasselbe Grau, das sein etwas spitziges Gesicht zeigte. Auf dem Kopf trug er einen Hut, um den er eine Unzahl knallbunter und nicht ganz sauberer Schals und Halstücher gewickelt hatte, so dass es aussah, als trüge dieser schmale Körper auf seinen Schultern nichts als einen riesigen Blumentopf. Der Mann zwängte sich schließlich durch das Tor und ging mit energischen Schritten bis zur Mitte der Eisscholle, wo er abrupt stehen blieb, seinen Kopf leicht in den Nacken warf und die Fäuste am Ende seiner ausgestreckten Arme ballte. Daraufhin zog er eine Flasche, vermutlich mit Wodka, aus seiner Manteltasche und nahm daraus ein paar tiefe Züge. Nachdem er die Flasche abgesetzt hatte, warf er einen wütenden Blick gen Himmel, drehte sich brüsk um und verließ mit zügigen Schritten das Gelände, wobei man bemerken konnte, dass er das linke Bein etwas nachzog.

Die Wohnung, von der aus ich das alles beobachtete, gehörte einer jungen Frau, die Gedichte schrieb und fast schon an der Schwelle eines in dieser Sparte allerdings völlig wertlosen Ruhmes stand. Sie hieß Amelie und war ukrainischer Abstammung. Amelie Lurija. Der Preis für diese Gedichte waren eine desolate Psyche und todtraurige Augen, die sie aber eigentlich gar nicht haben musste, denn sie war gut versorgt, und Geiz und Hartherzigkeit halfen ihr, ihre Habe beisammenzuhalten. Trotzdem schien sie seit langem ein Unglück mit sich herumzutragen, das sich jedem Versuch, es zu fassen, entzog. Als wir später am Morgen das Haus verließen, um am Kiosk beim Oranienburger Tor den *Tagesspiegel* zu kaufen, stand der Mann mit dem Blumentopfkopf unten in der Tür.

»Entschuldigen Sie bitte«, sagte er mit einem leichten Akzent, als wir auf die Straße traten, aber Amelie, die wohl befürchtete, angebettelt zu werden, schob mich rasch weiter. »Entschuldigen Sie bitte«, rief er hinter uns her, »glauben Sie eigentlich an Gott?«

Als wir den Kiosk erreicht hatten, trat Amelie an die Verkaufsluke und fragte:

»Haben Sie Heineken?«

»Ne, ham wer nich.«

»Becks?«

»Ne, ham wer ooch nich.«

»Was ham se denn?«

»Berliner Kindl«, antwortete die Verkäuferin.

»Ein Berliner Kindl«, sagte Amelie.

»Dose oder Flasche?«, fragte die Verkäuferin.

»Dose!«, sagte Amelie.

»Seit wann trinkst du denn am frühen Morgen ein Bier?«, fragte ich sie.

»Keine Ahnung«, sagte Amelie.

Na gut. Sie trank das Bier auf der Straße. Sie wirkte blass. Ihre Haare hatte sie zu einem Knoten aufgesteckt. Ihr Pullover hatte einen riesigen Wollkragen, den sie mit einer Hand an ihren Hals presste. Als wir uns umdrehten und Richtung U-Bahnhof Oranienburger Tor schauten, sahen wir auf der gegenüberliegenden Straße ein merkwürdiges Bild. Da stand der Mann von vorhin mit diesem unglaublichen Kopfputz im Gespräch mit einem anderen, der einen Strohhut aufhatte, kurze Hosen trug und einen dicken Pelzmantel darüber. In der Hand hatte er einen Wanderstab, auf dem Rücken einen Rucksack, und die nackten Beine waren knallrot von der Kälte. Der Dritte in dieser Runde war ein jüngerer Mann mit Rastalocken, der in einem klapprigen Rollstuhl saß. An beiden Händen fehlten die Finger. Was davon noch da war, sah aus wie abgefault. Am rechten Überbleibsel gab es nur noch einen Stummel, mit dem er eine Zigarette halten konnte, wenn er sie mit dem Stumpf gegen die Ledermanschette um diese, nennen wir es einmal Handwurzel, drückte. Beide Füße waren amputiert. Sie sahen aber eher aus wie abgehackt. Amelie bekam ein Gefühl, als ob ihr die Haare zu Berge stehen würden. Da diese aber so straff mit den Nadeln in einem Knoten zusammengehalten wurden, fühlte es sich eher an wie ein Kribbeln, als ob Ungeziefer an den Haarwurzeln wimmeln würde. Amelie spürte, wie sich etwas in ihr zusammenkrampfte.

Als ich in dieser Nacht aufstand, um mir ein Glas Wasser zu holen, schaute ich aus dem Fenster und sah den Mann mit dem Turban aus Tüchern mitten auf dem Eis stehen. Er stand wachsam und stumm unter den Sternen. Sein Mantel flatterte wie eine Fahne. Er wirkte wie ein glotzender, schwachsinniger Teufel, der sich am Unglück des Universums weidet. In dieser Nacht schlief Amelie schlecht. Sie warf sich im Bett hin und her, und bei jedem Umdrehen schien eine

Wolke von Federn in die Luft zu stieben, bis schließlich ein leeres, schlappes Laken auf ihr lag, das feucht und schwer war vom Schweiß und das ihre Figur nachbildete wie ein Abguss.

Am nächsten Morgen verließ sie unruhig das Haus, schaute nach links und rechts, bevor sie auf die Straße trat, und machte sich auf den Weg zu ihrem Therapeuten, Joe Bodenstein, der seine Praxis im Rütten-&-Loening-Haus am Hackeschen Markt hatte. Sie trat ins Wartezimmer, zögerte einen Moment unschlüssig vor den Zeitschriften, nahm den *Spiegel* zur Hand und dann die *Gala*, entschied sich aber schließlich für den *Spiegel* und nahm Platz. Als sie nach einer Weile einen Blick über den Rand der Zeitschrift warf, ließ der Herr gegenüber seine Zeitung sinken und der Mann, der gestern diesen riesigen Hut mit den farbigen Tüchern getragen hatte, blickte sie an.

»Guten Morgen, Amelie«, sagte er.

»Woher wissen Sie meinen Namen?«, fragte sie gereizt.

»Oh, ich lese Ihre Gedichte. Ich kenne Sie schon sehr lange. Ich bewundere Sie, Amelie. Ich bin ein echter Bewunderer von Ihnen.«

»Hören Sie auf mit dem Unsinn«, sagte Amelie.

»Meines Wissens habe ich bis jetzt noch mit gar keinem Unsinn angefangen«, sagte der Mann und schien einen Moment zu zögern.

»Kennen Sie das Gedicht *Im Gewitter der Rosen* von Ingeborg Bachmann?«, fragte der Fremde.

»Natürlich kenne ich das«, sagte Amelie abweisend.

»Wohin wir uns wenden im Gewitter der Rosen / ist die Nacht von Dornen erhellt«, begann der Herr im grauen Anzug.

»Ich habe überhaupt kein Interesse, mich mit Ihnen über Gedichte zu unterhalten«, sagte Amelie, »was wollen Sie überhaupt von mir?«

»Ich möchte Sie ficken«, sagte der Mann mit sanfter Stimme.

»Sie haben sie ja wohl nicht alle«, sagte Amelie, »wie kommt so ein Kretin wie Sie überhaupt in diese Praxis?«

Sie wollte aufstehen, aber sie war wie festgeklebt auf diesem komischen Wartezimmerstuhl, wie festgeklebt.

»Ich kenne Ihre Gedanken, Amelie, Ihre schönen Gedichte sind weiter nichts als die Essenzen am entgegengesetzten Ende Ihrer schmutzigen Gedanken. Das Einzige, was sie wirklich glücklich macht, ist ein großer Schwanz. Und der Teufel hat einen großen Schwanz«, setzte er nachdenklich hinzu.

»Sie sind doch abartig«, sagte Amelie, »ich rate Ihnen, sich auf der Stelle …«

Doch bevor sie fortfahren konnte, sagte der Mann:

»Dann kann ich Ihnen leider nicht helfen.«

»Wieso sollte ich Ihre Hilfe brauchen, Sie Verrückter?«, rief Amelie.

»Weil ich Ihnen sonst das Genick breche.«

Als Amelie ins Sprechzimmer gerufen wurde, war sie blass und hatte rote Flecken am Hals. Der Arzt stutzte, als er sie sah.

»Dr. Bodenstein«, sagte sie, »ich werde seit einigen Tagen von einer absolut widerlichen, widerwärtigen Person belästigt. Sie ist mir bis in Ihr Wartezimmer gefolgt. Ich bin, ich … wissen Sie …«

»Langsam, Amelie, setzen Sie sich erst einmal. Erzählen Sie mir doch in Ruhe, was los ist.«

Sie erzählte Joe Bodenstein die ganze Geschichte, angefangen von der Sache mit dem Falken, die ich ihr beim Frühstück damals erzählt hatte, bis zu den letzten Worten vorhin im Wartezimmer.

»Seltsame Geschichte«, sagte der Arzt, »eigentlich gar nicht das, womit wir uns in Ihrem Fall normalerweise rumschlagen.«

»Na ja, dieses ›normalerweise oder auch nicht normalerweise‹ ist ja vielleicht auch der springende Punkt im Moment«, sagte Amelie. Sie blickte Joe Bodenstein an und bemerkte plötzlich die frappierende Ähnlichkeit zwischen dem Mann mit dem Hut und ihrem Psychiater. So, als steckte ein und derselbe Schauspieler hinter zwei sehr unterschiedlichen Verkleidungen.

Dr. Bodenstein hingegen schien wirklich nachdenklich. Amelie Lurija war zwar gelegentlich etwas überspannt, aber sie war auch eine Frau, die ziemlich cool sein konnte, ziemlich gut aussah und ziemlich viel Stil hatte, wenn es darauf ankam. Diese drei Eigenschaften verschafften ihr die Bekanntschaft und Protektion einer ganzen Reihe recht respektabler Personen hier in Berlin, und nur durch eine solche Empfehlung war sie überhaupt zu ihm gekommen, denn er nahm schon seit Jahren keine neuen Patienten mehr an.

Joe Bodenstein schaute sie an und sagte:

»Es gab keinen Mann im Wartezimmer, Amelie. Außer Ihnen war da niemand.«

»Was?«, sagte Amelie. »Nee, Moment mal, Dr. Bodenstein. Ich bin zwar nicht immer völlig ausgeglichen, aber ich bin nicht gaga!«

Bodenstein runzelte die Stirn.

»Na ja, entschuldigen Sie, aber ich sehe doch keine Gespenster! Und ich bin auch auf keinem Drogentrip. Da war nicht nur jemand, oder ›niemand‹, wie Sie ihn nennen, sondern da war ganz genau dieser Typ, von dem ich Ihnen erzählt habe. Glauben Sie vielleicht, ich habe mir unsere Unterhaltung aus meiner Psychokiste zusammengeschustert?«

»Nein, aber Sie sind sehr aufgeregt. Ich werde Ihnen etwas zur Beruhigung mitgeben.«

Amelie ging grußlos. Sie kehrte sofort zurück in die Auguststraße. Ich war am Morgen abgereist und hatte ihr einen Steinkrug mit roten Rosen auf den Tisch in der Küche gestellt.

Die nächsten Tage blieben ruhig. Mehrmals stand sie nachts auf und schaute aus dem Fenster, oder sie ging morgens oder mittags hinunter an die Haustür und sah nach, ob der Fremde irgendwo im Türstock lehnte, aber er war wie weggeblasen und hatte nur diese lauernde Unruhe in ihr zurückgelassen, die sich immer wieder an der Erinnerung dieser flatternden bunten Tücher entzündete. Nach ein paar Tagen aber schien plötzlich die ganze Last von ihr abgefallen. Sie fühlte sich leicht und gut gelaunt und beschloss, einzukaufen und ein bisschen spazieren zu gehen.

Als sie in die Küche ging, hatten die Rosen über Nacht fast alle ihre Blütenblätter auf den Tisch geschüttet, als wäre ein Gewitter oder ein Hagelschauer über dem Strauß niedergegangen. Es sah wirklich krass aus. Trotzdem trat sie mit Elan aus der Tür und bog von der Auguststraße in die Tucholskystraße ein. Vor dem Blumenladen an der Ecke der Tucholskystraße versuchte ein Obdachloser, ihr eine Straßenzeitung zu verkaufen. Mit versteinertem Gesicht ging sie an ihm vorbei. Als sie am Portal des alten Postfuhramts die Oranienburger Straße erreichte, bog sie rechts ab, am Zugang zur S-Bahn vorbei. Am Straßenrand arbeitete ein Bagger, der gerade eine Ladung Erde in einen hinter ihm stehenden Lastwagen gekippt hatte. Der Motor dröhnte. Da er den Gehweg versperrte, wollte Amelie die Straße überqueren. Sie grübelte darüber nach, wie das Gedicht weiterging. Plötzlich entstand drüben auf der Oranienburger Straße eine Schlägerei. Innerhalb weniger Augenblicke hatten sich keine zehn Schritte von Amelie entfernt fünf bis sechs junge Männer in einen wütenden Kampf verwickelt. Ein Polizist, der vor der Synagoge Wachdienst tat, rannte auf die Szene zu. Der Baggerführer blickte über die Schulter, sah nach hinten. Auch Amelie schaute sich um, während sie halb in der Straße stand. Sie blickte auf den Eingang zur U-Bahn, als würde sie überlegen, besser von hier zu verschwinden.

Und der Donner des Laubs, das so leise war in den Büschen / folgt uns jetzt auf dem Fuß – Jetzt war es ihr eingefallen. In diesem Moment sah sie gerade noch den mit grellbunten Tüchern umwickelten Hut auf der Treppe verschwinden. Sie wollte leise aufschreien, als der Baggerführer mit dem Steuerknüppel jäh seine Schaufel über die Straße zum Graben zurückführte, während er mit den Augen die Schlägerei verfolgte. Die Schaufel schlug mit ihrem riesigen Gewicht gegen Amelies Hinterkopf, zertrümmerte den Schädel und brach ihr das Genick.

Das Attentat

Auf dem Regal in der Küche standen Rosinen, Haferflocken und Senf, daneben Zwieback und eine Packung Van-Houten-Kakao. Auf dem Tisch verstreut gab es einen Mum-Deoroller, einen Rasierapparat der Marke Schick, ein Tee-Ei, einen Augenbrauenstift, die kleine Mao-Bibel, eine blaue Zahnbürste, ein Parfumspray und eine Geige. Im Regal standen Bücher, die sich so torkelnd aneinanderreihten, als wären sie besoffen. Die meisten waren entweder sehr bunt, dann handelte es sich also um Pop- oder Protestliteratur, oder sie zeigten jenes öde, holzhaltige Grau, das die Schriften des Sozialismus, der linken Theorie, die Flugschriften und Raubdrucke unverkennbar machte. Das Ganze war durchmischt mit dem *Tibetanischen Totenbuch*, den Stücken Brechts von der *Maßnahme* bis zum *Kaukasischen Kreidekreis*, Wilhelm Reichs *Die Funktion des Orgasmus*, den Schriften von Marcuse, Aleister Crowley und Timothy Leary, *Moby Dick* und der einschlägigen Drogenliteratur. Hinter der Matratze, die auf dem Boden lag und mit indischen Decken belegt war, stand eine Stehlampe, die wie eine Hydra sechs oder sieben auf biegsamen Messinghälsen sitzende Glühbirnenköpfe hatte. Im Zimmer nebenan standen vier klapprige Regale voller Bücher. Auf dem Tisch befanden sich ein mit Teakholz furnierter Dual-Plattenspieler, ein Mikro, diverse Sonnenbrillen, ein Braun-Wecker, Tablettenröhrchen, Solu-Vetan-Magentee und Ansichtskarten von Haight-Ashbury. Auf dem Plattenteller lag das *White Album* von den Beatles, an der Wand lehnten Cover von den Beach Boys, Fugs und Velvet Underground, die *Abbey Road* und die *Sgt. Pepper's*, die *Dark Side of the Moon* und die *Goldberg-Variationen*.

In der Tür zwischen den beiden Zimmern stand Christiane mit silbernen Haaren. Sie trug einen hautengen Ringelpulli und Jeans mit einem leichten Schlag, die an den Seiten Streifen mit Leoparden-

Imi appliziert hatten. Ich hatte mir ein nagelneues, weißes Hemd mit Button-Down-Kragen angezogen und stieg gerade in die Hose eines ebenfalls neuen, sandfarbenen Feincordanzugs.

»Die Haare sind viel zu auffällig«, sagte ich, »du musst sie dir umfärben! Und in allem genau das Gegenteil anziehen von dem, was du gerade anhast.«

»Was meinst du mit Gegenteil?«

»Na, Gegenteil halt. Einen beigen Hosenrock, hellgraue Feinstrumpfhosen, eine passende Jacke zum Rock, am besten auch in Beige, alles in Beige. Und die Haare machst du dir am besten kastanienbraun.«

»Das ist zu krass, von Platin auf Kastanie«, sagte Christiane.

»Na gut, dann wenigstens dunkelblond. Irgendwas Dezentes … Ist denn der Wagen da?«, fragte ich weiter.

»Steht in der Miquelallee. Wir fahren alle getrennt dahin. Rudi wird den Wagen fahren. Er wartet ab vier.«

Der Fernseher lief, war aber sehr leise gestellt, so dass man eigentlich immer nur ein fernes Schwirren hörte, wenn die Musik spannend wurde. Ein amerikanischer Wagen bog auf dem 51-cm-Bildschirm in den Cielo Drive im vornehmen Brentwood, einem Ortsteil von Los Angeles.

»Welchen Wagen haben wir denn jetzt?«, fragte ich.

»Einen grünen Ford Granada und zum Umsteigen dann, wie gehabt, den weißen VW-Bus.«

»Und warum jetzt doch nicht den Porsche Targa, der würde zur Villa in Oberursel doch bestens passen?«

»Das schon. Ist bei einer Flucht aber viel zu auffällig. Außerdem sind wir doch zu viert. Sag mal, denkst du jetzt gar nicht mehr mit?«

Der amerikanische Wagen, ein Chrysler, stoppt vor der Einfahrt 10050 Cielo Drive und eine Frau bedient den elektronischen Türöffner. Sie hebt die in Cellophan steckende *Los Angeles Times* auf, die in der Auffahrt liegt, sieht, dass am Haus die Telefonleitung herunterhängt, und betritt den Seiteneingang. Sie nimmt den Telefonhörer ab und bemerkt, dass die Leitung tot ist.

»Hast du denn deinen Onkel noch mal angerufen?«, frage ich.

»Ja, sie erwarten mich um 16 Uhr 30 zu einer Tasse Tee.«

Christiane dreht sich um und geht ins Bad. Auf dem Fernseher eilt die Frau mit einem leicht alarmierten Gesichtsausdruck zum Vordereingang der Villa. Ein blutüberströmtes Handtuch liegt neben der Tür. Die Fußmatte schwimmt ebenfalls in einer Blutlache. Die Fernsehmusik erhöht mit tiefen Frequenzen im unhörbaren Bereich die Spannung. Die Kamera fährt so dicht an das Gesicht der Haushälterin heran, dass man die Pupillen erkennen kann. Dann schwenkt die Kamera über drei Leichen, die mit einer Unzahl von Messerstichen abgeschlachtet wurden, und macht schließlich mit einem Ruck über dem toten, ebenfalls von Messern durchlöcherten Körper einer Schwangeren halt. Danach geht sie langsam in die Totale. Im Hintergrund läuft jetzt *Helter Skelter* von den Beatles. Die Kamera schwenkt über die Küche in den Flur. An der Wand steht mit Blut: *Death to the Pigs!*

Christiane kommt zurück aus dem Bad. Die Farbe klebt wie Lehm in ihren Haaren. Um die Schultern trägt sie ein gestreiftes Handtuch.

»Kann es denn Probleme geben, wenn wir zu dritt da reingehen?«

»Müssen wir probieren!«, sagt Christiane. Sie starrt auf den Fernseher. Ein Mann im schwarzen Rollkragenpullover ist zu sehen. Er ist knapp mittelgroß, die Haare sind dunkel und leicht zerwühlt und der Blick stechend und unruhig. Das Gesicht zeigt eine gespannte Wachheit, die Backenknochen sind schmal, aber markant, dunkle Koteletten.

»Sieht echt total aus wie Andreas!«, sagt Christiane.

»Was machen wir, wenn sie uns zu dritt nicht reinlassen?«, frage ich.

»So wie du jetzt aussiehst, gibt das bestimmt keine Schwierigkeiten. Die sind genauso wie meine Eltern. Hauptsache anständig ausschauen. Das Schwein, das dahintersteckt, spielt erst mal keine Rolle.«

»Wann kommt denn Moni?«

»Die kommt direkt zum Auto, Punkt 16 Uhr. Sie bringt die Blumen mit.«

Der Mann im Fernseher steigt in einen großen amerikanischen Wagen, einen Buick Park Avenue. Im Fond sitzt Bobby Beausoleil, gespielt von Matt Dylan. Sie fahren über den Sunset Strip und halten vor dem berühmten Whisky a Go-Go. Wenig später verlässt der Mann im schwarzen Rolli den Club in Begleitung von drei jungen Frauen und geht mit ihnen zurück zum Wagen. Alle drei tragen kurze, schulterfreie Leinenkleider. Die kleinste von ihnen hat abstehende Ohren und ein etwas koboldhaftes Gesicht. Die beiden anderen sind groß, jung, die schwarzen Haare sind kurz geschnitten. Alle drei lachen. Das Lachen der einen zeigt mit den etwas zusammengekniffenen Augen und der leicht vorgeworfenen Unterlippe einen Ausdruck satanischer Boshaftigkeit, das der anderen ein großes, offenes Lachen, verkörpert, wenn man alles weglässt, was zu seiner Verteidigung angeführt werden könnte, die pure Sexualität. Bevor sie sich der Familie, der Family, anschloss, war sie Tänzerin in LaVey's Topless Witches Revue. Alle drei Frauen haben ganz offensichtlich die Pforten der Wahrnehmung nicht nur einen kleinen Spalt geöffnet. Sie lassen sich unter Gelächter ins Auto fallen. Die Kleine mit den Ohren fällt dem Mann um den Hals und nennt ihn den bösen Zauberer.

»Wir fahren da jetzt rauf und hacken sie um, die kleinen Schweinchen«, sagt der böse Zauberer.

»Voilà, what a magical mystery tour«, schreien und singen die Mädchen.

Christiane steht jetzt wieder in der Tür und frottiert sich die Haare. Sie starrt auf den Fernseher.

»Welche Waffe nimmst du?«, frage ich sie.

»Die 9mm Beretta. Ich hoffe, wir brauchen sie nicht.«

»Das liegt nicht allein an uns«, sage ich, »wie lange fahren wir?«

»Kommt drauf an, vielleicht zwanzig oder dreißig Minuten.«

Der Mann im Wagen auf dem Bildschirm zieht ein Messer, lässt es durch seine Hand gleiten und sagt: »Das Leben will sich entfalten, aber das Leben will auch untergehen! … Ich bin nur ein Spiegel«, fährt er fort, »ich gebe nur wieder, was geschieht, wenn es geschehen muss. Wir müssen das tun, wovor wir am meisten Angst haben, nur dadurch gelangen wir auch an das andere Ende unserer Persönlichkeit. Erst dann ist die Sache rund.«

Die Mädchen lachen. »Cool«, sagen sie.

Christianes Haare wogen im Luftstrahl ihres Föhns und bekommen immer mehr die Farbe von Eigelb.

»Der Hosenrock sieht echt scheiße aus«, sagt sie.

Auf dem Fernseher erscheint im Glas der Windschutzscheibe die Ausfahrt *Silver Lake district*. Eine Weile rollt der Wagen den Griffith Park entlang und biegt schließlich in den Waverly Drive ein.

»Wie fahren wir noch mal?«, frage ich Christiane.

»Hinwärts über Stierstadt. Den Bus stellen wir hinter der Kreuzung nach Bad Homburg ab. Da gibt es eine Waldeinfahrt nach dem Sportplatz. Den Granada fahren wir anschließend an einem nahegelegenen Obstgarten in eine alte Scheune, da müssen sie dann wenigstens ein bisschen suchen. Wenn alles geklappt hat, geht's mit dem Bus dann sofort auf die Autobahn, allerdings nur zwei Ausfahrten, dann gleich wieder runter. Moni hat die Strecke mit Rudi x-mal geprobt. Sie haben noch zwei alternative Fluchtwege ausbaldowert.«

»Gut«, sage ich und lege eine SIG Sauer und eine Colt Detective auf den Tisch. »Ist denn dein Onkel gut zu Fuß?«, frage ich Christiane.

Ich lade beide Waffen.

»Na ja. Die waren alle im Krieg. Unser anderer Freund ja auch. Die sind natürlich alles so Frontkämpfertypen, so Tanks. Umrennen darfst du dich von ihm nicht lassen.«

Ich nehme eine Captagon und stecke den Rest der Packung in die Tasche.

»Na, dann lass uns mal langsam los«, sage ich.

Der Buick fährt auf das Anwesen 3301 Waverly Drive. Der Mann im schwarzen Rollkragenpulli, bekleidet mit Blue Jeans und einem leichten, ebenfalls dunklen Jackett, trägt helle Mokassins. Sie leuchten, als er auf das nächtliche Haus zuläuft. Das Ehepaar LaBianca ist gerade von einem Ausflug an den Lake Isabella zurückgekehrt und ihre Taschen stehen noch unausgepackt in der Halle. Der böse Zauberer betritt das Haus, geht mit gezogener Waffe auf das vor Schreck wie gelähmte Paar zu und sagt: »Ganz ruhig bleiben, dann geschieht euch gar nichts.« Er fordert die beiden auf, sich zu setzen, und fesselt sie mit mehreren Lederbändern, die er um den Hals hängen hat. Dann geht er zurück zum Wagen. »Die Leute da drinnen sind ganz brav jetzt«, sagt er zu den Mädchen, »ihr könnt jetzt rein! Macht ihnen keine Angst. Schlachtet sie einfach.«

Pünktlich um 16 Uhr erreichten wir den grünen Ford Granada. Rudi saß bereits am Steuer. Moni kam von der anderen Seite mit den Blumen. Sie war blass. Die Sommersprossen links und rechts der Nase sahen entzündet aus. Ihr dunkles Haar gab, genau in der Mitte gescheitelt, wie ein Bühnenvorhang ihr Gesicht frei. Ihr linkes Auge leicht zugekniffen. Ihr Gesicht ohne jedes Feuer, es zeigte weiter nichts als Willen und Anspannung. Ein paar Minuten nach 17 Uhr erreichten wir die gute Adresse. Christiane klingelte. Der Chauffeur ging an die Sprechanlage und fragte, wer da ist. Christiane meldete sich, das Gartentor ging auf und die Haustür wurde geöffnet.

»Sie kommt mit zwei jungen Leuten«, rief der Fahrer ins Haus.

»Wie sehen die denn aus?«, hörte Christiane ihre Tante rufen.

»Recht manierlich«, sagte der Fahrer.

Moni begann, ihre Rosen aus dem Papier zu wickeln. Unser Kandidat wollte eine Vase holen. Ich folgte ihm in das Speisezimmer und zog die SIG Sauer.

»Das ist eine Entführung«, sagte ich zu ihm, »machen Sie jetzt bloß keine Dummheiten.«

»Sie sind wohl wahnsinnig«, rief der Mann und warf sich gegen meinen Arm.

Der Rosenstrauß wirbelte durch die Luft. Es gelang ihm, meine Pistole zu packen, da löste sich ein Schuss. Moni stürzte von der Terrasse herein und gab sofort einen Schuss auf den Kopf des Mannes ab. Dann schossen wir beide. Meistens auf den Kopf. Einmal in die

Brust. Der Mann ging zu Boden. Überall spritzte das Blut. Überall lagen die Rosen. Christiane starrte auf den Boden.

»Ist ja nur Schweineblut«, sagte sie leise. »Die weinen ja auch nicht, wenn andere wegen ihnen krepieren.«

Dann rasten wir los. Den VW-Bus ließen wir zurück.

Tout a pris fin à tout jamais! –
Alles war aus und für immer!

Es wird behauptet

1978, neun Jahre vor *Dirty Dancing* und elf vor dem Ende der DDR, betrat Hilmar Bechtold aus Moritzburg bei Dresden die nahe dem Nikolaiviertel zu Berlin gelegene Gaststätte Zur letzten Instanz. Der Mann, der es abgelehnt hatte, sich in der Tute am Alex zu treffen, weil dort, wie er sagte, weder so gut gegessen werden könne noch so ungestört Gespräche zu führen seien, erschien pünktlich um 13 Uhr. Die Wahrheit, warum er sich nicht in der Tute treffen wollte, war wohl eher, dass er die dort verkehrende linke Oktoberklub-Szene meiden wollte.

Das verabredete Erkennungszeichen war ein auf dem Tisch liegender West-Fotoapparat, eine Nikon F. Er stellte sich vor unter dem Namen Jan Becker. Becker alias Bechtold trug eine Präsent 20 Rundstrickhose, dazu flache Schuhe aus beige durchflochtenem Leder, die einen viel zu grazilen Abschluss seines zumindest wuchtig wirkenden Körpers bildeten. Während er sich setzte und dabei die Hand seines Gegenübers festhielt, bis sein Gesäß sicher auf der Stuhlplatte ruhte, landete seine Handgelenktasche aus hellbraunem Kunstleder neben seinem linken Unterarm auf dem Tisch und wurde auch bis zum, ich greife jetzt vor, Eisbein mit Sauerkraut nicht abgeschlauft. Über dem etwas vierschrötigen Oberkörper trug er ein fliederfarbenes Blouson, aus dem Bechtolds alias Beckers Kopf mit Macht und Röte hervortrat. Das mit der Handschlaufe gesicherte Schmuckstück, innen gefüttert mit braunem Dederon und mit einem singenden Reißverschluss versehen, bewacht von einer Spezimatic-Armbanduhr aus Glashütte, enthielt obenauf ein Päckchen F6-Zigaretten, das Becker nun herausnahm und auf den Tisch legte.

Trotz würdevoll zelebrierten Drumherumredens, Vertraulichkeitsgesten und eines sofort im Keim erstickten Humors, wenn das Thema »Staat« berührt wurde, begann der Mann aus Moritzburg eine Gemütlichkeit auszustrahlen, die umwerfend war. Als die in einer goldenen Schwarte um das rosige Fleisch dampfende Hachse auf ihrem Bett von fettem, fad-farbenem Kraut aufgetragen wurde, wurde Becker alias Bechthold hinter seinem Teller, mit Kraut in den Mundwinkeln, immer deutlicher erkennbar. Nach Feierabend handelte es sich bei ihm mit ziemlicher Sicherheit um die joviale, stiernackige, rotangelaufene, schenkelklatschende, sächsische Stammtischsau. In einem von Großbegriffen wie »Heimat«, »Sozialismus« und »Perspektive der Werktätigen« auch immer wieder von dem Wort »strukturmäßig« fein durchwobenen Gespräch erwog er die Möglichkeiten einer Zusammenarbeit oder sogar Ausbildung, ohne allerdings einen genauen Zeitpunkt dabei ins Auge zu fassen.

»Denken Sie darüber nach«, sagte er nur.

Der junge Mann ihm gegenüber, an einem adstringierenden Saale-Unstrut-Deputatwein nippend, sieht das Eisbein nach jedem Bissen mehr von seinem keulenförmigen Knochen preisgeben, und vor seinem geistigen Auge erscheinen die Zeilen:

Vorsicht
vor den Sachsen
sie wachsen
schneller
als die Teller
sie speisen
rascher
als sie scheißen
und raffen
noch im Fallen
voller Gier
von allem.

Just in diesem Moment hebt Becker den Blick und richtet ihn das erste Mal direkt in die Augen des jungen Mannes ihm gegenüber. Während er kaut, ohne die seinen besonders weit zu öffnen, fast nachdenklich, aber mit fettigen Lippen, kriegt der Schädel im Widerschein des fliederfarbenen Blousons ein bisschen was von Göring und ein bisschen was von Gründgens. Mit Hilfe dieses Schädels wird dem jungen Mann gegenüber durch einen kurzen, unmissverständlichen Blick mitgeteilt, dass alle seine Gedanken mitgelesen und registriert wurden.

Es wird behauptet, der junge Mann sei aus dem nichtsozialistischen Ausland gewesen, ein Mann von etwa siebenundzwanzig Jahren, ungefähr 1,75 groß, Haare und Augen dunkel, Schläfen trotz des jugendlichen Alters schon leicht grau meliert. Im Bericht an das Ministerium für Staatssicherheit hieß es über diesen jungen Mann von Beckers alias Bechtolds Hand:

Die Zuverlässigkeit ist möglicherweise durch eine gewisse Überspanntheit als eingeschränkt zu betrachten. Den charakterlich-moralischen Anforderungen für vertrauensvollere Aufgaben dürfte die oben genannte Person wegen eines ziemlich lockeren Lebenswandels kaum gerecht werden.

Der junge Mann steht aber, so heißt es weiter, *sowohl in Frankfurt als auch in Berlin und nicht zuletzt in München mit uns bekannten Personen aus einem revolutionären Umfeld in Verbindung, die als Gegner des Klassenfeinds eingestuft werden können, mit soliden, antiimperialistischen Kenntnissen und Agitationserfahrung. Sowohl der KGB als auch das MfS konnte aus diesem Umkreis bereits eine Reihe von Personen mit Gewinn anwerben oder an Partnerstaaten weitervermitteln.*

Es wird behauptet, der junge Mann aus dem Westen, bekleidet mit einer 501 Levi's, einem T-Shirt und einem dunklen Harris-Tweed-Sakko, habe kurz vor 23 Uhr die Hauptstadt der DDR am Übergang Friedrichstraße wieder verlassen, habe die Nacht in Schöneberg in der Goltzstraße verbracht, nachdem er an der Bar im Metropol noch etwas getrunken und anschließend im direkt darüberliegenden Loft zu dort üblicher Independent-Musik eine Weile getanzt hatte. Am nächsten Tag sei er dann mit der Bahn nach Nürnberg zurückgefahren. Als er von der Goltzstraße Richtung Bahnhof Zoo geschlendert ist, sollen die Blätter, wie er seinem Tagebuch anvertraut hat, gefallen sein, als hätten die Straßen die Hände aufgehalten.

Dieser junge Mann kehrte nach Nürnberg zurück und begann, langsam wieder ich selbst zu werden, Georg Autenrieth. Im Anschluss an das Treffen und nach meiner Rückkehr aus Berlin, lange bevor Büttner und Pruy in mein Leben traten, entfernte ich das Namensschild meiner Wohnung in der Irrerstraße 11 und ersetzte es mit: *Gina, bitte 2X läuten*. Dann verschwand ich für eine Weile in den fränkischen Ort Gunzenhausen.

Die Septembersonne war noch einmal kurz auf die Anspielungen des Frühlings eingegangen und irritierte die Vögel, die wie verrückt jubelten, und die Bäume, die noch mal ein Set junger Knospen austrieben. Der Himmel rollte warm, blau und breit von Osten nach Westen. Am Ende des Tages versank immer ein rotes, blutiges Gesicht hinter dem Buckel, den der Horizont machte, und die Nacht brach herein.

Ein paar Tage später aber sorgte der harte, scharrende Schrei des Reihers für klare Verhältnisse. Der Sommer, auch der ganz späte, war vorbei. Der Wald wurde wie rostiges Blech. In seiner Leere schepperten nur noch die Elstern, und meine Nase wurde spitz vor Wehmut. Wochenlang saß ich fast reglos an meinem Schreibtisch mit Blick auf den Wald und bewunderte, mit welcher Langsamkeit der Herbst ihn niedermachte.

Zur Unterhaltung während dieser langen Abende strickte ich an meinen Gedanken. Ein Pullover, der bis heute nicht fertig ist. Ich entwickelte dort, während ich an diesen Gedanken strickte, Masche um Masche aufnahm, um das Strickwerk meines Denkens voranzutreiben, mehr und mehr ein platonisches Verhältnis zur Vergeblichkeit. In Gunzenhausen schien die Vergeblichkeit, so allein, wie ich da mit ihr war, angebetet, aber nicht vernascht werden zu wollen. Also liebte ich sie, ohne ihr nachzustellen. Ich liebte sie einfach, weil sie vergeblich war. Und ich liebte sie, weil sie auch für mich da war, wenn ich nicht immer wirklich hinter ihr stand. Aber obwohl mir Ewigkeit und Vergeblichkeit damals ein und dasselbe schienen, konnte dies eigentlich nicht sein, da sie mir beide in so unterschiedlichem Maße zugeteilt waren.

Vielleicht ist allerdings alles, was ich hier schreibe, abgesehen von meinen Anmerkungen zum Herbst, überhaupt nicht wahr und vollkommener Unsinn. Ich starrte zwar auf den Wald und bewunderte auch wirklich, wie der Herbst ihn niedermachte, aber mir gelang in dieser Zeit immerhin das Kunststück, die Schriften von Marx zu studieren und gleichzeitig in den Wonnen von Prousts *À la recherche du temps perdu* zu versinken. Ich studierte die Meisterwerke der Unverständlichkeit, wie Schopenhauer die Schriften Hegels beschimpft hatte, trank keinen Alkohol und begriff etwas von der Tatsache, warum ein Revolutionär kein Schwärmer sein darf. Und warum er einer sein muss.

Nach dem Herbst wurde es Winter. Erst versank die Landschaft im Schnee – dann versank der Schnee in der Landschaft. Immer das gleiche Spiel. Ich achtete gar nicht darauf. Zu guter Letzt kam in stumpfen, nassen Farben der Frühling zurück. Die Wälder rauschten den ganzen Tag. Es regnete viel. Am 14. März fuhr ich mit dem Bummelzug für zwei Tage ins gar nicht weit entfernte Elternhaus. Die Hügel der Hersbrucker Bucht zeigten die Farbe unreifer Kürbiskerne. Die schlanken Wolken waren nach NO gebürstet und großspurig von Flugzeugspuren durchkreuzt. Die Weiden hatten das ungesunde Aussehen ihrer jungen Triebe noch immer nicht abgelegt und verwandelten die ganze Landschaft in ein Passionsspiel. Von rechts zog der verknöcherte Schrei eines in Kalklicht getauchten Waldeinschlags ins Zugfenster. Ich wusste nicht, wer ich war, und dachte, es ginge mich, streng genommen, auch gar nichts an. Auf der Rückfahrt am nächsten Tag war ich ein Jahr älter.

Gegen Ende März, als überhaupt keiner mehr daran glaubte, gab es dann noch mal Schnee. Die Flocken hatten es nicht eilig, sie trödelten in der Luft, einige stoppten unschlüssig, einzelne stiegen sogar wieder auf, als wollten sie den Rückweg antreten. Die meisten aber taten so, als würden sie den Windungen eines Korkenziehers folgen, und bohrten sich langsam hinab in den kleinen fränkischen Ort.

Am 2. April brach ich meine Zelte in Gunzenhausen ab, fuhr zurück nach Nürnberg, tauschte das Klingelschild *Gina, bitte 2X läuten* wieder gegen *Georg Autenrieth* aus und fuhr am 3. April nach Berlin. Am 4. April 1979 kam es mit Jan Becker alias Hilmar Bechtold in der Gaststätte Zur letzten Instanz zu einer zweiten Begegnung.

Es wird allerdings behauptet, ich hätte die Zeit zwischen Herbst '78 und März '79 gar nicht in Gunzenhausen verbracht.

Die Rekonstruktion der Gegenwart

Meine Vergangenheit ist wie ein Haus, das abgerissen wurde und von dem es auch keine Fotos oder Pläne mehr gibt. Da es die Stelle, auf der es stand, ebenfalls nicht mehr gibt, ist dieses Haus angewiesen auf die Erinnerungen einiger weniger, die es gesehen und betreten haben. Die meisten dieser ganz wenigen sind aber mit dem Verschwinden der Stelle, auf der es gestanden hatte, ebenfalls verschwunden. Der Grund liegt darin, dass ein Ort für die meisten die Vorbedingung für eine Anwesenheit oder für die Bezeugung einer Anwesenheit bildet. Die Erinnerungen selbst, die ja an diese Vorbedingung nicht unbedingt gebunden sein müssen, tragen natürlich oft in ein solches Haus, das nicht mehr steht, mehr hinein, als aus einem solchen Haus an Erlebtem vielleicht je herausgetragen werden kann. Oftmals tragen sie Wünsche in ein solches Haus hinein, seien es fantastische oder sogar sexuelle, die mit den anschließend herausgetragenen Erfüllungen nur schwer in Einklang zu bringen sind. Außerdem glauben die meisten Leute, was ihren eigenen Ort angeht, man müsste nur ICH sagen, und schon hätte man diesen einigermaßen eingegrenzt. Das ist allerdings eine sehr überholte Einstellung.

Im Grunde entstammt dieser Trugschluss einem tief im Denken verwurzelten Goldenen Zeitalter, in dem Wunsch und Erfüllung zusammenfielen und Recht und Unrecht noch keinen Gegensatz bildeten. Dies war aber nicht gerade die Ausgangslage in den siebziger Jahren der Bundesrepublik. Natürlich kann man die Vergangenheit der Bundesrepublik rekonstruieren aus ihren Erfolgen, Anstrengungen und Absurditäten. Die Währungsreform, der Wiederaufbau, das Wirtschaftswunder, Mauerbau, die Gründung der DDR, die Notstandsgesetze, Krefelder Beschluss, Adenauers Forderung nach taktischen Atomwaffen, Aufstieg der deutschen Autoindustrie, Gastarbeiter, die wachsende Macht der Banken, die *Spiegel*-Affäre, die Ermordung Schleyers oder schließlich die Insellage Westberlins und alle daraus resultierenden Wunder. Jeder kennt ja zumindest die Eckdaten.

In dieser Geschichte aber würde das kaum helfen. Kontinuität würde ihren Sinn verfehlen, Chronologie nur auf eine falsche Fährte führen. Wenn ich verstehen will, was mit mir passiert ist, muss ich mir Zugang verschaffen zu Erinnerungen, in denen sich der Schlüssel findet, warum ich der und der und der zu sein scheine statt einfach nur der »Ich«. Möglicherweise muss ich dabei auf illegale Erinnerungen zugreifen, auf falsche Schlüsse, unzumutbare Vereinfachungen oder auch auf Vorwürfe, deren Inhalte nicht immer innerhalb der Grenzen des guten Geschmacks wiederzugeben sind. Ich muss davon ausgehen, dass Georg Autenrieth möglicherweise ein Fall jenes von Lemaître beobachteten und von Jessen beschriebenen »doppelten Bewusstseins« sein könnte. Eine deutsche Sonderform von Dr. Jekyll und Mr. Hyde, mit, wie es im Fachjargon heißen würde, periodischer, multipler Persönlichkeit. Um das herauszubekommen, muss ich mich auf dieses Haus zubewegen, das gar nicht mehr steht.

Eigentlich sollte man ja nie an Orte zurückkehren, wo man glücklich war, außer vielleicht an solche, die in unmittelbarer Reichweite des täglichen Lebens liegen und die sich daher nicht oder nur so unmerklich verändern wie man selbst. Ist dies aber unumgänglich, so sollte man, was die Erinnerung anbelangt, das oft bis zur Lächerlichkeit gesteigerte Verlangen, immer die Wahrheit finden zu wollen, ohne zu berücksichtigen, dass die Lüge oft genauso viel Mut und in jedem Fall viel mehr Fantasie erfordert, einschränken. Denn die Wahrheit ist, was die Erinnerungen angeht, auch oft nur eine in Sicherheit gebrachte Lüge.

Ich versuche mich also jenem Haus zu nähern, das verschwunden ist und zu dem es auch den Ort nicht mehr gibt, an dem es stand.

Eine meiner Erinnerungen, die nicht den Weg über Méséglise nach Guermantes und zurück nach Combray einschlagen, sondern von dem fränkischen Ort Kottensdorf über Oberreichenbach nach

Prünst führen, zeigt mir eine Siebenjährige mit einem steifen, blauen Rock, unter dem vom Knie ab sichtbar ihre braunen Beine schnell vor mir herrennen. Es gibt einen Acker, über dem der Himmel von Lerchen übersät ist. Die Luft dieses von Lerchen übersäten Himmels vibriert von ihrem Gesang. Am Ende des Ackers leuchtet der Weißdorn.

Wie Gilberte in diesem Lichtviereck unter der rosigen Weißdornhecke in Combray mit einer alle Erwartungen an dieses Alter sprengenden obszönen Geste die Kühnheit besaß, dergleichen so leicht, so rasch und fast unter den Augen des Großvaters durch eine Gebärde zu veranschaulichen, ebenso nahm auch die siebenjährige Gerlinde, der ich damals, fast bis sie dreizehn wurde, verfallen war, den Zeigefinger ihrer rechten Hand, als sie rennend die Weißdornhecke erreicht hatte, und führte ihn stoßend durch den Ring, den sie mit Daumen und Zeigefinger der linken gebildet hatte. Es geschah wohl, dass in meinem sechsjährigen Kortex Millionen synaptischer Spalten sich schlossen, um zu verhindern, dass Androgene und andere Botenstoffe in der neuronalen Zielregion tief in der zentralen Längsfurche diffundierten und die ganze Umgebung durch Volumenübertragung verrückt machen konnten. Ein synaptisches Feuerwerk, das ab der Pubertät als echte Geilheit erlebt wird. Nachdem der Himmel sich urplötzlich zusammengezogen hatte und die Lerchen mit einem Schlag verstummt waren, ging ein Gewitter nieder, das die heilige Obszönität der Kindheit mit der geduldigen Verrichtung der Naturgewalt in eins brachte. Damit hat alles angefangen. Die Grundmauern dieses Hauses waren gefügt aus den Bausteinen der Sexualität.

Ignoramus et ignorabimus.
Wir wissen es nicht, und wir werden es niemals wissen.

Meister, ohne dein Erbarmen
Muss im Abgrund ich verzagen
Willst du nicht mit starken Armen
Wieder mich zum Lichte tragen

Jährlich greifet deine Güte
In die Erde, in die Herzen
Jährlich weckest du die Blüte
Weckst in mir die alten Schmerzen

Vor dem Eingang der Oranienstraße 190 parkte ein blauer Opel Kapitän mit Kölner Kennzeichen, dahinter ein taxifarbener Mercedes 220 SE. Ich saß im Café Bateau Ivre am Heinrichplatz, schräg gegenüber. Ich war von einem Meeting in einer Fabriketage in der Zossener Straße gekommen und nicht aus der Schenkendorfstraße, wie ich mich bisher zu erinnern glaubte. Es war dieselbe Adresse, in der ich wahrscheinlich auch Henriette Vogl das erste Mal begegnet war. Mir gegenüber saß mein ehemaliger Professor aus Freiburg, Dr. Rüdiger Sturm, der mich um ein Treffen gebeten hatte. Es war früher Abend und die Sonne stand vor ihrem üblichen Abgrund.

»Ich verstehe Sie nicht, Autenrieth«, sagte er. »Sie sind doch ein Mann, der mit einer sehr feinen Wahrnehmung begabt ist, Sie sind gebildet, und außerdem haben Sie eine Haltung und eine Ausstrahlung, dass einem wirklich manchmal die Spucke wegbleibt.« – Dass er »die Spucke wegbleibt« sagte, passte gar nicht zu seinem gehobenen Tonfall. – »Wie kommt es, dass Sie neuerdings so auf diese Exzesse fixiert sind, dieses Übermaß von Sex und Ausschweifung?«

»Ich mache nicht das Papier, ich beschreibe es nur«, hatte ich geantwortet.

»Aber Sie haben doch noch vor ein paar Jahren diesen wunderbaren Aufsatz über Brentanos *Frühlingsschrei eines Knechtes aus der Tiefe* publiziert. Dies ist eines der größten Gedichte deutscher Innerlichkeit«, sagte er, erfüllt von einer ringenden Suche und Seelentiefe. »Über so etwas kann man so, wie Sie es getan haben, doch nur schreiben, wenn man das auch in sich trägt.«

»Ja, das trage ich auch in mir, aber hier gegenüber, im SO 36, wird jede Nacht gebrüllt, ›schrei dich zu Tode. Das ist mehr als richtig‹, und das habe ich eben auch mit mir herumzuschleppen. Das ist ebenfalls ein ›de profundis‹, nur eben sozusagen aus einem anderen Keller. Dieser Laden ist jede Nacht zum Bersten voll, was ja wohl auch heißen muss, dass es außer mir noch ziemlich viele gibt, die das mit sich herumschleppen.«

»Was sehr viele in sich tragen, ist doch überhaupt kein Maßstab. Noch bis vor ganz kurzem haben die meisten Deutschen etwas mit sich herumgeschleppt, dem man, wie sich anschließend herausstellte, auch besser nicht als Verstärker gedient hätte.«

»Sie sind gut, genau die sind es doch, gegen die da geschrien wird.«

»Wissen Sie, Autenrieth, Sie waren einer der besten Studenten, die ich je hatte. Was ich an Ihnen geschätzt habe, war diese wunderbare Sprache, die stets von einem unabhängigen Verstand in Form gehalten wurde. Und nun lese ich diese breitgewalzten Exzesse.«

»Ein krankes Land verlangt nach Krankenkost«, sagte ich. »Ich war immer abgestoßen von diesem Auspacken der Gedärme«, fuhr ich fort, »um sie dann auf den Tisch zu packen, damit die Rattenköpfe sich daran weiden können. Und mit ›Rattenköpfe‹ meine ich besonders die, die es immer krass haben wollen, weil sie sonst an ihrer Hohlheit und an ihrer Langweiligkeit krepieren. *Andern ruf ich, schwimme, schwimme / mir kann dieser Ruf nicht taugen*«, sagte ich, »das steht auch in diesem Gedicht. Wir sind keine Süßholzraspler. Wir sind nur die Sekretäre der Zeit. Es gibt kein richtiges Krankenhaus im falschen. Wenn eine ganze Gesellschaft kreischt, muss man brüllen, um gehört zu werden, auch wenn man sich dabei zu Tode brüllt.«

»Aber Autenrieth, die Radikalität des Geistes besteht im Denken, nicht im Randalieren, im Sex oder in Exzessen. Sie sprechen doch eine ganz andere Sprache als diese Leute. Lesen Sie doch diese Bekennerschreiben und diese Flugschriften, man hat den Eindruck, die sind von Leuten geschrieben, die nicht einmal ein Antragsformular für einen Telefonanschluss korrekt auszufüllen wissen.«

»Ich glaube, das sehen Sie falsch«, sagte ich. »Es ist schließlich eine Sprache, die sich grob machen muss, denn sie will nicht kleine Stiche versetzen, sondern sie will etwas kaputtschlagen.«

»Aber ich hoffe doch sehr, dass Sie nicht etwa verstrickt sind in diese Szene.«

»Hoffen wir das Beste«, sagte ich.

»Sie sind also sicher, dass Sie die Assistenzstelle bei mir nicht annehmen möchten?«

»Wissen Sie«, sagte ich, »ich könnte ja nicht einmal garantieren, zu den Lehrveranstaltungen immer höchstpersönlich zu erscheinen, es könnte ja auch vorkommen, dass ich sozusagen nur in Begleitung von mir komme.«

»Ich finde solche Bemerkungen ziemlich unerträglich«, sagte der Professor. »Ich habe bereits in einigen Ihrer Texte diesen merkwürdig unexakten Gebrauch von Identität wahrgenommen.«

»Auch dafür habe ich meine Gründe, Herr Professor, aber ich habe mir diese Gründe nicht ausgesucht. Sie sind mir, sozusagen, in die Wiege gelegt worden.«

Damit verabschiedete ich mich von Dr. Sturm – und von meiner akademischen Karriere. Ich schlenderte hinüber zum SO 36. Es war ein Frühlingsabend und immer noch hell genug, dass man die Knospen in den Bäumen glitzern sah. Die Türen standen offen, aber das Lokal war vollkommen leer. Ich betrat es zum ersten Mal bei Tageslicht. Der Fußboden war ausgelegt mit PVC Fliesen, von denen einige die Ecken aufgestellt hatten wie Eselsohren, andere fehlten bereits gänzlich und es zeigten sich nur die von einem Zahnspachtel gezogenen Rillen des Klebers. Am Ende des Raums gab es eine Bühne, die aussah wie die Bühne einer Sängerhalle in Franken. Zwei

Reihen Neonlampen liefen über die gesamte Länge der Decke und schufen mit ihrem kalten Licht das Klima eines modernen Viehstalls. Links und rechts an den Wänden standen die typischen Stehtische Berliner Trinkhallen mit den damaligen Klassikern des hölzernen Barhockers davor. Die Wände waren vollkommen nackt, und die Tische und Stühle standen so weit auseinander, dass der Raum, der auf eine Tanzfläche zuführte, die aus einer am Boden verklebten Metallplatte bestand, aussah wie eine kleine Flugzeuglandebahn. »Von der Kommunikation her das Kälteste, was ich so kenne«, hatte Riecke gesagt.

Als ich mich umdrehte, kamen drei Männer zur Tür herein. Der eine trug einen hellgrauen Anzug, darunter ein weißes Hemd mit Krawatte. Er hatte einen ziemlich streng gezogenen Seitenscheitel, die Haare über der Stirn waren geschickt zerzupft. Er war so glatt rasiert, dass die Haut seines Gesichts etwas speckig wirkte, was die geschwungenen Lippen allerdings noch besser zur Geltung brachte. Der Mann trug ein Bild mit dem Titel *Capri bei Nacht* unter dem Arm. Er trat herein in Begleitung von zwei Männern, die lachten und sich laut unterhielten. Durch die offenen Türen sah man draußen auf der Straße zwei Arbeiter Verstärker, Kabel und Boxen aus dem Kofferraum und dem Fond des blauen Opel Kapitän laden. Links vom Bildträger ging ein schlaksiger Mann in einem weißen Flanellanzug. Er trug eine dunkle Sonnenbrille. Der rechts von ihm hatte ein Indianergesicht mit schweren Augen, er war sehr schmal, hatte eine sehnige Figur, und er trug ein rotes T-Shirt mit schwarzen Totenköpfen. An den Fingern steckten ein paar Totenkopfringe, wie sie im New Yorker East Village an jeder Straßenecke verkauft wurden.

Der Mann mit dem Bild war Martin Kippenberger. Ich kannte sein Gesicht aus dem Film *Bildnis einer Trinkerin* von Ulrike Ottinger. Links neben ihm ging David Bowie, der Mann rechts neben ihm war Iggy Pop. Alle drei sagten »Hi« beim Hereinkommen, und ich trat hinaus auf die Oranienstraße.

Ich wandte mich nach links, Richtung Heinrichplatz, weil der vom Abendlicht wie in eine goldene Tunke getaucht war. Das gefiel mir. Im Vorbeigehen warf ich einen Blick in die Luckauer Straße, die nach etwa fünfzig Metern mit voller Wucht an die Berliner Mauer prallte. An der Ecke stand ein Mann, der um seinen Hut eine Menge bunter Schals und Tücher gewickelt hatte, so dass es aussah, als trüge er einen riesigen Turban. Als ich an ihm vorbeiging, hob er den Blick, und ich ahnte damals natürlich nicht, wie tief dieser Blick in mich eindrang und wie schwer es eines Tages sein würde, ihn wieder zu entfernen.

Einige dieser Einzelheiten jedoch sollten mir nun helfen, andere Dinge zeitlich einzuordnen, die ich nicht mehr wusste, weil mein Gedächtnis, wohl mit gutem Grund, sich weigerte, sie aufzurufen. Somit muss dieses Treffen in der Zossener Straße, und nicht, wie ich bisher angegeben hatte, in der Schenkendorfstraße, 1979 stattgefunden haben, denn am 30. Juni 1979 war für Kippenberger Schluss mit dem SO 36. Eine ganze Weile also bevor die Ärzte kamen und die Einstürzenden Neubauten aufräumten mit den »unverwüstlichen Altbauten«. Hier musste der Zeitpunkt des Erstkontakts mit dem »Inner Circle« liegen, hier mein Abschied von der Karriere und die erste Begegnung mit dem Mann mit dem Hut. Und langsam fiel mir wieder ein, wie alles begann.

Nachtleben

Am Pfingstmontag, den 26. Mai 1969, waren die drei Astronauten der Apollo-10-Raumkapsel nach ihrer Mondumkreisung auf die Erde zurückgekehrt. Kurz darauf kam meine Mutter das erste Mal in die Irrenanstalt. Das Eis zwischen mir und dem, was ich nie so genau wissen wollte, war gebrochen. Sechs Jahre zuvor, im November 1963, war John F. Kennedy erschossen worden. Damals hatte ich das erste Mal in meinem Leben das Gefühl, mehr mit einer Sache zu tun zu haben, als sich aus meiner Beziehung zu dem Betroffenen ableiten ließ.

Nun hatte ich es wieder.

Es hätte nicht viel gefehlt, und ich hätte die Astronauten Mitschülern gegenüber beim Vornamen genannt oder ihre Hobbys gewusst. Über meine Mutter wusste ich allerdings nichts. Nichts jedenfalls, was man als ein vernünftiges Wissen hätte bezeichnen können.

Wenige Stunden nach den ersten Nachrichten über das Attentat von Lee Oswald war ich ins Kino gegangen und sah den Film *En cas de malheur* mit Brigitte Bardot, in dem Juliettes junger Ehemann sie ohrfeigt, um ihr zu zeigen, wer der Herr im Hause ist. Am Ende des Films und dem Ende ihrer Auflehnung kehrt sie glücklich und reumütig in ihre alte Frauenrolle zurück. Meine Mutter war weder glücklich noch reumütig jemals in irgendeine Rolle zurückgekehrt. Sie hatte immer zu viele Rollen vor sich, um je ihre Zeit damit zu verschwenden, auf eine zurückzugreifen. Nach etwa zehn Tagen Klinik waren Denkerschwernis, Bewegungszwang und die extrem geringe Haftfähigkeit der Gedanken mit Hilfe großkalibriger Medikamente so weit behoben, dass sie sich bei meinem Besuch nach den Astronauten erkundigte. Es dauerte allerdings immer noch fast zwei Wochen, bis es dann wirklich so weit war.

Genau an dem Tag, an dem sie die geschlossene Abteilung verlassen konnte, geschah es. Am 20. Juli 1969. Neil Armstrong setzte als erster Mensch seinen Fuß am Rande des Mare Tranquillitatis auf jenen Trabanten, von dem Plutarch sagt, dass er jenes Licht aussendet, das feucht und schwanger macht. Den Himmelskörper der Frau. Den Mond. Der kleine Schritt eines Menschen, der ein Riesenschritt war für die Menschheit. So jedenfalls sagten die Amerikaner. Auch an diesem Tag ging ich ins Kino. Den Film habe ich vergessen. An die *Wochenschau* aber erinnere ich mich noch. Daran, wie die Männer mit ihren weißen Raumanzügen mit diesen pendelnden Staubsaugerschläuchen zu den Atemstoffgeräten und den Glaskugeln auf dem Kopf das Kennedy Space Center verließen und Apollo 11 bestiegen, um die Sache hinter sich zu bringen. Spätestens da begann mir zu dämmern, dass zwischen den Höhepunkten öffentlicher Gewalt, den epochalen Sensationen ebenso wie den privaten, aber auch den öffentlichen Katastrophen Zwischenräume lagen und Verhältnisse bestanden, die sich allen vernünftigen Erklärungen widersetzten. Diese Ereignisse hatten ihre eigenen Gesetze, ihre eigene Regie, ihre eigene Kausalität. Wie das Schicksal selbst können sie weder umgangen noch vermieden werden. Ihre Abstände werden bestimmt von ihrer Rangordnung, und im Laufe der Zeit haben sie sich gewandelt von Katastrophen, die mit der Macht eines Naturgesetzes einzutreten pflegten, zu Implosionen des Möglichen oder zu Erfüllungen einer kollektiven Vision.

Als ich wenig später, im Januar 1970, das erste Mal die Oase betrat, die sich in der Görlitzer Straße befand, musste ich an den Geruch von Iriswurzeln und wilden Johannisbeeren denken, gar nicht an den von Mohn. Die Oase war eine Opiumstube, im Eingangsbereich als Anwaltskanzlei getarnt, die man nur mit Bürgschaft eines dort eingeführten Gastes aufsuchen konnte. Meine Bürgschaft kam von einem linken Juristen, der später als grüner Politiker ziemlich bekannt wurde. Nach einem Durchgangszimmer hinter dem Eingangsbereich der Kanzlei gab es einen Raum, der drei dreistöckig übereinandergebaute Holzpritschen beherbergte und an ein Militärlager in Kambodscha oder sonst wo in Indochina erinnerte. Auf den Holzpritschen lagen zusammengelegt die damals allgemein bekannten, asphaltgrauen Krankenhausdecken. Rund um die Wände und ebenfalls vor den Fenstern befanden sich Bambusstangen, so dass kaum Licht in den Raum fiel. Aus irgendeinem Grund war das wenige Licht, das durch die tropischen Palisaden drang, sehr gelb. Der Fußboden war mit den verschiedensten orientalischen Brücken, Teppichen und Kelims dick gepolstert. In einer Ecke gab es einen enormen Samowar mit grünem Tee. Es lief ein Tape, auf dem nur loderndes und knisterndes Feuer zu hören war. Meist waren nicht mehr als zwei oder drei Besucher in diesem Raum, die still auf dem Rücken lagen und rauchten. Vieles erinnerte mich sehr an die Arrangements von Graham Greene. Die Vorhölle zu einem Bordell in Havanna.

Im Allgemeinen dauerte es zehn oder fünfzehn Minuten, bis man seine Pfeife bekam. Viel eleganter als das Einnehmen der braunen Opiumtinktur auf Zucker erlaubte das Rauchen das Einhaken in den Raum und das Aufschießen von Gelöstheit. Ohne auf den Einspruch logischen Denkens zu stoßen, demonstrierte der quellende Qualm bereits nach wenigen Minuten die entgegengesetzten Richtungen von Zeit. Man nimmt gleichzeitig teil an abnehmender und zunehmender Kontinuität, ohne von dieser Gegenläufigkeit in Stücke gerissen zu werden. Die eigene Stirn öffnet sich jedes Mal, sobald ein neuer Gast hereintritt, und ein freundliches und vollkommen ungewappnetes Gehirn begrüßt den Fremden. Es schlägt wie ein Herz. Es zieht sich zusammen, und dann pocht es. Dann zieht es sich wieder zusammen und pocht erneut, voller langsamer und getragener Kraft. Und während es pocht, puffen die Gedanken wie die erlösten Wölkchen eines getretenen Flaschenbovists. Damit aber nicht genug. Die Gesichter der Eintretenden sind gepflastert mit Gesichtern, deren man sich in beliebigen Vergrößerungen und Ausschnitten bedienen kann. Während jenes versöhnlichen Ineinanderfließens von Ich und Über-Ich werden Nasen weggezoomt aus Gesichtern, in denen vor Schreck darüber nur zwei handtellergroße Augen zurückbleiben. Sonst nichts.

Für ein paar Monate im Winter des Jahres 1970 besuchte ich diesen Ort einmal pro Woche. Ich gewann eine Art Hoffnung und verlor den Appetit. Als ich dünn genug war für den nächsten Frühling, stellte ich das Opiumrauchen wieder ein und stürzte mich ins Nachtleben. In der Szene wurde es langsam ernst. Am Donnerstag, den 14. Mai, wurde im Lesesaal des Zentralinstituts für Sozialfragen in Berlin-Dahlem Andreas Baader befreit und damit gab es ein neues Datum. Auch an diesem Tag ging ich ins Kino. Diesmal war es *Ossessione* von Luchino Visconti. Mir kam es so vor, als würde die Zeit einen Riesenanlauf nehmen, um über ihren eigenen Schatten zu springen. Wenn ich in dieser Zeit des Anlaufs an meine Mutter dachte, empfand ich nichts als Kälte und Scham. Sobald aber das Nachtleben begann, verschwanden die Krokodile des Grübelns und die Tukane und Seidenschwanzsittiche erschienen auf der Bildfläche.

Im ersten Frühling nach der Apollo-Landung wogte der Stuttgarter Platz wie ein Meer von jungen Mädchenblüten. In den Stunden der Dämmerung, wenn die Schlüsselbeine sich langsam in die Stimmgabeln zu verwandeln begannen, die dem Abend den Ton gaben, strömten alle, die sich von irgendetwas befreiten, auf die Straßen und in die Cafés und ab elf Uhr in die Clubs. Wie eine Bugwelle wurde der Schlaf von den rastlosen Körpern vor sich hergetrieben und fand meist erst in den Morgenstunden seine Erfüllung. Die Zeit des Protests, der Lockerung und der Skrupellosigkeit war hereingebrochen. Und wenn die Nacht zu Ende ging, gab es zur Not immer noch einen Unterschlupf in der Wilmersdorfer Straße.

Im dritten Stock eines einst großbürgerlichen, ja herrschaftlichen Hauses befand sich die Wohnung der Kommune von Gisela, Monika und Renate. Dort schliefen über die Jahre mehr Männer, als Psalmen in ein Gebetbuch passen. Das erste Mal schleppte Gregor Aganovich mich und einen Amerikaner namens »Buzz« Fender spätnachts dorthin. Als wir ankamen, hatten die Frauen die Röcke hochgerollt bis an die Hüften und die Brüste aus ihren Büstenhaltern gehoben. Die Brustwarzen der ersten zeigten straff nach oben, die der zweiten standen einfach fest und geradeaus, die der dritten aber deuteten nach unten. Alle drei hatten hübsche Gesichter, Gisela jedoch war bei einem Unfall als Kind ein Auge zerstört worden, Monika besaß rechts oben einen vollkommen schwarzen Eckzahn, und ihr porzellanweißes Gesicht war eingerahmt von den üppigen Locken einer tiefroten Angela-Davis-Frisur, und Renate sah man häufig mit heraushängender Zunge. Vor ihnen knieten drei junge Männer, alle mit Windeln gewickelt, die mit heißem Erbsenpüree widerlich verschmutzt worden waren. Alle trugen ein Hundehalsband und hatten dicke Ketten mit Vorhangschlössern um die Fußknöchel. Schweißnass und voller Striemen auf den Rücken arbeiteten sie sich mit ihren Zungen durch die wie chinesische Morcheln vor ihnen aufgeblätterten Schamlippen.

Aganovich und ich setzten uns unter einem Fenster links und rechts eines fast zwei Meter hohen Gummibaums. Durch die offenen Türen sahen wir im Raum gegenüber ein Mädchen mit fliegenden Haaren, die auf einem Jungen ritt, von dem man so gut wie nichts sah. Buzz Fender baute einen Joint. Rechts von uns an der Wand hing ein grünes, Warhol-mäßiges Plakat mit dem Porträt Annette von Droste-Hülshoffs, darunter stand mit Lippenstift: *Stoß deinen Scheit drei Spannen in den Schlitz.* In der Ecke lagen alle möglichen Zeitschriften, *Twen*, *Konkret*, *Pardon*. Obenauf der *Spiegel* mit dem Titel der Mondlandung von Apollo 11. Niemand kümmerte sich um uns.

Die Bräuninger-Episode

Helmut Bräuninger überquerte die Frankfurter Allee in nordsüdlicher Richtung, also im rechten Winkel zur Hauptverkehrsader, die zwischen Alexanderplatz und Lichtenberg in westöstlicher Richtung läuft. Dies brachte ihn von der Samariter- in die Colbestraße, in der er normalerweise nichts verloren hatte. Helmut Bräuninger hat mit diesem Teil der Geschichte auch gar nicht mehr viel zu tun, aber ich brauchte ihn, um eine Gedächtnislücke zu schließen. Äußerlich inzwischen ein Mann von etwas aufdringlicher Gepflegtheit, was eine Angst vor den körpereigenen Säften vermuten lässt, steckte er, als er damals zu uns stieß, innerlich voller kleiner Tiere, deren verbindendes Merkmal es war, dass sie alle drückten. Es waren Druckmäuse und Druckenten, Drückerfische, Druckläuse für die kleinen Stellen, Druckaffen, was man sich nur vorstellen konnte. All dieses Getier war ineinander verschlungen wie die Windungen des Darms, auf den wir noch zu sprechen kommen werden, glutvoll ineinandergeschmiegt wie die inneren Organe auf anatomischen Tafeln.

Bräuninger war inzwischen Lektor eines großen deutschen Verlages, ich könnte sagen, Suhrkamp, obwohl es Suhrkamp nicht war – und er hatte bereits die Abkehr vollzogen von der Lektorengeneration vor ihm, deren Gehirne ab dreißig vom Alkohol zerstört waren und die den Wüstling noch spielten, als er in der Literatur selbst gar nicht mehr vorkam. Sein Haar war am Hinterkopf von einer Art Popper-Stufenschnitt veredelt, und seine Kleidung, die zunehmend dem Markenbewusstsein anheimfiel und häufig ein gewagtes Detail aufwies, gab ihm äußerlich Halt.

Dem Vater, Willibald Bräuninger, war bei der Zeugung von Helmut das Glied in der Scheide der Mutter abgebrochen und dort steckengeblieben. Helmut musste also quasi am Schwert des Vaters vorbei geboren werden. Einmal im Jahr, wenn der Schwanz der Großen

Bärin, der Ursa Major, bei Einbruch der Nacht nach Osten weist und damit der Anbruch des Frühlings sich ankündigt, fällt dieses Glied wie ein schwarzer, gläserner Tannenzapfen zu Boden und zerbricht. Bei dieser Gelegenheit gehen der Mutter, einer gelernten Schwäbin, konvulsivische Bewegungen durch den Leib, sie bricht in Schweiß aus und spritzt ab. In der Hautfalte, die den Zapfen umschloss, bildet sich das abgebrochene Glied des Vaters dann neu, wie der Schwanz einer Eidechse, wird über die Monate hin hart und verglast und endet dann wieder als zerschellender Tannenzapfen. Irgendwie müssen die Jahresrhythmen ja am Laufen gehalten werden. Die Mutter, Jolande, deren Leben ansonsten mit dem eisernen Besen des Pietismus reingefegt war und die eine große Kennerin der schwäbischen Apfelsorten war, ja des schwäbischen Obstes überhaupt, betrachtete diesen Vorfall als gottgegeben. Schließlich wuchs ja auch in ihr jener Baum, der das Universum trägt, nämlich die Wirbelsäule der Mutter, und wenn daran sich der Tannenzapfen des Vaters gehängt hat, dann muss man den eben austreiben, wie zu Fastnacht den Winter.

Es lässt sich denken, dass für den jungen Bräuninger aus dem sonnenverwöhnten Ländle eine solche Urgestalt an Muttertum, verbunden mit dem väterlichen Verhängnis, zu einer schlimmen Zerreißprobe zwischen den geschlechtlichen Bedürfnissen und ihren größtenteils abschlägigen Antworten führte und jene Tiere anzüchtete, die wir eingangs erwähnten. Bräuninger wurde ein ängstliches Kind. Ein Kind, das eigentlich aus Angst intelligent wurde – das aus dem Mangel schöpfte und nicht aus dem Überfluss. Bevor ehemals ängstliche Kinder später grausam oder autoritär werden, schenkt ihnen die Jugend manchmal einen kurzen und als Glück erlebten Gipfel der Entschlossenheit, des Gerechtigkeitsgefühls und der Menschenliebe, besonders natürlich schwäbischen Pietistensprösslingen oder Kindern aus thüringischen Pfarrstuben. Dieser Umstand führte dazu, dass Bräuninger sich jenseits des weltfremden Mediävistikstudiums, das er belegt hatte, als wir uns in Frankfurt kennenlernten, erst in die Soziologie und dann in die Marxismus-Debatte und Linke Theorie hineinschmeckte und sich innerhalb kürzester Zeit explosionsartig radikalisierte. In dieser Zeit entwickelte Bräuninger jene Kräfte, deren Ahnung ihm stets Nausea verursacht und ein Chaos von Ängsten in ihm ausgelöst hatte. Am Schwert seines Vaters vorbei geboren war er unverführbar durch die Lust oder andere glückliche Ablenkungen, so dass der Druck, den die Solidarität mit den Unterdrückten und den Opfern des amerikanischen Imperialismus in ihm entstehen ließ, nirgends entweichen konnte. Aus diesem Leidwesen erwuchs ihm in den gegebenen Momenten die Kraft eines säulenzerbrechenden Simson.

Bräuninger stemmte sich in den Türrahmen, und dann pumpte er Luft in sich, und indem er Luft in sich pumpte, pumpte er Luft in die Drückertiere, und es folgte ein unglaubliches Ächzen im Türstock, bis er schließlich zerbarst und eine große Menge Mauersteine aus der Wand sprengte und mit sich riss. Dann standen wir im Keller. Es handelte sich um einen Keller im Frankfurter Nordend in der Berger Straße. Über dem zugemauerten Kellerschacht zur Straße hin stand *LSR*. In einem eisernen Regal lagerten in olivbraun gerippten Blechbüchsen Gasmasken des Dritten Reichs. Dies war aber bei Gott nicht alles. Mir schien, als ich eine Weile da unten stand, als schälte sich vom muffigen Sandstein der vertraute Geruch des Kellers meiner Großmutter. Ich hörte unter mir das leise Poltern von Kartoffeln. Es musste also etwas geben, wohin sie noch tiefer fallen konnten. Vermutlich fallen sie jenen Schatten in die Hände, die sehnsüchtig auf ihren Wiederaufstieg warten, treibend ohne Blut und ohne Stimme, dort unten in der Schwarzen Sonne.

Zusammen mit Bräuninger packte ich eine Holztruhe, in der leicht eine Person Platz gefunden hätte, an den ausklappbaren eisernen Griffen. Sie war ziemlich schwer. Beiläufig fragte ich ihn:

»Weißt du denn, wer das Ding hier hergeschleppt hat?«

»Ja klar! Christian«, sagte er trocken.

Dann stampften wir die Stufen hoch, über die Steine jenes sagenhaften Mauerdurchbruchs, und erreichten wieder das Frankfurter Tageslicht. Auf dem Gehweg standen zwei Mädchen mit Hochfrisuren und Minirock. Eine trug eine enge Bluse mit dunkelbraunem

Paisleymuster, und die Kragenspitzen waren so lang, dass sie wie Hinweispfeile auf die Brustspitzen deuteten. Ihre Hochfrisur ließ das Gesicht runder erscheinen, als es von Vorteil war. Aber sie brachte das mit ihrem Conny-Froboess-Lachen ganz gut ins Lot. Wir schleppten die Kiste in einen grünen Ford Caravan mit Westberliner Kennzeichen. An die Mauer, vor der wir standen, war der Satz gesprüht: *Ödipus, du sollst deine Mutter anrufen!* Bräuninger verstand überhaupt nicht, was daran witzig sein sollte.

Auf der A 3 fuhren wir nach Nürnberg, tranken einen Kaffee und einen Fernet in der Meisengeige. Im Kino begann gerade der Film *La Maman et la Putain* mit Jean-Pierre Léaud, im Café lief *Purple Haze* von Jimmi Hendrix, als wir eintraten. Eine halbe Stunde später holte ich in meiner Wohnung in der Irrerstraße 11 noch Papiere, dann fuhren wir weiter. Für die Fahrt von da nach Berlin brauchten wir vierzehn Stunden. Am Grenzübergang Hirschfeld staute sich die bunte Autowelt der westdeutschen Spätsiebziger über fünfundzwanzig Kilometer. Die Miene der Grenzbeamtin Ost hätte ins Repertoire der Purgatorien in Dantes siebtem Höllenkreis aufgenommen werden sollen; für besonders schwere Fälle. Lupenreiner brandenburgischer Proll, Typ: strammes Kampfweib. Daraus entstand später der Witz mit den Kampfweiberhundewiesen. Genauso scheißgrün und giftig wie sie bog ein sächsisches Gespenst um die Kontrollkabine, den Daumen eingehakt in seine Lederkoppel, während seines Quakens am Angesprochenen fortwährend schräg nach oben vorbeiblickend:

»Wos isn do drinne?«

Ich hob unsere Reisetaschen von der Kiste, öffnete den Deckel der Truhe und sagte: »Versteinerungen.«

Sie war randvoll gefüllt mit Ammoniten, versteinerten Fischen und anderen Fossilien. Obenauf lag eine topografische Karte vom Gebiet der Solnhofener Steinbrüche, der wir starke Gebrauchsspuren beigebracht hatten, und ein kleiner Gesteinshammer – daneben ein paar Ansichtskarten aus der Gegend und solche des Archaeopteryx.

»Wos issn dos?«, sagte er in nur leichter Abwandlung zu seiner vorherigen Frage.

»Versteinerungen!«

Er versuchte mit der Hand darin herumzurühren, aber die Steine hingen schwer aneinander.

»Wir studieren das. Paläontologie. In Berlin.«

»Nu!«, sagte er, nachdem er noch halbherzig versucht hatte, an der Kiste zu heben: »Weiterfohren!«

Dann waren wir durch. Dass die Schicht der Versteinerungen nicht einmal zwanzig Zentimeter tief war, konnte er nicht ahnen.

Mit achtzig Stundenkilometern rumpelten wir über zwanzig Dutzend Schlaglöcher pro Kilometer auf der sogenannten Transitautobahn hinunter nach Schleiz und hinauf nach Greiz, damals wahrscheinlich noch Ausfahrt Dittersdorf. Durch den Thüringer Wald und vom Erzgebirge herüber huschten rußige Köhler und dünne Glasbläser, die in den nur für DDR-Bürger reservierten Ausfahrten, die nie anders als in einem schwarzen Loch mitten im Wald endeten, den Ausfahrenden auflauerten. Sie zerrten die Piloten der Trabants aus ihren Autos, verwünschten sie und bemannten ihre Knatterfahrzeuge mit neuen sozialistischen Piloten, die ihre Fahrt auf der Transitstrecke, beide Hände nebeneinander oben auf dem Lenkrad und ohne Blick nach links oder rechts, fortsetzen mussten. Die DDR war eine Brutstätte giftiger Luft und erstickender Krankheiten. Sie war so grau und freudlos inmitten von allem Steckengebliebenen und an Ort und Stelle Verpesteten, dass es immer wieder zu spontanen Explosionen kam, weil das Graue sich so sehr verdichtete, dass ein Funke genügte. Die Sümpfe der Maremmen, die den römischen Feldzügen nach Norden sich als ein solch gewaltiges Hindernis in den Weg legten, waren nichts gegen das Gebiet der DDR, über dem die Miasmen der Zwergenwelt alles dahinrafften, was sich nicht klein machte. Deswegen sah man dort auch immer wieder Künstler und Intellektuelle wie tote Vögel vom Himmel fallen.

Am Kontrollpunkt Dreilinden wiederholte sich die Prozedur der Schikane und die schönen kleinen dunkelblauen Opel Kadetts, die pfefferminzgrünen Ford Taunus 17 M, Badewannen genannt, und natürlich die ganze bunte Welt der VW Käfer, machte es in unzähligen kleinen Stop-and-gos endlich bis zum Schlagbaum. Auch hier hatten wir Glück.

Ein VoPo sagte: »Fahrn Se mal links ran«, als wie aus dem Nichts auftauchend ein Offizier an den Polizisten herantrat, ihn am Arm auf die Seite nahm und zu ihm sagte: »Ich brauche Sie hier mal kurz«, während er uns durchwinkte.

In Berlin brachten wir die Kiste sofort nach Kreuzberg in einen Keller ganz in der Nähe der Eisenbahnstraße. Unter einer Sperrholzplatte, die zwei Hände tief mit Fossilien belegt war, lag eine Panzerfaust RPG-7. Sowjetisches Fabrikat. In einem abgeklemmten Heizungsrohr deponierten wir eine Nachricht, damit war unser Auftrag erfüllt. Durch diese Operation wusste ich später überhaupt, wo dieser Keller war und wie man an den Schlüssel herankam. Allerdings war ich ja nun nicht der Einzige, der das wusste.

Seit dieser Aktion hatte ich Bräuninger nicht mehr gesehen. Er war damals auf der Stelle nach Frankfurt zurückgefahren. Die Wohnung in der Berger Straße, zu der jener andere Keller gehörte, aus der wir die Kiste geholt hatten, wurde kurze Zeit später aufgegeben.

Bräuninger war, wie ich erfahren hatte, wenig später ausgestiegen. Seine Mutter, Jolande Bräuninger, die die Laune einer ganz gewöhnlichen Grippe hinweggefegt hatte und in deren Scheide hinfort der abgebrochene Zapfen des Vaters sich nicht mehr bilden konnte, entließ ihn aus ihrem Bann und hinterließ ihm eine kleine, in Wirklichkeit gar nicht so kleine Erbschaft. Nachdem er sich aus diesem Fiebertraum aufgerappelt hatte, sprang er, wie so viele, ohne sich dessen recht bewusst zu sein, auf den Zug in die entgegengesetzte Richtung. Zwei Jahre später bekam er diese wichtige Lektorenstelle. Er wurde ein fanatischer Arbeiter, entwickelte autoritäre Neigungen und bekam etwas Geckenhaftes. Die Drückertiere in seinem Innern schrumpften, und schließlich erinnerten an sie nur noch die peristaltischen Beschwerden seines zwölf Meter langen, aber sauber aufgewickelten Darms, der zusammen mit dem nervösen Magen für seine ungesunde Gesichtsfarbe verantwortlich war.

Ich wartete auf ihn am unteren Ende der Colbestraße im Wagen.

Der kosmetische Geruch, den er absonderte, und ich meine damit nicht das Eau de Toilette, das der kräftigen Zimtnote nach ein Lagerfeld-Erzeugnis gewesen sein könnte, war ätzend. Er trug ein in einem lebhaften Brombeerton gehaltenes, von Brust und Schultern aber recht kraftlos gehaltenes Zileri-Sakko und lächelte abweisend.

»Gern mach ich das nicht«, sagte er sofort, als er einstieg. »Ich bin längst raus aus der Sache.«

Seine Stimme war so seifig und beschissen sanft gebläht, als läge sie schon ein halbes Jahrhundert angesäuselt in der Marinade des Kulturbetriebs. Wir fuhren am Bahnhof Warschauer Straße vorbei nach Kreuzberg und parkten den Wagen am Mariannenplatz. Dann liefen wir das ganze Viertel planmäßig bis zum Schlesischen Tor ab. Wrangel-, Manteuffel-, Eisenbahn-, Zeughofstraße, alles kreuz und quer. Nur vier Jahre nach der Wende geschah das. Der Boden dort glühte noch – aber er wurde schon kühler. Wir erkannten noch alle Ruinen. Wir rochen noch die Lunten. Aber den Keller konnten wir nicht mehr finden.

Prolog zum Vorstoß auf Mitte

Pünktlich mit dem 1. April begann der April und hörte fast den ganzen April über nicht mehr damit auf, den April zu spielen. Den infernalischen Düsternissen vor den Hagelschauern, die von einem harten, schwärzlichen Wind durch ständige und abrupte Umverteilung von Wolkenmassen erreicht wurden, folgte schlagartiger Sonnenschein, der sich, quasi ohne Aufwärmphase, sofort wieder der warmen Luft der letzten Märztage zu entsinnen schien. Danach setzte Regen ein, ein Regen, dem bereits nach zwanzig Minuten der Eindruck anhaftete, er fiele hier seit April 1945 und eine Änderung seines fortan ewigen Weiterbestehens stünde auch nicht in Aussicht. Schließlich fiel sogar, in Gestalt sublimierten Wassers, jener trostlose und armselige Aprilschnee, bei dem jeder Landschaft der Atem stockt und der das Tempo des ja bereits in das Frühjahr hinausrollenden Verkehrs so schleppend senkt, als würde unter dem Asphalt der Straßen eine Batterie schwach.

An einem solchen Tag im letzten Drittel des Aprils zogen wir los. Bilijana trug einen schweren Mantel mit Uniformknöpfen. Sie war mit dem Zug aus Küstrin gekommen. Wir hatten geplant, von Seelow aus auf Berlin zu marschieren. Es sollte die Rekonstruktion des sowjetischen Vorgangs vom April 1945 und seine Variante im April 1991 werden. Zum Glück hatte sich herausgestellt, dass wir noch immer verliebt waren. Kurz bevor sie nach Küstrin fuhr, ertappte sie mich, wie ich in ihrer Handtasche kramte. Die Eifersucht hatte inzwischen auch meine Persönlichkeit durchlöchert. Plötzlich stand sie im Zimmer und fragte:

»Was suchst du denn in meiner Handtasche?«

Geistesgegenwärtig muss ihr geantwortet haben: »Ich schaue bloß nach, ob wir noch verliebt sind.«

»Und, sind wir's noch?«, hatte sie gefragt.

»Absolut!«, sagte ich, »hier steht's doch«, und ich zog eine Kosmetikdose heraus, auf der tatsächlich *je t'aime* stand.

Das war Glück.

»Liebst du mich denn auch noch ein bisschen?«, fragte ich sie jetzt, als wir den Bahnhof in Seelow verließen, und Bilijana antwortete, indem sie meinen Tonfall nachahmte:

»Absolut!« Sie lachte und der Regen sprühte uns ins Gesicht. Sie nahm die Kosmetikdose aus ihrer Tasche und klopfte damit gegen meine Stirn und sagte: »Weißt du doch. Kannst ja lesen, oder!«

Am zweiten Tag erreichten wir Berlin, zu Fuß. Ich erinnere mich, dass wir bis tief in den Friedrichshain vollkommen ausgelassen waren, Straßenkämpfe nachstellten, in Hauseingänge flüchteten, Autos knackten, Zivilisten töteten, sexuelle Handlungen begingen. Das Gefühl von Geschmacklosigkeit erregte uns.

Bei Einbruch der Dämmerung waren an einer Straße die Häuser von den Schatten der Baumstämme gestreift wie Sträflingskleidung, die Fenster blutbespritzt von der untergehenden Sonne, die Gehsteige übersät mit Leichen. Ich packte Bilijana am Arm und schrie, los, wir müssen in den Keller. Es begann bereits dunkel zu werden, als wir in die Simon-Dach-Straße einbogen und an ihrem Ende nach rechts und dann nach links zum Bahnhof Warschauer Straße hinunterhasteten. Ein paar Minuten später waren wir in Kreuzberg.

Abermals ein paar Minuten später standen wir vor dem Keller, den ich mit Bräuninger nicht mehr gefunden hatte. Er befand sich am Ende der Muskauer Straße 30. Es war das einzige Stück Straße, das Böhringer und ich nicht abgelaufen waren, weil ich mir sicher gewesen war, dass der Keller nicht direkt gegenüber des Spitals Bethanien gelegen hatte. Oben am Schlesischen Tor hatte ich in einem türkischen Imbiss eine Flasche Villa Doluca gekauft.

Während ich mich gegen die Tür zum Keller lehnte, die in kleinerem Format noch mal das große Eingangsportal zitierte, und auf Bilijana einredete, löste ich mit einem Taschenmesser aus der Tür ein Stück Eisen, das in einen Spalt des Holzes so eingepasst und eingelassen war, dass es aussah, als gehörte es zur Zarge. Es war der Schlüssel für alle Fälle, eigentlich ein Dietrich.

Wir stiegen in den Keller. Hier gab es zwei Feldbetten, zerschlagene Stühle, ein altes Pearl-Schlagzeug, Holzkisten und jede Menge Fossilien ebenso wie die vom Lektor dieses Buches vermisste MP5 von Heckler & Koch. Ich setzte mich auf das Feldbett. Ich lehnte mich zurück. Dann vergewaltigte ich Bilijana.

Das heißt, sie wollte, dass es so aussehen sollte. Sie wollte, dass ich ihr wehtue. Ich fesselte ihre Handgelenke an die oberen Holme des Feldbetts, die Fußknöchel an die unteren, legte ihr eine Augenbinde an, zerriss ihr die Kleider, soweit das mit den Händen möglich war, oder schnitt sie auf, ließ heißes Kerzenwachs auf ihre Brüste tropfen und befriedigte sie anschließend mit dem hölzernen Griff einer Luftpumpe.

Danach schleppte ich sie in den Kofferraum eines grünen Audi, der, während wir unten waren, vor dem Keller abgestellt wurde. In einem Wald dicht hinter der Stadtgrenze von Berlin zerrte ich sie aus dem Kofferraum, sie kam im Gras zu liegen, und ich tötete sie durch einen Genickschuss. Es war die gleiche Makarow, die Büttner bei seinem Freitod begleitet hatte, ohne dass er sie dabei zum Einsatz gebracht hatte.

Als wir wieder zurück waren, erzählte ich ihr vom Keller in der Fabrik meines Großvaters mit seinem Schießstand. Ich erzählte ihr von einem Bruder meiner Mutter, der Rolf hieß und der bei der Waffen-SS war. Er wurde 1941 in das KZ Dachau abkommandiert. Als er, was er dort mitansehen musste, nicht ertrug, wurde er sofort an die Ostfront versetzt und fiel einen Tag nach seinem Eintreffen.

Anschließend erzählte ich ihr, wie ich als Vierjähriger in den Keller meiner Großmutter eingesperrt worden war. Dieser Keller war über eine steinerne Treppe nur von der Außenseite des Hauses erreichbar. Es gab zwei Schütten, eine für geheimnisvoll funkelnde Steinkohle und Briketts, eine für Kartoffeln, einen alten Schrank für Werkzeuge und ein großes Regal mit eingemachten Kirschen, Apfelmus, Marmeladen und einigen Flaschen fränkischen Obstschnapses.

Ich hatte mich hinter dem Schrank versteckt und die Großmutter verschloss nichtsahnend hinter sich die Tür, hörte mich, als ich das erste Mal rief, bereits nicht mehr und hielt dann in sitzender Stellung in der Ecke neben dem Herd ihr Nachmittagsschläfchen. Sie hatte angenommen, ich sei ins Haus meiner Eltern zurückgelaufen. Diese wiederum nahmen an, ich sei bei ihr, so dass man mich erst am frühen Abend vermisste.

Billy saß mit ihrer zerfetzten Bluse neben mir und hörte zu. Die Suche entfernte sich immer weiter vom Haus, erzählte ich weiter, der halbe Ort hatte sich bald an der Suche beteiligt, und meine Mutter war vollkommen in Panik geraten. Ich war wahrscheinlich, gelähmt vor Angst, nachdem es dunkel wurde, auf den leeren Kartoffelsäcken eingeschlafen. Erst am nächsten Morgen, als eine Gruppe aufgeregter Nachbarinnen vor dem Haus stand und redete, wurde ich gehört.

Dann erwachte ich. Auf dem Feldbett. Ich musste rauskriegen, was diese Keller in meinem Leben zu bedeuten hatten.

Vorstoß nach Mitte

Rund um Berlin ist das Land flach wie eine aufgehaltene Hand. Der Himmel sieht aus wie frisch gemäht, ganz kurz geschnittenes Blau, damit der riesige, farblose Raum darunter sich ungehindert ausbreiten kann. Die gelegentlich weiten Wiesen ziehen sich wenig aufregend dahin, fast scheint es, als fiele ihnen zu dieser Landschaft nichts ein. Würde man so etwas Wiesen zubilligen dürfen, könnte man meinen, sie besäßen die Gabe landschaftlicher Ironie, so wie sie das überzogene Constable'sche Himmelstheater parodistisch aufgreifen und mit einem Stich ins Giftgrüne zu belächeln scheinen. Bis in den April hinein bekennt diese Landschaft alles, was sie von Mai bis November in einigen Gegenden hinter ihrem Laub notdürftig zu verbergen versteht: ihre hartnäckige, abwechslungslose Weite. Gerade aus diesem Grund ist es auch eine Landschaft, die sich bestens eignet für Sturmschäden, für die zahllose auseinandergebrochene Weiden entlang der Flüsschen und Gräben in einer dramatischen Bildsprache Zeugnis ablegen; besonders aber die sehr hohen Schwarzpappeln, die vom Wetter oft vollkommen zersplittert in den Himmel ragen. Im Ganzen aber ist die Landschaft, trotz dieser dramatischen Attitüde, trostlos. Sie ist so trostlos, wie der Anblick eines sich langweilenden Kindes trostlos ist.

Möglicherweise ist die Mark Brandenburg sogar eine der langweiligsten Landschaften, die Deutschland aufzuweisen hat, und Fontane konnte gerade deshalb so viele wunderbare Beschreibungen an diese Gegend knüpfen, weil er sich durch nichts Besonderes an seinem langen Atem gehindert sah und weil die weite, anspruchslose Geduld dieser Gegend der Fantasie einfach keine Grenzen setzt.

Obwohl bis jetzt keine Indizien vorliegen, dass ich an diesem Ausflug beteiligt war, steht fest, dass sie beziehungsweise wir am 17. April (1991) über Hellersdorf aus Berlin hinausfuhren, um ein paar

Tage im Oderbruch zu verbringen. Vielleicht war es ja einfach nur ein verrückter Einfall, da rauszufahren. Oder das Bedürfnis, gemeinsam auszuspannen. Vielleicht war es aber auch dringend nötig, um die Nerven etwas zu beruhigen. Keine Ahnung.

Bei Obersdorf, im Osten der Märkischen Schweiz, beginnt die Oberfläche leicht mit Bodenwellen zu schaukeln – danach wird es sofort wieder tischeben. Dazwischen liegen öde Ortschaften, hingerissen von der Dürftigkeit ihrer vier, fünf grauen Häuser, zwischen denen der Dorfweiher gähnt. In die meisten dieser Orte marschiert eine schnurgerade Allee an einem Ende des Ortes ein, den sie am anderen Ende, kerzengerade in das flache Ackerland hinausfliehend, wieder verlässt, gerade so, als ob die Perspektive einen Ausweg böte aus der Fläche. Überall spürt man noch die Schreckstarre der sogenannten selbstbefreiten DDR. Das Oderbruch ist eine ebene Verbreiterung des mittleren Odertals im Osten der Mark Brandenburg.

Ich hatte den Ausflug auch vorgeschlagen, weil mich das Gebiet ornithologisch interessierte. Von Seelow aus nahmen wir einen Bus nach Lebus, zu dem die Ortsteile Schönfließ und Wüste Kunersdorf gehören, und gingen zur Oder hinunter. Wir wanderten einen Tag und übernachteten eine Nacht. Am zweiten Tag änderten wir den ursprünglichen Plan, Richtung Küstrin durch den Reitweiner Sporn und das Odervorland zu gehen, und entschlossen uns stattdessen für die kürzere Strecke entlang der Alten Oder und durch die Oderwiesen über Frankfurt. Helga Krugwald und Enno Trittin, die beide anfangs nur mit einiger Schwierigkeit zu diesem Ausflug zu überreden waren, hatten Informationen erhalten, dass nun beinahe täglich, trotz massenhaft vernichteter Akten, durch Personenaussagen Fahndungslücken sich schlössen oder bei der Durchforstung der Akten des zentralen Aufnahmeheims Röntgental immer mehr Falschidentitäten aufflögen. Helga Krugwald, die in Stuttgart das naturwissenschaftlich-neusprachliche Karls-Gymnasium besucht hatte und mir während ihres Studiums in Freiburg begegnet war, hatte noch kurz vor der Wende ihre Wohnung in Halle aufgeben müssen und war mit einer neuen Identität in Marzahn untergebracht worden.

Enno Trittin, trotz eines anderen Mannes, mit dem Helga offiziell zusammenlebte, ihr Lebenspartner, war in Neubrandenburg untergetaucht.

Jutta Meinecke, die ich oder die mich begleitete, war eine Bekannte aus dem Frankfurter Umfeld und aus jener Zeit, in der niemand wusste, wo man sich gerade aufhielt, am wenigsten wir selbst. Wir kannten zwar den Ort, zumindest seinen Namen, jedoch war es ein theoretischer Ort, ein Ort der Debatte und der Agitation. Für die meisten besaßen solche Orte damals keine echte Topografie, keine soziale Sphäre, sie waren hypothetisch. Ende der siebziger, Anfang der achtziger Jahre muss das gewesen sein.

In meinem offiziellen Leben hatte ich in dieser Zeit meine erste Einladung nach Princeton erhalten, hatte am Vorabend meines Vortrags dort in New York in der Bleecker Street Max Frisch kennengelernt, der mich damals aber leider nicht die Bohne interessierte, hatte für eine Woche eine mondäne Geliebte mit Apartment am Central Park West, die Mercedes hieß und eine der schönsten Frauen war, denen ich je begegnet war, und stieß natürlich immer wieder auf Misstrauen, wenn ich in diese versprengten Zellen zurückkehrte, die ebenso wie ich aufräumen wollten mit den Ungeheuern ihrer Eltern, wenn auch zugegebenermaßen oft mit unterschiedlichen Motiven, und die eine Radikalität an den Tag legten, die auch ich in mir spürte.

Wir hatten gerade in Erwägung gezogen, in der Pension Oderblick noch eine Nacht dranzuhängen, denn die drei im Unterschied zu Autenrieth der Natur vollkommen verständnislos gegenüberstehenden Freunde, vielleicht mit Ausnahme von Helga, die im Lehrerhaushalt der Großeltern ein bisschen Naturkunde mitbekommen hatte, waren, ohne dass sie es merkten, den seligen Einflüsterungen des Flusses, dem Vibrieren der Aprilluft und dieser kolossalen Eintracht des Frühlingsanbruchs erlegen. Auf allen Gesichtern lag zwar ein Ausdruck von Erschöpfung, aber auch von Erleichterung und sogar Ausgelassenheit. Dies änderte sich schlagartig, als Helga von einer Telefonzelle zurückkam. Wir hatten gerade den Stadtrand von Frankfurt/Oder erreicht, einer zerkrachten, komplett erbspüreefarbenen DDR-Ruine, etwa in der Güte von Halle, und es hatte eine ganze Weile gedauert, bis wir dieses, wie es schien, einzige Telefon gefunden hatten.

»Die Wohnung ist aufgeflogen«, sagte sie trocken, als sie zurückkam, »sieht so aus, als liefe bereits eine Fahndung.«

»Können die wissen, wo wir sind?«

»Theoretisch ja, ich hatte für Silke einen Zettel hinterlegt: Sind ein paar Tage im Oderbruch, wahrscheinlich Mittwoch zurück. Zettel bitte vernichten. Sie wollte ja mittags bereits zurück sein, ein paar Stunden also nachdem wir losfuhren. Die Bullen waren aber früher da. Sie ist sofort umgekehrt, als sie die Belagerung vor dem Haus sah. Will sich heute Abend nach Münster absetzen.«

»Na dann los«, sagte Lars, »wir müssen versuchen, Berlin zu erreichen, und von dort aus irgendwie in die Turmstraße kommen, die dürfte sicher sein.«

In einem scharfen Marsch kehrten wir um nach Seelow. Während wir auf den Seelower Höhen über das Oderbruch schauten und die Lage besprachen, ging Jutta auf den kleinen Wochenmarkt hinter der alten Seelower Dorfkirche und kaufte bei zwei Indern oder Pakistanis, die aus einem Kleinbus mit grünem Vordach Billigkleidung feilboten, ein paar Sachen, in denen wir von Jungeltern aus der ehemaligen LPG Freiheit oder dem VEB Plaste in Neubrandenburg nicht mehr zu unterscheiden waren.

»Nicht reden mit den Leuten beim Bezahlen, sonst prägen die sich dein Gesicht leichter ein«, hatte Lars ihr nachgerufen.

In den Abendstunden des 18. Aprils beschlossen wir, während mitten aus der Sonne heraus ein leichter Nieselregen einsetzte, uns aufzuteilen. Während ich mit Jutta versuchen wollte, über die alte Reichsstraße 1 nach Mitte vorzustoßen, um über den Friedrichshain nach Berlin hereinzukommen, sollten Helga und Lars über die 167 sich erst einmal Richtung Bernau halten und dann irgendwann auf die Prenzlauer Allee herunterschwenken oder notfalls auf die Greifswalder. Am Alex war ein Zwischentreffpunkt vereinbart, um zu besprechen, falls alle durchgekommen waren, wie die Wohnung in der

Turmstraße gecheckt werden konnte, bevor man dort eine Weile untertauchte. Mit Sicherheit würden die Bahnhöfe kontrolliert, und wir überlegten mit Hilfe der Karte, wo wahrscheinlich Straßensperren aufgestellt sein würden. Vermutlich auf der 158 über Werneuchen, auf jeden Fall auf der Straße über Straußberg und Hönow, natürlich auf der R 1, dann auf der Einfallstraße von Fürstenwalde über Erkner, eventuell noch unten über Zeesen oder Zossen, dies aber eher unwahrscheinlich. Da sie uns für ungewarnt halten mussten, war mit Polizeikontrollen erst unmittelbar oder kurz vor der Stadt zu rechnen und kaum mit Geländepatrouillen, mit Hunde- oder Hubschrauberstaffeln, denn diese hätten uns schon von weitem warnen können.

Zuerst verließen Helga und Lars Seelow Richtung Gusow auf der mit mächtigen märkischen Eichen bestandenen B 167. Sie erreichten den dortigen Bahnhof nach etwa einer Stunde Fußmarsch. Von dort nahmen sie den Zug Richtung Berlin bis Rehfelde und bewegten sich von da aus zu Fuß erst mal ein Stück Richtung Bernau. Der nach einem Nieselregen schwefelgrüne Himmel war plötzlich noch einmal aufgerissen und die tiefhängenden Wolken färbten sich rot wie der Boden während einer Schlacht.

Ich verließ mit Jutta die Stadt in westlicher Richtung und überredete einen Trabantfahrer, uns ein Stück mitzunehmen. Vor Lichtenow, kurz nach dem Roten Luch, stiegen wir aus, nachdem zwei Polizeifahrzeuge mit Blaulicht und ohne Horn in Gegenrichtung an uns vorbeigerast waren. Gerade noch rechtzeitig, denn vor Tasdorf gab es die erste Straßensperre. Scheinbar waren die beiden Streifenwagen eben vorbeigefahren, um ein Stück weiter draußen sich zu postieren, damit sie vor der Sperre umkehrende Autos abfangen konnten. Wir wichen sofort aus ins Gelände. Inzwischen war es Nacht. Polizeihubschrauber blubberten nun doch immer wieder am Himmel.

Ab und an scheuchten wir Vögel auf, die in einiger Höhe ein Licht einfingen, das von hier unten aus gar nicht auszumachen war. Das Pfeifen, das Wildenten beim Fliegen erzeugen, klang, wenn sie dicht über unsere Köpfe flogen, bedrohlich wie das Heulen von Granaten. Ein Stück weiter draußen kreisten immer wieder Suchscheinwerfer durch das Gehölz und Unterholz, vor dem die Straße offenbar im rechten Winkel abbog, und wir konnten den häufiger werdenden Lichtkegeln entnehmen, dass der Verkehr zugenommen hatte. Schließlich hörten wir auch die Hunde, allerdings ziemlich fern. Wir durchquerten eines dieser kleinen Flüsschen, welche die vielen zerstreuten, ebenfalls kleinen Seen versorgen oder verbinden, und kehrten erst auf der Höhe von Münchehofe beziehungsweise Dahlwitz-Hoppegarten auf die R 1 zurück, zur Sicherheit jedoch immer wieder auf kleinere Parallelstraßen ausweichend. Unsere Rucksäcke hatten wir im Elsengrund, der zum Dahlwitzer Forst gehören musste, unter einem Reisighaufen zurückgelassen.

Auf den dunkelsten Wegen zwischen Kaulsdorf und Mahlsdorf erreichten wir endlich die Stadt. In Friedrichsfelde, direkt an der Hauptstraße, fanden wir eine Eckkneipe, in der ich zwei Whisky trank, Jutta bestellte ein Bier. Die Bar war voller brüllender, kahlköpfiger, rundschädeliger Russen, alle in Adidas-Hosen, mit viehischen Mienen, die meisten in kurzen, weißen Unterhemden, mit glänzenden Augen vom Wodka, alle wohl von einer nahegelegenen, illegalen Baustelle.

Nach den ersten Ermittlungen zu diesem Abschnitt schien es später aufgetauchten Akten zufolge, dass ich, so ich es denn war, von einer Frau begleitet wurde, die angeblich Helgas Schwester war und in die ich '84 verliebt gewesen sein soll. Auf diese Weise hätten die Parallelen zwischen der Flucht von ein paar RAF-Leuten aus dem Märkisch-Oderland in eine konspirative Wohnung in der Turmstraße und dem Vorstoß der Roten Armee unter Georgi Konstantinowitsch Schukow und der 8. Gardearmee Wassili Iwanowitsch Tschuikows auf das Zentrum Berlins unauffällig synchronisiert werden können. Wozu das gut gewesen wäre, konnte mir niemand sagen, außer dass man mit dieser Information versucht gewesen sein konnte, eine weitere Einstein-Rosen-Brücke zwischen meinen beiden Lebensuniversen zu bauen.

Zwei der Männer, der Russe Boris Alexandrowitsch Tschinarjan und sein Freund Alexej Krasotkin, luden uns vom Tresen weg in ihre

Wohnung zum Weitertrinken ein. Wir nahmen das Angebot an, um unsere arg an Flucht erinnernden Klamotten, vor allem die bis zum Knie hinauf mit Morast verschmierten Hosen und unsere Schuhe, etwas in Ordnung zu bringen.

Während ich in ihrem schmuddeligen Bad mich, so gut es ging, säuberte, waren die beiden bereits dabei, Jutta, die allerdings doch nicht Helgas Schwester war, wie sich später herausstellte, zu vergewaltigen, wodurch weitere Parallelen zwischen dem Mongolensturm, den Vergewaltigern der Roten Armee und den Strategien der Rote-Armee-Fraktion provoziert und möglicherweise gefälscht oder manipuliert werden konnten.

Während ich also in einem Loch von Bad stand und versuchte, die Hosenbeine und Schuhe sauber zu kriegen, waren die beiden bereits dabei, Jutta, die zwischen ihnen auf diesem altertümlichen Couchmöbel strampelte, weil sie an Händen und Füßen festgehalten wurde und unter dem Gelächter und den Schnapsfahnen der Russen fast erstickte, die Kleidung herunterzureißen. Der eine Russe schob ihr immer wieder die Hand zwischen die Beine, so wie man ein Tier packt, das man festhält, um es zu schlachten. Die Sache sah ziemlich schlecht aus, denn die beiden waren sowohl kräftig als auch sichtlich entschlossen, das Ding durchzuziehen, und durch den Alkohol vollkommen unberechenbar.

Ich entschloss mich zu einer List. Wie durch ein Wunder sprach Tschinarjan etwas Englisch. Auf jede deutsche Frage brüllte er zwar: »Verstejhn! Ich Verstejhn!«, aber man merkte schnell und sah deutlich, dass er absolut kein Wort kapierte.

Ich erklärte ihm, dass wir jemand umgelegt hatten: »We killed somebody!«, und dass die Polizei hinter uns her wäre. Er lachte wie ein Verrückter. Dann musterte er mich geringschätzig von oben bis unten. Dann lachte er wieder wie ein Verrückter. Ich zeigte auf unsere Hosenbeine und machte mit Zeige- und Mittelfinger auf der Tischplatte das Zeichen fliehender Beine. Er lachte weiter und sprach immerfort mit Krasotkin, während er auf mich deutete und Jutta am Handgelenk umklammert hielt. Er knallte ein volles Wodkaglas vor mich hin. Als ich ihm sagte: »Many, many police cars«, und mit erhobenem Finger kreisend das Blaulicht andeutete und dann auf die Straße zeigte, verstummte er plötzlich. Sie mussten über die letzten Stunden etwas von den ausfahrenden Polizeiautos bemerkt haben, denn die Kneipe lag direkt an der Ausfallstraße und die Tür stand offen.

Noch einmal wies ich auf unsere morastverschmierten Hosen und Beine. Ich holte meine Karte, die ich dem Rucksack vor dem Zurücklassen entnommen hatte, aus der Jackentasche und deutete auf den Osten von Berlin. Während ich mit dem Finger auf der R 1 stadtauswärts fuhr, sagte ich: »Police, Polizei, shiskojetnow.« Ich schrieb mit Großbuchstaben auf die Karte: *MAKAROW*. Dann machte ich mit dem Finger eine Schussbewegung und sagte: »Politik!« Danach fuhr ich mit dem Finger neben der Straße in Richtung Berlin und deutete auf mich und Jutta.

Plötzlich hatte er kapiert, nachdem Krasotkin, der uns gar nicht mehr beachtete, auf ihn einredete und ihn mit Beobachtungen von Polizeikolonnen zu bestätigen schien. Genau in diesem Moment fuhren erneut zwei Polizeifahrzeuge mit Blaulicht und ohne Sirene stadtauswärts. Wir sahen ihre Lichter über die Zimmerdecke der Wohnung wirbeln, die sich der Eckkneipe gegenüber im ersten Stock befand. Ich hatte mich nicht verkalkuliert. Sie arbeiteten hier illegal und jede noch so unwahrscheinliche Möglichkeit, mit der Polizei in Berührung zu kommen, brachte sie völlig in Panik. Tschinarjan stand auf und brachte uns zur Tür. Auch von ihm wurde Jutta jetzt überhaupt nicht mehr beachtet. An der Tür klopfte er mir kurz mit der Hand auf die Schulter. Er stank nach Alkohol, aber ich begriff, dass es aufmunternd und sogar mit einer gewissen Bewunderung gemeint war.

Ab Friedrichshain blieben wir dann bis Alexanderplatz auf der Frankfurter Allee. An der Kreuzung zur Warschauer Straße, kaum dass sich unsere Nerven etwas beruhigt hatten, hielt plötzlich ein Streifenwagen direkt neben uns. Nur der Fahrradweg lag dazwischen. Ich spürte, wie Jutta erstarrte und ihre Handtasche auf den Bauch zog. Darin war ihre Waffe, eine durchgeladene SIG Sauer. Ich hatte ihren Arm genommen und drückte ihn leicht. Die Bullen schauten in unsere Richtung, während ich, direkt an ihnen vorbeiblickend oder sogar durch sie hindurchschauend, mit ausgestrecktem Arm auf die andere Straßenseite deutete. Zum Glück folgte Jutta diesem Blick.

Unsere Kostümierung bewährte sich. Die Polizisten hatten, was uns in der Aufregung entgangen war, nur vor einer roten Ampel angehalten, die sich zufällig direkt auf unserer Höhe befand. Sie beachteten uns nicht und fuhren weiter.

Am Alex, im Dreieck zwischen dem Brunnen der Völkerfreundschaft, dem Berolinahaus und der Weltzeituhr, gab es eine öffentliche Toilette und vor dieser eine kleine Grünfläche, die mit braunen Hohlbetonsteinen eingefasst war. Hier gab es den toten Briefkasten, durch den wir verabredet hatten, einander eine Nachricht zukommen zu lassen. Wir setzten uns auf das Mäuerchen, um unsere Nachricht zu deponieren. Als ich in den Stein griff, der an der linken Seite eine kleine Kammer aufwies, stellte ich fest, dass bereits ein Papier in diesem Spalt steckte. Helga und Enno waren also vor uns angekommen. Auf dem Zettel stand lediglich *Biermünze*.

Ich wusste, was gemeint war, die Bierstube Alt Berlin an der Münzstraße kurz vor der U-Bahn Weinmeisterstraße. Genau dort fanden wir sie auch. Wir besprachen, wie die Wohnung zu checken wäre. Helga und Enno sollten mit dem Bus in die Turmstraße fahren, sich dort trennen und die umliegenden Straßen abgehen, um nach verdächtigen Fahrzeugen Ausschau zu halten. Wir gingen an eine Telefonzelle und bestellten bei einem Pizzaservice zweimal Pizza Quattro Stagioni und eine Flasche Bardolino in die Wohnung. Aus einer Pilsbar schräg gegenüber, von der man sogar einen Blick auf die Wohnungsfenster hatte, beobachteten wir das Haus. Etwa eine halbe Stunde später kam der Pizzabote, er läutete, wartete, läutete und wartete, fast zehn Minuten hielt er das durch, bis er wieder abfuhr. Eine Stunde später betraten wir einzeln, einer nach dem anderen, die Wohnung. Wir hatten es geschafft.

Meine eigene Vergangenheit rückte mir immer näher. Aber war es denn meine eigene Vergangenheit?

Die perfekte Herzenskälte

Widerspricht es sich nicht, dass sich einerseits nie etwas ändert und andererseits alles immer schlimmer wird? Es änderte sich tatsächlich lange Zeit nichts und andererseits wurde alles immer schlimmer. Was sich nicht änderte, war die Tatsache, dass Bilijana verschwunden war, und was immer schlimmer wurde, waren die Verdachtsmomente, die in meinen Augen auch mich immer mehr zu belasten schienen. Je länger ich über uns nachdachte, umso klarer wurde mir, dass ich längst damit gerechnet hatte, sie würde eines Tages verschwunden sein. Die Frage war nur, war sie verschwunden, weil sie tot war, oder weil sie verhindern wollte, dass sie dies in Kürze sein würde. Und wenn sie tot war, war sie tot, weil sie sterben wollte oder weil sie sterben musste? Wenn sie sterben musste, wen würden die Umstände, nach allem, was wir wissen oder in Erfahrung bringen können, am stärksten belasten? Griebenow, ihren Mann? Mich, ihren Geliebten? Einen Killer aus der Szene? Einen Mann vom Geheimdienst? Oder die bisher nicht in Betracht gezogene Person X? Griebenow hätte, so viel stand fest, nie aus einem so unbesonderen Motiv wie Eifersucht gehandelt.

Bereits vor längerer Zeit hatte ich erfahren, dass er schon kurz vor seiner Operation aus Pullach einen Hinweis auf Bilijanas Beziehung zu mir sowie auf ihr zunehmendes Alkoholproblem erhalten hatte. Griebenow fügte das, was er an Details während dieses Gesprächs erfuhr, eigenen Beobachtungen hinzu und überhörte, wie kolportiert wurde, den Tenor der Unterredung, nämlich eine Trennung von Bilijana in Erwägung zu ziehen. Über mich erfuhr er, dass etwa seit Mitte der siebziger Jahre dem BND Hinweise auf Kontakte zu illegalen Personen und dem Sympathisanten-Umfeld der RAF vorlagen. Seit 1978 wurden auch Kontakte zur Stasi vermutet, die sich jetzt mehr und mehr bestätigen würden. Trotz zahlreicher Querverbindungen wäre mir bis jetzt aber keine Beteiligung an einer illegalen Aktion nachzuweisen gewesen. Auffällig ist, dass sich zwischen '83 und dem Fall der Mauer, wie er nebenbei erfuhr, so gut wie keine Hinweise auf politische Aktionen mehr fänden, obwohl die zahllosen Auslandsreisen, auch in arabische Länder, sich weder zweifelsfrei als Urlaub noch berufsbedingt erklären ließen.

Griebenow zeigte an meiner Person aber keinerlei Interesse. Er beendete das Gespräch als Gentleman, ohne sich zu Bilijana oder mir zu äußern. Mit dem Bekanntwerden einiger Akteneinträge aus Bilijanas Berichten für den KGB und den bulgarischen Geheimdienst trat jedoch eine Kränkung in den Raum, die sein preußisches Ehrgefühl ziemlich ankratzte. Den Namen Griebenow, so fand er nun heraus, hatte es in Bilijanas Wortschatz bereits gegeben, bevor sie einander begegnet waren. Ab da musste er zumindest in Erwägung ziehen, dass Berechnung, die er sich nur als perfekte Herzenskälte erklären konnte, Bilijana in sein Haus gebracht haben könnte. Möglicherweise hatte im Hotel Shipka, auf dem Empfang von Staatschef Schiwkow, nicht er sie, sondern sie ihn herausgefischt. Der unerschütterliche Glaube an ihre ganz besondere und einzigartige Liebe bekam seine ersten Risse.

Die Erinnerungen an Sofia rückten damit alternativ zum bisherigen Glanz auch in ein kaltes und diffuses Licht. Einerseits behielt er zwar den kühlen Kopf, Kontakte mit der Staatssicherheit keineswegs überzubewerten, der gesamte Osten war schließlich völlig durchsetzt gewesen von ihrer Allgegenwart, andererseits desavouierten einige Hinweise sein aus einem strikten Pflichtverständnis resultierendes Ehrgefühl, das durchaus Raum ließ für Operationen im Intelligence-Bereich, wenn sie kultureller Verpflichtung entsprangen oder zumindest der Kontrolle disziplinierten Denkens und Handelns unterworfen waren. Bei Bilijana indes, je mehr ihm aus Akten bekannt wurde, zeigte sich unter einer hauchdünnen Kruste von Professionalität nur Chaos, das wie mit tausend Adern von wirren Leidenschaften durchzogen war.

Inzwischen war er General der Bundeswehr, Brigadegeneral, ein bevorzugter Referent des Verteidigungsministers und Verhandlungsberater auf höchster politischer Ebene, und wie alle Griebenows wollte er auf seinem Namen keine Schande. Der Fall Petra Kelly und Gert Bastian, mit dem er gut bekannt war, stand ihm, was die verhasste Skandalpresse anging, noch deutlich vor Augen. Er sah vielleicht eine Vielzahl möglicher Enthüllungen auf sich zukommen, Enthüllungen, die nicht nur dem verzwickten Gebäude seiner Gefühle Schaden antun konnten, sondern seiner Person insgesamt. Auch seine geschiedene Ehefrau, Marianne von Trix, mit der er eine Tochter hatte, könnte in die Sache hineingezogen werden. Und Bilijana hatte möglicherweise zu diesem Zeitpunkt bereits keine Möglichkeit mehr, Griebenows Zweifel an ihrer Liebe und ihrer Person zu zerstreuen. Ich habe auch nie erfahren, ob sie das versucht hat.

Was meine eigene Lage anging, so verschärfte sich die dramatisch, nachdem ich mit Dokumenten konfrontiert wurde, die einigermaßen überzeugend belegen konnten, dass die Zeit als Glasmann nachweislich nicht von mir unter dieser Adresse nahe dem Steglitzer Kreisel verbracht worden war, sondern möglicherweise von einem über Jahre hinweg sorgfältig aufgebauten Doppelgänger. Dies ließ direkt vor meinen Augen eine weitere Lücke in meinem Leben entstehen, die mich nun wirklich mit blankem Entsetzen zu erfüllen begann. Der See der Erinnerungslosigkeit, für den das Wort Amnesie nun immer häufiger fiel, wurde immer größer. Wo war ich? Wo zum Teufel war ich, wenn ich nicht dort war, wo mir all diese Dinge schließlich passiert sind, denn wie sollte ich sonst von ihnen wissen? Kann es sein, dass es sich bei mir wirklich um eine ihrer Persönlichkeit beraubte Person handelt? Wenn es sich bei mir um eine zeitweise ihrer Persönlichkeit beraubte Person handelt, um einen Fall von Heautoskopie, bei der es zu einer Wahrnehmung des eigenen Lebens außerhalb der eigenen Person kommt, wie konnte dann mein Doppelgänger, der ja nur Schatten und Abklatsch von mir sein konnte, mir nun immer mehr als dieser Tatmensch vor Augen gestellt werden? Wieso musste, nachdem ihr Tod nun zu immer peinlicheren Fragen führte, Bilijana überhaupt zwischen uns ausgespielt werden? Der große Marionettenspieler, wer immer es war, hätte es doch wenigstens einrichten können, dass nur mir von Bilijana gewährt wurde, was dem anderen, ohne dass er dies auch nur vermisst hätte, hätte versagt bleiben können. Schließlich hatte ja ich mich in Bilijana verliebt, mit all den Katastrophen, die das nach sich zog, während meinem Doppelgänger immerhin, wie es nun den Anschein hat, immer wieder die Genugtuung zuteilwurde, die politische Aktion alleine bestritten zu haben. Sollte es sich bei diesem Doppelgänger etwa um »den Jungen, von dem ich dir doch erzählt hatte«, handeln? Diesmal war es ein wirklich grausamer Stich, der mich durchfuhr. Ich hatte natürlich ein Motiv. Das schlüssigste Motiv überhaupt. Eifersucht. Auch wenn es auf dem Wahn gründete, eifersüchtig zu sein auf jemand, der ich bis dato glaubte, selbst zu sein.

Bilijana Stojanow wurde erst Wochen nach ihrem Tod in einem Keller am Ende der Muskauer Straße nahe dem Mariannenplatz gefunden. Sie roch schon ziemlich schlecht. Es handelte sich um einen ehemaligen Luftschutzkeller, der 1976 von Studenten aus Frankfurt als Musikübungsraum angemietet worden war. Die Miete von 90 DM, die sich über die Jahre nie erhöht hatte, war regelmäßig von einem Konto abgebucht worden, dessen Inhaber nicht bekannt war.

Bilijana wurde in einer hockenden Stellung aufgefunden. Man nennt dies eine atypische Stellung, die allerdings in der Kriminalstatistik häufiger vorkommt als die typische. Der Strick war am Eisenhaken vor einem Entlüftungsschacht befestigt. Die Strangmarke war bräunlich grau und relativ breit. Auch gab es Kammblutungen, die sich aus der nur einfach um den Hals gelegten Schlinge nicht auf Anhieb erklären ließen.

Die meisten der als Selbstmord getarnten Verbrechen werden durch Erhängen verübt. Verschiedene Hinweise ergaben aber ziemlich schnell, dass es sich mit großer Wahrscheinlichkeit um kein Erdrosseln zu Lebzeiten gehandelt haben konnte. Erstens fanden sich Würgemale und Hautunterblutungen außerhalb der Strangmarke, zweitens gab es keine Spuren von Speichelausfluss, und die Untersuchung der Handflächen, an denen wegen eines im Allgemeinen üblichen Schweißausbruchs unmittelbar vor dem Erhängen meist kleinste Fasern des Strangwerkzeugs hängen bleiben, besonders bei einem wie hier verwendeten Hanfseil, zeigte keine solchen Spuren.

Griebenow schied, wie wir wissen, als Verdächtiger für direkte und brutale Gewaltanwendung aus. Seine militärische Laufbahn, die eine lange Offizierstradition der Familie fortsetzte, beruhte weniger auf einem aggressiven Komplex, sondern tendierte eher Richtung Pflichterfüllung und Ehrenkodex. Als äußerstes Hirngespinst hätte man sich ausmalen können, dass er eine Hinrichtung geduldet hätte, als letztes Mittel, gravierenden persönlichen oder politischen Schaden abzuwenden. Mit sich im Kampfe wie Friedrich bei der Hinrichtung des Freiherrn von der Trenck.

Bei mir war das etwas ganz anderes. Über mich fanden sich immer wieder Hinweise auf starke Affektgesteuertheit und Gewaltbereitschaft. Merkwürdigerweise sogar in den Aufzeichnungen von Henriette Vogl, von denen ein mich allerdings wenig belastender Teil nach der Wende in die Hände westlicher Ermittler geriet. Erst jetzt erfuhr ich, dass ich sie damals in der Wrangelstraße nicht wiederfinden konnte, weil sie zwei Tage nach unserer Begegnung an einer »Geldkiste« beteiligt war, einem Banküberfall also, der misslang, weil ein Parkwächter misstrauisch geworden war. Tatort war Gelsenkirchen, und sie sollte eines der beiden Fluchtautos fahren, einen roten Audi 50. Sie wurde als Einzige geschnappt und hatte keine Waffe. Das half ihr. Nach dem Knast setzte sie sich ab in die DDR. 1986, als sie mit falschem Namen zu einem Besuch im Westen war, ist sie bei dem Versuch, mit einer leichten Suzuki eine Polizeisperre zu durchbrechen, erschossen worden. Bernd Schenk fuhr sofort in ihre Wohnung, nachdem er aus den Nachrichten von dem Unglück und der Enttarnung erfahren hatte, und nahm alles an sich, was belastend für irgendjemand sein konnte. Vieles hat er, wie er später bekannte, sofort verschwinden lassen. Einen Teil der Tagebücher hat er mir kurz vor seiner Festnahme vor wenigen Monaten noch in die Hände gespielt. Bei der Lektüre von Henriettes Aufzeichnungen stellte sich heraus, dass sie entschieden mehr über mich wusste, als die Cumäische Sibylle ihr verraten haben konnte.

Die Akte

Es war ein Stück gewöhnliches Schreibmaschinenpapier, auf dem das Durchschlagpapier wohl durch Verschmutzungen auf der Rolle der Maschine längliche Schlieren hinterlassen hatte, die aussahen, als ob das Dokument zwei dünne, über das ganze Blatt gehende Risse hätte. Oben rechts gab es einen kleinen Kasten, in dem *BStU* stand und darunter die Nummer *000947*.

Oben links stand: *HA VIII, Kenntnis HA XXII*

Weiter unten, unterstrichen: *streng geheim*.

Dann folgte, gesperrt gedruckt: *B E R I C H T*.

Darin hieß es:

Am 16.5.1982 wurde durch das KfS der UdSSR bekannt, daß den gegnerischen Sicherheitsorganen ein anonymer Hinweis vorliegt, wonach der IM(S) Peter Maria Rainer mit Duldung des MfS für die RAF eine getarnte Kiste mit einer Panzerfaust von Frankfurt nach Berlin durch das Gebiet der DDR bringen konnte. Peter Maria Rainer wird seit Januar 1981 durch den Führungsoffizier Jan Becker betreut. Den gegnerischen Sicherheitsorganen sei außerdem bekannt, daß besagter IM am 3.5.1979 mit der Terroristin Regine van Meeren in der Nürnberger Kinokneipe Meisengeige zusammengetroffen war. Die Frau fuhr nach diesem Treffen und einem kurzen Abstecher in die Nürnberger Irrerstraße 11 weiter in eine konspirative Wohnung in der Stephanstraße 40 und wurde dort bei ihrer versuchten Festnahme durch eine Polizeikugel tödlich verletzt.
Um die Erarbeitung von Beweisen durch den Gegner zu verhindern und Schaden für den Ruf der DDR abzuwenden, wird angeordnet, alle Möglichkeiten einer gezielten Desorientierung zu prüfen, Alibis aufzubauen und die Akten über die Ausbildung im Forsthaus an der Flut neu zu verschlüsseln.

Weiterhin wird dringend anempfohlen, dem IM Peter Maria Rainer eine neue Identität zu verschaffen und ein zeitweiliges Verschwinden aus der Öffentlichkeit zu unterstützen.

Darunter stand: *BStU, ZA, HA VIII* und so weiter.

Mord

Es gibt also unübersehbare Hinweise darauf, dass ein Mord nicht mehr auszuschließen ist. Ob ich als Mörder in Betracht komme, kann ich diesen Hinweisen nicht mit Sicherheit entnehmen. Ich weiß nur, dass alle Indizien, die in Bilijanas Tod zusammenlaufen wie die Speichen eines Regenschirms in jener schwarzen Knospe aus Holz, die auf seiner Spitze steckt, die einen eher entlasten, andere dagegen mehr ins Zentrum des Verdachts rücken. Die Hinweise, die mich betreffen, kenne ich und »verbessere sie im Sinne der Hoffnung«, wie Lautréamont das einmal ausgedrückt hat. Im Sinne der Hoffnung heißt, nicht recht zu behalten mit dem, was ich in meinem Kopf und meinen Erinnerungen an Indizien gegen mich zusammentrage. Schließlich gibt es ja keinen Kläger, und ich könnte unauffällig zur Routine eines Lebens ohne Bilijana zurückkehren. Da niemand da ist, der die Verdachtsmomente gegen mich vorträgt, der gegen mich aussagt, ermittelt oder mich verhört, bin ich in erster Linie auf Selbstvorwürfe und auf rücksichtslose Seelenanalyse angewiesen.

Einer dieser Selbstvorwürfe gründet sich darauf, dass ich mich erinnere, in einer schwierigen Situation, im Winter '93, als Bilijanas Zustand ziemlich bedenklich war und zunehmend ihre Verwicklungen mit dem KGB aufflogen, eine mich schwer belastende Bemerkung gemacht zu haben. Wir wurden über einen Kontaktmann, der an der Sichtung der immer weiter anwachsenden Stasi-Akten beteiligt war, auf dem Laufenden gehalten, und ich muss wohl, im Hinblick auf Bilijana, und darin Stalins Worten folgend, irgendwann gesagt haben: »Kein Mensch, kein Problem!« Bilijana war, wie die meisten Mädchen ihres Alters, bei der Tschawdartsche, den bulgarischen Jungpionieren. Erst trug sie das blaue, ab der dritten Klasse dann das rote Halstuch. Jenes Rot, welches das gegen den Faschismus vergossene Blut symbolisieren sollte. Bereits damals war sie durch ihren Vater mit der politischen Kaste in der Sowjetunion, genauer gesagt in Moskau, und dann natürlich auch mit der Bulgariens in Berührung gekommen. Nachdem später den Geheimdiensten beider Staaten ihre Beziehung zu Griebenow bekannt wurde, muss es gelungen sein, sie zu instrumentalisieren. Sie scheint, trotz ihrer Liebe zu Griebenow, die sexuell später dann keine Erfüllung mehr fand, aber weiterhin stark und verlässlich blieb, diesen Schritt getan und nie rückgängig gemacht zu haben. Griebenow, der als Resident des Bundesnachrichtendienstes galt, hat überlegen jenseits ihres Zugriffs und damit auch dem ihrer Auftraggeber operiert. Immer wieder hatten sich beide ironisch als die »Spione des anderen Lagers« bezeichnet und sozusagen im Spaß auf höchst delikate Weise Möglichkeiten und Grenzen von notwendigen, aber privat beherrschbaren Geheimnissen markiert. Sie signalisierten sich Vertrauen, ohne den Gegenstand des Vertrauens genauer zu bestimmen. Bilijana bewies einen sicheren Instinkt, bis zu welchem Grad ihre Informationen gerade noch interessant genug waren für ihre Auftraggeber, ohne Schaden in ihrer unmittelbaren Umgebung oder in Griebenows Ressort anzurichten. Nach ihrem Tod konnte klar festgestellt werden, dass sie ein kleiner Fisch war. Eine Mini-Agentin, eine Informantin mit unkalkulierbaren Widersprüchen und unberechenbaren Moves! Was Griebenow betraf, so arbeitete er vollkommen korrekt und verantwortungsvoll in seinem Arbeitsgebiet, einschließlich seiner Aufgaben im Intelligence-Bereich, so dass später seiner Karriere in der Bundeswehr auch von keiner Seite Steine in den Weg gelegt wurden.

Es hatte den Anschein, dass beide ihre Gemeinsamkeit schützten, indem jeder ein bisschen die böse Rolle spielte in der stillen Überzeugung, die gute Sache zu meinen. Trotzdem legen einige der neu aufgetauchten Akten, wie vorhin bereits erwähnt wurde, die Vermutung nahe, Bilijana könnte auch als Julia-Agentin gedacht gewesen sein. Nicht nur in Griebenows Fall, sondern, was mich natürlich viel schwerer traf, auch in meinem. Dies ließe nun eine Konstruktion zumindest denkbar erscheinen, dass sie absichtlich und durchschaubar als kleiner Fisch vorgeführt wurde, mit diesen auffällig auffälligen Mängeln an Professionalität und diesen Lappalien, die sie zu Protokoll gab, um sie für ihre eigentliche Aufgabe besser zu schützen.

Für mich bedeutete das, da Bilijana ja für lange Zeit die Verkörperung eines sehr, sehr heißen Abschnitts meines Lebens war, einen weiteren Verlust meiner Glaubwürdigkeit, meiner Selbstglaubwürdigkeit, wenn nicht eines Teils meiner vernünftig belegbaren Existenz überhaupt. Es gelang mir nur noch äußerst schwer, mich zu orten. Die Widersprüchlichkeit dessen, was mir als mein eigenes Leben erschienen war, wuchs ins Undurchdringliche. Hinweise aus immer neuen Akten, aus dem Tagebuch Henriettes und aus Aussagen, die Bilijana einem Anwalt gegenüber gemacht hat, bevor sie verschwand, verstärken das. Bevor sie verschwand. Starb. Ermordet wurde. Tot war.

Biografisch stieß ich immer wieder auf die Konstruktion, für einen Vorgang eingesetzt worden zu sein, den ich operativ ausführte, der jedoch scheinbar nur als Parallelaktion gedacht war und nie am eigentlichen Zielort oder bei der eigentlichen Zielperson von mir zu Ende gebracht worden sein konnte. Lediglich als Aktenvorgang, gestützt auf Polizeiberichte, Zeugenaussagen und meine dazugehörigen Lebensäußerungen, war er real und erreichte irgendeinen Empfänger. Jedoch reichten alle Belege immer nur bis zu dem Punkt, an dem er floppte. Jenem allerletzten Punkt nämlich, dem Punkt einer nachweislichen Durchführung.

Es gab also einen Georg Autenrieth, der ich nicht gewesen sein konnte. Einen Georg Autenrieth, der im Schatten meiner Biografie, ja nicht nur meiner Biografie, sondern auch meines Innenlebens, meines Denkens und meiner emotionalen Natur operierte. Einen Georg Autenrieth, dessen Tat immer mit meinem Vorsatz – soll ich sagen: meiner Einbildung, meiner Gewaltfantasie, meines Donjuanismus? – abgeglichen werden konnte. Irgendein Georg Autenrieth hat immer jenen Vorgang abschließen können, in dessen Auftrag ich selbst, wie ich mir einbildete, unterwegs war. Es musste ein Doppelgänger sein, der mit jedem Ergebnis, das er vorweisen konnte, dieses

Leben, das ich den Wahn zu haben schien, selbst zu führen, als mein eigenes zu führen, sicherer in die Hand nahm, praktisch ausführte und zu einem greifbaren Ergebnis brachte. Es gelang ihm, während er agierte, mich »vor den Augen meiner Auftragserfüllung« von der Bildfläche verschwinden zu lassen.

Vielleicht ist dies so etwas wie die Umkehrung eines Doppelagenten, spekulierte ich, um mir diese paradoxe Lage wenigstens irgendwie erklären zu können. Ich arbeitete nicht gleichzeitig für beide Seiten, sondern ich selbst bildete diese beiden Seiten. Ich. Meine Person. Einer von uns beiden Autenrieths muss seine Verbindungen mit dem BND, der Staatssicherheit der DDR oder auch dem KGB simuliert haben, während sie für den anderen wohl reale Auftraggeber waren. Die Brücke könnte eine Amnesie gewesen sein oder ein alternierendes Bewusstsein.

Um dies herauszufinden, musste ich zu einem Begriff von Wahrheit gelangen, der diesem Widerspruch so viel Platz einräumen würde, dass ich mich darin unterbringen konnte. Ich brauchte irgendetwas, das wahr war. Nicht dieses Dickicht von Überschneidungen, Begegnungen und Beobachtungen, die alle aus ihrem Blickwinkel ein Ziel gehabt haben mögen und dann mehr und mehr in einem Abenteuer sich verloren, sondern die reinen und mathematischen Ableitungen unserer belegbaren Bewegungen. Aber das Wahre und das Falsche tragen, wie Pascal gesagt hat, die gleichen Zeichen, und genau darin lag die Schwierigkeit.

So bin ich in Zürich im Gasthaus Zum Storchen, einer Aktennotiz zufolge, am 12. Juni 1990, also kurz nach Büttners Tod, unmittelbar bevor ich untertauchte und als Glasmann meine Steglitzer Adresse bezog, beim Verlassen des Gasthauses mit einem V-Mann des Bundesnachrichtendienstes fotografiert worden. Meine Identität steht außer Frage. Ich trage meine Honecker-Sonnenbrille, eine Hornbrille mit verschraubten Gläsern, und habe dieses typische, schwermütig-ironische Lächeln aufgesetzt, bei dem der Mund einfach auseinandergezogen wird, während die Lippen gleichgültig aufeinander liegen bleiben. Ich erkenne an diesem Foto sogar meine

Stimmung wieder. Meine Laune. An diesem Tag war ich jedoch, das beweist ein Einzahlungsbeleg mit meiner Unterschrift, unzweifelhaft in Berlin.

Aber meine Zeit als Glasmann ließ ja offensichtlich auch zwei sehr verschiedene Lesarten zu. Die eine behauptete, eine Lebenskrise, die am Tode Büttners sich entzündet haben soll und aus Trauer, verbunden mit einem latenten Lebensüberdruss, habe zu dem Vorsatz geführt, mein Leben zu ändern. Dies hätte dann einfach nur bedeutet: Rückzug aus diesem exzessiven Leben, das ich in den achtziger Jahren zur Verheimlichung der Urszenen geführt hatte. Die andere Lesart erkannte schlicht und einfach den Versuch, den Ermittlungen zu entgehen, die aus den nun ständig neu auftauchenden Akten zu erwarten waren. Also: abtauchen. Wiedereintritt in die Illegalität. Aufbauen einer neuen Identität und, falls nötig, Planung einer Flucht.

Und wo uns Schuld in ihre Qual verstrickt, gab mir ein Hundsfott die Idee: bestreite!

Ich bin schuld. Dass ich hier bin, genügt als Beweis. Was hätte ich hier zu suchen, wenn ich nicht schuld wäre. Natürlich verdanke ich dieser Schuld auch viel. Sie hat meine Fantasie reich gemacht durch meine vielen ausgefuchsten Versuche, mich ihr zu entziehen. Weil ich so viel Schuld auf mich geladen habe, bin ich auch nicht sicher, ob ich eine Stadt wie Berlin nicht einfach erfunden habe, um diese ganze Schuld auf eine möglichst große Fläche und auf seine vielen Gesichter abwälzen zu können. Vielleicht gäbe es Berlin ohne diese Schuld ja gar nicht. Oder es wäre zumindest nicht so groß. Vermutlich hätte ich die Alliierten mit diesem Argument leichter überzeugen können, oder die Juden. »Sie wird gebraucht, unsere Schuld«, hat Max Frisch geschrieben, »sie rechtfertigt viel im Leben anderer.« Sie ist das Quantenschwein. Und war es nicht Hegel, der sagte: »Es ist die Ehre großer Charaktere, schuldig zu sein.« Hass, Eifersucht und Neid vereinigen diejenigen, die sie gegeneinander aufbauen. Der Neider und der Beneidete, der Hasser und der Gehasste sind durch das tückischste Band aneinandergekettet. Die Schuld aber verweigert dieses tröstliche Gegenüber, mit dem sie sich teilen lässt. Das Opfer hat mit der Schuld nichts zu schaffen.

Da schlendere ich beispielsweise über die Turmstraße in Moabit oder ich biege in Schöneberg in die Goltzstraße ein, ich bleibe stehen, um in den Häuserzeilen zu lesen, die Sonne kommt rücksichtsvoll über mir zum Stillstand, nachdem sie mir wie ein Hund zwischen den Giebeln hin- und herspringend gefolgt war, und was lese ich in diesen Zeilen? Eine Strafpredigt, Vorwürfe, Anschuldigungen, Abkanzelungen, Androhungen drakonischer Strafen, eine einzige Litanei aus: Du sollst!, und Wehe!, und Gnade dir Gott!, und Wenn du auch nur einmal!, und Wage es ja nicht! Ich rede mir ein, es handle sich auf diesen Steinen um uralte Hieroglyphen, fernöstliche Wandzeitungen, Geheimschriften, eine Fassadensprache, die ich gar nicht verstehen kann, aber keine Chance, keine Ausrede, meine Augen konvertieren jeden Text. Und am Schluss kommt immer dabei raus: Du bist schuld! Stockwerk für Stockwerk schnurren die Paragrafen herunter, nach denen ich zu verhören, zu verurteilen, zu bestrafen, zu foltern und zu eliminieren bin. Palmettenecken und Eierstabfriese deuten die Züchtigungen an, die mich erwarten, Karyatiden und Atlanten die Last der Schuld, unter der ich zusammenbrechen werde.

Verhaften Sie die üblichen Verdächtigen!

Ich bezweifle, dass ich der Mann sein kann, der all das hier schreibt. Als Autor eines solchen Lebens müsste ich ja schon von mir gehört haben. Mir ist aber nie etwas von einem Autenrieth mit ähnlich undurchsichtigen Lebensumständen, wie die meinen es sein sollen, zu Ohren gekommen, bevor diese Untersuchungen begannen und diese Dokumente auftauchten. Vorher dachte ich, was ich tue, ist echt und ich wäre, bis zu jenem bescheidenen Grade jedenfalls, wie man das jeder dahergelaufenen Person zubilligt, einmalig. Nun war ich anscheinend aber zweimalig.

Auch wenn die Verhöre im engeren Sinne nicht meiner Person gelten und die Papiere, insbesondere auch jene aufgefundenen Tagebücher Henriettes, die unter anderem Aufschluss geben über das Attentat auf den Kommandeur der amerikanischen Streitkräfte in Europa, ausgeführt mit einer RPG-7, wie wir sie im Forsthaus an der Flut unter Aufsicht von DDR-Ausbildern zu bedienen lernten, so war ich ja schließlich überall dabei. Vor Ort, sozusagen. Ich tauche auf den Seiten dieses Tagebuchs aber nur als ein Liebesabenteuer Henriettes auf. Ein kurzer Abschnitt, wo sie erwähnt, dass in ihrer Wohnung ein Treffen wegen einer »Geldkiste« in Gelsenkirchen stattfand, in das ich hineingeplatzt war. Sie findet für ihre Gefühle für mich zwar ein paar hinreißende, für meine Person insgesamt aber nur vernichtende Worte. »Als Liebhaber ganz passabel, als Mensch indiskutabel«, hatte sie geschrieben.

Ich beginne die Schritte zu rekonstruieren, die meinen Doppelgänger in eine mit mir verwechselbare Lage gebracht haben konnten. Irgendwo musste es eine Schnittstelle geben, eine kurze gemeinsame Strecke, bevor wir an einem Kreuzweg verschiedene Richtungen einschlugen. Einer Richtung Eros, der andere Richtung Thanatos. Diese kurze gemeinsame Strecke scheint in Kreuzberg gelegen zu haben.

Das Ende vom Lied

»Wissen Sie, Autenrieth«, sagte der Mann mit dem grauen Gesicht und dem Hut, um den wie ein Turban diese vielen knallbunten Tücher geschlungen waren, »wissen Sie, Sie sind ein verdammt verrückter Hund. Das Pech ist nur, dass kaum jemand dieser Ansicht ist, außer Ihnen selbst. In den Augen der anderen nehmen Sie sich nämlich ziemlich normal aus. Damit befinden sich natürlich beide Seiten in einem Irrtum, der nur deswegen nicht auffliegt, weil er ausgewogen ist.«

Der Mann zog die Luft ein. Es hörte sich an wie ein kleines Loch in einem Fahrradschlauch.

»Natürlich gehören Sie eigentlich ins *Domus mente kaptorum*, zu Deutsch in die Klapsmühle, wo Sie im Coolmax-Anzug mit Duplexpenis und Doppelgängerkondom Ihr Gehirn ficken könnten, ohne dass Sie Gefahr laufen müssten, dass Ihren gespaltenen Gedanken leibhaftiger Nachwuchs droht. Wahrscheinlich ist das so. Das Problem ist nur, Sie sind nicht auffällig. Sie sind ein Kranker ohne Symptome. Damit sind Sie lediglich aufgerückt zu dieser stummen, unüberschaubaren Masse von Menschen, die sich, was ihr Leben angeht, etwas einbilden, das nicht dem entspricht, was nach irgendeiner unabhängigen Überprüfung sich auch nur einigermaßen schlüssig bestätigen ließe. Sozusagen aktiver Teilnehmer am Sinnentrug der Welt. Mitwirkender am irdischen Talmi. Damit will ich gar nicht unterstellen, dass Sie ein oder kein Psychopath sind. Es kommt doch immer darauf an, in welchem Verhältnis die Abweichung, sagen wir, zu einer robusten Essenz steht – oder vielleicht besser zur Komplexität der Mitte. Als krank im Kopf erscheinen die Leute erst, wenn sie für ihre Krankheit in der Gesellschaft nicht die richtige Deckung finden. Sobald Raffgier, Brutalität und Größenwahn am richtigen Arbeitsplatz eingesetzt werden, kommen sie hinter dem damit erzielten Erfolg und dem Wahn der Selbstzufriedenheit vollkommen zum

Verschwinden. Der eine stiehlt Pferde und bekommt dafür einen Orden, der andere schielt nur auf den Halfter und wird dafür gehängt. Ich will versuchen, Ihnen zu erklären, was das in Ihrem Fall bedeutet. Sie glauben vielleicht, ich spielte bei Ihnen auf dieses alte, deutsche Ding an mit den: ›Zwei Seelen wohnen, ach! in meiner Brust‹, aber dieses alte, deutsche Ding mit den zwei Seelen hat sich längst überlebt. Es entspringt literarischem Moder, und gesetzt, es wohnte in einer Brust auch bloß eine, so hätte auch die nur noch Gestalt und Umfang von Darmgasen nach dem Genuss von Buschbohnen. Nein, das eigentliche Dilemma beginnt mit dem Narzissmus. Überlegen Sie doch bloß mal, was der Narzissmus für ein Humbug ist – man findet den schön, der vor einem im Wasser liegt und von Wellen gekräuselt wird. Man bewundert den, der vor einem auf einem Stück Glas zu erscheinen hat, gefesselt an die vorgeschriebenen Gesichtszüge der Selbstbewunderung. Im Fachjargon heißt das, die Libido wird den äußeren Objekten entzogen und einem abgebildeten Ich zugeordnet. Und das sollte laut Plan eigentlich alles bis zum Ende der prägenitalen Phase abgewickelt sein. Aber nein, da taumelt ein junger Mann, noch in seinen Dreißigern und mit vier Nummern zu großen George-Raft-Anzügen, an der Seite einer blonden Schönheit in Yamamoto-Klamotten durch ein quecksilbern vibrierendes Leben, in dem sein Spiegelbild von Wellen gekräuselt wird und wo vor tropischen Kulissen die Eisberge der Schönheit vorbeitreiben. Die Städte zeigen ihre klaffenden Wunden, um zu beweisen, dass in ihnen das Heil liegt, und über den schwarzen Wintern der durchwachten Nächte erheben sich immer neue, glühende Morgendämmerungen. Und der junge Mann verdoppelt sich, weil er so schön ist, dass ein Spiegel allein nicht die Fassungskraft besäße für so viel Schönheit und Eleganz – und eine Frau alleine erst recht nicht. Und später kriegen auch die Frauen einen Rahmen, denn sie sind inzwischen ebenfalls Spiegel. Man kann eintauchen in sie und in diesen Spiegeln sein Sperma hinterlassen, sie werden dann matt und verschwimmen eine Weile, bis aus ihnen nach einer gewissen Zeit ein neues Spiegelbild herausexplodiert. Die Geburt aus dem Schenkel.«

Eigentlich sah der Mann, der da zu mir redete, aus wie ein heruntergekommener russischer Klavierstimmer oder wie der Besitzer eines vergammelten Zigarettenladens in Marzahn. Wäre da nicht sein hechtartiger Blick gewesen und diese Stimme, die wie geschmolzenes Blei in die Ohren floss und auf dem Weg zum Gehirn erstarrte.

»Na ja, und so weiter!«, fuhr er fort. »Sie wissen ja wahrscheinlich schon, worauf ich hinauswill, Autenrieth.«

Jetzt bekam sein Mund einen düsteren, drohenden, unheilvollen Ausdruck, und seine neugierigen Augen versanken in eine glasige Leere. Ich bekundete den Grad meiner Aufmerksamkeit, indem ich mich zur Seite drehte und in die Luft starrte. Er ließ sich allerdings nicht beirren.

»Ich will Ihnen Ihr Problem erklären«, machte er weiter. »Das hat weniger mit Dr. Jekyll und Mr. Hyde zu tun, als Sie vielleicht denken. Auch nicht mit dem berühmten, durch William James bekannt gewordenen Fall des Reverend Ansel Bourne. Wenn schon solche Prototypen, dann am ehesten vielleicht mit Don Juan. Sie sind doch Literat, Autenrieth, Dichter, beschäftigen sich mit den Wissenschaften und der Psychologie. Sie müssten doch zumindest ahnen, dass die Literatur nur eine Nebenwirkung der Sexualität ist, des Supertriebs schlechthin. Geschriebene, gesprochene und gedichtete Hysterie. Die Sprache hat sich doch überhaupt nur zu dieser Blüte entwickelt, weil die Sexualität nach immer neuen Stichworten verlangte und nach immer subtileren Verstecken suchte. Die Hysterie führte zur Dramatisierung der Lebensbeziehungen, zum Wuchern der Fantasie, zur Suggestibilität der Kultur. Wissen Sie, Autenrieth, im Altertum dachte man sich die Hysterie als ein Herumschweifen der Gebärmutter im Körper. Als Folge beobachtete man starkes, sexuelles Unbefriedigtsein. Ein solches ist ja auch bei Ihnen unübersehbar. Eine Folge dieser Hysterie ist es, dass man sich als etwas anderes darstellt, als man ist. Merken Sie, worauf ich hinauswill, Autenrieth? Das ist Ihr Problem!«

Er hatte nun den Blick eines Insektenbeobachters, jene unnachahmliche Mischung von Begeisterung und forschender Strenge.

»Der Narziss blickt in den Spiegel, und aus dem Spiegel starrt ihm der Terrorist entgegen«, er zögerte einen Moment. Dann sagte er: »Doppeltes Bewusstsein, Amnesie, multiple Persönlichkeit«, so als würde er nur beginnen, etwas aufzurollen, das sich beliebig fortsetzen ließe. »Ich bin noch nicht am Ende«, sagte er leise und richtete sich wieder kerzengerade auf, nachdem er sich bei den letzten Worten etwas zu mir vorgebeugt hatte. »Ich werde Ihnen noch mehr über Ihren Doppelgänger erzählen. Ich betrachte es als meine Aufgabe«, sagte er mit einem trübe verschlagenen Blick, »Sie so kurz vor Ihrer Dispensierung über nichts mehr im Unklaren zu lassen, was Ihre gespaltene Persönlichkeit angeht. Sie erinnern sich doch an die bekannte Episode aus der *Odyssee*. Als Troja endlich gefallen war, hatte sich Odysseus der Flotte des Agamemnon angeschlossen, aber sie wurden durch einen Sturm getrennt. Er erreichte die Küste Thrakiens, damals das Land der Kikonen. Da die Kikonen Verbündete Trojas waren, plünderte Odysseus die Stadt Ismaros und verschonte nur Maron, den Priester des Apollon, der ihm zwölf Krüge süßen, schweren Weins schenkte. Als er anschließend, nach anhaltend südlichem Kurs, bei Kap Malea im Kytherischen Meer an der afrikanischen Küste an Land ging, nahmen die Bewohner ihn und seine Männer freundlich auf. Man bot ihnen an, Lotos zu essen, eine lilienartige Nilpflanze, nach deren Genuss man die Heimat vergisst und den Wunsch nach Heimkehr. Ich weiß, dass Sie nicht wirklich annehmen, ich spräche in Rätseln, Autenrieth. So dumm sind Sie nicht. Auf dieser Erde dreht sich alles nur um Wiederholungen. Es ist Ihre Geschichte. Diese Geschichte besteht aus Verirrungen, Kämpfen, Rausch, Schönheit, Amnesie, Sex. Der Lotos ist das einschlägige Symbol für die Vulva, die Yoni, personifiziert in der Göttin Padma, was ›Lotus‹ bedeutet, oder Kunti.

An diesem tropischen Ort jenseits des südlichen Meeres wurde, um sich mit dem Lotos, also dem weiblichen Lebensprinzip, zu vereinigen, der rituelle Cunnilingus vollzogen. Dies war auch in der *Odyssee* die Bedeutung des Ausflugs in das ›Land der Lotosesser‹. Sie haben sich vom Priester des Apollon mit zwölf Hektolitern Wein eindecken lassen und die Mannschaft weggeschickt, um den ganzen Lotos alleine zu haben. Heute heißt der Held nur nicht mehr Lotophage, sondern Pussylecker. Sie wissen ja sicher, was ich meine. Aber wir können ruhig von diesem hohen Ross wieder herabsteigen. Sie sollen ja erfahren, wo Sie vielleicht angefangen haben, die Dinge durcheinanderzubringen. Erinnern Sie sich, wie in Ihrer Kindheit Ihnen ständig die Namen Ollenhauer, Adenauer, Eisenhower um die Ohren geflogen sind? Oder Eternit und Heraklit? Es gibt Namen und Begriffe, die sich mit ungeheurer Intensität anreichern können. Eiserner Vorhang zum Beispiel, oder Kalter Krieg, oder Zonengrenze. Als würden diese Worte von der öffentlichen Aufmerksamkeit mit größerer Beschleunigung und mit höherer Energie beschossen und würden dadurch zu Hyperbegriffen, die ihren eigentlichen, ursprünglichen Sinn immer mehr verkleinern, um Platz zu schaffen für die Anbindung immer größerer Ängste und Visionen. In den Siebzigern waren diese Megavokabeln unter anderem Baader-Meinhof, Terrorismus, Stammheim, Schleyer oder, auf der anderen Seite, freie Liebe, Emanzipation, sexuelle Befreiung und so weiter. In dieser Zeit sind Sie in Frankfurt und Berlin mit dem RAF-Umfeld in Berührung gekommen. Die Radikalität war vorhanden, im Übermaß geradezu, schließlich hatte Ihre Mutter kraft ihres Wahns Ihre Normenakzeptanz stark herabgesetzt. Das Pech war nur, Sie besaßen damals eine sehr unzulängliche politische Begrifflichkeit. Das andere Problem war, Sie waren unfähig zur Unterordnung, zum marxistisch-leninistischen Ritual von Kritik und Selbstkritik und zu jeglicher Form von Gruppendynamik. Also kam es trotz zeitweilig starker Überschneidung von Zielen und vor allem auch von Lokalitäten zu keinem Vordringen in den harten Kern der Truppe. Mit jener einzigen Ausnahme eben. Nach einigen kleineren Einsätzen wurden Sie zunehmend abgelehnt. Die sprachliche Kluft war unüberwindlich. Alle rochen hinter jedem Satz von Ihnen das bürgerlich-ästhetische Universum, und Sie waren im Grunde angewidert von diesem verquasten Psycho-Politjargon. Trotzdem wirkte die Ablehnung auf Sie wie eine schwerwiegende, narzisstische Kränkung. Andererseits brachen aber die achtziger Jahre an, der Erfolg und die vielen Reisen. Der Lotos-Genuss, das Pussy-Eating, ließ Sie die Heimat vergessen, die Rückkehr zur Bewegung, zur Gruppe, zum Kampf gegen die Schweine. Ihr Leben wurde zunehmend hedonistischer und ausschweifender, aber es bedurfte auch dringend einer Kompensation. Sie brauchten irgendeine Ablage für Ihre Ernsthaftigkeit, Ihr Gerechtigkeitsgefühl, Ihre asketische Ader, Ihren Nonkonformismus. Also begannen Sie, die Dinge zu trennen, beziehungsweise die Dinge begannen, Sie zu trennen. Sehen Sie, und das brachte mich ins Spiel. Sie hatten ja so oft den Teufel bereits an die Wand gemalt, dass ich mich gar nicht erst umständlich vorstellen musste. Ihre Fantasie verschaffte mir einen immer größeren Spielraum. Dieser dünne Grat, der zwischen Fantasie und Wahn liegt, die schmale Grenze zwischen Ekstase und Horror, diese Haarrisse zwischen Schönheit, Gerechtigkeit und Terror gestatteten mir den bequemsten Zutritt zu Ihrem Leben. Dann kam der Schock mit Büttner, das schlechte Gewissen wegen Isabel arbeitete auf Hochtouren, und diese sehr spezielle Identifikationspsychose konnte heimlich ihre Blüten treiben, während Sie öffentlich sozusagen auf dem Teppich blieben. Noch vor hundert oder zweihundert Jahren hätte ich mit Ihnen einen Pakt geschlossen, bezüglich Ihres Schattens oder Ihrer Seele. Damals brauchte ich ja noch den Schatten oder den Spiegel, in die ich treten konnte. Heute brauchen wir diesen ganzen Zinnober nicht mehr. Ich spreche im Plural, weil ich die Kräfte meine, die uns dienen. Wir nutzen die geistige Errungenschaft der Hyperrealität. Die reicht mir allemal. Unsereins ist, wie Sie ja aus dem *Faust* wissen sollten, auch was das Denken angeht immer auf dem neuesten Stand und nie weit entfernt von den Zweiflern und erst recht nicht von den Getriebenen. Was ich Ihnen sagen will, Autenrieth? Ich lege Ihnen sozusagen Ihr Tat Tvam Asi in den Mund. Ich mache Ihnen die letzte Erkenntnis so schmackhaft wie möglich, jenes ›das bist du!‹, das vom Becken über die Chakren zum Kopf wandert, um von dort das Licht des tausendblättrigen Lotos auszustrahlen. Sie müssen es nur aussprechen. Hören Sie mich? Sie haben keinen Doppelgänger, Autenrieth, Sie sind der Doppelgänger!«

Wir weinen nicht, weil wir traurig sind, wir sind traurig, weil wir weinen!

»Ich glaube, es ist langsam an der Zeit, Ihnen klarzumachen, dass unser Deal ein ganz anderer war!«

Ich blickte den Mann, der ungefähr mein Alter hatte, mit eisernen Augen an.

Seine Lippen waren schmal, und aus seinem Gesicht drang der Atem wie der lautlose Luftzug eines offenen Fensters beim Öffnen einer Türe nach draußen.

»Was war denn unser Deal?«, fragte er leicht amüsiert.

»Nun«, sagte ich, »Deal ist vielleicht nicht der richtige Ausdruck. Sagen wir besser, unser Zusammenspiel.«

»Wie meinen?«

»Nennen Sie es, wie Sie wollen. Jedenfalls fingen Sie damals sofort an, an mir herumzustudieren, als versuchten Sie, ein Steuerrad in die Hand zu bekommen, mit dem es Ihnen ein Leichtes wäre, mich in andere Gewässer zu lenken. Dabei wussten Sie bei dem Schiff nicht einmal, wo hinten und wo vorne war.«

»Mhmm«, sagte der graue Mann, »was heißt damals?«

»Tja, eigentlich von Anfang an. Denn Sie kamen ja viel früher ins Spiel, als Sie vorhin eingeräumt haben. Sie brachten mir den Schlüssel in die Rote Harfe und begleiteten mich anschließend bis an diese Haustür in der Eisenbahnstraße. Sie erzählten mir, dass Sie Arzt seien und in Kürze mit Ihrer Lehranalyse beginnen würden. Wir verabredeten uns auf Ihren Vorschlag hin für ein paar Tage später auf einen Drink. Und zwar in der Zonen Bar. Das war die Bar mit dem bleiernen Licht, um die Ecke von der Luckauer Straße. Ich erinnere mich noch ganz genau, dass wir fast die ganze Nacht über die ›linke Hand‹ diskutierten. ›Links ist immer die Seite der Frau‹, sagten Sie, darin würden alle Mythen übereinstimmen. Bei der hinduistischen, bisexuellen Gottheit Bhava, haben, wie Sie meinten, alle Darstellungen eine linke, weibliche, und eine rechte, männliche Seite. Das englische Wort sinister, von lateinisch sinister, links, bedeutet finster, teuflisch, hexenartig. Ist also weiblich konnotiert. Das französische Wort gauche, schlaksig, linkisch, steht Pate für die englischen Ableitungen gawk, gawky, was Tölpel bzw. tölpelhaft bedeutet. Und im Deutschen bedeutet link falsch, gemein, pervers. ›Linke Dohle und so‹, sagten Sie. ›Bei den Juden herrschte der Glaube, der Samen, mit dem Mädchen gezeugt werden, käme aus dem linken Hoden, der ungleich wertvollere Knabe aber würde mit dem Samen aus dem rechten Hoden gezeugt. Deswegen ergibt es auch Sinn‹, fuhren Sie fort, ›dass die Nazis das linkshändige Kreuz wählten, die Swastika. Das weibliche Gegenstück zum Rutenbündel.‹ So ging es den ganzen Abend. Aber ich kannte Barbara Walker ja auch, Ranke-Graves, Frazer, Hazlitt, Briffault, O'Flaherty, wie sie alle heißen. Das Thema interessierte mich natürlich. Dann fiel das Wort *Apollokalypse*: Apollo, das Prinzip des Schönen, Kalypso, das Prinzip der Verführung, und Apokalypse, das Prinzip der Zerstörung. Dabei behielten Sie immer diesen forschenden Blick auf mich, einen gierigen, einen auskultierenden und sägenden Blick.«

»Na, na!«, sagte der Mann.

»Sie dozierten weiter, dass der rechte Faschismus ja somit auch logisch ein Männerkult wäre, während die Linke emanzipatorisch sei, also weiblich. Je später der Abend wurde, desto mehr verhedderten Sie sich in Ihrer Theorie von der ›Revolte gegen den Uhrzeigersinn‹, aber Sie behielten mich scharf im Auge, Sie belauerten mich. Von unserem Thema war es dann nur noch ein Katzensprung zur RAF. ›Die Bewegung 2. Juni war ja auch ein reiner Frauenhaufen‹, sagten Sie, ›ein Reiner Maria Frauenhaufen.‹ Darüber mussten wir dann beide lachen. ›Vielleicht wissen die ja, wo Hitlers linker Hoden geblieben ist. (Na, mit dem ballern die doch immer, wenn sie richtig Tore machen wollen.)‹ Als ich Sie dann fragte, in welchem Verhältnis Sie zu Henriette Vogl stünden, wichen Sie aus. Auch auf das ›Sie‹ wollten Sie nicht verzichten, was damals in Kreuzberg in der Szene vollkommen absurd war. Für mich wäre nach diesem Abend die

Sache erledigt gewesen. Sie waren für mich ein junger, für meinen Geschmack etwas zu schneidiger Arzt, der in seiner Haltung sehr schick zwischen Lacan und Basaglia balancierte, trotzdem aber, wie es schien, seine Karriere im Auge hatte und eine seltsame Steifheit und Leere ausstrahlte. Ihr Temperament und Ihre Themen pendelten zwischen dem Getöse der Einstürzenden Neubauten, weil sie ganz besonders cool sein wollten, und ein paar Takten aus *Madame Butterfly*. Nach welchen Gesetzen sich dies mischte, konnte ich nicht erkennen. Dennoch wurde ich bei Ihnen das Gefühl nicht los, dass mir durch Sie lediglich der Grad meiner Begeisterung oder Wachheit zurückgeworfen wurde, denn sobald die Intensität meiner Ausführungen nachließ, ging fast in demselben Grade auch Ihr Energiepegel zurück. In welcher Verbindung Sie zum linken Untergrund stehen konnten, war mir absolut schleierhaft. Eigentlich waren Sie ein Typ wie Aleister Crowley, ein Magus, doch war dies zunächst nur ein Eindruck, der sich auf Ihr etwas satanisch angehauchtes Gebaren gründete, im Kreuzberg der Freaks, Junkies und sonst wie Verpeilten nichts absolut Ungewöhnliches. Das Naheliegendste wäre gewesen, Sie für einen V-Mann zu halten, einen Spitzel, und Sie einfach abzuservieren, denn nach einer gewissen Zeit war eigentlich nicht mehr zu übersehen, dass Sie mich aushorchten. Sie aber unternahmen alles, um den Kontakt zu mir nicht abreißen zu lassen. Sie begannen das Werk einer genialen Verführung. Sie schenkten jedem Detail, jedem Funken meines Lebens, allem, was ich Ihnen erzählte, die allergrößte Aufmerksamkeit. Sie gaben mir das Gefühl, mich zu bewundern und zu beneiden.«

»Wo liegt das Problem?«

»Noch gab es ja kein Problem. Die Probleme sollten erst noch kommen. Vielleicht begann es ja damit, dass zwischen uns einfach kein Arzt-Patient-Verhältnis bestand. Damit war Ihnen einerseits der sichere Boden entzogen, andererseits gestattete gerade das Ihnen gewisse Bewegungen, die eine Analyse nicht erlaubt hätte.«

»Sind Sie sicher, dass Sie das beurteilen können?«

»Nun, während einer Analyse hätten Sie sich immer wieder vergewissern müssen, wie weit bestimmte Übertragungen Ihr Verhältnis zu mir verrückt haben könnten.«

»Was gibt Ihnen die Überzeugung, dass das nicht passiert ist?«

»Nun, das Ergebnis. Das Erste, was mich nach einer Weile stutzig machte, war dieser Vampirismus, den ich an Ihnen entdeckte. Sie stürzten sich auf alles, was ich mit meiner Intensität belebt hatte, meine Worte, meine Gedanken, meine Abenteuer, schließlich sogar meine Träume. Ohne mir dadurch Kraft zu rauben, saugten Sie an meiner Lebensenergie, meiner Vitalität. Sie wollten alles wissen, alles erfahren, alles zusammenbringen, und wenn ich Ihnen erzählte, hatte ich immer das Gefühl, eine halbverdurstete Pflanze zu gießen. Ihr Gebäude wuchs schnell. Sie hatten rasch die Eckdaten meiner Persönlichkeit verortet, den narzisstischen Charakter, das Trauma der wahnsinnigen Mutter und jenen aus diesem Morast der Tränen erblühenden Hang zum Doppelleben, das rastlose Schwanken zwischen melancholischem Ernst und leidenschaftlicher Lebensumarmung. Außerdem jene unglückliche Gabe, jedes Staubkorn explodieren zu hören, das zwischen die Räder meiner Skepsis geriet. Kleinste Verunreinigungen des Denkens, des Fühlens, des symbolischen Tauschs zwischen den Geschlechtern oder des Vertrauens und der Freundschaft, die das ultraempfindliche Präzisionslaufwerk meines Seins bereits in Gefahr brachten. Und dann auch noch der Terrorismus. Ein unglaubliches Energiefeld, das sich über die Zeit damals gelegt hatte. Wir kommentierten alles. Wir begannen alles, was passierte, in Gedanken noch mal durchzuspielen. Neu zu konzipieren. Abzugleichen. Durchzuradikalisieren. Anders zu bewaffnen. Neue Logistik. Neue Ziele. Außerdem stellten wir Zusammenhänge her. Plötzlich gab es Geschichte und die Utopie, die im Attentat aufeinanderprallten. Wir bewegten uns zwischen den Akteuren wie Schachfiguren zwischen Schachfiguren. Das gleiche Holz, das gleiche Elfenbein, dieselben Regeln, aber andere Züge. Wir verabschiedeten die erste Generation und bestückten das Spielfeld neu mit der zweiten Generation des bewaffneten Kampfs. Ich hatte Ihnen von meinem kurzen Techtelmechtel mit der Szene erzählt. Sie wussten, wen ich kannte und was passiert war. Auch die Sache mit der Stasi und dass ich danach eine Weile abtauchen musste. Sie begannen, aus all diesem ein immer opulenter werdendes Bühnenwerk zu gestalten, mit sozusagen sehr fließenden Grenzen ins Reale. Alle spielten mit. Das Verwunderliche aber war, dass Sie in meinem Leben eigentlich gar keine große Rolle spielten oder zu spielen schienen. Wir sahen uns über die Jahre sogar äußerst selten. Aber Sie waren immer da, sobald sich die Dinge trübten, sobald ein Augenblick sich zuspitzte auf seine Krisis. Wie ein Schatten. Wie ein Schatten, der sich nur einstellte, wenn ein ganz bestimmtes Licht mich traf. Sie eröffneten Ihre erste Praxis, in Friedenau damals, in der Nähe des Friedrich-Wilhelm-Platzes. Sie fingen an, Hüte zu tragen und den feinen Herrn zu markieren. Das war sehr komisch. Sie veröffentlichten Ihr Buch *Über die paranoide Psychose und einige ihrer Formen in der gespaltenen Persönlichkeit*, und ganz allmählich begannen Sie Ihre dunkle Seite zu enthüllen. Obwohl Sie als Analytiker da ja eigentlich den Freud'schen Abstand hätten wahren müssen, begannen Sie nicht nur mit Hypnotherapie zu arbeiten, die durch Erickson gerade wieder gesellschaftsfähig geworden war, sondern Sie tauchten über Mesmer, Fludd, Maxwell und wie sie alle heißen immer eindeutiger in die trüben Gewässer des alten, adeligen Okkultismus. Aber Ihr Festhalten an meiner Person ließ nicht nach. Sie begannen, immer tiefer in meine Persönlichkeit einzudringen, indem Sie alle Möglichkeiten der Suggestion nutzten, die Alpha-Rhythmen in meinem Gehirn zum Flattern zu bringen, und sehr geschickt die rechte Hemisphäre stimulierten. Sie machten sich ans Werk, unsere Persönlichkeiten ineinanderzutauchen. Ja, wie ein Taucher durchforschten Sie meine Seele und alles, was Sie auf dem Grunde dieser Seele bergen konnten, begannen Sie, sich einzuverleiben. Ihr Lachen wurde meinem Lachen immer ähnlicher, die Konstruktion ihrer Sätze basierte auf meiner Grammatik, und wenn ich Ihnen zuhörte, erkannte ich mehr und mehr das Echo meiner eigenen Gedanken. Wie der kleinere Bruder den größeren ahmten Sie mich nach, ohne dass ich zunächst den schleichenden und perfiden Raub meiner Originalität dahinter vermuten konnte. Sie waren fasziniert von mir, obwohl Ihnen kein Gefühl zur Verfügung stand, dies auszudrücken. Bei Ihnen zeigte sich immer nur der nackte Wille, und wem oder welcher Absicht dieser nackte Wille galt, hat sich ja schlussendlich herausgestellt. ›Gefühle muss man gefühllos behandeln‹, sagten Sie immer. Inzwischen war die Mauer gefallen, Büttner gestorben, Isabel verbannt. Dann machte ich wohl einen Fehler. Eigentlich wollte ich nur, dass Sie mir diese Augenfixationsmethode erklären sollten, aber da hatten Sie mich. Sie versenkten mich so tief, dass ich fast zwei Stunden brauchte, bis ich die Morgenröte meines wachen Verstandes wieder sah. Sie aber hatten die Zeit gut genutzt. Sie waren bis an die Wurzeln meines Unbewussten vorgedrungen, und mit den Mitteln der Assoziation und der Dissoziation lösten Sie wie mit Skalpellen den anderen, der ich auch war, den Kerl, der bis dahin mein Doppelleben zu bestreiten hatte, ganz aus dem Kreis meines Bewusstseins und stellten ihn unter Ihre Aufsicht, um nicht zu sagen, unter Ihren Befehl. Diesen Doppelgänger imprägnierten Sie vollständig mit den Obsessionen und Requisiten ihres Gesamtkunstwerks aus Sex, Terror und Wahn, an dem Sie arbeiteten. Ihr Spiel wurde immer riskanter. Kurze Zeit später tauchte ich unter. Der Name ›Glasmann‹ kam ja auch von Ihnen. Doch durch die Gier, mit der Sie an meinem Leben Anteil nahmen, schimmerte immer unverhohlener der Neid. Überhaupt nahmen die negativen Übertragungen Ihrerseits zu, ohne dass Sie das im Geringsten zu jucken schien. Sie konnten es einerseits nicht verstehen und sich andererseits überhaupt nicht damit abfinden, weshalb Ihre bestechende Intelligenz und Ihre, wie Sie glaubten, jeden Menschen durchdringenden analytischen Fähigkeiten Ihnen nie ein wirklich aufregendes erotisches Leben beschert hatten. In Ihre Stube trat immer nur die graue Anna Lühse, während, wie Sie glaubten, sich bei mir die Fanny Hills die Klinke in die Hand drückten. Dann begann die Geschichte mit Bilijana. Wieder durften Sie nur das Blut lecken, ohne das Wild reißen zu können. Doch leckten Sie dieses Blut genüsslich und ausgiebig. Ihre innere Leere war unersättlich. Aber als es mit ihr, mit Bilijana, dann richtig schlimm zu werden begann, trat nicht nur ich meine

Reise durch die Albträume an. Sie waren nicht umsonst in meine zweite Haut geschlüpft. Genauso wie ich begannen auch Sie, äußerst merkwürdig zu werden. Sie hausten immer mehr wie der berüchtigte Dr. Alfred Kinsey in versifften Etablissements in der Gegend des Stuttgarter Platzes, ihre Praxis ächzte unter den Bergen von Büchern und obskuranten, obszönen und grotesken Objekten. Die Sammelwut begann über Ihr Leben hereinzubrechen und verrammelte Sie hinter Bergen von sperrigen und staubigen Objekten. Am Schluss hatten Sie nur noch ein paar ältere Patientinnen, die ›durch ihre Zahnlücken hindurch nichts mehr sahen‹, wie Sie das ausdrückten. Auf Ihrem Tisch türmten sich Stapel von okkultischer Literatur. Neben der Tür zu ihrem Behandlungszimmer hing ein Foto von einem Afrikaner mit gut fünfundzwanzig Zentimeter langem Schwanz. Bohnerwachs, Leinöl und Spiritus prägten den Geruch der Räume. Trotzdem bauten sie weiter an Ihrer Oper: Autenrieth der Held, Autenrieth der Zerstörer, mit immer schrilleren und schrägeren Tönen. Sie verfielen auf die Idee, die Linien vom griechischen Herakles zum germanischen Siegfried zu ziehen, von Clark Kent alias Superman bis zu seinem Erzvater Perseus. Meine ganze Misere, die Wildnis des Glücks und den ganzen Hirnriss ordneten Sie zu planmäßigen Arbeiten: Zerschlagung der Mutter mit Hilfe der Furien. Verdoppelung der Männlichkeit durch zwei Väter. Abstieg in die Unterwelt als Glasmann. Erringung der Tarnkappe und der damit verbundenen Unsichtbarkeit durch Verstoßung der Nymphe Isabel. Befreiung der Andromeda. Das lange Waten durch den eiskalten Styx in den Delirien. Und schließlich die Eroberung von Neuropolis, Berlins, auf den Spuren der russischen Armee. Griebenow, so erklärten Sie mir, wäre der alte König, der geopfert werden musste. Er versucht einen Stellvertreter zu finden, macht aber schließlich durch selbst herbeigeführte Kastration den Thron frei. Bilijana erscheint als Wiedergängerin Messalinas (21 bis 48 n. Chr. römische Kaiserin), einer Urenkelin Marcus Antonius', grausam und ausschweifend. Sie heiratet den dreißig Jahre älteren Tiberius Claudius (Griebenow), der, von feiner Bildung, bei Hofe wegen körperlicher Gebrechen und schüchternem Wesen nicht ernst genommen wird. Sie beseitigt den Wüstling Caligula (›der Junge, von dem ich dir doch erzählt hatte‹, der jeweils nach einem Mondjahr getötet und durch einem neuen ersetzt wird) und ruft Claudius (Autenrieth) zum Kaiser aus, der sie schließlich durch Alkohol und Attentat zerstört. Das Ganze klang ziemlich aberwitzig, das Ganze war ziemlich aberwitzig, aber es war natürlich auch, wie alles, was von Ihnen kam, in gewisser Weise verführerisch. Dabei spielte es noch gar keine Rolle, ob Sie nun dieser Luzifer waren oder ob Sie es nur sein wollten. Tatsache war, Sie steckten immer mit in meiner Haut. Sie waren durch dieses Ineinandertauchen unserer Persönlichkeiten in teuflischer Weise an dieses abgespaltene Ich gekettet. Als die Liebe und die Leidenschaft zu Bilijana aus dem Ruder geriet und der Alkohol die logische Beharrlichkeit meines Verstands gelockert hatte, ging auch Ihre Praxis den Bach hinunter. Sie tranken den ganzen Tag englischen Gin und verbrauchten pro Woche so viel Morphium, dass man einen ganzen Bus voller Mongolen damit hätte einschläfern können. Fast zwei Jahre sah man Sie als kiezbekanntes Faktotum rastlos um die Häuser ziehen. Um Ihren Hut hatten Sie meist einen ganzen Haufen grellbunter Tücher und flatternder Schals geschlungen, und Sie entwickelten dieses berüchtigte Tourette-Syndrom, bei dem Sie Ihrem riesigen Wortschatz schmutziger, obszöner und sinnloser Ausdrücke seinen Lauf ließen. Doch ich hatte irgendwann den kalten Fluss durchwatet, und Sie verschwanden irgendwann von der Straße. Wir begrüßten uns wie Veteranen, auferstanden aus den Feuern und aus der Asche. Die Schlachten waren geschlagen, die DDR war durchs Schaufenster des Westens geflogen, der Kapitalismus hatte den Kommunismus mit einem gewaltigen Schlag – nicht auf den Kopf, sondern in die Eier – ausgelöscht, die RAF war am Untergehen, die Akten tauchten auf, und manchmal wusste ich fast schon nicht mehr, ob ich diesen Hut mit den bunten Tüchern inzwischen nicht selber schon aufhatte. Sie hatten aber unsere Persönlichkeiten so nahe zusammengebracht, dass daraus für Sie eine äußerst ungünstige Nebenwirkung eintrat, nämlich das Phänomen der Gedankenausbreitung. Wie ein Schimmelpilz auf einem fettverklebten Teller machten Ihre Gedanken nicht mehr halt am eigenen Tellerrand, sondern griffen sozusagen auf meinen Teller über. Zuerst gab es nur vereinzelte Stellen, die verständlich wurden, lesbar, aber mit der Zeit erlaubte mir das eine unmittelbare Teilhabe an Ihren Gedanken und diese brachte Ihr Spiel schließlich zum Scheitern. Sie waren es ja, der über dunkle Kanäle an nicht vernichtete Akten kam und zusammen mit den inzwischen reichlich vorhandenen Dokumenten meines Geständniszwanges und der einigermaßen ausgereiften Identifikationspsychose zum entscheidenden Schlag gegen meine Person ausholte. Doch ich hatte inzwischen aus Ihren geheimsten Gedanken Ihre Absichten erkannt und die Umrisse meiner Person wieder zusammengefügt und meine Enttarnung wurde zu Ihrer eigenen. Ich hatte Sie bereits in der Nacht, als Sie auf dem Spickel standen, die Fäuste ballten und sich einen Schluck aus der Gin-Flasche zur Brust nahmen, durchschaut, Herr Bodenstein. Fortan betrat ich die Praxis am Hackeschen Markt auch nie wieder.«

Der 254. Tag des Gregorianischen Kalenders, und trotzdem Pearl Harbor

Ein halbes Jahrzehnt nach Ende dieses Romans, also nach meinem Wiedereintritt in den eigenen Orbit, erhielt die vierunddreißigjährige Architekturdozentin Monika Rauschert aus Dessau von ihrer sechs Jahre jüngeren Freundin und Geliebten Cornelia Stern, die aber im Unterschied zu ihr dem Sex mit Kerlen nicht völlig abgeschworen hatte, eine verzweifelte SMS, in der stand: *Du musst mich lieben, sonst werde ich nur gefickt!*

Zur selben Zeit erreichte die Karstadt-Verkäuferin Simone, die in ihrer Mittagspause nabelfrei durch die Stuttgarter Königsstraße Richtung Rotebühlplatz unterwegs war, im Beisein ihrer sehr unvorteilhaft in eine zu enge Jeans gezwängten, ebenfalls nabelfreien Freundin Jessica eine SMS, in der es hieß: *Ich scheine für dich immer nur Nebensache zu sein, also wirst du für mich ab jetzt auch Nebensache sein, und zwar für immer!*

Eine nervlich sichtlich zerrüttete Schwuchtel, die am anderen Ende der Straße auftauchte, hatte richtig Farbe aufgelegt, die Haare grün getüncht, Lidschatten, Ringe durch Ohren und Nase. Sie fiel beim Entgegenkommen vor allem dadurch auf, dass Oberkörper und Mittelkörper ein leicht auseinandergeratenes Drehmoment zeigten. Die nabelfreie Simone und die nabelfreie Jessica zeigten sich in ihren Blicken zunächst irritiert und ließen sie zwischen den Displays ihrer Handys und jener ihnen mit hochmütigem Blick entgegenziehenden, zwischen den Geschlechtern schwebenden Sexbombe hin und her springen, dann kicherten sie.

Die Stuttgarter Fußgängerzone ist seit ihrem Bestehen ein unschlagbarer Schauplatz für ungeschönte Gegenwart. Als die Karstadt-Verkäuferin Simone und ihre Freundin Jessica uns überholt hatten, blieb Monika Rauschert stehen, halb mit Blicken den Tattoos der beiden nachhängend, die sich wie blauschwarze Dornen vom Ende des

Rückens in die kurz vor der Sprengung befindlichen Jeans hinabsenkten. Sie machte sich daran, eine Antwort abzuschicken. Sie schrieb: *Du musst nicht so viel trinken, dann wirst du auch immer nur geliebt.* Es musste so etwa gegen Ende der Mittagspause sein. Oder ein bisschen später.

»Was ist denn das mit Scharping?«, fragte sie, während sie tippte.

»Breuer von der CDU hat gesagt, der war mit dem Kopf am Pool und nicht bei der Sache.«

»Und was soll das heißen?«

»Er soll in Skopje Aufmarschpläne deutscher Soldaten bekanntgemacht haben.«

»Geheimnisverrat.«

»Alles bloß Schweinefutter für die Medien.«

»Als ob das heute nicht so schnuppe wäre, als würde Miss Piggy in der Muppet Show durchsickern lassen, dass der neue amerikanische Tarnkappenbomber Spirit im Kosovo Kaugummis abwirft. Mit Monica Lewinsky im Cockpit.«

»Ist das denn nicht alles kalter Kaffee?«

»Na ja, er hatte gerade seine zweite Anhörung vor dem Verteidigungsausschuss, bei der er sich angeblich um Kopf und Kragen geredet hat.«

»Hm«, sagte Monika, »um Kopf und Kragen also, als ob das bei dem die Hauptsache wäre.«

»Dabei muss die Deutsche Fußballnationalelf jetzt ohne Oliver Bierhoff und Mehmet Scholl zum WM-Qualifikationsspiel nach Finnland fliegen.«

»Liegt in dieser Nachricht nicht wenigstens noch ein Hauch von ehrbarer Undiskutierbarkeit?«

Vor einem Schaufenster bei Karstadt, neben dem Eingang, in dem die beiden Mädchen aus dem Assitoaster verschwunden waren, blieben wir stehen. Ein Videogerät übertrug Aufzeichnungen von der Fashion Week in New York. Laufstege in durchsichtigen Zelten vor dem Rockefeller Center und die schwingenden Bewegungen der Mannequins zu Musik von Jennifer Lopez und Everything but the girl. Die Frühlingskollektion von Kenneth Cole zeigte viel Wildleder in Lachs, Grau und gedämpften Gelbtönen. Zusammen mit Carolina Herrera hatte er die mit Abstand ausgesuchtesten Modelle. Betsey Johnson, die für den nächsten Frühling die Farben Muschelweiß und Pfirsich bevorzugte und die mit leicht durchsichtigen Materialien wie Tüll oder Taft ein bisschen Weiblichkeit in ihre Schöpfungen hineingeheimnissen wollte, war in ihren Kreationen zwar ein bisschen verrückter, aber auch deutlich dämlicher. Wie die meisten lesbischen Frauen zeigte Monika Rauschert aber kein wirkliches Interesse an Mode.

Ebenso wie ich war sie gerade für ein halbes Jahr Stipendiat auf Schloss Solitude und ein weibliches Beispiel für jene Architekten, die nicht bauen. Mein Argument, dass ich dies so aufregend fände wie Philosophen, die nicht denken, ließ sie nicht gelten. Eine Weile harrte sie ohne Argumente neben mir aus. Dann signalisierte ein kühn gehobener Blick, dass wir uns jetzt ja vielleicht zur Abwechslung wieder über etwas Substanzielleres, wahrscheinlich meinte sie damit Anspruchsvolleres, unterhalten könnten. Darunter verstand sie fast immer und fast ausschließlich Gespräche über die Frage, wie man mit dem Raum arbeite.

Plötzlich aber spürten wir etwas, ohne uns deutlich machen zu können, was das war. In unserer Umgebung geschah etwas Ähnliches, wie wenn man ein Taschentuch in einen Ameisenhaufen wirft. Das Gewimmel bleibt das Gleiche, aber es formiert sich neu und folgt einer anderen Dynamik. Immer wieder verklumpten sich Menschen zu Gruppen und lösten sich scheinbar in größter Aufregung wieder auf. Vor einer Eisdiele, in der ein Fernseher lief, staute sich eine Menschenmenge. In den Geschäften, die alle ihre Türen dem warmen Herbsttag geöffnet hatten, erstarrten Bewegungen und lösten sich erst nach Sekunden mühsam wieder. Der Fernseher der Eisdiele hing dicht unter der Decke. Im Vorbeigehen hatten wir über die Köpfe der Menschen hinweg sehen können, wie ein Flugzeug sich in einen Turm des World Trade Centers bohrte.

»Was war das denn?«, sagte Monika, als wir vorbei waren.

»Kino«, sagte ich, »bestimmt wieder so ein infantiles amerikanisches Action-Machwerk. Die Regisseure der amerikanischen Politik arbeiten in Hollywood. Weißt du doch.«

»Und die Schauspieler von Hollywood spielen die Hauptrollen in der Politik«, sagte Monika.

Wir erreichten den Schlossplatz, auf dem alles sich in hellster Aufregung zu befinden schien, und betraten das Kino. Wir kauften Karten für die 16-Uhr-Vorstellung von *Pearl Harbor*. Während ich bezahlte, sagte Monika:

»Sag mal, wo treibst du eigentlich immer diese verrückten alten Seidenschals auf, die du dir um deinen Hut wickelst?«

»Die fallen mir einfach in den Schoß, wie alles.«

»Ach, wie bescheiden.«

»Du weißt doch, der Teufel ist ein Angeber.«

Die Namen, die im Buch beibehalten wurden, sind ausschließlich in respektvoller und freundschaftlicher Weise verwendet. Sie haben mit der Romanhandlung nicht das Geringste zu tun, sondern sind lediglich Eckdaten im zeitlichen Koordinatensystem und beziehen sich alle auf tatsächliche und getreu wiedergegebene Begegnungen im fiktiven Handlungszeitraum.

Bei »Apollokalypse« handelt es sich um keine Autobiografie, sondern um einen Roman. Die Hauptfiguren sind rein fiktional. Ähnlichkeiten mit lebenden Personen sind erwünscht, aber rein zufällig und folgen Konstruktionsprinzipien jenseits biografischer Realitäten in unterschiedlichsten zeitlichen und lokalen Bezugssphären.

Der Mann mit dem bunten Turban war eine kiezbekannte Person am Helmholtzplatz, mit dem ich mich oft unterhalten habe. Er besaß eine Ausstrahlung, die sich immer Respekt verschaffte, und er hatte einen beißend ironischen Blick auf die Dinge. Ich fragte ihn eines Tages, ob ich ihn fotografieren dürfe, und er antwortete: »Das kostet einen Euro pro Foto«, was ich natürlich gerne und sofort bezahlte. Ich sagte zu ihm: »I might use these photos one day«, und er antwortete: »You payed for them!« Selbstverständlich hat der Mann nichts mit der Romanfigur zu tun. Er lieferte ausschließlich das Kostüm.

Gerhard Falkner, 2016

Mein Dank gilt an erster Stelle den Freunden Volker Koch und Constantin Lieb für jahrelange subkutane Begleitung und sensible, selbstlose Unterstützung, ohne die dieses Buch vielleicht nie erschienen wäre. Darüber hinaus geht er an die Treueherzen, Retter, Ratgeber, Energiespender und Freunde Jim Rakete, Christian Döring, Dieter Blankenburg, Rüdiger Volk, Georg Linde, Neil Donahue und nicht zuletzt an Nora, Lina und Juno.

Gerhard Falkner, Berlin + Weigendorf, Frühjahr 2016